U0134059

丛书主编：陈平原

中央高校基本科研业务费专项资金资助
浙江大学文科精品力作出版资助计划资助

· 文学史研究丛书 ·

"革命文学"论争
与阶级文学理论的兴起

张广海 著

北京大学出版社
PEKING UNIVERSITY PRESS

图书在版编目（CIP）数据

"革命文学"论争与阶级文学理论的兴起 / 张广海著. —北京：北京大学出版社，2024.6
（文学史研究丛书）
ISBN 978-7-301-34943-4

Ⅰ.①革… Ⅱ.①张… Ⅲ.①中国文学－现代文学－革命文学－文学研究 Ⅳ.① I206.6

中国国家版本馆 CIP 数据核字（2024）第 062718 号

书　　　名	"革命文学"论争与阶级文学理论的兴起
	"GEMING WENXUE" LUNZHENG YU JIEJI WENXUE LILUN DE XINGQI
著作责任者	张广海　著
责 任 编 辑	高　迪　艾　英
标 准 书 号	ISBN 978-7-301-34943-4
出 版 发 行	北京大学出版社
地　　　址	北京市海淀区成府路 205 号　100871
网　　　址	http://www.pup.cn　　新浪微博 @ 北京大学出版社
电 子 邮 箱	编辑部 wsz@pup.cn　　总编室 zpup@pup.cn
电　　　话	邮购部 010-62752015　发行部 010-62750672
	编辑部 010-62755217
印 　刷　 者	大厂回族自治县彩虹印刷有限公司
经 　销　 者	新华书店
	880 毫米 ×1230 毫米　A5　14.25 印张　429 千字
	2024 年 6 月第 1 版　2024 年 6 月第 1 次印刷
定　　　价	98.00 元

目　录

绪　论 / 1

一、"革命"与"革命文学"在近代中国的生成 / 1

二、从战场回到文坛：大革命失败前后革命文人的处境
与选择 / 11

三、"联合战线"的失败与"理论批判"的酝酿 / 27

四、主要概念界说与体例说明 / 32

第一章　"革命文学"论争的前奏：创造社与太阳社之争 / 39

一、论争过程考述 / 40

二、后期创造社与前期太阳社理论探源 / 55

三、两种马克思主义诠释模式的遭遇 / 82

小　结 / 99

第二章　"感性"实践、决定论与"唯人主义"：
创造社与鲁迅之争 / 101

一、后期创造社对理论与实践辩证统一关系的建构 / 101

二、如何把握"理论"？如何安置主体？——鲁迅的
论辩压力及与创造社的分歧 / 121

小　结 / 135

第三章　阶级意识灌输论的诞生及引发的论争 / 138

一、谁的"阶级意识"？——后期创造社的阶级意识理论 / 138

二、如何把握"阶级意识"？——李初梨与郭沫若的
留声机器之争 / 148

三、无产阶级文学应由谁来创造？——无产阶级文学的
创作主体之争 / 158

小　结 / 185

第四章　在人性与阶级性之间——无产阶级文学的合法性建构
及引发的论争 / 188

一、从文学革命到革命文学——后期创造社的历史叙述谱系 / 188

二、革命文学的合法性论证——从人性路径到阶级
性路径的转变 / 200

三、在文学的普遍人性与阶级性之间——左翼与梁实秋之争 / 210

小　结 / 268

第五章　无产阶级文学与"现实"关系的建构及引发的论争 / 272

一、革命文学派对文学宣传效能的强调与曲折 / 272

二、"革命文学"论争各方对辛克莱文艺宣传论的
接受与讨论 / 283

三、哪一种"现实"？——茅盾与革命文学派的现实观之争 / 301

四、如何越过阿 Q 时代？——国家主义派与革命文学派
　　围绕阿 Q 问题的论争 / 346

小　结 / 360

第六章　"小资产阶级知识分子"话语的形成及引发的论争 / 363

一、论何谓小资产阶级及其与知识阶级之关系 / 364

二、小资产阶级"原罪"意识的诞生、规训与救赎 / 377

三、在文学与政治之间——茅盾与革命文学派围绕
　　小资产阶级问题的论争 / 399

小　结 / 418

结　语 / 420

参考文献 / 430

后　记 / 442

绪 论

一、"革命"与"革命文学"在近代中国的生成

1895 年 10 月，在谋划广州起义失败后，孙中山逃出广州，并于 11 月中旬辗转抵达日本神户。据随行的兴中会会员陈少白记述：

> 到了神户，就买份日报来看看。我们那时，虽然不认识日文，看了几个中国字，也略知梗概。所以一看，就看见"中国革命党孙逸仙"等字样，赫然耀在眼前。我们从前的心理，以为要做皇帝才叫"革命"，我们的行动只算造反而已。自从见了这张报纸以后，就有"革命党"三字的影象印在脑中了。[①]

这段话为"革命"一词在汉语语境中的意义转换提供了一个生动的例证。在中国传统语境中，"革命"主要意指"汤武革命"式的改朝换代。这种含义自然不能为追求现代政体之建立的"革命者"接受，故而他们只愿意把自己的行为理解为"造反"。[②] 但由于"革命"本就具有造反和根本变革等相通于 revolution 的含义，又受日本把 revolution 译为"革命"的影响，在当时的汉语世界，用"革命"来泛指各种谋求现代变革的"造反"行为的用法其实已不罕见，并日渐流行起来；"法国革命"则成为"革命"的

---

① 陈少白：《兴中会革命史要》，南京：建国月刊社，1935 年，第 22 页。

② 对中国革命话语在清末传播的系统考察，参见陈建华：《"革命"的现代性——中国革命话语考论》，上海：上海古籍出版社，2000 年。

范本。^①不过直到 1902 年，梁启超仍执意指出，"革命"并非 revolution 的"确译"，盖因其在中国"皆指王朝易姓而言，是不足以当 Revo. 之意也"，并主张以"变革"译之。梁启超更注重以后果来验证是否为真"革命"，而反对拘泥于以暴力推翻一姓统治的"形式"革命，其意图在于和革命派争夺"revolution"的阐释权，确证自家"变革"路径的合法性；对革命正当性的坚持、对革命意味着"若转轮然，从根柢处掀翻之，而别造一新世界"^②的理解，其与革命派并无区别。

梁启超提倡的译法并未产生什么影响，这主要因为"革命"一词所包含的隐秘暴力和根本推翻的意味，实在是对 revolution 的最佳移译，由此生出的话语快感更为其他词语难以比拟。^③担心革命异化为王朝易姓，固然也植根于革命的进化诉求，但已然从属于革命的后果。

革命是一种"造反"，但与"造反"的根本区别在于，它植根于现代社会追求进步的意识形态。启蒙运动解放了人的理性，伴随着对自我理性能力之确信的增强，"人们普遍接受按照一个新的、更好的模式重新组织社会的信念"^④，这为革命的产生做了思想铺垫。而同时，革命也开始在不同语境下被不同意识形态塑造，从而显示出不同形态。

在清末，虽然革命被民众接受的程度有日趋升高之势，但离被多数民众普遍接受仍有较远距离，对革命的恐惧仍然笼罩着人心，以革命为号召的团体也主要只有同盟会一家。民初，"革命军

---

① 参见金观涛：《革命观念在中国的起源和演变》，金观涛、刘青峰：《观念史研究——中国现代重要政治术语的形成》，北京：法律出版社，2009 年，第 369—373 页。

② 中国之新民（梁启超）：《释革》，《新民丛报》第 22 号，1902 年 12 月 14 日，第 1—2 页。

③ "革命"之"命"，本指"天命"，但在现代语境中，难免被体认为人之生命，是故"革命"在通俗理解中，时常与"杀头"同义。

④ ［英］彼得·卡尔佛特：《革命与反革命》，张长东等译，长春：吉林人民出版社，2005 年，第 7 页。

兴，革命党消"的舆论兴起，同盟会亦转型为议会政党，"革命"似将偃旗息鼓。但1913年宋教仁案后孙中山发起"二次革命"，"革命"的号召再次崛起。到了1920年代初期，伴随着北洋政府执政合法性的急遽流失，革命已为多数党派认同，"除中国国民党外，新起的中国共产党和中国青年党亦以革命为诉求。革命的形势由清末的'一党独革'演变为'多党竞革'的局面"。①

1924年1月，国共两党合作展开"国民革命"。这时，支配了两党"革命"理解的是受到了马克思列宁主义阶级斗争理论改造的三民主义；自然，两党的意识形态并未划一，共产主义革命观和三民主义革命观既有大量重叠，也有显著差异。这表现为共产主义革命在根柢里是阶级革命，它追求在国民革命的基础上实现无产阶级专政；同时，它也不局限于民族主义范畴内的"反帝"，而追求世界革命的目标。②国民革命与此前的中国革命有了显著不同，它倾向于谋求社会关系的根本变革。身处国民革命高潮时期的毛泽东，在目睹了湖南农村阶级革命"好得很"的形势之后，对"革命"做了一个后来产生了世界性影响力的界定：

> 革命不是请客吃饭，不是做文章，不是绘画绣花〈，〉不能那样雅致，那样从容不迫文质彬彬，那样"温良恭俭让"，革命是暴动〈，〉是一个阶级推翻一个阶级的权力的暴烈的行动……③

这里的"革命"，显然是阶级斗争视野下的革命；但受制于国民党主导国共合作的时代条件，它并不能得到完美的张扬。伴随着北伐战争的快速推进，这种诉诸阶级对抗的革命在战争后方一

---

① 王奇生：《革命与反革命——社会文化视野下的民国政治》，北京：社会科学文献出版社，2010年，第71—72页。

② 参见王奇生：《革命与反革命——社会文化视野下的民国政治》，第74—78页。

③ 毛泽东：《湖南农民运动考察报告》，《战士》第35—36期合刊，1927年3月5日，第6页。本书引文中改错字符号为 []，补缺字符号为〈〉，删衍字符号为「」，详见"绪论"末尾的"体例说明"。

度有如火如荼的发展，不过其所采取的主要形态为发生在农村
的阶级对抗，但也终因其发展迅猛，加速了国共合作的破裂。[①]
1927年南昌起义后，中共的革命活动转入地下状态。

　　与"革命"在近代中国的生成与发展相应的，是"革命文学"
在文坛的出现并趋向活跃。"革命文学"这一名词何时首次在中
国出现，不易判断。有学者曾选编晚清文献辑成《晚清革命文学》
一书，全书近20万字，辑录文献中仅出现了一次"革命文学"，
即杨守仁在其小册子《新湖南》中谈到俄国无政府党时，指出压
制愈强则反抗愈烈，"故夫压抑者，反对之良友，而破坏之导师
也。是故俄国之虚无主义，自革命文学时期，升而为游说煽动时
期；自游说煽动时期，升而为暗杀恐怖时期"[②]。杨守仁1902年
留日，《新湖南》1903年在日出版，此处表述明显参考了日本学
者烟山专太郎于1902年出版的专著《近世无政府主义》。"革命文
学时期"，在该书中即写作"革命文學の時期"。[③] 不过杨氏并未
对"革命文学"的内涵做进一步阐发，考察文意，指的大体是富
有革命宣传作用的文章。《晚清革命文学》选录"革命文学"作品，
依据的标准也是"宣传革命的文字泛称为革命文学"[④]，整本书
没有收录一篇严格的现代意义上的"文学"作品。检索各大数据
库会发现，在清末及民国建立后十年内，针对"革命文学"的提
倡或讨论极少。最早稍有系统地论述"革命文学"问题的当属梁
启超。他同样受到《近世无政府主义》的影响，于1905年初在
《新民丛报》发表《俄罗斯革命之影响》一文，提到尼古拉一世
时期的俄国，"行绝对严酷之专制政治"，导致"人民益颠沛无所

---

①　参见杨奎松：《"中间地带"的革命——国际大背景下看中共成功之道》，太原：
山西人民出版社，2010年，第150—154页。

②　杨守仁：《新湖南》，张玉法编：《晚清革命文学》，台北：经世书局，1981年，
第98页。

③　煙山專太郎編著：『近世無政府主義』，東京：東京專門學校出版部，1902年，
第77页。

④　张玉法编：《晚清革命文学》，"序言"第1页。

控诉"，于是"及［反］动力渐起，革命文学，盛于时矣"。梁启超并且结合俄国文学的发展演进，论证了俄国的"革命运动之第一期即文学鼓吹期也"。①

　　1907 年初，革命党人廖仲恺在《民报》上翻译了烟山专太郎的《近世无政府主义》第三章，其中重点论述了杨守仁所曾引述的俄国无政府主义的三期发展。虽然廖仲恺在标题中将"革命文學の時期"译为"文学革命时代"，但当系误译，因为正文中还是译作"革命文学之时期"。②不过该译文更多论述的是革命思潮影响下的俄国文学发展，仅有一处专门提及"革命文学"。即 1861 年冬，面对保守势力反扑，俄国虚无党、社会党、立宪党等展开舆论回击，"下笔千言，倚马可待"，"传檄全国青年"，"革命文学之景运，昌明极矣"。③可见，此处的"文学"含义已经十分泛化，溢出了"文学"的现代含义之外，而与"文章"大体同义。至1912 年，又有人翻译过一篇《革命与文学》，介绍了法国和俄国的革命运动对文学的影响，但基本上把文学的变化视作对革命的反映，而未论述文学是否也能对革命产生重要影响。④不过此文便是在现代意义上使用"文学"概念。在当时的中国语境中，文学的现代含义已经快速输入，但传统含义尚未退场。两种"文学"——或说两种"革命文学"——的杂陈仍然在延续。直到 1923 年，汪精卫给《南社丛选》所作的序言，对"文学"的革命作用给予了高度评价，但其所谓"革命文学"其实仍不脱传统文章的范畴，而未界定与一般的"革命之文字"有何区别：

---

　　①　中国之新民：《俄罗斯革命之影响》，《新民丛报》第 61 号，1905 年 1 月 20 日，第 27 页。

　　②　［日］烟山专太郎：《虚无党小史》，渊实（廖仲恺）译，《民报》第 11 号，1907年 1 月 25 日，第 93 页。

　　③　［日］烟山专太郎：《虚无党小史》，渊实译，《民报》第 11 号，1907 年 1 月 25 日，第 106 页。

　　④　《革命与文学》（未署作者名），绾章译，《进步》第 1 卷第 6 号，1912 年 4 月，第 1—6 页。

中国之革命文学，自庚子以后，始日以著。其影响所及，当日之人心，为之转移，而中华民国于以成。此治中国文学史者，所必不容忽也。近世各国之革命，必有革命文学为之前驱。此革命文学之采色，必烂然有以异于其时代之前后。中国之革命文学亦然。核其内容，与其形式，固不与庚子以前之时务论相类，亦与民国以后之政论，绝非同物。盖其内容，则民族民权民生之主义也。其形式之范成，则含有二事。其一，根柢于国学，以经义史事诸子文辞之菁华，为其枝干；其一，根柢于西学，以法律政治经济之义蕴，为其条理。二者相倚而亦相扶。……革命党人所能勇于赴义，一往无前百折而不挠者，持此革命文学以自涵育，所以能一变三百年来淹淹不振之士气。使即于发扬蹈厉者，亦持此革命文学以相感动也。①

但汪精卫的文字也揭示出，情辞动人的文字足以成为革命的先驱；这种认识便是"革命文学"所以应该存在的最坚实理由。还在1921年，郑振铎和费觉天便明确指出了这一点。在一篇题名《文学与革命》的文章中，郑振铎首先援引了费觉天的信件。费氏在信中感慨五四后青年很快日渐消沉，并认为青年的奋发必须依赖感情的激发，文学于是成为重要工具："单从理性的批评方面，攻击现制度，而欲以此说服众人，达到社会改造底目的，那是办不到的。必得从感情方面着手。好比俄国革命吧，假使没有托尔斯泰这一批的悲壮、写实的文学，将今日社会制度，所造出的罪恶，用文学的手段，暴露于世，使人发生特种感情，那所谓'布尔扎维克'恐也不能做出甚么事来。"因为有对理性与情感之效用的这种看法，费氏提出，现在中国最为迫切的便是"产出几位革命的文学家"，"激刺大众底冷心，使其发狂，浮动，然后才有革命之可言"。所以中国"能够担当改造底大任，能够使革命成功的，不是甚么社会运动家，而是革命的文学家"。郑振铎完全同意费觉天的意见，继而指出，"理性是难能使革命之火复燃的。因为

---

① 汪精卫：《〈南社丛选〉序》，《民国日报·国学周刊》，1923年11月28日，第4版。

革命天然是感情的事"。革命起于"因为痛恨人间的传袭的束缚，所以起了自由的呼声；因为看了被压迫的辗转哀鸣，所以动了人道的感情"。而触发革命的感情"只有文学，才能胜任"，因为"文学本是感情的产品"，所以它"最容易感动人，最容易沸腾人们的感情之火"。此一立基于人性情感之共鸣的"革命文学"模式在大革命时期被发扬光大，一直到"革命文学"论争时期才被立基于阶级意识和阶级情感分裂理论的无产阶级"革命文学"模式取代。郑振铎其实在当时就已经对何以会被取代做了提示，即他指出，投身革命几乎都因为"动了人道的感情"，"至于因确信马克思的唯物史观而趋向于社会革命的路上走的，恐怕是很少"。[①]

对文学的革命效能给予如此高规格的强调，源于对情感之作用的高规格认识；后来持理性节制情感学说的梁实秋，对这种革命文学自然难以首肯。但还在更早的时候，鲁迅依据对文学培养精神之能力的认识，就给予过文学相似的高度评价。虽然鲁迅也指出，"由纯文学上言之，则以一切美术之本质，皆在使观听之人，为之兴感怡悦……与个人暨邦国之存，无所系属，实利离尽，究理弗存"，但也正因文学可以使"人乃以几于具足"，于是便具有了保家卫国的重要作用。鲁迅论述的摩罗诗人虽并不斤斤于功利，但无不具有伟大的社会效用。比如当鲁迅谈及德国诗人时，认为"故推而论之，败拿坡仑者，不为国家，不为皇帝，不为兵刃，国民而已。国民皆诗，亦皆诗人之具，而德卒以不亡"[②]。论及俄国，乃认为俄罗斯的崛起本源于三名诗人。[③] 而波

---

① 西谛（郑振铎）：《文学与革命》，《文学旬刊》第9号，1921年7月30日，第1—2页。相关研究参见［日］尾崎文昭：《郑振铎倡导"血和泪的文学"和费觉天的"革命的文学"论——五四退潮后的文学状况之二》，程麻译，《中国现代文学研究丛刊》1991年第1期，第240—255页。

② 鲁迅：《摩罗诗力说》，《河南》第7期，1908年8月，《鲁迅全集》第1卷，北京：人民文学出版社，2005年，第72—73页。

③ 鲁迅：《摩罗诗力说》，《河南》第7期，1908年8月，《鲁迅全集》第1卷，第89页。

兰人也是被诗人感动,于是举行大起义。[①] 鲁迅虽未提及"革命文学",但其所论述的"文学",未尝不可以"革命文学"名之。鲁迅的此一认知,其后虽被诸多因素冲淡,但也不绝如缕地延续入大革命时期。[②]

虽然有着重视文学的革命效用的呼声,很长一段时间内,"革命文学"并未成为被重点号召的对象。不论是近代的"诗界革命""文界革命"和"小说界革命",还是后来的"文学革命","革命"虽与"文学"并称,但"革命"一词的采用不过表示对革命的追摹与憧憬,并无直接地借文学以发起革命的意图。中国的"革命文学"提倡,1920 年后才盛行开来。兴起的原因,一则由于国外"革命文学"的激发[③],二则由于革命与革命思潮的快速崛起,而后者显然为主因。

1923 年开始,中国的"革命文学"提倡渐入高潮。1923 年提倡革命文学的主要阵地是中国共产主义青年团的机关刊物《中国青年》,提倡者主要是邓中夏、恽代英、萧楚女等早期共产党人,但他们还并未重点打出"革命文学"的旗帜,提倡的要点是要求文学承担起社会改造的使命,要求文学家积极投身于革命,而诉诸的重点仍然在"感情"方面。比如恽代英强调文学是"人类高尚圣洁的感情的产物",所以文学家必须"投身于革命事业,培养你的革命的感情",才可能创作出"革命文学"。[④] 1924 年提倡革命文学的主要阵地则是国民党的机关报《民国日报》的副刊《觉悟》。此时国共合作已经展开,国民革命也开始推行,国民党的宣

---

① 鲁迅:《摩罗诗力说》,《河南》第 7 期,1908 年 8 月,《鲁迅全集》第 1 卷,第 98—99 页。

② 参见本书第三章第三节相关论述。

③ 与法俄等国革命相随相生的"革命文学"在 1920 年代初中期的中国曾被集中介绍,比如 1922 年 10 月 25 日出版的《东方杂志》第 19 卷第 20 号便辟专栏介绍了各国的革命文学。

④ 代英:《文学与革命》,《中国青年》第 31 期,1924 年 5 月 17 日,第 14 页。

传活动日趋正规化①，于是《觉悟》上出现了一大批明确提倡"革命文学"的宣传文字（如其中一篇便题名《请智识阶级提倡革命文学》②）。对革命文学的提倡仍多依据于感情具有胜于理性的力量。比如当看到叶圣陶在《文学》上提出革命者更为急需，革命文学不必刻意鼓吹，革命者的作品无不含有革命的意味时③，中共党员许金元便在《觉悟》上批评叶圣陶，指出，"理智"只能告诉人们该不该做一件事，而能决定去不去做的只有"情感"，"文学底原动力正是情感"，所以提倡"革命文学"是造成革命者的重要途径。④几乎完全是费觉天和郑振铎观点的翻版。另一位中共党员沈泽民则特别看重革命文学统一民众情绪的作用：

> 文学者不过是民众的舌人，民众的意识的综合者：他用锐敏的同情，了澈被压迫者的欲求，苦痛，与愿望，用有力的文学替他们渲染出来；这在一方面，是民众的痛苦的慰藉，一方面却能使他们潜在的意识得了具体的表现，把他们散漫的意志，统一凝聚起来。一个革命的文学者，实是民众情绪生活的组织者。这就是革命的文学家在这革命的时代中所能成就的事业！⑤

革命文学的作用在于统一民众的革命情绪，可谓大革命时期革命文学宣传的普遍内容。大革命失败后成立的太阳社，最初也持此一认知。⑥

与此同时，创造社也开始从一个提倡天才、浪漫主义和唯美

---

① 参见［美］费约翰：《唤醒中国：国民革命中的政治、文化与阶级》，李恭忠等译，北京：生活·读书·新知三联书店，2004年。

② 蒋镘：《请智识阶级提倡革命文学》，《民国日报·觉悟》，1924年6月18日，第2—3版。

③ 秉丞（叶圣陶）：《"革命文学"》，《文学》第129期，1924年7月7日，第3—4页。

④ 许金元：《为革命文学再说几句语——第一百二十九期〈文学〉上一篇杂谈底读后感》，《民国日报·觉悟》，1924年7月12日，第2版。

⑤ 泽民：《文学与革命的文学》，《民国日报·觉悟》，1924年11月6日，第3版。

⑥ 参见本书第一章第二节相关论述。

主义的社团向"革命"转向，成员陆续投身大革命的浪潮当中，理论主张也偏向到革命文学方面来。但这并不意味着他们彻底的自我否定。创造社的理论本就纠缠于审美无功利与功利主义的复杂关系中，其浪漫的情感主张其实天然地倾向于革命。当他们提倡革命文学时，也仍然致力于从人性与情感的层面来立论。成仿吾的革命文学公式为："（真挚的人性）＋（审美的形式）＋（热情）＝（永远的革命文学）。"[①]郭沫若则把革命文学看作实现情感共鸣的重要工具，并把情感的强烈和普遍程度视作判断革命文学优劣的标准：

> 我们知道文学的本质是始于感情终于感情的。文学家把自己的感情表现出来，而他的目的——不管是有意识的或无意识的——总是在读者心中引起同样的感情作用的。那吗作家的感情愈强烈愈普遍，而作品的效果也就愈强烈愈普遍。这样的作品当然是好的作品。……革命时代的希求革命的感情是最强烈最普遍的一种团体感情，由这种感情表现而为文章，来源不穷，表现的方法万殊，所以一个革命的时期中总含有一个文学的黄金时代了。[②]

在大革命时期，作为革命中心的广州和武汉都有着热烈的"革命文学"实践和理论提倡。[③]总体而言，这些"革命文学"，虽也时常混杂着马克思主义的唯物史观原理，但大都以诉诸人性的情感共鸣为要旨，并难免有泛滥成俗套的趋势，以致被鲁迅讥为"同

---

① 成仿吾：《革命文学与他的永远性》，《创造月刊》第 1 卷第 4 期，1926 年 6 月 1 日，第 3 页。

② 郭沫若：《革命与文学》，《创造月刊》第 1 卷第 3 期，1926 年 5 月 16 日，第 6—7 页。

③ 参见程凯：《革命文学叙述中被遮蔽的一页——1927 年武汉政权下的"革命文化"、"无产阶级文化"言论》，《现代中国》第 7 辑，北京：北京大学出版社，2006 年，第 122—147 页；王烨：《新文学与现代传媒》，上海：学林出版社，2008 年；张武军：《国民革命与革命文学、左翼文学的历史检视——以武汉〈中央副刊〉为考察对象》，《中国现代文学研究丛刊》2015 年第 5 期，第 166—177 页。

情文学"①。它们的命运，终结于"革命文学"论争。

二、从战场回到文坛：大革命失败前后革命文人的
处境与选择

国共分裂使得中共的革命活动大受挫折，其后的暴动也大都以失败告终。共产主义革命活动显然已陷入十分不利的境地，但彼时中共中央对革命形势仍然持一种乐观的判断，相信革命已然达到高潮，于是继续组织了许多暴动，革命力量大受损失。②而那些对暴动详情不够了然的一般革命知识分子，对革命高潮的确信难免更为坚定。国民党对他们欲除之而后快，许多人被屠杀。

在彼时的斯大林看来，中国革命可分为三个阶段，分别为广州时期、武汉时期和苏维埃时期；而在当时，已经进入了苏维埃革命阶段。在广州时期，革命阵营包括工人、农民、城市贫民、小资产阶级和民族资产阶级；在武汉时期，民族资产阶级（以蒋介石为代表）背叛了革命；而到了苏维埃革命时期，小资产阶级（以汪精卫为代表）也已经背叛革命，革命阵营只剩下了工农和城市贫民。③知识分子作为小资产阶级，自然也开始成为革命的反动力量。于是自八七会议开始，在中共党内，领导干部的工人阶级化成了相当长一段时间内组织活动的重点，出现了大范围的对知识分子领导干部的撤换或处分。

---

① 鲁迅：《文艺和革命》，《语丝》第 4 卷第 7 期，1928 年 1 月 28 日，《鲁迅全集》第 3 卷，第 583 页。

② 参见杨奎松：《"中间地带"的革命——国际大背景下看中共成功之道》，第 168—172 页；瞿秋白：《中国革命低落吗?》，《布尔塞维克》第 18 期，1928 年 2 月 20 日，第 579—582 页。

③ 参见杨奎松：《"中间地带"的革命——国际大背景下看中共成功之道》，第 174—175 页。

　　中共建党伊始，知识分子即占主导地位，虽然中共四大和五卅运动后在共产国际的要求以及工人运动蓬勃发展的风潮激发下，开始大力吸收工人党员，但在中共的领导群体中知识分子仍然占据绝对优势。情况的真正转变发生于大革命失败之后。[①] 伴随着共产国际对中国革命最新形势的界定，在八七会议上，检讨自己的小资产阶级身份，成为大批知识分子出身的干部的重要主题。[②] 而在 1927 年 11 月召开的中共中央临时政治局扩大会议上，对知识分子政治作用的贬低有进一步的发展。在会议通过的关于组织问题的决议案中，明白指出中国共产党在组织上的主要缺点即是"本党领导干部并非工人，甚至于非贫农而是小资产阶级智识分子的代表"。虽然他们是"革命的小资产阶级分子"，但是"仅仅受着最初一时期革命高潮的冲动，并未经过马克思列宁主义理论的锻炼，并不知道国际无产阶级运动的经验，并且是站在工人贫民的阶级斗争之外的"，这些人将自己"政治上不坚定，不彻底，不坚决的态度，不善于组织的习性，以及其它种非无产阶级的小资产阶级革命者所特有的习性，习气，成见，幻想，……带到中国共产党里来。这种组织成份，就是武汉反动以前本党政策机会主义布尔塞维克主义的策源地"。[③] 党在当前阶段的组织任务的重点因而是："将工农分子的新干部替换非无产阶级的智识分子之干部"，从而"使党的指导干部之中无产阶级及贫民的成份占最大多数"。[④]

---

　　① 参见杨奎松：《"中间地带"的革命——国际大背景下看中共成功之道》，第185—187 页；王奇生：《革命与反革命——社会文化视野下的民国政治》，第133—137 页。

　　② 参见《"八七"中央紧急会议记录》，《中央档案馆丛刊》1987 年第 2 期，第 7—18 页。

　　③ 《最近组织问题的重要任务议决案（1927 年 11 月 14 日）》，中央档案馆编：《中共中央文件选集》第 3 册，北京：中共中央党校出版社，1989 年，第 469—470 页。省略号为原文所有。此决议案由瞿秋白起草，参见李维汉：《回忆与研究》（上），北京：中共党史资料出版社，1986 年，第 190 页。

　　④ 《最近组织问题的重要任务议决案（1927 年 11 月 14 日）》，中央档案馆编：《中共中央文件选集》第 3 册，第 471 页。

　　这种对工人阶级出身的重视以及对知识阶级弱点的强调，在根本上是莫斯科和共产国际意志的体现。它虽然植根于马克思列宁主义的理论，以及苏俄共产党的革命经验，但最直接意图，在于公开解释大革命失败的原因，并推脱莫斯科和共产国际领导者的责任。中共的知识分子领导者于是便做了莫斯科和共产国际政策失误的替罪羊。[①]

　　共产主义文人的对手也注意到了他们的不利处境。1928年9月，当"革命文学"论争热烈的时候，国民党再造派刊物《再造》上刊登了一篇明显具有挑拨意图的文章。该文从共产主义文人的现实处境切入，指出中共意识到对于他们"留着是没有多大的用处，但去之则未免可惜，于是以农村暴动为主力，以文艺宣传为游击的策略，遂不断地和我们见面了"[②]。这显然把对无产阶级文学的宣扬，视作政党有意识驱动的产物，与实际情况并不相符。

　　首先，中共直至1929年年中之后才开始有系统的文艺宣传政策，才开始系统地引导文学家为政治服务；其次，在当时，文人宣扬无产阶级文学大都是基于信念的自发行为，虽然难免受到政治活动的影响，但并未受到政党的系统性指令。当然，确有一些宣扬无产阶级文学的作品有着鲜明的呼应政治暴动的色彩，比如郭沫若那篇呼吁青年做留声机器的文章，便多次出现"Baudon"（暴动）的呼吁，从总体内容和风格都可以看作对政治暴动的有意呼应。[③]但也很难讲郭沫若等人的文章是受到了政党要求的产物；即便政党对某些文人有过文艺行动的指示，也只可能是零星而无系统计划的。总体而言，无产阶级文艺虽然高度政治化，但与具体的政治权力之间，在大革命失败后的很长一段时间内，都只有稀松的联系。

---

　　①　参见姚金果等：《共产国际、联共（布）与中国大革命》，福州：福建人民出版社，2002年，第420—421页。

　　②　鸣秋：《最近共产党的文艺暴动计划》，《再造》第18期，1928年9月2日，第11页。

　　③　麦克昂（郭沫若）：《英雄树》，《创造月刊》第1卷第8期，1928年1月1日，第1—6页。

这种稀松关系的形成，原因是复杂的。除了中共正处于轻视知识分子作用的时期之外，最直接的原因是中共正倾全力于革命行动，根本无暇顾及缺乏即刻功效的文艺；同时由于中共此前更重视政治宣传，而对文艺宣传较为忽视，党内没有负责文艺宣传的干部，党内的文学家也未获得足够重视。[1]

《再造》上这篇文章对无产阶级文艺与政党之间具有直接权力关系的想象，在反对无产阶级文学的文人那里普遍存在。比如梁实秋便强调，无产阶级文艺完全是奉苏俄文艺政策行事的产物。[2]起码在"革命文学"论争时期，这一点不能不说是夸大其词的。为了反击无产阶级文艺，这篇文章特意指出共产主义文人已经被剥夺了代表无产阶级的资格：

> 请问痛苦的工农群众，他们自知是普罗列塔利亚，当从何处去找着他们的普罗列塔利亚文艺？因为主持这个文艺的人，已被共产党认为是机会主义者而不能真正的代表普罗列塔利亚了。……可恨共产党偏要决议说知识分子多是机会主义者，不但不许彼等参与机密，甚至还要加以驱逐，这又是多么的丧气呀！[3]

倘若共产主义文人只是权力系统的一部分，这样的指责有着足够的杀伤力；但正由于彼时共产主义文人并非如此，所以对他们代表资格的剥夺，并不能对他们张扬无产阶级文艺造成足够的心理压力。因为代表资格的剥夺局限于政治革命的领域，在无产阶级文艺等思想意识领域重拾无产阶级代表权，反而成为他们获得心理补偿的唯一方式——这也成为无产阶级革命文学崛起的重要因素。

---

① 中共在当时对文艺活动未加重视，可重点参见夏衍：《懒寻旧梦录》，北京：生活·读书·新知三联书店，2000年，第94页；冯乃超述，蒋锡金笔录：《革命文学论争·鲁迅·左翼作家联盟——我的一些回忆》，《新文学史料》1986年第3期，第19—35页。

② 参见本书第四章第三节相关论述。

③ 鸣秋：《最近共产党的文艺暴动计划》，《再造》第18期，1928年9月2日，第12—13页。

可以确定的是，无产阶级文学的提倡及此后"革命文学"论争的发生，虽然一开始与政党的联系并不紧密，但和大革命失败前后革命文人政治境遇的变动，确有着密切的关系。

1926 年 3 月 18 日，创造社的三名核心成员——郭沫若、郁达夫和王独清——一起来到革命策源地广州的广东大学任教，郭沫若更被聘为文科主任；而创造社的另一核心成仿吾，早在 1924 年就来到了广州，任职于广东大学和黄埔军校。三人的到来，受到了广州各界群众——尤其是文学青年——的欢迎，而郭沫若也随即以一场颇富革命性的文科改革实践，展现了自己以及创造社的革命魄力，并取得了良好效果。而创造社出版部也在 4 月 12 日建立，随即获得了蓬勃发展。1926 年夏，创造社的穆木天、郑伯奇、何畏也来到广东大学任教。广州很快便取代上海成为创造社新的中心。① 创造社在广州的成员，几乎都是倾向于共产主义的左翼青年，就职广东大学固然有人际关系的作用，思想方面的趋同也是实现聚合的重要因素，而且这种同一性还将因共同的境遇而增强。当然，也有例外，比如郁达夫。他更强烈地感受到对革命不得不言的义务。在 1927 年的 1 月 16 日和 3 月 16 日，他在创造社的刊物《洪水》上连续发表了《广州事情》和《在方向转换的途中》，公开批评广州政权的官僚主义，引起郭沫若和成仿吾等同人的严重不满，终至同年 8 月 15 日在《申报》和《民国日报》上刊登启事与创造社脱离了关系。于此折射出他们对革命和革命主体的不同想象与要求。他们的分歧，延续至"革命文学"论争。

后来成为"左联"旗手的鲁迅，在 1927 年 1 月 18 日也怀着憧憬来到了广州。那时的广州已经由"革命策源地"变成了"革命后方"，鲁迅没能从中感受到多少革命的热烈或真诚，他从中看

---

① 参见咸立强：《寻找归宿的流浪者——创造社研究》，上海：东方出版中心，2006 年，第 204—207 页；王独清：《创造社——我和它的始终与它底总账》，《展开》第 1 卷第 3 期，1930 年 12 月 20 日，第 1—27 页。

到的是"灰色"①，以及"奉旨革命"的情形②。他和郁达夫一样，都认为时代的列车已经驶到了大时代的入口，但眼下的革命形势还配不上这个大时代。在广州目睹的那些转变无常的革命投机和宣传，使他对那些现实中的"革命"及"革命"话语充满了警惕与不信任。1927年9月24日，时仍在广州的他写道：

> 革命的被杀于反革命的。反革命的被杀于革命的。不革命的或当作革命的而被杀于反革命的，或当作反革命的而被杀于革命的，或并不当作什么而被杀于革命的或反革命的。
>
> 革命，革革命，革革革命，革革……。③

在不久后的"革命文学"论争中，他和郁达夫一起对最积极提倡无产阶级文学的作者的真诚性给予了最彻底的否定。

另一位在大革命的激流中感受到了"幻灭"的文人是沈雁冰。他的幻灭感比一般人来得更加真切。这因为他在远比广州革命热烈的"赤都"武汉，掌管彼时中共最重要的媒体——汉口《民国日报》④，这使得他获得了远比一般人发达的神经感知系统。他接触到许多不能公开的信息，革命阵营的种种投机式反复无常，以及酷烈的"左倾"镇压和同样酷烈的"右倾"报复，都直接和强烈地刺激了他的心理，他逐渐丧失了对各派政治力量的信心。他后来曾回忆说：

> 在大革命中我看到了敌人的种种表演——从伪装极左面貌到对革命人民的血腥屠杀；也看到了自己阵营内的形形

---

① 参见许寿裳：《亡友鲁迅印象记·许寿裳回忆鲁迅全编》，上海：上海文化出版社，2006年，第70页。

② 参见《革命时代的文学——四月八日在黄埔军官学校讲》，《黄埔生活》第4期，1927年6月12日，《鲁迅全集》第3卷，第436—443页；《在钟楼上（夜记之二）》，《语丝》第4卷第1期，1927年12月17日，《鲁迅全集》第4卷，第29—39页。

③ 鲁迅：《小杂感》，《语丝》第4卷第1期，1927年12月17日，《鲁迅全集》第3卷，第556页。

④ 茅盾：《我走过的道路》（上），北京：人民文学出版社，1997年，第358页。

色色——右的从动摇、妥协到逃跑，左的从幼稚、狂热到盲动。……我震惊于声势浩大的两湖农民运动竟如此轻易地被白色恐怖所摧毁，也为南昌暴动的迅速失败而失望。在经历了如此激荡的生活之后，我需要停下来独自思考一番。①

　　需要说明的是，其实还在南昌起义没有举行之前，沈雁冰就已经决定"停下来独自思考一番"了，他甚至有意识——当然也难免纠结——地拒绝了政党要求他前往南昌集结的要求，然后无声息地退出了中共。②那时的他变得不知何去何从，于是拿起笔开始了小说的创作，以纾解内心起伏的情绪，并给自己更换了新的笔名——矛盾（后被叶圣陶改为"茅盾"）。然而，就如鲁迅和郁达夫一样，茅盾也并没有动摇自己对无产阶级政治的向往，他感到失望的是现实的政治和革命实践；对真正的无产阶级革命的憧憬，对底层解放的渴望，仍然是他们未变的"追求"。而这，终于未能避免附带着对现实无产阶级革命实践的妥协。于是在茅盾的笔下，"极左面貌"一定是"伪装"出来的，那些败坏了革命的激进分子一定是伪装的投机分子（如《动摇》中的胡国光）。茅盾心中自有他自己的革命想象，它难免企图修正革命实践，但它力量微弱，反而一开始就被革命现实修正；它渴望脱离现实权力而存在，而又纠缠于其中。

　　也许正因为看惯了革命阵营中的反复无常，在大革命失败后，当茅盾看到自己的"宿敌"——创造社那些昔日唯美主义的大将，纷纷转向提倡无产阶级文学时，他同样以为这不过是大革命时期戏剧的一场重演。当然，他不仅在动机上予革命文学派以强烈质疑，在理论上，他们也有尖锐分歧。冲突的发生主要源于茅盾表达自我意志的欲求，虽然他在《蚀》中对革命的异化颇有表达，但受制于小说表达的婉曲性，革命文学派并未对它们表现出过多兴趣。在钱杏邨的评论中，甚至褒扬并不少于批评。转变

---

① 茅盾：《我走过的道路》（上），第382—383页。

② 参见本书第五章第三节相关论述。

在茅盾《从牯岭到东京》的发表后迅速发生。在那篇文章中，茅盾一方面对钱杏邨的批评做了回应，一方面较为系统地申述了自己对革命现实以及无产阶级文学发展道路的理解。他的理解其实并未与革命文学派截然相反，但随着革命形势的愈发严酷，革命知识分子日趋与政党一体化，对革命道路的个人阐释权已被没收，对革命路线的非议，只能在革命还是反革命的二元框架中获得理解。可以说，茅盾不过表达了不愿做革命路线留声机器的欲求，但在郭沫若首倡的做留声机器的呼声日益响亮的情势下，遭遇批判实属难免。因为《从牯岭到东京》的发表，当钱杏邨把评论茅盾的文字收入文集出版时，褒扬之语就被大面积删落了。[①]

做留声机器的号召之所以能够征服人心，主要在于大革命所造就的精神气氛已经日见压抑个人主义的冲动，而把集体主义的精神视作最根本的价值判断标准。

大革命远不是一场单纯的政治和军事行动，而足以作为中国20世纪精神史上的重要事件。经过大革命的洗礼，经由五四运动以至五卅运动发展起来的集体主义的规训力量获得了空前发展，在知识界所向披靡，征服了大批知识分子。思想意识的集团化和政党化变得日趋正当，并侵入生活世界的领域，内化为知识分子的自觉追求。

对于时代精神的变化，朱自清在1928年初的时候曾有过细腻的感知。他把过去十年的发展分为三个步骤："从自我的解放到国家的解放，从国家的解放到 Class Struggle。"朱自清认为后两个步骤"只包括近一年来的时间"，而"前九年都是酝酿的时期，或是过渡的时期"。这三个步骤存在两种精神："在第一步骤里，我们要的是解放，有的是自由，做的是学理的研究；在第二，第三步骤里，我们要的是革命，有的是专制的党，做的是军事行动及党

---

① 参见赵璕：《〈从牯岭到东京〉的发表及钱杏邨态度的变化——〈《幻灭》（书评）〉、〈《动摇》（评论）〉和〈茅盾与现实〉对勘》，《中国现代文学研究丛刊》2005 年第 6 期，第 1—28 页。

纲，主义的宣传。"①具体而言：

> 在这革命的时期，一切的价值都归于实际的行动；军士们的枪，宣传部的笔和舌，做了两个急先锋。只要一些大同小异的传单，小册子，便已足用；社会革命的书籍亦已无须，更不用提什么文学，哲学了。这时期"一切权力属于党"。在理论上，不独政治，军事是党所该管；你一切的生活，也都该党化。党的律是铁律，除遵守与服从外，不能说半个"不"字。个人——自我——是渺小的；在党的范围内发展，是认可的，在党的范围外，便是所谓"浪漫"了。这足以妨碍工作，为党所不能容忍。几年前，"浪漫"是一个好名字，现在它的意义却只剩了讽刺与诅咒。……党所要求个人的是牺牲，是无条件的牺牲。一个人得按着党的方式而生活，想自出心裁，是不行的。②

就那些积极参与了革命文学提倡的文人而言，他们多半亲身参与了大革命，对大革命所要求的集体主义的规训要求，更不感到陌生。如朱自清所说，革命时期的两个急先锋是"军士们的枪"与"宣传部的笔和舌"；革命文学派的多数，在大革命时期的角色正是后者。

在国共合作的大革命时期，"以俄为师"的国民党政权的宣传活动获得了前所未有的特质。1920 年代中期，"在广州及其周边地区，还建立了数百个干部训练和宣传机构，目的是为革命培养黑市商人、下级官员、街头演说家、抄写员和资料员"③。教官也大都是"投笔从戎"的文人。国民党的宣传工作，本质是一种整体性的思想控制活动，它全面侵入了行政、军事、教育、传媒等各

---

①　自清：《那里走——呈萍郢火栗四君》，《一般》第 4 卷第 3 号，1928 年 3 月 5 日，第 371—372 页。

②　自清：《那里走——呈萍郢火栗四君》，《一般》第 4 卷第 3 号，1928 年 3 月 5 日，第 372—373 页。

③　[美]费约翰：《唤醒中国：国民革命中的政治、文化与阶级》，第 383 页。

个领域，并攫取了各个领域的领导权。具体来说，所有领域都成
了"党化"领域，整个社会系统都为"一个政党、一种声音"所
统治。①一般投身国民革命事业的文人，不论是否党员，他们所从
事的，也大都是宣传工作。随着北伐的推进，革命文人很多跟随
部队，沿途从事宣传工作，在武汉国民政府时期，活动达到一个
高峰。而所谓宣传工作，也如朱自清所说，多半是对标语口号的
制作和传播②，亦即做革命政策的留声机器。

　　正因为有了时代精神的熏陶与革命宣传工作的历练，做留声
机器已经被内化为许多革命知识分子的自觉追求，当郭沫若公开
倡导做一个留声机器的时候，不少革命文人表示了认同。③

　　确实很少有人能如郭沫若那样理解留声机器的含义了。在
1927年3月孙中山逝世二周年纪念大会上，蒋介石在台上讲话，
因为据说到会群众接近20万，身为总政治部宣传科长和蒋介石的
行营秘书长的郭沫若便负责用号筒留声，"他说一句，我传达一
句"，给现场群众留下了深刻的印象。郭沫若也因此获得了一个广
为人知的外号——"吹号的"。这种给蒋介石"吹号"性质的工作，
郭沫若自述"忍耐着干了半年"。在"四一二"之后，便被他视作
人生的奇耻大辱，是"昧良心、卖人格的工作"。念及此，郭沫若
甚至对蒋介石痛下詈语："你真是不识抬举的东西！不识抬举的狗
东西！"④

　　郭沫若很清楚自己在政治活动中的角色不过是一个"号筒"。
1927年10月3日，遭受了严重失败的南昌起义部队，在流沙会议
上决定把党政领导干部分散至香港或上海。郭沫若一行于是流徙
至海口小镇神泉，在等候赴港的过程中，经历了坎坷多变、备极

　　①　参见费约翰《唤醒中国：国民革命中的政治、文化与阶级》第七章相关论述。

　　②　另可参见李一氓：《李一氓回忆录》，北京：人民出版社，2001年，第51—54页。

　　③　参见程凯：《当还是不当"留声机"？——后期创造社"意识斗争"的多重指向
与革命路径之再反思》，《中国现代文学研究丛刊》2006年第2期，第28—53页。

　　④　郭沫若：《脱离蒋介石以后（二）》，《中央日报·中央副刊》（汉口）第44号，
1927年5月7日，第4—5版。

艰辛的革命历程的他，产生了对自我角色的反思意识和浓郁的幻灭感：

> 仅仅十五月的期间，随着北伐军由广东出发，经过了八省的遍历，现在又差不多孤影悄然地回到了广东。这变化是不能说不剧烈。在这期间，自己到底做了些什么呢？当着号筒，所到之处，处处吼破过喉嗓，但那有什么用？一切的一切都太空洞了。一场大革命不就好像放了一大串花炮，轰轰烈烈地过了一阵；只剩下残红满地，一片硝烟，散了，也就算了吗？在战场上死了多少的斗士，在清党时分牺牲了多少的战友呀！到底留下了些什么呢？毫无疑问地，是留下了一个无用长物的我！一粒编［鞭］炮的残渣，被风卷到这海边上来了，空空洞洞地躺在这儿。我将来到底还可以做些什么呢？该怎么做？①

该怎么做呢？郭沫若当时已经有了想法，那就是弃武从文、重操旧业。这表现为他在 10 月 4 日等候赴港的时候，即动手写完了约两万字的小说《一只手》。②参加革命后的一年多时间里，郭沫若基本上未再进行小说创作。而据成仿吾的回忆，在 10 月初③他收到了郭沫若从香港寄来的一封信：

> 大革命失败后，郭沫若从香港给我写了一封信，这封信写在一个很简单的纸片上，署名是 R·L。这两个字是革命、文学

---

① 郭沫若：《神泉》，《小说》第 1 卷第 3 期，1948 年 9 月 1 日，第 8 页。

② 脱稿日期参见《创造月刊》第 1 卷第 11 期，1928 年 5 月 1 日，第 33 页。考虑到作品的篇幅，很可能是前几日已经开始了创作。

③ 郭沫若赴港当在 10 月 7 日，这虽然与他在《神泉》中的回忆不相符合，但综合多种情形考虑，这是最可能的日期。比较有力的证据是与郭沫若一路同行、后又同船赴港的安琳（彭猗兰）的回忆，参见彭猗兰：《人间正道是沧桑——忆南昌起义前后的黄埔军校女生队》，《湘潮》2008 年第 8 期，第 30—32 页。成仿吾对收信日期的回忆参见宋彬玉、张傲卉：《成仿吾年谱简编》，史若平编：《成仿吾研究资料》，长沙：湖南文艺出版社，1988 年，第 26 页。

的缩写。这封信的简单意思是，郭沫若主张应从革命回到文学的时代，当时他对革命有些消极情绪。我写了一封回信给他，不同意他的看法，批评了他的主张。①

始终处在革命的大后方，也还不是中共党员，且不时外出奔走，从事替政府购置仪器设备等技术性工作的成仿吾，显然不能理解此时革命生态所发生的转变：不仅外部有严酷的压迫，在内部的革命力量结构上同样发生了重大调整——此前被作为"统战"对象的小资产阶级成了反革命的阶级，对知识分子弱点的强调正在革命组织中迅速蔓延，他们已经不太可能在实际的政治生活中发挥较为重要的作用。对于中央政策的这种调整，身处南昌起义领导层的郭沫若，虽因行军条件恶劣以致与外界几乎信息隔绝，也不可能不有所体察。而更糟糕的是，当时南昌起义本身越来越不能得到中央的认可，甚至随着失败程度的扩大而面临严厉的批判。八七会议虽然肯定了南昌起义，但并没有给予它必要的重视，而且在新选出的中央领导机构中，参加了南昌起义的党的若干重要干部都被降级。9月下旬，八七会议的主要内容及其后中共中央对南昌起义领导层的态度，由张太雷传达给了南昌起义的部队。②这些信息，郭沫若自然应该与闻。而目睹南昌起义遭受的严重失败，亦足以使他对革命的前途产生黯淡与悲观的想法。

到了10月，南昌起义的主要领导即开始严厉检讨自己的错误。比如李立三说："八一革命在客观上是中国革命进到一个新的阶段……但是因为党的政策深中机会主义之毒，不但是得到一个最后的失败，并且是把本来客观上付与的意义都完全失掉而成为一种简单的军事投机。"③在11月召开的中共中央临时政治局扩

---

① 宋彬玉：《郭沫若和成仿吾》，史若平编：《成仿吾研究资料》，第142页。

② 参见张侠：《南昌起义研究》，上海：上海人民出版社，1982年，第449—455页；南昌八一纪念馆编：《南昌起义》，北京：中共党史资料出版社，1987年，第561页。

③ 《李立三报告——八一革命之经过与教训》，南昌八一纪念馆编：《南昌起义》，第95—96页。

大会议上，南昌起义的前敌委员会被重点批判，被认为"在政治军事上而做成了极大的错误，仍然是继续机会主义的旧政策"，根源在于"不信赖群众力量，没有发动农民创造真正工农民众政权的决心，完全是一次软弱的军事投机的尝试，违背中央政策的行动"。[①] 本来出于对革命的一腔热忱，不避艰难赶往南昌，又随军南下历尽千辛万苦，最后不仅未获承认，反而成为被批判的对象，这些挫折必将进一步阻断郭沫若参与革命活动的道路及欲望，重拾文学旧业几乎成为必然的选择。

　　郭沫若的转变是富有代表性的，虽然他的政治地位少有人能比，但结果不过比别人多经历了几个月的政治生涯，划过的人生轨迹大体一致。在大革命受挫之后，革命文人已经普遍开始了由广州或武汉向上海的迁移，由政治生涯复归文学生涯。创造社的郑伯奇在"四一二"之后由日本重返广州，此时广州的形势已十分严峻，路遇王独清，王独清对他"大喊大叫"："人家都要走了，你现在来干什么！"并且告诉了他"许多朋友牺牲的惨况"。郑伯奇在和成仿吾商量后，决定"先后去上海"。[②] 4月29日，郑伯奇回到上海；5月2日，接替郭沫若任广东大学文学院院长的王独清也回到了上海。[③] 成仿吾则到7月底借为黄埔军校采购器材之机离开广州，回到上海。[④] 成仿吾到上海后，即开始为已经难以维持，但在新的条件下又面临机遇的创造社谋划出路，并旋即赴日招贤纳士。

　　7月底回到上海的还有创造社的"小伙计"潘汉年。潘汉年在1926年11月加入中共，1927年初应郭沫若之邀去武昌，被任命为《革命军日报》总编辑。武汉"分共"后他返回上海，9月

---

① 《政治纪律决议案（1927年11月14日）》，中央档案馆编：《中共中央文件选集》第3册，第478—480页。

② 郑伯奇：《创造社后期的革命文学活动》，《中国现代文艺资料丛刊》第2辑，上海：上海文艺出版社，1962年，第2页。

③ 参见咸立强：《寻找归宿的流浪者——创造社研究》，第242页。

④ 参见宋彬玉、张傲卉：《成仿吾和创造社》，《新文学史料》1985年第2期，第132页。

与叶灵凤一起恢复了《幻洲》半月刊，继续编辑《幻洲》的下半部《十字街头》（叶灵凤编上半部《象牙之塔》），"八个月以后"重返文字启蒙生涯。[①]进入1928年，他又编辑了《现代小说》《畸形》《战线》。这些刊物虽未十分积极地提倡无产阶级革命文学，但表现出的激进政治和文化革命理念，与无产阶级文学配合无间。进入1929年，当中共决定加强文艺领域的领导工作之后，潘汉年成为中共文艺工作的主要负责人。

这时的创造社又接纳了两位重要的新成员——阳翰笙（欧阳继修）和李一氓（李民治），他们虽然也是从"战场"上退下来的，但和创造社此前并无渊源。二人都在1925年加入中共，1926年，他们一起来到广州，阳翰笙任黄埔军校政治部秘书，入伍生部总支书记兼政治教官；李一氓则先后担任过政治训练部宣传科长、国民革命军南昌总政治部秘书（郭沫若下属）等职。1927年8月初，两人同郭沫若一起奔赴南昌参加起义。1927年下半年，他们也先后由香港来到上海，然后便在郭沫若推荐下加入了创造社。与郭沫若的革命友谊自然是他们能够获得推荐的关键。阳翰笙的回忆是这样的：

> 郭沫若知道，我虽然没有写过作品，但爱好文学，具备一定的修养，又做过几年组织工作，于是由郭沫若要求，经周恩来同意，决定我到创造社工作，去发展组织，壮大革命力量。按我的本意，我还想重操旧业，从军上战场。但我是属于党的，我的一生必须交给党安排，我的工作应该无条件地服从党的决定。就这样，我便弃武就文，参加创造社，从此走上了革命文学的道路，把全部心血都献给了党的无产阶级文学艺术事业。[②]

如果我们把它和李一氓的回忆相对照，就可以发现阳翰笙略去了一些关键情节：

---

① 潘汉年：《我再回上海》，《幻洲·十字街头》第2卷第1期，1927年10月1日，第2页。

② 阳翰笙：《风雨五十年》，北京：人民文学出版社，1986年，第127页。

　　回到上海后，因为生活关系，由郭沫若提议并主持，在创造社由我和欧阳继修（华汉，阳翰笙）去编一份三十二开的小杂志《流沙》，刊名即是南昌起义部队最后在潮汕失败的那个地方的地名（属广东揭阳）。每月编辑费六十元，我和欧阳平分。[①]

　　很显然，回到上海后需要维持生计，是他们加入创造社编辑刊物的重要原因；而之所以生计出了问题，则由于不能再获得革命组织的活动经费。所以，未能"重操旧业，从军上战场"，既是出于党组织的要求，也难免包含某种无奈。除了《流沙》，二人后来还编了《日出旬刊》，对无产阶级革命理论与革命文学的提倡都颇为用力，构成后期创造社文艺和理论活动的重要组成部分。

　　大革命失败后，一个纯由中共党员组成的革命文学社团——太阳社——在上海成立。其领袖蒋光慈是莫斯科东方大学留学生，1922年即已加入中共，和大革命失败后的中共领袖瞿秋白素有交谊。但他对政治活动并不热心，而热衷于革命文学的创作，"四一二"之后他才奔赴波诡云谲的武汉，似乎一直也没有任何政治职务。[②] 其他三名核心成员则对政治活动热心得多。钱杏邨于1926年加入中共，1927年被派往国民党芜湖县党部，帮助国民党改造，并任主任委员，"四一二"后逃往武汉，在中华全国总工会宣传部工作。杨邨人和孟超均系1925年入党的中共党员，也在"四一五"或"四一二"后分别从广州或上海逃往武汉，并与钱杏邨同事。1927年5月，四人商量创办一份革命文艺刊物《太阳》，但因武汉"分共"而未能实行。

　　1927年下半年，太阳社这四名成员也先后来到上海，重新谋划刊物的创立。《太阳月刊》最终在1928年1月1日创刊，同时他们还创办了出版部——春野书店，刊行偏重于革命文艺方面的

---

①　李一氓：《李一氓回忆录》，第101页。

②　参见赵新顺：《太阳社研究》，北京：中国社会科学出版社，2010年，第28—29页。

书籍。太阳社的一系列出版物，对无产阶级文学的提倡起到了十分重要的作用，也是"革命文学"论争的重要平台。

创造社方面，当主要成员都陆续回归上海之际，也正谋划复活旧刊物或发行新刊物。《创造月刊》自 1926 年 7 月后，一年多只断续出版了两期；《洪水》自 1927 年 5 月中旬以后，也持续了四个月没有刊行。力量重新集结的创造社，无疑需要重整并开拓自己的阵地。蒋光慈当时也还是创造社同人，文章在创造社刊物上大量发表，到上海后仍然和创造社同人一起活动，且每天去出版部吃饭。[①] 在当年 11 月 9 日，郑伯奇偕他和段可情一起拜访了鲁迅，希望与鲁迅合作出版新刊物。鲁迅表示同意，并认为不必另创新刊，恢复《创造周报》即可。[②]

当鲁迅还在厦门的时候，他曾给许广平写信透露自己何以动心去广州的两个理由："其实我也还有一点野心，也想到广州后，对于研究系加以打击……第二是同创造社连络，造一条战线，更向旧社会进攻，我再勉力做一点文章，也不在意。"[③] 到了广州后，鲁迅与创造社的关系堪称友好，曾联合发表宣言[④]，至创造社出版部购书对方也坚不收钱[⑤]。这种友好关系的存在是创造社愿意主动寻求与鲁迅联合，并且双方意向很快达成的关键。

计划的实行已经提上日程。在 12 月 3 日的《时事新报》上刊登了即将复活的《创造周报》的征订启事，并胪列了编辑委员和

---

① 参见黄药眠口述，蔡彻撰写：《黄药眠口述自传》，北京：中国社会科学出版社，2003 年，第 70 页。

② 郑伯奇为此在 11 月 19 日再次拜访了鲁迅。参见郑伯奇：《创造社后期的革命文学活动》，《中国现代文艺资料丛刊》第 2 辑，第 4—5 页；《日记十六》，《鲁迅全集》第 16 卷，第 46、47 页。

③ 《261108 致许广平》，《鲁迅全集》第 11 卷，第 606—607 页。

④ 《中国文学家对于英国智识阶级及一般民众宣言》，《洪水》第 3 卷第 30 期，1927 年 4 月 1 日，第 231—236 页。

⑤ 《日记十六》，《鲁迅全集》第 16 卷，第 37 页。另参《270925 致李霁野》，《鲁迅全集》第 12 卷，第 76 页。

部分特约撰述员的名单，编辑委员为成仿吾、王独清、郑伯奇和段可情；排在特约撰述员第一位的即是鲁迅，下面择要列举了麦克昂（郭沫若）、蒋光慈、冯乃超、张资平等人的名字。[①] 更详细的撰述员名单和铿锵有力地呼唤文艺跟上时代的《复活预告》甚至印刷在了 1928 年 1 月 1 日刊行的《创造月刊》封三上，30 名撰述员里除了鲁迅之外，也包含了聂觭（聂绀弩）以及孟超、杨邨人等非创造社成员。[②]

三、"联合战线"的失败与"理论批判"的酝酿

然而，《复活预告》却是错误印刷的结果，联合计划半个多月前就已经被成仿吾及其刚从日本引入的新力量否定了。12 月 18 日的《申报》上已经刊登了《〈创造周报〉改出〈文化批判〉月刊紧急启事》，明确提出"现因编辑上的关系决将《创造周报》停办，改出《文化批判》月刊"[③]。发现错误后，《创造月刊》立即印行了新版本，把封三撤换为《〈创造周报〉改出〈文化批判〉月刊紧要启事》，然而封底的《优待订户启事》未能取消，于是便在封三下方附注了一行小字："后面关于《创造周报》定价广告一则，显系误印，当即声明取消。"同时加印了一页《〈创造月刊〉的姊妹杂志〈文化批判〉月刊出版预告》，宣告《文化批判》将在"元月中"面世。[④]

联合何以失败？原因是明确的，那就是成仿吾从日本引入的

---

① 《〈创造周报〉优待定户》，《时事新报》，1927 年 12 月 3 日，第 1 张第 2 版。

② 《〈创造周报〉复活了》，《创造月刊》第 1 卷第 8 期，1928 年 1 月 1 日，初版封三。

③ 参见《申报》该日第 5 版。另外，在 1927 年 12 月 15 日出版的《洪水》停刊号（第 3 卷第 36 期）上，刊登了一篇题名《〈洪水〉停刊以后——怎样呢?》的创造社出版部启事，里面规划了创造社未来的刊物出版计划，并预告了《文化批判》的创刊，但对《创造周报》的复刊只字未提，旧议之废，已然可知。参见刘震：《左翼文学运动的兴起与上海新书业（1928—1930）》，北京：人民文学出版社，2008 年，第 48 页。

④ 参见《创造月刊》第 1 卷第 8 期新印本封三及广告页。

五名新成员坚决反对，而成仿吾也认同他们的意见。这五名新成员是朱镜我、李初梨、冯乃超、彭康和李铁声，除了朱镜我正在攻读研究生，其他人在日本的本科学业均未完成。不过，他们都在日本长期学习和生活，所学也大都是哲学或社会学专业，对国外的哲学和社会理论远比国内一般文人了解。更重要的是，他们受到了日共领导人福本和夫的福本主义的深刻影响。福本主义特别强调意识形态领域的斗争，重视提倡纯粹的无产阶级阶级意识；落实到无产阶级的组织形态上，则追求在思想批判的基础上实现大分裂，在转换方向之后重新组合；同时认为世界资本主义已经进入急激没落期，无产阶级革命将随之而入高潮。福本主义在日本曾风靡一时，这五名新成员也受到其极深影响。虽然在他们回国时，福本主义已开始受到共产国际和日共批判，而且他们也有意回避提及福本主义，但这并未妨碍福本主义是他们理论批判的最重要武器。另一方面，这一套提倡意识形态批判、重视阶级意识纯洁性的理论，与中共当时所进行的苏维埃革命的理论，在内在逻辑的诸多方面完全一致，并可以互相配合。创造社的批判活动（包括对无产阶级文学的提倡）之所以能够在左翼文坛被较为广泛地认可，并获得迅速传播，和它与中国共产主义革命活动的这种内在一致性有着直接的关系。文艺及理论领域的批判和政治领域的暴动宛若并蒂双生。这也是后来许多研究者把创造社的批判活动视作瞿秋白"盲动主义"产物的一个原因。① 但二者也有重要的区别，那就是创造社的批判活动对革命的知识分子与现实的无产阶级之间关系的认识，和彼时的阶级革命理论截然相反。但在最初，他们的意识形态批判工作的无论哪一方面，都未受到中共的太多重视。

后期创造社的五名主力新进成员不仅努力进行激进的理论批判行动，而且十分渴望无产阶级的政治实践，回国后即积极谋求与中共组织建立联系，并得到了中宣部负责人郑超麟的具体指

---

① 对此一方面失误的较详细辨正，参见朱时雨：《关于创造社攻击鲁迅问题的一种流行观点质疑》，《中国现代文学研究丛刊》1987 年第 1 期，第 220—230 页。

导。当他们还在日本时，便心系国内的大革命。据郑伯奇回忆：
"大革命时期，我去广州，他们热情地送别；我由广州重到日本，
他们又很热情地来看望。他们非常希望了解大革命的真相。"并且
在那时，他们即"特别关心创造社，希望创造社能转变方向，提
倡无产阶级革命文学"。① 冯乃超则回忆说，在"1927 年暑假前"，
他目睹李初梨在京都帝国大学讲堂用日语讲演，讲演的最后一句
是："青天白日满地红的旗帜，将因中国无产阶级的血染得更加鲜
红。"这句话明显针对"四一二"政变而发，而它说明了大革命的
受挫，从反面加速了独立的无产阶级政治意识的诞生。大体来说
确如冯乃超所言："广大的知识分子阶层在大革命失败后，不能
不在反共与拥共之间作出更明确的选择和表态。"正因此，冯乃超
回忆，李初梨讲演的那句话，"经过了五十一年，我仍留下鲜明的
印象"。②

　　而成仿吾在赴日之初，并未想到将被他引入国内的是以福本
主义为内核的批判理论。他的本意是去寻求发展创造社戏剧运动
的力量，然而当遇到李初梨、冯乃超等正试图在国内锻炼其理论
武器，并投身无产阶级政治实践中去的人员时，成仿吾被说服
了，并认同了他们的主张。他甚至在日本即研习了一些相关理论
著作，并融汇入写作之中。③

　　联合计划的废止，因为有成仿吾的大力支持，在创造社内部
并未引起太大争议。郭沫若在两年后以颇为赞许的态度提到了这
次转变："至于《创造周报》的没有恢复是因为大家的意思以为不
足以为代表一个新的阶段的标帜，所以废除了前议，才有《文化

　　① 　郑伯奇：《创造社后期的革命文学活动》，《中国现代文艺资料丛刊》第 2 辑，第
1—2 页。

　　② 　冯乃超：《鲁迅与创造社》，《新文学史料》1978 年第 1 期，第 35 页。关于后期
创造社新进成员大革命时期的活动，参见［日］小谷一郎：《"四·一二"政变前后后期
创造社同人动向——从与留日学生运动的关系谈起》，秋实译，刘柏青等主编：《日本学
者中国文学研究译丛》第 2 辑，长春：吉林教育出版社，1987 年，第 204—223 页。

　　③ 　参见本书第一章第二节与第三节相关论述。

批判》的出世。"[1] 同时,他还对后期创造社的新成员给予了高度
评价:

> 不久之间到了一九二八年,中国的社会呈出了一个"剧
> 变",创造社也就又来了一个"剧变"。新锐的斗士朱,李,
> 彭,冯由日本回来,以清醒的唯物辩证论的意识,划出了一个
> 《文化批判》的时期。创造社的新旧同人,觉悟的到这时候
> 才真正的转换了过来,不觉悟的在无声无影之中也就退下了战
> 线。创造社是已经蜕变了,在到一九二九年的二月七日他便遭
> 了封闭。[2]

然而创造社内部的新统一也并非自然而然地达成,其间仍然
经过了一番曲折。联合复刊的最初提议者郑伯奇后来便说:"他
们主张另起炉灶,完全站在新的立场,发刊一个纯粹理论批判的
杂志。这新计划,我首先赞成;可是我自己的提议,我又不愿放
弃。'双管齐下'罢,那时我们的人力财力都做不到。问题就这样
搁起来。到后来,仿吾等回上海以后,经了一番仔细的考量,乃
决计单出理论杂志。这就是划时代的《文化批判》。"[3] 然而,问题
的关键可能并非"人力财力"不够,多办一个刊物对于创造社并
非一件太困难的事,更何况还有鲁迅、郭沫若、蒋光慈、张资平
等金字招牌,有《创造周报》的旧时盛名,对创造社不至于成为
负担。在这一方面,郭沫若 1940 年代的回忆更有参考价值。在回
忆中,他首先指出是他提议的恢复《创造周报》并联合鲁迅,在
创造社新成员提出了新的计划后,他虽然赞同他们"从事于辩证
唯物论和历史唯物论的推阐工作",但也感觉到了困扰:

> 两个计划彼此不接头,日本的火碰到了上海的水,在短短
> 的初期,呈出了一个相持的局面。我主张等仿吾回来,彼此

① 郭沫若:《"眼中钉"》,《拓荒者》第 4—5 期合刊,1930 年 5 月 10 日,第 1542 页。
② 麦克昂:《文学革命之回顾》,《文艺讲座》第 1 册,1930 年 4 月 10 日,第 87 页。
③ 郑伯奇:《不灭的印象》,《作家》第 2 卷第 2 期,1936 年 11 月 15 日,第 334—335 页。

谈好之后，再来一个抉择。打电报去催仿吾，仿吾也从日本回来了。他坚决反对《创造周报》的复活，认为《周报》的使命已经过去了，支持回国朋友们的建议，要出版战斗性的月刊，名叫《抗流》（后来这个名字没有用，是改为了《文化批判》）。对于和鲁迅合作的事情大家都很冷淡。到了这样，却是该我自己来抉择自己的态度了。我深深地知道，假如我要坚持我的主张，照当时的情形看来，创造社便可能分裂，这是我所极不愿意的。并且我不久便要出国，仿吾对于将来的创造社要负更多的责任，照着他所乐意的计划进行，精神上必然更加愉快而收到更大的效率。[①]

在郭沫若的叙述中，他取代郑伯奇成为联合倡议的提出者和无奈的退让者，对鲁迅的"冷淡"以及后来的"批判"被归诸他人。这自然是由于联合鲁迅当时已是绝对正确的政治原则。[②]虽然回忆有所讳饰，但郭沫若指出"团结"原则在老成员决定让步并采取新步调的过程中起了重要作用，是更有解释力的。当然，妥协能够达成，同样在于新的"理论批判"和"战斗性"主张，对于普遍接受了大革命洗礼的创造社成员来说，而且在政治革命激情被强迫抑制的情形下，并不会觉得难以接受。团结的问题自然更发生在《文化批判》创刊后，能否跟随新成员加入"理论批判"和"方向转换"的行列，决定了后期创造社能否真正成为一个具有广泛影响力的社团。

1930 年，已加入了托派的王独清也曾指出，后期创造社时期，由成仿吾从日本招来的"新进分子"和老成员之间产生了"隔

---

① 郭沫若：《跨着东海》，《今文学丛刊》，1947 年 10 月 30 日，饶鸿竞等编：《创造社资料》（下），福州：福建人民出版社，1985 年，第 829 页。

② 郭沫若在 1940 年代的回忆中，常以后见之明表示自己虽然认可创造社的理论提倡，但对于他们的批判活动（尤其是批判鲁迅）感到过于"左"倾，并否认自己曾参与其中。实际上，郭沫若当时的批判活动的激烈程度甚至超过后期创造社新进成员。对此方面的辨正，参见卫公：《鲁迅与创造社关于"革命文学"论争始末》，《鲁迅研究月刊》2000 年第 2 期，第 51—58 页。

陕〔阅〕的局面"。但王氏自述，隔阂局面的打破要归功于他采取了"彻底转变方向的态度"，因此使得创造社实现了"统一"[①]，则难免夸大了自己的作用。后期创造社能够维持统一的局面，功劳并不在于他一个老会员的转向，转向其实是普遍发生的。即便很快便遭受新进成员严厉批判的张资平，其实也转向了"无产阶级文学"，只不过未循同一路径而已。

1927年底至1928年初，又有一批留日学生——王学文、傅克兴、沈起予、许幸之、沈叶沉等——陆续归国加入创造社，他们也都是无产阶级文学和政治理论的信仰者，于是进一步壮大了后期创造社的理论批判力量。

另一方面，对于已经破产了的联合鲁迅的计划，创造社却未向鲁迅做任何交代。[②] 或许是曾为此两次专访鲁迅的郑伯奇感到难以开口，也或许是他已经预感到鲁迅将难逃被自己阵营批判的命运，变友为敌已早晚难免。郑伯奇在不久后，确也加入了批判鲁迅的行列。而当鲁迅发现他从名列首位的特约撰述员，一下子变成"醉眼陶然"的"老生"，内心也难免涌出别样的滋味。

四、主要概念界说与体例说明

1. 主要概念界说

主要发生于1928年至1930年上半年之间的"革命文学"论争，严格来讲，所争并非"革命文学"，而是"无产阶级文学"；只不过由于无产阶级文学本就属于"革命文学"，且"革命文学"在大革命时期广泛流行，已为各方习用，而"无产阶级"一词又具政治敏感性，所以"革命文学"的提法仍然普遍为各方采用。处于"革

---

① 王独清：《创造社——我和它的始终与它底总账》，《展开》第1卷第3期，1930年12月20日，第16—17页。

② 参见上海师大鲁迅著作注释组：《郑伯奇谈"创造社""左联"的一些情况》，北京鲁迅博物馆鲁迅研究室编：《鲁迅研究资料》(6)，天津：天津人民出版社，1980年，第102页。

命文学"论争之核心的"无产阶级文学",其主体当然是以后期创造社率先系统提倡,太阳社其后积极呼应的一种文学类型,当时也被称作"普罗文学",或"普罗列搭利亚文学"("搭"亦常写作"塔")。它以无产阶级的阶级意识为核心要素,和在大革命时期普遍诉诸人性共感因素的"革命文学",已然有了质的不同。与此相应的是,革命也跃升至了阶级斗争的阶段。正因此,将这场论争称之为"'革命文学'论争",其实并不准确。那么,"'革命文学'论争"这一概念是如何产生的呢?

最早注意到"革命文学"论争之价值,并有意识地辑录相关史料的学者为李何林。1929 年 4 月,论争尚未结束,他便选编论争文献 47 篇,取名《中国文艺论战》,同年 10 月由中国书店出版。此书之成,显然受到 1925 年出版的任国桢辑译《苏俄的文艺论战》的启发。"序言"起首即云:"虽然不能像苏联,对于文艺问题曾经党之最高机关召集全国大会讨论过,而且确定了党之一贯的文艺政策;但一九二八年的中国文艺界也曾起了一场颇剧烈的论争。"①这部资料集,以语丝派、创造社、《小说月报》、《新月》、《现代文化》等社团或刊物为单元,分为 5 辑。值得注意的是,该书并未给"论战"精确命名,但将论争文献总括为"革命文学"与"非革命文学"两类②,也算为以后的命名做了铺垫。王哲甫 1933 年出版的《中国新文学运动史》,便把该次论争称为"革命文学之论战"。③

1939 年李何林又出版了《近二十年中国文艺思潮论》。该书第二编对"革命文学"论争各方观点做了全面介绍。创造社、鲁迅和茅盾、语丝派、新月派的观点,都以专章呈现。该书政治观点更加鲜明,斥新月派为"资产阶级的代言人"④,并将创造社、鲁迅等与新月派的论战,视为敌我之争。创造社与鲁迅、茅盾的论争,则被明确界定为"内讧":"创造社太阳社在一九二八年与鲁

---

① 李何林编:《中国文艺论战》,北京:中国书店,1929 年,第 1 页。

② 李何林编:《中国文艺论战》,第 3 页。

③ 王哲甫:《中国新文学运动史》,北平:杰成印书局,1933 年,第 76—78 页。

④ 李何林编著:《近二十年中国文艺思潮论》,上海:生活书店,1939 年,第 135 页。

迅茅盾的论争，是革命的小资产阶级知识分子不该有的内讧，以致忽略了对于真正敌人的斗争。"[1]虽然该书反复强调此一部分论争的"内讧"性质，但也并未将创造社、鲁迅等与新月派的论争排除出整体论争的范畴之外。论争之全体，被作者涵盖在"革命文学问题"的范围之内，但在正面论述时，亦未给其命名。不过在"序"中，李何林有"一九二八年'革命文学'或'无产阶级文学'问题的论争"的表述。[2]此时的李何林，显然尚未想到更精确的名称。若使用"革命文学"，则难以准确描述作为论争核心要素的"无产阶级"问题；若使用"无产阶级文学"，似乎又与当时普遍流行的"革命文学"的称呼不太匹配。但大概还是因为"革命文学"的表述实在太过深入人心，在行文至第三编，论述主题已离开"革命文学"论争时，李何林使用了"一九二八年'革命文学'论争"的表述。[3]此一表述，全书仅出现一次，大概是"'革命文学'论争"的最早现身。另外值得注意的是，在该书中，"革命文学"论争的主体已然被限定为"内部"论争。

　　李何林1951年所作《"左联"成立前后十年的新文学》一文，采取了相似的逻辑，认为创造社、太阳社与茅盾、鲁迅之间的论争是"革命的文学阵营里面的内战"。[4]但该文亦未使用"'革命文学'论争"的概念，而使用了"'无产阶级文学'运动的斗争"的提法，对鲁迅和茅盾的斗争，对新月派的斗争，都被涵盖其中。[5]

　　在新中国初期陆续编撰的文学史中，该次论争的名称虽仍未固定，但已大致趋同，论争之核心被普遍界定为"革命文学"。显然，文学史教学尤其需要对文学现象的命名。王瑶1951年出版

---

　　① 李何林编著：《近二十年中国文艺思潮论》，第243页。

　　② 李何林编著：《近二十年中国文艺思潮论》，第5页。

　　③ 李何林编著：《近二十年中国文艺思潮论》，第354—355页。

　　④ 李何林：《"左联"成立前后十年的新文学》，李何林等：《中国新文学史研究》，北京：新建设杂志社，1951年，第60页。

　　⑤ 李何林：《"左联"成立前后十年的新文学》，李何林等：《中国新文学史研究》，第63—65页。

的《中国新文学史稿》提到："在文学领域，经过了一九二八——二九年的关于革命文学的论争，一九三〇年三月左翼作家联盟成立了。"[①] 不过该著并未对"革命文学的论争"的范围做清晰界定。丁易 1955 年出版的《中国现代文学史略》，则明确使用了"革命文学论争"的概念。在该书中，此次论争大体上已经排除了与新月派的论争，因而"其性质是革命文学内部的思想斗争"。[②] 刘绶松 1956 年出版的《中国新文学史初稿》，则明确将创造社、太阳社与鲁迅、茅盾的论争，称为"关于革命文学的论争"，而将与新月派等团体的论争，作为对敌斗争与之区隔了开来。[③] 其后的文学史叙事，直到"文革"爆发前，与此均大同小异。"革命文学"论争被界定为"内部"论争的认知模式，基本确定了下来。但相关文学史著，并不会给该次论争过多关注与过高评价，大多认为该次论争为"左联"的建立创造了条件，而无产阶级文学的发展主要是"左联"的功绩。直到粉碎"四人帮"之后，学界努力为被抹黑的 1930 年代左翼文坛翻案，"革命文学"论争才获得重点关注，"'革命文学'论争"的提法也才完全固定了下来。

　　1978 年，中国社会科学院文学研究所现代文学研究室编成《"革命文学"论争资料选编》一书，凡 71 万字，1981 年出版，为相关研究的展开奠定了坚实的资料基础。该书之"前言"，表达了对林彪与"四人帮"混淆"革命文学"论争中"两类矛盾"的愤慨。[④] 此一表述所针对的，当然是"文革"期间，创造社、太阳社等与鲁迅的矛盾被当成了敌我矛盾，许多人为此饱受摧残。基于此一翻案平反的动机，"革命文学"论争当然也更适合"在革命文艺界

---

① 王瑶：《中国新文学史稿》（上册），北京：开明书店，1951 年，第 17 页。

② 丁易：《中国现代文学史略》，北京：作家出版社，1955 年，第 66—67 页。

③ 刘绶松：《中国新文学史初稿》（上卷），北京：作家出版社，1956 年，第 205—206 页。

④ 中国社会科学院文学研究所现代文学研究室编：《"革命文学"论争资料选编》（上），北京：人民文学出版社，1981 年，"前言"第 2 页。

内部"进行界定。① 所以，左翼与新月派、国家主义派、无政府主义派的论争文献，都被该书作为"附录"而收入，以突显真正的敌人之所在。但好在毕竟收入了此类文献，且该书所附《"革命文学"论争资料编目》，大体也兼收并蓄，为打开全面的"革命文学"论争视野，提供了极大便利。不过受制于"内部"论争思维，该资料集对于"敌方"文献，失收便颇多。

时过境迁，相关限制已然不再必要；而"'革命文学'论争"一词，即便字面上不够精确，也早已约定俗成，无另立名目的必要与可能。因此，本书完全承袭"'革命文学'论争"的提法，但对其将取最广义的理解，把文坛各方自 1927 年底至 1930 年上半年，所有关于革命文学尤其是无产阶级文学的论争，全部涵盖在内。本书之研究当然不可能面面俱到，但在研究的思维与视野上，将对"革命文学"论争持开放的认知态度。

另有必要说明的两个概念，是"革命文学家"与"革命文学派"。"革命文学家"是鲁迅喜欢使用的概念，1928 年 1 月之前他主要用来指称以吴稚晖为代表的文学家，1928 年 2 月之后，基本上只用来指称创造社和太阳社的文学家。但在鲁迅的使用中，该词饱含贬义色彩。据 2005 年版《鲁迅全集》，鲁迅一共使用了 62 次"革命文学家"（含 3 次引述他人文字时出现、2 次引用自己文章时复现、4 次信函中出现），时间跨越 1927 年至 1933 年，基本上全具负面含义，可确定讽刺创造社和太阳社者近 50 次，其中绝大多数是讽刺的创造社。本书在论述时，不排斥使用"革命文学家"，但完全站在客观立场上进行使用；在表述"革命文学家"群体时，则采用"革命文学派"的称呼。"革命文学派"一词，鲁迅与茅盾应该都未用过，早期文学史家也很少使用。王丰园 1935 年出版的《中国新文学运动述评》，大概是文学史著中最早使用该概念者。该书一共使用了两次"革命文学派"，指称以创造社和太阳社成员为核心的提倡无产阶级文学的作家群体，含义基本等同于

---

① 中国社会科学院文学研究所现代文学研究室编：《"革命文学"论争资料选编》（上），"前言"第 1 页。

"革命文学"论争时期即出现的"革命文学家们"。[①]刘大杰 1936 年也在一篇悼念鲁迅的文章中使用了一次相同含义的"革命文学派"概念。[②]蔡仪 1952 年出版的《中国新文学史讲话》，则多次使用了"'革命文学'派"（有时"革命文学"亦不加引号）的表述，含义亦无不同；对于鲁迅与茅盾方面，蔡仪使用的概念是"革命的小资产阶级文学派"。[③]后者显然未能流行开来，而"革命文学派"则在 1980 年代之后，获得较为普遍的使用。本书使用"革命文学家"与"革命文学派"概念，指称以创造社和太阳社成员为核心的，与中共党组织有密切关联，多数也是党员的文学家。为便于行文，本书对于鲁迅、茅盾等虽非党员或脱离了党组织，但立场倾向中共的作家，以及革命文学派，以"左翼"统称之。[④]

　　本书书名使用了"阶级文学理论"一词，而未使用"无产阶级文学理论"，乃是基于如下考量。第一，"阶级文学理论"，顾名思义，指的是以阶级问题为论述核心的文学理论。据此定义，则不管是在文学理论发展史上，还是在中国语境下，该词基本上不存在产生歧义的可能，指的当然就是"无产阶级文学理论"。第二，本书详细讨论了文坛对"无产阶级文学"之"无产阶级"属性的辩难，若使用"无产阶级文学理论"的表述，则难免遭受同样的质问：它是否真的就已经是"无产阶级"的所属物？基于上述考虑，本书在论述中虽然不可避免地会使用"无产阶级文学理论"一词，但在书名中采用含义更广泛、表意更精准、形式更简练的"阶级文学理论"。

　　最后有必要提及的是，作为本书重要研究对象的创造社，学

---

　　① 王丰园：《中国新文学运动述评》，北平：新新学社，1935 年，第 157 页。"革命文学家们"的提法主要出自"语丝派"，含贬义。

　　② 刘大杰：《鲁迅与写实主义》，《前进》第 2 期，1936 年 11 月 16 日，第 11 页。此文另刊《宇宙风》第 30 期，1936 年 12 月 1 日，第 311—313 页。

　　③ 参见蔡仪：《中国新文学史讲话》，上海：新文艺出版社，1952 年，第 89—91 页。

　　④ 更准确的称呼，应是"普罗左翼"。本书在不致引起关键性混淆的情况下，仍循文学史惯例采用"左翼"的称呼。

界公认可分作三期，本书为行文便利，一般把前、中期统称作前期；同样为本书重要研究对象的太阳社与我们社，二者关系目前学界尚未清晰厘定，本书在一般情况下仍袭惯例，将我们社成员并入太阳社中进行论述。

2. 体例说明

本书所研究的对象为"论争"，尤其注意观察论争各方近乎即时的细微思想与情感变化，这决定了本书只能以原始报刊为主要资料来源，所以书中引述的文献，基本为初刊本，除非寻获未得，一般不从作家文集或各种资料集中转引。但因为《鲁迅全集》（人民文学出版社 2005 年版）中所录文本与初刊本一般差别极小，且为学界普遍使用，为便于学界查考，本书会在尽量考核对比的前提下据该全集进行引用，并对值得注意的差别加注说明；对《鲁迅全集》的注释失误，亦予顺带指出。

本书引文尽量保持资料的原始形态，若非确定的错误，不做改动，若有改动，则加校勘符号（个别地方加注说明）。其中改错字符号为 []，补缺字符号为 ⟨⟩，删衍字符号为 「」。若引文中存在类似符号且可能导致误解，则加注说明。

本书所征引的文献中，许多书名与篇名未加书名号，本书均予加上，引号形式的书名号则改为今日通行的书名号，均不再标注。较为细微的标点符号错误，本书予以直接改正，不再标注。本书作者所加省略号，与引文中原有省略号未作区分，但若因此可能导致对引文有意义的理解偏差，则在注释中予以说明。

本书注释中的图书文献，第一次出现列出全部版权信息，其后只列基本信息。征引次数较多的图书的版权信息，可至书末之"参考文献"中查阅。

第一章 "革命文学"论争的前奏： 创造社与太阳社之争

"革命文学"论争长期被界定为左翼阵营内部的一场论争，非左翼与左翼之争，则被视作敌我之争，不属于"革命文学"论争的范畴。这样做与其说是为了排除和打击敌人，不如说是为了团结自己人，消减论争所内蕴的分裂意味。这自然已是不必要的限制。可即便仅仅把目光集中于革命文学派，我们依然对其异质性缺少足够研究。比如，创造社和太阳社关于"革命文学"的论述在最初便十分不同，并展开了激烈论战。而这一点极少被学界提及，即便提起也基本以"宗派主义"、争夺革命文学的首创权或正统等负面描述一笔带过。①

值得注意的是，后期创造社的理论旋风首先吹到的不仅有"没落"的小资产阶级知识分子，更有马克思主义的信仰者——太阳社成员。以蒋光慈为领袖的太阳社成员，一直也是革命文学与阶级理论的热心倡导者，其理论资源更来自革命大本营、无产阶级文学理论的主要生产与集散地——苏俄。何以本该成为兄弟的两

---

① 这种认知最初源于钱杏邨对创造社的动机推测，所以能因循至今，和茅盾后来的评判应有密切关系："记得去年春初，《太阳月刊》和《文化批判》(创造社的)还有些互相改[攻]讦的文字，很不能讳饰地在互争'革命文学'的正统，或是'发见权'……实在是很尤聊的。"茅盾：《读〈倪焕之〉》，《文学周报》第 8 卷第 20 期，1929 年 5 月 12 日，第 599 页。潘梓年在二社论争尚未结束之时，也曾对他们争夺"革命文学"的首创权提出过批评，认为是"英雄思想"作祟。弱水（潘梓年）：《谈现在中国的文学界》，《战线》第 1 卷第 1 期，1928 年 4 月 1 日，中国社会科学院文学研究所现代文学研究室编：《"革命文学"论争资料选编》(上)，第 284 页。其实，对首创权的争论只是整体论争极小且不关键的一部分。

派，竟演出"阋于墙"的戏剧，大有探清的必要，以便更准确地认识"无产阶级文学"的中国发生机制。

一、论争过程考述

1. 论争之发起

1927年10月至11月间，后期创造社的五员大将——朱镜我、冯乃超、李初梨、彭康、李铁声——被成仿吾召唤回国，他们在日本比较深入地学习了当时能够寻获的马克思主义思想资料。而日本当时选择介绍的马克思主义思想资料，受到了占统治地位的福本主义的影响和制约，后期创造社成员对这些思想资料的理解也自然带上福本主义的烙印。以这些理论资源为斗争利器，这几位雄心勃勃的归国成员酝酿在中国开展一场全面的意识形态批判工作，以奠定马克思主义和阶级论文学思想的理论基础。1928年1月15日，后期创造社的理论刊物《文化批判》创刊，卷首《祝词》中，成仿吾首先引用了列宁的名言"没有革命的理论，没有革命的实践"，说明理论批判的重要性；然后指出，"《文化批判》当在这一方面负起它的历史的任务。它将从事资本主义社会的合理的批判，它将描出近代帝国主义的行乐图，它将解答我们'干什么'的问题，指导我们从那里干起"。①半个月前的1928年元旦，创造社另一刊物《创造月刊》也从第1卷第8期开始恢复正常出版，在以发表文学作品为主的同时，也开始了有意识的无产阶级文学理论探讨，隐然可见与《文化批判》的分工关系。1928年元旦，还出版了以蒋光慈、钱杏邨、杨邨人等为编辑和创作核心的革命文学刊物《太阳月刊》，但彼时太阳社尚未明确成立。据杨邨人1933年回忆，之所以成立太阳社，完全是因为遭到了创造社的进攻："在杂志创刊号出版的时候还没有成立太阳社的企图，等到受创造社的袭击以后，才感觉着非有联合战线的队伍不足以迎敌，

---

① 成仿吾：《祝词》，《文化批判》第1号，1928年1月15日，第1—2页。

便标明了旗帜招引同志充实战斗的力量，于是乎成立了太阳社。"①

太阳社领袖蒋光慈和创造社的关系本来不恶，并曾经加入过创造社。创造社的核心刊物《创造月刊》，除创刊号外，一直到1928 年 3 月发行的第 1 卷第 10 期，连续 9 期都有蒋光慈的创作刊载。1927 年下半年，创造社拟复活《创造周报》时，蒋光慈也较深度地参与了相关筹划，可惜事终未成，代之而起的是《文化批判》的创刊。倘若《创造周报》复活成功，蒋光慈大概率还会继续是创造社成员，加上孟超与杨邨人这两位太阳社主力成员也在《创造周报》复活预告的"特约撰述员"名单之中，"革命文学"的后续发展当有较大不同。

《太阳月刊》第 1 期和第 2 期的首篇论文皆出自蒋光慈之手。他在创刊号上如此写道：

> 我们的时代是黑暗与光明斗争极热烈的时代。……可是我们把现代中国文坛的数一数，有几部是表现这种斗争生活的著作？……我们只感觉得这些作家是瞎子，是聋子，心灵的丧失者……他们对于时代实在是太落后了。虽然这其间也有几个作家曾发表过很激烈的政治论文，或空泛地喊几声所谓革命文学与劳动文学，但是这与作者的"文学家的资格"并没有什么关系，因为我们对于文学家所要求的是文学的革命的作品，而不是一般人所都能写到的，空空洞洞，不可捉摸的论文。②

此段文字虽然很像在批判创造社，但《文化批判》尚未创刊，后期创造社新进成员也并未在此前发表过"很激烈的政治论文"，可知蒋光慈所指当为大革命时期的诸多理论提倡。在发表于第 2 期的论文中，蒋光慈开篇即解释了自己为何不专门作文谈革命文学理论，他忏悔自己"惰性太深"，辩称"我不爱空谈理论，——

---

① 杨邨人：《太阳社与蒋光慈》，《现代》第 3 卷第 4 期，1933 年 8 月 1 日，第 473 页。

② 蒋光慈：《现代中国文学与社会生活》，《太阳月刊》第 1 期，1928 年 1 月 1 日，第 3—4 页。按：《太阳月刊》以创刊号、2 月号至 6 月号、停刊号的形式标示刊期，为明晰起见，本书将其还原为具体某期进行标示。

我以为与其空谈什么空空洞洞的理论，不如为事实的表现，因为革命文学是实际的艺术的创作，而不是几篇不可捉摸的论文所能建设出来的"。[①] 这段文字和创刊号上的如出一辙，如果说前者不是针对创造社，这一部分理应也不是。但实际情形可能要稍为复杂。因为这段文字明透露出蒋光慈对自己没有创作过理论文章的焦虑心情，以至于要专门辩解，并作文来谈革命文学的理论，暗含较量之意，与作第一篇文字时心情已然不同。且此文发表于提倡革命文学理论的《文化批判》创刊之后，故而极难排除潜在回应甚至批评创造社的因素。无论实情如何，蒋光慈此类言论是他后来招来创造社严厉批判的重要触因。

《太阳月刊》前两期并未有对创造社的直接批评，但 2 月 15日发行的《文化批判》第 2 号，则展开了对《太阳月刊》创刊号上蒋光慈文章的批判。《太阳月刊》第 3 期予以反驳，二社激烈论争由此拉开序幕。不过"其兴也勃，其亡也忽"，论争文字主要集中于《文化批判》第 2 号和第 3 号，《创造月刊》第 1 卷第 10 期，《太阳月刊》第 3 期和第 4 期。中断原因则扑朔迷离，相关当事人只提曾召集联席会议解决矛盾，至于背后是否有政治力量介入，即便有人提及，也含混不清。但能让刚刚炽烈的论争骤然中断，合理的猜想应该是政党进行了干预——成员全是党员的太阳社自然难违党的指示，而理论锐气十足的后期创造社成员正积极向党靠拢，也断无不听命之可能。

据其时负责中宣部工作的郑超麟回忆，蒋光慈曾找过中宣部，要求他制止创造社的攻击，不过他未予理会。郑超麟回忆说："记得有一次太阳社支部在钱杏邨家开会，我曾代表中央宣传部去参加。一次我去林伯修家里同他们几个人谈话，蒋光赤告诉我，他在《太阳》上写文章，说人的一切知识都是从经验中产生出来的，可是《文化批判》认为这话不对。……他同我说这些话，是要我运用中央宣传部的权威制止人家批评他，但我没有理会。"[②]

---

① 蒋光慈：《关于革命文学》，《太阳月刊》第 2 期，1928 年 2 月 1 日，第 1—2 页。

② 郑超麟：《郑超麟回忆录》（下），北京：东方出版社，2004 年，第 342—343 页。

但如果冯乃超的回忆属实的话，则郑超麟并不仅仅是没有搭理蒋光慈而已，他还代表失势的陈独秀到了蒋光慈的对手那里去从事争取工作：

> 陈独秀对于后期创造社的人们的活动是关心的、注意的，他曾企图拉拢过我们。我们回国不久，陈独秀便派郑超麟来参与并且领导创造社的读书会。六大以后，他又通过王独清来影响我们。陈独秀本人也表示要和我们见面。后来又派彭述之亲自出马，我们见过他。

而李立三也立即派出了潘汉年去拉拢他们：

> 我们刚从日本回来不久，李立三就通过潘汉年和我们接触，并且找我们去谈话。这是不是他对知识分子比较重视呢？也未必。因为他对潘汉年说："找几个高等华人来谈谈。"这是不是开玩笑？恐怕也不是。他的观点，我们听不大懂。可是，对于陈独秀和李立三，我们是靠近李立三这一边的。1929年发生了开除陈独秀的斗争，我们就站在李立三这一边。陈独秀的争取创造社是失败了，李立三派了潘冬舟（东周）来和创造社联系，代替了郑超麟；后来，又派吴黎平参加党的文化党团来指导工作。①

冯乃超的回忆可能有自我推重的成分。据郑超麟讲，并非陈独秀授意他去指导创造社，而是瞿秋白分配给他的任务，而且是应创造社之请的行为。郑超麟最初并不乐意："会议结果推举我去指导。我拒绝了，而推举秋白自去。我是如此不习惯于同党外的人办交涉，尤其同文学家办交涉。秋白以即将出国为理由来推辞。我只好应承下来了。但我一直延宕着，没有去做，直到四月底或五月初，江苏省委催了几次，才同他们约定一个时间见面。"②但

---

① 冯乃超口述，蒋锡金笔录：《革命文学论争·鲁迅·左翼作家联盟——我的一些回忆》，《新文学史料》1986 年第 3 期，第 24—25 页。

② 郑超麟：《郑超麟回忆录》（上），北京：东方出版社，2004 年，第 287 页。

郑超麟和陈独秀派后来有试图引导创造社发展、争取他们到自己这一边来的动机，大概也不能排除，只是后来才被李立三取代①，否则便不容易理解下面的行为：郑超麟的不乐意没有维持太久，他从此便每次都去指导后期创造社两周举办一次的讨论会，一直坚持到 7 月去福建出差。② 郑超麟抹去这一企图，大概源于争取失败的创伤记忆。而对太阳社来说，与蒋光慈此前关系较好的瞿秋白正忙于烦杂的党务，无暇他顾，且于 4 月底离开了中国。③ 蒋光慈本人，也不能得当时多数中共高层及郑超麟的好感。郑超麟表示，后期创造社攻击鲁迅和蒋光慈，他当时是认同的，认为"很有理由"。原因在于鲁迅讥刺革命，而蒋光慈挂着"革命文学家"的招牌，引起部分同志的反感。同时他还讥刺太阳社成员不懂马克思主义，以"党的权威作护符"，而后期创造社对马克思主义要"比他们多懂得一点"。虽然他又讲，并没有和创造社谈起过太阳社的问题。④

郑超麟应该确实并没有直接干预创造社和太阳社的论争。据他讲，他是 4 月底或 5 月初才与创造社接上头。时隔几十年后，他又讲，他总共同创造社谈了五六次的话，一直到 7 月中旬。⑤ 而创造社的讨论会两周一次，据此推算，4 月底或 5 月初也是他们接上头的最有可能的日期，即便推至 4 月中旬，创造社和太阳社的互击也已经基本停息。郑超麟自己也说："到我去创造社做政治

----

①　李初梨也回忆了陈独秀派对创造社成员的争取，与冯乃超回忆的情形近似，但都主要集中于六大和他们入党之后。参见李初梨：《六届四中全会前后纪事》，中共中央党史研究室中央档案馆编：《中共党史资料》第 73 辑，北京：中共党史出版社，2000 年，第 44 页。

②　郑超麟：《郑超麟回忆录》（上），第 289 页。

③　瞿秋白当时对蒋光慈的态度可能已经不友好，二人交往已然很少。另据郑超麟回忆，瞿秋白曾在蒋刚离开他家门之后就对人说"这个人没有天才"，参见郑超麟：《郑超麟回忆录》（下），第 343 页。瞿秋白后来还曾对蒋光慈 1929 年发表的小说《丽莎的哀怨》十分不满，并派人和他谈话，蒋对此大发脾气。参见陈漱渝整理：《冯乃超同志谈后期创造社、左联和鲁迅》，《鲁迅研究动态》1983 年第 8 期，第 9 页。

④　参见郑超麟：《郑超麟回忆录》（上），第 286—289 页。

⑤　郑超麟：《郑超麟回忆录》（下），第 181 页。

指导工作的时候，两个刊物攻击鲁迅的事件，以及它们互相攻击的事件，已经过去了，再没有人提起了。"①"攻击鲁迅"当然并未停止，"互相攻击"倒确实已大体停歇。

2. 论争之中止

在 5 月 1 日出版的《太阳月刊》第 5 期《编后》的起首，"编者"即这样检讨道：

> 　　在本刊四月号发行之后，我们邀集社内外从事革命文艺的同志们，开了两次的批评大会，检举本刊过去四号及本社已发行及在印刷中的丛书的错误，并决定以后改进的方针。在这两次大会中，指出过去的本刊没有注意系统的理论的建设，缺乏重要的介绍与翻译，描写的范围狭小单调，扎记通信随笔缺乏友谊的态度，灰色的思想仍不免偶而流露，创作时没有顾到读者的意识，技巧缺乏暗示的力量，许多地方表示了本刊忽略了对于社会所负的使命。丛书方面有时表现的行动太浪漫，缺乏深刻的描写与暗示的力量，有的还没有充量的劳动阶级意识的表现。决定以后改正以上所有的错误，特殊的注意充实本刊及丛书的内容，尤其要避免无重大意义的及非文学的理论的争辩，重要的讨论完全以友谊的态度出之。这是本月内重要的社务报告。②

批判虽然主要由创造社挑起，要做检讨的却是太阳社。检讨的内容，几乎全部指向创造社的批判，比如对"系统的理论的建设"和"阶级意识"问题的忽视等，也是太阳社头两个月还极力与之争辩的内容。虽然检讨的后面也有一些低调的自我辩护，但这基本上相当于几乎完全承认了自己在论辩中是错误的。不仅在理论上如此，太阳社一直自矜的文学创作成就，还有态度问题，也都是检讨的重要方面。考虑到二社论争的激烈程度，很难说此一检

---

① 郑超麟：《郑超麟回忆录》（下），第 180 页。

② 《编后》，《太阳月刊》第 5 期，1928 年 5 月 1 日，第 1—2 页。

讨会是发自真心。而这无疑会导致太阳社成员的不满，并埋下其后若干问题的种子。至于开头用"我们邀集"，可能亦非实言，即便属实也大概率出于被动。①

　　而4月15日出版的《文化批判》的卷首栏目"卷头寸铁"，已经发表了成仿吾的一篇《智识阶级的革命份子团结起来》。文章从创造社提倡意识形态批判和阶级意识注入的立场出发，号召"智识阶级的战斗的份子团结起来!"②在该期杂志上，也没有了集中回击太阳社的内容。可以推断，约在4月初至中旬之间，政党已经对论战下达叫停的命令，并让二社召开联席会议解决问题。不过结果是一个社做检讨、一个社呼吁团结，差别也不可谓不大。

　　既然中宣部没有介入二社论争，那么制止二社论争的力量来自何处呢? 郑超麟的回忆指引了线索: 数次催促他去指导创造社的是江苏省委。那么，江苏省委是否对二社下达了指令呢? 应该正是如此。在创造社与江苏省委之间牵线搭桥的应是创造社的"小伙计"、中共党员潘汉年，以及刚刚加入创造社的阳翰笙与李一氓。三人都是较资深党员，且在创造社内成立了党小组。后期创造社主力成员正积极要求入党，自然会和他们发展关系，谋求与党的高层接通的途径。郑超麟1989年的回忆则明确指出了江苏省委在二社论争中可能发挥的作用: "仅仅有太阳社，江苏省委也不会成立'文化小组'的。文化小组成立，总是在李民治，欧阳继修，潘汉年三人参加了创造社，而《太阳》和《文化批判》又开始攻击鲁迅，接着这两个刊物互相攻击的时候。江苏省委制止他们攻击鲁迅，又制止它们互相攻击，所以才成立文化小组。这是

---

　　① 据杨邨人回忆，"批评大会"是由创造社发起。参见杨邨人:《太阳社与蒋光慈》，《现代》第3卷第4期，1933年8月1日，第473页。

　　② 厚生:《智识阶级的革命分子团结起来》，《文化批判》第4号，1928年4月15日（无页码）。这是成仿吾第二次呼吁"团结"，在《从文学革命到革命文学》（作于1927年11月23日，《创造月刊》第1卷第9期，1928年2月1日，第1—7页）一文中，他已在结尾呼吁过"革命的'印贴利更追亚'团结起来!"不过上一次呼吁"团结"，重点在强调没有中间立场的存在，号召知识分子自觉站到无产阶级阵营中来，与本次呼吁重点不同。

我的猜想，当以当事人的回忆为准。"① 尤其是潘汉年，对论争的停止应该起到了关键的作用。他 1927 年在南昌主编《革命军日报》时，即是李富春的下级，李富春时任国民革命军第二军党代表、中共南昌军委书记，"潘汉年到南昌去的组织关系，就是交给李富春的"。而当大革命失败后，李富春也于 1927 年 10 月来到上海，任江苏省委宣传部部长，1928 年 2 月任江苏省委常委，4 月成为江苏省委临时代理书记。潘汉年于是再次成为李富春的下级，并得到重用，逐渐成为江苏省委所管理的文化活动的主要负责人。② 再考虑到后期创造社多名主力新成员的入党介绍人都是潘汉年，可知后期创造社与江苏省委之间的主要牵线人非潘汉年莫属。

冯乃超则回忆说，李富春在 1929 年曾经找他们谈话，批评他们进攻鲁迅和与太阳社的内讧，因此他们才和太阳社开会解决矛盾。③ 不过冯乃超的记忆出现了混淆，因为和太阳社的纠纷以及解决都发生在 1928 年上半年，他显然把与鲁迅纠纷的解决与之混为了一谈。不过，解决与太阳社的纠纷经过了江苏省委的干预，可从此获得佐证。而从郑超麟赞同创造社批判蒋光慈来推断，他无疑也是能赞许江苏省委制止太阳社回击的。

如前引《编后》所言，"批评大会"召开了两次，起码其中一次的气氛极不融洽。据杨邨人回忆：

> 创造社方面以同是一条战线的友军，这样互击下去未免笑话，便发起了一个两社的联席会议言归于好。在约定的一天下午，光慈，杏邨，和我到创造社赴会去。会场上，我们只有三个人，创造社却好像全营大将都出马：成仿吾，冯乃超，彭康，李初梨，李铁声，朱镜我，郑伯奇，王独清，张资平，华汉，李一氓和住在创造社里头的龚冰庐。可是虽然众寡悬殊，

---

① 郑超麟：《郑超麟回忆录》（下），第 179 页。

② 参见张云：《潘汉年传》，上海：上海人民出版社，2006 年，第 52—53 页。

③ 冯乃超口述，蒋锡金笔录：《革命文学论争·鲁迅·左翼作家联盟——我的一些回忆》，《新文学史料》1986 年第 3 期，第 27—30 页。

我们大有单刀赴会的气概……接着就是朱镜我对于我们《太阳月刊》的态度的批评，他高声大叫，甚至于拍案大斥，空气十分紧张。我们竟是到来受教训的！……我们三个人只是微笑着，不做声，可是无名火已经升高万丈。等到他们似乎觉得自己的话说得太多了，应该让我们分辩一番的时候，这才由主席成仿吾请我们发表意见。我真想通知光慈和杏邨不要分辩，任他们说个痛而又快，可是，光慈忍耐不住，站起身发表他对于文艺运动的意见；杏邨也解释他写批评的态度，又引起他们的联合战线的进攻。他们要我发表意见，我始终笑着吸着香烟不发一言。彼此唇枪舌剑以及大炮炸弹互击了一番，这才有人（忘记了是那一位）提出：今天是联席会议，我们应该决定一个议案，以后彼此联合战线。于是乎他们十几个人你一句他一句，七嘴八舌，秩序大乱地，闹了一阵，这才决定：以后每星期开联席会议一次，在那会议上彼此批评着《太阳月刊》和《创造月刊》，《文化批判》以及《流沙半月刊》以求进步。我们赞成，于是乎散会，于是乎大家握握手将我们送出门口。①

杨邨人讲，如此就结束了和创造社的论争。其回忆是在 5 年之后，时间切近，细节充盈。不过对会议论战的描述绘声绘色，对结束的过程却轻描淡写，让人怀疑还是略去了一些关键因素。既然双方态度都如此不友好，又如何能做到以后"彼此批评"？所谓"每星期开联席会议一次"，杨邨人也自述并无实行。②而且，既然说有两次联席会议，为何另一次未予提及？这些提示我们，太阳社作出妥协背后的因素被杨邨人略去了。

---

① 杨邨人：《太阳社与蒋光慈》，《现代》第 3 卷第 4 期，1933 年 8 月 1 日，第473—474 页。

② 杨邨人在《太阳社与蒋光慈》中说："这样，太阳社和创造社，就在虽有开联席会议自我批判的决议而无实行的状况之下联合战线向鲁迅反攻。"《现代》第 3 卷第 4 期，1933 年 8 月 1 日，第 474 页。

张资平回忆的应是同一次联席会议："记得有一次，创造社和太阳社开联席会议，吾本不愿出席，仿吾定要吾去，吾便去傍听了一个多钟头。……对太阳社态度最愤慨的是朱镜吾，而钱杏村则大骂他们抄书的主犯。"[①]

从二人回忆均可看出，开大会并没能弥合二社的分歧，反而极可能使矛盾扩大。那么能够使论争停止的，就只有政治的权威了。太阳社之同意结束论争，并做检讨，背后必然有政治的压力存在。

冯乃超回忆的倒很可能是另一次联席会议，因为据他讲，那次会议的太阳社出席者由钱杏邨率领，包括"孟超、迅雷、杨邨人等好几个"。[②]可见，参加者没有蒋光慈，同时有孟超、徐迅雷等；如果冯乃超的记忆不出现大的失误，不可能是上面提到的那一次。据冯乃超说，也正是在这一次座谈会上解决了两社纠纷。冯乃超也没有提到这次座谈会上发生了争吵。似乎可以推断，这很可能是第二次的座谈会，也很可能是在这一次座谈会上真正达成了和解。蒋光慈有可能负气而没有出席；而要达成二社的和解，自然也有必要多带上一些"兄弟们"。[③]

3. 后期创造社新进主力成员的入党问题

二社论争之内容虽与政党殊少关联，但其过程，尤其是终止，与政党有着较为密切的关系。对于"革命文学"论争的主要发起者、积极谋求入党的创造社五名新进主力成员来说，此次论争也拉近了他们与政党之间的关系。他们到底是何时被中共接纳、成为党员的，此一问题既涉及中共文艺政策的变化，

---

① 张资平：《读〈创造社〉》，《絮茜》第 1 卷第 1 期，1932 年 1 月 15 日，第 181 页。

② 冯乃超口述，蒋锡金笔录：《革命文学论争・鲁迅・左翼作家联盟——我的一些回忆》，《新文学史料》1986 年第 3 期，第 27 页。

③ 段从学详细论证了此次论争导致我们社成立，并认为我们社是这次论争后党为了维护团结的局面而促成建立。参见段从学：《关于〈我们月刊〉和我们社》，《新文学史料》2002 年第 1 期，第 148—155 页。

也关系到"革命文学"论争展开阶段的权力运作，很有探清的必要。

据李初梨回忆，1927年底他们回国后不久，时任中共中央组织部部长的周恩来曾经在郭沫若的寓所会见了他们五人，意图了解当时日共提出什么口号。① 然而这离他们被中共接纳还有较远距离。彼时的中共，正倾全力于革命暴动，尚无系统的文化规划，对于延揽文化人才入党并不格外重视。郑超麟在1945年出版的《回忆录》中说："我一向是把这些作家看作同路人，并未计划拉他们入党。六次大会后，蔡和森当宣传部长时，创造社党团开会请他出席，他表示同我一般的意见。他称他们为'德谟克拉西'。可是李立三继他后任和我脱离宣传部以后，不知何时，这些未成作家一个个入党了。"②

不过郑超麟未讲到的重要信息是，1928年7月17日，在留守中央政治局常委会会议上，大概就是在听取了他的汇报后，留守中央负责人任弼时指出："创造社有公开活动的作用，要继续保持联系，以后要在革命文学和理论方面多发挥作用。翻译理论书籍是宣传工作的重要方面，要有计划地做下去，最好用'创造社'或其他名义出版，在出版发行上给以帮助；其成员将来是要分化的，少数政治上好的可以秘密吸收入党。"③ 可见彼时他们积极争取入党，已经取得了相当的成效。不过说他们被中共当作"同路人"对待，也不是虚言。冯乃超自己也如此承认。他在1967年的回忆中说："后期创造社的主要成员中，除彭康入党早一点之外，我跟朱镜我、李初梨、李铁声是在1928年9月同时入党。据说这是李

---

① 李江：《冯乃超年谱》，李伟江编：《冯乃超研究资料》，西安：陕西人民出版社，1992年，第95页。这一会见大概发生于1928年2月10日，参见郭沫若：《离沪之前（续）》，《现代》第4卷第3期，1934年1月1日，第462页；王慕民：《朱镜我评传》，宁波：宁波出版社，1998年，第79页。

② 《郑超麟回忆录》（上），第290页。

③ 中共中央文献研究室编：《任弼时传》，北京：中央文献出版社，2004年，第161页。

立三的提议，此前我们认为自己早就是党员了，因为我们是在做党的工作。潘汉年说：'不是，你们还只是同路人。'后来潘成了我们的入党介绍人。"[1] 倘若据郑与冯的回忆，则五人中的多数都是在中共六大（1928 年 6 月 18 日—7 月 11 日）之后，李立三接管中宣部时入党。[2] 然而，冯乃超的回忆在细节上和很多史料存在分歧。

冯的回忆重点是：彭康在他们之前入党，其余四人则于 9 月一同入党。冯乃超的年谱编撰者还写出了他们四人的入党地址："简单仪式在上海四马路靠近西藏路的一家西餐馆举行。"[3] 该年谱于 1983 年 10 月编成（冯于同年 9 月去世），在编撰过程中，编者曾与冯乃超多次联系，掌握了很多一手资料，这一地址也应该是从冯乃超处直接得来。[4]

而在关于朱镜我的研究著作中，入党日期多被写作 5 月，且是五人同时入党，入党地址也是饭馆。朱时雨在调查采访了相关档案和当事人后，认定在 1928 年 5 月后期创造社五人同时入党，"由于白色恐怖严重，环境极为恶劣，他们在上海一家僻静的饭馆里，以吃饭的方式，举行了入党仪式"，[5] 但并未注明材料来源。王慕民采纳了相似的说法，并透露这一说法来自李初梨。他引用了李初梨的原话："由于环境恶劣，并未举行入党仪式，仅在一家

---

① 陈漱渝整理：《冯乃超同志谈后期创造社、左联和鲁迅》，《鲁迅研究动态》1983 年第 8 期，第 9 页。

② 蔡和森从 9 月初开始受到党内的严重批判，宣传部长职权显然已经开始失落，10 月 4 日由中央决定将宣传部长职位移交给李立三。参见李永春编著：《蔡和森年谱》，湘潭：湘潭大学出版社，2008 年，第 319—320 页。因而在 9 月时，李立三应该已经开始逐渐掌握中宣部，此时的他，无疑也需要发展自己的力量。

③ 李江：《冯乃超年谱》，李伟江编：《冯乃超研究资料》，第 102 页。

④ 参见编者：《编后记》，李伟江编：《冯乃超研究资料》，第 392 页。后来周而复推测该地址为大西洋西餐馆，他的依据也是冯乃超年谱编撰者的话，参见周而复：《往事回首录》，《新文学史料》1992 年第 1 期，第 40 页。按：李江即《冯乃超研究资料》一书编者李伟江笔名。

⑤ 朱时雨：《朱镜我生平琐记》，《新文学史料》1983 年第 1 期，第 163 页。

僻静的饭馆吃了一次饭。"①李初梨的话出自他1981年5月给鄞县党史研究室的复函。"以吃饭的方式,举行了入党仪式"和李所说"并未举行入党仪式"自然并不矛盾,两段文字的酷似揭示出朱时雨的说法应也来自李初梨。王慕民同样采纳了5月集体入党的说法。李初梨确曾向人如此表述:"我是1928年5月,同彭康、冯乃超、朱镜我、李铁生5人一道从日本回来并一起入党,编在闸北区第三支部。"②但是,李初梨又对别的研究者说过他是1928年秋天入的党③,如果排除口头表述极可能导致的歧义,则这一问题在他那里就未能统一。不过,5月他们尚处在郑超麟的指导之下,不可能有集体入党之事。至于为何会讹成5月,或是由于他们5月开始得到中共中央的正式指导,因而当事人便曾在某些场合把这个日期当成了自己的入党日期吧。

在关于彭康的研究著作中,多数资料又显示彭康是在1928年1月入的党。彭康曾历任华中建设大学和华东大学(均为山东大学前身)、交通大学和西安交通大学校长。在山东大学的校史资料中,彭康的入党日期也被写成1月。④由西安交通大学和上海交通大学两校联合撰写,并于2008年出版的彭康传记同样采纳了1月入党说,但所说更加详细:"1928年1月,经彭讷、刘大年介绍,中共上海闸北区委批准由日本归国的彭康等5人入党,不久在上海一个僻静的小饭馆阁楼上为他们秘密举行了入党仪式。彭康加入闸北区第三街道支部,与李一氓、潘汉年等人同在一个党小组。"⑤这段文字点出了彭康的入党介绍人为彭讷(彭康之弟)、刘

---

① 王慕民:《朱镜我评传》,第80页。

② 李初梨:《六届四中全会前后纪事》,中共中央党史研究室中央档案馆编:《中共党史资料》第73辑,第43页。按:李铁生应为李铁声。

③ 宋彬玉等:《创造社16家评传》,重庆:重庆出版社,1998年,第312页。

④ 如校史组:《彭康》,《山东大学校史资料》1982年第4期,第76页;《山东大学百年史》编委会编:《山东大学百年史(1901—2001)》,济南:山东大学出版社,2001年,第178页。

⑤ 陆根书、龚诞申、王文生、贾箭鸣:《彭康》,中国高等教育学会组编:《共和国老一辈教育家传略》,北京:高等教育出版社,2008年,第290页。

大年，如此真名实姓，必有较原始材料为据，可信度很高。2018年出版的《彭康文集》，收录了彭康1955年所作有辩白性质的自传，其中写道："1928年1月入党，介绍人刘大年（这个人从那时以后一直不知到什么地方去了）〈,〉参加闸北区一个支部。"[①] 可知1月入党说大概率肇源于此。在自传中，彭康或许是对弟弟做了自己的入党介绍人有所顾虑，略去了彭讷的名字。无论如何，彭康的入党介绍人应该没有潘汉年，因而就如冯乃超所回忆的，他不太可能是与其他四人一同入党。五人同时入党说，故而很难成立；彭康的入党地址因而也很不可信。彭康所作自传原件，笔者未能见到，未详是否有转录错误，但即便彭康确曾写过自己1月入党，且有弟弟彭讷作为党员、方便接近党组织的便利，其1月入党的可能依然很小。首先，若抛开与彭讷的关系不论，则彭康基本没有理由率先入党——他其时并无超越其他四人的表现，且五人中所负责任最大的是学历最高的朱镜我[②]；若彭康借助与其弟弟的关系率先入党，则有损于他们五人充满理想主义热情的自我定位，当非彭康所能接受。其次，有一些西安交通大学和上海交通大学的校史研究专家曾指出彭康是在1928年11月入的党。[③] 虽然这些研究者也未标明资料来源，但想来应有所依据。从李初梨处获得了很多一手资料的《创造社16家评传》，虽然参考了认定朱镜我5月入党的研究资料，但也未采纳5月说，取的仍是四人9月集体入党说，彭康则也被认定为11月入党。[④] 冯乃超的回忆产生于接近40年之后，发生前后的颠倒也不奇怪。

---

① 彭康：《彭康自传》，《彭康文集》（下），上海：上海交通大学出版社，2018年，第495页。

② 参见王慕民：《朱镜我评传》，第78—79页。

③ 参见刘露茜、刘新科：《为创建社会主义理工科大学而奋斗——记哲学家、教育家彭康的教育理论与实践》，李钟善主编：《大学校长的教育思想和实践》，西安：陕西师范大学出版社，1989年，第4页；陈华新主编：《百年树人——上海交通大学历任校长传略》，上海：上海交通大学出版社，1997年，第162页。

④ 参见宋彬玉等：《创造社16家评传》，第286、334—335页。

彭康基本上不可能 1 月入党的最有力证据，是 1928 年 7 月上海成立了"文化工作者支部"，该支部有党员 21 名，创造社、太阳社和我们社的党员文人基本在其中，但并无彭康。第一小组即为创造社小组，由李一氓任组长，组员有李一氓、阳翰笙、傅克兴、潘梓年、章进、潘汉年。彭康若已是党员，理应在该小组。①

那么作为一体化程度极高的五人小团体成员之一的彭康，为何会晚了两个月入党呢？在西安交通大学档案馆馆长霍有光和彭康之子彭城编撰的《彭康年谱》中也许能找到答案。在彭康的入党问题上，该年谱也是认定彭康是在 1928 年 1 月入党。但是在 1928 年 7 月的条目下注明："去日本京都大学领取最后几个月的官费并购买书籍。"②那么彭康是何时从日本归国的呢？年谱未做说明，大概也已无法查证。但可以想象，彭康 9 月尚未归国很可能是导致他 11 月单独入党的直接原因。

于是可以得出下述结论：在后期创造社五名主力新成员中，朱镜我、冯乃超、李铁声和李初梨于 1928 年 9 月集体入党，入党地址在上海四马路靠近西藏路的一家西餐馆（可能是大西洋西餐馆），入党介绍人为潘汉年③；彭康则可能因其时尚未从日本归国而于 11 月单独入党，介绍人为彭讷和刘大年。这也可以说明，中共（尤其是中共中央）与无产阶级革命文学的最积极倡导者——后期创造社成员最初并不具有亲密的关系，中共对提倡革命文学和阶级斗争理论起码在 1928 年上半年也还并不热衷，当时更被看重的仍然是实际的革命活动。但以江苏省委为代表的中共党内力量，则对后期创造社的阶级斗争理论及相关人员发生了兴趣，积极推动后期创造社成员与中共结合，并在李立三开始掌握中央宣

---

① 参见《上海文化工作者支部第一次报告》，中央档案馆、江苏省档案馆编：《江苏革命历史文件汇集（上海市委文件）》（1927 年 3 月—1934 年 11 月），1988 年，第 13 页。潘梓年和章进可能不是创造社成员。

② 霍有光、彭城：《彭康年谱》，《彭康文集》（下），第 500 页。

③ 另一介绍人多半是当时的闸北区委书记陈德辉。参见李初梨：《六届四中全会前后纪事》，中共中央党史研究室中央档案馆编：《中共党史资料》第 73 辑，第 43 页。

传部的时候取得成功——五名新成员被纳入党内，开始了更加组织化的革命实践与理论行动。

二、后期创造社与前期太阳社理论探源

1. 后期创造社的理论资源

后期创造社成员在日本曾受到福本主义的深刻影响。福本主义自然也并非完全由福本自创，而与他在德国留学时接受的卢卡奇和柯尔施的马克思主义理论有密切关系。成仿吾虽然没有在日本留学时受到福本主义的熏陶，但他1927年10月赴日之后的理论文章也体现出鲜明的福本主义色彩。

后期创造社五名主力成员学习背景十分近似，在日本即交往密切。1920年，李初梨、冯乃超、彭康、朱镜我一起进入东京第一高等学校预科，李铁声则于次年进入。1924年，李初梨、冯乃超、彭康又一起考入京都帝国大学，李初梨进入文学部德国文学科，冯乃超和彭康都进入文学部哲学科（冯于1925年3月在朱镜我劝说下转学到东京帝国大学文学部社会学科），李初梨不久也转入了哲学科。当时郑伯奇正在京都帝国大学读三年级，他回忆说，当时他们四人"几乎朝夕相见"。李铁声1925年也考入京都帝国大学文学部哲学科。朱镜我则在1924年考入东京帝国大学文学部社会学科，1927年也进入了京都帝国大学，在研究院学习。郑伯奇还回忆，当1927年大革命还未失败时，这几个人就和刚返回日本的他一起酝酿创造社的"转变方向"。[①] 1927年10月，朱镜我和冯乃超先行回国，11月剩下三人一起回国。除了朱镜我，他们当时都是大学二三年级的学生，因而都放弃了宝贵的学业。这亦可见他们批判豪情之浓厚、"转变方向"意志之坚决。

五人回国主要出于成仿吾的努力。成仿吾1927年10月去日

---

① 郑伯奇：《创造社后期的革命文学活动》，《中国现代文艺资料丛刊》第2辑，第1页。

本的重要目的就是寻找新成员,"商谈今后创造社活动的方针"①。
现实背景则是,伴随着大革命的失败,1927年下半年的创造社一方
面内部存在诸多矛盾,缺乏凝聚力和前进方向②;另一方面,随着
左翼文人普遍重操旧业,又面临新的机遇。成仿吾引五人回国,无
疑是要给创造社注入新的生命。而在理论上或许也有因缘,郑伯奇
回忆说:"我和仿吾谈过在日本的同志们主张提倡无产阶级文学的
意见,仿吾很兴奋。"③成仿吾能够认同他们的新鲜理论或许也是促
成因素之一,而在日本的两个月中,成仿吾无疑会对他们的理论资
源有更深入的了解。这体现在了他其后创作的一系列论文当中。④

　　福本和夫在1922年至1924年间,曾经在美英德法诸国留学,
在德国时,前往拜访柯尔施,常常得到柯尔施的指导,追随他研
究过一段时间马克思主义,是柯尔施在1923年发起的"马克思主
义研究周"的24位成员之一,并在柯尔施介绍下认识了同为"马
克思主义研究周"成员的卢卡奇。1923年春,卢卡奇赠之以刚出
版的《历史与阶级意识》。⑤福本和夫的思想受到柯尔施和卢卡奇
的深刻影响,至于创造社的后期成员与柯尔施和卢卡奇理论的关
系,一般被视作间接性的,以福本主义为中介,可能并不准确。
考虑到在1927年卢卡奇的《阶级意识》《关于组织问题的方法论》
(均为《历史与阶级意识》中的单篇论文)、《列宁》(1924)均在

---

　　① 郑伯奇:《创造社后期的革命文学活动》,《中国现代文艺资料丛刊》第2辑,第5页。

　　② 参见咸立强:《寻找归宿的流浪者——创造社研究》,第237—244页。

　　③ 郑伯奇:《创造社后期的革命文学活动》,《中国现代文艺资料丛刊》第2辑,第5页。

　　④ 成仿吾也具备接受新理论的能力:他毕业于东京帝国大学,在日本生活了12
年,精通英文,德文也有较高水平,且具备较好的理论功底。参见郑伯奇:《忆创造社》,
《文艺月报》1959年第5、6、8、9号,饶鸿竞等编:《创造社资料》(下),第844页。但成
仿吾去日本前对福本主义应该没有多少了解,他在日本的最初计划是吸收人才发展戏剧运
动,大概得到了冯乃超的支持,被李初梨等其他成员否定之后,才转向引入批判理论。参
见李初梨1980年12月27日谈话记录,宋彬玉等:《创造社16家评传》,第304—305页。

　　⑤ 参见黎活仁:《卢卡契对中国文学的影响》,台北:文史哲出版社,1996年,第
27页;[德]魏格豪斯:《法兰克福学派:历史、理论及政治影响》(上),孟登迎等译,
上海:上海人民出版社,2010年,第22页。

日本被翻译成书出版，柯尔施的《马克思主义和哲学》（1923）则在 1926 年被翻译成日文出版，1927 年又再版，而且后期创造社的主要理论成员都同时通晓德文和日文，以这些理论对福本主义的重要性，热衷汲取新鲜理论的他们难免会直接从卢卡奇和柯尔施的著作中获取理论资源。比如，彭康便曾经把柯尔施的《马克思主义和哲学》翻译成中文，1929 年由上海南强书局出版，而这一点长期未被研究者注意到。2009 年由彭康长期担任校长的西安交通大学编辑出版的《彭康纪念文集》，把这部书的作者误作考茨基。当然，并非只有这一著作犯了这个错误。[①]究其原因，一是这部译作译者署名"彭嘉生"，著者署原名"K. Korsch"，研究者对彭嘉生尚不陌生，但对后者一般都较生疏，易被认作在中国较知名的卡尔·考茨基（Karl Kautsky）；二是译作取名《新社会之哲学的基础》，与原著相去甚远；三则可能也因为此书不属于马克思主义"正统"，其后译者及其他知情者未曾加以声张。彭康的不少哲学论文都体现出柯尔施此书的影响，有些文章（如《思维与存在——辩证法的唯物论》）所受影响十分显著。彭康对柯尔施思想的最明显继承，体现在他批判甚至许多马克思主义者都认为马克思主义没有"哲学"，并强调意识形态批判的实在性，这些主张正是后期创造社意识形态批判理论的重要根据。[②]彭康与李初梨、冯乃超等人成长于大致相同的环境之中，所依恃的理论资源也有高度重合。[③]

卢卡奇和柯尔施的思想，在很大程度上是对马克思主义的革命性诠解，并与正统马克思主义产生了直接的冲突。两人在 1923

[①] 参见西安交通大学编：《彭康纪念文集》，西安：西安交通大学出版社，2009 年，第 25、231 页。方克立主编的《中国哲学大辞典》亦把此书作者写作考茨基（北京：中国社会科学出版社，1994 年，第 651—652 页）。《创造社资料》则失收此书。

[②] 重点参见彭康：《前奏曲》，上海：江南书店，1929 年，以及本书第二章第二节相关论述。

[③] 因彭康更擅长哲学思考，故而在创造社的分工是哲学和意识形态的介绍和批判。李初梨和冯乃超负责文艺理论和批评，朱镜我负责介绍马列经济理论。参见郑伯奇：《创造社后期的革命文学活动》，《中国现代文艺资料丛刊》第 2 辑，第 7 页。

年发表了各自的代表作——《历史与阶级意识》与《马克思主义和哲学》——之后，均遭到第三国际的严厉批判。柯尔施甚至在1926年4月被开除出党。[①] 卢卡奇为获取继续活动的权利，以柯尔施的命运为鉴，被迫检讨。[②] 1927年7月共产国际通过《关于日本问题的决议》（《一九二七年纲领》），日共于年底接受这一决议，深受卢卡奇思想影响的福本主义也开始遭受大规模清算。[③]

学界公认，卢卡奇和柯尔施、葛兰西等人一起开创了一条与正统马克思主义不同的西方马克思主义的道路。卢卡奇与柯尔施对正统马克思主义的批评最激进之处体现为对恩格斯的"自然辩证法"和列宁的反映论（二者又有明显的承续关系）的批判。[④] 两人理论固然不尽相同，但在基本层面有共通之处，即强调黑格尔的辩证法与马克思的辩证唯物主义的历史联系（马克思主义的哲学内容），强调批判的理论与革命的实践的辩证统一以及"成功的革命的主观前提"，反对思维和存在、意识和现实之间的二元反映论区分。[⑤] 两人的著作于1923年发表后，俄国共产党在列宁主义

---

① 参见［英］弗雷德·哈利迪：《马克思主义和哲学·英译本导言》，［德］卡尔·柯尔施：《马克思主义和哲学》，王南湜、荣新海译，重庆：重庆出版社，1989年，"英译本导言"第23页。

② 参见卢卡奇为《历史与阶级意识》写于1967年的《新版序言》，《历史与阶级意识——关于马克思主义辩证法的研究》，杜章智等译，北京：商务印书馆，1992年，第26页。

③ 参见刘柏青：《日本无产阶级文艺运动简史》，长春：时代文艺出版社，1985年，第60—61页。

④ 参见［英］戴维·麦克莱伦：《马克思以后的马克思主义》，李智译，北京：中国人民大学出版社，2004年，第176—177页。

⑤ 参见［英］弗雷德·哈利迪：《马克思主义和哲学·英译本导言》，［德］卡尔·柯尔施：《马克思主义和哲学》，"英译本导言"第18—19页；［德］卡尔·柯尔施：《马克思主义和哲学》，第53—54页；［德］魏格豪斯：《法兰克福学派：历史、理论及政治影响》，第22—23页。与卢卡奇不同的是，柯尔施更侧重于强调马克思主义对"哲学"的超越，因而更看重马克思的后期著作。参见［英］弗雷德·哈利迪：《马克思主义和哲学·英译本导言》，［德］卡尔·柯尔施：《马克思主义和哲学》，"英译本导言"第21—22页。柯尔施自己认为，他超越了卢卡奇在某些方面认为马克思和恩格斯观点似乎完全不同的片面性。参见［德］卡尔·柯尔施：《马克思主义和哲学》，第74页注20。

的口号下开展了"一场使共产国际中所有非俄国党的意识形态'布尔什维克化'的运动"，于是在 1924 年，俄国的列宁主义和以卢卡奇、柯尔施等人为代表的西方共产主义之间展开了一场直接的哲学争论。①

福本和夫的一部重要理论著作1930年即被译介到国内，即《社会进化论——社会底构成及变革过程》，由施复亮翻译，上海大江书铺出版。这部书是福本 1925 年 11 月在日本京都帝国大学的讲演大纲，中译本副书名即原书名。李初梨、彭康、李铁声其时都正在该校读书，至于他们是否参与了这次讲座，现在还缺少史料证明。这部书虽不像福本的《方向转换》《理论斗争》一样具有很强的战斗性，却具有更重要的意义。因为在书中，福本十分系统地阐述了他对马克思主义的理解，构成他一系列理论实践的哲学基础。他在书中博引马恩原著，并加以独特阐释，对包括日本经济派在内的世界诸多马克思主义学派进行评点批评。

在这部书中，福本显示出了对马克思原著的娴熟理解，但在诠释马克思理论的方式上明显受到了卢卡奇及柯尔施的极大影响。此书一开头，即表明他接受了卢卡奇的物化论：

> 日本无产阶级底"方向转换"——"战线底扩大"，已经不能再是仅仅机械的"转换"和"扩大"；所以这个过程、这个斗争过程，同时必须是一步一步地将所谓在资产者社会之下事物化了的意识（在所谓工会运动时代必然决定、反映、生产出来的意识形态——即自然生长性的观念，以排他的、对立的、分裂的方法来思维的部分与全体、抽象与具体、理论与实行等观念，之类的意识形态）来扬弃的过程，换句话说，必须是战取真正无产阶级的意识（即科学社会主义的意识）的过程。②

---

① 参见［德］卡尔·柯尔施：《马克思主义和哲学》，第70—75 页。

② ［日］福本和夫：《社会进化论——社会底构成及变革过程》，施复亮译，上海：大江书铺，1930 年，第2—3 页。该译本初版作者原署北条一雄（1932 年再版改署福本和夫），为明晰起见，本书改署福本和夫。

对于无产阶级如何摆脱"事物化"、脱离资本家商品世界的拜物教法则，福本和夫认为只能依靠无产阶级意识到自己的历史使命，获得阶级意识。阶级意识因而具有重要的意义。而只有借助辩证法，无产阶级才能把握自己的阶级意识和整个世界，福本进而把辩证法的唯物论设定为无产阶级的意识形态。[1] 于是辩证法和阶级意识便被提高到了首要的地位，意识斗争自然成了阶级斗争的第一条件。在福本和夫制作的两幅重要图表"社会变革过程底表式"和"社会革命底表式"中，"意识的斗争"都是在唯物论总纲领之下的首要任务，排在"经济的斗争"和"政治的斗争"之前。[2] 这些都鲜明体现出卢卡奇阶级意识理论的影响。比较而言，虽然福本和夫也受到了列宁的阶级意识理论影响，比如强调对经济主义的批判，反对工会主义，认可阶级意识的非自发性，但其思想中的卢卡奇色彩更为浓重。比如对列宁的阶级意识灌输论，这部著作便未曾涉及。不过列宁的灌输论，是后期创造社的阶级意识理论的支柱之一。

同时，福本此书观察资本主义社会的重要方法——"下向分析"和"上向综合"相统一的分析方法，以及其中体现出的对媒介性、具体性和全体性的重视[3]，无疑是对卢卡奇的重要理念"具体的总体性"的具体阐发。[4] 至于书中不断强调的理论和实践、无产阶级作为认识主体和认识客体的统一论，更是直接采纳了卢卡奇以及柯尔施的观念。在此基础上，福本和夫还重点说明了旧的唯物论和辩证法的唯物论的区别。[5]

虽然目前还不清楚后期创造社成员是否参与了"社会底构成及变革过程"这场讲座，但有一点毫无疑问，后期创造社成员对

---

① 参见［日］福本和夫：《社会进化论——社会底构成及变革过程》，第142—156页。

② 参见［日］福本和夫：《社会进化论——社会底构成及变革过程》，第218—219页。

③ 参见［日］福本和夫：《社会进化论——社会底构成及变革过程》，第26—33页。

④ 卢卡奇对"具体的总体性"、"中介性"（媒介性）的论述在《历史与阶级意识》中十分多见，比如第56—68、104、232、236—254页等。

⑤ 参见［日］福本和夫：《社会进化论——社会底构成及变革过程》，第155页。

这次讲座的内容十分熟悉。朱镜我有一篇文章，其理论核心便是对福本此书第二章《把这个问题到达能够依唯物辩证法来把握的根据——条件》①的照搬。

在该章中，在论述了无产阶级既能够主张自己的阶级利益又能够扬弃一切阶级利益的特性之后，福本认为，从这一特性里，无产阶级可以——

> 生出他们底社会认识底特性。
>
> 因此，无产阶级：
>
> 第一——能够在媒介性（Vermittelung）上去观察事物，而且必须这样地去观察。
>
> 第二——能够在那生成（Werden）上去观察事物，而且必须这样地去观察。
>
> 第三——能够在全体性（Totalität）上去观察事物，而且必须这样地去观察。所以在这个阶级，他们底自己认识，同时便可以做全社会底客观的认识，而且必须是全社会底客观的认识。
>
> 第四——对于这种认识，这个阶级是认识底主体，同时能够做认识底客体，而且必须做认识底客体。那观念的辩证法论者黑格儿所企图的主客统一（思维与存在、理论与实行底统一）底主张，有了这个阶级——无产阶级底出现，才能完成，才能实现。
>
> "社会底构成及变革过程"到达能够依唯物辩证法来考察——不能不作这样的考察的根据（条件），这种考察底历史的意义底根柢，我想实伏于这里。②

而朱镜我如此说道：

> 依照这个唯物论的见解，我们方才能够运用辩证法的方

---

① "这个问题"指"社会底构成及变革过程"问题。

② ［日］福本和夫：《社会进化论——社会底构成及变革过程》，第26—27页。

法，来研究社会，解决社会底问题。

　　唯物论的辩证法底具体的方法是怎样呢？

　　第一，在媒介性上去观察事物。

　　第二，由生成发展及没落底过程中去观察事物。

　　第三，在全体性上去观察事物。

　　第四，思考与存在，理论与实践底辩证法的统一。

　　在这种严密的方法监视之下，我们方能一步一步地去研究社会，方能理解社会底真正的基础，是什么东西；这东西底构成，究竟是怎样？得到了这种种的解答以后，我们才能够了解整个的社会。①

很明显，朱镜我对唯物论辩证法的内容及功能的理解基本上完全来自福本的论述，而福本的理论又植根于卢卡奇。福本意识到用唯物辩证法考察社会的根据（条件）问题，这便显示出卢卡奇的影响。因为在卢卡奇（也包括柯尔施）那里，辩证法并非可以适用于一切之物，它只适用于历史和社会现实，因此他和柯尔施都对恩格斯的"自然辩证法"进行了批判。②福本也曾明确表示："马克思底辩证法"不同于黑格尔的思维的辩证法，它是"社会关系底辩证法"。③然而，理论感觉良好的福本不会意识不到卢卡奇和柯尔施观点的激进性质。他无疑只是想综合卢卡奇的辩证法和正统马克思主义辩证法的代表——恩格斯的自然辩证法，因而立即

---

　　① 朱镜我：《科学的社会观》，《文化批判》第 1 号，1928 年 1 月 15 日，第 42 页。

　　② 参见 [匈] 卢卡奇：《历史与阶级意识——关于马克思主义辩证法的研究》，第 51 页注 2。另参 [英]G.H.R. 帕金森：《格奥尔格·卢卡奇》，翁绍军译，上海：上海人民出版社，1999 年，第 66—69 页。柯尔施对恩格斯观点的类似批判参见 [德] 卡尔·柯尔施：《马克思主义和哲学》，第 17—18 页，注 25、26。柯尔施的批判更着眼于马克思主义的"哲学"方面，而非"辩证法"。

　　③ [日] 福本和夫：《社会进化论——社会底构成及变革过程》，第 152—53 页。福本和夫对恩格斯的自然辩证法也有直接批判，参见贾纯：《福本哲学评介》，《外国问题研究》1982 年第 3 期，第 48—55、64 页。

澄清："决不是把自然及思维底辩证法排除于唯物辩证法之外。"①
在其他地方，福本也多次援引恩格斯《反杜林论》中对辩证法的
经典论述。②

对自己曾经跟随学习马克思主义的柯尔施，福本虽然吸收了
他的一些观点，似乎并未表现出更多的兴趣，倒是和卢卡奇更为
投合；而且在《社会进化论》中，他还对柯尔施的社会构成认识
表达了非议。③

当然，不仅朱镜我曾经照抄福本和夫的理论，李初梨也对福
本的理论有直接且重要的借用。④在其一篇重要文章中，李初梨几
乎照原样模仿了福本的"社会构成过程底表式"——这幅图表可
谓福本理解的马克思主义理论体系的纲要——而创作出自己的"社
会构成过程图表"。⑤不过福本的这幅图表尚不能充分体现其理论
的独特性，最能体现其理论特色的是其制作的"社会变革过程底
表式"和"社会革命底表式"。如前所述，两幅图表中"意识的斗
争"都是排在"经济的斗争"和"政治的斗争"之前的首要任务。
李初梨又几乎照原样截取了福本的"社会变革过程底表式"，制作
出其对社会革命过程认识的图表，其中"意识过程"也紧邻"物
质的生产过程（经济过程）"（物质基础），标示出社会革命将由"意
识的斗争"率先开始的革命原理。⑥另外，李初梨没有太多展开的
"事物化"（物化）理论，也来自福本和卢卡奇的理论⑦；认为无产

---

① ［日］福本和夫：《社会进化论——社会底构成及变革过程》，第 153 页。

② 参见［日］福本和夫：《社会进化论——社会底构成及变革过程》，第 168—172 页。

③ 参见［日］福本和夫：《社会进化论——社会底构成及变革过程》，第 181 页。

④ 参见［日］斋藤敏康：《福本主义对李初梨的影响——创造社"革命文学"理论
的发展》，刘平译，《中国现代文学研究丛刊》1983 年第 3 期，第 339—360 页。

⑤ 参见［日］福本和夫：《社会进化论——社会底构成及变革过程》，第 179 页；李
初梨：《自然生长性与目的意识性》，《思想月刊》第 2 期，1928 年 9 月 15 日，第 7 页。

⑥ 参见李初梨：《自然生长性与目的意识性》，《思想月刊》第 2 期，1928 年 9 月 15 日，
第 12 页。

⑦ 参见赵璕：《"革命文学"论争中的"异化"理论——"物化"概念的发现及其
对论争分野的重构》，《中国现代文学研究丛刊》2005 年第 1 期，第 63—91 页。

阶级的意识已经被"事物化",构成了后期创造社的阶级意识灌输理论的重要支撑。

成仿吾在其《全部的批判之必要——如何才能转换方向的考察》一文中也很清晰地推演过福本和夫以意识形态批判为出发点的"上向—下向"批判理论。福本和夫认为,唯物辩证法在对资本主义社会的总体性批判中,"具有下向和上向两种运动。所谓下向运动就是从意识形态批判下降到政治学批判和经济学批判,而上向运动就是由经济学批判上升到政治学批判和意识形态批判"[①]。成仿吾则说:"现在,社会的下部建筑的矛盾已经尖锐化……我们首先要就文艺的分野做一番批判的工作,但是最后我们的这种批判非沉入有产者社会的批判不可,就是,终非一度沉潜到经济过程的批判不可。在经济过程的批判之中,最初的批判才获得全面性的修正与深化而成为整个的。再上升经生活过程与意识过程的批判,这全体的内容才逐渐充实。"[②]完全是福本理论的翻版。

后期创造社新进成员格外重视辩证法,这当然与福本主义有关,他们也译介了不少德波林、布哈林和列宁的相关著作。有研究者依据1980年对李初梨所做访谈,指出李初梨从京都帝国大学德国文学科转入哲学科之后,才开始"较多地接触了马克思主义的学说":

> 他听过河上肇博士的课,但是河上肇阐释马克思主义却只讲经济革命而不谈哲学问题,又使青年李初梨不能得到满足。当时在日本青年学生中流行着"左"的福本主义。福本和夫的著作成了当时风靡一时的读物,在一本小册子中福本开头引

---

① 参见王志松:《福本和夫的"唯物辩证法"与中国的"革命文学"——〈文化批判〉杂志及其周边》,《东亚人文》第1辑,北京:生活·读书·新知三联书店,2008年,第364页。

② 成仿吾:《全部的批判之必要——如何才能转换方向的考察》,《创造月刊》第1卷第10期,1928年3月1日,第6—7页。相关论述参见王志松:《福本和夫的"唯物辩证法"与中国的"革命文学"——〈文化批判〉杂志及其周边》,《东亚人文》第1辑,第373页。

用马克思的一句名言："哲学家们只是用不同的方式解释世界，而问题在于改变世界。"这使李初梨的思路豁然开朗，对马克思主义的哲学产生了浓厚的兴趣。当时日本介绍苏联，翻译马克思学说非常快，他读了不少宣传介绍马克思主义的书。其中苏联学者德波林的一本著作《战斗的唯物论者——列宁》给了李初梨很大的启示，以至后来回国后仍在从事着德波林著作的翻译介绍，在《文化批判》第五期上刊有德波林的《唯物辩证法精要》的译品，在《创造月刊》二卷五期上还登有李初梨翻译德波林的著作《辩证法唯物论入门》的出版预告。这些都说明了李初梨当时是从多种渠道来学习和吸收马克思主义的学说的。[①]

那么，为何创造社成员大量使用福本和夫的理论，却对福本的名字几乎只字不提，也没有任何翻译？[②]与之相似的是，为何彭康深受柯尔施的哲学影响，甚至翻译了其代表作，但不曾提及柯氏之名，也未曾对译作做只字说明？后期创造社的论述中也出现了卢卡奇的核心概念，但未见他们提及卢卡奇的名字。其中或有偶然性的因素，但下述原因亦属难免：福本主义在他们归国的同时开始遭遇共产国际和日共批判，福本和夫因此下台。卢卡奇和柯尔施则更早就被严厉批判。以上情形均显示出随着苏俄的强大，第三国际的控制力越来越强。正在积极谋求入党的后期创造社成员，不可能不对上述情况格外注意。因此也便可以理解为何他们避开福本等人，而主要选择立场更加平和的马克思主义理论家进行翻译。不过，深刻影响了李初梨的德波林的辩证法思想，其实亦非"正统"，而与西方马克思主义有内在一致的黑格尔哲学

① 宋彬玉等：《创造社16家评传》，第302页。

② 目前仅见彼时冯乃超曾对福本和夫有所提及。在应刊物之约列举影响过自己的人物时，他曾提到福本的名字。参见冯乃超等：《我的文艺生活》，《大众文艺》第2卷第5—6期合刊，1930年6月1日，第1581页。冯乃超所编《日本社会运动史》一书，则有对福本主义的批判性介绍。参见马公越（冯乃超）编：《日本社会运动史》，上海：沪滨书局，1929年。

面向。虽然德波林曾经指责卢卡奇和柯尔施为唯心主义者，但他在 1920 年代中后期苏联哲学界的辩证论者和机械论者论战中，是辩证论者的主要代表。1925 年，恩格斯的《自然辩证法》在苏联发表，此后围绕对"自然辩证法"的理解，苏联哲学家展开了激烈论战。德波林一派致力于证明恩格斯不是机械唯物论者，而是辩证法家，反对机械唯物论者提出的取消哲学的主张，在这一点上，他与卢卡奇和柯尔施可以取得一致；但他没有卢卡奇和柯尔施那么极端，仍主张应该把辩证法运用到科学的领域，如此便也避免了对恩格斯的批评。虽然德波林在论战中取得了官方性的胜利，但到了 1931 年，即被斯大林斥为"孟什维克的唯心主义"①。

在李初梨所翻译的德波林《唯物辩证法精要》一文中，德波林阐释唯物辩证法重点使用的是列宁《关于辩证法问题》一文中的材料（也用了恩格斯和黑格尔的文字）。列宁该文作于 1915 年，1925 年（德波林写作此文前一年）才首次发表，具有较浓厚的黑格尔辩证法色彩，后收入列宁的《哲学笔记》（1929），成为其中论述辩证法问题的重要文字。后来卢卡奇能够完成对列宁主义的认同，《哲学笔记》中的一系列文章可谓中介："按卢卡奇的说法，列宁主义离开了形而上学的唯物主义，在《哲学笔记》中发现了对《唯物主义和经验批判主义》的遗弃。"②德波林文章的重点在于强调"对立物的同一性"，对后期创造社重点提倡的理论与实践的同一论，也恰是一种证明。至于李铁声译介的布哈林的辩证法，虽然在斯大林时代也遭到严厉批判，但在当时是苏联学界辩证法理论的正统。

综合来看，后期创造社接受的马克思主义思想来源十分驳杂——在辩证法方面，不仅有福本和夫和卢卡奇的思想，也有处

---

① 参见［英］弗雷德·哈利迪：《马克思主义和哲学·英译本导言》，［德］卡尔·柯尔施：《马克思主义和哲学》，"英译本导言"第 16 页。

② ［美］诺曼·莱文：《卢卡奇论列宁》，张翼星译，张翼星：《为卢卡奇申辩——卢卡奇哲学思想若干问题辨析》，昆明：云南人民出版社，2001 年，第 282 页。

于不同谱系的苏联官方思想；在政治经济学上，接受的主要是苏联主流理论；在文艺理论上，他们接受的也大都是正统的列宁、卢纳察尔斯基以及弗里契的理论，还有当时流行的辛克莱的理论。不过尽管如此，我们仍然可以把握住后期创造社的主导性理论——对立于机械反映论式唯物主义的、具有鲜明早期西方马克思主义色彩的辩证法。也正是这一理论，使他们与太阳社的阶级文学理论产生了尖锐对立。

后期创造社最重要的理论刊物《文化批判》，开辟了由"同人"撰写的"新辞源"栏目。创刊号的"新辞源"列举词条9个，前4个都和辩证法有关，分别为："辩证法""辩证法的唯物论""唯物辩证法""奥伏赫变"。"辩证法的唯物论"的释义为："这——辩证法的唯物论——虽是一种唯物论，但不是单调地主张物质先于精神，精神为物质的反映；也不像机械的形而上学的唯物论，视事物的运动为一方面的因果关系所发生的连续运动或循环运动。它——辩证法的唯物论——是以世界为一个无限的实在的总体，在这个总体之中，全体与部分及部分与部分之间，皆营着恒久不灭的交互作用。"[1]可见，后期创造社成员对反映论的唯物论是有着自觉的批判意识的。而这一点便鲜明地反映在了对太阳社的批判之中。

太阳社被视作反映论的唯物论的国内代表来批判，但被后期创造社视作该理论国际代表来批判的并不是列宁，而是遭到了马克思相同批判的费尔巴哈；批评的重点也在于费尔巴哈的唯物论忽视了实践的丰富内涵与重要性。而在列宁的论述中，费尔巴哈恰恰是"和马克思、恩格斯一样，在认识论的基本问题上也向实践作了在舒尔采、费希特和马赫看来是不能容许的'跳跃'"的人物，而且"把人类实践的总和当作认识论的基础"[2]。后期创造社成员则反复援引马克思的《费尔巴哈论纲》（今译《关于费尔巴哈的提纲》）说明费尔巴哈对实践的忽视，《文化批判》第2号以

---

① 同人：《新辞源》，《文化批判》第1号，1928年1月15日，第99页。

② ［俄］列宁：《唯物主义和经验批判主义》，《列宁全集》第18卷，北京：人民出版社，1988年，第143页。

格言的形式摘录了《费尔巴哈论纲(9)》:"观照的唯物论，就是说，不能理解感性是实践的活动的唯物论所能得到的，至多也不过是各个个人及市民社会底直观。"[①]彭康则论说道:"费尔巴哈以为思维是物质在人类脑筋里的反映。物质的反映要通过感觉，然他却没有把握这是人类底主观的实践的活动，于是将人类在历史的地位完全视为被动的了。"[②]

在阶级意识问题上，后期创造社汲取的理论资源则显示出多样性——他们综合吸收了福本和夫、卢卡奇和列宁的论述。在李初梨等后期创造社成员那里，无产阶级文学与革命事业最重要的保证是无产阶级的阶级意识;而无产阶级的阶级意识，并不能"自然生长"，必须经过对资产阶级的意识形态的批判工作，"牢牢地把握着无产阶级的世界观——战斗的唯物论，唯物的辩证法"。[③]在卢卡奇那里，革命的命运也"取决于无产阶级在意识形态上的成熟程度，即取决于它的阶级意识"。而"无产阶级的阶级意识具有不同于别的阶级的阶级意识的特殊功能……它的阶级意识，作为人类历史上最后的阶级意识，一方面必须要和揭示社会本质联系起来，另一方面，必须实现理论和实践的越来越内在的统一"[④]。因而它不可能一蹴而就，而必须在斗争—实践中发展完善，也可以说，任何实际状态的无产阶级意识都不是完善的，而必然带有"虚假"意识。机会主义的根子就在于:"它混淆了无产者实际的心理意识状态和无产阶级的阶级意识。"[⑤]这些主张和创造社大体一致。当然，在阶级意识问题上，更加突出地影响了后期创造社

---

① 《文化批判》第 2 号，1928 年 2 月 15 日，第 126 页。

② 彭康:《唯物史观的构成过程》，《文化批判》第 5 号，1928 年 5—6 月间，第 13 页。本期刊物封面署名"文化"，内页仍署"文化批判";未署出版日期，推断在 5 月下旬至 6 月间。

③ 李初梨:《怎样地建设革命文学》，《文化批判》第 2 号，1928 年 2 月 15 日，第 16—17 页。

④ [匈]卢卡奇:《历史与阶级意识——关于马克思主义辩证法的研究》，第 129 页。

⑤ [匈]卢卡奇:《历史与阶级意识——关于马克思主义辩证法的研究》，第 134 页。

的是列宁的阶级意识灌输理论。

在"阶级意识"问题上，卢卡奇和列宁虽然内里有别，但表面近似，都强调阶级意识的非原生性。而阶级意识问题，柯尔施在《马克思主义和哲学》中基本未予涉及，但他缺少"物化"思想，与卢卡奇的理论恐怕难以协调。[①] 但因为他没有谈及阶级意识问题，对后期创造社成员这方面的思考基本没有产生影响。后期创造社成员大量吸收了列宁的阶级意识理论，"灌输"色彩十分明显。

李初梨的代表作《自然生长性与目的意识性》虽然内蕴了卢卡奇与福本和夫的逻辑，但主要是靠大量引证列宁《怎么办》的理论，来论述阶级意识的非"自然生长性"。李初梨应该是从福本的著作中借用了卢卡奇的"事物化"（物化）概念（福本原文即写作"事物化"），他说道："而且在有产者意识事物化的现在，一切有产者的观念形态，事实上已成了社会发展的障碍物，如果我们要企图全社会构成的变革，这些障碍物，是须得粉碎的。"[②] 虽然李初梨未显示出对物化理论有更深入的理解，但这已足以构成他接受列宁阶级意识灌输论的认识基础。在《自然生长性与目的意识性》中，李初梨作为论据的"全生活过程底批判"，无疑来自卢卡奇和福本和夫的"总体性"理论，其中更大量借用福本的图表说明问题，但由此引申出的完全是列宁的阶级意识灌输论。李初梨引用了列宁《怎么办》第二章《群众的自发性和社会民主党的自觉性》中的著名段落，说明无产阶级的阶级意识只能由知识阶级从"外部""注入"："劳动者绝不会获得社会主义的意识，这种意识，只有从外部才能注入。……即以劳动阶级自身底力量，只能达到一种 trade unionism 底意识……可是社会主义底教理，是由于所有阶级底有教育的代表者，——智识阶级所从事的哲学

---

① 在写作于 1930 年的《关于"马克思主义和哲学"问题的现状——一个反批判》中，柯尔施对考茨基、列宁的意识形态灌输理论进行了批判，参见 [德] 卡尔·柯尔施：《马克思主义和哲学》，第 68—69 页。

② 李初梨：《请看我们中国的 Don Quixote 的乱舞——答鲁迅〈醉眼中的朦胧〉》，《文化批判》第 4 号，1928 年 4 月 15 日，第 5 页。

历史经济底理论所发生。"① 列宁的理论重点强调的是自觉的政治斗争对自发的经济斗争的超越，并没有很强的卢卡奇式意识形态批判色彩，而在李初梨的理论中，同时强调了二者。列宁和卢卡奇理论在这一方面的表面的亲和性是对接能够顺利完成的重要原因，但二人理论体系内部的歧异则未能被后期创造社成员注意到。卢卡奇的阶级意识理论立足于物化理论以及强调理论和实践统一的辩证法，具有形而上学的性质，和列宁的灌输论在内在逻辑上有着极大不同。② 而这也显示出李初梨对卢卡奇的理论并没有获得十分深入的认识。

可以说，后期创造社既吸收了福本主义及其主要源头——早期西方马克思主义，又重点吸收了列宁的阶级意识灌输理论。但驱动后期创造社展开全面批判，并形塑了鲜明的社团风格与理论特色的，乃是前者。综括而言，后期创造社从福本主义、卢卡奇和柯尔施那里汲取的主要是以下三种具有浓郁早期西方马克思主义色彩的理论主张：第一，意识形态领域全面批判的必要性与首要性理论，以及由此产生的分离—结合理论；第二，认识论上的中介理论和总体性思想，以及理论和实践、思维和存在的同一论，此一理论进而在后期创造社那里激变为文学和实践的同一论，可总括为辩证法理论，以及植根于此的反映论批判；第三，和"事物化"理论相关的自然生长性和目的意识性的区分理论，亦即无产阶级阶级意识理论。当然，后期创造社的阶级意识理论更加显著地受到列宁的阶级意识灌输理论影响。这三个方面虽难免内含若干紧张关系，但基本是紧密连接在一起、不可分割地互相证成的。正是以这些理论武器为凭借，后期创造社成员在大革命失败后的文坛展开了激烈的批判活动。"无产阶级文学"的大旗被隆重展开，"革命文学"论争亦由此拉开序幕。

---

① 李初梨：《自然生长性与目的意识性》，《思想月刊》第 2 期，1928 年 9 月 15 日，第 12 页。

② 参见〔英〕汤姆·博托莫尔主编：《马克思主义思想辞典》，陈叔平等译，郑州：河南人民出版社，1994 年，第 95—97 页。

2. 前期太阳社的理论资源

太阳社领袖蒋光慈自莫斯科东方大学毕业，稔熟苏俄文艺，无疑也具有马克思主义理论素养。由其文章可知，其理论主张主要来自苏俄各派马克思主义思想的综合。

蒋光慈 1921—1924 年留学莫斯科东方大学期间，苏俄思想界尚处于一定程度的各派思想争鸣时期。东方大学全称"东方劳动者共产主义大学"，是一所为苏俄东部地区和东方各国"专门培养革命干部的政治大学"[①]。1922 年 12 月 7 日，蒋光慈成为中共候补党员，加入东方大学旅莫支部。据说，旅莫支部领导独断专行，要求个人无条件服从组织，家长作风十分严重，支部成员噤若寒蝉；支部同时十分轻视理论学习，如果有人热衷学习俄文、钻研理论，就会被打成学院派，受大会批判。不过，"在旅莫支部中逐渐形成了一个坚持以学习为重的反对派，领袖是抱朴和蒋光赤，成员包括曹靖华、韦素圆、张伯简等人，他们都在不同程度上遭到旅莫支部的打击和压制"[②]。

曾与蒋光慈同时留学东方大学的郑超麟，回忆当时的课程有："经济学，唯物史观，阶级斗争史，工人运动史，俄国共产党史，自然科学，俄文，似乎没有其他的科目。"在他们上课时，除了俄文课，都有翻译，高年级的蒋光慈也是翻译之一。[③]

蒋光慈身处此种环境之中，而又能坚持学习，对马列主义的基本理论自然能获得相当理解；而同样号称马克思主义代表的无产阶级文化派的思想，虽然之前已经受到了列宁的批判，在当时的俄国仍很有市场，和十月派的理论一起对蒋光慈的文学思想产生了重要影响。另外，托洛茨基的理论对其也有一定影响，但更多集中于若干具体判断上。

---

① 郑超麟：《郑超麟回忆录》(上)，第 184 页。另见王凡西：《双山回忆录》，北京：东方出版社，2004 年，第 49 页。

② 参见张泽宇：《留学与革命——20 世纪 20 年代留学苏联热潮研究》，北京：人民出版社，2009 年，第 191 页。

③ 郑超麟：《郑超麟回忆录》(上)，第 189—190 页。

太阳社虽不像创造社那样有明显的发展断裂，但也可以分作前后两期。分期界限大致可确定为1928年下半年，社团逐渐转向藏原惟人的新写实主义之际。此一转向，与该社和创造社的论战也有直接关系。①前期太阳社的核心理论家为蒋光慈，后期则逐渐变为钱杏邨。

蒋光慈并不擅长理论写作，产量也少，对文学之外的理论，他的论述基本上限于一般性的介绍。1923年，他发表《经济形式与社会关系之变迁》一文，依据马克思主义，从经济形式变迁的角度，对人类社会的历史变迁做了概括性说明，最后揭示了无产阶级的奴隶地位，指出人类"除社会革命，无产阶级独裁而外，无他出路！"②在1924年发表的长文《唯物史观对于人类社会历史发展的解释》中，他较详细地阐发了唯物史观的理论，不过所论大都是常识，基本是照搬马克思的经典论述。③该文重点论述了物质对精神的决定论，同时指出，意识反映生活，对生活又有"反感的作用"：

> 我们可以下一定案——意识是生活的反映。意识的形式一定与社会生活相符合；社会生活是变动的，所以意识的形式也是变动的。
>
> ……
>
> 现在就要发生问题了：既然一切意识的形式是社会生活的反映，则筑物对于基础是否有反感的作用？……
>
> 对于此问题，我们可以肯定地给一答案：筑物对于基础有相当的反感的作用。④

---

① 参见本书第五章第三节相关论述。

② 蒋光赤：《经济形式与社会关系之变迁》，《新青年》（季刊）第2期，1923年12月20日，第55页。"无产阶级"原文作"无产级阶"。

③ 郑超麟在谈到旅莫支部压制理论学习的同时指出："课堂学的又是极粗浅的常识。"郑超麟：《郑超麟回忆录》（上），第194页。

④ 蒋侠僧：《唯物史观对于人类社会历史发展的解释》，《新青年》（季刊）第3期，1924年9月17日，第32—33页。

在论述了意识的影响力之后，蒋光慈又引用马克思的话指出"反感的作用"的"界限"："随着经济基础变动，一切巨大的筑物迟早都是要崩坏的。"① 接着，他论述了个人在历史中的作用，指出人物再伟大也不过是顺应了历史规律，执行了"进步阶级的意志"；如果违背历史的规律，只能"落得一个反动的罪名"。②

由此出发，蒋光慈生成了反映论的文学观——"文学是社会生活的反映，一个文学家在消极方面表现社会的生活，在积极方面可以鼓动，提高，奋兴社会的情绪。"③ 1928 年，蒋光慈又曾写道："倘若文学是表现社会生活的，那吗我们现在的文学就应当把这种冲突的现象表现出来。但是在别一方面，文学并不是机械的照像，文学家自有其社会的特殊的背景。"④ 可见，蒋光慈对反映论文学观的弊端也有警觉，这在他的"情绪"说中有所体现，甚至与反映论构成潜在的冲突。但不能否认的是，蒋光慈的文学观仍然发生于反映论的框架之中。

在文学论述中，蒋光慈特意强调了"情绪"的重要性。其 5 万字的长文《十月革命与俄罗斯文学》，至少提到了 37 次"情绪"，第一章的标题就叫"死去了的情绪"。其"情绪"说，主要植根于无产阶级文化派的文学理论。蒋光慈如此介绍了无产阶级艺术的定义：

> "……无产阶级艺术的内容，是劳动阶级的全生活，即劳动者的世界观，人生观，对于实际生活的态度，以及希求和理想等了［等］。只有这是新艺术家不可不表现的题材。……"
>
> 苏俄无产阶级文学批评家波格旦诺夫 A.Bogdanov，在他的

---

① 蒋侠僧：《唯物史观对于人类社会历史发展的解释》，《新青年》（季刊）第 3 期，1924 年 9 月 17 日，第 34 页。

② 蒋侠僧：《唯物史观对于人类社会历史发展的解释》，《新青年》（季刊）第 3 期，1924 年 9 月 17 日，第 36 页。

③ 光赤：《现代中国社会与革命文学》，《民国日报·觉悟》，1925 年 1 月 1 日，第 3 版。

④ 蒋光慈：《关于革命文学》，《太阳月刊》第 2 期，1928 年 2 月 1 日，第 8 页。

《单纯与优美》的一文中，将无产阶级艺术这样地下了定义。波连斯基Poliansky在《无产阶级文化》杂志上，也发表与波格旦诺夫相同的意见：

> "无产阶级文学，在社会革命的火焰里生出，表现着对于社会建设有关系的劳动阶级的热情，欲望，战斗，危害，愤激，爱情等等；对于世界，对于实生活，对于无产阶级的活动及其最后的胜利，以自己独特的见解，接触着一切的事物……"

以上这两段文字，大体规定了无产阶级文学的特质。①

上文提到的两位理论家都是无产阶级文化派的核心人物，波格丹诺夫的理论更为无产阶级文化派奠定了基础。可以看出，两人都特别强调了无产阶级艺术要表现劳动阶级的情感与精神世界，这实际上为蒋光慈的"情绪"说提供了理论基础。

波格丹诺夫把艺术也纳入了他的"普遍组织科学"中来考察，而艺术的组织作用之所以能发挥，就在于它能调整"情绪"，比如战歌便能"创造出一致的情绪，集体的精神统一"，从而可以实现"战斗中互相配合"。②即便抒情诗歌也必须要有"情绪"结合的作用：

> 假使抒情诗歌只表现艺术家所感到的个人情绪而置其它于不顾，那么，除他自己而外便没有人会懂得或者感兴趣，这便不是艺术。这种诗歌的意义在于它能表达某种类型的心情，这种心情可以是几种人的特点。它表现许多种人共同感到的情绪的结合。诗人向人们显示并解释他们所共有的心情，这样他又通过感情范围里的共同的互相了解，通过他在这些人身上所唤

---

① 蒋光慈编：《俄罗斯文学》，上海：创造社出版部，1927年，第107—108页。《俄罗斯文学》一书分上下两卷，上卷即蒋光慈所作《十月革命与俄罗斯文学》，下卷为经蒋光慈删改的瞿秋白所作《十月革命前的俄罗斯文学》。本书所引该书文字，均出自上卷。

② 〔俄〕亚·波格丹诺夫：《无产阶级的诗歌》，苏汶译，白嗣宏编选：《无产阶级文化派资料选编》，北京：中国社会科学出版社，1983年，第22页。

起的"同情"，来把他们不知不觉地连在一起、熔成一片。同时，诗人还抓住一个方向，教育他们的灵魂，以此使他们的共性变得更深更阔，而他们的集团、阶级或联合便更能持久。这个事实创造并发展联合起来共同行动的可能性；那么，正象战歌的情形一样，我们又说到了集团力的某种初步的组织，以便各自表现他们的共同生活和斗争。①

可见，情绪是文学和组织（战斗）的中介，文学只有以情绪结合的方式才能承担起它的组织使命。波梁斯基也认为艺术是"涉及表现工人阶级的直接感受和感情"的那一部分。②另一名无产阶级文化派成员格·戈尔巴乔夫更说得明白："艺术的作用"，"就是一种社会组织形态的作用。这种作用在劳动者身上激起最适合其任务的情绪，并通过一致的情绪，通过不自觉者的同样情绪，促进社会生产参与者之间的相互理解，使直接生产活动的整个过程变得轻松愉快"。③

太阳社另一主力钱杏邨在文学理论上深受蒋光慈影响，对"情绪"的作用同样重视，专门作文《革命文学与革命情绪》，探讨"情绪"对革命文学之必不可少的重要作用。④与无产阶级文化派的重点在于组织"情绪"有所不同的是，太阳社更注重强调创作主体的"情绪"力量，更侧重于强调在革命活动中熏陶产生的"情绪"的意义，对"情绪"产生的现实性有更多关注，因而其"情绪"说其实也颇具反映论色彩。

太阳社对无产阶级文学的创作主体和创作都十分重视，在创

---

① 〔俄〕亚·波格丹诺夫：《无产阶级的诗歌》，苏汶译，白嗣宏编选：《无产阶级文化派资料选编》，第 24 页。

② 〔俄〕瓦·波梁斯基：《无产阶级文化协会国际局致全俄无产阶级作家代表大会的贺词》，沈渝来译，白嗣宏编选：《无产阶级文化派资料选编》，第 115 页。

③ 转引自〔俄〕伊·阿隆奇克：《列宁同左倾分子歪曲社会主义文化的斗争》，沈渝来译，白嗣宏编选：《无产阶级文化派资料选编》，第 277 页。

④ 钱杏邨：《革命文学与革命情绪——读〈幻象的残象〉》，《麦穗集》，上海：落叶书店，1928 年，第 1—6 页。

作上也算较有成就。在面对创作主体的问题时，太阳社对域外理论的接受则稍为复杂，更多吸收的是"拉普"的前身十月派的观点。十月派的主要理论刊物是《在岗位上》，因此又被称作岗位派。该派成立于1922年，《在岗位上》则发行于1923年到1925年，正是蒋光慈已经适应了苏俄留学生活的时期。十月派成员从《在岗位上》创刊就开始在文坛展开广泛的批判活动，引发了一系列文坛论战，产生强烈反响。蒋光慈对创作主体问题的思考明显受到了他们的影响；同时，无产阶级文化派的思想在此方面对蒋光慈也有一定影响。

蒋光慈认为，无产阶级文学的创作主体可以达到一种理想化的状态。依据一般马克思主义，创作者属于小资产阶级，身上难免"劣根性"，蒋光慈自己也对"知识阶级的怀疑的情绪"，"虚无主义的倾向"以及与革命的异质性做出过批评。[1] 不过在他看来，在十月革命之后，苏俄已经出现了一种理想化的新知识阶级：

> 红色的十月赠与了我们不少的天才的青年诗人。这些青年诗人，他们为红色的十月所涌出，因之他们的血与肉都是与革命有关连的——革命是他们的母亲。他们的特点是：他们如初春的初开放的花朵一样，既毫不沾染着一点旧的灰尘与污秽，纯洁得如明珠一样，而又蓬勃地吐着有希望的，令人沉醉于新的怀抱里的馨香，毫不感觉到凋残的腐败的意味。[2]

这一思想直接受到了十月派的影响。十月派特别强调保持无产阶级文学的纯粹性，主张划清无产阶级文学和资产阶级文学的界限，"无产阶级文学是同资产阶级文学相对立的，是它的对立面"[3]；小资产阶级作家"只能歪曲地反映革命"，无产阶级主要

---

① 参见蒋光慈编：《俄罗斯文学》，第45—50、96页。

② 蒋光慈编：《俄罗斯文学》，第86页。

③ 《第一次莫斯科无产阶级作家代表会议文件（选译）》，雷光译，张秋华、彭克巽、雷光编选：《"拉普"资料汇编》（上），北京：中国社会科学出版社，1981年，第3页。

依靠的必须是无产阶级文学①；并认为一般认为的"同路人"其实"多数是敌人"，"要立即重新审查我们的同路人"②。当谈到无产阶级文学创作主体问题时，十月派大概有意忽略了出身的阶级属性所可能具有的意义。在他们看来，重要的是政治意识的纯洁性，是和党保持最亲密的关系："还必须让那些愿意为革命服务的文学家同俄国共产党保持最紧密的联系……因为如果不同这场革命的大脑、灵魂、原动力保持不可分的联系，那就不能完全地为革命服务。我们不相信，也绝不会相信'非党的文学'可以成为真正的革命文学。如果文学的代表者不与共产党同呼吸共命运，文学就永远也不会达到伟大时代的水平。"③何以如此主张呢？有研究者揭示道："'十月'派中百分之八十的成员出身于革命前知识分子家庭。主张党在文学事业中保持中立的批评家瓦西里·里沃夫－罗加切夫斯基（罗加切夫斯基的笔名）暗示，作为小资产阶级苗裔的'十月'成员是软弱的，因此他们寻求党的支持，而'锻冶场'的血统工人不怕竞争。"④

十月派的出身及其与党的关系，正和全部成员都是党员的太阳社相似，因而也就可以理解为什么蒋光慈等太阳社成员，回避无产阶级文学创作主体的阶级属性问题，而格外强调政治意识的先进性。"'十月'团体完全是一个共产党员组织。它的全体成员都是党员或共青团员。除少数例外，他们都很年轻，大多数二十多岁。"⑤岂不正是太阳社的写照？正因为有了"党的权威作护符"

---

① 《第一次莫斯科无产阶级作家代表会议文件（选译）》，雷光译，张秋华、彭克巽、雷光编选：《"拉普"资料汇编》（上），第6—7页。

② ［俄］С.罗多夫：《在射击之下》，李海译，张秋华、彭克巽、雷光编选：《"拉普"资料汇编》（上），第29页。

③ ［俄］Ил.瓦尔金：《政治常识与文学的任务》，林明虎译，张秋华、彭克巽、雷光编选：《"拉普"资料汇编》（上），第10页。

④ ［美］赫尔曼·叶尔莫拉耶夫：《"拉普"——从兴起到解散》，张秋华译，张秋华、彭克巽、雷光编选：《"拉普"资料汇编》（上），第323页。

⑤ ［美］赫尔曼·叶尔莫拉耶夫：《"拉普"——从兴起到解散》，张秋华译，张秋华、彭克巽、雷光编选：《"拉普"资料汇编》（上），第323页。

（郑超麟对蒋光慈的评语），"十月"和"太阳"都对自身意识状态的纯洁性有极高评价，认为自身就是革命文学甚至无产阶级文学的纯正代表，并要与资产阶级"同路人"划清界限。

至于对旧的资产阶级文人（也包括"同路人"）的评价，十月派和无产阶级文化派有近似的态度。无产阶级文化派对无产阶级艺术及其创作主体的纯粹性也有极高的要求，因而也有排斥"同路人"和拒绝传统遗产的论调。对于无产阶级艺术，波格丹诺夫认为："劳动阶级艺术的思想意识应当是纯洁的，明确的，脱离一切异己因素的。"[1] 蒋光慈的观点与之近似。但是，以波格丹诺夫为代表的无产阶级文化派对知识阶级能够创造无产阶级艺术持基本否定的态度，而"十月"和"太阳"成员都还完全脱离不了知识阶级的属性。波氏认为，知识分子脱胎于资产阶级文化，难以克服个人主义和"权威"的性质，"大体讲来，即便当劳动知识分子对于劳动阶级抱着深切的同情、对于社会主义的思想有了信仰的时候，过去的一切在他的思想方法、他的人生观、他的力量概念和概念发展的道路，还是保留着它们的影响"[2]。波梁斯基则说得更明确："知识分子和无产阶级都能说出一样的理论结构；至于涉及艺术部分，涉及表现工人阶级的直接感受和感情的艺术部分时，知识分子则不能象工人本身那样直率而明确地表达这种感受和感情。假若工人掌握了绘画技巧，掌握了语言的表达能力，他就能直接表达自己的感受，而知识分子，虽然他也是共产党员，表达的则不是直接的感受，他们表达的是对工人在锅炉前感受的一种观察。……因此知识分子不可能象无产阶级那样直接和明显地表达无产阶级的感情，因为他本身没有体验过这种感情。所以我们说，我们首先称那些反映无产阶级理想的作家，称那些直接

---

① ［俄］亚·波格丹诺夫：《无产阶级的艺术批评》，苏汶译，白嗣宏编选：《无产阶级文化派资料选编》，第42—43页。

② ［俄］亚·波格丹诺夫：《无产阶级的艺术批评》，苏汶译，白嗣宏编选：《无产阶级文化派资料选编》，第41—42页。

来自工人阶级的作家为无产阶级作家。"①

值得注意的是，蒋光慈也吸取了波格丹诺夫和波梁斯基的理论。他申明："在情感方面说，我们的作家与旧世界的关系太深了，无论如何，不能即时与旧世界脱离，虽然在理性方面，他们也时常向着旧世界诅咒几句……这是因为没有革命情绪的素养，没有对于革命的信心，没有对于革命之深切的同情。……徒在理性方面承认革命，这还不算完事，一定要对于革命有真切的实感，有了真切的实感，然后才能写出革命的东西。……就使他们在理性上已经领受了革命，而在情绪上，他们无论如何脱离不了旧的关系。"②不过，蒋光慈吸收的只是波格丹诺夫和波梁斯基理论的形式，其内容则被改头换面。在二人理论中描述知识阶级属性的语汇，到了蒋光慈笔下，用到了旧的知识阶级身上，于是他也强调知识阶级（旧的）在理性上可以认同革命，在情绪上却不能同化于革命。③但涉及新的知识阶级时，则换用"十月"的理论做对自己最有利的诠释。于是蒋光慈不仅对苏俄新兴的无产阶级诗人（这些诗人也并非工人阶级出身）进行理想化十足的歌颂，也歌颂中国新兴的完美的知识阶级革命作家。太阳社成员经常自我指涉性很强地表述：

在革命的浪潮里，涌现出来一批新的作家。这一批新的作家，虽然现在还未成名，还未给与我们很好的成绩，但是他们前途将有非常大的发展。倘若我们对于旧的作家，要求他们认识时代，了解现代的社会生活，要求他们与革命的势力接近，那吗，我们对于这一批新的作家，这种要求却没有必要了。

---

① ［俄］瓦·波梁斯基：《无产阶级文化协会国际局致全俄无产阶级作家代表大会的贺词》，沈渝来译，白嗣宏选编：《无产阶级文化派资料选编》，第115页。

② 蒋光慈：《现代中国文学与社会生活》，《太阳月刊》第1期，1928年1月1日，第7—8页。

③ 蒋光慈在论述俄国诗人叶赛宁时也说道："叶贤林对于城市的文化是完全接受了。但是这种接受是他理智的接受，而不是情绪的接受。"蒋光慈：《十月革命与俄罗斯文学》，《创造月刊》第1卷第8期，1928年1月1日，第84页。

> 这是因为这一批新的作家被革命的潮流所涌出，他们自身就是革命，——他们曾参加过革命运动，他们富有革命情绪，他们没有把自己与革命分开……换而言之，他们与革命有密切的关系，他们不但了解现代革命的意义，而且以现代的革命为生命，没有革命便没有他们了。①

以上论述即便不完全是社团的自我指涉，也难免给外界以这样的认知，极易引起反感。而且，这种知识阶级，已经实际上脱离了阶级的属性——所以蒋光慈才会说，养成革命的情绪便可创作出革命文学（这一点也自然遭到了创造社批判），"革命"作家其实已经暗中置换掉了"无产阶级"作家。

最后有必要提到托洛茨基。托洛茨基的《文学与革命》1923年出版后，在世界左翼文化界产生很大影响，蒋光慈彼时对托氏文艺理论也多有正面征引。

蒋光慈编写的《俄罗斯文学》一书，在结构设置上便明显模仿了《文学与革命》。该书上半部为《十月革命与俄罗斯文学》，下半部为《十月革命前的俄罗斯文学》，和《文学与革命》的两部分内容设计完全一样。在上半部起首，蒋光慈即问道："文学与革命有什么关系呢？"②上半部的章节设置也与《文学与革命》有雷同之处——九章中起码有五章可以在《文学与革命》中找到对应章节，许多地方更直接使用了《文学与革命》中的论述。③但在很多论述上二人并不一致。比如，蒋光慈并不赞同托洛茨基关于无产阶级文学不能成立的理论，辟专章讲述已经成立了的无产阶级文学，也不认同托氏对无产阶级作家的不高评价；而托氏，则很少有"情绪"组织论的内容。蒋著对《文学与革命》的最显著借

① 蒋光慈：《现代中国文学与社会生活》，《太阳月刊》第 1 期，1928 年 1 月 1 日，第 10—11 页。

② 蒋光慈编：《俄罗斯文学》，第 3 页。

③ 参见汪介之：《回望与沉思——俄苏文论在 20 世纪中国文坛》，北京：北京大学出版社，2005 年，第 136 页。

用，是关于"同路人"的论述，他几乎原样照抄了托氏对"同路人"的长篇定义。① 不过，蒋光慈也没有认同托氏评价"同路人"的内在逻辑，以致他认为："现在资本主义制度下的文化非有害于无产阶级，即与无产阶级没有关系。"②

至此可以对前期太阳社对域外理论资源的接受做一概括。第一，他们从马列唯物主义的一般原理吸收了反映论文学观；第二，他们从无产阶级文化派的理论中吸取了对无产阶级文学的"情绪"组织作用的强调，不过更侧重于强调作家的主观"情绪"；第三，他们从"拉普"前身"十月"派以及无产阶级文化派那里吸取了对创作主体纯粹性的强调，同时回避了创作主体的阶级属性问题，"无产阶级"作家被"革命"作家暗中置换。当然，太阳社对文学中理性与情感关系的辨析、对"同情"的强调等，都与1920 年代中国革命文坛的普遍认知相契合，因而其中也难免有中国文坛自身影响的元素存在；而中国革命文坛的相关认知，显然也深受无产阶级文化派的影响③。

另外，蒋光慈理论体系中内在的张力，他自己可能并没有意识到。比如，"情绪"说深深受到了无产阶级文化派的影响，而无产阶级文化派的理论又植根于马赫主义；蒋光慈吸收的马列唯物主义一般原理，又具有鲜明的列宁反映论色彩，而列宁反映论的重点辩驳对象便是马赫主义及其信徒——无产阶级文化派。④ 理论

---

① 参见齐晓红：《蒋光慈与"同路人"问题在中国的输入》，《中国现代文学研究丛刊》2006 年第 6 期，第 53—62 页。

② 蒋侠僧：《无产阶级革命与文化》，《新青年》（季刊）第 3 期，1924 年 8 月 1 日，第 19 页。

③ 参见李金花．《中国无产阶级文艺运动与苏联无产阶级文化派》，《西南民族大学学报（人文社会科学版）》2020 年第 10 期，第 173—179 页。

④ 郑超麟似乎替蒋光慈察觉到了他的理论的内在张力。他说："一次，蒋光赤找到我，向我控告《文化批判》对于《太阳》的攻击。蒋光赤写了一篇文章，似乎说：一切知识出于经验。《文化批判》便批评他不对。我一听就知道蒋光赤是错的，他没有读过列宁反对马赫主义的著作。"郑超麟：《郑超麟回忆录》（下），第 180 页。

的棱角和锋芒在接受过程中不断钝化，后来者把本来有激烈冲突的两种理论融合到自己一人身上，并不稀奇。再加上蒋光慈的理论敏感性并不强，自然更能安之若素。

三、两种马克思主义诠释模式的遭遇

1. 冲突之核心：辩证法与反映论之争

创造社对太阳社的批判，其实和早期西方马克思主义对第三国际马克思主义（或称列宁主义）的批判，具有相当程度的同构性乃至延续性，反映出的乃是两种马克思主义诠释方式遭遇时产生的冲突。自然，创造社和太阳社的论争绝非西方马克思主义与列宁主义论争的翻版，甚至在诸多方面的差异要远大于其相似，但在理论上明确的渊源关系以及在若干基本问题上的契合，使得若不将二者置于同一论述场域，则无法真正探明创造社与太阳社之争的真实面貌。

二社论争集中在后期创造社的三名骨干成员李初梨、成仿吾、冯乃超，与太阳社的三名骨干成员蒋光慈、钱杏邨、杨邨人之间展开。论争起因于蒋光慈在《太阳月刊》创刊号上发表的文章——《现代中国文学与社会生活》。文中蒋光慈依据马克思主义，分析了时代形势、作家意识和阶级立场的分化等革命文学面临的问题。文章开头，蒋光慈就亮出了他反映论的文学观："文学是社会生活的表现"，"先有了社会生活，然后社会生活的表现才有可能"。[①] 蒋光慈显然认同暴动路线，认为革命形势正风起云涌、趋向高潮，那么作为社会生活表现的文学，理应表现为革命文学的高涨，可事实并未如此。蒋光慈认为，这主要由于中国社会和革命浪潮变动得太迅速，让人没有思考的余地，而文学家的表现需要一个较长的过程；因为太迅速，作家还未能理解"革命本身

---

① 蒋光慈：《现代中国文学与社会生活》，《太阳月刊》第 1 期，1928 年 1 月 1 日，第 1 页。

的意义"。这一观点明显是反映论的。而反映论哲学的主要源头，便是列宁的著作《唯物主义和经验批判主义》。当然，蒋光慈虽然对列宁推崇备至，但其反映论文学观不一定是从列宁那里习得的，更可能是在苏俄所受一般教育使然。

列宁的反映论哲学产生于和无产阶级文化派辩论的过程之中。无产阶级文化派以波格丹诺夫为首领，认同马赫主义。奥地利哲学家、心理学家马赫认为："并不是物体产生感觉，而是要素的复合体（感觉的复合体）构成物体。……一切'物体'只是代表要素复合体（感觉复合体）的思想符号。"[①]列宁将马赫主义视作唯心主义进行了批判，他认为："唯物主义和自然科学完全一致，认为物质是第一性的东西，意识、思维、感觉是第二性的东西，因为以明显形式表现出来的感觉只和物质的高级形式（有机物质）有联系，而'在物质大厦本身的基础中'只能假定有一种和感觉相似的能力。"[②]列宁于是对唯物主义做了反映论的界定："物质是标志客观实在的哲学范畴，这种客观实在是人通过感觉感知的，它不依赖于我们的感觉而存在，为我们的感觉所复写、摄影、反映。"[③]

对列宁的观点，马克思主义研究者麦克莱伦如此分析："在《唯物主义和经验批判主义》中，很少有耐人寻味的哲学趣味。……一般说来，列宁所理解的唯物主义是马克思以前的。……基于俄国当时落后的经济状况，列宁回复到18世纪唯物主义的某些肤浅的形式是可以理解的。18世纪的唯物主义是资产阶级对贵族特权及其宗教后盾进行反抗的组成部分。既然俄国没有强大的资产阶级，那么唯物主义就成了无产阶级反对沙皇政权封建主义的斗争武器。"[④]上述解释或也在一定程度上揭示了朴素唯物论在中国流行的原因。梅洛－庞蒂也做出了类似的归纳："如果说列宁本人

---

① [奥]马赫：《感觉的分析》，洪谦等译，北京：商务印书馆，1986年，第23页。

② [俄]列宁：《唯物主义和经验批判主义》，《列宁全集》第18卷，第39页。

③ [俄]列宁：《唯物主义和经验批判主义》，《列宁全集》第18卷，第130页。

④ [英]戴维·麦克莱伦：《马克思以后的马克思主义》，第114页。

重提'唯物主义'的基本原理，或它的'最基本的真理'，这或许也只是一种针对特定情境的态度。这涉及到的是文化政策的一个转折点，而不是一种严格的哲学表述。……因此他想在这部著作中为一个没有经历过西方资本主义全部历史阶段的国家提供一种简单的有效的意识形态；至于辩证法，即唯物主义的自我批判，则是更后来的事情。"①而正是此种在一定意义上忽视了马克思辩证法的哲学因素的唯物主义，遭到了卢卡奇、柯尔施的批评。

蒋光慈的反映论观点遭到了创造社的集中和反复批判，其"情绪"说命运相同。蒋光慈认为，对于不革命的作家，首要之务在于"好好地做革命情绪的修养，慢慢地走到真正革命的路上来"。而养成"革命情绪"的方法是："他们第一步要努力于现代社会生活的认识，了解现代革命的真意义"，然后"努力与革命的势力接近，渐渐受革命情绪的浸润，而养成自己的革命的情绪。如此，他们才能复生起来，才能有革命的创作"。②这一"情绪说"，其实也是反映论的变种，革命现实决定革命情绪，革命情绪则反映革命现实。同时，蒋光慈又认为，这一修养革命情绪的要求只适用于旧作家，对于"在革命的浪潮里，涌现出来一批新的作家"，这种要求就"没有必要"，因为"他们自身就是革命"。③蒋光慈此种论调，自然容易引起反感。加上他又指出，革命文学要求于作者的，"是文学的革命的作品，而不是一般人所都能写到的，空空洞洞的，不可捉摸的论文。……倘若某一个作家要承认自己是一个革命文学者，那我们就要请他拿出证据来，给我们以文学的革命的作品；若空口喊几声时髦的名词'革命文学'……这是没有什

---

① [法]莫里斯·梅洛-庞蒂：《辩证法的历险》，杨大春、张尧均译，上海：上海译文出版社，2009年，第65—66页。

② 蒋光慈：《现代中国文学与社会生活》，《太阳月刊》第1期，1928年1月1日，第8—9页。

③ 蒋光慈：《现代中国文学与社会生活》，《太阳月刊》第1期，1928年1月1日，第10—11页。

么大意义的"①。这对于以理论家自居，而缺少文学作品的后期创造社成员，更会产生刺激的作用。

在半个月后出版的《文化批判》创刊号上，冯乃超发表了一篇理论文章，与蒋光慈在《太阳月刊》创刊号上的文章，处理的基本上是同一个问题，即检讨十余年来的文学界及其与社会生活之关系。甚至二文题目都近似，蒋文是《现代中国文学与社会生活》，而冯文为《艺术与社会生活》。但冯乃超对文学家的判断和蒋光慈十分不同。他认为文学革命那一代作家基本没落或反动了，这与蒋光慈近似；不过冯乃超单独拎出的是郭沫若，认为只有他走上了革命的道路，其他作家基本被划到小资产阶级名下，他们只反映自己的愁苦，"他们历史的任务，不外一个忧愁的小丑（Pierotte）"。在他那里，并不存在一个已经崛起、无比先进的革命作家阶层。冯乃超更加自觉地援引马克思的理论来说明中国的社会现状，认为中国正在被世界资本主义体系塑造和蚕食，正从"（封建的）文明之邦，礼教之国"堕落下去，"站在自由主义的立脚点，希求建设近代文明国家的欲念，不外暴露自家的阶级的本质罢了"。②

再过半个月后出版的《创造月刊》上，登载了成仿吾的著名论文《从文学革命到革命文学》。此文作于 1927 年 11 月 23 日，其时成仿吾正在日本动员后期创造社主要成员回国合作，已然对后期创造社的理论资源有所了解，其文章提出："历史的发展必然地取辩证法的方法（dialektische Methode）。因经济的基础的变动，人类生活样式及一切的意识形态皆随而变革；结果是旧的生活样式及意识形态等皆被扬弃（Aufheben 奥伏赫变），而新的出现。"③其中对辩证法和"奥伏赫变"的强调，流露出浓郁的福本主义色彩。

---

① 蒋光慈：《现代中国文学与社会生活》，《太阳月刊》第 1 期，1928 年 1 月 1 日，第 4 页。

② 冯乃超：《艺术与社会生活》，《文化批判》第 1 号，1928 年 1 月 15 日，第 7—8 页。

③ 成仿吾：《从文学革命到革命文学》，《创造月刊》第 1 卷第 9 期，1928 年 2 月 1 日，第 2 页。

据学者张翼星的看法，列宁的辩证法"仍然是以物质或自然的本体论和唯物主义的反映论为前提的"，而卢卡奇"侧重于从社会历史实践的角度、从主体与客体和相互作用上理解辩证法。他认为离开主体，离开人对现实世界的变革，就不存在辩证法。因此，他把辩证法限制于社会历史领域，反对把它推向单纯的自然领域"。① 因而，在卢卡奇那里，辩证法要求无产阶级获取阶级意识，以完成历史主体和历史客体的统一、理论和实践的统一。卢卡奇甚至认为，马克思主义可以没有任何具体内容，而只指一种方法，即辩证法。他说："我们姑且假定新的研究完全驳倒了马克思的每一个个别论点。即使这点得到证明，每个严肃的'正统'马克思主义者仍然可以毫无保留地接受所有这种新结论，放弃马克思的所有全部论点，而无须片刻放弃他的马克思主义正统。……马克思主义问题中的正统仅仅是指方法。"② 在卢卡奇的辩证法那里，阶级意识是格外重要的一环，它涉及作为历史主体和客体之统一的无产阶级如何完成其历史使命。这一辩证法起源于黑格尔的精神哲学，但更加重视阶级意识在辩证法中的"奥伏赫变"："虚假的概念因其抽象片面性而遭到扬弃（zur Aufhebung gelangen），这属于辩证方法的本质。"③ 但"扬弃"并不是放弃，而是一种更加复杂的行为，"扬弃的过程同时使得必须不断地同这种片面的、抽象的和虚假的概念打交道。这些概念获得它们的正确意义，与其说由于界定，不是说是由于他们作为在总体中被扬弃的环节起作用的缘故。……那么这些片面的、抽象的和虚假的形式就作为真正的统一体的环节属于这个真正的统一体本身"④。这一意识的辩证发展过程被成仿吾部分领会到了，所以他会说出这样的话来：

---

① 张翼星：《为卢卡奇申辩——卢卡奇哲学思想若干问题辨析》，第 202—203 页。

② ［匈］卢卡奇：《历史与阶级意识——关于马克思主义辩证法的研究》，第 47—48 页。

③ ［匈］卢卡奇：《历史与阶级意识——关于马克思主义辩证法的研究》，第 45 页。

④ ［匈］卢卡奇：《历史与阶级意识——关于马克思主义辩证法的研究》，第 45 页。

> 我们远落在时代的后面。我们在以一个将被"奥伏赫变"的阶级为主体，以它的"意德沃罗基"为内容，创制一种非驴非马的"中间的"语体，发挥小资产阶级的恶劣的根性。
>
> 我们如果还挑起革命的"印贴利更追亚"的责任起来，我们还得再把自己否定一遍（否定的否定），我们要努力获得阶级意识……①

其中对创制"非驴非马"语体、发挥小资产阶级劣根性的强调，正与卢卡奇对"片面的、抽象的和虚假的形式"的论述相一致。以上表明，身处日本的成仿吾一定比较深度地阅读了福本主义的相关资料。

以此为前提，笔者进一步推断成仿吾在写作这篇文章时很可能刚读了卢卡奇的《历史与阶级意识》——起码前面几章，因为除去上面提到的内容，成文与该书在细节上还有一些相似之处。比如成文结尾提到了"获得大众"的问题："以明了的意识努力你的工作，驱逐资产阶级的'意德沃罗基'在大众中的流毒与影响，获得大众，不断地给他们以勇气，维持他们的自信！"②"获得大众"的提法虽然成氏未作说明，但应是源自马克思的名言："批判的武器当然不能代替武器的批判，物质力量只能用物质力量来摧毁。但是理论一经掌握群众，也会变成物质力量。理论只要说服人 [ad hominem]，就能掌握群众；而理论只要彻底，就能说服人 [ad hominem]。"③但成仿吾的"获得大众"又与马克思不太一样，马克思着眼于理论的彻底性，而成仿吾则着眼于卢卡奇所关注的

---

① 成仿吾：《从文学革命到革命文学》，《创造月刊》第 1 卷第 9 期，1928 年 2 月 1 日，第 6 页。

② 成仿吾：《从文学革命到革命文学》，《创造月刊》第 1 卷第 9 期，1928 年 2 月 1 日，第 7 页。

③ [德]马克思：《〈黑格尔法哲学批判〉导言》，《马克思恩格斯选集》第 1 卷，北京：人民出版社，1995 年，第 9 页。《文化批判》第 3 号有"读者来信"呼吁"使《文化批判》的理论把握大众"，可见"获得大众"与"把握／掌握大众"，意思基本一致。杨而慨：《我的祝辞》，《文化批判》第 3 号，1928 年 3 月 15 日，第 131 页。

意识改造问题。卢卡奇在《什么是正统马克思主义?》(《历史与阶级意识》的第一篇文章)开头就提到了"掌握群众"的问题:"更重要的是需要发现理论和掌握群众的方法中那些把理论、把辩证方法变为革命工具的环节和规定性。还必须从方法以及方法与它的对象的关系中抽出理论的实际本质。否则'掌握群众'只能成为一句空话。"① 而该文结尾这段话几乎是成仿吾强调克服资产阶级"意德沃罗基"、努力获得阶级意识的言论的翻版:"通向意识的道路在整个历史过程中并不是愈来愈平坦,相反却是愈来愈艰巨和吃力。因此,正统马克思主义的任务,即战胜修正主义和空想主义,决不可能是一劳永逸地打败各种错误倾向。这是一场反复进行的反对资产阶级意识形态对无产阶级思想的无形影响的斗争。"② 如果上述对照尚嫌间接,下面的相似更有意味。成仿吾在文章最后提到了一个说法,这个说法因遭到鲁迅的嘲讽而十分出名,即所谓"保障最后的胜利"。其实,这个说法极可能来自卢卡奇。先看成仿吾在文章结尾处的文字:"努力获得辩证法的唯物论,努力把握唯物的辩证法的方法,它将给你以正当的指导,示你以必胜的战术。"下面不远处又说:"以真挚的热诚描写在战场所闻见的,农工大众的激烈的悲愤,英勇的行为与胜利的欢喜!这样,你可以保障最后的胜利;你将建立殊勋,你将不愧为一个战士。"③ 可以看出,第一段"必胜的战术"是第二段"保障最后的胜利"的来源所在。不过,成仿吾理论不谨严,因为想把这一理论用到文学上,就径直把辩证法置换成了"革命文学"。卢卡奇在《作为马克思主义者的罗莎·卢森堡》(《历史与阶级意识》的第二篇文章)结尾处则这样论述:"他们称为信仰和力图用'宗教'名称加以贬低的东西,正好是对资本主义注定要没落、无产阶级革命——最终——要获胜的确信。对于这种确信,不可能有

---

① ［匈］卢卡奇:《历史与阶级意识——关于马克思主义辩证法的研究》,第48页。

② ［匈］卢卡奇:《历史与阶级意识——关于马克思主义辩证法的研究》,第75页。

③ 成仿吾:《从文学革命到革命文学》,《创造月刊》第1卷第9期,1928年2月1日,第7页。

'物质的'担保。对我们来说，它仅仅在方法上——通过辩证的方法——是有保证的。"①与成仿吾的第一段话如出一辙。两人表达了完全相同的意思：辩证法能够保证无产阶级革命最终的胜利。当然，即便成仿吾没有读过《历史与阶级意识》，也不妨碍我们得出这样的结论：《从文学革命到革命文学》一文也有鲜明的卢卡奇色彩。②作为创造社元老的成仿吾，与新进成员之间思想本有鸿沟，但在此一方面完成了聚合。这为后续批判活动的展开，做好了铺垫。

2. 理论与"情绪"的双重限制

《文化批判》第2号开始系统阐发后期创造社的理论主张，并展开了对蒋光慈的批判。成仿吾在"卷头寸铁"栏目旗帜鲜明地打出口号："打发他们去！"他指出，"这种工事必然地从全部的批判开始"，"在意识形态上，把一切封建思想，布尔乔亚的根性与它们的代言者清查出来，给他们一个正确的评价，替他们打包，打发他们去"。③这一"全部的批判"思想直接来自福本主义的分离—结合理论，但也根源自早期卢卡奇。早期卢卡奇也十分强调意识形态领域批判的首要性，并付诸实践。他在1967年反思道："我们的杂志竭力通过在一切问题上都提出最激进的方法，在任何领域都宣布同属于资产阶级世界的任何机构和生活方式等实行彻底决裂，来宣传以救世主自居的宗派主义。在我们看来，这将有助于在先锋队，在共产党和共产主义青年组织中培养起一种未被歪曲的阶级意识。"④正是这种"全部的批判""彻底决裂"的思想

---

① ［匈］卢卡奇：《历史与阶级意识——关于马克思主义辩证法的研究》，第96页。"他们"指"机会主义者"。

② 上面谈到的卢卡奇文字集中于《历史与阶级意识》的前面几篇文章，当时似无日译本。考虑到成仿吾通晓德文，若他曾读过《历史与阶级意识》，大概读的是德文原版。

③ 仿吾：《打发他们去！》，《文化批判》第2号，1928年2月15日，第1—2页。

④ ［匈］卢卡奇：《历史与阶级意识——关于马克思主义辩证法的研究》，第7页。杂志指流亡维也纳的共产主义者创办的《共产主义》。

被福本主义和后期创造社发扬光大。成仿吾不久后就又写作了《全部的批判之必要——如何才能转换方向的考察》一文。[①]

第一篇批评蒋光慈的文章是李初梨的《怎样地建设革命文学》。该文也分析了从文学革命到革命文学的发展过程，并单独拎出创造社作为发展出革命文学的唯一的"中国文学革命的正统"。对于革命文学的发生，李文举了郭沫若1926年的《革命文学》为例，但也强调，此文只是"自然生长的革命意识的表现"。[②]接下来，李初梨便展开了对蒋光慈的批判。批判集中于蒋光慈思想的两个方面：一是表现—观照论的革命文学观；二是革命文学"情绪"说。

李初梨认为蒋光慈的文学观是一种表现—观照论的文学观。所谓"观照"，是对外界的静观式反映，可归入反映论的范畴；而所谓"表现"，在李初梨的理论体系中，其实有着表现情感的意义。李初梨在批判中国文坛时，认为存在两派："前一派说：文学是自我的表现。后一派说：文学的任务在描写社会生活。一个是观念论的幽灵，个人主义者的呓语；一个是小有产者意识的把戏，机会主义者的念佛。"[③]而在他对蒋光慈的批判中，"表现"的含义却发生了重心转移，弱化为了和"反映"/"观照"基本相同的概念。[④]李初梨在另一篇文章中是这样解释蒋光慈的"表现"论的：

> "我们分析蒋君犯了这个错误的原因，是他把文学仅作为一种表现的——观照的东西，而不认识它的实践的意义。"
>
> 这种结论，"我们觉得也没有多少讨论的必要。"因为

---

① 载《创造月刊》第1卷第10期，1928年3月1日，第1—8页。

② 李初梨：《怎样地建设革命文学》，《文化批判》第2号，1928年2月15日，第11—12页。

③ 李初梨：《怎样地建设革命文学》，《文化批判》第2号，1928年2月15日，第5页。

④ 艾晓明援引李初梨的文字时认为"表现"等于浪漫主义，"观照"等于现实主义，自然有根据，但在应用到对太阳社的批判时，则未注意到"表现"的重心发生了转移。参见艾晓明：《中国左翼文学思潮探源》，长沙：湖南文艺出版社，1991年，第112—113页。

光慈在他的《现代中国文学与社会生活》里面，开口第一句就是：

"倘若承认文学是社会生活的表现，那么……"

而且就在前面我所引用的光慈的一段短短的文章里面，也可以寻出许多表现的字样。例如：

"文学虽然是社会生活的表现……"

"这弄得我们的文学来不及表现……"

"但当他这一件事情还未描写完时……——（描写与表现是同意语。梨注。）"

"文学家要表现社会生活时……"

这也是"原书具在，不难覆按"呀！[①]

从"表现"的重心转移，也可以看出，李初梨对蒋光慈的批判，隐含着批判反映论的内在逻辑。而蒋光慈的文学论，虽然认为文学是对社会的表现，但也充分重视"情绪"的重要作用，并没有排除文学的实践功能。不过在李初梨看来，蒋光慈的理论基本上是一种被动的机械反映论，这便忽视了蒋光慈理论的复杂性。因为蒋光慈的理论同时十分强调作家的实践和作家情感、意识之间的互动关系，并不纯然是表现和观照论的。李初梨并未仔细理解蒋光慈的理论，而是抓住主要方面便下了判断。其实蒋光慈的理论更强调作家与社会生活的血肉关系，与后期创造社把哲学理论直接应用到文学上相比，更贴近创作本身。李初梨批评蒋光慈几乎出于必然，因为创造社与蒋光慈的文学理论，乍看相似，但内里极为不同，为将自家理论推向文坛，彰显其独特性，难免拿蒋光慈"开刀"。执意于展开全面意识形态批判的创造社，自然也就缺少了细致理解他人理论的"情绪"与能力。

李初梨给无产阶级文学所下的定义是："为完成他主体阶级的历史的使命，不是以观照的——表现的态度，而以无产阶级的阶

---

① 李初梨：《一封公开信的回答》，《文化批判》第3号，1928年3月15日，第122—123页。

级意识，产生出来的一种的斗争的文学。"① 可见，无产阶级文学
由并不能自然生长的阶级意识中产出；而如此生成的文学，致力
于将理论与实践结合在一起："我们的文学家，应该同时是一个革
命家。他不是仅在观照地'表现社会生活'，而且实践地在变革'社
会生活'。"② 李初梨的此一理论也与卢卡奇有隐在的呼应。卢卡奇
批判"科学方法"只能孤立地研究各种现象，并总是落后于实际
的发展，而"辩证法不顾所有这些孤立的和导致孤立的事实以及
局部的体系，坚持整体的具体统一性"③。因而他提出："要正确
了解事实，就必须清楚地和准确地掌握它们的实际存在同它们的
内部核心之间、它们的表象和它们的概念之间的区别。"④ 自然表
象并不可靠，认识需要依靠辩证法上升为一种"具体的总体的认
识"，而"这种具体的总体决不是思维的直接素材"。⑤ 李初梨对蒋
光慈的表现—观照论的批判即植根于此，内含的其实是辩证法对
反映论的批判；至于卢卡奇的针对目标也包含恩格斯和列宁，恐
怕就为创造社成员所未能了然了。卢卡奇批判的"科学方法"和
"直观"的思维方式几乎可以完全相当于李初梨批判的"观照的——
表现的"方法，卢卡奇认为科学方法会导致"机会主义"，李初梨
则认为"表现"和"观照"的态度导致的"对于自然生长的屈服"，
也是"不可救药的机会主义！"⑥

　　所以"无产阶级的阶级意识"不可能"自然生长"出来。针
对革命作家的主体养成，蒋光慈主张接近并参加革命，养成革命
情绪，就有可能成为革命作家，李初梨便认为这就是"自然生

---

① 李初梨：《怎样地建设革命文学》，《文化批判》第 2 号，1928 年 2 月 15 日，第 14 页。

② 李初梨：《怎样地建设革命文学》，《文化批判》第 2 号，1928 年 2 月 15 日，第 17 页。

③ ［匈］卢卡奇：《历史与阶级意识——关于马克思主义辩证法的研究》，第 53—54 页。

④ ［匈］卢卡奇：《历史与阶级意识——关于马克思主义辩证法的研究》，第 55 页。

⑤ ［匈］卢卡奇：《历史与阶级意识——关于马克思主义辩证法的研究》，第 56 页。

⑥ 李初梨：《自然生长性与目的意识性》，《思想月刊》第 2 期，1928 年 9 月 15 日，第 20 页。

长"论，实质仍是反映论。李之批蒋，在文学层面上，是因为他认为蒋光慈没有从文学本体的角度揭示文学的实践性；在意识层面上，则是因为蒋光慈忽略了阶级意识的非自然生长性。李初梨不可能没有看到蒋光慈也提出了文学的实践意义，但仍予否认，依据就在于，蒋光慈的文学观在根柢上是反映论的，在本体上缺乏实践性。对阶级意识问题，蒋光慈此前似未曾做过思考。直到1930年，他给洪灵菲所译高尔基的《我的童年》写作序言时，才首次使用了"阶级意识"的概念。[1]其"革命情绪"概念，与"阶级意识"自然显著不同，但在创造社看来，获得革命情绪与获得阶级意识，大体相似。所以蒋光慈"自然生长"的革命情绪论，难免被"目的意识"的阶级意识论批判。

值得一提的是，后期创造社对前期创造社一直评价甚高，尤其对郭沫若更再三致意。这自然有人情物理的考量，但在面临基本的理论分歧时，也还没有完全放弃批评。比如郭沫若的留声机器说，乃是彻底的机械反映论，李初梨对之也做出了批评，认为必须自己"发出那种声音"，而不是郭沫若的"接近那种声音"。为了表示友好，也为了宣扬自己的理论体系、消弭分歧，李初梨进而把郭沫若的说法纳入自己的理论体系中做出诠释。[2]

成仿吾的《全部批判之必要——如何才能转换方向的考察》进一步展开了对蒋光慈的批判。成仿吾的论述不如李初梨的富有体系性，但更能结合中国文学的发展历程展开。成仿吾首先批判了蒋光慈的革命过快、文学暂未跟上论。他的分析采用了辩证法。他指出，这是因为新文化刚刚丧失生命力，"直到最近一年才渐渐显示出了衰惫的形容，表现内容才渐渐陈旧，表现形式才渐渐陈腐"。而依据辩证法："一种运动非在已经发展无余之后，决不消亡；并且更高级的运动非有可以实现的条件在旧的运动中怀

---

[1] 参见蒋光慈：《高尔基的〈我的童年〉的书前》，[苏]高尔基：《我的童年》，林曼青（洪灵菲）译，上海：亚东图书馆，1930年，第22—23页。

[2] 参见李初梨：《怎样地建设革命文学》，《文化批判》第2号，1928年2月15日，第18—19页。

胎而且发达到相当的程度,是决无从实现的。这是辩证法的唯物论所昭告我们的。"这一直接来自马克思《〈政治经济学批判〉序言》中的方法论,其实与断裂式批判并不相容,但成仿吾引申出的仍是激进批判的重要性:"我们应该由批判的努力,将布尔乔亚意德沃罗基(Ideologie)与旧的表现形式奥伏赫变。……替作者与读者充向导的,就是从事文艺理论的研究的人。"进而指出,"由这种努力,文艺可以脱离'自然生长'的发展样式而有意识地——革命。"成仿吾因而批判了蒋光慈重视创作、轻视理论的"荒谬的议论"。蒋光慈提出革命文学不是空洞理论,虽然并非直接针对后期创造社,但还是深深刺激了他们。成仿吾的措辞十分激烈,虽未提及蒋光慈之名,但无疑针对的是他。他指责蒋的言论是"荒谬的议论","无知与反动的言论的病毒","这是怎样的无知,怎样的肤浅!"接着便指出"情绪"的主观性和不可靠,甚至暗示,因为"轻视理论"和不做"批判的努力",蒋光慈们正"走向反动的阵营"。[1] 文章末尾,成仿吾提出让文艺"由自然生长的成为目的意识的","由文艺的武器成为武器的文艺"。[2] 此一批判未免从一个极端走向了另一个极端。如果情绪和创作都比不上理论批判重要,无产阶级文学又该处在何种位置呢?太阳社的杨邨人即针锋相对地指出,理论方面的努力固然重要,可也要是正确的理论才行,"假使给一种'无知与反动','投机与堕落'的理论在努力,那末,文艺不但要走入迷途,而且更要退后!"[3] 成仿吾指责"情绪"的主观性,而"理论"又何尝就等于正确客观?

　　创造社的批判不能不引起太阳社回应。钱杏邨在《太阳月刊》第3期上以致李初梨信的形式,做出了解释与反批评。钱批评李

---

　　① 成仿吾:《全部的批判之必要——如何才能转换方向的考察》,《创造月刊》第1卷第10期,1928年3月1日,第3—5页。

　　② 成仿吾:《全部的批判之必要——如何才能转换方向的考察》,《创造月刊》第1卷第10期,1928年3月1日,第7页。

　　③ 杨邨人:《读成仿吾的〈全部的批判之必要〉》,《太阳月刊》第4期,1928年4月1日,第5页。

误解了"革命过快论"，有其理据，但马上又暗讽："只许创造社有转换方向的特权，那不是只许州官放火，不许民家点灯了么？"钱杏邨明显没看出二社的根本差异所在，而更多执着于表象。这要归因于当时太阳社对后期创造社的理论资源几乎没有了解。所以他向李初梨解释说，蒋光慈也承认"文学的实践意义"，和李初梨一样"承认文学有阶级的背景的哟！"因而也就疑惑道："我们觉得在主张上并没有不同的地方，何以你读光慈论文时有如许的误解呢？我们实在寻不出主要原因来！"① 寻不出原因，动机推测也就难免发生了。所以，钱杏邨以为创造社是要打倒蒋光慈，争夺"革命文学"的首创权。于是针对李初梨所说的，郭沫若1926年的《革命与文学》是"中国文坛上首先倡导革命文学的第一声"②，展开了回应，指出蒋光慈倡导和创作革命文学远早于郭。为了防止恶意猜测，还特意"附及"："我们不是为光慈在革命文学史上争地位"，而只是提醒李，"假使将来要作整个中国的革命文学的发展的追迹，这些材料或许有点关系"。③

太阳社的回应若仅止于此，理论上自然不够，但还大体算得上理性论辩。可就在《太阳月刊》第3期的"编后"中，对创造社进行了如下讽刺："现在，我们再郑重的声明：太阳社不是一个留学生包办的文学团体，不是为少数人所有的私产，也不是口头高喊着劳动阶级文艺，而行动上文学上处处暴露着英雄主义思想的文艺组织。"④ 这一言论必然会强烈刺激创造社——甚至引起政

---

① 钱杏邨：《关于〈现代中国文学〉》，《太阳月刊》第3期，1928年3月1日，第2—4页。

② 李初梨：《怎样地建设革命文学》，《文化批判》第2号，1928年2月15日，第3页。

③ 钱杏邨：《关于〈现代中国文学〉》，《太阳月刊》第3期，1928年3月1日，第5—6页。

④ 《编后》，《太阳月刊》第3期，1928年3月1日，第1页。另，钱杏邨在写作于1928年3月12—13日的论文《蒋光慈与革命文学》（迟至7月收入文集发表）中，对批判蒋光慈的创造社成员做了更加激烈的不点名批判，指斥他们杂抄"空洞的理论"，"含血喷人"，"以前做梦，现在投机"，"借着自己历史的地位尽量的压迫人，致人于死地"，企图在争夺"文艺的领导权"。参见钱杏邨：《现代中国文学作家》（第一卷），上海：泰东图书局，1928年，第182—184页。

党反感，若无政党的快速干预，必将极大激化论争。

在李初梨的回应中，再次重申了他们的理论主张，继续批评蒋光慈忽视社会阶级关系和文学的阶级背景，批判表现—观照论的文学观忽略文学的实践意义。文章开首，李初梨指责钱杏邨越俎代庖，呼吁蒋光慈直接出来辩论。而蒋光慈的反驳始终没有出现。在第4期《太阳月刊》上，蒋光慈发表了一篇评论文章（作于1928年3月13日），但主旨并不在参加论辩，而是回应茅盾对他提出的商榷^①，文中也没有提及创造社。^②而且，文章署名"华希理"，此笔名也是他未曾使用过的。使用此笔名大概是因为，如果正处于风口浪尖上的他对批判不予回应，但又发表其他文章，则好像是在表达某种轻蔑，蒋光慈不愿予人以这样的印象。那么他为何不参加辩论？很可能是受制于资深党员的身份，担心被指责为破坏团结，不便参加辩论，而不是不愿进行辩论，否则就不能理解太阳社其他几员大将何以会连续发表反驳文章。这必然是得到蒋光慈授意或许可的。

有意思的是，李初梨大力批评蒋光慈的反映论文学观，但他自己其实也深受反映论的影响，甚至走入相对主义。比如他说："中国文学的落后，虽有种种的原因，仍不过是中国资本主义落后的结果。"针对倡导革命文学的"先后"问题，他说："在我们辩证法的唯物论者看来，一切的历史事象，不管他孰先孰后，只不过是当时客观的反映，这儿并没有丝毫价值的差别。"文章最后，李初梨强烈谴责了《太阳月刊》第3期《编后》中"郑重的声明"，认为这"是给《太阳》留下了一个不可拂拭的污点！"但他表现出比成仿吾更加善意的姿态："虽不知道《太阳》诸君，对于我们如何，然而我们始终是把《太阳》认作自己的同志，所以《太阳》有了好的作品，我们负有介绍的义务，而《太阳》有了错误，我

---

① 方璧（茅盾）：《欢迎〈太阳〉!》，《文学周报》第5卷第23期，1928年1月8日，第719—723页。

② 华希理：《论新旧作家与革命文学——读了〈文学周报〉的〈欢迎太阳〉以后》，《太阳月刊》第4期，1928年4月1日，第1—21页。

们是负有指摘的责任。"①虽然太阳社一直很难理解他们的指摘到底理由何在，而创造社也始终相信自己真理在握。

《文化批判》第 3 号在"读者的回声"栏目中，刊载了一封署名"钟员"的读者来信。在信中，钟员强调了"思想上的改造"的重要意义，并批评蒋光慈和《太阳月刊》的文学创作，表现的仍是资产阶级意识形态，而不是"无产阶级的文学"。编者"悲"（朱镜我）的回复，在强调获取无产阶级意识的同时，也指责了蒋光慈的"小布尔乔亚根性"，最后则强调了养成理论斗争精神的必要性。②这一以"民意"形式出现的批判，被太阳社成员怀疑为一出双簧。③

面对论辩，当事人蒋光慈保持着令人难以理解的沉默。不过，身陷火力围攻中的他，是否会在穿着"马甲"写成的文章中流露出为自己辩护的内容呢？

在回应茅盾之前，他先对文坛的风气做了指责："在过去的中国文坛上，只知道谩骂，攻击与捧场，而不知道有真理的辩论。这是一种俗恶的习惯，不长进的现象，无知识的行动，现在是不应当再继续下去了。"锋芒所向可谓昭然。在与旧作家的对比之中，他继续表达了对新的革命作家的赞美："这一批新作家是革命的儿子，同时也就是革命的创造者，他们与时代有密切的关系。……他们一方面是文艺的创造者，同时也就是时代的创造者。唯有他们才真正地能表现现代中国社会的生活，捉住时代的心灵。他们以革命的忧乐为忧乐，革命与他们有连带的关系。"④这

---

① 李初梨：《一封公开信的回答》，《文化批判》第 3 号，1928 年 3 月 15 日，第 123、126、128 页。

② 钟员、悲（朱镜我）：《普罗列搭利亚特意识的问题》，《文化批判》第 3 号，1928 年 3 月 15 日，第 132—136 页。

③ 后来太阳社承认钟员实有其人，但这一承认可能并非出自真心。详见本书第三章第一节相关辨析。

④ 华希理（蒋光慈）：《论新旧作家与革命文学——读了〈文学周报〉的〈欢迎太阳〉以后》，《太阳月刊》第 4 期，1928 年 4 月 1 日，第 6 页。

种自我指涉性极强的论述，无疑会继续招致创造社的反感。而蒋光慈宣称文艺的创造者和时代的创造者必须统一，其实和创造社的理论与实践统一论，倒存在着理性沟通的基础。

蒋文与创造社的批判在理论上有关的，是第三部分《客观呢，还是主观?》。茅盾认为，客观的观察／观感，对于文学创作来说"合于通例"，而不一定要有作家"本身的经验"，因而旧作家也能创造出"新时代的作品"。因而蒋光慈评价茅盾的文学观是认为"文艺品的创造可以凭借客观的观感，倘若旧作家能用他们的客观的观察，也是可以产生新时代的作品的。……这是旧的写实主义与自然主义的理论"[1]。蒋光慈又界定了"实感的意义"，认为其包括了接近观察、认识了解、态度评价等方面的内容，作家不能脱离革命实践而进行创作。因此他又批判了"纯客观的观察"理论，认为观察摆脱不了阶级立场、社会关系、社会心理等因素的制约。

而对客观方法的批判其实背后隐含着对创造社的批评。蒋光慈的文艺理论十分强调情绪在表现过程中的重要作用，客观观察无疑是对"情绪"的抹杀；而要抹杀"情绪"的便是创造社。创造社虽并不提倡客观描写，但钱杏邨在一篇反批评文章中正是用提倡客观描写来形容创造社。针对成仿吾提出革命文学不需要革命情绪的说法，钱杏邨如此评价："那么革命文学作家只要能客观地表现革命的情绪，自己是不必要有革命的情绪的。这种说教，我们觉得很滑稽。"[2] 然后他借批判许钦文《幻象的残象》之机，指出这篇"贫乏得不堪的"小说，正是"如成仿吾所说用纯客观的方法描写的"。[3]

---

① 华希理：《论新旧作家与革命文学——读了〈文学周报〉的〈欢迎太阳〉以后》，《太阳月刊》第 4 期，1928 年 4 月 1 日，第 10 页。

② 钱杏邨：《批评与抄书》，《太阳月刊》第 4 期，1928 年 4 月 1 日，第 11 页。

③ 钱杏邨：《批评与抄书》，《太阳月刊》第 4 期，1928 年 4 月 1 日，第 13 页。

小　结

大致来说，太阳社指责创造社的批判是一种客观主义，而创造社指责太阳社的理论是一种"自然主义"。二社均认为对方抹杀了革命情绪／阶级意识。二社分歧的关键在于对革命情绪／阶级意识的不同认知。太阳社的革命情绪理论，虽然受到唯心主义的影响，但主要还是植根于反映论。而创造社的阶级意识理论则由列宁的政党思想以及卢卡奇式辩证法推导而来，强调"灌输"和"目的意识性"。

不过也要看到，太阳社的反映论，并非强调对现实的镜子式的复写，而更强调在反映过程中主体的状态——"情绪"。反映论的特征在于区分主观和客观、理论和实践的二元决定论关系，但也并不必然抹杀主体的状态。列宁在强调其反映论的文学观时，也强调要通过人的"感觉感知"，并反复强调作者主观"倾向"的重要性。[①]但在创造社看来，太阳社提倡的纯粹是"自然生长"的"情绪"，这与其阶级意识理论自然大相径庭。对太阳社来说，其反映论作为认识方法受到"辩证法"批判的同时，"情绪说"作为意识理论也难免受到基于"物化"概念和灌输论的阶级意识理论的批判。由此，两派虽然都是马克思主义阶级论者，但创造社接受的具有鲜明早期西方马克思主义色彩的理论，所内蕴的形而上学辩证法内容，与太阳社的朴素马克思主义唯物论和反映论，还是产生了激烈的冲突。

据梅洛－庞蒂的研究："'西方马克思主义'与列宁主义的冲突，在马克思那里已经作为辩证思维与自然主义的冲突而出现了，列宁主义正统派清除了卢卡奇的尝试，正如马克思本人清除了自己早期的'哲学'阶段一样。因此，不能够把这种总是从辩证法回到自然主义的循环笼统地归之于后继者的'错误'：它必

---

① 参见[苏]留里科夫：《弗·伊·列宁和文学问题》，《列宁论文学与艺术》，北京：人民文学出版社，1960年，第36—42页。

定有它的真理，它表达了一种哲学的经验。它见证了马克思主义思想或适当或不那么适当地试图绕过的某种障碍；它证明了马克思主义思想与社会存在的关系随着它试图在理论上和实际上支配社会存在而发生的某种变化。"① 从这种情境主义的视角出发，或许我们能够更好地理解太阳社和创造社彼此理论的合理性之所在。

综观这次论争，创造社对太阳社的理论欠缺同情的理解，用自己的理论教条式剪裁他人主张，然后加以批判；而太阳社因为不了解对方的理论资源，不能展开有体系和针对性的深度回应，而转向动机推断。这次论争之后，创造社的理论得到更广泛传播，太阳社虽与创造社仍然不太相睦，也逐渐吸收了创造社理论中的诸多元素，并用藏原惟人的新写实主义把自己迅速武装了起来。

---

① ［法］莫里斯·梅洛－庞蒂：《辩证法的历险》，第68—69页。

第二章　"感性"实践、决定论与 "唯人主义"：创造社与鲁迅之争

　　理论与实践的辩证统一是马克思主义基本的理论主张之一，也是后期创造社反复提倡的重点，并和阶级意识理论一起，构成了他们批判活动的两大基石。但是后期创造社提倡的理论与实践统一论，与一般理解中的马克思主义有着较明显的侧重点差异。他们从马克思的原著出发，特别强调了实践包含"感性"在内的宽泛意义；强调"哲学"内在的实践性，批判一般马克思主义对哲学方面的忽视，以打破决定论与绝对真理观的桎梏。可以确定的是，后期创造社的这些理论主张，虽然根柢在马克思的原著，但经过了福本主义、早期西方马克思主义的中介。后期创造社的思想中当然也包含决定论的因素，而决定论所内蕴的问题则构成鲁迅批判后期创造社的一个基点。后期创造社的理论，以其新鲜的特质而引发了无产阶级文学的宣传热潮，并很自然地引发了诸多论争——其中最引人注目的，当然是他们与鲁迅的论争。

一、后期创造社对理论与实践辩证统一关系的建构

1. 后期创造社的"感性"实践观

　　实践，是后期创造社的重要理论概念。他们的实践论述，虽然更多还集中于对马克思著作所做的表层读解，但仍然因与时人的一般理解相去甚远，而导致了激烈的争论。前述创造社与太阳社的论争，其实相当一部分也源自他们对实践的不同理解。

李初梨的《怎样地建设革命文学》一文，有意欲成为革命文学创作之理论纲领的企图。在提倡把理论和实践结合在一起的时候，他说道："我们的文学家，应该同时是一个革命家。他不是仅在观照地'表现社会生活'，而且实践地在变革'社会生活'。他的'艺术的武器'同时就是无产阶级的'武器的艺术'。"①"艺术的武器"与"武器的艺术"的区分，显然脱胎自马克思"批判的武器"与"武器的批判"的论述，但马克思说"批判的武器当然不能代替武器的批判"，李初梨则认为"艺术的武器"就是"武器的艺术"，似乎与马克思的主张不同。但其实不然，李初梨的关注点在于马克思接着所说的话："理论一经掌握群众，也会变成物质力量。"②正是在此意义上，"理论"与"物质"之间消弭了差异，"艺术的武器"也就变成了"武器的艺术"。正因此，李初梨的表述乍看是要求作家从事具体革命活动，其实并不尽然。在后期创造社诸人的理论体系中，实践有着更加丰富的含义。李初梨说："社会构造的上层建筑，与下层建筑是互相为用的，挖墙脚是我们的进攻，揭屋顶也是我们的办法。有产者既利用一切艺术为他的支配工具，那么文学当然为无产者的重要的战野。"③文学本身就是战场，那么文学家不必"直接行动"，也完全可以做一名革命家了。

类似论述，在后期创造社新进成员笔下十分多见。比如朱镜我也说道："因为意识形态有这种魔术性，麻醉性，所以在社会变革中去打破一切的意识形态之工作，含有革命的性质，实践的意义。"④他甚至认为："没有理论，——当然的要正确的，客观地真实的理论——就没有计划的，意识的，历史的及社会的活动底存在。"或者说，理论并非"单靠着有实践的根据"，而植根于大众"实践的要求"；"理论应该是实践的，而且实践要由理论来说明，

---

① 李初梨：《怎样地建设革命文学》，《文化批判》第2号，1928年2月15日，第17页。
② [德]马克思：《〈黑格尔法哲学批判〉导言》，《马克思恩格斯选集》第1卷，第9页。
③ 李初梨：《怎样地建设革命文学》，《文化批判》第2号，1928年2月15日，第17页。
④ 朱镜我：《关于精神的生产底一考察》，《文化批判》第4号，1928年4月15日，第21页。

而自己变为理论"。① 理论与实践于是熔为一炉，这甚至部分颠覆了存在与意识之间的主从关系。意识形态批判工作，以至"感性"认识活动，在后期创造社成员看来都是实践的表现形式，而并非只有现实战斗才称得上实践。他们的这种理解，植根于马克思在《费尔巴哈论纲》中对费尔巴哈的直观认识论的批判。《文化批判》多次援引《费尔巴哈论纲》，以批判"观照的唯物论"，并说明感性认识所具有的实践意义。

《文化批判》第2号以格言的形式发表了《费尔巴哈论纲》的若干条提纲。其中第九条如下：

> 观照的唯物论，就是说，不能理解感性是实践的活动的唯物论所能得到的，至多也不过是各个个人及市民社会底直观。②

那么，何为"感性"呢？同期《文化批判》刊载的《费尔巴哈论纲（5）》指明："感性就是实践的人类感官的活动。"③ 在马克思看来，费尔巴哈的问题在于，他把感性看成了"各个个人及市民社会底直观"，从而忽略了其实践的含义。从哲学史的角度来看，"感性"是现代哲学认识论上的一个关键概念。经验论把一切认识都看作感性经验的产物，而与之相对的唯理论则把理性能力看作认识的来源，康德试图调和二者，于是把"认识过程分为感性、知性、理性三个环节，其感性理论认为，自在之物刺激人的感官而产生的印象与观念是外来的，只是一种感性材料，它须经先天的直观感性形式空间和时间加工，才形成感性认识。但是感性还不能认识对象，没有知性形式就不能形成普遍必然的认识"。

---

① 朱磐（朱镜我）：《理论与实践》，《文化批判》第1号，1928年1月15日，第31—32页。

② 《费尔巴哈论纲（9）》，《文化批判》第2号，1928年2月15日，第126页。未署作者与译者。

③ 《费尔巴哈论纲（5）》，《文化批判》第2号，1928年2月15日，第96页。未署作者与译者。

而在马克思的理解中，感性有着与人类存在更直接的关联，他"从唯物主义出发，认为人是感性的存在，具有感性意识和感性需要，即人通过感觉而存在，达到人的生存的需求"。① 不仅如此，在马克思的理解中，唯心主义者是不能够理解"现实的、感性的活动本身的"，即便费尔巴哈这样的唯物主义者也"没有把人的活动本身理解为对象性的活动"，因而只能停留于"直观"，而不能理解感性也是"实践的、人的感性的活动"。② 胡克则对马克思理解的感性的实践性如此描述："感觉并不仅仅是对身体发生着作用的事物的被经验到的效果，它们是一个能动的身体同环绕着它的事物之间的相互作用的效果。"③ 而传统的唯物主义者只把感性理解为被动的反映形式，比如费尔巴哈认为："如果你需要确定性的话，那么就张开你的眼睛，并把所与理解为直接的自然资料，例如，那里是棵樱桃树。马克思反驳说，一个人的眼睛所碰到的东西似乎并不是上帝给予的自然的永恒事实，而是一个以社会为中介的客体。"④

　　将感性视作被动的直观反映活动，丧失了对社会脉络与实践意义的把握，忽视了感性的实践性，是马克思对费尔巴哈批评的要点。而这一点，被后期创造社同人敏锐把握到了。彭康曾如此引申马克思的批判："费尔巴哈以为思维是物质在人类脑筋里的反映。物质的反映要通过感觉，然他却没有把握这是人类底主观的实践的活动，于是将人类在历史的地位完全视为被动的了。"⑤ 通过这种对马克思著作的理解，后期创造社获得了一种独特的实践

---

① 冯契、徐孝通主编：《外国哲学大辞典》，上海：上海辞书出版社，2000 年，第 867 页。

② ［德］马克思：《关于费尔巴哈的提纲》，《马克思恩格斯选集》第 1 卷，第 54、58—56 页。

③ ［美］悉尼·胡克：《对卡尔·马克思的理解》，徐崇温译，重庆：重庆出版社，1989 年，第 290—291 页。

④ ［美］悉尼·胡克：《对卡尔·马克思的理解》，第 291 页。

⑤ 彭康：《唯物史观的构成过程》，《文化批判》第 5 号，1928 年 5—6 间，第 13 页。

观念：那就是思维活动本身不仅是对物质现实的反映，同时也是人类"主观的实践的活动"。

彭康在其他文章中也反复强调了这一观点。在《文化批判》第 2 号的文章中，他强调了人类活动的对象性及实践的主观向度："人类的活动自身就是有对象性的活动。……书柜子这个物体底存在与我们（主观）实践的活动辩证法地统一了，我们才知道书柜子是什么？它有什么用途？这就是书柜子的概念。"① 在《文化批判》第 3 号的文章中，他又重复了马克思的批判，强调"感性就是人类的实践的活动"，而观照的唯物论放弃了"感性"的实践意义。② 也正是依据这种对人类感性认识活动之实践性的强调，后期创造社对太阳社革命文学理论中的反映论内容进行了批判。

但马克思强调的是要在实践的意义上把握感性与思维，强调不能忽视感性和思维所内含的实践性，而后期创造社强调的重点是感性与思维本身就是实践。虽然彭康会使用"主观实践"的概念，似乎在区分实践的不同类型，但他们忽视理论行为与革命行为之界限的趋势已经十分明显。不可否认，这种忽视也源于马克思相关表述的模糊。《费尔巴哈论纲》确实把感性界定为"实践活动"，但作为认识活动的感性"实践"显然和革命的物质实践不是一回事，而后者才是哲学的目的。后世西方马克思主义者多重视"主观实践"的意义，其依据也多半会追溯到《费尔巴哈论纲》。在严格把"实践"界定为物质改造活动的前提下，"主观实践"一词当然是自相矛盾的。但经过这样的渊源追溯，后期创造社极大提高了理论批判的重要性，甚至将之提升到与物质实践等同的地位。自然，这一倾向与卢卡奇、柯尔施等人也是一致的，正是理论与实践辩证统一的理论之表现。而柯尔施的影响或许更加值得

---

① 彭康：《科学与人生观——近几年来中国思想界底总结算》，《文化批判》第 2 号，1928 年 2 月 15 日，第 40 页。

② 彭康：《思维与存在——辩证法的唯物论》，《文化批判》第 3 号，1928 年 3 月 15 日，第 19 页。

重视，因其对意识形态的社会实在性有十分突出的强调[①]，而彭康所翻译的柯尔施《马克思主义和哲学》一书，其中一个小节的目录便是"意识形态的实在性"[②]。

《费尔巴哈论纲》的第三条，也为后期创造社成员津津乐道。马克思在其中论述了环境要由人来改变的意义，指出"教育者"也要在革命实践中"受教育"，反驳了旧的唯物论对人类精神的宿命论理解，赋予了人类精神以改造物质世界的力量，在很大程度上反转了传统唯物论在物质和思想之间设定的决定论关系。科拉柯夫斯基对此条阐释道："在无产阶级的革命实践中，'教育者'和'受教育者'是同一个人，精神的发展同时就是使世界得到改造的历史进程，所以不再有什么精神和外界环境哪个优先的问题。"[③] 这一条同样强调了"感性"活动的实践意义，对后期创造社成员有着深刻影响。

后期创造社在理论逻辑上十分重视理论与实践的同一性，倾向于混淆二者的界限，并把理论批判看成实践的一种形式，但这并不意味着他们总是不能分清二者。比如彭康依据马克思的《〈黑格尔法哲学批判〉导言》，如此表述哲学在转变为实践的过程中，必须依靠物质武器的观点："哲学要为批判的武器，要完成它底使命，非得有物质的势力不可！非借物质的武器将一切产生了观念的哲学及有毒的思想之社会的根据颠覆不可！这是哲学底真正的意义。"[④] 在这里，彭康高度强调的是"物质的武器"的意义，与李初梨使用这段话时的重点迥异。

---

① 参见胡大平：《西方马克思主义哲学概论》，北京：北京师范大学出版社，2010年，第71页。

② 参见 [德] K. Korsch：《新社会之哲学的基础》，彭嘉生译，上海：南强书局，1929年。此书目录系彭康据塚本三吉的日译本翻译，参见コルシュ：『マルクス主義と哲学』，塚本三吉訳，東京：希望閣，1926年。

③ [波]科拉柯夫斯基：《马克思主义的主流》（一），马元德译，台北：远流出版事业股份有限公司，1992年，第167页。

④ 彭康：《哲学的任务是什么?》，《文化批判》第1号，1928年1月15日，第24页。

另外,彭康还重点论述了理论批判所以能够成为实践武器的依据。他发表于《文化批判》创刊号上的《哲学的任务是什么?》,也是后期创造社的一篇纲领性论文。文章批判了观念论哲学家对理性的自负、对现实社会的漠不关心,而指出当阶级矛盾尖锐的时候,观念论哲学就成了"支配阶级底最利武器",亟需"彻底地排斥","但是排斥了就不再要哲学了吗?不,没有革命的理论,决没有革命的行动,哲学为包括一切的理论,没有它是不行的"[①]。彭康的论述虽然依据的是列宁的名言,但也有明显的柯尔施味道,而他对观念论的分析则显示出对《费尔巴哈论纲》的掌握:"观念论的哲学将过程永远化,将个体绝对化……个体它只看做抽象的孤立,它不知道世界是一个具体的统一,个个要素互相影响,互相连结,要在这种全关系中才能了解个物底意义。"[②]彭康于是特别强调了哲学的革命性:当社会矛盾对立激化的时候,意识形态成为进化的阻碍,"在这时候,社会需要一种全面的自己批判,建设一种适合于新社会形态的理论,这种理论同时又是推翻旧社会的精神的武器。这就是所谓意识形态里的方向转变,就是思想革命。——完成这种工作正是哲学底使命"[③]。

于是理论批判生出了实践的意义,而且正因为无产阶级有了哲学,物质力量才成为现实。"在社会需要自己的批判的时候",便产生了"与从前一切的意识形态相对立"的"批判底理论"。彭康借用《〈黑格尔法哲学批判〉导言》中的论述指出,在资产阶级社会,这一批判理论是辩证法的唯物论,而"批判底主体是被压迫被支配的阶级"——无产阶级。无产阶级"虽站在自己底立场上而却能代表全体的革命阶级能够遂行其使命,达到其目的者,有它底理论的表现——哲学的原故。哲学把握了这个革命的阶级,便成为物质的势力,理论与实践便能统一,哲学也便能遂行其变更世界的任务。所以哲学是解放底头脑,普罗列塔利亚特

---

① 彭康:《哲学的任务是什么?》,《文化批判》第1号,1928年1月15日,第17页。

② 彭康:《哲学的任务是什么?》,《文化批判》第1号,1928年1月15日,第20页。

③ 彭康:《哲学的任务是什么?》,《文化批判》第1号,1928年1月15日,第23页。

是它底心脏"。①

社会是哲学的基础，哲学又能改变社会，这一内蕴张力的说法表明了"理论与实践得了辩证法的统一"②。

2. 实践的意义：对决定论的"战取"与"克服"

（1）何为决定论？——李铁声与彭康的论述

决定论常被认为是马克思主义的重要组成部分。后期创造社同人也先后发表了数篇论文，论述马克思主义决定论的意义，并批驳自由意志论。李铁声如此界定决定论：

> 如主张人自由地独立地决心，自由独立地选择，不受外部力的影响，自由地行动；那末这种意志自由论普通称为"非决定论"（Indeterminismus）或意志无限制论，独立性说等。如主张人的意志是非自由，从属的，附有条件的，那末，这种学说一般称为"决定论"（Determinismus）或意志从属论，被制约性说等。③

李铁声的强调重点不在社会领域，而指向意志活动。他认为，决定论的主旨在于认为人类并不具有"自由意志"，只能生活在按照某种严密规律运行的世界之中，人类社会存在着和自然界相似的因果法则：

> 这些依着某一关系生长，运动，消灭等的合法则性，即根据某一原因而产出某一结果的因果性，仅限于自然界的现象么？
>
> 不，决不，在人类社会之内，也有因果法则性存在。它在社会内部，像人的血脉一般，一切都依着它流动，回转，冲动，许多问题互相依着法则而交叉；不能作科学的分析的人们

---

① 彭康：《哲学的任务是什么？》，《文化批判》第1号，1928年1月15日，第23页。
② 彭康：《哲学的任务是什么？》，《文化批判》第1号，1928年1月15日，第24页。
③ 李铁声：《目的性与因果性》，《文化批判》第2号，1928年2月15日，第79页。

便弄得耳聋目眩，不知从何着手。①

而人们之所以有自由意志的幻象，"是由于人们尚不知自己的行为是受外部原因而出来，而发生的"。意志的无自由原则是普遍适用的："意志之依外部力而决定的这事实，不只限于常规的状态，就是精神病者的行为，亦必被支配于因果法则之下。"②所以，"大凡一切，一刻时也不能离开其因果法则。所谓自由意志论之非决定论也只不过是一种把人间意志特别妄想夸大了的一僧侣主义的见解罢。唯一之真正的见解只有决定论"③。只有在一个依照必然性法则建立的计划社会中，人与人才能消除不平等与矛盾，社会才能完善："如果依照法则必然性组织有计划之生产的社会时，这社会内之各个人的利害和社会的利害不会有冲突的矛盾，而且一切社会内之各个人均是依着生产的计划，为自己劳动之协作的僚友。故这种社会，不但生产非无政府状态，就是阶级也不能存在，不消说阶级斗争，阶级利害等之对立，自然而然地消灭。"④

决定论所决定的也并不只有意志，同时包括思维和认识。意志的不自由和人类认识的局限，都是根据决定论所推导出的结论。而在彭康看来，人类认识被决定这一事实，同时也恰是人类能够发现"符合"现实的真理的依据：

> 我们以为思维底秩序及联络一定与物质底秩序及联络相同，因为思维必然地要受物质底决定的，这是思维底必然性。因为有这种必然性，所以能够正确地认识物质底关联及特性的体系，也必然地而且对于当时在同一的社会关系里的人们普遍地是真理。这是真理底普遍妥当性。⑤

---

① 李铁声：《目的性与因果性》，《文化批判》第 2 号，1928 年 2 月 15 日，第 74 页。
② 李铁声：《目的性与因果性》，《文化批判》第 2 号，1928 年 2 月 15 日，第 79 页。
③ 李铁声：《目的性与因果性》，《文化批判》第 2 号，1928 年 2 月 15 日，第 80 页。
④ 李铁声：《目的性与因果性》，《文化批判》第 2 号，1928 年 2 月 15 日，第 81 页。
⑤ 彭康：《思维与存在——辩证法的唯物论》，《文化批判》第 3 号，1928 年 3 月 15 日，第 25 页。

　　这种符合论的真理虽然也有指导现实的作用，而且是真理的"普遍妥当性"的依据，但毕竟不够充分，因为它不具备指导行动的真理所要求的超越性。彭康也不忘记强调，当物质变动之后，真理便不再是真理，是为真理的相对性。① 符合物质秩序的真理又如何在变动的现实面前一直保持其权威性呢？把相对真理与绝对真理挂起钩来，协调二者的关系，因而是彭康处理的焦点问题。

　　在《科学与人生观——近几年来中国思想界底总结算》中，彭康论述了真理的相对性与绝对性问题："相对主义承认真理是相对的，这一部分是对的，但它绝对地否认绝对的真理却是虚伪了。我们承认绝对的真理是有的。不过我们不能即刻就完全地把捉这个绝对的真理，只能因我们底认识和我们底活动一步一步地与它接近，至接近底程度则为历史和社会所规定。这种为历史和社会所规定的真理，我们叫它为相对的，也未始不可，可是在这个规定它的历史和社会里，它是唯一的客观的真理。"② 在《思维与存在——辩证法的唯物论》中，彭康又用几乎一样的话表述了这一番道理："我们不能一时地即完全把握绝对的真理，这是真理底相对性，可是不能因此即否认绝对的真理，没有绝对的真理，则一切都没有标准，关于物质底认识之变迁，也寻不着它底必然的方向，只是任意地为人底思维所构成的了。这不是辩证法的唯物论者所主张。"③ 他的这种真理观，大概可以被称为动态的绝对真理观，或说相对的绝对真理观，充满辩证的意味。它一方面承认认识的当下性和相对性，同时悬置一个绝对的真理标准在上面，这个绝对的真理没有人能够占有，但是它的方向可以通过"相

---

　　① 参见彭康：《思维与存在——辩证法的唯物论》，《文化批判》第3号，1928年3月15日，第24—25页。

　　② 彭康：《科学与人生观——近几年来中国思想界底总结算》，《文化批判》第2号，1928年2月15日，第41—42页。

　　③ 彭康：《思维与存在——辩证法的唯物论》，《文化批判》第3号，1928年3月15日，第22页。

对的真理"来把握。但说"相对的真理",难以避免成为两可的修辞,是"相对",还是"真理",完全可以只取决于阐释者的意图。而彭康反复强调的是,要有一个不得不遵守的当下标准,否则就不能行动,那么他强调的无疑更倾向于"真理"。"相对的真理"也毕竟是真理,而"相对"就变成了迈向"绝对"的阶梯。虽然彭康把论证方向指向行动的纪律性,但为什么要提出"相对"的问题呢?这岂不容易导致对其宣扬的理论的权威性的质疑?其原因在于,彭康找到了保证相对真理正确发展趋势的方式,即实践。

在创造社的理论中,实践与主体不可分割。真理的相对性所打开的空间,其实就是主体实践的空间。但主体实践中的不确定性,难免对符合论真理观造成消解,动摇相对真理的权威性。实践与真理之间,无疑存在尖锐的紧张关系。彭康将如何处理这一紧张关系呢?

彭康显然也是决定论的坚定信仰者,他也坚决否定了自由意志的存在。他发问道:"要解决意志有没有自由,必须先确定人是什么?"①稍微熟悉马克思主义的人都可以回答:"人是一切社会关系的总和。"彭康的译法略有异:"它是社会的关系之总体。"他于是说道:"所以人绝不是孤立了的,他在这个社会里行动,他在这个社会里思想,他在这个社会里生活——一句话,他底一切都为社会所规定,所制约。人就是这样,他底意志还有自由没有?决没有。"②

然而,否定了意志自由将带来何种恶果,彭康并非不清楚,于是他反问道:"关于自由意志的问题,我们已将唯心论及经验论两方面的理论虽是简单地却彻底地批评了,所得的结论是意志没有自由。那末,意志没有自由了,人类不成了机械吗?还有什么善恶的责任呢?不!不!人类底历史是人类自身造成的,它有它

---

① 彭康:《科学与人生观——近几年来中国思想界底总结算》,《文化批判》第2号,1928年2月15日,第42—43页。

② 彭康:《科学与人生观——近几年来中国思想界底总结算》,《文化批判》第2号,1928年2月15日,第43页。

底重大的责任，它有它底光荣的使命！它不是机械，它是人！"①
从上述口号式的否认中不难看出彭康未能自圆其说。既然人的"一
切都为社会所规定，所制约"，人的一切都被"社会底总体"所决
定②，人类不可能有意志的自由③，那么又如何能说"人类底历史
是人类自身造成的"？和一个"一切"都被决定的人又如何谈"善
恶的责任"？

（2）用实践"克服"/激活决定论的尝试

马克思的思想体系本身即包含决定论与能动论的紧张关系，
对马克思主义中国化问题做出过知名研究的学者迈斯纳对此曾论
述道：

> 他（马克思——引者）关于存在与意识、经济力量与政治
> 力量关系的决定论观点受到早期著作中人道主义哲学的挑战，
> 也受到其以后著作中突出能动性的挑战。……马克思主义最终
> 的分析不能摆脱这一悖论：人是历史的创造者，同时历史的
> 客观规律又通过人类表现出来。调和历史必然性的理论同意
> 识和人的政治实践活动之间的矛盾，是马克思在其学术生涯
> 中始终面临的一个难题，他没有解决这个难题并留给了他的
> 继承者。④

无论如何，后期创造社把意志自由给彻底否定了，人被证明
处在一个被完全决定的世界之中。但革命还必须诉诸个体的意志

---

① 彭康：《科学与人生观——近几年来中国思想界底总结算》，《文化批判》第 2 号，
1928 年 2 月 15 日，第 45 页。

② 彭康：《科学与人生观——近几年来中国思想界底总结算》，《文化批判》第 2 号，
1928 年 2 月 15 日，第 44 页。

③ 李铁声也说："一切的事象决无什么偶然，突然，都是由因果合法则性而决定
的，即由因果必然性产生出来的。"李铁声：《目的性与因果性》，《文化批判》第 2 号，
1928 年 2 月 15 日，第 75 页。

④ ［美］莫里斯·迈斯纳：《李大钊与中国马克思主义的起源》，中共北京市委党史
研究室编译组译，北京：中共党史资料出版社，1989 年，第 146—147 页。

觉醒与努力,革命动力将从何处汲取呢? 如胡克所言:"每一种认为精神在原因上依存于物质的简单理论,当着把某种改革或革命的纲领收进那种理论的时候都遇到了困难。"① 后期创造社找到的解决方式即是实践。实践不仅是绝对真理与相对真理的互动中介,也是决定论与意志"自由"(或说意志活动)的互动中介。

如彭康所论,真理集"绝对"与"相对"两种属性于一身,它必然要有维持自身平衡的方法,必须有维系"相对"真理绝对性命脉的动力。彭康虽曾诉诸符合论的真理观,但他更重点强调的是"实践"。那么,何为真理? 在彭康看来,真理是事实与价值的统一体。事实与价值的分裂是近代西方哲学的重要问题,彭康认为,马克思主义通过一元论的唯物主义解决了这一问题,由此使得理论与实践弥合在了一起,真理内生出了实践功能。

在《思维与存在——辩证法的唯物论》一文中,为引出实践的必要性,彭康首先指出,作为一元论的唯物主义,真理具有了实践的价值。真理的实践性解决了绝对与相对的悖论。通过人与自然、人与社会的交往互动—实践,通过人类在实践中检验—批判各种理论,真理不仅生成,而且获得了内在的自我批判性。在相对真理与绝对真理的互动中,实践作为中介发挥着作用,并确保真理的效能与现实性。因此,"理论——真理因实践一步一步地进化与绝对的真理逼近"。同时,"因人底意识的努力,理论即能具体化"。正是在这"具体化"中,相对真理的"真理性"获得证明。②

但彭康对实践"最后的批判者"地位的强调并不彻底,他基本上只是把实践的这一功能放到从相对真理向绝对真理的过渡过程中来使用。而在强调相对真理的权威性时,实践的标准实际上被忽略了,以至于他主要用的还是符合论的思路来解决问题。比如他说:

---

① [美]悉尼·胡克:《对卡尔·马克思的理解》,第281页。

② 彭康:《思维与存在——辩证法的唯物论》,《文化批判》第3号,1928年3月15日,第27页。

> 人在社会生活里所得到的历史和社会的认识，因为用的是正当的方法而且为他所生存着的社会所规定，必然也是客观的真理，具体的理论。这种理论又当然有变更社会，指导人生的权能。惟其如此，所以有实践的价值。在这儿，我们可以解决事实判断（Sachenurteil）和价值判断（Werturteil）的纷争：因为是事实判断，所以这判断有价值；因为是从事实出发，所以是真理。

> 既然是真理，所以我们应该承认，并且应该用来做实践的基准。事实是这样。我们便应该这样，不得不这样。①

虽然彭康彰显了实践的作用，但他把与"事实"相符合的理论看作实践的基准与前提，这与实践的"最后的批判者"地位无疑是矛盾的。并且因此，本来与价值统一的"事实"，成了价值的决定者。推究原因，实践在从相对真理走向绝对真理的途中，虽然可能增强相对真理的权威性，但也可能质疑其权威性。大概正由于这种不确定性，使得彭康的论述发生了偏移。

彭康又如何解决决定论与自由意志之间的紧张关系呢？如果争取过来的人都是躺在历史必然性与"真理"上睡觉的历史宿命论者，则理论批评工作岂不白做了？在他看来，维持人类主观活力的关键在于恢复实践的生命力：

> 经验论者因为不满意唯心论者底抽象的思维，主张感性的直观，但是不能理解感性就是实践的，人类感性的活动，终于只是机械的环境论者。所以他们说人是环境和教育底产物，不同的人因此是别的环境和改变了的教育底产物，却忘记了环境也可因人而改变，教育者自身也须被教育。②

---

① 彭康：《思维与存在——辩证法的唯物论》，《文化批判》第3号，1928年3月15日，第26页。

② 彭康：《科学与人生观——近几年来中国思想界底总结算》，《文化批判》第2号，1928年2月15日，第44—45页。文中穿插的德文未引。

彭康这段话的后半段脱胎自《费尔巴哈论纲》的第三条,全文如下:

> 有一种唯物主义学说,认为人是环境和教育的产物,因而认为改变了的人是另一种环境和改变了的教育的产物,——这种学说忘记了:环境正是由人来改变的,而教育者本人一定是受教育的。因此,这种学说必然会把社会分成两部分,其中一部分凌驾于社会之上。(例如,在罗伯特·欧文那里就是如此。)
>
> 环境的改变和人的活动的一致,只能被看作是并合理地理解为变革的实践。①

马克思这段话反驳了决定论的唯物主义,强调人类改造环境的主观能动性,这在很大程度上消解了决定论下人类的卑微形象。只不过,依照马克思的理解,"教育者"与"被教育者"的主体都并非知识阶级,而是工人阶级。马克思强调教育者也需被教育,即是强调教育活动与实践不可分离的关系。胡克对这段话的分析是:"教育工人的,是试图造成一种新的社会秩序的实践,而不是抽象的学说。除了他们能够为他们自己所赢得的东西之外,没有什么救世主能够给他们担保任何东西。"② 科拉柯夫斯基有近似的解读:"这段话的意思是,社会不能由了解它的需要的改革家们来改变,而只能由那些自身的特殊利益与整个社会的利益一致的基本群众来改变。"③ 后期创造社对这层意思,似乎未予注意,而表现出极强的意识形态救世色彩。

强调人对环境的改变作用,虽然"激活"了决定论,但决定论自身的张力也就更加明显了。比如,彭康接着竟然说出"人类底历史是人类自身造成的"这样的话,而依据他前面的论述,"人类底历史"分明是不以人的意志为转移的客观规律造成的。后期创造社也正是在这样一种充满矛盾与张力的理论体系中,开展了

---

① [德]马克思:《关于费尔巴哈的提纲》,《马克思恩格斯选集》第1卷,第59页。
② [美]悉尼·胡克:《对卡尔·马克思的理解》,第283—284页。
③ [波]科拉柯夫斯基:《马克思主义的主流》(一),第167页。

他们的批判事业。

所以也就出现了一个看似吊诡的现象，经过实践的洗礼，一般被认为压抑主体性的历史决定论，在彭康的论述中，摇身变成了革命乐观主义的力量之源：

> 生成，发展，消灭虽是必然的运命，可是人与社会是一体，互相影响，互相活动，在新陈代谢的时代非有人类底努力，决不能完成它底飞跃，因为社会的改革与人的活动因变革的实践才能合一，才能进展。所以辩证法的唯物论者知道了事物变动的倾向，便寻着他们实践的所在，努力的指针，于是他们底态度又更进一步：
>
> 要来的，赶紧促进它来！
> 要去的，赶紧驱逐它去！
>
> 要如此，人类才是社会变革的主体，要如此，人类才可以创造他底历史。他们虽然否认意志底自由，但高唱意识的努力，不过努力底标准及方向是为社会所规定罢了。这是我们对于自由意志这个问题的解答，就是我们底人生观。[①]

决定论虽然会压抑某些主体性，但经过适当转换，并不难变成力量的源泉，这在革命史上已有无数实例。必然的历史规律完全可以极大增强革命的意志；关键在于，如何安排意志进入特定轨道。恰如彭康所言，"意识的努力"取代意志自由，"不过努力的标准及方向是为社会所规定罢了"。所以，表面上看，"意志底自由"被"意识的努力"取代，其实质则是被历史决定论的观念和纪律取代。李铁声说得好："人们只在把握社会进化底盲目的必然性而行使的时候，人们才谈得上'自由'。"[②]

---

① 彭康：《科学与人生观——近几年来中国思想界底总结算》，《文化批判》第2号，1928年2月15日，第46页。

② 李铁声：《目的性与因果性》，《文化批判》第2号，1928年2月15日，第73页。此问题另可参见朱镜我：《社会与个人底关系——自由与平等底意义》，《思想月刊》第1期，1928年8月15日，第1—18页。

（3）实践之维的沦陷

当后期创造社成员掌握了"感性"实践观之后，他们确实对理论的性质获得了新的体悟，开始自觉使用实践的眼光去检视理论的真理性问题，并认识到，因为历史的规定性，人类能把握的只是通往绝对真理之途中的相对真理。虽然后期创造社同人未能将这一逻辑坚守始终，但经过一番论证，实践还是一方面打破了绝对真理观的迷妄，另一方面打破了决定论对个人意志的绝对控制。然而，对于实践本身所受的环境制约，对于"真理"的易错性，后期创造社成员尚未能充分注意，而表现出对实践主客统一功能的过分自信。更致命之处或许在于，实践所应具有的对"真理"的检验与批判功能，并未获得后期创造社足够重视，他们反而走向了某种意义上的理论拜物教。这在他们的阶级意识灌输论中有最鲜明的体现。这和他们的理论素养有关，也和马克思主义本身的复杂多歧性有关，但更直接地与他们所身处的论争环境有关。当展开理论批判的时候，虽然他们自认为理论批判不外于实践，但是时人对实践的理解压倒性地限于物质层面的斗争，因而他们的言论，反倒使得论敌立即把他们定位为理论崇拜者和实践投机者，施以忽视实践的恶名。论争有时几乎异化为到底理论更重要，还是实践更重要的问题。后期创造社新进成员积极靠拢政治组织，谋求组织化的革命实践，多数人很快放弃了集中的理论活动，这和对手所施与他们的"实践"压力，应该也有一定关系。

于是我们看到，理论攻势犀利不可挡的后期创造社成员，还是很迅速地认同了对手对理论与实践所做的二元预设，放弃了理论实践统一论中对实践一维的强调。理论实践统一论的内在逻辑，既有反常识性，也超越了当时多数左翼知识分子的视野。后期创造社自己也不能坚持理论的一贯性，而逐渐走向妥协，理论逻辑让位于论争逻辑和现实逻辑，"教育者"落入"被教育者"的思维框架之内。于是"实践"变成纯粹的革命"实践"，而"理论"变成有待灌输的阶级理论。

3. 决定论对个体责任的消解

如上所论，决定论虽然否认了意志自由，但并未消灭意志本身，而是要求把它纳入一个计划好的轨道之中。决定论对主体影响突出的方面，除了自由，就是责任。一个被决定的人无异于奴隶，和他既不能谈自由，也无法谈责任。在康德看来，"**道德就是行为对意志自律性的关系**，也就是，通过准则对可能的普遍立法的关系。合乎意志自律性的行为，是**许可的**（erlaubt），不合乎意志自律性的行为，是**不许可的**（unerlaubt）。"由道德生出责任："出于约束性的行为客观必然性，称为**责任**。"但一个人之所以要尽责任和服从道德规律，在于他自己就是"规律的立法者"。[①] 意志的自律性因而是道德的最高原则，如果以"对威力和报复的恐惧观念"等他律因素来建立道德的体系，则"直接和道德背道而驰"。[②] 所以，人的"自由"构成了道德的根基，"自由意志和服从道德规律的意志，完全是一个东西"[③]。决定论可能消解个体责任，并非单纯理论推演的结果，在革命文学家的创作中就有不少具体展现。

创造社成员段可情，在发表于转向后首期《创造月刊》上的小说《一封退回的信》，描写了一个因为包办婚姻而导致婚恋悲剧并最终走向堕落的人物，是对五四主题的旧饭新炒，并不新鲜；但作者或许是为了配合转向，在这篇小说中还是加入了新的元素，使其同时具有了批判资本主义、彻底改造社会的特性。同时，个人成了不必为堕落负责的存在：

> 社会组织之不良，是形成我堕落的主因。如要青年们不走上这歧途去，那吗，非要根本把社会澈底改造不可。欧洲的繁华，是资本主义发达之结果。其中声色犬马，更足以使人销沉意志，而走上堕落之途去。所以我在欧洲时，依然过着放荡生

---

① ［德］伊曼努尔·康德：《道德形而上学原理》，苗力田译，上海：上海人民出版社，2002 年，第 59 页。

② ［德］伊曼努尔·康德：《道德形而上学原理》，第 63 页。

③ ［德］伊曼努尔·康德：《道德形而上学原理》，第 70 页。

活,——也许比在国内更利害些,——也是自然的现象。①

通过这样一番辩解,主人公对独自在家含辛茹苦供给他花天酒地生活的包办发妻的悔罪之情,被上升为改造社会的呼吁:"我们青年,不当屈伏在命运之神的足下过生活,应该去改造社会,不要使社会来腐化自己",而应起而革命,创造一个"簇新新的世界出来"。②小说透露出这样的思想:在不良的社会环境中,个人没有自由,因而也不必为堕落负责;要改变这一状况,只有靠根本改造社会。救赎的希望因而存系于新社会的建成,在此之前,个人被剥夺了为堕落负责的意识,被赋予了起而革命的义务。不过,个人既然有起而革命的决断力,为何不能为堕落负责呢?革命者诞生的力量之源何在,革命后主体责任又该如何安置,仍是难解的问题。

类似的逻辑在当时并不罕见。比如创造社元老王独清在《创造月刊》的编后记中,曾如此解释创造社对自设的文学奖的不合理限制:"你们要说我们底行事欠公道时,我们也愿意承认,不过你们要知道在这种资本制度之下,我们也没有方法使我们公道,最好是我们一同去斗争,把这个万恶的资本主义社会打破后,再来寻公道的所在!"③而张资平在表现这种心理时则出之以嘲讽,让人乍看颇有些惊异。在也发表于转向后首期《创造月刊》上的小说中,他如此设计了男女主角的一段对话:

> ——所以我说现代的世界完全是个矛盾的世界。现代的社会完全是由整千整万的矛盾事实造成功的!像这种社会不打破怎么得了!你看那我们的精神生活何等的痛苦!
> ——那是自己不好,不要再把过失推给社会了。一般失意的人都在骂社会,真的听得讨厌了。骂社会之先也得骂骂

---

① 段可情:《一封退回的信》,《创造月刊》第 1 卷第 8 期,1928 年 1 月 1 日,第 38 页。

② 段可情:《一封退回的信》,《创造月刊》第 1 卷第 8 期,1928 年 1 月 1 日,第 39 页。

③ 王独清:《编辑事项及其他》,《创造月刊》第 1 卷第 10 期,1928 年 3 月 1 日,第 110 页。

自己吧。①

若联想到冯乃超同期对张资平所下的严重判断（将"没落到反动的阵营里去"）②，就可理解其与创造社新进人物之间的矛盾之严重了。

不唯如此，决定论对当时知识分子在国家与民族处境的理解方面也产生了相似的心理作用，并同样消解了知识者在国族问题上内在责任的重负。有史家在论述列宁主义对中国知识分子的吸引力时如此说道："列宁主义的理论，给中国知识分子提供了慰藉，因为它不仅谴责西方应为中国的苦难负责及预言资本主义的即将灭亡，而且也在世界革命中给亚洲一个席位。"③在大革命之后负责中共宣传工作的郑超麟，曾如此描述当时革命阵营中占据统治地位的思维模式："凡一切灾害，一切可引起斗争的对象都是归结到帝国主义去的。买办是帝国主义的工具，国民党右派是帝国主义的走狗，农村破产是帝国主义侵略结果，等等，等等。"④创造社的李一氓也曾描述道："帝国主义乃中国一切纷扰之根源，非打倒帝国主义无以自救，这在五卅中家喻户晓起来。"⑤帝国主义显然需要对现实的一切不合理负起责任。

当决定论卸去了个体自主选择的可能性时，个体行为的伦理性也就丧失了，甚至革命的行为也将不具有特别的意义，而且难避投机"历史必然性"之嫌。当决定论的思考模式介入无产阶级革命文学的提倡中来的时候，秉持自由意志的鲁迅立即从中看出了问题。

---

① 张资平：《青春》，《创造月刊》第 1 卷第 8 期，1928 年 1 月 1 日，第 50 页。

② 冯乃超：《艺术与社会生活》，《文化批判》第 1 号，1928 年 1 月 15 日，第 6 页。

③ 徐中约：《中国近代史》（下），计秋枫、郑会欣译，香港：香港中文大学出版社，2002 年，第 518 页。

④ 郑超麟：《郑超麟回忆录》（上），第 278 页。

⑤ 李德谟（李一氓）：《打倒帝国主义的五卅》，《萌芽月刊》第 1 卷第 5 期，1930年 5 月 1 日，第 51—52 页。

二、如何把握"理论"？如何安置主体？
——鲁迅的论辩压力及与创造社的分歧

1. 鲁迅对"武器的艺术"的误解与"唯人主义"

后期创造社对实践的含义有着宽泛的理解，由此生成了理论与实践的辩证统一论，并在决定论与个体意志之间，用实践做了串联。李初梨也曾如此论述无产阶级的哲学与实践的统一关系：

> 这普罗列塔利亚从一切有产者意识的解放过程，即同时是普罗列塔利亚解放过程中的激烈的意识争斗。而意识争斗的过程，正是普罗列塔利亚哲学的实现过程，——换言之，即普罗列塔利亚的现实的解放过程——之一部分。
>
> 这就是意识争斗的重要性及其实践性。[①]

但他们对"实践"的理解，却未能获得广泛认同——尤其当他们把"理论"置换成了"文学"的时候。李初梨对文学实践性的认定，便遭到了鲁迅的嘲讽。在《怎样地建设革命文学》中，李初梨对革命文学的特性做了如此规划：

> 我们知道，社会构造的上层建筑，与下层建筑是互相为用的，挖墙脚是我们的进攻，揭屋顶也是我们的办法。有产者既利用一切艺术为他的支配工具，那么文学当然为无产者的重要的战野。
>
> 所以我们的作家，是
> "为革命而文学"，不是
> "为文学而革命"，
> 我们的作品，是

[①] 李初梨：《请看我们中国的 Don Quixote 的乱舞——答鲁迅〈醉眼中的朦胧〉》，《文化批判》第 4 号，1928 年 4 月 15 日，第 5 页。

> "由艺术的武器
> 到武器的艺术"①

针对上述见解，鲁迅批评道：

> 这艺术的武器，实在不过是不得已，是从无抵抗的幻影脱
> 出，坠入纸战斗的新梦里去了。但革命的艺术家，也只能以此
> 维持自己的勇气，他只能这样。倘他牺牲了他的艺术，去使理
> 论成为事实，就要怕不成其为革命的艺术家。因此必然的应该
> 坐在无产阶级的阵营中，等待"武器的铁和火"出现。这出现
> 之际，同时拿出"武器的艺术"来。②

鲁迅确实误解了李初梨的表述，但这一现象的造成，责任更
多在李初梨。在李初梨所套用的马克思的"从批判的武器"到"武
器的批判"的论述中，"武器的批判"指向的就是"武器"，这在
知识界为人熟知，所以鲁迅将"武器的艺术"理解为"武器"，并
无多少问题。但实际上，李初梨是在两种艺术形式之间做区分，
而非在艺术与武器之间做区分。鲁迅则进而认为李初梨仍执着于
"艺术的武器"，不愿即刻进至"武器的艺术"。李初梨的艺术二分
法，源于其独特的实践观，并在对蒋光慈的批判中有详细呈现。
可以说，依据蒋光慈的革命文学理论所创作的艺术为"艺术的武
器"，而根据他的理论与实践统一论所创作的艺术为"武器的艺
术"。"武器的艺术"指的是非观照 / 表现式的、与实践相统一的
艺术，或可称之为"实践的艺术"；虽与"武器"统一，但仍是
艺术。所以李初梨辩说："即以文艺方面而论，无产者文艺，不
得仅是一个观照的东西，应该是一种有破坏力的物力。因此我主
张'我们的作品，是由艺术的武器，到武器的艺术'。所演〔谓〕

---

① 李初梨：《怎样地建设革命文学》，《文化批判》第 2 号，1928 年 2 月 15 日，第
17—18 页。

② 鲁迅：《"醉眼"中的朦胧》，《语丝》第 4 卷第 11 期，1928 年 3 月 12 日，《鲁迅全集》
第 4 卷，第 65 页。

'艺术的武器'，当然是指前一种观照的东西。"① 不仅李初梨有此论，彭康在一篇批评鲁迅的文章中，在强调了意识形态批判"是一种武器"后，也指出："文艺也是意德沃罗基的一部门，要尽它应尽的义务，它应是无产阶级的文艺，因而应是武器的艺术。"② 所以李初梨说："但总不知为了什么缘故，生拉活扯地，我们的Don 鲁迅，硬把'武器的艺术'与'武器的批判'，作为一样的东西。"③

那么，李初梨所做的区分真的可以成立吗？推究他的观点，此二种艺术的区别体现在与实践的不同关联上。前者只是对现实的被动反映，因而不具备实践性，即便作为武器，也只是"艺术"的武器；"武器的艺术"则不然，因为它依据实践的意向创作，所以可以与武器相统一。把艺术理解成"武器"，其实正是后期创造社反复强调的意识形态的实在性或实践性的体现。这在他们的理论体系内部自洽，但却无法要求文坛普遍认可。更何况，李初梨的区分因为忽略了艺术相对于其他意识形态的独特性，尤显夸张。

在此一误解的背后，是否还纠缠着其他问题，激化了创造社与鲁迅的论争呢？细读相关论辩文章，不难发现，鲁迅对创造社的批判大都直指"本心"，几乎毫不掩饰地斥责他们为革命阵营的投机者。这一批判方式，源自鲁迅对革命者内在精神的一贯强调，借用彼时流行的主义话语，其背后的认知体系，或可被称作"唯人主义"。

指责后期创造社提倡革命文学是出于投机，成为鲁迅此后很长一段时间里写作的重要内容。即便在已决定与创造社联合、一起加入"左联"的时候，他仍然说道：

---

① 李初梨：《请看我们中国的 Don Quixote 的乱舞——答鲁迅〈醉眼中的朦胧〉》，《文化批判》第 4 号，1928 年 4 月 15 日，第 6 页。

② 彭康：《"除掉"鲁迅的"除掉"!》，《文化批判》第 4 号，1928 年 4 月 15 日，第 62 页。

③ 李初梨：《请看我们中国的 Don Quixote 的乱舞——答鲁迅〈醉眼中的朦胧〉》，《文化批判》第 4 号，1928 年 4 月 15 日，第 6 页。

中国的有口号而无随同的实证者，我想，那病根并不在"以文艺为阶级斗争的武器"，而在"借阶级斗争为文艺的武器"，在"无产者文学"这旗帜之下，聚集了不少的忽翻筋斗的人，试看去年的新书广告，几乎没有一本不是革命文学，批评家又但将辩护当作"清算"，就是，请文学坐在"阶级斗争"的掩护之下，于是文学自己倒不必着力，因而于文学和斗争两方面都少关系了。①

这些批判都鲜明指向革命文学派的真诚性。于是便出现了一个吊诡的现象：鲁迅嘲讽后期创造社审查作家的动机，其实他也在不断审查后期创造社的动机。

重视"人"的意识植根于鲁迅思想的萌芽期，并贯穿其终身。革命文学兴起之后，鲁迅又发展出"革命人"的思想。在某种意义上或许可以说，鲁迅是一名"唯人主义"者，有着较强的动机主义倾向。他恪守的信条是："有缺点的战士终竟是战士，完美的苍蝇也终竟不过是苍蝇。"②"为革命起见，要有'革命人'，'革命文学'倒无须急急，革命人做出东西来，才是革命文学。"③"我以为根本问题是在作者可是一个'革命人'，倘是的，则无论写的是什么事件，用的是什么材料，即都是'革命文学'。从喷泉里出来的都是水，从血管里出来的都是血。"④到了1931年底，鲁迅又把"革命人"转换成了"无产者"："如果是战斗的无产者，只要所写的是可以成为艺术品的东西，那就无论他所描写的是什么事情，所使用的是什么材料，对于现代以及将来一定是有贡献的意

① 鲁迅：《"硬译"与"文学的阶级性"》，《萌芽月刊》第 1 卷第 3 期，1930 年 3 月 1 日，《鲁迅全集》第 4 卷，第 212 页。

② 鲁迅：《战士和苍蝇》，《京报副刊·民众文艺周刊》第 14 号，1925 年 3 月 24 日，《鲁迅全集》第 3 卷，第 40 页。

③ 鲁迅：《革命时代的文学——四月八日在黄埔军官学校讲》，《黄埔生活》第 4 期，1927 年 6 月 12 日，《鲁迅全集》第 3 卷，第 437 页。

④ 鲁迅：《革命文学》，《民众旬刊》第 5 期，1927 年 10 月 21 日，《鲁迅全集》第 3 卷，第 568 页。

义的。为什么呢？因为作者本身便是一个战斗者。"[①]

鲁迅对创造社的一大批判基点，大体就是这种"唯人主义"。鲁迅推崇"真人"，痛恨"伪士"。在《狂人日记》中，他借狂人之口讲道："后来因为心思不同，有的不吃人了，一味要好，便变了人，变了真的人。"[②]但问题的关键或在于，人皆难免真伪交织；真伪之辨，自有其不可替代的认知价值，一旦介入理性辩论，局限性便格外突出了，很容易走向"以人为据"的动机推断，将论辩转为道德攻击。被普遍认为确定了现代社会议事规范的《罗伯特议事规则》，就明确规定了"严禁攻击其他成员的动机"的规则："可以用比较强烈的语言去指责动议的本质或者可能的后果，但必须禁止人身攻击，而且无论如何都严禁攻击或质疑其他成员的动机。"[③]当然，动机未必不可以被批评，但应将此类批评置于公共说理的范畴之外。

之所以对鲁迅进行这番略显苛刻的追查，不仅有对当今舆论生态的考量，也是因为鲁迅的文字传播力巨大，其对革命文学派的"投机"指责已然深刻烙印于许多接受者内心，以至于成为潜意识，而这对革命文学派并不公平。当然，鲁迅对革命文学派的"人身攻击"大体只集中于"动机"方面；而革命文学派对鲁迅的"人身攻击"，则偏向于生理层面，比如攻击他为"醉眼陶然的老朽"[④]，反复嘲弄其"神经错乱"[⑤]"无知"，更加远离公共理性。

---

① 鲁迅《关于小说题材的通信》，《十字街头》第3期，1932年1月5日，《鲁迅全集》第4卷，第376页。

② 鲁迅：《狂人日记》，《新青年》第4卷第5号，1918年5月，《鲁迅全集》第1卷，第452页。

③ ［美］罗伯特：《罗伯特议事规则》，袁天鹏、孙涤译，上海：格致出版社、上海人民出版社，2015年，第287页。

④ 石厚生（成仿吾）：《革命文学的展望》，《我们月刊》第1期，1928年5月20日，第4页。

⑤ 后期创造社对鲁迅的精神病理学攻击，参见张宁：《无数人们与无穷远方：鲁迅与左翼》，上海：复旦大学出版社，2006年，第104页。

2. 对鲁迅"无知"的嘲讽及不期然的"统战"效果

李初梨在批评鲁迅误解其"武器的艺术"时，特别指责了鲁迅的"不能认识"：

> 然而因为鲁迅不能认识这种意识争斗的重要性及其实践性的缘故，所以他说：
>
> "'剥去和抗争'也不过是'咬文嚼字'，并非直接行动。"
>
> 可是呀，"这回可不能只是"直接行动"便算完事了"。①

不唯李初梨，后期创造社其他成员也十分热衷于嘲讽鲁迅不能理解理论批判的实践性。比如冯乃超说："'没有革命的理论，便没有革命的行动；没有革命的行动，便没有革命的理论'。没有理解这理论与实践底辩证法的统一，怎能免得乱吠'咬文嚼字'，'直接行动'呢？我们发现了醉眼之上，他又带错了度数太浅的眼镜，所以弄得映在网膜上的影像斑驳地朦胧。"在"意德沃罗基"战线上的理论批判与建设工作"也不失为一种革命的行为"，因而是鲁迅"卒之不能理解"的。②

彭康则认为，鲁迅的"朦胧"表现为两方面："一是对于理论的没理解，一是对于事实的盲目。这没理解与盲目更使得他们〔拼命的挣扎〕，乱冲乱撞，对于人家的批判，不能作正正堂堂的理论斗争，只在那里〔咬文嚼字〕，胡闹乱骂，〔将内容压杀〕，而把自己底无知〔朦胧〕下去。"③他还特地举了一个例子说明鲁迅的"无知"，即鲁迅对"奥伏赫变"的误解。在解释了奥伏赫变在黑格尔哲学体系中的含义后，彭康引用了《文化批判》创刊号对此词的解释，接着便说道：

---

① 李初梨：《请看我们中国的 Don Quixote 的乱舞——答鲁迅〈醉眼中的朦胧〉》，《文化批判》第 4 号，1928 年 4 月 15 日，第 5 页。

② 冯乃超：《人道主义者怎样地防卫着自己》，《文化批判》第 4 号，1928 年 4 月 15 日，第 54 页。

③ 彭康：《"除掉"鲁迅的"除掉"！》，《文化批判》第 4 号，1928 年 4 月 15 日，第 57—58 页。

看了这个，当然能够了解我们何以不意译而取音译的办法的缘故。

可是在鲁迅的〔醉眼〕中，这些黑字只〔朦胧〕地〔跑过去了〕，或者是因为不合大文艺家的〔趣味〕，不屑看，也就没有看，于是偏偏便〔不解〕了。

〔不解〕也就罢了，然而又好像很解的似的，自信地将奥伏赫变解为〔除掉〕，那知这〔除掉〕二字正包含着他底一切的〔朦胧〕，连自家的〔没理解〕也〔朦胧〕不了。朦胧不了，就须得〔除掉〕，可是因为〔除掉〕，小资产阶级根性便不能奥伏赫变。

要将它奥伏赫变，在意识上还是要理解〔奥伏赫变〕。

〔奥伏赫变〕之不能译为〔除掉〕，只要对于黑格尔哲学有理解的人就应该知道。若是战取了唯物的辩证法及获得了阶级意识的更能明白它底意义及重要性。[①]

在做了一番解释后，他又挖苦道：

以上本是极简单的叙述，而我们的文艺家鲁迅竟没有理解，以〔除掉〕二字将〔奥伏赫变〕底重要的意义〔除掉〕了。

但是〔除掉〕了以后，还留着一个对于理论的无知没有〔除掉〕。无产阶级是最后的阶级，而鲁迅却叫为第〔四〕阶级！或者〔他知道很清楚〕，〔不远总有一个大时代要到来〕，那时候，一定有第〔五〕阶级会出来把第〔四〕阶级〔除掉〕。你看他是多么一个〔有远识的人〕！[②]

这种嘲笑鲁迅的议论，因为有所凭据，且以密集引用鲁迅原文的方式推进，并使用醒目的方括号，文气充沛，无疑很有杀伤

---

① 彭康：《"除掉"鲁迅的"除掉"!》，《文化批判》第 4 号，1928 年 4 月 15 日，第 59—60 页。

② 彭康：《"除掉"鲁迅的"除掉"!》，《文化批判》第 4 号，1928 年 4 月 15 日，第 62 页。

力。鲁迅此前的知识储备确实使他很难和后期创造社那批写文章哲学味道十足、术语密布的人展开有效交锋。他必然也感到了在新的话语场中缺少言说能力的危机：如果纯然使用杂文笔法，固然也有机警的鞭策功能，但只能成为思想的火花，甚至只能是道德教训，而难以展开更深入的辩难。那么，鲁迅何以愿意与后期创造社交锋呢？无疑，后期创造社所开辟的话语场，哪怕问题重重，但其所昭示的人类发展趋势与前景，契合了鲁迅的精神需求，深深吸引了他。把握"理论"，成了鲁迅迫切的心愿。在遭遇最激烈批判的时候，鲁迅想起了一名通晓俄语、熟悉苏俄马列文论的学生任国桢，于是驰书求助。据看过求助信的楚图南回忆，鲁迅在信中说，"现在在上海，有些人对他进行围攻，满纸用一些颇不易懂的新革命名词吓唬人，他颇不以为然，也不服气"。因此，鲁迅"想找一些马列主义关于文艺的论述看看，从理论上加深认识，也好应付对他进行围攻的人，比较有把握的进行战斗"。所以希望任国桢能够给他介绍一些书来阅读。楚图南从这封信里体察到鲁迅的情绪"很诚挚、迫切"，并因此给他"留下了深刻的印象"。[1]鲁迅的焦虑驱促使他购读并翻译了大量无产阶级文学理论著作，1932年4月他便以诚挚的语气回忆道："我有一件事要感谢创造社的，是他们'挤'我看了几种科学底文艺论，明白了先前的文学史家们说了一大堆，还是纠缠不清的疑问。"[2]

讥刺鲁迅无知的还有创造社元老郭沫若。在他笔下，鲁迅不仅根本不能了解辩证法的唯物论，即便"资产阶级的意识形态"也未能掌握，因而只能被譬喻为"猩猩"。[3]

不仅创造社成员讥刺鲁迅缺少理论素养，连刚被创造社批评为缺少理论素养的太阳社成员钱杏邨，也加入了讥刺鲁迅缺少理

---

① 楚图南：《鲁迅和党的联系之片断》，《鲁迅研究月刊》2000年第12期，第61页。

② 鲁迅：《三闲集·序言》，《鲁迅全集》第4卷，第6页。

③ 杜荃（郭沫若）：《文艺战上的封建余孽——批评鲁迅的〈我的态度气量和年纪〉》，《创造月刊》第2卷第1期，1928年8月10日，第147—149页。

论素养的行列。在《"朦胧"以后——三论鲁迅》中，他对鲁迅的总结便包括"理论错误或缺乏理论"[①]。

这类批评激发了鲁迅实实在在的理论焦虑。鲁迅之加速向左转变，与创造社的理论刺激有着直接的关联。甚至不妨说，后期创造社的批评，无意中起到了理想的"统战"效果。

3. 当"唯人主义"遭遇决定论

鲁迅对后期创造社的批判固然有不少无效的内容，但他的目光仍是敏锐的，他强烈地意识到了后期创造社所宣扬的理论对主体的压抑与可能催生的异化。

鲁迅与创造社虽然都在做动机审查，但两种审查的方式，还是很不相同。鲁迅指责创造社投机，毕竟只属于双方间的行为；而创造社要审查的是所有作家的动机，在某种程度上以真理自居，客观上造成凌居所有作家之上的等级秩序。而他们提倡的又是目标在于实现人类平等的革命理论，因此更具反讽意味。鲁迅对此十分敏感，他说道：

> 后来看见李初梨说："我以为一个作家，不管他是第一第二……第百第千阶级的人，他都可以参加无产阶级文学运动；不过我们先要审察他们的动机。……"这才有些放心，但可虑的是对于我仍然要问阶级。"有闲便是有钱"；倘使无钱，该是第四阶级，可以"参加无产阶级文学运动"了罢，但我知道那时又要问"动机"。总之，最要紧是"获得无产阶级的阶级意识"，——这回可不能只是"获得大众"便算完事了。[②]

鲁迅的讽刺跨越成仿吾和李初梨。他甚至在二人的一致性中

---

① 钱杏邨：《"朦胧"以后——三论鲁迅》，《我们月刊》第 1 期，1928 年 5 月 20 日，第 12 页。

② 鲁迅：《"醉眼"中的朦胧》，《语丝》第 4 卷第 11 期，1928 年 3 月 12 日，《鲁迅全集》第 4 卷，第 64 页。

察觉到了隐蔽的矛盾，于是予以老辣的嘲讽。最末一句可谓点睛之笔——"这回可不能只是'获得大众'便算完事了"，意在讽刺李初梨从成仿吾的"获得大众"（排斥资产阶级）跃升至"获得无产阶级的阶级意识"（不管第几阶级均可"革命"），实际是从凌居于"大众"之上跃升到凌居于所有人之上，虽彼此矛盾，但都透露出革命导师的救世心态。而此种心态，鲁迅认为又植根于对未来劳农世界的投机，于是让他极其反感。鲁迅的判断自有苛责的成分，但对后期创造社其实是有益的提醒：革命知识分子尤需谨守平等意识。不过鲁迅的着眼点不在平等，而在于真诚性：

> 从这一阶级走到那一阶级去，自然是能有的事，但最好是意识如何，便一一直说，使大众看去，为仇为友，了了分明。不要脑子里存着许多旧的残滓，却故意瞒了起来，演戏似的指着自己的鼻子道，"惟我是无产阶级！"……而革命文学家又不肯多绍介别国的理论和作品，单是这样的指着自己的鼻子，临了便会像前清的"奉旨申斥"一样，令人莫名其妙的。①

鲁迅此类批评作为普遍性言说有其意义，但在论辩语境中，很容易变为动机推断。另外，说革命文学家"不肯多绍介别国的理论和作品"，明显也不确切。不过对后期创造社来说，他们的言说中所体现出的等级秩序，其实和他们的实践观是矛盾的。后期创造社特别喜欢引用《费尔巴哈论纲》，第三条提纲尤受他们青睐。在其中，马克思对乌托邦社会主义者欧文的观念做了批判，认为它使人脱离"变革的实践"，忽视"环境正是由人来改变的，而教育者本人一定是受教育的"，因而必然把社会分裂成两个。②后期创造社的做法其实正与欧文类似。对于乌托邦社会主义者来说，"别人的哲学是由环境和教育所决定的，而他们自己的哲学却不是。……这就是马克思恰当地指出这种社会主义和唯物主义

① 鲁迅：《现今的新文学的概观》，《未名》第 2 卷第 8 期，1929 年 5 月 25 日，《鲁迅全集》第 4 卷，第 139 页。

② ［德］马克思：《关于费尔巴哈的提纲》，《马克思恩格斯选集》第 1 卷，第 59 页。

的混合物必然会把社会分成两部分——其中一部分是其思想由环境和教育简单地决定的普通人，另一部分是高出于社会和社会法律之上的乌托邦人物，是超自然的神赐予迷妄的人类的罕见天才——的原因"[1]。所以，"启蒙"大众的只能是他们自己的革命实践。卢卡奇也曾对此说道："旧的直观的机械的唯物主义所不能理解的真理，即变革和解放只能出自自己的行动，'教育者本身必须受教育'，正在变得越来越适用于无产阶级。"因此，客观的经济发展只为无产阶级的改造社会提供了条件，"这一改造本身却只能是无产阶级自身的自由的行动"[2]。

所以当李初梨说"我们先要审察他们的动机"时，无疑是把自己从充满了证伪环节的革命实践链条中抽离了出来。而在鲁迅看来，参加革命的动机，应该秉持自由意志，"最好是意识如何，便一一直说"。它固然应该被批评，但不可能被他人检验、审查。李初梨的"审查动机"说，其实与他们的阶级意识灌输理论有紧密的关系。无产者的意识是被扭曲的，所以需要被灌输阶级意识；理论批判则具有革命实践的意义，所以创造社的理论家才可能获得"审查动机"的资格。但在鲁迅看来，这难免是对"人"的粗暴侵犯。

鲁迅在成仿吾那里看到的"病症"，则是其在对历史必然性的信仰中宣称"获得大众"。鲁迅说道：

> 可惜略迟了一点，创造社前年招股本，去年请律师，今年才揭起"革命文学"的旗子，复活的批评家成仿吾总算离开守护"艺术之宫"的职掌，要去"获得大众"，并且给革命文学家"保障最后的胜利"了。[3]

"获得大众"与"保障最后的胜利"是鲁迅批判革命文学家的两个

---

① ［美］悉尼·胡克：《对卡尔·马克思的理解》，第 282 页。

② ［匈］卢卡奇：《历史与阶级意识——关于马克思主义辩证法的研究》，第 304 页。

③ 鲁迅：《"醉眼"中的朦胧》，《语丝》第 4 卷第 11 期，1928 年 3 月 12 日，《鲁迅全集》第 4 卷，第 62 页。

重点。在鲁迅看来，"获得大众"的问题不是简单的自外于大众，而是把大众当作革命投机活动的工具。这不仅蔑视大众的主体性，更和他讥刺过的"以人血染红顶子"①异曲同工。因而，鲁迅认为，不论是李初梨的"审查动机"说，还是成仿吾的"获得大众"说，均是站到了大众的头上，以主子的姿态驱使大众，为自己的投机服务。于是，他便把创造社的革命文学家评价为随时可以逃进租界而毫无顾忌地驱使他人"牺牲"的"革命巨子"。②

"保障最后的胜利"是鲁迅格外关注的内容，在他看来，这种历史决定论的认知将可能成为制造投机者的温床。鲁迅对此做了分析，并发出质问：

> 或者因为看准了将来的天下，是劳动者的天下，跑过去了；或者因为倘帮强者，宁帮弱者，跑过去了；或者两样都有，错综地作用着，跑过去了。也可以说，或者因为恐怖，或者因为良心。成仿吾教人克服小资产阶级根性，拉"大众"来作"给与"和"维持"的材料，文章完了，却正留下一个不小的问题：
> 　　倘若难于"保障最后的胜利"，你去不去呢？③

"看准了将来的天下，是劳动者的天下"，正是对历史决定论支配下心理活动的描述，"倘帮强者，宁帮弱者"则是自由的伦理选择。在"或者因为恐怖，或者因为良心"中，良心代表的是自由意志，恐怖则指的是奴隶道德。鲁迅自然没有对历史决定论的系统反思，而且他对无产阶级的最终胜利必然也是认同的，但他发现了在对历史必然性的信仰中，所可能出现的心理异化——放

---

①　鲁迅：《论"费厄泼赖"应该缓行》，《莽原》第1期，1926年1月10日，《鲁迅全集》第1卷，第288页。

②　鲁迅：《通信（并Y来信）》，《语丝》第4卷第17期，1928年4月23日，《鲁迅全集》第4卷，第99页。

③　鲁迅：《"醉眼"中的朦胧》，《语丝》第4卷第11期，1928年3月12日，《鲁迅全集》第4卷，第63页。

弃自由意志，而走向对历史的投机。出自"良心"的选择，和历史必然性的设计并无因果关系。因为即便将来不是"劳动者的天下"，即便"难以'保障最后的胜利'"，坚守"良心"的人仍然会恪守"倘帮强者，宁帮弱者"的信条。① 所以，对于鲁迅问成仿吾的问题——"倘若难于'保障最后的胜利'，你去不去呢？"他能够认同的回答应该是："即便不能'保障最后的胜利'，我也会去。"

之所以显得啰嗦地补上鲁迅意中的答案，是要辨正冯雪峰的回忆。冯雪峰在 1950 年代初期曾回忆说，针对"你去不去呢"，鲁迅"在跟我的谈话中就好几次都提到他的这个反问，仿佛很有趣地说：'他们没有回答，似乎给我难倒了。但其实是容易回答的，就是：无产阶级一定最后胜利！倘若最后胜利难于"保障"，那自然是不去。'"② 这段话看似权威，但明显与鲁迅的整体逻辑不符，而且有鲜明的时代色彩，回忆的准确度不能高估。"那自然是不去"更像鲁迅戏拟的成仿吾的回答。不能保障最后的胜利就"不去"了，岂不正是鲁迅意中成仿吾等人的做法？

"最后的胜利"的表述显然强烈刺激了鲁迅的神经，以至于他在那段时间多次拿来讽刺革命文学家。大约一个多月后，鲁迅又在给一个青年的复信中写道：

> 别的革命文学家，因为我描写黑暗，便吓得屁滚尿流，以为没有出路了，所以他们一定要讲最后的胜利，付多少钱终得多少利，像人寿保险公司一般。③

在鲁迅看来，"讲最后的胜利"显然是逃避现实的懦弱行为，是讲究投入与回报比率的"投资"。1928 年 4 月 10 日，他连撰两文，

---

① 对此段的辨析，参见钱理群：《与鲁迅相遇——北大演讲录之二》，北京：生活·新知·读书三联书店，2003 年，第 302—303 页。

② 冯雪峰：《回忆鲁迅》，北京：人民文学出版社，1952 年，第 24 页。

③ 鲁迅：《通信（并 Y 来信）》，《语丝》第 4 卷第 17 期，1928 年 4 月 23 日，《鲁迅全集》第 4 卷，第 100 页。

均讥刺了"最后的胜利"的说法。在《铲共大观》中，鲁迅说道：

> 但是，革命被头挂退的事是很少有的，革命的完结，大概只由于投机者的潜入。也就是内里蛀空。这并非指赤化，任何主义的革命都如此。但不是正因为黑暗，正因为没有出路，所以要革命的么？倘必须前面贴着"光明"和"出路"的包票，这才雄赳赳地去革命，那就不但不是革命者，简直连投机家都不如了。虽是投机，成败之数也不能预卜的。①

鲁迅甚至认为，有必胜的把握才去参加革命连投机都不如。投机尚需承受失败的代价，在历史必然性保护下的革命行为则纯属懦夫之举。同日撰写的《太平歌诀》，则借描写民众对真正革命者的态度，揭示现实的残酷，侧击革命文学家逃离现实，不愿承受革命牺牲，只幻想"最后的胜利"：

> 近来的革命文学家往往特别畏惧黑暗，掩藏黑暗，但市民却毫不客气，自己表现了。那小巧的机灵和这厚重的麻木相撞，便使革命文学家不敢正视社会现象，变成婆婆妈妈，欢迎喜鹊，憎厌枭鸣，只检一点吉祥之兆来陶醉自己，于是就算超出了时代。
>
> 恭喜的英雄，你前去罢，被遗弃了的现实的现代，在后面恭送你的行旌。
>
> 但其实还是同在。你不过闭了眼睛。不过眼睛一闭，"顶石坟"却可以不至于了，这就是你的"最后的胜利"。②

到了1930年，即将与创造社成员一起加入"左联"的鲁迅，在一篇批驳梁实秋的文章中，顺带再次嘲讽了成仿吾的说法：

---

① 鲁迅：《铲共大观》，《语丝》第4卷第18期，1928年4月30日，《鲁迅全集》第4卷，第107页。

② 鲁迅：《太平歌诀》，《语丝》第4卷第18期，1928年4月30日，《鲁迅全集》第4卷，第104—105页。

> 至于成仿吾先生似的"他们一定胜利的，所以我们去指导安慰他们去"，说出"去了"之后，便来"打发"自己们以外的"他们"那样的无产文学家，那不消说，是也和梁先生一样地对于无产文学的理论，未免有"以意为之"的错误的。①

上述引号中的文字其实来自鲁迅记忆，并非成氏原文。鲁迅的直接引语在"一定胜利"和"去指导安慰他们"之间加上了因果关系，而这一逻辑关系在成氏原文中并不存在。如此行文自然不妥，不过却可以说明，鲁迅一直是把成仿吾等人提倡革命文学视作"必胜"保障下的投机活动。

鲁迅对历史决定论所可能给革命者带来的道德危机的观察，是敏锐的。李大钊当年对历史决定论也心存焦虑，但他担忧的是在历史必然性的信条下放弃"革命"（"阶级竞争"）的追求②；而鲁迅则看到了其反面。其实应该说，在一个险恶的环境中，投身革命事业不可能如鲁迅想象的那样完全出于对"必胜"信念的投机；但对于每一个已然决定投身革命的人来说，"必胜"的心理确乎容易造成对革命之高尚道德性的消解。更何况，若投身的只是革命文化事业，面临的风险相对要小，心理也就更难琢磨。

小　结

后期创造社从理论与实践的辩证统一理论出发，认定文学具有实践性，甚至把文学等同于武器，生成了文学与武器的统一论。但在他们对实践的含义做开放性理解的同时，又对实践的功能做了单一化的界定。于是，他们一方面强调理论与文学活动的实践性，一方面又把实践的功能等同于武器的使用。因此，理论

---

① 鲁迅：《"硬译"与"文学的阶级性"》，《萌芽月刊》第1卷第3期，1930年3月1日，《鲁迅全集》第4卷，第210页。

② 故而李大钊极力张扬人类精神的能动性，参见［美］莫里斯·迈斯纳：《李大钊与中国马克思主义的起源》，第173—179页。

批判、文学创作就与武器没了二致。那么，创造社的理论设定能否成立呢？

英国马克思主义理论家威廉斯在《马克思主义与文学》一书中，特别推崇巴赫金试图"全面恢复那种认定语言是活动，是实践意识"的努力，并由此引申道：

> 确切地说，我们所拥有的，是通过语言对于现实的一种把握；语言作为实践意识，既被所有的社会活动（包括生产活动）所渗透，也渗透到所有的社会活动之中。同时，由于这种把握是社会性的、持续的……所以它出现在能动的、变化着的社会关系之中。语言言说所来自的、所论及的，正是这种经验——"主体"与"客体"（唯心主义和正统唯物主义的前提就是建立于其上的）这些抽象实体之间所遗失掉的中介性术语。或者说得更直截了当些，语言就是这种能动的、变化着的经验的接合表述[the articulation]，就是一种充满能动活力的、接合表述出来而显现在这个世界上的社会在场[social presence]。①

威廉斯同时特别论述了语言"符号"（sign）实现意义的"接合表述"的过程是一种"物质过程"，符号本身在其中也变成了物质世界的一部分。所以，"符号表意行为"作为物质过程和实践意识的统一体，"从一开始它就牵涉进人类所有其他的社会活动和物质活动之中"。②

可以看到，虽然威廉斯和后期创造社都强调了人类的符号行为所蕴含的实践性质，但二者有着重要不同。威廉斯多次强调，语言"符号"表意行为的实践性渗透在人类所有的社会活动当中，因而它既体现在宏观领域，也会更明显地集中于微观的人类活动领域（"经验"领域）；它也并不会特别体现在改变物质结构的

---

① [英]雷蒙德·威廉斯：《马克思主义与文学》，王尔勃、周莉译，开封：河南大学出版社，2008年，第38—39页。

② [英]雷蒙德·威廉斯：《马克思主义与文学》，第40页。

效用上，而会更主要地表现为对个体与社会之间意义关系的建构、对人类经验的"接合表述"。后期创造社的理论批判与文学创作，也难免在人类的经验中间建立新的"接合表述"，产生实践的意义；如果能以凌厉的文字攻势激发革命浪潮，则称它为武器也无不可。但如果认定它只是"武器"，则大大狭隘化了实践的丰富含义，并难免把自己的活动驱向死角。

理论批判尚且不能与武器统一，文学又如何能与"武器"统一呢？后期创造社虽然还援引了辛克莱的理论做了一番证明，但同样未能证成这一说法。[1]威廉斯虽然也重视文学生产的物质实践性，但他对把文学纳入意识形态中的做法深表不满。在他看来，"这样做几乎就是把一个不适当的范畴同另一个生拉硬扯到一起"，而且它已经"不幸地失败了"，"这种尝试也从根本上危及了马克思主义自身的地位"。[2]

---

[1] 参见本书第五章第二节相关论述。

[2] ［英］雷蒙德·威廉斯：《马克思主义与文学》，第 55—56 页。

第三章　阶级意识灌输论的诞生
及引发的论争

　　如果说创造社的实践观与通常理解的马克思主义有着较大的侧重点差异的话，创造社的阶级意识理论则有着相当纯正的马克思—列宁主义内涵；但是，这一理论与他们的实践观一样，仍然偏离于时人对无产阶级革命理论的一般认识与想象。其诉诸知识分子对无产阶级进行阶级意识灌输以实行革命的企图，以及背后蕴含的论证逻辑，都不无激进或超前的性质，不仅导致了他们和非马克思主义文学家的论争，也使他们和掌握了一定马克思主义原理的文学家发生了论争。这些论争牵涉到对无产阶级文学和无产阶级革命的主体、无产阶级革命的动力、底层的解放路径等一系列重要问题的设计与想象，是"革命文学"论争的重要组成部分。

一、谁的"阶级意识"？
——后期创造社的阶级意识理论

1. 阶级意识灌输的前提："出身"与"脑筋"的分裂

　　最系统地表述了后期创造社的阶级意识理论的作品，当属李初梨的《自然生长性与目的意识性》。该文发表于 1928 年 9 月，此前他们对阶级意识问题只有片段的论述。有意思的是，最早明确表达了创造社阶级意识理论的人，却是《文化批判》的一名读者。

　　《文化批判》第 3 号登载了署名"钟员"的读者来信，这篇文章比较显豁地透露出了创造社后来所表露的阶级意识观念：

> "普罗列搭利亚特"出身者，不一定会产出"普罗列搭利亚特"的文学，我虽然不能肯定的照样也说："普罗列搭利亚特出身者，不一定具有普罗列搭利亚特的头脑"，而在中国的宗法社会的势力传袭之下，的确有一大部分的普罗列搭利亚特的人们，而偏偏是反普罗列搭利亚特的脑筋。①

钟员的观点与后期创造社后来发表的文章完全相合。令人疑惑的是，钟员上述文字中的引文"普罗列搭利亚特出身者，不一定具有普罗列搭利亚特的头脑"，并不出自《文化批判》前面两期。作者说"照样也说"，起码是在重复《文化批判》的观点，但在《文化批判》的前两期，乃至此前的《创造月刊》中，均未明确出现这种观点。②

　　这难免让人怀疑，钟员可能是某位后期创造社成员的化名，其中的引文很可能出自创造社某位成员尚未发表，但被误以为已经发表的文章。据其行文推断，他很有可能就是李初梨。理由在于：一、钟员的观点与李初梨后来的表达十分相似，都强调阶级意识的被污染和思想的改造问题，而这种思想其时尚不多见；二、钟员在回信中痛斥了与李初梨发生严重冲突的太阳社，而当时绝大多数人都还很难理解两社冲突的要点，难以分辨他们的区别何在。太阳社也注意到了钟员的身份问题。在《太阳月刊》第4期《编后》中，编者针对此文写道：

> 有人说，这是他们某人自己写的，并列举理由证明；不过我们决不愿以这种心思来猜度。因为在事实上这是可能的事，

---

① 钟员、惄：《普罗列搭利亚特意识的问题》，《文化批判》第3号，1928年3月15日，第133页。

② 朱镜我在《文化批判》创刊号上提到了结合大众的实践要求、向大众有目的意识地注入革命理论的问题，但并未有直白的无产者意识被污染的论述。参见朱磐：《理论与实践》，《文化批判》第1号，1928年1月15日，第31页。

> 我们就接过很多的攻击创造社，《创造月刊》，和《文化批判》的信，只是没有发表罢了。[①]

可见太阳社采取了巧妙的回击方式，既向读者暗示，有理由证明钟员是创造社自己人；又透露给读者，真相是很多人都在批判创造社，而己方表现大度。至于可以证明钟员即"某人自己"的"理由"，今日已无从知晓，或与上文提到的"纰漏"相合也未可知。

只不过，到了《太阳月刊》第 5 期《编后》，已经几乎全面服输了的太阳社，又做了如此声明：

> 上期所说《文化批判》的来函问题，现在我们知道实有钟员其人，并不是该社所写，特此声明。[②]

或许是在双方的批评大会上，创造社对太阳社保证了钟员实有其人。根据整篇《编后》的内容，毋宁说这一声明是整体检讨声明的一小部分，目的在表示对创造社的信任，以便完成检讨任务。上述说法，尚难令人信服。但无论如何，钟员的观点与后期创造社是一致的。编者朱镜我在该信之后即如此表达了对钟员观点的认同：

> 我们现在的无产者大多数还没有获得无产者应有的社会认识，这是事实，因为我们的无产者一方面为"无知"所苦，他方面还受传统思想的麻醉太深……但是普罗列搭利亚特，尤其是他的先锋，因为他的社会关系上的特性，自有他的透彻的社会认识；这是布尔乔亚与小布尔乔亚所容易看过的。[③]

所谓普罗列搭利亚特（proletariat），即无产阶级，与之相关的

---

① 《编后》，《太阳月刊》第 4 期，1928 年 4 月 1 日，第 3 页。

② 《编后》，《太阳月刊》第 5 期，1928 年 5 月 1 日，第 5 页。

③ 钟员、恝：《普罗列搭利亚特意识的问题》，《文化批判》第 3 号，1928 年 3 月 15 日，第 135—136 页。

概念是普罗列搭利亚（proletarier），被创造社译为无产者。[①] 后期创造社所谈的"无产阶级"基本上是一个卢卡奇意义上的"理想型"概念，无产者则是一个现实概念。所谓普罗列搭利亚特的先锋，从卢卡奇的脉络来讲，指的当然是共产党，但在朱镜我的论述中则应放宽范围，大致相当于革命的知识阶级。

李初梨的《自然生长性与目的意识性》一文，系统表达了阶级意识灌输理论。他首先指明了无产者不能产生要求彻底变革的阶级意识的原因："一切普罗列塔利亚的生活，几乎只局限于物质的生产过程，而在他们头上金碧辉煌的上层建筑里面——国家过程及意识过程里面底一切五花八门，他们实无从窥测。同时，在国家过程中所决定的家族的宗教的教育的道德的种种规范，是无条件地课在他们上面。"[②] 正因此，无产者只能"自然生长"出工团主义的反抗意识，他们"还没有意识着现在的社会制度对于他们的利益底不可和解的冲突，而且他们也不能意识"。他们的特征是："仅仅的'一分一文，是要比全社会主义全政治还有价值'，而且他们是只'为自己及自己的儿女，却不能为未来的 generation 斗争'。"[③] "智识阶级则反是"，他们可以达于社会生活的全体，实现"全生活过程底批判"，"发生社会主义的意识"，由此生成了阶级意识灌输理论：

> 有了这种"意识的要素"的参加，劳动者阶级才能汲取真正的全无产阶级意识。如果仅以普罗列搭利亚自身的力量，却不能超过一定的限度，即在意识过程方面，只能达到一种粗杂的唯物论或经验论，在政治过程方面，只能产生一种工会主义的政治运动。而战斗的唯物论及全无产阶级的政治斗争主义的

---

① 参见同人：《新辞源》，《文化批判》第 1 号，1928 年 1 月 15 日，第 101 页。

② 李初梨：《自然生长性与目的意识性》，《思想月刊》第 2 期，1928 年 9 月 15 日，第 7—8 页。

③ 李初梨：《自然生长性与目的意识性》，《思想月刊》第 2 期，1928 年 9 月 15 日，第 10—11 页。李初梨所引用的文字出自列宁的《怎么办》，参见《列宁选集》第 1 卷，北京：人民出版社，1995 年，第 323 页。

意识，必须待革命的智识阶级的参加，而且只有从外部才能注入。[1]

对于无产者有待于被教导的状况，彭康也有过表达。在反驳新月派时，他指出："可是从社会的客观的根据而构成的思想，要用来注入于革命的民众，他们也要受制于从阶级的利益上发生的'标准'，'纪律'，'规范'。他们要受教导。"[2]

不过，后期创造社的观点也有含混的地带。比如朱镜我，虽然也持阶级意识被污染说，但他同时认为"唯物的辩证法"是无产阶级"固有于自己的意识"[3]。既然"固有"，需要的便只是唤醒，而不是灌输。在《文化批判》第4号《新辞源》的"阶级意识"条目中，阶级意识即被描述成一种内在于同一阶级的在相同的利害处境之中的自觉反应，因而要做的是"必须竭力地唤起"。[4]但在他们更多的论述中——尤其在李初梨那里——阶级意识的诞生是鲜明的灌输式的。

2. 由后期创造社的周作人批判看两种启蒙观的异与同

周作人是革命文学派的重要批驳对象。还在创造社转向之前，成仿吾就对以周作人为领袖的北京"趣味主义"文学圈子做了集中批判。转向之后，这一批判被延续了下来，周作人仍然被视作人道主义或趣味主义文学的主要代表。成仿吾宣称，必须用"十万两无烟火药"才轰得开北京趣味文学圈的"乌烟瘴气"。[5]对

---

① 李初梨：《自然生长性与目的意识性》，《思想月刊》第2期，1928年9月15日，第11页。

② 彭康：《什么是"健康"与"尊严"？——〈《新月》的态度〉底批评》，《创造月刊》第1卷第12期，1928年7月10日，第6页。

③ 朱镜我：《关于精神的生产底一考察》，《文化批判》第4号，1928年4月15日，第14页。

④ 同人：《新辞源》，《文化批判》第4号，1928年4月15日，第156—157页。

⑤ 成仿吾：《从文学革命到革命文学》，《创造月刊》第1卷第9期，1928年2月1日，第5页。

周作人的批判因而常常和一种对资产阶级或小资产阶级意识形态或趣味的总体批判联系在一起。

《文化批判》创刊号即不点名地批判了周作人的《十字街头的塔》一文。周氏该文讽刺知识分子纷纷宣称走出象牙塔、走向十字街头，并认为二者并非对立之物："这塔与街本来并非不相干的东西，不问世事而缩入塔里原即是对于街头的反动，出在街头说道工作的人也仍有他们的塔，因为他们自有其与大众乖戾的理想。总之只有预备跟着街头的群众去瞎撞胡混，不想依着自己的意见说一两句话的人，才真是没有他的塔。"①周氏观点之核心在于，知识分子应有独立理想，不与世浮沉，与缺少主见的街头群众不属一类。而在创造社的理论中，群众虽有待被注入阶级意识，但毕竟是拯救世界的依靠所在，知识分子必须依靠他们。双方对"群众"属性与作用的认识，分歧明显。因此《文化批判》的作者即讽刺道："群众不绝地跟着历史的进行前走，他却'座［坐］在脚楼上，渴［喝］过两斤黄酒'，呶呶唱着'师爷调'"，其结果只能是："现在他或许听到了，黄包车夫骂他阻碍交通。"②无疑，周作人已被认为是历史发展的绊脚石与群众之敌。

《文化批判》第 4 号又刊载了一封署名"孤凤"的读者来信。来信主要是想请《文化批判》编者为自己解答对于周作人《随感九七·爆竹》一文的困惑。周氏此文发表于一个半月前出版的《语丝》上。文中他认为，"士商农工"被称作第三、第四阶级，不过是"中国人总喜欢看样"的习惯所致，虽然有了第三和第四阶级的名称，"但事实上中国有'有产'与'无产'这两类，而其思想感情实无差别……生活上有两阶级，思想上只一阶级，即为升官发财之思想。有产者可以穷而降于舆台，无产者可以达而升为王侯，而思想不发生一点变动"。在他看来，划分阶级更应看重思想标准，否则阶级革命也只能改变皮毛："中国民族实是统一的，生活不平等而思想则平等，即统一于'第三阶级'之升官发财的混

---

① 开明：《十字街头的塔》，《语丝》第 15 期，1925 年 2 月 23 日，第 8 版。

② 访员甲：《短评——交通阻碍二件》，《文化批判》第 1 号，1928 年 1 月 15 日，第 2 页。

账思想。不打破这个障害，只生吞活剥地叫做'第四阶级'，即使是真心地运动，结果民众政治还就是资产阶级专政，革命文学亦无异于无聊文士的应制，更不必说投机家的运动了。"①

周氏文中隐然透露出对新阶级的政治与文化运动的期待之情，甚至支招先进行思想革命，但他马上又嘲讽这种运动难免具有宗教的性质：

> 现代的社会运动当然是有科学根基的，但许多运动家还是浪漫派，往往把民众等字太理想化了，凭了民众之名发挥他的气焰，与凭了神的名没有多大不同，或者这在有点宗教性质的事业上也是不可免的罢？②

读者对周作人文章的疑惑在于两方面：第一，"第四阶级"是否有可能摆脱升官发财的思想？第二，现阶段"有产者可以穷而降于舆台，无产者可以达而升为王侯"还是否可能？其实孤凤心中隐含了一个预设，即如果无产者还有可能升为有产者的话，哪怕"有了阶级的觉悟"③，他也未必能够克服升官发财的思想。所以第二方面实为第一方面的根据。在孤凤看来，如果从下至上的阶级流动仍然可能的话，无产阶级的思想就不可能完全转变，革命也不可能成功；即便"成功"了，也如周作人所说"民众政治还就是资产阶级专政"。

其实周作人认为中国社会各阶层均被升官发财的思想统摄，与后期创造社的阶级意识灌输论有着极大交叠，都有精英主义的"启蒙"色彩。④后期创造社本可循周作人的逻辑来宣扬自己的观

---

① 岂明：《随感九七·爆竹》，《语丝》第4卷第9期，1928年2月27日，第44页。

② 岂明：《随感九七·爆竹》，《语丝》第4卷第9期，1928年2月27日，第44—45页。

③ 孤凤、编者：《生活与思想》，《文化批判》第4号，1928年4月15日，第150页。

④ 后期创造社明确将自己的理论活动定位为"启蒙"。成仿吾在《文化批判》创刊号《祝词》中宣称："这是一种伟大的启蒙。"《文化批判》第1号，1928年1月15日，第2页。

点。但略显奇怪的是，《文化批判》的编者（当为朱镜我①）复信，白白放过了这么一个宣扬阶级意识灌输论的机会。比如对于读者"生活不平等而思想则平等"的疑难，编者竟说"我们不晓得'思想则平等'究应作如何解释"。虽然接着就说："但我们只晓得，各时代的支配的思想都是支配阶级的思想。"②算是回答了上面的疑难。但为何不针对周作人的观点反戈一击呢？因为周作人的观点恰好是对无产阶级思想异化的最好表述，正好可以据此导出阶级意识灌输理论。比如卢卡奇在论述工人意识中存在的物化现象时，便谈到了资本主义社会存在"个人上升为统治阶级的抽象的可能性"，并认为它和其他因素一起促成了"地位意识"的产生，而"这种意识能有效地阻止阶级意识的产生"。工人的意识于是复制了资本主义的社会结构，打破这样一种物化的意识即是打破"工人存在中的纯粹抽象的消极性"。③

　　如果推究原因的话，与周作人划清界限大概是首要因素；同时要考虑的是，虽然《文化批判》认为无产阶级的现存意识有待被救赎，但彼时革命组织正以民粹主义为导向，意图加入政治组织的他们，大概并不愿意直白地认可无产阶级的现存意识是升官发财思想。因此，编者也便放弃了在这方面的作为，只泛泛批判了几句周作人的小资产阶级意识，并有些敏感地认为周作人是在暗指他们也是为了升官发财。另外，编者就是重点回复孤凤关于无产者还能否升入有产阶级的询问了：

　　　　"乞食僧可以达而升为王侯"的断语，除非"十字街头"
　　中的"塔"里的社会，或者把历史中的车轮倒开至过去的领域
　　中才能发现。岂明先生的理想中的"乞食僧王"以外，在这现

---

　　①　《文化批判》一直由朱镜我负责编辑，冯乃超曾经协助编辑过前三期。参见李江：《冯乃超传略》，李伟江编：《冯乃超研究资料》，第4页。

　　②　孤凤、编者：《生活与思想》，《文化批判》第4号，1928年4月15日，第151页。

　　③　参见［匈］卢卡奇：《历史与阶级意识——关于马克思主义辩证法的研究》，第257页。

实的社会里,请你安心,决不能有这种的事实发生的。[①]

这样说的目的在于让孤凤坚定对无产阶级革命成功的信念。但问题是,无产阶级革命必然发生并成功的逻辑,是内含于辩证法的唯物论之中的真理,与阶层之间流动的可能性并无决定性的关系。所以编者的回复并不高明,不仅不合实际,逻辑上也难自洽。这自然也说明了,编者对阶层流动对阶级斗争所可能造成的消解作用同样敏感。

直到 1928 年 9 月,李初梨才使用周作人的文字来张扬阶级意识灌输理论。在举例描述了一名挑夫的思想"异化"状态后,李初梨说道:

> 因此我又连想到我们中国现代的说教师——"岂明老人"的一段话来,他说:
> "事实上中国有〔有产〕与〔无产〕这两类,而其思想感情,实无差别,……故生活上有两阶级,思想上只一阶级,……生活不平等而思想则平等,……"
> 这真是千真万真的事实!你看上述的挑夫的一番言语,与一切的布尔乔亚的代言人,或改良主义者的说教,不正是互相表里么?[②]

不难看出,后期创造社与周作人秉持的都是启蒙观念,都以思想改造为批判的旨归。但思想改造的追求一致,改造的内容则不同。后期创造社用来改造大众的武器是阶级意识理论,周作人虽然没有类似武器,但他的批判者对他的武器是清楚的:是为"'人道主义'的鸦片"[③]。而由上也可见,周作人的《随感九七·爆竹》

---

① 孤凤、编者:《生活与思想》,《文化批判》第 4 号,1928 年 4 月 15 日,第 150—151 页。

② 李初梨:《自然生长性与目的意识性》,《思想月刊》第 2 期,1928 年 9 月 15 日,第 2 页。

③ 孤凤、编者:《生活与思想》,《文化批判》第 4 号,1928 年 4 月 15 日,第 151 页。

一文，在三次传播的过程中，发生了三次大的接受变异。周作人强调打破中国人思想的功利状态，并认为这是新阶级的政治诞生的条件。《文化批判》的读者则更看重阶层流动还是否可能，并视之为无产阶级能否获得阶级意识的重要因素。而《文化批判》的编者，则从纸背看出周作人持有的是小资产阶级的人道主义，并努力与周作人的思想保持距离。到了李初梨，则坦率承认与周作人思想的一致，试图借力打力。

不难看出，对群众，后期创造社秉持既灌输又依靠的态度——既主张革命知识分子灌输给他们阶级意识，同时又要依靠他们实现革命目的；对知识分子，格外推重革命知识分子的意识先进性。对于周作人来说，知识分子是启蒙主体，自然有意识的先进性，而群众是值得警惕的，知识阶级的理性可能在其中沦陷，异化为非理性崇拜，因而知识分子应坚守理想，启蒙大众，但与大众保持距离。可见，他们对启蒙知识分子的看法表面相似，但内部有明显差异：周作人十分警惕知识分子被大众异化，而后期创造社大体缺乏此一思考维度，至多表示不能迎合大众。他们对群众意识状态的认识也大体一致，只不过在对群众的态度上，出现明显差异。周作人的启蒙理想，虽然也隐含着"唤醒"群众以改造社会的企图，但这种理想并不借助对群众理想化意识的提倡来实现，并不赋予无产阶级以历史救赎者的角色。所以在一定意义上可以说，后期创造社的启蒙观，内在倾向于分裂，它奇特地把贬低和崇拜、灌输和依靠结合在了一起。[①]周作人的启蒙观，内在倒倾向于统一。如果从内部逻辑结构来看，创造社的启蒙主义，与周作人的启蒙主义更为相近，而与以民粹主义为内核的革命思想有着较远的距离；但若从理想与远景上来看，远与近的关系又颠倒了过来。

[①] 参见徐贲：《在傻子和英雄之间：群众社会的两张面孔》，广州：花城出版社，2010年，第464—477页。

二、如何把握"阶级意识"？

——李初梨与郭沫若的留声机器之争

1928年1月1日，在创造社转向后发行的首期《创造月刊》上，郭沫若化名麦克昂发表了一篇重要文章《英雄树》。该文采用格言体写成，与其说是论文，不如说是宣言。据文中郭沫若预告"新的文艺斗士快要出现了"、号召"堂堂正正地走上理论斗争的战场"[①]，可以推断，这篇宣言是应成仿吾及新进成员之邀而作，有为转向拉开帷幕、确立宗旨的意义。后期创造社新进成员，也借此表达对元老郭沫若的尊敬。在此文中，郭沫若针对如何获得无产阶级的"声音"，提出了"当一个留声机器"的号召，但此一论说却与后期创造社新进成员产生了不小的冲突。若不是有社团因素在，冲突尚不知会激化到何种程度。

"当一个留声机器"的号召，因为切中了大革命后青年倾向集体主义的心理需求，并借助新鲜的工业文明隐喻，收获了不少认同。考察这一号召的最初际遇，或许更能揭示早期普罗文坛的复杂生态。

1.《英雄树》的修辞与意旨

在《英雄树》起首，郭沫若借英雄树（木棉）的自然生长设喻，说明大革命时赤化不彻底，导致迅即"白化"；而当前文艺界的任务，在于"一齿还十齿，一目还十目"的报复，故而他呼唤暴徒出现，打倒"最丑猥的个人主义者的呻吟"，倾听大地深处雷鸣般的呼声：

> 大地的最深处有极猛烈的雷鸣。
> 那是——Gonnon——Gonnon——Gonnon
> ——Baudon——Baudon——Baudon
> 你们听见了没有？

---

① 麦克昂：《英雄树》，《创造月刊》第 1 卷第 8 期，1928 年 1 月 1 日，第 3、5 页。

> 你们的王宫，你们的象牙塔，你们的老七老八的铜柱床，
> 会要倒塌了。
> 代替你们而起的新的文艺斗士快要出现了。
> 你们不要乱吹你们的破喇叭，暂时当一个留声机器罢！①

郭沫若文章的力量即在于这种直白性和极强的设喻能力。"当一个留声机器"不过是已经日趋流行的批判个人主义、呼唤集体主义主张的形象化表达，内容上本无甚新意。但要充分理解留声机器说，有必要联系整篇《英雄树》的文风与内容。《英雄树》存在长期被遮蔽的一面，即郭沫若为号召革命而采取了诉诸人之本能欲望满足的策略。比如文中他说道：

> 阶级文艺是途中的文艺。
> 她是一道桥——不必是多么华美的桥——架设到彼岸。
>
> *
>
> 彼岸！
> 彼岸有彼岸的文艺，或许同睡在妓女怀中所做的梦差不多；
> 但她是现实的。
>
> *
>
> 赶快造桥，不要做梦！②

在把《英雄树》收入 1959 年出版的《沫若文集》中时，郭沫若曾对妓女怀中的梦作了一个注释："这些话有意讽刺郁达夫，因为他在当时公开声明脱离创造社，并爱写以妓女为题材的小说。"③ 这个注释乍看逻辑生硬，但确实有可解之处。因为《英雄树》对郁

---

① 麦克昂：《英雄树》，《创造月刊》第 1 卷第 8 期，1928 年 1 月 1 日，第 3 页。据郭沫若后来说明，Gonnon 意指工农，Baudon 意指暴动。参见郭沫若：《英雄树》，《沫若文集》第 10 卷，北京：人民文学出版社，1959 年，第 326 页。

② 麦克昂：《英雄树》，《创造月刊》第 1 卷第 8 期，1928 年 1 月 1 日，第 4—5 页。

③ 郭沫若：《英雄树》，《沫若文集》第 10 卷，第 328 页。

达夫有不少批判，捎带一枪亦属可能。但这个注释没有穷尽这句话的意思：妓女怀中的梦即便是要讽刺郁达夫，但郭沫若也明确讲了彼岸的文艺和它是相似的，区别仅在于彼岸"是现实的"，而妓女怀中的梦不现实。彼岸与"妓女怀中"仍有着无法割断的关联。若说这样推断有诛心嫌疑的话，郭沫若下面的文字足以把这一嫌疑打消：

> 你们不消说是要有一个爱人，而且要把她藏在金屋子里面的罢？
> 但是世间上的爱人通同藏在别人的金屋子里面去了；
> 你们最好还是先把金屋子夺来，再来做藏娇的事业罢。
>
> *
>
> 请分析你们的爱人的梦：
> …宝石…丝袜…高跟鞋…时装…
> …金山苹果…巧克力糖…
> …汽车…钢琴…跳舞场…
> …波斯兽毯…鸭绒被…钢丝床…
>
> *
>
> 你为你的爱人实现她的梦罢。
> 爱奢华是人的本性。
> 理想的世界是人欲横流的世界。
> 造出一个人欲可以横流的世界来罢。
> 愿天下有情人都能够实现他爱人的梦。[①]

以异性（虽说是"爱人"）和"奢华"生活为饵来号召革命，显示出郭沫若敢于直面"人的本性"的浪漫气质。虽然与革命道德不尽符合，但这样的马基雅维利式说教在革命的非常时期也不难理解。做一个留声机器的提倡正与之处于同一语境之中。考虑到《英雄树》对现实压迫的描写、对暴动的张扬，都不难看出郭沫若迫切期待打破白色恐怖局面的焦急，他的言论因此必然有"权"

---

① 麦克昂：《英雄树》，《创造月刊》第1卷第8期，1928年1月1日，第6页。

的成分。留声机器的号召，与诉诸本能的诱导，一个抑制本性，一个调动本能，看似处在两个对立的极端，但都从属于革命动员的"非常"策略。正因此，郭沫若才会下达把不愿听话的人送上断头台的严厉决断：

> 当一个留声机器——这是文艺青年们的最好的信条。
> ……
> 你们以为是受了侮辱么？
> 那没有同你说话的余地，只好敦请你们上断头台！[①]

2. 分歧的理论根源：阶级意识论与实践论

虽然对留声机器说在当时即做了公开批判的革命文学派文人，可能只有李初梨，但除了冯乃超，后期创造社新进主力成员也均未附和该说。[②] 个中态度值得玩味。李初梨等新进成员，对郭沫若、成仿吾等社团前期元老，总体上有极高评价；对郭沫若，除了这一点，他们大都极力赞扬。此处没有放弃批判，主要因为郭沫若的理论与后期创造社的理论体系严重矛盾，顺带也可以宣示"全面批判"并非虚言。登载了李初梨批判文章的《文化批判》，编者（当为朱镜我）在《编辑杂记》中便如此说道：

> 李君的《怎样地建设革命文学》是革命文学理论上的一番基础工事。在现在的文坛，只有创造社能够自己批判，能够勇敢地前进。李君的论文又是他们自己批判的一番表现。反动派和脱逃者尽管诬咒与摧残，创造社仍是文坛唯一的生力。[③]

但这番话主要是为批评郭沫若追加意义，同时向郭沫若做出解

---

① 麦克昂：《英雄树》，《创造月刊》第 1 卷第 8 期，1928 年 1 月 1 日，第 3 页。

② 冯乃超对留声机器说的大力辩护，可能更多是为了反驳国家主义派的攻击，未必能完全代表其真实想法。参见冯乃超：《留声机器本事》，《创造月刊》第 1 卷第 12 期，1928 年 7 月 10 日，第 157—158 页。

③ 《编辑杂记》，《文化批判》第 2 号，1928 年 2 月 15 日，第 136 页。

释。因为在自我表扬上，后期创造社更有突出表现，以致被鲁迅讥为"招牌是挂了，却只在吹嘘同伙的文章，而对于目前的暴力和黑暗不敢正视"[1]。

李初梨的批评文章首先赞扬了《英雄树》的意义，随即指出其中的问题：

> 麦君这篇文章，在我们"革命文学"进展的途上，可算一篇划期的议论。不过，它中间有一段，我以为是不十分妥当的地方。或者，麦君有一片苦心，想为中国的文艺青年留一条生路。但我觉得这反害了他们，而且对于革命文学的将来，恐怕会发生不好的影响。[2]

他据此提出了自己的认识：

> 我以为"当一个留声机器"，是文艺青年最宜切戒的态度，因为无论你如何接近那种声音你终归不是那种声音。
> 我现在把这段文章，删改如下，商之麦君，以为如何？
> "不当一个留声机器，——这是文艺青年们最好的信条。
> 你们不要以为这是太容易了，这儿有几个必要的条件：
> 第一，要你发出那种声音（获得无产阶级的阶级意识）
> 第二，要你无我，（克服自己的有产者或小有产者意识）
> 第三，要你能活动。（把理论与实践统一起来）"[3]

李初梨的批判集中于郭沫若的第一项要求，即"要你接近那种声音"，而提出："要你发出那种声音"。分歧的关键在于"那种声音"的所属。如果是"接近"，则表示"那种声音"本非我所有；如果"发出"，则意味着其与我为一体。如李初梨所言："无论你

---

① 鲁迅：《文艺与革命（并冬芬来信）》，《语丝》第4卷第16期，1928年4月16日，《鲁迅全集》第4卷，第85页。

② 李初梨：《怎样地建设革命文学》，《文化批判》第2号，1928年2月15日，第18页。

③ 李初梨：《怎样地建设革命文学》，《文化批判》第2号，1928年2月15日，第18—19页。

如何接近那种声音你终归不是那种声音"。

郭沫若号召接近的"那种声音"是 Gonnon 和 Baudon，它们当然是由工农大众发出来的，文艺青年要做的便是把它们录入脑子，再播放出来。故而，首先"接近"，然后"无我"（以免混入杂音），最后"能够活动"（能革命）。在郭沫若那里，"那种声音"可确定为无产阶级的革命意识，李初梨则明确将之表述为"无产阶级的阶级意识"。在此二人无明显差别，故不妨均以"阶级意识"称之。在郭沫若看来，阶级意识存在于无产阶级自身，对于知识青年是异己性因素，知识青年必须接近它才能准确"留声"。而在李初梨那里，阶级意识是知识阶级通过理论思考认识到的，无产阶级并不能自发获得，而需要知识阶级灌输，所以阶级意识并不外于知识阶级。显然，导致二人分歧的关键，是后期创造社的阶级意识理论。

对于郭沫若提出的其他两条意见，李初梨与之并无根本不同，但也用自己的理论对它们做了一番诠解。"无我"都旨在克服资产阶级或小资产阶级意识，"能活动"则是任何一种革命理论都必备的实践要求。

针对李初梨的批评，郭沫若又撰长文回答，对他的观点做了更清楚的说明：

> 中国现在的文艺青年呢？老实说，没有一个是出身于无产阶级的。文艺青年们的意识都是资产阶级的意识。这种意识是甚么？就是唯心的偏重主观的个人主义。
>
> 不把这种意识形态克服了，中国的文艺青年们是走不到革命文艺这条路上来的。
>
> 所以我说："你们不要乱吹你们的破喇叭（有产者的意识）暂时当一个留声机器罢！"①

郭沫若显然对后期创造社的理论几乎没有了解，他所提出的获得

---

① 麦克昂：《留声机器的回音——文艺青年应取的态度的考察》，《文化批判》第3号，1928年3月15日，第2页。

阶级意识的途径正与之截然相反。在后期创造社看来，工农身上的"无产阶级的精神"作为自然生长的产物，正是需要被知识阶级克服的。在《自然生长性与目的意识性》一文中，李初梨借回复读者陈君之机，直白表达了留声机器说包含"绝大的危险"：

> 陈君说："除了无产阶级本身不是架留声机器外，还有那一个阶级里的人，不是他们的留声机器呢？"我正怕麦君的留声机器，有人要这样解释，我才不客气地说，"恐怕会发生不好的影响"。如果麦君的留声机器，照陈君这样解释，这儿的确包藏着绝大的危险。
>
> 我以为一个前锋的任务，是要把大众自然生长的要素，结合于他的目的意识；绝不是单单地只去听大众的自然生长的声音。如果要真是这样，那就是对于自然生长的屈服，不可救药的机会主义！譬如有人要去听从上述挑夫的话，那简直是背叛无产阶级了。[1]

意思很明显：留声机器说与蒋光慈的文学观念一样都是对自然生长性的屈服。虽然李初梨马上指出，细读了郭沫若的文章，知道他"绝对不是这种意思"[2]，但显然不过是客套。

李初梨对留声机器说的批判同样植根于强调主客观辩证统一的实践理论。这一理论的重点批判对象便是与实践相分离的反映论，而强调主观精神的革命力量。郭沫若也注意到了"实践"的问题。为尽力消弭与李初梨的分歧，他便着重强调自己的理论恰是对李初梨的补充，李在积极一面，而他在消极一面：

> 初梨君的"不当一个留声机器"，从他全文的意义上看来，我是可以了解的。就是他反对以表现或者描写革命事实为

---

[1]　李初梨：《自然生长性与目的意识性》，《思想月刊》第 2 期，1928 年 9 月 15 日，第 19—20 页。

[2]　李初梨：《自然生长性与目的意识性》，《思想月刊》第 2 期，1928 年 9 月 15 日，第 20 页。

革命文学的，所以他以为"当一个留〈声〉机器是文艺青年最宜切戒的态度"（他的解释是把留声机器当成了客观描写。）

他说："文学与其说它是自我的表现，毋宁说它是生活意志的要求。"

所以他的"不当一个留声机器"正是要把文学当成生活意志的要求诉诸实践。

但是我的"当一个留声机器"也正是要人不要去表现自我。

他是说的积极一方面，我是消极一方面的说教。[①]

因为二人在"无我"的要求上本就一致，所以郭沫若其实没有抓到差异的根本。不过他指出了李初梨反对的是无实践性的"表现"和"客观描写"，而希图赋予文学（以及个体）以实践性，所以郭沫若接着说道：

他说："文学与其说它是社会生活的表现，毋宁说它是反映阶级的实践的意欲。"

所以他的"不当一个留声机器"正是不要去表现（客观的描写）社会生活。

但是我的"当一个留声机器"也正是"反映阶级的实践的意欲"。

我是说的积极的一方面，他是消极一方面的说教。

我们只是在用语的概念上稍有不同。[②]

这便显示出郭沫若也并不了解李初梨所讲"实践"的内涵。他以为凡是为了阶级斗争的行为都是"实践"的，却不知李初梨的实践立基于主体内部；而自己的实践是脱离了主体的，是主体的对

---

① 麦克昂：《留声机器的回音——文艺青年应取的态度的考察》，《文化批判》第3号，1928年3月15日，第6—7页。

② 麦克昂：《留声机器的回音——文艺青年应取的态度的考察》，《文化批判》第3号，1928年3月15日，第7页。

象化产物——留声机器——从外部对主体的要求。换言之，留声机器说不过是反映论的一种极端表现，根柢于认识的"复写"理论。比如郭沫若在回应李初梨的批判时，便举出了这样一个例子：在他看来，马克思和恩格斯之所以能够创立"革命的辩证法的唯物论"，在于"他们的思想并不是他们的精神创造出来的，只是很适切地把现实的种种真实的关系反映了出来"。[①] 李初梨对留声机器说之欠缺实践性，则看得很清楚。他举外国无产阶级阵营中的"文艺派"和"书斋派"为例，说他们"口口声声地马克思恩格斯，听着什么声音就大闹什么声音"，结果还是摆脱不了"小有产意识"，所以，"我平素把他们当作留声机器看待，这是因为它一方面把原来的声音歪曲，一方面没有实践性的原故"。[②]

3. 隐藏在对立观点之下的同一性

不过，尽管郭、李之间有着尖锐的理论分歧，但二人不仅在克服小有产者意识方面有共同要求，在分歧颇大的阶级意识问题上，二人也有许多重要而隐秘的共通之处。

李初梨如此解释了"阶级意识"超越于具体现实的抽象性：

> 中国现在有许多人以为个个的工人或农民所现有的心理的意识，就是无产阶级意识，这是根本不明白自然生长性与目的意识性的缘故。事实上我们只说过无产者底"阶级意识"或"全无产阶级意识"，并不是说的个个的无产者底意识。[③]

在革命知识阶级的个体意识与无产阶级的阶级意识之间，郭沫若建构的是反映论式的关系；而在李初梨那里，阶级意识并非革命

---

① 麦克昂：《留声机器的回音——文艺青年应取的态度的考察》，《文化批判》第3号，1928年3月15日，第6页。

② 李初梨：《自然生长性与目的意识性》，《思想月刊》第2期，1928年9月15日，第18页。

③ 李初梨：《自然生长性与目的意识性》，《思想月刊》第2期，1928年9月15日，第14页。

知识阶级的对象化客体，而是自我的一部分，革命知识阶级的意识就是无产阶级的阶级意识。[1] 不过也可见出，在个体意识与阶级意识之间建立必要的关联，是郭、李二人共同的任务。因为郭沫若对李初梨的理论资源几乎完全不了解，所以二人难以展开有效交锋，但在他们分歧的背后，共享着一种基本相同的意识制造机制。

换一个角度即可发现，郭沫若的留声机器说，其实恰恰相当于一种被颠倒了的阶级意识灌输论，只不过灌输者从知识阶级转换成了无产阶级。而李初梨的认识与留声机器说相差也只在分毫。李初梨强调革命知识阶级的外部注入，但如果换一个角度来看，那些被从外部注入了阶级意识的人，又与留声机器有何区别？分歧的关键只在于：谁来做留声机器？谁来灌输？郭沫若的留声机器说与李初梨的阶级意识灌输论，实为颠倒的镜像。当然，如果后期创造社能够真正激活实践主体，情形当不会如此。

留声机器说之所以能够产生并在一定范围内传播开来，当然和大革命所造就的精神气氛有直接的关系。而在理论层面，绝对真理观的确立是留声机器说能够产生的必要条件。[2] 郭沫若解释其留声机器说的文章，也是据此论证：

> 当留声机器并不是甚么耻辱的事情。客观有甚么存在，我们发出甚么声音。
>
> 这是我们求真理的态度。
>
> 真理是主观的判断，但是是主观的内容和客观的现实完全一致了的一种判断。
>
> 留声机器是真理的象征。

---

[1]　如李初梨所言："所以无产阶级的声音，即是他自己的声音。他自己的声音，也同时是无产阶级的声音。这儿是一个直接的关系；没有主客的对立，不需媒介物的存在。"《自然生长性与目的意识性》，《思想月刊》第 2 期，1928 年 9 月 15 日，第 17 页。

[2]　参照彭康的真理论述可以更好地理解李初梨对留声机器说的批判，参见本书第二章第一节相关论述。

当一个留声机器便是追求真理。①

可见，正是反映论所导出的真理的绝对权威性，生成了留声机器的权威性。批判了静态与机械的绝对真理观的后期创造社，又怎能认同留声机器说呢？

三、无产阶级文学应由谁来创造？
——无产阶级文学的创作主体之争

无产阶级的"阶级意识"生成方式，直接决定了无产阶级文学的建构路径。"革命文学"论争各方，便从各自对"阶级意识"的认识出发，生发出对无产阶级文学的不同理解。大体来看，一派认为无产阶级文学应该是无产阶级自身的产物，以无产阶级自身的意识为内核，知识阶级对于创造无产阶级文学大体上只能起辅助作用；而另一派则认为无产阶级文学尚不能出自无产阶级之手，知识阶级在很长一段时间内都必须代替无产阶级进行文学创造，只要具有了无产阶级的阶级意识，就可以创造无产阶级文学。前一派以鲁迅和郁达夫为代表，后一派的主要代表则是后期创造社成员。

1. 后期创造社的"无产阶级文学"界定及内部张力

李初梨认为，1928 年后"社会的客观条件，完全变了"，于是产生了"新兴的革命文学"——同时也必然地成为无产阶级文学：

那么，新兴的革命文学，在历史运动上的必然性是什么？
革命文学，不要［是］谁的主张，更不是谁的独断，由历史

---

① 麦克昂：《留声机器的回音——文艺青年应取的态度的考察》，《文化批判》第3号，1928年3月15日，第5页。

的内在的发展——连络，它应当而且必然地是无产阶级文学。[1]

　　为界定无产阶级文学，李初梨首先说明了什么不是无产阶级文学：它不是描述无产阶级生存与斗争表象的，也不是描述他们实际心理状态的文学，其作者也不必是无产阶级。无产阶级文学成立的关键，在于它"不是以观照的——表现的态度，而以无产阶级的阶级意识，产生出来的一种的斗争的文学"。[2]因此，无产阶级文学的创作主体，在当时很难是无产阶级。对于无产阶级文学的形式，李初梨设想了四种：讽刺的、暴露的、鼓动的、教导的。[3]而不管他对哪一种的论述，无产阶级基本都是缺席的。"教导的"一例也提示我们，无产阶级尚待被教化。王独清则在1928年7月做过一个讲演，重点批驳了无产阶级文学应由无产阶级自己来创作的观点，认为革命文学也是革命"利器"，论证思路和新进成员完全一致。王独清强调了无产阶级因为生活条件的关系，"往往只顾到个人目前的利益，而不能有整个的伟大的战略"，而且"每容易受支配者底欺骗"，所以"当革命开始时，理论方面，指导方面，都有待于智识阶级底蹶[崛]起。同样，我们底革命文学也必须智识阶级来提倡创造，才能正式的成立，普罗列搭利亚文学作者底必要条件是第一要有普罗列搭利亚底意识，第二要能写文学"。[4]可见，无产阶级只有等被教化成功、获得了阶级意识后，才能参与到无产阶级文学的创作中来。

　　但郭沫若要求文艺青年"先要接近工农群众去获得无产阶级

---

　　[1]　李初梨：《怎样地建设革命文学》，《文化批判》第2号，1928年2月15日，第13页。原文第二段以大号字体排印。

　　[2]　李初梨：《怎样地建设革命文学》，《文化批判》第2号，1928年2月15日，第14页。

　　[3]　李初梨：《怎样地建设革命文学》，《文化批判》第2号，1928年2月15日，第19页。

　　[4]　王独清：《文艺上之反动派种种》，《澎湃》第1卷第1号，1928年8月5日，第4页。

的精神"①，便明显和后期创造社不能一致。② 其实不仅郭沫若如此，成仿吾虽也吸收了新进成员的观点，反对无产阶级文学须由无产阶级自己创造，但他对无产阶级文学的界定仍与李初梨等人存有张力。他对无产阶级文学的要求是："我们要使我们的媒质接近农工大众的用语，我们要以农工大众为我们的对象。"他要求革命文学家"以真挚的热诚描写在战场上所闻见的，农工大众的激烈的悲愤，英勇的行为与胜利的欢喜"③。可见无产阶级文学的核心内容为农工大众的战斗生活与情感。在此方面，他与郭沫若倒基本一致。

后期创造社的阶级意识灌输论，因为不承认现实无产阶级——他们之所谓"无产者"——的意识先进性，而与时人的一般理解相左，虽然为知识阶级的代行职权做了有力辩护，并在此一方面取得显著传播效果，但并未能够获得十分普遍的认同。因为无论何种谱系的阶级革命理论，都植根于对无产阶级作为进步阶级的认知，即便是阶级意识灌输论，对于无产阶级内蕴的先进性和即将成为历史进步的主体也断难否认。

正因此，即便那些汲取了阶级意识灌输论的人，在强调该理论的同时，也常有自相矛盾的表述。比如后期创造社成员傅克兴，发表过数篇讨论无产阶级文学的论文，对阶级意识灌输论深表认同。在批判甘人（鲍文蔚）关于无产阶级文学要由无产阶级自己来创作的观点时，他的论述和李初梨完全一致：

> 无产阶级底意识形态……虽不是可以随便在无产阶级里面自然发生的，都是革命的智识分子反映无产阶级意识化底客观

---

① 麦克昂：《留声机器的回音——文艺青年应取的态度的考察》，《文化批判》第3号，1928年3月15日，第2页。

② 值得注意的是，郭沫若在1928年后数年间的思想变化，受到新进成员相当大的影响，如后来他便也宣称无产阶级文艺的使命在于"教导大众"。参见麦克昂：《普罗文艺的大众化》，《艺术》第1期，1930年3月16日，第28页。

③ 成仿吾：《从文学革命到革命文学》，《创造月刊》第1卷第9期，1928年2月1日，第6—7页。

条件，对于有产者意识形态所下的总结算，而不可不是无产阶级底意识形态。因为在资本制定［度］下无产阶级缺乏意识的训练，所以这种意识形态不可〈不〉从外部注入。

至于文学上也是同样。在无产阶级没有阶级的自觉以前，要它创作反映这无产阶级底意识形态底文学这是不可能的事。也许他们有所创作，在他们没有阶级的自觉以前，这种创作必然地要反映有产者底意识形态，都不是无产者底文学。反之把以前的文学作篇总结算，同时在无产阶级底意识上创作无产阶级底文学底人，都大半是革命的智识分子。固然获得了阶级意识底无产者可以创作无产阶级的文学，但是不能说只限于无产阶级，革命的智识分子是没有资格的。[①]

不过，傅克兴在同一篇文章中又表达了几乎与此完全相反的阶级认识：

无产阶级是实际上的生产者，被压迫者，他的认识无处不是由行动上得来的，所以无处不是具体的，并没有受任何形而上学的歪曲，确是人们正确的认识。而反映这认识的新世界观，所以不是小资产阶级底智识分子底捏造，确是无产阶级底世界观，人类正确的世界观。那末，以这种世界观为背景，表现具体的美的文艺，当然是无产阶级底文艺〈，〉决不是小资产阶级底智识分子所捏造。[②]

后期创造社另一成员沈起予的看法与之近似。他一方面反驳只能由无产阶级自己创造无产阶级文学的观点，而只承认阶级意识的决定作用：

普罗列搭利亚艺术，自然是普罗列搭利亚特底意识之表

---

① 克兴：《评驳甘人的〈拉杂一篇〉——革命文学底根本问题底考察》，《创造月刊》第 2 卷第 2 期，1928 年 9 月 10 日，第 124—125 页。

② 克兴：《评驳甘人的〈拉杂一篇〉——革命文学底根本问题底考察》，《创造月刊》第 2 卷第 2 期，1928 年 9 月 10 日，第 121 页。

现，我们只要获得普罗列搭利亚特底意识，而成为一个普罗阶
级底意识形态者，即可制作普罗艺术了。①

但另一方面，他虽然承认当前阶段无产阶级尚无文化生产能力，
但对知识分子的代行职能也不给予过高评价，反而对无产阶级缺
席的后果看得十分严重，认为这将导致在政治革命胜利之前无产
阶级文化不能超过资产阶级文化，所以无产阶级的文化事业只能
作为其政治事业的附属而存在（此点倒和鲁迅一致）。对于知识分
子在当前阶段的引导功能，沈起予则强调应该承认和尊重无产阶
级的当下意识，无产阶级文艺运动所做的应该是：

> 使大众理解；
> 使大众爱护；
> 能结合大众底感情与思想及意志而加以抬高。②

《文化批判》的热心读者孔另境也认同后期创造社的基本观
点，但他进一步认为，在当前阶段由小资产阶级知识分子建设无
产阶级文学实属迫不得已：

> 现在我们要这犹豫懦弱的资产阶级附庸而建设起无产阶级
> 的文学，本来没奈何的事情，它的困难正和这小资产阶级参
> 加无产阶级革命同样。在过去革命的进程中，小资产阶级脱离
> 革命的阵线不知可以救［数］出几千几万。同样的，我们现
> 在的革命文学的建设，也和中国革命的建设一样是一个激剧的
> 斗争，然而这使命却又不能和革命一般地转移到无产阶级的肩
> 上，而只能交给革命的小资产阶级文学者肩上。③

---

① 沈起予：《艺术运动底根本概念》，《创造月刊》第2卷第3期，1928年10月10日，
第3页。

② 沈起予：《艺术运动底根本概念》，《创造月刊》第2卷第3期，1928年10月10日，
第7页。

③ 另境：《时代作家的修养》，《文化批判》第5号，1928年5—6月间，第154页。

孔另境这番话，背后有现实政治背景的指涉——大革命被认为因小资产阶级的背叛而失败后，共产国际指挥政党欲把革命领导权"转移到无产阶级的肩上"。但孔另境看到，革命可以变更领导者的阶级属性，革命文学却不可以，因为从事文学创作还只能是小资产阶级文学者的专利。但这种状态充满了危险性，因为革命文学的作者有先天局限，因而他发出感叹："如何培养出这一般忠于无产阶级文艺建设的作家，是何等的重要呀！"[1] 如何培养呢？孔另境提出了一揽子计划，包括信仰和思想认识上的转变、行动上的转变等，从而克服小资产阶级根性。这种对革命知识分子的认识、对无产阶级出身的强调，都与后期创造社的主导思想几乎截然对立。

2. 鲁迅的革命文学观及其对革命文学派的最初批判

1925 年 4 月 12 日，鲁迅为任国桢辑译的《苏俄的文艺论战》撰写了前言，这大概是他最早在文章中透露出对"无产阶级的革命艺术"有了一定了解。针对"烈夫"（通译列夫，意为"艺术的左翼战线"）对右翼的"特殊的艺术"——"象征主义、神秘主义、变态性欲主义"，以及"旧的生活组织"所展开的批判，鲁迅完全站在列夫一边。他对列夫的主张如此描述：

> 那主张的要旨，在推倒旧来的传统，毁弃那欺骗国民的耽美派和古典派的已死的资产阶级艺术，而建设起现今的新的活艺术来。所以他们自称为艺术即生活的创造者，诞生日就是十月，在这日宣言自由的艺术，名之曰无产阶级的革命艺术。[2]

鲁迅字里行间流露出对苏俄"无产阶级的革命艺术"的欣羡之情。同时，他的论述还表明，虽然列夫的诞生要靠十月革命促成，但革命艺术的产生和发展并不总发生在政治变动的基础之上，反而可以做十月革命的先驱。那么，鲁迅又为何会在中国的无产阶级

---

[1]　另境：《时代作家的修养》，《文化批判》第 5 号，1928 年 5—6 月间，第 154 页。

[2]　鲁迅：《〈苏俄的文艺论战〉前记》，《鲁迅全集》第 7 卷，第 278 页。

革命文学提倡刚炽烈的时候，在他还未遭到革命文学派集中批判的时候，就发出了嘲讽之声？这期间鲁迅的思想发生了什么变化？

1928年1月28日出版的《语丝》上的《拟预言》一文，大概是鲁迅对革命文学派的最早批评。其中鲁迅讽刺了太阳社，并引发太阳社反击。该文以戏谑口吻预言了1929年将出现的场景：

> 正月初一，上海有许多新的期刊出版，本子最长大者，为——
>
> 文艺又复兴。文艺真正老复兴。宇宙。其大无外。至高无上。太太阳。光明之极。白热以上。新新生命。新新新生命。同情。正义。义旗。刹那。飞狮。地震。阿呀。真真美善。……等等。[①]

这段略具超现实色彩的"预言"，背后大都有确切的现实影射。[②] 所谓"预言"，自然不过是修辞。其中可坐实的影射有如下几个。第一，"文艺又复兴""文艺真正老复兴"影射《复社丛刊》。该刊系以上海持志大学、复旦大学等校学生为主体创办，1928年1月1日创刊。刊物保守气息浓郁，不采用现代标点，以复兴国学为宗旨，创刊号封面即印"文艺复兴"四字，其中亦有专文论之。封面上方有形似太阳的藤黄色图案。第二，"太太阳"是对1928年1月1日创刊的《太阳月刊》的影射，"光明之极"针对该刊创刊号《卷头语》的首句："弟兄们！向太阳，向着光明走！"[③] "白热以上"应该也是对《卷头语》中表明的照亮黑暗宗旨的讽刺。而且，正是这个讽刺引发了太阳社成员不快，导致了他们对鲁迅的批判。杨邨人1933年回忆说："鲁迅在《语丝》上对我们《太阳月刊》加以一种冷消热讽，说什么'白热以上'，又引起我们对

---

① 鲁迅：《拟预言——一九二九年出现的琐事》，《语丝》第4卷第7期，1928年1月28日，《鲁迅全集》第3卷，第595页。

② 2005年版《鲁迅全集》均未注出。

③ 《卷头语》，《太阳月刊》第1期，1928年1月1日，第1页。

鲁迅的回枪，杏邨做了那篇轰动了文坛的《死去了的阿Q时代》。"[1]
该刊封面背景图案为一放射光芒的太阳。第三，"新新生命""新
新新生命"影射的是 1928 年 1 月 1 日创刊的国民党新生命派刊物
《新生命》月刊。该刊系宣传三民主义的政治经济类刊物，也有少
量文学作品刊载。封面图案主体为"青天白日"之"白日"，"白
日"本就有 12 条锯齿状光线，外又加密集射线以示光芒。在鲁迅
看来，上述三种（起码后二种）刊物封面上的太阳难免遥相呼应、
气味相投。该刊《发刊词》第一段，即对宇宙运作规律做了归纳。[2]
所以"宇宙。其大无外。至高无上"，应该都是针对的该刊。第
四，"真真美善"针对的是《真美善》。该刊 1927 年 11 月 1 日创
刊，由曾朴和曾虚白父子主办，虽然很大一部分内容是介绍欧美
文学，但有较浓郁的古典文人趣味，近于鸳鸯蝴蝶派刊物。鲁迅
在 1927 年 12 月 18 日曾得到该刊。[3]且该刊创刊号开篇的《编者
的一点小意见》，也提到了法国的"文艺复兴时代"和"中国新文
化的勃兴"。[4]另外，"同情"主要影射的应是大革命时期普遍诉诸
"同情"作用的革命文学，即鲁迅之所谓"同情文学"；多半也兼
射高长虹。"正义""义旗"影射现代评论派。[5]"刹那""飞狮""地
震"，未详是否有所指，或许是鲁迅为营造虚幻气氛的创造。

《拟预言》影射的是 1928 年初的情形，可在作于 1928 年 2 月
23 日的《"醉眼"中的朦胧》中得到佐证。在该文一开头，鲁迅
写道：

> 旧历和新历的今年似乎于上海的文艺家们特别有着刺激
> 力，接连的两个新正一过，期刊便纷纷而出了。他们大抵将全

---

① 杨邨人：《太阳社与蒋光慈》，《现代》第 3 卷第 4 期，1933 年 8 月 1 日，第 474 页。

② 《发刊词》，《新生命》第 1 卷第 1 期，1928 年 1 月 1 日，第 1 页。

③ 《日记十六》，《鲁迅全集》第 16 卷，第 52 页。

④ 病夫（曾朴）：《编者的一点小意见》，《真美善》第 1 卷第 1 期，1927 年 11 月 1
日，第 8 页。

⑤ 参见鲁迅《辞"大义"》《革"首领"》《有趣的消息》《我还不能"带住"》等
文相关表述。

力用尽在伟大或尊严的名目上，不惜将内容压杀。连产生了不止一年的刊物，也显出拼命的挣扎和突变来。①

不过经多渠道广泛查询可知，彼时在上海诞生的期刊其实不能说特别多，而且也少有"伟大或尊严的名目"。鲁迅之所以要如此表述，看来是这些刊物给了他较强烈的刺激。旧历新正为1928年1月22日，1月15日创刊的《文化批判》、革新后的《创造月刊》，大概也会被涵盖其中。

如此来看，《拟预言》的创作不可能早于1928年1月1日。不过这篇文章长期都被认作鲁迅1927年的作品。这由于它后来被收入了《而已集》，而鲁迅在其《题辞》中明确说这是"一九二七年的杂感集"②。但这篇文章显然不可能是1927年的作品。从《拟预言》一开篇将时间设定为"正月初一"（和《"醉眼"中的朦胧》开首一致），以及同期《语丝》发表的鲁迅的两则按语③都写于除夕这两点来推断，这篇文章很可能也作于除夕时分。正是在这个新旧交接的关节点上，鲁迅在已经看到了相关期刊后，才产生了借预想1929年的"怪现象"来影射当下的想法。鲁迅在同期《语丝》上另有一篇文章做了类似讽刺，却与此篇性质不同。这篇文章指出，在革命的尾巴上——

> 于是什么革命文学，民众文学，同情文学，飞腾文学都出来了，伟大光明的名称的期刊也出来了，来指导青年的。④

此文写作时间被署为"十二月二十四夜零点一分五秒"。这自然是可能的，因为文中与未来的相合不过集中于"伟大光明的名称

---

① 鲁迅：《"醉眼"中的朦胧》，《语丝》第4卷第11期，1928年3月12日，《鲁迅全集》第4卷，第61页。

② 鲁迅：《而已集·题辞》，《鲁迅全集》第3卷，第425页。

③ 两则按语系为《禁止标点符号》《"行路难"》所加。

④ 鲁迅：《文艺和革命》，《语丝》第4卷第7期，1928年1月28日，《鲁迅全集》第3卷，第583页。

的期刊"一点，与《拟预言》完全不同。可见，正因为鲁迅之前有了这个推想，所以当他看到 1928 年初所出版的刊物与他的预想正相符合时，便增强了自我确证的心理意识，强化了所得到的印象，于是写出上述略显夸张的文字。

鲁迅为什么会反感 1928 年初出现的革命文学热潮呢？在大革命时期，他就对流行的"革命文学"颇多反感。[①] 鲁迅当时受到托洛茨基、有岛武郎、厨川白村等影响，对文学与革命的关系问题做过比较深入的思考，而他的思考与革命文学派大相径庭。鲁迅格外反对"文艺是革命的先驱"的观点[②]，而认为文艺是"余裕"的产物，是"自然而然地从心中流露的东西"，新的文艺处在革命变动的末端，是革命的结果。[③] 后来当他认可了文艺所不可避免的普遍阶级性之后，承认了文艺在阶级斗争中的位置，因而在很大程度上也认可了文艺作为革命先驱的看法。不过，就文艺在根本上从属于政治斗争来讲，鲁迅的观点是一贯的。大体来讲，他对文艺直接的现实作用一直持谨慎而低调的认识。

鲁迅对于文学和革命的关系，早期所持是基于托洛茨基的"三段论"。[④] 1927 年 4 月 8 日，他在广州黄埔军官学校做了一场《革命时代的文学》的演讲。演讲认为，革命之前多是"叫苦鸣不平的文学"，"并无力量"；革命之中文学便沉默了；革命后"生活有余裕了"，文学复又出现。[⑤] 同年 12 月 21 日，已到上海的鲁迅

---

① 参见邱焕星：《鲁迅 1927 年的"国民革命文学"否定论》，《中国现代文学研究丛刊》2012 年第 2 期，第 43—55 页。

② 鲁迅：《文艺和革命》，《语丝》第 4 卷第 7 期，1928 年 1 月 28 日，《鲁迅全集》第 3 卷，第 583 页。

③ 鲁迅：《革命时代的文学——四月八日在黄埔军官学校讲》，《黄埔生活》第 4 期，1927 年 6 月 12 日，《鲁迅全集》第 3 卷，第 437—442 页。

④ 参见 [日] 长堀祐造：《鲁迅与托洛茨基：〈文学与革命〉在中国》，王俊文译，台北：人间出版社，2015 年，第 41—52 页。

⑤ 鲁迅：《革命时代的文学——四月八日在黄埔军官学校讲》，《黄埔生活》第 4 期，1927 年 6 月 12 日，《鲁迅全集》第 3 卷，第 438—439 页。

在暨南大学作演讲《文艺与政治的歧途》，认为革命中没有工夫作文学，革命成功了文学也就不需要革命了。二文都对革命文学存在的合法性提出了质疑。不过在鲁迅多半尚未读到托氏《文学与革命》时写作的《〈苏俄的文艺论战〉前记》[①]中，已经表示："俄国既经一九一七年十月的革命，遂入战时共产主义时代，其时的急务是铁和血，文艺简直可以说在麻痹状态中。"[②]可见，革命本身对文学是一个"反动"，应该是鲁迅较一贯的认识。但托洛茨基是认同革命文学存在的，鲁迅对革命文学的存在发出质疑，既源于自己以及托氏对革命文学力量弱小的认识，也源于他并未在革命文学与无产阶级文学之间做区分。鲁迅无疑混用了这两个概念，但这一混用给他转变思想带来了便利：他很容易就认可了革命文学以至无产阶级文学存在的合法性；而他所谓的无产阶级文学，严格来讲，是无产阶级革命文学，而非托氏意义上不能存在的、带有纯粹性要求的"无产阶级文学"。在鲁迅看来，托洛茨基只是"提出""将来"的问题，所以"太过于理想"；而中国的问题已经"当面""袭来"，文艺已不得不做"政治斗争的一翼"。[③]

自然，鲁迅转而提倡无产阶级革命文学，和中国全面革命的事实已不存在，而其可能性正在酝酿有着直接的关系。对于倾向革命的文人来说，提倡无产阶级革命文学，成了不能直接参加革命而对革命贡献力量的重要方式。更何况，知识阶级自身也能在其中得到锻炼。

即便如此，鲁迅也未认可文艺有改天换地的功能，在他看来，文艺只是政治斗争的一翼，无产阶级文学的真正建立，还有待政治斗争的胜利："必待工人农民得到真正的解放，然后才有真

---

①　"前记"作于1925年4月12日，鲁迅购进《文学与革命》在同年8月26日。参见《鲁迅全集》第15卷，第578页。

②　鲁迅：《〈苏俄的文艺论战〉前记》，《鲁迅全集》第7卷，第277页。

③　鲁迅：《〈奔流〉编校后记》，《鲁迅全集》第7卷，第173页。

正的平民文学。"[1] 和郁达夫一样，他也认为，最终消除思想的异化，必待政治势力的介入所带来的解放。

1928 年是鲁迅思想转变的关键年份。在这一年他开始大量阅读并翻译马克思主义和苏俄文艺政策方面的论文，唯物史观、阶级斗争理论逐渐被他吸收，并拿来作为分析和批判的工具。而且鲁迅通过在人性与阶级性问题上与托洛茨基的贴身辩难，表达了对文学的普遍阶级性和"以文艺为政治斗争的一翼"的现实的认同，这在某种程度上标志着他获得了自己的无产阶级革命文学观念。[2] 但他此后与托氏的暗中辩难并未消失，这突出表现在他选择翻译的无产阶级文论中常有一个突出的主题，即无产阶级文学为何可以成立，而这在 1930 年代的中国左翼文坛上已经几乎不成其为一个问题。

无疑，在鲁迅最初接触革命文学派的刊物时，他仍然在很大程度上处于托洛茨基对文学与革命关系认识的笼罩中，对文艺作为革命先驱的观念十分排斥，甚至对革命文学存在的合法性都予以质疑，又如何能欣赏革命文学派的观点？正是基于文学处在革命末端的认识，鲁迅对大革命受挫后跑到了革命与政治变动前面的革命文学难免充满警惕，认为是"超时代"的投机行为。

但在鲁迅的思想中也潜伏着对文学精神力量的肯定，只不过这种力量作用于现实，必须有"人"／"革命人"作为中介。这或许也构成其后来批评托洛茨基，并接受阶级论文学观的潜在因素。比如在《摩罗诗力说》中，他即对文学反抗殖民统治、抵御亡国灭种危险的作用给了高度评价。[3] 而在鲁迅刚接触到革命文学时，他对文学通过精神要素可以产生巨大力量，仅仅是显得不再

---

[1]　鲁迅：《革命时代的文学——四月八日在黄埔军官学校讲》，《黄埔生活》第 4 期，1927 年 6 月 12 日，《鲁迅全集》第 3 卷，第 441 页。

[2]　参见张广海：《鲁迅阶级文学论述的转变与托洛茨基》，《现代中文学刊》2011 年第 3 期，第 97—101、118 页。

[3]　参见鲁迅：《摩罗诗力说》，《河南》第 7 期，1908 年 8 月，《鲁迅全集》第 1 卷，第 65—120 页。

特别确信。其实他已经在内心深处寻找到了一种平衡文学无用论与有用论的方式——只承认文学在国外可以具有相当的作用，可以作为革命先驱，在越有希望的国家作用越大；而在中国，它暂时还只能是无力的，并附着在革命的尾巴上，以一种动机不明的姿态出现。

在作于1927年底的《文艺和革命》中，鲁迅对中国革命中各方力量的出场顺序有如下认识：一是革命军，二是人民代表，三是文学家。可见文学家处在革命序列的末端。但是这篇文章的逻辑存有两处"裂隙"，可能颠覆文章主旨。第一处是，鲁迅在革命军一栏用括号做了补充说明："这之前，有时恐怕也有青年潜入宣传，工人起来暗助，但这些人们大抵已经死掉，或则无从查考了，置之不论。"第二处是，鲁迅认为在外国，文艺足以做革命的先驱。虽然他先用推测的语气说："或者外国是如此的罢；中国自有其特别国情，应该在例外。"但文末用例证把推测坐实了："外国是革命军兴以前，就有被迫出国的卢梭，流放极边的珂罗连珂……。"① 可见，第一，鲁迅承认革命前的宣传工作，而文学一旦具有宣传效用，自然也可以成为革命先驱；第二，鲁迅认为中国的文学落到革命的后面，和国情有关，文学在外国便可以做革命先驱。鲁迅为《苏俄的文艺论战》所作前言，便肯定了苏俄革命文艺的先驱地位。这揭示出，文学应该成为革命先驱是鲁迅暗藏的预期。正因此，即便在深受托洛茨基影响的《革命时代的文学》一文中，鲁迅一边论述革命文学难以成立，一边还在说明革命文学应该成为一种理想的状态，以及民族生命力存在的表征：

> 　　大革命之前，所有的文学，大抵是对于种种社会状态，觉得不平，觉得痛苦，就叫苦，鸣不平……但这些叫苦鸣不平的文学对于革命没有什么影响，因为叫苦鸣不平，并无力量……至于富有反抗性，蕴有力量的民族，因为叫苦没用，他便觉悟

---

① 鲁迅：《文艺和革命》，《语丝》第4卷第7期，1928年1月28日，《鲁迅全集》第3卷，第583页。

起来，由哀音而变为怒吼。怒吼的文学一出现，反抗就快到了；他们已经很愤怒，所以与革命爆发时代接近的文学每每带有愤怒之音；他要反抗，他要复仇。苏俄革命将起时，即有些这类的文学。①

　　鲁迅的上述认识显示出他早期思想的复归，在大革命所掀起的反帝潮流中，在革命之都广州最具象征意义的圣地——黄埔军官学校，鲁迅旧日的民族屈辱记忆和经验被唤起。那些充满生命力的被殖民国家的哀号之作，又涌上了他的心头。鲁迅仍然认为，那些尚能发出声音的民族，它们的"哀音"变成了"怒吼"，而"怒吼的文学一出现，反抗就快到了"；与之相对的，则是"喊冤"和"沉默"的民族，亡国灭种是等待它们的命运。在鲁迅演讲时，心中是把中国看作"喊冤"的民族，还是"沉默"的民族，不得而知，但"怒吼的文学"显然还不属于中国，而它才称得上真正的革命文学。但"怒吼的文学"未尝不可能在中国出现，前提是要有"革命人"。那么，只要鲁迅对中国革命尚抱一线期待，则"革命文学"就有出现的可能。并非文学改变了现实，而是革命人造就了革命与革命文学，进而促成了改变；如果认为现实的改变根柢于文学的作用，那么就踏入创造社式的"唯心的城堡里去了"②。

　　鲁迅态度转变的契机在哪里呢？大概最重要的关节在于，他所接受的唯物史观和阶级理论，通过新旧阶级的区划，将在进化论中处于弱势地位的中国一分为二，其中进步阶级所代表的力量被整合进了世界历史的前进序列。于是，地域与国情判断变得不再那么重要。文学所具有的普遍阶级性、对世界历史发展动力的新认识，与他此前对文学力量的认识合流，使得文学可以作为革命先驱的观念变得对中国同样适用了。文学不仅要作为革

　　①　鲁迅：《革命时代的文学——四月八日在黄埔军官学校讲》，《黄埔生活》第4期，1927年6月12日，《鲁迅全集》第3卷，第438页。

　　②　参见鲁迅：《壁下译丛·小引》，鲁迅编译：《壁下译丛》，上海：北新书局，1929年，《鲁迅全集》第10卷，第307页。

命的先驱，还要作为无产阶级政治解放斗争的"一翼"。在进化论中，中国的命运或难逃灭亡；而在阶级论中，中国的命运是前进——起码前进的可能大大增加了。前进的动力，显然来自阶级斗争。

3."因为平民还没有开口"——鲁迅对知识分子僭越的批判

当鲁迅日渐接受阶级文学理论的时候，他对革命文学的认识自然也就转移到了无产阶级文学上面。他对革命人与革命文学关系的思考，能否适应于无产阶级文学呢？鲁迅显示出他认识上的一贯和"进化"："革命人"理论显然不能完全框住无产阶级文学了，但也正如革命文学是革命人的文学一样，无产阶级文学应该是无产阶级的文学。一个真正的无产阶级者自然应该是一个革命人，但革命人的可能性对所有人开放，无产阶级的身份却不会对所有人开放。所以在这中间，已悄然发生了重要的变化。也正是在这一方面，鲁迅表现出了对创造社的阶级意识灌输理论的反动。创造社认为，革命的知识阶级掌握着无产阶级的阶级意识，因而知识阶级也要负责创造无产阶级文学，向无产阶级"注入"阶级意识。鲁迅则发现了问题：在这些过程中，无产阶级在哪里呢？

鲁迅对无产阶级文学应该是无产阶级自身的产物这一点，在1927年尚未接触革命文学派的阶级文学理论时，就已然建立，不过那时他的称呼还只是"平民文学"。他说道："在现在，有人以平民——工人农民——为材料，做小说做诗，我们也称之为平民文学，其实这不是平民文学，因为平民还没有开口。这是另外的人从旁看见平民的生活，假托平民底口吻而说的。"[①]

鲁迅对无产阶级文学之创作主体的理解受到了托洛茨基的很大影响。在鲁迅翻译的托洛茨基1924年在俄共中央文学讨论会上的讲话中，托氏特别强调："艺术，是被创造于阶级与其艺术家们之间的无间断的生活底，文化底，思想底相互作用的基础之上

---

① 鲁迅：《革命时代的文学——四月八日在黄埔军官学校讲》，《黄埔生活》第4期，1927年6月12日，《鲁迅全集》第3卷，第441页。

的。"① 鲁迅和托洛茨基都不相信知识阶级能创造出无产阶级文化，而认为，无产阶级的文化必须由无产阶级自身——起码也要是已有机融入无产阶级的知识分子——来创造。在托洛茨基那里，这样的知识分子与无产阶级已不存在"文化底悬绝"②，因为"文化的基本结构是通过一个阶级的知识分子与这一阶级之间的相互关系和相互作用而形成的"③。在鲁迅那里，则要求无产阶级的知识分子"和革命共同着生命，或深切地感受着革命的脉搏"，要充分"无产阶级化"。④ 而当时中国的革命文学家，显然还不可能与无产阶级有这样的关系。

另一位可能十分重要地影响了鲁迅对无产阶级文学理解的人，是有岛武郎。受到革命文学派批判之后，于翻译阶级文艺理论之外，鲁迅也翻译了若干有岛武郎的作品。有岛认为，自己的阶级与无产阶级之间存在不可逾越的情感与认识鸿沟，自己所代表的小有产者知识阶级不可能创作出真正属于无产阶级的作品。他甚至指出，哪怕是革命导师的作品也不例外。他们的作品固然使得许多"在资本王国所建设的大学里卒了业的阶级的人们"能够有所"觉悟"和"玩味"，但"至于第四阶级，是无论这些东西的存在与否，总要进向前进之处的"。有岛甚至批评了十月革命。他认为十月革命也并非第四阶级全体起而革命的结果，因而便也使得"俄国民众的大多数的农民，却被从这恩惠除开……且甚至于竟有怀着敌意的"。⑤ 他得出的结论便是："因了并非真的第四阶级所发的思想或动机，而成功了的改造运动，也只好走到当初的

① 〔日〕藏原惟人、外村史郎辑：《文艺政策》，鲁迅译，上海：水沫书店，1930年，第118页。

② 〔日〕藏原惟人、外村史郎辑：《文艺政策》，鲁迅译，第112页。

③ 〔俄〕托洛茨基：《文学与革命》，刘文飞等译，北京：外国文学出版社，1992年，第179页。

④ 鲁迅：《上海文艺之一瞥》，《二心集》，上海：合众书店，1932年，《鲁迅全集》第4卷，第307页。

⑤ 〔日〕有岛武郎：《宣言一篇》，《壁下译丛》，第169页。

目的以外的处所，便停止起来罢。和这一样，即使为现在的思想家和学者的所刺激，发生了一种运动，而使这运动发生的人，即使自己以为是属于第四阶级者，然在实际，则这人，恐怕也不过是第四阶级和现在的支配阶级的私生儿罢了。"①

有岛的隐忧，相信同样藏于鲁迅的内心，而且是鲁迅批评革命文学派的根源所在——因为这最深刻地决定着无产阶级革命能否成功。同时，有岛对自己的阶级与无产阶级之间的隔膜持绝对化的判断："我是在第四阶级以外的阶级里出世，生长，受教育的。所以对于第四阶级，我是无缘的众生之一人。因为我绝对地不能成为新兴阶级者，所以也并不想请给我做。"据此，其他阶级对无产阶级的代言便难免是一种"僭妄"："无论是怎样伟大的学者，或思想家，或运动家，或头领，倘不是第四阶级的劳动者，而想将什么给与第四阶级，则这分明是僭妄。"②

鲁迅自然并不认同有岛所树立的不可逾越的鸿沟，他曾表示："从这一阶级走到那一阶级去，自然是能有的事。"③但他对无产阶级主体独异性的强调，和有岛并无不同。④而有岛对日本"劳动文艺"提倡者的看法，更和鲁迅完全一致：

> 世间正在主张着劳动文艺。又有加以辩护，鼓吹的评论家。他们用了第四阶级以外的阶级者所发明的文字，构想，表现法，漫然地来描写劳动者的生活。他们用了第四阶级以外的阶级者所发明的论理，思想，检察法，以临文艺作品，区

---

① ［日］有岛武郎：《宣言一篇》，《壁下译丛》，第170页。

② ［日］有岛武郎：《宣言一篇》，《壁下译丛》，第170—171页。

③ 鲁迅：《现今的新文学的概观》，《未名》第2卷第8期，1929年5月25日，《鲁迅全集》第4卷，第139页。

④ 参见［日］丸山升：《鲁迅·革命·历史——丸山升现代中国文学论集》，王俊文译，北京：北京大学出版社，2005年，第1—20页；刘立善：《日本白桦派与中国作家》，沈阳：辽宁大学出版社，1995年，第333—341页。

分为劳动文艺和不然的东西。采取这样的态度，我是断乎做不到的。①

自然，鲁迅对个体自主性的一贯重视，也决定了他很难接受代言体的无产阶级文学。基于上述认识，在作于 1928 年 2 月的《"醉眼"中的朦胧》中，鲁迅对创造社的阶级意识与阶级文学论发起了批判：

> 这实在还不如在成仿吾的祝贺之下，也从今年产生的《文化批判》上的李初梨的文章，索性主张无产阶级文学，但无须无产者自己来写；无论出身是什么阶级，无论所处是什么环境，只要"以无产阶级的意识，产生出来的一种的斗争的文学"就是，直截爽快得多了。②

鲁迅因此认为，创造社凌居于大众之上，把大众当作工具。在 1928 年 4 月所作的《路》中，他又以形象的方式批判了创造社的阶级意识灌输论：

> 上海的文界今年是恭迎无产阶级文学使者，沸沸扬扬，说是要来了。问问黄包车夫，车夫说并未派遣。这车夫的本阶级意识形态不行，早被别阶级弄歪曲了罢。另外有人把握着，但不一定是工人。于是只好在大屋子里寻，在客店里寻，在洋人家里寻，在书铺子里寻，在咖啡馆里寻……。③

鲁迅的这类嘲讽自然会引起创造社的反击。比如冯乃超就称："采访革命文学的来源，却不惜枉驾叩黄包车夫的破门，这是

---

① ［日］有岛武郎：《宣言一篇》，《壁下译丛》，第 171 页。

② 鲁迅：《"醉眼"中的朦胧》，《语丝》第 4 卷第 11 期，1928 年 3 月 12 日，《鲁迅全集》第 4 卷，第 63 页。

③ 鲁迅：《路》，《语丝》第 4 卷第 17 期，1928 年 4 月 23 日，《鲁迅全集》第 4 卷，第 90 页。

认错了门牌。"① 不过应该说明的是，如果说太阳社是因为遭到了鲁迅的嘲讽才开始批判鲁迅的话，创造社与鲁迅之间的论争，则由创造社挑起。1927 年初，鲁迅的文坛老对手成仿吾发表文章批判作为"讨赤的首都""白化的都会"的北京文学圈的趣味化倾向，鲁迅也被当作周作人"趣味 Cycle"的成员遭到了批判，虽然直接提到了鲁迅的话只有一句——"我们的鲁迅先生坐在华盖之下正在抄他的小说旧闻"，但鲁迅对成仿吾的批判显然还是很放在了心上，一直都未忘记成仿吾对他们的断语——"闲暇，闲暇，第三个闲暇"。②1927 年 4 月鲁迅与创造社成员联合发表宣言，并于年底达成合作意向，此前的恩怨本有消弭的可能。但 1928 年 1 月 15 日出版的《文化批判》创刊号，致力于重新诠释新文学历史，启动全面批判，鲁迅并没能幸免。不过其中对鲁迅的着墨极少，只有新进成员冯乃超称鲁迅"这位老生""常从幽暗的酒家的楼头，醉眼陶然地眺望窗外的人生"，"反映的只是社会变革期中的落伍者的悲哀，无聊赖地跟他弟弟说几句人道主义的美丽的说话"。③2月 1 日出版的《创造月刊》上的成仿吾文章，继续批判了"以语丝为中心的周作人一派的玩意"，认为他们"代表着有闲的资产阶级，或者睡在鼓里面的小资产阶级"④，但其中并未提及鲁迅之名。明显可见，创造社其实一开始并未将鲁迅作为主要批判对象。这与他们不久前刚主动找鲁迅拟定了深度合作的计划，应该直接相关。合作计划被创造社无声废止，已然在道义上亏欠了鲁迅，若再以鲁迅为主要批判对象，则实在说不过去。但冯乃超的

---

① 冯乃超：《冷静的头脑——评驳梁实秋的〈文学与革命〉》，《创造月刊》第 2 卷第 1 期，1928 年 8 月 10 日，第 13 页。

② 仿吾：《完成我们的文学革命》，《洪水》第 3 卷第 25 期，1927 年 1 月 16 日，第 3—4 页。

③ 冯乃超：《艺术与社会生活》，《文化批判》第 1 号，1928 年 1 月 15 日，第 5 页。

④ 成仿吾：《从文学革命到革命文学》，《创造月刊》第 1 卷第 9 期，1928 年 2 月 1 日，第 5 页。

批判所采用的文学化笔法，还是强烈刺激了鲁迅。[1]

鲁迅很快便写作了《"醉眼"中的朦胧》，向创造社正式发难，并引发了创造社的猛烈回击。《太阳月刊》自3月1日发行的第3期起也加入了批判鲁迅的行列。对鲁迅的批判，虽无政党的明确策动，但有创造社和太阳社这两个向心力极强的社团大力推动；在鲁迅方面，则气势略逊。虽然也有不少人为他辩护，但其中不少是出于看不惯革命文学派意欲"垄断"文坛，所以也经常同时指出鲁迅已然落伍。当然鲁迅一方也称不上太弱势，由他编辑的《语丝》连续发表了不少批判革命文学派的文章，观点与其相同或近似。与《语丝》同属北新书局发行的《北新》，也和鲁迅渊源颇深，虽然该刊倾向性较多元[2]，但也连续有不少态度鲜明的支持鲁迅的文章发表。[3]

---

[1]　冯乃超后来辩称"老生"系手民误排，原为"先生"，后来"将错就错"，就用了下去。参见陈漱渝整理：《冯乃超同志谈后期创造社、左联和鲁迅》，《鲁迅研究动态》1983年第8期，第8页。这一说法乍看可信度不高，但应该属实。郑伯奇1928年6月写作的一篇文章，提到"鲁迅先生"时在后面加了括号说明："手民注意：这是先生，不要误排作老生！"参见何大白（郑伯奇）：《文坛的五月》，《创造月刊》第2卷第1期，1928年8月10日，第108页。这当然是一种攻击性的修辞，但可见"误排"之说，当时就已出现。郑伯奇似无理由凭空制造这么一种说法。郭沫若1932年写作并出版的《创造十年》，对鲁迅有密集讽刺，也提到"把'先生'两个字误排成'老生'"的问题，显然也认可"误排"说。参见郭沫若：《创造十年》，上海：现代书局，1932年，第9页。另外，冯乃超后来确实又将"老生"一词用在了鲁迅身上，且一文连用两次；成仿吾也拿来讽刺过鲁迅。参见冯乃超：《人道主义者怎样地防卫着自己》，《文化批判》第4号，1928年4月15日，第52—53页；石厚生：《毕竟是"醉眼陶然"罢了》，《创造月刊》第1卷第11期，1928年5月20日，第4页。检索数据库也可知，"这位先生"在清末至1920年代，有大量用例。

[2]　参见陈树萍：《期刊的中间姿态与新文学的建构——以〈北新〉为例》，《云南社会科学》2005年第1期，第128—131、136页。

[3]　《北新》从1927年11月1日第2卷第1期到次年5月1日第12期由潘梓年编辑，而潘在此期间曾在别的刊物发表文章批评鲁迅。参见弱水：《谈现在中国的文学界》，《战线》第1卷第1期，1928年4月1日，中国社会科学院文学研究所现代文学研究室编：《"革命文学"论争资料选编》（上），第281—285页；弱水：《鼓皮》，《洪荒》第1卷第1期，1928年5月1日，第63—65页。不过《北新》在此期间和此后一直有文章声援鲁迅，潘在编完第2卷第12期后离任，或与此也有关系。

4. 郁达夫的无产阶级文学观及其与创造社之争

在"革命文学"论争时期及稍后，提倡无产阶级文学的人都难免以某种形式否定只有无产阶级才能创作无产阶级文学的观点。其中不少人未必明确认可阶级意识灌输论，而可能只是基于对无产阶级文化素质落后的现实考量。[①] 不过，灌输理论的影响一般来说也难以避免。鲁迅大体属于这一类知识分子。在提倡无产阶级文学时，他仍保持着对无产阶级作为阶级文学创作主体的信念，而把当下的无产阶级文学视作一种"革命文学"式的过渡；同时十分关注培养无产阶级自身的文化素养与能力。但那些只认同无产阶级文学远景的人，则会更加坚定地认为无产阶级文学专属于无产阶级。郁达夫可谓这种思想的代表人物，并因此遭到了革命文学派的批判。

郁达夫在1923年就作文论述了文学中的阶级斗争，表达对无产阶级政治的赞同。[②] 在大革命时期所作《无产阶级专政和无产阶级的文学》一文中，他认为如果中国革命想打破官僚军阀与资产阶级专政的局面，就必须实行无产阶级专政。其原因在于，小资产阶级的劣根性难除，只有以无产阶级作为主体的革命才可能取得胜利：

> 真正彻底的革命，若不由无产阶级者——就是劳动者和农民——来作中心人物，是不会成功的。这又是什么原因呢？一，若这领袖人物，从小就没有无产阶级的思想经历，那么无产阶级的痛苦，他是不会了解的。二，他若不是出于无产阶级的人，那么他的左右前后，当然只是和他一样的小资产阶级的人物，真正无产阶级的自觉意识，他是不会有的。三，有了

---

① 创造社外围人员忻启介，立场较接近创造社的潘梓年，也都赞同无产阶级文学不一定要无产阶级来做，但他们都无明确的阶级意识灌输论。参见忻启介：《无产阶级艺术论》，《流沙》第4期，1928年5月1日，第98—103页；弱水：《谈现在中国的文学界》，《战线》第1卷第1期，1928年4月1日，中国社会科学院文学研究所现代文学研究室编：《"革命文学"论争资料选编》（上），第281—285页。

② 达夫：《文学上的阶级斗争》，《创造周报》第3号，1923年5月27日，第1—5页。

上举的两层原因，结果他就会把小资产阶级的根性培植增长起来，终究要一样的陷入于被他所打倒的旧资产阶级的荒谬之中。所以在这一个革命的过程之中，我们所希望的，第一就是无产阶级的专政。①

郁达夫把无产阶级界定为劳动者和农民，显示出他对阶级理论尚不熟悉。基于对阶级革命的认识，郁达夫形成了他的无产阶级文学观念：一是必须以无产阶级专政为前提，只有在此条件下，无产阶级才能产生"自觉意识"，创造出自己的文学；二是"真正无产阶级的文学，必须由无产阶级者自己来创造"②，"曾受过小资产阶级的大学教育的我辈，是决不能作未来的无产阶级的文学的"③。当然，第一点大可商榷，文学作为"意识"的产物，走到革命前面毫不足怪。郁达夫当是同托洛茨基一般把无产阶级文学视作一个纯粹整体来看待，认为零星要素尚不足以称作无产阶级文学。第二点则相当有说服力。无产阶级文学自然应该是无产阶级的文学，小资产阶级创造无产阶级文学，名不正言不顺。

又基于对大革命情势的观察，郁达夫认识到了农民在革命能否成功上起着关键作用："像中国这样的封建势力不曾除去，资本主义还没有发达到相当程度的国家，当有产者和无产者争斗的时候，成败的决胜点，在于多数农民的依附与否。"④多半是因认为提倡无产阶级文学尚非其时，加之认为新文学对农民的生活与情感很少表达，所以郁达夫转而提倡农民文艺。郁达夫之所以有这种认识，是由于他认定农民文学的作者要"亲自到农民中间去生活"，获得与农民相同的感情体验，而且他想象中的农民生活已经是阶级斗争的生活。这种文艺，当然不是一般的乡土文学。郁达

---

① 曰归（郁达夫）·《无产阶级专政和无产阶级的文学》，《洪水》第 3 卷第 26 期，1927 年 2 月 1 日，第 46—47 页。

② 曰归：《无产阶级专政和无产阶级的文学》，《洪水》第 3 卷第 26 期，1927 年 2 月 1 日，第 47 页。

③ 达夫：《对于社会的态度》，《北新》第 2 卷第 19 号，1928 年 8 月 16 日，第 46 页。

④ 曰归：《乡村里的阶级》，《民众旬刊》第 2 期，1927 年 9 月 21 日，第 12 页。

夫更看重农民阶层所产出的作家:"对于乡村的文学青年,加以征搜奖励,使他们有生气勃勃的带泥土气的创作,产生出来。"①而且不忘强调:"我们现代的从事于文艺的人,一大半还是从小资产阶级出身的,所以要主观的把一切农民的痛苦,和农民的感情,直吐出来,是不可能的事情。"但是,他又认为:"只教我们能有热烈的同情,和坚决的意志,去觉察农民生活,研究农民疾苦,如实地写出来的东西,也可以成立,也可以说是农民文艺的一种。"②

可见农民文学的理想状态应由农民自己创作,现阶段的农民文学只是"代替农民来向外宣传的诉状"。不过,郁达夫又认为,这种代言体的农民文学甚至可以达到理想的状态:"不出则已,若一出来,其效力比什么宣传文字,还要厉害。"③又说:"你的脚下,有几千万里的大地在叫冤,你的左右,有数百兆绝食的饥民在待哺。见一点写一点,有一句说一句,把你所有的经验,所有的理想,所有的不平,完全倾吐出来,最好的农民文艺就马上可以成立了。"④

那么,既然无产阶级文学一定要无产阶级自己来创造,农民文学怎么就可以让非农民去创造呢?在郁达夫那里,无产阶级文学必须以阶级觉悟为前提,而农民文学则似不必以阶级觉悟为前提,所以知识分子不能创作无产阶级文学,但可以创作农民文学。这种区别对待,或许揭示出无产阶级作为历史救赎阶级的地

---

① 郁达夫:《农民文艺的提倡》,《达夫全集·奇零集》,上海:开明书店,1928年,第17页。

② 郁达夫:《农民文艺的实质》,《民众旬刊》第2期,1927年9月21日,第2—3页。张武军认为郁达夫的农民文艺论,更加看重"农民作为中国革命主体的价值和意义","更能展示他把马恩经典理论和中国革命现实的创造性结合"。参见张武军:《革命文学探源:国民革命体验与郁达夫的"方向转换"》,《中国现代文学研究丛刊》2022年第10期,第204、206页。

③ 郁达夫:《农民文艺的实质》,《民众旬刊》第2期,1927年9月21日,第3页。

④ 郁达夫:《农民文艺的实质》,《民众旬刊》第2期,1927年9月21日,第4—5页。

位非农民阶级可比，无产阶级文学具有完整性与纯粹性①；而农民阶级作为被救赎阶级，固然可以助成革命，其意识状态却无太多先进性可言，自然可由知识分子代行职能。当然，郁达夫并不以理论辨析见长，在他那里，无产阶级的概念边界亦不确定；与其说他关注的是无产阶级，不如说其更关注的是种种被压迫者。也因此，由承认代言体的农民文学到承认代言体的无产阶级文学，或许在无意识中他也就可以做到。②

　　最早对郁达夫的无产阶级文学观进行批判的是其昔日盟友郭沫若。1928 年 1 月，郭沫若化名麦克昂，针对郁达夫的无产阶级文学要以无产阶级专政为前提的说法，批评道：

　　　　这犹如说：要饭煮熟了，才有真正的米谷出现。③

针对郁达夫的只有无产阶级才能创作无产阶级文学的说法，郭沫若如此批判：

　　　　这是反革命宣传，不管他是有意识的，或者无意识的。
　　　　这犹如"反对非工人组织工会！"④

郭沫若的第一条批评，大概与其尚缺乏对无产阶级专政的认知有关，不太能构成与郁达夫的交锋。⑤第二条批评则较显无力。因为

----

　　①　这种对无产阶级文学的要求，郁达夫未有过直白表述，茅盾则在 1925 年说过："无产阶级的艺术意识须是纯粹自己的，不能渗有外来的杂质。"沈雁冰：《论无产阶级艺术（二）》，《文学周报》第 173 期，1925 年 5 月 17 日，第 12 页。

　　②　比如郁达夫曾对辛克莱的小说如此评价："一九一七年，他的小说 King Coal 出版了，内容当然是 Colorado 的罢工事件。虽则没有 The Jungle 那么的成功，然而自社会主义的观点看来，仍复是一部有声有色的无产阶级的文学。"郁达夫：《拜金艺术·关于本书的作者》，《北新》第 2 卷第 10 号，1928 年 4 月 1 日，第 37 页。

　　③　麦克昂：《英雄树》，《创造月刊》第 1 卷第 8 期，1928 年 1 月 1 日，第 3 页。

　　④　麦克昂：《英雄树》，《创造月刊》第 1 卷第 8 期，1928 年 1 月 1 日，第 4 页。

　　⑤　郭沫若认为："无产阶级革命成了功，便是无产阶级的消灭：因为一切阶级的对立都已消灭。阶级都已消灭了，那还有阶级文艺产生呢？"麦克昂：《英雄树》，《创造月刊》第 1 卷第 8 期，1928 年 1 月 1 日，第 4 页。

工会是功能性组织，无产阶级文学则涉及表达无产阶级的精神与物质生活，显然和工会不能相提并论。

郁达夫的理论也成为后期创造社新进成员的重要辩驳对象。不过在最初，对郁达夫观点的批判大体未点名。到了1928年下半年，当郁达夫把他与创造社的矛盾进一步公开化之后，创造社才对其展开集中批判。李初梨的《自然生长性与目的意识性》一文，把郁达夫与鲁迅的观点并列为一种进行了批判。他借用周作人的文章反证了自己的观点，于是认为，鲁迅与周作人处在了"一个对立的地位"[1]，其实误判了鲁迅举黄包车夫一例的用意。鲁迅并非要说明黄包车夫的意识就是合理的，只是彰显无产阶级文学与无产阶级个体不相干的荒谬。李初梨批判郁达夫在无产阶级专政与阶级自觉意识之间循环论证，结果二者皆不可得，则较能言之成理。郁达夫认为无产阶级自觉意识与阶级专政是一体化的，有了自觉意识就有了专政，这就既把自觉意识的诞生看作了一个抽象瞬间，也把自觉意识与专政混为一谈；名之为"循环论证"，固然忽视了郁达夫所强调的专政对阶级自觉意识的保证作用，但也触到了问题的根本。李初梨又称郁达夫把无产阶级文学看成了一个"观念上的幽灵"[2]，同样敏锐捕捉到了郁达夫的问题。只不过，对于由创造社所提倡的阶级意识所催生的无产阶级文学，又如何保证不是"观念上的幽灵"，李初梨是欠缺思考的。

创造社的沈起予借鉴李初梨的理论也批评了郁达夫的观点，但他态度温和，并特别强调了郁达夫的革命性，劝他迷途知返。但是沈起予同时强调不能把文艺运动看作比政治运动重要，它只是阶级斗争"副次"的工作[3]，隐然与创造社对理论批判的大力张

---

[1] 李初梨：《自然生长性与目的意识性》，《思想月刊》第2期，1928年9月15日，第4页。

[2] 李初梨：《自然生长性与目的意识性》，《思想月刊》第2期，1928年9月15日，第5页。

[3] 参见沈起予：《艺术运动底根本概念》，《创造月刊》第2卷第3期，1928年10月10日，第6页。

扬相龃龉，而更接近郁达夫与鲁迅的观点。

不知是否因为郁达夫意识到了自己理论逻辑的缺陷，他对农民文学与无产阶级文学都不再着力提倡，转而提倡大众文艺。"大众"可以涵盖农民阶级、无产阶级甚至小资产阶级等所有社会中下层阶级。郁达夫自然没有放弃对无产阶级革命的信仰，他提出"大众文艺"的口号，当然也源自对底层的关注，并不悖于无产阶级革命的目标。但用大众置换无产阶级，很容易被理解为忽视了无产阶级的文化主导权，遮蔽了阶级斗争的核心。"大众文艺"的提法自然难以相容于创造社。① 郁达夫提出这一口号，其实直接源于创造社的刺激。他如此解释了"大众文艺"的缘起：

> 我们的意思，以为文艺应该是大众的东西，并不能如有些人之所说，应该将她局限隶属于一个阶级的。②

郁达夫的话既反映出对排他的阶级文学的不满，也显示出对创造社试图"垄断"革命文坛的不满。如其所言："因为近来资本主义发达到了极点，连有些文学团体，都在组织信托公司，打算垄断专卖文艺了，我们就觉得对此危机，有起来振作一下的必要，所以就和现代书局订立合同，来发印这一个月刊《大众文艺》。"③ 同时，他也试图超越创造社的"局限"：

> 我们并没有政治上的野心，想利用文艺来做官。我们也没有名利上的虚荣，想转变无常的来欺骗青年而实收专卖的名声和利益。我们尤其不想以裁判官，天才者，或个人执政者Dictator自居，立在高高的一个地位，以坛下的大众作为群愚，而来发号施令，做那些总总司令式的文章。我们只觉得文艺是大众的，文艺是为大众的，文艺也须是关于大众的。④

---

① "左联"时期的"大众文艺"主要指工农兵文艺，与郁达夫提倡的"大众文艺"含义大不相同。

② 达夫：《〈大众文艺〉释名》，《大众文艺》第1卷第1期，1928年9月20日，第1页。

③ 达夫：《〈大众文艺〉释名》，《大众文艺》第1卷第1期，1928年9月20日，第1页。

④ 达夫：《〈大众文艺〉释名》，《大众文艺》第1卷第1期，1928年9月20日，第1—2页。

"以坛下的大众作为群愚，而来发号施令"——郁达夫的这一认识，正和鲁迅完全一致。郁达夫自然也认为，创造社不过是在投机。①

但综览《大众文艺》由郁达夫和夏莱蒂编辑的第 1 卷（鲁迅在其中发表了不少译作），文艺气息浓郁，其所指称的"大众"绝非底层民众，而更多指向知识阶层。②即便延展"大众"的含义，也难免给人名不副实之感。所以"大众文艺"的命名，可能更多源自郁达夫与创造社打擂台的意志。郁达夫的言论当然会招来创造社的反击。彭康便对其做了严厉批判，他指责郁达夫以"大众"二字"偷偷地替换'普罗列塔利亚'来攻击革命文艺"，是"从前那种反对革命文艺的论调知道是很薄弱的了，于是用这种侧面的阴俏的替换法来打消普罗列塔利亚文艺"。彭康捕捉到了大众文艺对阶级斗争理论的消解，指责郁达夫没有意识到"在革命的时期中，文艺上的分化也是必然的东西"，没有意识到"我们在社会里看到的只是阶级，People 这个抽象的东西只是一个空洞的名字"；推到根子上则是："如果只是泛泛的乱叫全民政治，而没有一定的立场，那就等于替资产阶级说话。"③"革命文艺要把守阶级的立场，这是第一要件"，郁达夫确实没能将之贯彻到底。因而在彭康看来，大众文艺只是"来缓和青年的阶级意识及革命精神"的"反动的文艺"。④

但在实际上，郁达夫与创造社的区别并不在反动或革命上，他们自然都是革命的，分歧的根本在于如何培养大众的阶级革命

---

① 郁达夫还曾嘲笑后期创造社成员没有入党的勇气，显然与事实不符。参见达夫：《对于社会的态度》，《北新》第 2 卷第 19 号，1928 年 8 月 16 日，第 45 页。

② 参见张广海：《"左联"文艺大众化实践考论》，《中国文学批评》2020 年第 4 期，第 76—82 页。

③ 彭康：《革命文艺与大众文艺》，《创造月刊》第 2 卷第 4 期，1928 年 11 月 10 日，第 118—121 页。

④ 彭康：《革命文艺与大众文艺》，《创造月刊》第 2 卷第 4 期，1928 年 11 月 10 日，第 124—126 页。

意识。郁达夫和鲁迅倾向于认为，关键是让无产阶级和大众获得自觉的能力，只有这样革命才可能成功，知识分子无法真正代替无产阶级创作文学；而后期创造社倾向于认为，知识阶级必须向无产阶级注入阶级意识，激发其革命意志，知识分子完全可以创作无产阶级文学。对无产阶级，郁达夫和鲁迅都保持着对其作为历史进步主导阶级的信仰，有意帮助他们进行文化主体性的塑造；但如何能够同时维持知识分子对底层意识的反省与批判精神（如周作人所曾论及的），他们在当时并没有在理论上特别说明。反倒后期创造社对避免文艺迎合社会一般心理有所强调。[①]郁达夫虽然大力声张知识分子与底层阶级的情感区隔，但他对文艺之阶级性的理解，较之后期创造社乃至鲁迅，倒更显开放。

小　结

综览整个"革命文学"论争，否定革命文学派提倡的"无产阶级文学"，大体有这样几种路径：第一，根本不认可文学的阶级性，因而从根本上否定无产阶级文学的合法性，这可以梁实秋为代表；第二，不仅不否定无产阶级文学，而且认为它是文学进化的高级阶段，但认为无产阶级文学是无产阶级自身的事业，否定知识阶级能够创作无产阶级文学，这可以鲁迅、郁达夫为代表；第三，不否定无产阶级文学的合法性及其在历史进化中的高阶地位，也未必否定知识阶级的无产阶级文学创作，但是反对无产阶级文学垄断文坛、抹杀其他文学存在，提倡文艺领域的自由竞争，这可以胡秋原为代表；第四，大体也不会否定无产阶级文学的合法性，但既反对无产阶级文学垄断文坛，也不认可无产阶级文学在文学进化中的高阶地位，而只认可其作为全民文学的一个

[①]　比如彭康的《革命文艺与大众文艺》一文就多次提及这一问题，《创造月刊》第2卷第4期，1928年11月10日，第117—126页。

发展阶梯的地位，这可以无政府主义者为代表。^①以上只有第一种观点是眼光"向上"的精英主义，后三种观点都是眼光"向下"的，致力于底层文化解放的目标。^②

不管持何种观点，都需要首先面对无产阶级的阶级身份与阶级意识问题。对无产阶级身份的认定，各方没有明显分歧；但在阶级意识的问题上，分歧则变得尖锐。当阶级意识问题介入无产阶级文学上来的时候，分歧就变得更加复杂了。不论是在何种维度认可无产阶级文学的人，都需要解决这个根基性的问题：无产阶级文学的"无产阶级性"体现在哪里？

若据阶级意识灌输论，知识分子反倒可能成为真正的"无产阶级"，实际的无产阶级需要经过知识分子"灌输"教育，所以在无产阶级文学的创作中，知识阶级也应当仁不让。当然，即便在阶级意识灌输论的视野之中，无产阶级的解放最终还是需要无产阶级自身参与，阶级意识必须呼唤无产阶级的介入与认同。同理，无产阶级文学的实现过程也必须依靠无产阶级自身的参与，直到阶级界限消弭，而入于共产主义社会。就此而言，认同无产阶级文学的人不会有根本差别。但对于那些坚信无产阶级文学应该出诸无产阶级自身的人来说，真正的无产阶级文学不可能是知识阶级代替创作的那种类型，知识阶级只能引导和催化无产阶级文学的诞生，他们创作的"无产阶级文学"永远不能成为纯粹的无产阶级文学，无产阶级文学只能随着无产阶级自身的成长而完善。但悖论性的是，无产阶级自身的成长过程也就是阶级社会日渐消亡的过程，所以如果依照这种逻辑，无产阶级文学的实现过程同时也正是文学的阶级性丧失的过程，以至于只有阶级性消失的历史时刻，真正意义上的无产阶级文学方有诞生的可能，但它

---

① 参见李跃力：《论革命文学论争中的无政府主义文学》，《中国现代文学研究丛刊》2019 年第 9 期，第 95—105 页。

② 国家主义派对无产阶级文学的否定较为特殊，他们既有鲜明的精英主义取向，又有一定底层取向。参见本书第五章第四节相关论述。

也将同时消亡在这种可能性当中，而成为人的文学。^①正是在这种悖论性的状况当中，才能更好地理解托洛茨基关于无产阶级文学不能成立的论述。也正因为有这种对无产阶级文学的"无产阶级性"的坚守，鲁迅即便对托洛茨基做出过批评，在逻辑深处也一直保持着与托氏的某种亲和，其所主张的无产阶级文学与革命文学派所宣称的无产阶级文学有着难以消弭的差距。

---

　　① 在无产阶级专政时期，无产阶级文学因为阶级界限的存在，仍然处在实现的过程之中，托洛茨基虽然也强调了专政时间（即所谓"过渡期"）不长将导致难以产生无产阶级文学，但并非其理论的关键点；他甚至在其他地方又提到无产阶级的文化建设将经过"好几个历史阶段"。关键之点在于他强调的另一方面："新制度防止政治和军事动乱的把握愈充分，进行文化创造的条件愈便利，无产阶级就愈会消溶在社会主义的共同生活中，摆脱自己的阶级特点，也就是说，无产阶级将不再是无产阶级。"或者说："新文化就其实质而言，将不再是贵族化的、为少数特权者服务的，而是大众的、普及的、人民的。数量在这里将转化为质量：随着文化的群众性的增强，它的水平也将提高，它的整个面貌也将改变。但是，这一过程将跨越好几个历史阶段。随着这一过程中成就的不断取得，无产阶级的阶级关系将会减弱，因而无产阶级文化的土壤也将消失。"参见［俄］托洛茨基：《文学与革命》，第 172、179 页。

第四章　在人性与阶级性之间
——无产阶级文学的合法性建构及引发的论争

在"革命文学"论争中，各方所面对的虽然是严峻的"当下"，且往往会从对"未来"的向往中汲取能量，但对"过去"的争夺，也十分激烈。恰如奥威尔所言："谁控制了过去，谁就控制未来。"[①]作为中国白话新文学后继者的革命文学派，尤其是创造社新进成员，格外重视塑造自己的起源合法性。他们对文学革命以来的新文学发展，做了系统的阐释与评价。这一重塑历史发展谱系的努力，在取得成效的同时，也不可避免地引发了争议。在另一方面，围绕革命文学与无产阶级文学合法性证成问题的论争，紧密联系着对文学的人性与阶级性问题的认识。通过"革命文学"论争，阶级性对文学的全面接管获得较为普遍的认同。这标志着革命文学发生了质变，倾向于向普遍人性发出吁求的革命文学变得不再合乎时宜，无产阶级文学快速崛起。

一、从文学革命到革命文学
——后期创造社的历史叙述谱系

1. 文学革命兴起与衰落的社会依据

马克思主义在中国的兴起和新文化运动有着紧密关系，它本

---

① ［英］乔治·奥威尔：《一九八四》，董乐山译，沈阳：辽宁教育出版社，1998年，第32页。译文有微调。

身就是新文化的有机组成部分。但在后期创造社看来，新文化运动是资产阶级的自由主义文化运动，无产阶级文化运动是对它的超越与革命，虽继承了其中的合理因素，但与之绝不能相提并论。

对新文化运动的重要组成部分——文学革命——走向的不满，成仿吾1927年初就曾刊文表达，但他当时并未打出革命文学的旗帜，反而号召"完成我们的文学革命"，打倒阻遏其发展的趣味主义。成仿吾意中的文学革命主要指向真诚的、自我表现的文学创造。他对当下文坛的要求，是恢复真诚的自我表现，但同时他也强调了文艺对时代所应负的责任："我们要看清楚时代的要求，要不忘记文艺的本质！我们要完成我们的文学革命！"①在成仿吾看来，文学革命的目标便是完成对资产阶级和小资产阶级文艺观的革命：

> 我们新兴的文学，在创作心理上应该是纯粹的表现的要求，在批评上应该是一种建设的努力。我们努力表现新的内容，创造新的形式，我们努力于批判的建设。我们尤其应该注重新的精神与新的生活。在生活上，我们打倒一切的Canon（规范——引者），打倒一切资产阶级及Petit Bourgeois（小资产阶级——引者）的趣味，我们要在我们的生活上做一番澈底的革命。②

这些论断显示出成仿吾欲借文学革命的旧招牌，实现"革命文学"的企图。

在打出无产阶级文学大旗的同时，后期创造社同样展开了对文学革命的批评，而这些批评与成仿吾的论述已相去甚远。在他们那里，文学革命的现时代意义已被废弃，无产阶级文学取而代之；自我表达的文学传统被彻底否定，武器论文学观跃升统治地位。后期创造社也会承认文学革命的历史价值，但这一价值更多

---

① 仿吾：《完成我们的文学革命》，《洪水》第3卷第25期，1927年1月16日，第6页。

② 仿吾：《文学革命与趣味——复远中逊君》，《洪水》第3卷第33期，1927年5月16日，第372页。

体现在白话文的创造上。他们认为，随着文学革命走向反动，继承了其合理因素，并孕育了革命文学萌芽的团体只有创造社，突出的代表是郭沫若和成仿吾。信仰唯物史观的他们，自然要在转变的背后寻出社会依据。冯乃超在《文化批判》创刊号上撰文说道：

> 文学革命以来——白话文运动以来，封建思想的代言者——旧文学——确定地衰替了。然而，这个文化上的新运动获得了什么东西呢？白话文底确立！然而，不上两年，《红楼梦》的考证，《儒林外史》的标点，风靡天下了。这又有什么意义？我们不能不把潜伏着的根本的社会的根据裸露出来，这却也是可能的吧。①

冯乃超的分析线索是：中国从封建国家而殖民化后，资产阶级获得发展，接受了资产阶级自由教育的知识阶级感觉到了封建束缚，于是文学革命兴起；白话文促使资产阶级出版业蓬勃发展，中国走向近代文明国家。但确立了白话文后，文学革命就走向反动的"考古"和"疑古"。②冯乃超对中国社会结构变迁的叙述植根于《共产党宣言》，把资产阶级国家称为"近代文明国家"，也是依据马克思的认识。③在他的叙述中，资产阶级的兴起是文学革命发生的依据。

李初梨对文学革命的社会根据问题同样关心。在他笔下，大背景也是帝国主义入侵封建中国、资本主义全球扩张。但他特别强调一战使中国的资本主义获得大发展，"布尔乔亚的意识，于此亦得其发生的社会根据"，而"中国十年前的文化运动，实为当时资本与封建之争，反映于社会意识者"。④彭康也持有几乎完全相同的分析逻辑。他指出，一战期间，"国内也生出了少数的新兴工

---

① 冯乃超：《艺术与社会生活》，《文化批判》第1号，1928年1月15日，第4页。

② 冯乃超：《艺术与社会生活》，《文化批判》第1号，1928年1月15日，第4—5页。

③ ［德］马克思、［德］恩格斯：《共产党宣言》，《马克思恩格斯选集》第1卷，第276页。

④ 李初梨：《怎样地建设革命文学》，《文化批判》第2号，1928年2月15日，第10页。

业资产家。帝国主义底压迫愈甚，则民族意识愈发达；有了新兴的工业资本家，则封建社会的组织渐趋崩坏，新社会形态日见发展。意识的增进及物质条件的具备使中国革命形成一新阶段，而这种新阶段底理论的精神的武器就是［德谟克拉西］（Democracy）和［赛恩斯］（Science）"，德赛二先生由此"才能支配了一般革命的智识阶级，组织起来成了一个广大而有系统的运动"。①

文学革命的兴起如是，其走向"反动"亦如是："欧战告终，帝国主义列强的魔手又复伸到东方的中国。中国资本主义的发达因之又停滞起来。国内的布尔乔亚汜（Bourgeoisie）对外既不能与帝国主义列强竞争，对内又不能与封建势力对抗；在这样困难的状态当中，他们为自存起见，遂不得已向封建势力投降——妥协；而他们的革命能力，从此消失。"于是"新青年"走向分化，"一派，深深地潜入于最后的唯一的革命阶级。一派，遂官僚化，与封建势力合流起来"。②

可见，后期创造社把文学革命的发生归因于资本主义的发展，而把其失败归因于帝国主义卷土重来，国内资产阶级与帝国主义、封建主义妥协，走向反动。于是倡导文学革命的知识分子的阶级属性被划定为资产阶级。李初梨认为，在文学革命走向反动之后，知识分子一批与封建势力合流，一批沉潜入作为"最后的唯一的革命阶级"的无产阶级。③

那些由进步走向反动的知识分子，即中国的资产阶级文人，依据后期创造社的论述，包括胡适、周氏兄弟、陈西滢、刘半农、汪原放等人，已然成为历史进步的巨大障碍。

2. 从文学革命到革命文学的中介：小资产阶级的代表创造社

在李初梨看来，文学革命走向反动后，"首先感觉痛苦的是小

---

① 彭康：《科学与人生观——近几年来中国思想界底总结算》，《文化批判》第2号，1928年2月15日，第26页。[] 符号为原文所有。

② 李初梨：《怎样地建设革命文学》，《文化批判》第2号，1928年2月15日，第11页。

③ 李初梨：《怎样地建设革命文学》，《文化批判》第2号，1928年2月15日，第11页。

有产者"。小有产者虽然是被压迫阶级，在文化上却是先进的，而创造社便是小有产者的代表："站在小有产者的立场，承继中国文学革命的正统，除了向封建遗制进攻之外，复执拗地反抗着官僚化了的新兴资本，毅然崛起的，是当时的'创造社'。我们知道，'创造社'是在这光荣的斗争中产生，在当时它是一个革命势力。"李初梨明确指出："至于他们当时文学上的标语，是'内心的要求'，'自我的表现'，这的确是小布尔乔亚意识的结晶。"①

冯乃超也对前期创造社做了如此褒扬。他依次评价了文坛的力量：文学研究会的叶圣陶，消极厌世，"反映着负担没落的运命的社会"，表现出"非革命的倾向"；"老生"鲁迅，反映"社会变革期中的落伍者的悲哀"；郁达夫也和他们没有区别；张资平描写小资产阶级的无聊生活，将走向"反动的阵营"中去。唯一有反抗精神的作家便是郭沫若，不仅郭沫若个人，整个"创造社的 Romanticism 运动在当时确不失为进步的行为"②，因此只有创造社继承了文学革命的"革命"血脉。

显然，李初梨与冯乃超所要表扬的对象，主要是以郭沫若和成仿吾为代表的前期创造社。但小资产阶级的局限性也是显而易见的，随着社会环境的变化，前期创造社只能走向蜕变，才可能维持其革命性。李初梨说："近几年来，封建势力的跳梁，帝国主义的榨取，更把一般的小有产者，急遽地贫困化了。于时，小有产者的文艺，遂失其发达的阶级根据。"创造社由此步入革命文学的时期："'创造社'把他最后的三个诗人，——穆木天，王独清，冯乃超，送出社会来以后，已完全地失了它革命的意义，它前期的历史的使命，已经完结。这是文学革命的后期。文学革命运动，亦于此告一段落。以后当为文学革命到革命文学的酝酿期。"③在走向革命文学的途中，李初梨举了"中国文坛的两个大家"

---

① 李初梨：《怎样地建设革命文学》，《文化批判》第 2 号，1928 年 2 月 15 日，第 11—12 页。

② 冯乃超：《艺术与社会生活》，《文化批判》第 1 号，1928 年 1 月 15 日，第 5—6 页。

③ 李初梨：《怎样地建设革命文学》，《文化批判》第 2 号，1928 年 2 月 15 日，第 12 页。

进行自己的论证。一是主张"趣味文学"的周作人，二是揭示"趣味文学"之社会根据与阶级背景的成仿吾。①一反一正的对比凸显出成仿吾的进步意义。当然，此阶段郭沫若和成仿吾所具有的革命意识并不是理想状态的，而只是自然生长的小资产阶级革命意识的体现。

在对历史的重新叙述中，后期创造社意欲实现的目的十分显明：一是建立革命文学发生的历史合法性，二是确立创造社所提倡的革命文学的正统地位。

总体来看，李初梨等对从文学革命到革命文学的发展历程所持的是三阶段论。第一阶段为文学革命阶段，可分为两期，第一期是集体革命阶段，第二期是阵营分化阶段（只有创造社承续了革命传统）；第二阶段为从文学革命到革命文学的酝酿阶段，日益贫困化的小有产者自然生长出了革命意识，代表团体是创造社，代表人物是郭沫若和成仿吾；第三阶段是革命文学阶段，出现了具有目的意识的阶级革命意识，代表团体为后期创造社。成仿吾无疑也认同此说，对于从第二阶段向第三阶段的过渡，他秉持相同的逻辑："我们的文艺现在已经到了应该实行方向转换的阶段。……过去的十余年中，在大体上，我们可以说是完成了我们的使命（在历史的必然性的观点上）。但是一切都是自然生长的。今后，我们应该由不断的批判的努力，有意识地促进文艺的进展，在文艺本身上，由自然生长的成为目的意识的，在社会变革的战术上由文艺的武器成为武器的文艺。"②而无产阶级文学发生的时间则被定义为大革命失败后，因为此时无产阶级的政治活动独立涌现。

作为贯穿前后期创造社的关键人物，成仿吾也参与到了对创造社历史地位的塑造中来。大概由于对唯物史观的掌握还不够熟

---

① 李初梨：《怎样地建设革命文学》，《文化批判》第 2 号，1928 年 2 月 15 日，第 8 页。

② 成仿吾：《全部的批判之必要——如何才能转换方向的考察》，《创造月刊》第 1 卷第 10 期，1928 年 3 月 1 日，第 7 页。

练，他没有怎么分析社会依据的问题，而直奔主题地谈了自己对新文化运动的衰落及创造社作用的认识。

成仿吾使用了与后期创造社新进成员相似的论述逻辑。他把辛亥革命后思想界的启蒙运动称为"新文化运动"，把"这种启蒙的民主主义的思想运动"所采用的表现手段称为"国语文学运动"，认为新文化运动对旧思想的否定、新思想的介绍都很不够，"运动开始不久就有所谓国学运动的出现"，导致"新文化运动不上三五年就好像寿终正寝"。①胡适等人不仅在思想方面无所成就，在文学方面也不值一提。唯一对文学做出了持续性贡献的是小资产阶级的知识分子——创造社成员：

> 他们指导了文学革命的方针，率先走向前去，他们扫荡了一切假的文艺批评，他们驱逐了一些蹩脚的翻译。他们对于旧思想与旧文学的否定最为完全，他们以真挚的热诚与批判的态度为全文学运动奋斗。②

其实前期创造社曾大力张扬浪漫主义与唯美主义，在1928年他们正式转向无产阶级文学后，这便普遍地被论敌视作他们的"黑历史"。确实，长期标榜自我表现的创造社，是怎么就能一直保持进步，并必然发展到无产阶级文学上来的呢？成仿吾做了这样的辩解：

> 有人说创造社的特色为浪漫主义与感伤主义，这只是部分的观察。据我的考察，创造社是代表着小资产阶级（Petti bourgeois）的革命的"印贴利更追亚"。浪漫主义与感伤主义都是小资产阶级特有的根性，但是在对于资产阶级

---

① 成仿吾：《从文学革命到革命文学》，《创造月刊》第 1 卷第 9 期，1928 年 2 月 1 日，第 1、3 页。

② 成仿吾：《从文学革命到革命文学》，《创造月刊》第 1 卷第 9 期，1928 年 2 月 1 日，第 3—4 页。

（bourgeois）的意义上，这种根性仍不失为革命的。[1]

可见他同样依靠资产阶级与小资产阶级之间的二元区分，把作为小资产阶级代表的创造社拯救了出来。

李初梨、成仿吾等为了把创造社塑造成文学革命的正统，对前期创造社的革命性有极高评价。只不过，如果说创造社提倡的"内心的要求""自我的表现"都是小资产阶级的"意识的结晶"，那么反动资产阶级的"意识的结晶"又是什么呢？"做小诗，讲趣味"的资产阶级文人趣味与它们区别又何在呢？为了突出创造社的革命性，他们对小资产阶级在阶级革命理论中的负面性基本不提，而只强调小资产阶级的无产阶级化。显然，这些论说是难以令人充分信服的。[2]

亦可见，宣称要"全面批判"，而且也展开了激烈批判活动的后期创造社，当面对自己的时候，是不吝表扬之词的。当然，这个"自己"，多半也是建构的产物。后期创造社的主力，和有着光荣"革命"传统的前身，并无多少实际关联。除了冯乃超曾在前期创造社刊物上发表过较多文章外，剩下几人都与前期创造社没有多少关系，而且知识背景和趣味与前期创造社成员相去甚远。当他们进入创造社之后，创造社新旧成员虽然一时团结了起来，但分裂的趋势并未停止。把他们邀请回国的成仿吾，本有可能发挥良好的中介作用，但也没能成功。当他1928年5月离开中国、撒手内部诸多矛盾的创造社时，不知是否带着某种无奈。[3]

3. 后期创造社的真实志趣与提倡革命文学的权宜性

在成仿吾看来，新文化运动中的知识阶级因为对于时代与思

---

① 成仿吾：《从文学革命到革命文学》，《创造月刊》第1卷第9期，1928年2月1日，第4页。

② 在郭沫若不久后对创造社历史地位的描述中，前期创造社所具有的便并非小资产阶级意识，而是资产阶级的意识。参见麦克昂：《文学革命之回顾》，《文艺讲座》第1册，1930年4月10日，第85—86页。

③ 参见咸立强：《寻找归宿的流浪者——创造社研究》，第258—259页。

想的了解不彻底，而且大多数是文学家，"所以他们的成绩只限于一种浅薄的启蒙，而他们的努力多在于新文学一方面。所以后来新文化运动几乎与新文学运动合一，几乎被文学运动遮盖得无影无踪；实际上，就可见的成绩说，也只有文学留有些微的隐约的光耀"①。可见，他对新文化运动主要以文学运动的方式进行很不满意，并隐然区分了文学革命与思想革命两条路径，且认为新文化运动在思想革命方面没做出什么成就。成仿吾的此一思路，显然受到了新进成员的影响，且含有为他们做推广宣传的意味。

诚然，成仿吾等确实是要搞一场轰轰隆隆的思想启蒙运动，他们对思想革命比对文学革命要有兴趣得多；但为何，他们又要重点打出"无产阶级文学"的旗帜？

从《文化批判》创刊号的内容，完全看不出这份刊物对文学有何偏重。成仿吾写作的卷首《祝词》，也宣称刊物将涵盖"政治，经济，社会，哲学，科学，文艺及其余个个的分野"，"《文化批判》将贡献全部的革命的理论"。②到了第2号，依旧是成仿吾撰写卷头语，但在提到刊物的吁求对象时，仅列出了文艺家的名号及"文艺的分野"——"文艺家处在这个重大的时期。不要忘记了他所应该完成的准备的工事。……特殊地，在文艺的分野，把一切麻醉我们的社会意识的迷药与赞扬我们的敌人的歌辞清查出来，给还它们的作家，打发他们一道去。"③第3号的卷头语照样由成仿吾撰写，同样只提到了文艺家："革命的文艺家要振作起来，巩固我们的阵营，支持我们的革命。……文艺家本身先要充实起来……文艺家必须克服一切虚无主义的妖魔，维持他对于时代的信仰。"④显然在成仿吾看来，刊物所面向的主要还是文艺界。《文化批判》

---

① 成仿吾：《从文学革命到革命文学》，《创造月刊》第1卷第9期，1928年2月1日，第1—2页。

② 成仿吾：《祝词》，《文化批判》第1号，1928年1月15日，第2页。

③ 仿吾：《打发他们去！》，《文化批判》第2号，1928年2月15日，第1—2页。

④ 厚生：《维持我们对于时代的信仰！》，《文化批判》第3号，1928年3月15日（无页码）。

的第 2—4 号也确有向文学的偏移，但哲学社会科学的内容仍然占了极大比重，其中论文的大多数都是哲学社会科学论文。全部刊物中，哲学社会科学内容所占篇幅大约一半。

这显示出，《文化批判》的内容与其接受对象之间发生了某种分裂。刊物显然是打算做成一本哲学社会科学类读物，试图在整个知识界发生影响；但从成仿吾的呼吁来看，他们也意识到《文化批判》能够发生效力的范围依然集中在文艺界。而这也说明了创造社的文学背景仍然在规约着社团的前行，后期创造社也只能借重这一传统，谋求更大发展。他们写作和翻译无产阶级文学论文，发起"革命文学"论争，与此息息相关。但这显然是权宜之计，一旦条件成熟，他们必然会脱离"文学"的羁绊。所以我们看到，后期创造社新进主力成员，除了本就是文学家的冯乃超，很快就都和文艺几乎完全脱离了关系。在 1928—1929 年间创作文艺理论文章最多，且最能代表后期创造社文学主张的李初梨，后来也并不愿意把自己和文学家的身份结合在一起。[1] 创造社元老张资平甚至直白地说："沫若，仿吾，独清对于创造社的过去历史非常尊重〈，〉常视为一个圣神的独立的存在。……又独清所称的第三期人物，如李，冯，彭，朱则只以创造社如一个工具，对于'创造社'三个字并没有像郭成那样地留意。"[2] 成仿吾 1928 年 5 月即出走，大概也有"跟不上"甚至略感无奈的心理因素作用。所以，宣扬唯物史观的文学理论当然对他们有着重要的意义，但在这些文学活动的背后，有着不容忽视的非出于自由意志的因素。后期创造社的文学观，虽然在文坛产生巨大影响，但逻辑粗糙，缺乏专业性和对文学的独到体味，与此有着直接关系。随着影响渐大，且与政党宣传系统产生关系，后期创造社很快就创办了独立的社会科学刊物。比如《文化批判》被封禁后，由朱镜我主编、后期创造社新进成员为主创群体的《思想月刊》（1928 年 8 月创刊），便基本上是社会科学杂志，作者圈的扩大显然和借重了政党

---

① 参见宋彬玉等：《创造社 16 家评传》，第 298 页。

② 张资平：《读〈创造社〉》，《絮茜》第 1 卷第 1 期，1932 年 1 月 15 日，第 185 页。

的宣传系统有关。朱镜我主编的在社会科学界颇有影响的《新思潮》杂志（1929年11月创刊），最初也是创造社刊物，创造社停止活动后被政党宣传机构吸纳，几乎完全不含文学内容。但在1927年底至次年初，对于刚进入中国文坛的后期创造社成员来说，借重创造社作为一个文学社团的巨大文化象征资本，自然更便于自身的理论宣扬。[①] 后期创造社之所以大力彰显创造社的历史意义、彰显郭沫若与成仿吾的革命性，与此也有直接的关系；更何况，"革命文学"本身也具有风靡一时的号召力。后期创造社新进成员迅速抛弃文学，自然是由他们的兴趣所决定的，但对于格外追求现实功效的他们来说，此一举动恰可说明，他们自己也并不认为文学有多么了不得的现实作用。

对于创造社所建立的历史叙述谱系，革命文学派的其他文人明确附和者不多，公开质疑者也不多，反响似乎不大。但在其中一个关键层面上，以创造社的理论批判活动为支撑，其谱系建构取得了可观的传播效果——从革命文学到无产阶级文学的历史必然性发展。这重要的一步跃进，开始被普遍认为是由后期创造社提倡而完成。此前的"革命文学"提倡，固然也有着"无产阶级"的意义，但还仅仅是"革命"文学。[②] 在这个意义上，后期创造社的起源合法性建构，取得了相当的成绩。这一建构，当然也有确实的依据。

但非革命文学派的文人，多不以创造社所建构的历史叙事为然，甚至发出了尖锐的批判之声。比如鲁迅便讥他们"招牌是挂

---

① 比如当蒋光慈遭到后期创造社批判时，钱杏邨便认为，这是创造社成员"借着自己历史的地位尽量的压迫人，致人于死地！"钱杏邨并且两次使用了致蒋光慈于死地的表述。创造社的批判对著名文学家尚可能有如此作用，其文化象征资本之雄厚可以想象。参见钱杏邨：《现代中国文学作家》（第一卷），第183页。

② 突出表现出了这一点的是太阳社的林伯修（杜国庠），参见其《1929年急待解决的几个关于文艺的问题》，《海风周报》第12号，1929年3月23日，第4—12页。甚至被创造社批判的钱杏邨也很快接受了后期创造社的基本理论前提，参见本书"结语"部分。

了，却只在吹嘘同伙的文章"①。韩侍桁则更激烈地批评道：

> 最奇怪的是，成先生所有的历史上的价值完全不承认，而可把创造社——他们自己——在历史上价值，捧得天乱落坠，人［他］们的不客气，真使我莫明其妙了！创造社在中国初期文坛上的价值，我们本来是承认，有一部份的青年的确是曾受过他们的影响，可是他们除去一点历史的意义之外，他们了不得的大作品在那里了？有什么值得这样目空一切！②

而茅盾在一年后同样尖锐地指出：

> 但是时代的前进的轮子这一次却推动了象牙塔里的唯美主义者。大概是一年以后罢，创造社有了改变方向的宣言。……健忘的成仿吾不但忘记了五年前的自己的艺术派时代的主张，（自然这个健忘是应该恭贺的），却也忘记了昨天刚学得的辩证法的Ａ·Ｂ·Ｃ……从个人主义英雄主义唯心主义转变到集团主义唯物主义，原来不是一翻身之易，所以觉得他们宣言中留着一些旧渣滓的气味，也是不足深责的。③

茅盾把创造社的转向上推至成员大批南下的 1926 年左右，在那时郁达夫确也曾发表过一篇《在方向转换的途中》④。"改变方向的宣言"大概即指此篇。但创造社整体转向马克思主义还是要到 1928 年初，茅盾称成仿吾"刚学得"辩证法也指向此时，其批判自然涵盖 1926 年至 1928 年创造社的整体活动。

---

① 鲁迅：《文艺与革命（并冬芬来信）》，《语丝》第 4 卷第 16 期，1928 年 4 月 16 日，《鲁迅全集》第 4 卷，第 85 页。

② 侍桁：《评〈从文学革命到革命文学〉（下）》，《语丝》第 4 卷第 20 期，1928 年 5 月 14 日，第 4 页。"天乱落坠"应为"天花乱坠"。

③ 茅盾：《读〈倪焕之〉》，《文学周报》第 8 卷第 20 期，1929 年 5 月 12 日，第 599—600 页。"留着"前似有一字，字形不全，难以辨识。

④ 载《洪水》第 3 卷第 29 期，1927 年 3 月 16 日，第 183—185 页。

二、革命文学的合法性论证
——从人性路径到阶级性路径的转变

一般来说，革命文学是个从字面就可获得充分理解的概念：凡为促成革命而创作的、带有或隐或显宣传性质的文学均可称为革命文学。但无产阶级文学就要复杂得多，它并非一个功能性的概念，而牵涉到创作主体、创作意识、创作题材、创作条件等层面的全方位革新。综览时人的看法，作为远景的无产阶级文学的存在被较为普遍地承认，但对当下的无产阶级文学的存在，则存在着较多激烈否定的声音。

提倡无产阶级文学的人都会认为它是革命文学的高级阶段，其依据当然在于无产阶级革命是革命的高级阶段。如李初梨1928年初所言："新兴的革命文学……它应当而且必然地是无产阶级文学。"[①]林伯修则如此总结1928年的文坛："1928年是中国普罗文学主张它的存在权的年头。……在指导理论方面，已经由'革命文学'发展到'普罗文学。'"[②]虽然文坛到了1928年之后，还在普遍使用"革命文学"的称谓，但正如革命的统一性已然破裂，"革命文学"的统一性也发生了破裂。1928年前后的"革命文学"，存在新旧混杂的两副面孔，两种截然不同的证成"革命文学"的逻辑已清晰显现。

1. 从人性路径论证革命文学的合法性

众所周知，阶级革命理论往往否定跨阶级人性，而只承认被时代与阶级所隔断的历史的、具体的人性。但在1928年前，广泛流传的论证革命文学存在合法性的方式便是诉诸普遍人性，这种论证方式和阶级性论证显然存在较大差异，在许多方面甚至尖锐

---

① 李初梨：《怎样地建设革命文学》，《文化批判》第2号，1928年2月15日，第13页。
② 林伯修：《1929年急待解决的几个关于文艺的问题》，《海风周报》第12号，1929年3月23日，第4—5页。

对立。持有这种论证方式的人虽然多半也赞同无产阶级文学，但更乐意彰显革命文学的合法性，而不是强调无产阶级文学对革命文学的超越。

首先应该注意的是成仿吾。在他较系统地接受马克思主义之前，他对革命文学合法性的论证，是典型的人性论的。在发表于1926年的《革命文学与他的永远性》一文中，他开篇即说道："文学的内容必然地是人性（human nature）。"[1]而在成氏看来，人性有积极与消极两种因素，文学的作用在于可以使积极因素占据优势地位。在一般的文学中，"人性只是被包含着，是无意识的"，革命文学则不然：

> 对于人性的积极的一类，有意识地加以积极的主张，而对于消极的一类，有意识地加以彻底的屏绝，在这里有一种特别的文学发生的可能。这便是所谓革命文学。[2]

而之所以能够成为革命文学，不在于题材是不是革命的，"只要他所传的感情是革命的，能在人类的死寂的心里，吹起对于革命的信仰与热情，这种作品便不能不说是革命的"[3]。成氏认为，文学靠了"真挚的人性，或永远的人性"，加上"审美的形式"，从而获得了永远性；"革命文学究不过在一般文学之外多有一种特别有感动力的热情"，所以可以得到下面的公式：

> （真挚的人性）＋（审美的形式）＋（热情）＝（永远的革命文学）[4]

---

① 成仿吾：《革命文学与他的永远性》，《创造月刊》第1卷第4期，1926年6月1日，第1页。

② 成仿吾：《革命文学与他的永远性》，《创造月刊》第1卷第4期，1926年6月1日，第2页。

③ 成仿吾：《革命文学与他的永远性》，《创造月刊》第1卷第4期，1926年6月1日，第2页。

④ 成仿吾：《革命文学与他的永远性》，《创造月刊》第1卷第4期，1926年6月1日，第3页。

如此生成的革命文学，具有超越"时代效力（time effect）"的意义：
"一个作品自成一个世界，他是不受时代效力的影响的，只要他能
给我们一种实在感。"①虽然成仿吾也强调在维持自我的意识和感
情的同时还须维持团体的意识和感情，显示出集体主义的影响，
但整个论证仍完全是诉诸人性的。成仿吾的革命文学论说，后来
险遭被他引入的后期创造社成员公开批判。李初梨晚年告诉采访
者，他的《怎样地建设革命文学》一文，本来"有一段批评成仿
吾的革命文学的观点，成仿吾看校样时给剪去了"②。

　　成仿吾1927年作文号召完成文学革命，虽然谈的是文学革
命，但重点强调的是赋予文学以革命的特性，以激活文学革命的
传统，所以不妨在某种程度上看作他对革命文学的设想。该文所
设想的将来的文学，是"摆脱一切不合法的既成法则与既成形式，
打倒一切浅薄无聊的趣味，以诚挚的态度深入人性之根源的，自
我表现的文学"③。成仿吾大概想不到，过不多久，"人性"与"自
我表现"的文学就会被他们弃若敝屣。而他过于突然的转身，很
快便被茅盾嘲讽道："去年成仿吾所痛骂的一切，差不多全是当初
他自己的过犯，是一种很有意味的新式的忏悔。"④而更有意味的
是，成仿吾的这种革命文学论证，1928年曾被无政府主义者点名
批判；而无政府主义者所持的论点——没有人性、只有社会性⑤，
也正在同时，被后期创造社操在手中批判梁实秋。

　　《泰东月刊》编辑、文学青年赵梓艺的论证也近似。他先立下
了文学的定义："文学就是吾人内心中真情流露的一种表现，也就

---

　　①　成仿吾：《革命文学与他的永远性》，《创造月刊》第1卷第4期，1926年6月1
日，第3页。

　　②　参见宋彬玉等：《创造社16家评传》，第307页。

　　③　仿吾：《文学革命与趣味——复远中逊君》，《洪水》第3卷第33期，1927年5
月16日，第372页。

　　④　茅盾：《读〈倪焕之〉》，《文学周报》第8卷第20期，1929年5月12日，第597页。

　　⑤　参见谦弟（张履谦）：《革命文学论的批判》，《现代文化》第1卷第1期，1928
年8月1日，第39—48页。

是吾人生活的一种反映；它的整个的生命，它的唯一的原动力，就是人内心的活动。"那么文学自然是人性的产物了，赵梓艺或许参考了两年前成仿吾的论证，也要谈文学的永远性问题，而且都将其归诸人性。但他没有把人性区分为积极与消极两种因素，而认为"人性是活动的，是向上的"，所以要把所受的刺激和对现状的不满表达出来，从而实现文学的永远性。① 正因为"去旧更新而寻找安逸和幸福的活动是人生的本性，文学也根据了它生成的基本性质而负有这种革命的责任，所以革命性也是它不可缺少的一种本性了"②。借此，赵梓艺完成了文学与革命的对接。人性是革命的，所以文学也是革命的。

对于文学与时代的关系，赵梓艺认为文学既"是现时代的产儿"，又是"现时代的生母"，可见也认可革命文学的先驱性。但值得注意的是，赵梓艺并未把论证指向无产阶级文学，而号召创造"全民的文学"："我们就应当赤裸裸的把我们的人生呈现出来，吹送到民间去，再把民间的真情吸收来，使它溶合在一气，探讨出一个共同的目标来，以成功我们全民的文学，而享受我们人生应有的幸福。"③ 提倡革命的全民文学是《泰东月刊》的"官方"立场，虽然该刊也不反对无产阶级文学，并时有论及，但并不像革命文学派那样赋予无产阶级文学以唯一的合法性。

《泰东月刊》的另一名编辑、中共党员范香谷则格外强调了情感在沟通文学与革命过程中的重要性，观点与蒋光慈接近。范香谷认为，革命与文学之所以能够相通，在于二者都是情感的产物：

> 难道在这么一个洪水横流的时代，一个由社会上革命的青年，而形成一个共通的情感的革命文学，竟没有这么一回事，从事于文艺的人，便不是真正革命的青年，革命与文艺将变成

---

① 梓艺：《文学的永远性》，《泰东月刊》第1卷第6期，1928年2月1日，第1—2页。

② 梓艺：《文学的永远性》，《泰东月刊》第1卷第6期，1928年2月1日，第3页。

③ 梓艺：《文学的永远性》，《泰东月刊》第1卷第6期，1928年2月1日，第2—5页。

背道而驰的两件事，有这个道理吗？

　　我相信这个完全不成问题，没有情感的人绝对做不出好作品，没有情感的人，也绝对不能戏［献］身于革命，原则上的相通我们是早已知道的。①

据此，范香谷特别强调了革命情绪在革命文学创作过程中的重要性，并声明仅仅"从理智方面认识了革命的必要"是不够的，还必须有"革命的情绪"的"突起"和"高涨"，必须实际和民众发生联系，把革命的要求变成"如饥如渴非如此不可的一种欲望"，否则便只是"理论家，临阵脱逃的懦夫，而不是革命家，扑上前敌的勇士"。②范香谷的上述认识和蒋光慈几乎完全一致。而蒋光慈集中表达这一观点的文章也发表在1928年的1月1日，此一巧合耐人寻味。③

　　其实，范香谷在前一期《泰东月刊》上已经论及上述情感中介性观点："革命的文学是时代的文学，时代的思潮是不可遏抑的，这洪水般的狂澜，泛滥在社会上，自然就会生出一种普遍性的情感；这情感的具体表现，便是革命文学。"④但是他针对很多人质疑革命文学时所持论据"文艺是情感的自然流露"，特意强调了情感应该受到正确的思想引导，这正确的思想便是革命的彻底的思想："没有澈底的思想，便没有正确的情感，也绝对做不出真

----

① 香谷：《革命的文学家！到民间去！》，《泰东月刊》第1卷第5期，1928年1月1日，第5页。

② 香谷：《革命的文学家！到民间去！》，《泰东月刊》第1卷第5期，1928年1月1日，第6页。

③ 蒋光慈的类似说法参见其《现代中国文学与社会生活》，《太阳月刊》第1期，1928年1月1日，第7—8页。范香谷1928年7月曾和太阳社成员在一个党小组活动，多半也加入了太阳社。《泰东月刊》上发表了不少太阳社成员的文章，应与其有关。参见张广海：《左联筹建与组织系统考论》，杭州：浙江大学出版社，2018年，第70页。

④ 香谷：《关于"革命文学"的几句话》，《泰东月刊》第1卷第4期，1927年12月1日，第27页。

正的革命文学。"①这两篇文章之间显然存在张力，放到一起才能更全面把握他的想法；但即便情感需要受到思想的规训，革命文学仍然是"普遍性的情感"的"具体表现"，也正是在这一点上它才与革命相通在一起。而这一立基于人性之"同感"或"同情"的革命文学认识，其实也是大革命时期革命文人的共识。②

2. 从阶级性路径论证革命文学的合法性

对马克思主义有深入研究的后期创造社，在论证革命文学的合法性时，自然会追查到文学背后的决定者——时代的经济状况，再落实到社会关系层面，则是阶级斗争。要证明无产阶级革命文学存在的合法性，则须证实文学乃是社会条件与阶级斗争的决定物。李初梨在谈到资产阶级文艺批评有倾向于客观与主观的两种方法时，即设问道：

> 那么，普罗列塔利亚文艺及批评，在这两种对立的范畴间，是应该属于那一种？
> 这个问题，也不是我们所能任意选择，而为我们所处的这个时代，这个社会底种种条件所决定的。③

从"社会底种种条件出发"，李初梨认为"一切意识份子""一切精神的活动"都应该集中在"普罗列塔利亚解放底这一点"。他由此得出"艺术是阶级对立的强有力的武器"的观点。④对艺术作用如此高度的强调或许与唯物史观有些隔阂，但不难看出无产阶级

---

① 香谷：《关于"革命文学"的几句话》，《泰东月刊》第1卷第4期，1927年12月1日，第28页。

② 更详细的论证，参见张广海：《从"同情文学"到"阶级意识"的文学——1920年代革命文学情感模式的生成与嬗变》，《浙江学刊》2020年第2期，第42—52页。

③ 李初梨：《普罗列搭利亚文艺批评底标准》，《我们月刊》第2期，1928年6月20日，第2页。

④ 李初梨：《普罗列搭利亚文艺批评底标准》，《我们月刊》第2期，1928年6月20日，第3页。

革命文学的证成之途。

冯乃超依照相同逻辑的论证则更加细致。在长篇论文《文艺理论讲座》一开头，他即重点讲解了"文艺和经济的基础"之间的关系，并批驳了"文艺是人性的表现，时代精神的表现"等许多主张的"漠然不实切"，"对于文艺之历史的发展的盲目"。[①]物质生产固然是最终的决定因素，但冯乃超援引朱镜我所翻译的马克思《剩余价值理论》中的论述，主张以具体的历史形态为中介来认识文艺：

> 要想观察精神的生产与物质的生产之关系，最要紧的不是单以物质的生产当作一般的范畴就算了事，却有在一定历史形态里去把握物质的生产之必要。所以，例如资本家的生产样式与中世的生产样式对应着别种不相同的精神的生产。若不在它的特殊的历史形态去理解物质的生产本身，那就不能理解与物质的生产相对应的精神的生产之决定者及双方之互相作用。[②]

冯乃超把历史形态作为文艺产生的原因，克服了追查经济基础将导致的过分间接，使得论证更有说服力。但是他把具体的历史形态等同于阶级分裂和斗争，则又极大窄化了"历史形态"的内涵："精神上的斗争，嗜好趣味之不同，这些现象都依存于阶级的分裂这事实里面。除原始社会以外，如果离开在社会内部之阶级斗争，当然不能够理解这社会内之精神的种种现象。阶级斗争使各阶级的心理受其影响。"[③]

---

① 冯乃超：《文艺理论讲座（第一回）》，《拓荒者》第1卷第1期，1930年1月10日，第331—332页。

② 冯乃超：《文艺理论讲座（第一回）》，《拓荒者》第1卷第1期，1930年1月10日，第339页。今译参见［德］马克思：《剩余价值理论》，《马克思恩格斯全集》第33卷，北京：人民出版社，2004年，第346页。

③ 冯乃超：《文艺理论讲座（第一回）》，《拓荒者》第1卷第1期，1930年1月10日，第338—339页。

阶级文艺当然也追求组织感情，但不同阶级属性的文艺显然是对立的："艺术是感情社会化的手段，组织感情的方法，某一阶级用它来维持其统治，而某一阶级则用它来求解放。"①那么，"发扬人性"的"人类底艺术"可能存在吗？在批评向培良的人性论艺术观时，冯乃超指出，只有等到"没有阶级的分裂"的"美好时候"（即共产主义社会），当"人类整个'意识的联合起来'的时候"，才能够存在。而现在，必须"经过阶级艺术的过程"。②

在上述论证中，文学的属性被具体的社会条件——阶级斗争所决定，文学不能脱离阶级斗争，所以文学必然从属于某一阶级，或是统治阶级，或是被统治阶级。在阶级社会，任何跨阶级的文艺与情感都难以证明自己的合法性。

要而言之，文学是时代的决定物，时代既经给定，文学难逃革命的任务与阶级的属性。自然，这种对文学的合法性要求既奠基于时代、物质以及阶级决定论，也难免经常深切地联系于文学的伦理准则。对于深度参与了大革命的文人来说，尤其如此。比如潘梓年也认同"文学这东西，完全是时代思潮和现实生活互相激荡出来的"，虽然文学有超越于生活的意义，但仍然被时代所决定："无产阶级文学的应讲不应讲决不以其名称的刺心与否做条件，要以其本身是否是思潮的飞沫，生活的反映来决定。"③所谓"思潮"，指的是阶级斗争学说；所谓"生活"，则指中国的阶级存在。这些在潘梓年看来都已是不争的事实，也是无产阶级文学不容否定的根本之所在。但是，在他看来，或许更足以说服人的论证方式仍是诉诸道义与"同情"：

　　所谓提倡无产阶级文学，也不过是说，文学者今后应当集

---

① 冯乃超：《人类的与阶级的——给向培良先生的〈人类底艺术〉的意见》，《萌芽月刊》第1卷第2期，1930年2月1日，第36页。

② 冯乃超：《人类的与阶级的——给向培良先生的〈人类底艺术〉的意见》，《萌芽月刊》第1卷第2期，1930年2月1日，第33页。

③ 弱水：《谈现在中国的文学界》，《战线》第1卷第1期，1928年4月1日，中国社会科学院文学研究所现代文学研究室编：《"革命文学"论争资料选编》（上），第282页。

中其注意，贯注其精神，于那些大贫人的生活状态，用同情的笔尖尽量地表现出他们的意识，使衮衮诸公有所借镜；不要再象先前那样，只沉溺在所谓伤感，趣味，享乐等等个人主义的挥发中……①

在另一名疾呼无产阶级革命文学的作家黄药眠笔下，革命文学的"人性"特质被保留得更为明显。在呼吁文艺家站在无产阶级一边来，创作"表现出无产者的疾苦、提醒他们阶级的意识"的文学时，黄药眠选择诉诸"人的心肠"：

> 在这一方面是一些终日在工厂里匍匐蠕动，汗流浃背，面目黧黑的工人，一些衣衫褴褛，胼手胝足，终日牛马般在田里工作的农人，和一些僵卧在贫民窟里的草荐上，以拾着残羹冷饭为生的穷汉；而在那一边则是一些锦衣玉食，口含雪茄，手挥Stick日出入于舞场戏院顾盼自豪的富人公子。……假如他（文艺家——引者）都真的还有人的心肠，那么我们就唯有请他到这边来，同工人农人的利害结在一起！②

论述虽然立足于阶级分裂的前提，但背后预留了一块未被分裂的人性领域，因而难免和冯乃超的论述存在龃龉。最后他向"人的心肠"发出呼吁，殊不知阶级理论首先要解构的便是普遍的"人的心肠"，而代之以各阶级自己的心肠。这或可说明，投身革命可能并非主要出于对阶级理论的信仰，"同情"也与有功焉。诚如郑振铎所言，投身革命多因"动了人道的感情"，"至于因确信马克思的唯物史观而趋向于社会革命的路上走的，恐怕是很少"。③

人道主义与"同情"虽然可以成为无产阶级革命文学发展的重要助力，但在文学的阶级特性日渐分明之后，在阶级情感分裂

---

① 弱水：《谈现在中国的文学界》，《战线》第1卷第1期，1928年4月1日，中国社会科学院文学研究所现代文学研究室编：《"革命文学"论争资料选编》（上），第283页。

② 药眠：《文艺家应该为谁而战？》，《流沙》第5期，1928年5月15日，第24—25页。

③ 西谛：《文学与革命》，《文学旬刊》第9号，1921年7月30日，第1页。

理论成为革命的原动力之后，若仍不加限定地施用，将难逃被批判的命运。比如到了 1930 年，在鲁迅主持的刚成为"左联"机关刊物的《萌芽月刊》上，复旦大学旁听生程沙力先引述复旦大学教授谢六逸在课堂上拥护大众文学的言论——"能使'大众'发生同感的，这作品必然是'超阶级的'"，继而批判道：这种言论属于"盲目的喊着大众"，源于他"一味的阶级性的隔漫"。[①]

3. 两种论证路径之比较

可见，人性论的革命文学证成路径，致力于从文艺的人性、情感性上立论，以证明文学与革命的相通，进而生成革命文学，甚至无产阶级文学。这种论证即便强调革命文学需要革命思想或集体主义的指导，但仍然强调文学作为情感产物的特质，甚至强调文学表达的情感可以实现人性的相通，而且正是这种相通才实现了革命文学的"永远性"。阶级论的革命文学证成路径，则把革命文学的合法性奠基在物质决定论上，进而将物质条件落实为阶级斗争，依据的是意识形态被阶级斗争所决定的原理。文学也因而是阶级分裂在意识形态领域的一种表现，承载着彼此对立、不能互通的阶级情感，革命文学专指无产阶级文学。

相较而言，人性论的路径并不预设人性因素在阶级间的分裂，不倾向于认可革命文学映射了阶级之间的分裂，反而认为它促成了不同群体之间情感的融通，所以这种论证并不一定指向阶级文学。就对革命的宣扬而言，前一种路径更注意文艺的情感特性，似乎更有说服力；但就对阶级斗争理论的宣扬而言，则不具备阶级斗争原理所必需的元素，从而不能更有效地起到鼓动阶级斗争的作用，论证能力又明显不及后者。依此反观处于"革命文学"论争前端的创造社与太阳社的论争，即可明了，在"无产阶级文学"取代"革命文学"已经成为大革命失败后共产主义文人普遍选择的境况下，太阳社在论争中的失败，不管是在组织上，还是在思

[①]　力次（程沙力）：《注射与反应》，《萌芽月刊》第 1 卷第 5 期，1930 年 5 月 1 日，第 320—321 页。

想逻辑上，都已然注定。经历对内与对外的双重批判后，无产阶级文学在中国文坛迅速崛起。以一种必要的方式肃清"革命文学"中遗留的"同情"等"人道主义"残余，同时以一种必要的方式唤起并整理阶级内部的情感与意识，将成为日后不断发展的无产阶级文化革命事业的重要内容。

三、在文学的普遍人性与阶级性之间
——左翼与梁实秋之争

1. 马克思主义视域中后期创造社对抽象人性的批判

马克思主义并不否定人性的存在，只是否定脱离具体社会关系的抽象的、绝对的人性。依照马克思的认识："人的本质不是单个人所固有的抽象物，在其现实性上，它是一切社会关系的总和。"①正因此，人的存在有着规定性，它取决于人自身的"生产"："个人是什么样的，这取决于他们进行生产的物质条件。"②而提到生产活动，首先遇到的便是人与自然的关系问题。马克思《1844年经济学哲学手稿》论述的核心是私有制对人造成的异化，其中的关键环节便涉及人与自然的关系。在马克思看来，人自身的本质力量蕴藏于人类的对象化物体——自然身上，正是在这种对象化过程中，人的本质得到确证，人才真正地成为一个"类存在物"。而人作为一个"类存在物"，要求"人把自身当作普遍的因而也是自由的存在物来对待"。其依据又在于作为人类本质性特征的"生产活动"——劳动——是一种自由的和有意识的活动，人类活动从而可以与动物活动区分开来。③

马克思的论述极强地预设了人与动物之间"类"的区分，预

---

① ［德］马克思：《关于费尔巴哈的提纲》，《马克思恩格斯选集》第1卷，第56页。

② ［德］马克思、［德］恩格斯：《德意志意识形态》，《马克思恩格斯选集》第1卷，第68页。

③ ［德］马克思：《1844年经济学哲学手稿》，北京：人民出版社，2000年，第56—57页。

设了人的自由的类本质性。这种类本质性，即人性。马克思认
为，在阶级社会人性处于异化状态，只有到了共产主义社会，
才能扬弃异化，实现"人向自身、向**社会的**即合乎人性的人的复
归"①。显然，马克思理论中的"人"是处于"社会联系"之中的
人，人也正是在其中实现自己的本质。通过劳动和生产实践，人
和社会、自然产生的交互关系构成人的本质。所以马克思格外反
对抽象的人的概念：

> **人的本质是人的真正的社会联系**，所以人在积极实现自己
> **本质**的过程中**创造**、生产人的**社会联系**、社会本质，而社会本
> 质不是一种同单个人相对立的抽象的一般的力量，而是每一个
> 单个人的本质，是他自己的活动，他自己的生活，他自己的享
> 受，他自己的财富。……人——不是抽象概念，而是作为现实
> 的、活生生的、特殊的个人——**都是**这种存在物。这些个人**是
> 怎样的**，这种社会联系本身就是怎样的。②

其实不仅抽象人的概念，一切绝对的和超历史的形而上理念，都
与马克思的理论逻辑抵触。

马克思对人的本质力量的强调，由于客观条件的限制，长期
未进入中国马克思主义者的视野。马克思所强调的人的社会性和
阶级性，以及对抽象人性的批判，则构成了中国早期马克思主义
者的理论核心。

后期创造社很少直接论述人性问题，但他们所依据的唯物辩
证法，格外强调对抽象和绝对理念的反对。比如彭康说："唯物的
辩证法本告诉我们：世界上没有绝对的东西，一切都是有限的。
这些有限的事物发展到某种程度，会奥伏赫变自己，推移到它
底对立物。"③朱镜我也讲："漠视某一种事象底具体的现实的内
容，专心埋头于超时空的抽象的形式底思索，是号称理论家，学

---

① ［德］马克思：《1844 年经济学哲学手稿》，第 81 页。

② ［德］马克思：《1844 年经济学哲学手稿》，第 170—171 页。

③ 彭康：《唯物史观的构成过程》，《文化批判》第 5 号，1928 年 5 月，第 15 页。

者——其实就是布尔乔亚的代辩者，至少在无意识地支持着布尔乔亚的社会。——所常取的态度。"① 并指出："所谓普遍妥当的价值，永久不变的价值，作为当为 Sollen（应然——引者）的价值，这一切的价值概念，不消说的，是空虚的，观念论的，理论的游戏的产物。"② 李铁声翻译的布哈林《辩证法的唯物论》同样指出："拥护'神圣的传统'，是布尔乔亚泛绝对需要的。从这种见解首先便发生如次的事情：把在某一历史的阶段上才发生出来的现象，视为永久的，从上帝所赐的，故视为是难于征服的东西。"③ 在具体的时空关系中理解和界定事物与现象，是他们主张的要点。

李初梨翻译的德波林的《唯物辩证法精要》一文，也清楚地表述了反对抽象和普遍概念的辩证法原理，提出了普遍和特殊相统一、普遍只能作为"个别"而存在的主张：

> 普遍，决不是空疏的抽象的同一性，而是包含着特殊与个别，——即区别与对立的。
>
> 普遍与特殊，乃并存于一统一之中，而此统一，正是一个特殊的，个别的。所以普遍，只能于个别中，及与特殊结合，方能实现自己。没有即自的家屋与人，只有一定的人，与一定的家屋。所以，个别现为普遍，普遍现作个别。④

其中所谓"空疏的抽象的同一性"，恰好可以用作左翼文坛对梁实秋观点的概括。"没有即自的家屋与人，只有一定的人，与一定的家屋"，又何谈"普遍固定之人性"？

彭康也提出了人性因实践和劳动而改变的观点。他指出，空想社会主义者批判资本主义社会、以理想构造社会之所以未能成

---

① 朱镜我：《德模克拉西论》，《文化批判》第 5 号，1928 年 5—6 月间，第 17 页。

② 谷荫：《中国目前思想界底解剖》，《世界文化》第 1 期，1930 年 9 月 10 日，第 2 页。

③ [苏]布哈林：《辩证法的唯物论（续）》，李铁声译，《文化批判》第 4 号，1928 年 4 月 15 日，第 35 页。

④ [苏]德博林：《唯物辩证法精要》，李初黎译，《文化批判》第 5 号，1928 年 5—6 月间，第 76—77 页。

功，原因即在于他们"常以人性的考察为出发点，援用这个人性来说明本质上是可变的人类历史的运命，但却不知道人类因劳动对于自然的活动能引起他自身性质的变化，因此，人性也有它自身变化的历史。所以用人性来说明历史的变化，而变化是从何处来的这个问题还是没有得到解答"①。在批判"新月派"的人权运动时，彭康再次强调："人是生活在社会中的，他决不是孤立的东西，他是社会关系的总体。……人是属于社会，更具体地说，便是他属于那个阶级。这样，我们不知道有什么抽象的人，因此，也就不知道有什么抽象的人权。"②

所以，后期创造社依据唯物史观、辩证法、实践论完成了对脱离历史和社会条件的抽象普遍理念以及抽象"人"的批判。不仅人性是历史的产物，一切思想和意识因素，也都是历史的产物。它们的产生取决于物质行动和被生产力决定的社会条件：

> 思想、观念、意识的生产最初是直接与人们的物质活动，与人们的物质交往，与现实生活的语言交织在一起的。人们的想象、思维、精神交往在这里还是人们物质行动的直接产物。表现在某一民族的政治、法律、道德、宗教、形而上学等的语言中的精神生产也是这样。人们是自己的观念、思想等等的生产者，但这里所说的人们是现实的、从事活动的人们，他们受自己的生产力和与之相适应的交往的一定发展——直到交往的最遥远的形态——所制约。③

物质生产决定意识生产，特定的历史条件和社会条件只能生成特定的意识观念。此一马克思主义的基本原则，若再叠加下述认识，即同一阶级的人生活在相同的社会条件之下，并与其他阶级相异，就很容易生成下述观点：人的情感与道德都是特定社会条

---

① 彭康：《唯物史观的构成过程》，《文化批判》第5号，1928年5—6月间，第9页。

② 彭康：《新文化运动与人权运动》，《新思潮》第4期，1930年2月28日，第18页。

③ ［德］马克思、［德］恩格斯：《德意志意识形态》，《马克思恩格斯选集》第1卷，第72页。

件的产物,不同阶级的人,情感与道德均不相同,甚至难以相通。

情感的相对性问题,马克思和恩格斯很少论及,大概因为它不易把捉,个体性和不确定性太强,离物质关系太远;而道德作为有系统性的意识形态,其相对性则被他们多次论及。比如在恩格斯的早期著作中,便有这样的表述:

> 资产阶级和地球上所有其他民族的相近之处,都要多于它和它身边的工人的相近之处。工人比起资产阶级来,说的是另一种方言,有不同的思想和观念,不同的习俗和道德原则,不同的宗教和政治。这是两种完全不同的人,他们彼此是这样地不同,好像他们属于不同的种族。①

在《路德维希·费尔巴哈和德国古典哲学的终结》中,恩格斯也曾提及:"实际上,每一个阶级,甚至每一个行业,都各有各的道德。"② 为了说明道德的阶级性,同时批判费尔巴哈的泛爱论,恩格斯还特意引用了费尔巴哈的话来证明自己,以增强说服力,其中一句便是:"皇宫中的人所想的,和茅屋中的人所想的是不同的。"③ 其实也可见,虽然谈的是道德,但由于道德与情感难以分割,道德相对论和情感相对论并没有明晰的界限。

恩格斯的晚期名作《反杜林论》对道德的历史、地域和阶级相对性有着更充分和系统的论述。针对社会主义改革家杜林的道德普遍性认识,恩格斯指出:

> 善恶观念从一个民族到另一个民族、从一个时代到另一个时代变更得这样厉害,以致它们常常是互相直接矛盾的。……

---

① [德]恩格斯:《英国工人阶级状况》,《马克思恩格斯文集》第1卷,北京:人民出版社,2009年,第437—438页。

② [德]恩格斯:《路德维希·费尔巴哈和德国古典哲学的终结》,《马克思恩格斯选集》第4卷,第240页。

③ [德]恩格斯:《路德维希·费尔巴哈和德国古典哲学的终结》,《马克思恩格斯选集》第4卷,第238页。

首先是由过去信教时代传下来的基督教的封建的道德……和这些道德并列的，有现代资产阶级的道德，和资产阶级道德并列的，又有未来的无产阶级道德，所以仅仅在欧洲最先进国家中，过去、现在和将来就提供了三大类同时和并列地起作用的道德论。①

但恩格斯也指出，各种道德之间难免有"共同的东西"，这因为它们"有共同的历史背景"："对同样的或差不多同样的经济发展阶段来说，道德论必然是或多或少地互相一致的。"② 不过因为"阶级对立"的普遍存在，道德仍然是附属于阶级的：

> 我们断定，一切以往的道德论归根到底都是当时的社会经济状况的产物。而社会直到现在是在阶级对立中运动的，所以道德始终是阶级的道德；它或者为统治阶级的统治和利益辩护，或者当被压迫阶级变得足够强大时，代表被压迫者对这个统治的反抗和他们的未来利益。③

很明显，恩格斯表面所据是唯物史观，根柢则是阶级理论。马克思对阶级社会中人类道德（"良心"）的对立性也有论述：

> 良心是由人的知识和全部生活方式来决定的。
> 共和党人的良心不同于保皇党人的良心，有产者的良心不同于无产者的良心，有思想的人的良心不同于没有思想的人的良心。一个除了资格以外没别的本事的陪审员，他的良心也是受资格限制的。
> 特权者的"良心"也就是特权化了的良心。④

---

① ［德］恩格斯：《反杜林论》，《马克思恩格斯选集》第 3 卷，第 433—434 页。

② ［德］恩格斯：《反杜林论》，《马克思恩格斯选集》第 3 卷，第 434 页。

③ ［德］恩格斯：《反杜林论》，《马克思恩格斯选集》第 3 卷，第 435 页。

④ ［德］马克思：《对哥特沙克及其同志们的审判》，《马克思恩格斯全集》第 6 卷，北京：人民出版社，1961 年，第 152 页。

朱镜我也在阶级分裂的视野下考察过道德问题。在《关于精神的生产底一考察》一文中，他特别论述了现存的居支配地位的道德观念不过是统治阶级的特殊利益的产物，是为了缓和阶级斗争的欺骗：

> 阶级间及阶级的内部，职业及诸团体间的不断的利害相反及对立，要求种种的缓和剂——即道德律，礼仪等——去救济及防卫。……
>
> 这种种的社会生活的缓和剂的道德规范等等……终至成为一种有组织的，有系统的人生观，道德律等等，带着神秘的色彩，永久的神性，君临地支配人间的生活。卒之合于这个道德的一切是道德的，不合于它的就是不道德的等等了。像这样的渐次地形成的道德规范，一经成就了有组织的体系以后，就带着神性不可侵犯的性质的事实，我们可在一切的——尤其是支配者的——意识形态去看取的。①

因此，道德的"神性""不可侵犯的性质"不过是骗局而已。统治阶级不仅要使用道德观念，还要使用一切意识形态手段赋予其阶级利益以永恒性与共通性的假象：

> 因为，在阶级社会的行程中，社会底各阶级虽皆以自阶级底特殊的生活条件为根柢而创造自己独特的意德沃罗基，但是，为洞察支配的优势的阶级，使自己的阶级的利益着上一种视［观］念的形式的衣裳，使之获得一种全世界的意义，膺［赝］造一种它是共通于一切的时代及一切的人类的东西之幻想，强制全社会去信仰，去服从之事，不是一种什么困难的事业。②

---

① 朱镜我：《关于精神的生产底一考察》，《文化批判》第 4 号，1928 年 4 月 15 日，第 20—21 页。

② 朱镜我：《关于精神的生产底一考察》，《文化批判》第 4 号，1928 年 4 月 15 日，第 27 页。

　　朱镜我并且还引述了马克思和恩格斯在《德意志意识形态》中关于观念阶级性的论述:"观念底历史所证明的,精神的生产不都是随着物质的生产而变化么? 一时代的支配的观念总不外是支配阶级的观念。"于是他得出结论:

> 　　所以说: 种种的固有地形成的感情,幻想,思维方法及人生观念底全部的上部构造都发生于种种的所有形式,社会的生存条件之上。一切的阶级都从自己的物质的根基及照应于此的社会的关系去创造及形成此种种的上部构造。①

　　可见,举凡"感情,幻想,思维方法及人生观念全部的上部构造"等都被阶级分裂所隔断,整个世界和生活系统都被分成了对立的两个。在阶级社会中,任何跨阶级的同一性都意味着幻想和欺骗。所以当看到郁达夫提倡"大众文艺"时,彭康马上意识到"大众"(People)不过是个幻觉,于是着力对其进行解构,确证人的思想与感情都因阶级而异:

> 　　在历史过程中的社会不是单纯的一体的社会而是分化非常复杂的,许多生活条件不同的群集的总体。这种群集,因为它底生活条件不同,它底思想,感情也不同。思想不同,它底对于社会的认识及评价也两样;感情不同,美的要求及美的感受性当然也不一致。这些一切都不同的社会群集,在经济的基础上,即在生产手段的所有上,成为社会的阶级。社会是由阶级构成的,阶级的斗争促进社会的发展,这是自然的必然的本质上的真相。所以我们在社会里看到的只是阶级,People这个抽象的东西只是一个空洞的名字。②

---

　　①　朱镜我:《关于精神的生产底一考察》,《文化批判》第4号,1928年4月15日,第28页。

　　②　彭康:《革命文艺与大众文艺》,《创造月刊》第2卷第4期,1928年11月10日,第120页。

2. 左翼文学家与新月派的最初交锋

所谓"新月派",大致可以指先后活跃于 1926 年 4 月 1 日创刊的《晨报副刊·诗镌》、1928 年 3 月 10 日创刊的《新月》上的作者同人群体。[①] 前后期新月派的核心成员多有重合,在徐志摩遇难前,也都以他为灵魂人物。新月派虽没有明确的思想指导和组织结构,不过成员以英美留学生为主导,有普遍的自由主义倾向。梁实秋在前后期均有活动,且是后期的核心人物之一,因其十分不满左翼文学家的言论,故而以《新月》为阵地与左翼文学家展开了激烈论战。

与梁实秋发生了激烈论争的主要是后期创造社与鲁迅。鲁迅与梁实秋的正面交锋,肇始于梁实秋于 1927 年 6 月化名徐丹甫发表《北京文艺界之分门别户》一文,其中对鲁迅作了较尖锐的批评,称"鲁迅先生的特长,即在他的尖锐的笔调,除此别无可称",鲁迅亦于不久后回击。但梁文并不以鲁迅为主要批判对象,而对包括胡适在内的京城文坛众多名家都做了辛辣批评,且对鲁迅也有肯定之处(如云其"杂感作品的确是很精采")。[②] 鲁迅应该也不知道徐丹甫即梁实秋,且其回应基本是澄清事实。[③]1927年底,鲁迅和郁达夫联手批判了梁实秋依据白璧德的学说对卢梭的贬低,其中已涉及"革命文学"论争中若干相持不下的基本问题,才正式将二人论辩的帷幕拉开。而创造社元老——郭沫若和成仿吾,与徐志摩在 1923 年就曾结怨(因徐志摩批判郭沫若情感自述过分夸张而起),后来虽经和解,芥蒂并未完全消除。[④] 再加上日益革命化的创造社成员,1926—1927 年间开始大力批判北京

---

① 参见付祥喜:《新月派考论》,北京:中国社会科学出版社,2015 年,第 61—70 页。

② 徐丹甫:《北京文艺界之分门别户》,《时事新报·学灯》,1927 年 6 月 4 日,第 2 张第 4 版。鲁迅所见者,为香港《循环日报》1927 年 6 月 10、11 日的转载版。

③ 参见鲁迅:《略谈香港》,《语丝》第 144 期,1927 年 8 月 13 日,《鲁迅全集》第 3 卷,第 448 页;《通信》,《语丝》第 151 期,1927 年 10 月 1 日,《鲁迅全集》第 3 卷,第 467 页。

④ 参见刘群:《饭局·书局·时局——新月社研究》,武汉:武汉出版社,2010 年,第 34—38 页。

文学圈的趣味主义，新月派自然难逃被批。比如成仿吾就说道："特放异彩的是志摩的古装复辟，他的忠肝义胆应可光耀日月。不过志摩这人有的是钱，有的是闲暇，论起他的高怀逸志来，就是恢复竹书与结绳也不足多怪。"① 不过当时成仿吾的关注点更多在以周作人和鲁迅为代表的语丝派上，对新月派的批判尚不多。到了宣称全面批判的后期创造社时期，对新月派的批判才逐渐多了起来。

在创造社转向后的首期刊物上，郭沫若化名麦克昂写作了《英雄树》一文，用一小节的篇幅讽刺了"新月"：

> 你们要睡在新月里面做梦吗？
> 这是很甜蜜的。
> 但请先造出一个可以睡觉的新月来。②

不过言辞还算委婉。后期创造社新进成员对梁实秋就毫不客气了。《文化批判》第 2 号刊末《编辑杂记》，对梁实秋进行了不点名的人身攻击："我们不是要专把一些枯燥的理论与陈旧的史实，像那些不知人间何世的狗教授与鸟记者们反复着'浪漫的'与'古典的'一般，重苦我们的读者。"又曰："我们不是要同那些狗教授一般，把讲义簿子念给大家听。"③ 梁实秋 1927 年 8 月曾在新月书店刊行评论集《浪漫的与古典的》，所以虽未点名，与点名也无异。攻击如此激烈，多半源于梁实秋在该书中痛诋了中国文坛的浪漫主义倾向。虽然同样未点创造社之名，但锋芒所向自昭昭然。

到了《文化批判》第 3 号，郭沫若对徐志摩的批判突然严厉了起来，甚至认为徐志摩是比语丝派还要反动的"有意识的反革命派"。"语丝派的'趣味文学'是资产阶级的护符"，"但是语丝派的不革命的文学家，我相信他们是不自觉，或者有一部分是觉

---

① 参见仿吾：《完成我们的文学革命》，《洪水》第 3 卷第 25 期，1927 年 1 月 16 日，第 1 页。

② 麦克昂：《英雄树》，《创造月刊》第 1 卷第 8 期，1928 年 1 月 1 日，第 5 页。

③ 《编辑杂记》，《文化批判》第 2 号，1928 年 2 月 15 日，第 135—136 页。

悟而未彻底。照他们在实践上的表示看来倒还没有什么积极的反革命的行动"。而他要揭露"一派积极的有意识的反革命派的文学观来检点一下",这一派的代表即是——

　　研究系的文学小丑徐志摩——他和他第X次的爱人听说在上海串演过一次《小放牛》,不消说他演的是小丑——在他和某女士合译的小说《玛丽玛丽》上,他明目张胆的说:
　　"现代是感情作用生铁门笃儿主义打倒一切的时代,为要逢迎贫民主义(?)劳民主义(?)起见,谁敢不呐喊一声'到民间去',写书的人伏在书台上冥想穷人饿人破人(?)败人(?)的生活,虽则他们的想像(应该作'想像力',不然不通——麦注)正许穷得连穷都不能想像,他们恨不能拿缝穷婆(?)的脏布来替代纸,拿眼泪与唾沫来替代字,如此更可以直接的表示他们对时代精神的同情。"
　　你看他,这是多么可怜的一种王婆骂街或者小丑式的表白呦!①

徐志摩认为,对穷人生活惨境的渲染是一种"生铁门笃儿主义"。所谓该主义,今日通译"感伤主义"(sentimentalism),主要指欧洲启蒙运动时期流行的一种文学思潮,由英国作家斯特恩的小说《感伤的旅行》而得名。文化史家巴尔赞在谈论感伤主义小说时,指出"感伤"不是"滥情"或"用错了地方的感情",其确切含义是:

　　感伤是把行动拒之门外的感情,无论是真正的还是潜在的行动。它是自我中心的一种想象。威廉·詹姆斯举例说一位女士为台上女主角的苦难流泪,却不管她的车马夫在剧院外冻得半死。感伤主义者远非情感超过合法限制,甚至可以说他

---

　　① 麦克昂:《留声机器的回音——文艺青年应取的态度的考察》,《文化批判》第3号,1928年3月15日,第8页。其中引用的徐志摩文字出自他为英国小说家"占姆士司蒂芬士"(James Stephens)的小说《玛丽玛丽》所写的序言,参见[英]占姆士司蒂芬士:《玛丽 玛丽》,徐志摩、沈性仁译,上海:新月书店,1927年,"序言"第3页。

感情力量不足，不足以促使他采取行动。所以他才以悲伤为乐……①

感伤的这种含义娴熟于欧美文学的徐志摩当能领会，其文也是意在嘲讽革命作家感情虚伪，靠炫耀同情来博取文化资本，实际并不会真正行动。徐志摩的批评当然是高度主观化的，因为不少革命作家都在从事危险的革命工作，很难把他们的感情统称为感伤主义。他显然和梁实秋一样，对革命文学本身不能赞同，对革命作家有很深偏见，所以断语便下得绝对。

1928 年 3 月 10 日，《新月》创刊，卷首未署名宣言《〈新月〉的态度》对革命文学派做了尖锐嘲讽。梁实秋回忆说："《我们的态度》一文，是志摩的手笔，好像是包括了我们的共同信仰，但是也很笼统，只举出了'健康与尊严'二义。"②虽然梁实秋表达了不满，但实际上，这篇发刊语处处流露出梁实秋理论的痕迹，甚至有些地方与徐志摩本来的想法都不一致。梁实秋曾表述："他是一个浪漫的自由主义者。他曾对我说过，尊严与健康的那篇宣言，不但纠正时尚，也纠正了他自己。"③考察这篇宣言，华丽灵动的文笔、对生命活力的呼唤，当是徐志摩自创；但体现了文章主旨的主张——理性约束情感，强调"标准，纪律，规范"，提倡"纯正的思想"，以保证"健康"和"尊严"，多半是梁实秋的思路。尽管梁实秋后来否认这篇宣言与自己有较深关系，认为不过是大家"你一言我一语"的"老生常谈"④，但难以符合实际。

《〈新月〉的态度》给中国的思想和文学"市场"划分出了十三个不良派别：

---

①　[美]雅克·巴尔赞：《从黎明到衰落——西方文化生活五百年（1500 年至今）》，林华译，北京：世界知识出版社，2002 年，第 410 页。

②　梁实秋：《忆〈新月〉》，陈子善编：《梁实秋文学回忆录》，长沙：岳麓书社，1989 年，第 109 页。

③　梁实秋：《关于徐志摩》，《梁实秋文学回忆录》，第 209 页。

④　梁实秋：《〈新月〉前后》，《梁实秋文学回忆录》，第 126 页。

　　一 感伤派　二 颓废派　三 唯美派　四 功利派　五 训世派　六 攻击派　七 偏激派　八 纤巧派　九 淫秽派　十 热狂派　十一 稗贩派　十二 标语派　十三 主义派①

依照新月派的理解，这十三个派别中的几乎任何一派，倘不能被归入前期创造社，便能被归入后期创造社。此文还花了很大篇幅批判"标语与主义"的声音，甚至挑明《新月》的任务就是要挑战它。②这便很难不招来革命文学派的反击。

　　梁实秋从人性角度出发，严厉否定无产阶级文学，并声言"革命的文学"也不能成立。③不过，他尚能包容具有革命性质的文学作品。他后来回忆说："我们中国的近代社会，尤其是自从所谓帝国主义势力侵入以后，大多数的人民确是水深火热，真是民不聊生，而在上者又确实肉食者鄙，文学家尽可口诛笔伐扶弱济贫一吐其胸中不平之气，又何必乞灵于苏俄的文艺政策，借助于唯物史观？"④梁实秋所反对的，准确地说，是在苏俄文艺政策指令下产生的无产阶级文学（及同样"投靠"苏俄的"唯物史观"）。他明确说道："普罗文学……这一运动还不是本国土生土长的，更不是自发自止的，乃是奉命开锣奉命收台的，而且是奉的苏俄共产党之命！"⑤

　　梁实秋在"革命文学"论争时期就持有如此看法，他针对普罗文学阵营的"卢布"说早已人所共知。不过，中国的普罗文学虽然确有苏俄政策的影响，但在最初并不能说就是在苏俄文艺政

---

　　① 《〈新月〉的态度》，《新月》第 1 卷第 1 号，1928 年 3 月 10 日，第 4—5 页。原文为每派单独占一行。

　　② 《〈新月〉的态度》，《新月》第 1 卷第 1 号，1928 年 3 月 10 日，第 7—8 页。

　　③ 参见梁实秋：《文学与革命》，《新月》第 1 卷第 4 号，1928 年 6 月 10 日，第 1—11 页。

　　④ 梁实秋：《忆〈新月〉》，《梁实秋文学回忆录》，第 111 页。他还曾说过："普罗文学是奉行苏联的文艺政策而开锣，闹哄了一阵子又奉苏联的指令而收场。"梁实秋：《〈新月〉前后》，《梁实秋文学回忆录》，第 127 页。

　　⑤ 梁实秋：《忆〈新月〉》，《梁实秋文学回忆录》，第 109 页。

策的指示下产生的。其萌芽于 1920 年代初期，发展于大革命洪流之中，确乎是高度政治化的，但很长一段时间内，它更多是一种面目朦胧的革命文学，并不受政治力量特别重视，也没有明确的文艺政策对其进行规约；何况苏俄的文艺政策在当时尚极不统一，难以对他国发出具体指令。面目鲜明、含义明确的普罗文学起源于大革命受挫后共产主义文人的重新聚集，但政党对普罗文学的提倡长期也未显示出足够的热心，直到 1929 年 10 月后，政党的文艺政策才逐渐形成。对于中国普罗文学在早期的这种自发性，梁实秋及众多普罗文学的反对者并未能准确认识，这显示出他们低估了共产主义思想对知识分子的亲和力，高估了自己信念的普遍性。至于说普罗文学是唯物史观支配下的文学，则是无疑的，但唯物史观并非政治政策。

3. 梁实秋对人文主义的认同与背离

梁实秋受到他尊崇备至的老师白璧德的人文主义 [①] 的巨大影响。在国内热衷于浪漫主义的他，到美国接触到白璧德的思想之后，即成为人文主义的信徒。白璧德的人文主义（humanism），首先要做的就是和现代社会最主要的"意识形态"——人道主义（humanitarian）辨明界限。据学者张源的简约概括：

> 白璧德首先探询了人文主义一词的拉丁词源 humanus。这个词最初意味着"信条"（doctrine）和"规训"（discipline），它"并不适应于芸芸大众，而只适合于挑选出来的一小部分人"，它"是贵族式的"（aristocratic）而非"平民式的"（democratic），而人道主义者则对"全人类"怀有博大的"同情心"，二者有着根本的不同，如今人们却多将它们混为

---

① 白璧德的人文主义，国内学界一般称作新人文主义，但据张源的研究，此一称呼并不妥当，是故其以加引号的"人文主义"来指称白璧德的人文主义，以区别于一般人文主义。参见张源：《从"人文主义"到"保守主义"：学衡派与白璧德》，北京：商务印书馆，2022 年，第 5、45—47 页。本书也将白璧德的人文主义称作"人文主义"，但因不涉及人文主义的谱系问题，故不加引号。

一谈。相对于人道主义者，人文主义者关怀的对象更具"选择性"，他关注的是"个体的完善"，而非"提升全人类那种伟大的蓝图"，他坚持"同情"（sympathy）须以"选择"（selection）加以调节，因此真正的人文主义者应当在"同情"与"选择"之间保持"正当的平衡"（a just balance）。①

众所周知，由启蒙运动奠基的现代社会的主导理念是人与人之间的平等，以及对每个人都有运用理性能力的确信；在人获得解放的过程中，时常伴随着博爱的伦理和同情心的普遍化，并因此发展出人道主义的理论。但启蒙的理念，在进入实践环节的时候，既足以带来解放，也可能伴生一系列现代社会难题，于是在启蒙运动初起之时就遭到一些思想家的尖锐批判。其后，许多思想家都致力于诊断现代社会及其理念的病症，并提出对策。在某种意义上，现代社会善于把一切同质化，不仅在政治权利上人与人完全平等，而且传统的美德观也日趋解体，新的充满相对性的道德标准生成。在教育领域，实用教育兴起，精神与德性教育变得无足轻重。在文学领域，情感流露变得缺少节制，夸张和怪诞形成流派。在信仰领域，要么彻底失掉信仰，要么被教条化的信条束缚……白璧德便试图以其理性而节制的人文主义，纠补人道主义所导致的道德和文化水准的降低与情感泛滥。其理念追求在精神世界的"内在制约"（inner check）下，在卢梭式自然主义和教条宗教式的超自然主义之间寻求平衡，过一种人文主义的"内在生活"（inner life），健全个人心智。这种人文主义因此秉持一种二元论人生观，提倡在一元论和多元论之间遵守"适度的法则"。② 其所体现的是一种贵族式的文化和人生立场，高度强调个人精神和文化素质的完善，因此与平民的"宗教"——人道主义——不能相容。但它对西方的教条式超自然主义宗教也不满意，而追求一种"人文"宗教（以东方式小乘佛教和儒教为理想典型），所以与

---

① 张源：《从"人文主义"到"保守主义"：学衡派与白璧德》，第48—49页。

② 参见张源：《从"人文主义"到"保守主义"：学衡派与白璧德》，第56—64页。

保守派学者也很难兼容。不过到了中国语境中，它后一方面的激进性质很难发挥出来，而更多表现出前一方面的"保守"性，论敌也就只剩下了"进步"派。在思想谱系上属于"右翼"自由主义的白璧德人文主义一派，在中国也就大体上成了保守派。[①]

梁实秋的文学观，大体是上述理论的应用或翻版。但仔细考察亦可发现，梁实秋多半是在无意中对白璧德的人文主义有重要的背离。梁实秋在其文学批评代表作《现代中国文学之浪漫的趋势》中，痛斥了中国浪漫主义文学的任性随意，并提倡有纪律约束的"理性"古典主义文学。他对新文学排斥古典文学也十分不满，反复声明"文学并无新旧可分"。[②]在他看来，浪漫主义导致情感泛滥，"是不守纪律的情感主义"，而"滥情"正为人道主义的特征：

> 情感在量上不加节制，在作者的人生观上必定附带着产出"人道主义"的色采。人道主义的出发点是"同情心"，更确切些，应是"普遍的同情心"。这无限制的同情在一切的浪漫作品都常表现出来，在我们的新文学里亦极为显著。近年来新诗中产出了一个"人力车夫派"。这一派是专门为人力车夫抱不平，以为神圣的人力车夫被经济制度压迫过甚，同时又以为劳动是神圣的，觉得人力车夫值得赞美。其实人力车夫凭他的血汗赚钱糊口，也可以算得是诚实的生活，既没有什么可怜恤的，更没有什么可赞美的。但是悲天悯人的浪漫主义者觉得人力车夫的生活可怜可敬可歌可泣，于是写起诗来张口人力

---

① 参见张源：《从"人文主义"到"保守主义"：学衡派与白璧德》，第290—292页。梁实秋对自己的定位也是在左右之间："我当时的文艺思想是趋向于传统的稳健的一派，我接受五四运动的革新的主张，但是我也颇受哈佛大学教授白璧德的影响，并不同情过度的浪漫的倾向。同时我对于当时上海叫嚣最力的'普罗文学运动'也不以为然。我自己觉得我是处于左右两面之间。"梁实秋：《忆〈新月〉》，《梁实秋文学回忆录》，第109页。

② 梁实秋：《现代中国文学之浪漫的趋势》，《晨报副刊》，1926年3月25日，第57页。

> 车夫，闭口人力车夫。普遍的同情心由人力车夫复推施及于农夫，石匠，打铁的，抬轿的，以至于倚门卖笑的妓娼。①

梁实秋批判"同情"最终指向的是卢梭。卢梭在建构其现代社会体系的过程中，确乎赋予了"同情"以极其重要的作用。在他看来，"怜悯心是一种自然的感情，它能缓和每一个人只知道顾自己的自爱心，从而有助于整个人类的互相保存"②。因此，"同情被卢梭寄予了巨大的使命：首先，同情辅助理性，并且使理性得以完善；其次，同情为诸种政治和社会的美德奠定基础"，在对"同情"之意义的彰显中，"隐藏着卢梭的革命性的意图：未来的国家将被奠定在同情的基础上"。③不过，启蒙思想家并非都会给予"同情"以这么重要的意义，在康德的思想体系中，同情并非德性的体现，普遍的道德责任才具有真正的意义。④虽然这并不妨碍康德也成为浪漫主义的一个源头⑤，但是浪漫主义还是普遍地以"同情"的"泛滥"作为其特色，有充分的理性或道德律令的节制也就不成其为"浪漫"主义了。白璧德的人文主义所要反对的正是这种感情的"过度"流露。

自然，梁实秋也不否认"同情"的必要，他特意界定了他所谓的同情指的是"普遍的同情心"和"无限制的同情"。但他又说，对人力车夫、"农夫，石匠，打铁的，抬轿的"以及娼妓，都不应该有同情，因为他们"凭他的血汗赚钱糊口，也可以算得是诚实的生活，既没有什么可怜恤的，更没有什么可赞美的"。梁实秋所

---

① 梁实秋：《现代中国文学之浪漫的趋势（续）》，《晨报副刊》，1926年3月27日，第62页。

② ［法］卢梭：《论人与人之间不平等的起因和基础》，《卢梭全集》第4卷，北京：商务印书馆，2012年，第260页。

③ 林国华：《古典的"立法诗"——政治哲学主题研究》，上海：华东师范大学出版社，2006年，第134—135页。

④ 参见［德］伊曼努尔·康德：《道德形而上学原理》，第13—14页。

⑤ 参见［英］以赛亚·伯林：《浪漫主义的根源》，吕梁等译，南京：译林出版社，2011年，第72—82页。

言的要点是，不能因为一个人的职业或身份而格外施予普遍的同情，同情不是面向特定阶层或职业的情感。梁实秋的表达当然有合理性，但显得过于高蹈。因为底层劳工往往处在一种摧残身心的生存环境之中，文学家对他们格外施予同情，亦为人之常情。沉溺于自我感动或炫示之中的情感，与对底层的一般同情，不宜混为一谈。但梁实秋未对这方面的特殊性有所区分，而采取了一概否定的态度。不过梁实秋应该对问题的复杂性有所意识，因为他指出的革命文学的问题，便明显不在常态同情的范畴之内，即这些文学对底层的普遍"赞美"。在"同情"中附带着对底层民众道德的完美化描述，确实是革命文学的一个重要倾向。这不仅使革命文学丧失了真实性，也让知识分子放弃了自我立场。梁实秋指出这一弊端是有意义的，只可惜它附着在"普遍"的"同情"批判之中，积极意义很难被受众体认。

　　所谓"人文"，与其相对的即是"自然"。人文主义要求克服自然主义对人的理想化、对现实的合理化，要求对人进行精神塑造，以培养高尚、理性、节制的情操，使人获得渊博的人文知识、敏锐的艺术鉴赏力，避免混淆于庸碌而功利的大众。为避免混淆于庸众而成为均质化的人，它积极地承认人与人之间的等级差异。对人道主义抹杀差异的做法，梁实秋感到很不满意：

　　　　我觉得"人"字根本的该从字典里永远注销，或由政府下令永禁行使，因为"人"字的义意太糊涂了。聪明绝顶的人，我们叫他做人；蠢笨如牛的人，也叫做人；弱不禁风的女子，叫做人；粗横强大的男人，也叫做人；人里面的三流九等，无一非人。近代的德谟克拉西的思想，平等的思想，其起源即由于不能认清人类的差别。近代所谓的男女平等运动，其起源即由于不能认清男女的差别。人既有差别，人格遂亦有差别。凡不承认各人所特有的人格者，即为侮辱人格。卢梭承认女子有女子的人格，并起而维护培养女子人格的女子教育，所以卢梭是尊重女子人格。主张男女平等者，乃蔑视女子特有之个性，实即侮辱女子人格也。①

梁实秋在此处其实背离了人文主义。卢梭的女子教育思想，认为女子本性最宜为贤妻良母，依据的正是自然主义理念，与柏拉图提倡男女无差别教育的原则相反，与其一贯逻辑并无抵牾。不过梁实秋也明白这一点："若从自然主义方面观察，则卢梭之论女子教育固然与其向来主张一贯，毫无矛盾可言。"但梁实秋的辩解之道是："卢梭主张平等，但是卢梭并不否认'自然的不平等'。……卢梭讲平等论的时候，只要心目中不忘'自然的不平等'，他的平等论便是最有价值的。自然的不平等，是件事实。卢梭之论女子教育，就是没有撇开事实的理论。承认男女不平等，便是承认自然的一部。"②可见梁实秋并非认为"自然"全部不对，当自然呈现出等差的一面的时候，它就变得合理了。这可见，梁实秋是以是否存在等差作为评价的首要标准，而非以是否"自然主义"作为评价的第一标准。那么，白璧德会持何种认知呢？

白璧德也十分重视人文主义理念在教育领域的施行，并撰写了《文学与美国的大学》（1908）一书来探讨这一问题。书中，白璧德重点检讨了卢梭的"情感的人道主义"和培根的"科学的人道主义"在学校教育中的不良影响。他认为，"情感的人道主义"已经占据了美国的大学前教育，而"科学的人道主义"占据了美国的研究生教育；前者的特点是"鼓励个人任其自然地发展他的性情"，后者的特点是"各学科呈现出了无限细分的极端专业化倾向"。③白璧德如此论述了卢梭的自然主义的教育理论：

---

① 梁实秋：《卢梭论女子教育》，《晨报副刊》，1926 年 12 月 15 日，第 33 页。

② 梁实秋：《卢梭论女子教育》，《晨报副刊》，1926 年 12 月 15 日，第 34 页。

③ 参见张源：《文化与政治：白璧德人文教育观的双重面相》，《中国比较文学》2008 年第 4 期，第 46 页。

卢梭身上最突出的特点就是缺乏区分自然（nature）与人性（human nature）的能力，然而他的影响在新式教育中却无处不在，这种情况实在令人堪忧。有些人像卢梭一样，信赖"自然"女神并因而倾向于把自身性情当作个体的理想需要；有些人标举本能与怪癖；还有些人试图满足各种性情的需要，从而将选择的原则（the principle of election）几乎降低到了育婴室水平……①

白璧德反对依从自然本性的教育，所针对的正是梁实秋所推崇的卢梭的性别自然主义。在感叹人们忽略文学之意义的同时，白璧德表达了对男女各司契合自己自然本性领域的不满，并把它归咎于卢梭和培根式的自然主义者，认为它导致了"理智与感性的游离无根状态"。②

在梁实秋承认深受其影响的《卢梭与浪漫主义》一书中，白璧德也附带批判了卢梭对女子自然特性（比如"容易紧张、敏感""在同情方面犯错误"）的尊崇，他说道：

女人在成为女人之前，只是一个人，因此也同男人一样服从于同样的法则。只要男人和女人都接受这同一种法则的限制，他们就都趋向一个共同的中心；只要他们摆脱了这种法则，完全按自己的性情生活，就会出现一切形式的战争中最令人厌恶的一种——两性之间的战争。③

在白璧德那里，共同法则的支配跨越了性别的差异，女子的先天性情不仅得不到特别的重视，反而是应该被重点克服的对象。如此，他怎么会欣赏卢梭自然主义的女子教育理念呢？

---

① 〔美〕欧文·白璧德：《文学与美国的大学》，张沛、张源译，北京：北京大学出版社，2004年，第64页。

② 〔美〕欧文·白璧德：《文学与美国的大学》，第81—82页。

③ 〔美〕欧文·白璧德：《卢梭与浪漫主义》，孙宜学译，石家庄：河北教育出版社，2003年，第96页。

梁实秋的认识生发于人文主义内部，但他其实同时扭曲了人文主义与自然主义。他依据人文主义推崇等差的理念，以为等差本身即是合理的，而且成为评价的首要标准。虽然他明白自然主义并不能导出一切平等，但又以为卢梭的平等理论与卢梭注意到的"自然的不平等"存在不一致："从平等论方面观察，他的论女子教育，容或与他平素主张少有出入。"①而实际上，现代的"平等"概念主要指自然权利的抽象平等，"人格平等"亦由此推导而出，其与"自然的不平等"并不矛盾，人人平等并不意味着取消人与人之间的自然差异。梁实秋对此没有意识，这从他对人格的理解中即明显可见。梁实秋把人格具体化理解为人之个性，所以他才会说："蔑视女子特有之个性，实即侮辱女子人格。"而实际上，人格在一般情况下并不是一个随个性而变化的概念，在现代语境中，主要指每个人都享有的自然权利。蔡元培1910年出版的《中国伦理学史》，就对"人格"的现代意涵，有过清晰表达："人类中妇女弱于男子，而其有人格则同。"②对照梁实秋之所言——"人既有差别，人格遂亦有差别"，则显见梁实秋没有把握人格的现代含义。③所以当梁实秋反复张扬人与人的不平等时，他没有能够明白人与人之间的平等到底意味着什么。于是，在人文主义那里由于个体对自己施以教化所导致的人与人之间的等差，被梁实秋给自然正当化了，而且被确立为判断的首要标准。在梁实秋看来，等差带来进步，而在一个理想社会中，情形却该恰好相反。梁氏这种观点，在不久后批判无产阶级文学的文章中，有更集中的体现。梁实秋之所以能够认同卢梭的女子教育理念，直接源于其对人文主义的误读，而所以产生这种误读，最主要的原因在于卡莱尔

---

① 梁实秋：《卢梭论女子教育》，《晨报副刊》，1926年12月15日，第34页。

② 蔡振（蔡元培）编：《中国伦理学史》，上海：商务印书馆，1910年，第64页。

③ 《汉语大词典》将"人格"释义为三：一为"人的性情、气质、能力等特征的总和"，二为"人的道德品质"，三为"谓人按照法律、道德或其他社会准则应享有的权利或资格"。罗竹风主编：《汉语大词典》第1卷（下），上海：上海辞书出版社，2001年，第1046页。梁实秋的论述显然排除了"人格"的第三种含义。

英雄崇拜理论的影响。而梁实秋之所以能够接受卡莱尔的英雄崇拜理论，和他对强调等级秩序的儒家伦理的认同可能也有密切关系。[①]

　　梁实秋的天才观，主要来自卡莱尔的英雄崇拜理论，并接近于卡莱尔晚年抛弃了自己的"同情心"和"敏感性"后对天才和民众作用的单维认识。对于此时的卡莱尔来说，"一种单一的价值判断和一种片面的观点已经支配一切"，暴戾的强权者成为英雄，而群众变为群氓。[②]卡莱尔的《英雄与英雄崇拜》，是梁实秋自述最深刻地影响了他的八本书之一。梁实秋曾如此概述其内容："卡赖尔对于人类文明的历史发展有一基本信念，他认为人类文明是极少数的领导人才所创造的。少数的杰出人才有所发明，于是大众跟进。没有睿智的领导人物，浑浑噩噩的大众就只好停留在浑浑噩噩的状态之中。证之于历史，确是如此。……卡赖尔的说法，人称之为'伟人学说'（Great Man Theory）。他说政治的妙谛在于如何把有才智的人放在统治者的位置上去。……好人出头是他的理想，他们憧憬的是贤人政治。他怕听'拉平者'（Levellers）那一套议论，因为人有贤不肖，根本不平等。尽管尽力拉平世间的不平等的现象，领导人才与人民大众对于文明的贡献究竟不能等量齐观。"细察梁实秋在"革命文学"论争时期的观点，与之几无二致。虽然梁实秋说他不同于卡莱尔之处在于他"同时更强调伟人的品质"[③]，其实在他当时的著作中很难发现这一点。梁实秋所接受的卡莱尔的天才理论，和白璧德的人文主义严重抵牾，这使得他在很多地方走向了自然主义，而背离了人文主义。[④]

---

　　① 对梁实秋思想中儒家底蕴的探讨，参见徐静波：《梁实秋——传统的复归》，上海：复旦大学出版社，1992年，第61—74页。

　　② 参见［英］A. L. 勒·凯内：《卡莱尔》，段忠桥译，北京：中国社会科学出版社，1987年，第163—168页。

　　③ 梁实秋：《影响我的几本书》，《梁实秋文学回忆录》，第26—27页。

　　④ 朱寿桐注意到了梁实秋的天才理论与白璧德的思想相矛盾，但未提及卡莱尔的影响。参见朱寿桐：《新人文主义的中国影迹》，北京：中国社会科学出版社，2009年，第361—362页。

　　当然，卢梭的女子教育理念自有其合理的成分；梁实秋强调教育应该使女人成其为女人，虽然颇有些"反动"的意味，但他并未如鲁迅所批判的那样认为教育应该使"蠢笨如牛"的人更加"蠢笨如牛"，"弱不禁风"的人更加"弱不禁风"。因为因差异而施教，并非因缺点而施教，而是因特长而施教。梁实秋的问题不在这里，而在于他把"蠢笨如牛"和"弱不禁风"等"劣势"者的存在视作纯粹是必然性（"天赋"）的产物，而忽视了背后的正当性问题。于是，劣势者存在的意义似乎只在于凸显做一个高尚的人是多么必要。在梁实秋对"自然不平等"称许的背后，鲁迅认为梁实秋是在维护"自然"的不平等秩序，于是在作于 1927 年 12 月 21 日的《卢梭和胃口》一文中，引辛克莱批判白璧德的言论予以反击。[①] 这说明鲁迅确实也看出了梁实秋合理化"等级"差别的问题，只不过他把梁实秋所称许的"不平等"秩序等同于主／奴式结构，也欠缺充分论证。

　　但鲁迅还是提出了一个敏锐的问题：何为"自然"？梁实秋要求充分考虑"自然不平等"，而鲁迅问道："即使知道说'自然的不平等'，而不容易明白真'自然'和'因积渐的人为而似自然'之分。二者，因为凡有学说，往往'合吾人之胃口者则容纳之，且从而宣扬之'也。"[②] 鲁迅在这里的论辩对象——梁实秋，成了一名客串的卢梭主义者；而鲁迅在质疑"自然"如何能够不具有社会性时，已接近一名马克思主义者。

4. 左翼文学家与梁实秋的"人性"和"天才"之争

　　左翼文学家与梁实秋的论争焦点集中于人性问题上。梁实秋的人性观，是对白璧德人性观的有意追摹。它反对自然主义的情感泛滥，主张理智节制情感，追求普遍、常态而永恒的人性。梁

---

　　①　参见鲁迅：《卢梭和胃口》，《语丝》第 4 卷第 4 期，1928 年 1 月 7 日，《鲁迅全集》第 3 卷，第 578 页。

　　②　鲁迅：《卢梭和胃口》，《语丝》第 4 卷第 4 期，1928 年 1 月 7 日，《鲁迅全集》第 3 卷，第 577—578 页。

实秋在把这一理论运用于文学批评时，便以人性标准来衡量作品是否伟大，由此反对浪漫主义而推崇古典主义。用梁氏《文学批评辩》中的话来说：

> 物质的状态是变动的，人生的态度是歧异的；但人性的质素是普遍的，文学的品味是固定的。所以伟大的文学作品能禁得起时代和地域的试验。依里亚德在今天尚有人读，莎士比亚的戏剧在今天尚有人演，因为普遍的人性是一切伟大的作品之基础，所以文学作品的伟大，无论其属于什么时代或什么国土，完全可以在一个固定的标准之下衡量出来。[1]

文学批评需要把持着人性的标尺去衡量作品，"常态的人性与常态的经验便是文学批评的最后的标准"[2]。梁实秋认为，如此得到的批评标准便"是客观的，是绝对的"[3]。梁实秋虽然认为"'人性'既不能以条律相绳范，文学作品自不能以条律为衡量"[4]，但如何保证"人性"不成为"条律"呢？这是他没有论述的问题。

针对梁氏此文，鲁迅在写作《卢梭和胃口》之后隔一日（12月23日），又写作了《文学和出汗》，对其展开批判。之所以拿出这篇稍旧的文章来批评，是因为鲁迅发现了其中的逻辑问题。在《卢梭论女子教育》中，梁实秋对等差秩序予以合理化，然而在《文学批评辩》中，他又推崇普遍的、常态的人性。无差别的人性观与等差秩序之间显然不可能相容无间，这成为鲁迅质疑梁实秋的关节点。所以鲁迅问道：

> 而且，人性是永久不变的么？
> 类人猿，类猿人，原人，古人，今人，未来的人，……如果生物真会进化，人性就不能永久不变。不说类猿人，就是原人的脾气，我们大约就很难猜得着的，则我们的脾气，恐怕未

---

① 梁实秋：《文学批评辩（续）》，《晨报副刊》，1926年10月28日，第57—58页。

② 梁实秋：《文学批评辩》，《晨报副刊》，1926年10月27日，第54页。

③ 梁实秋：《文学批评辩（续）》，《晨报副刊》，1926年10月28日，第58页。

④ 梁实秋：《文学批评辩》，《晨报副刊》，1926年10月27日，第54页。

来的人也未必会明白。要写永久不变的人性，实在难哪。

譬如出汗罢，我想，似乎于古有之，于今也有，将来一定暂时也还有，该可以算得较为"永久不变的人性"了。然而"弱不禁风"的小姐出的是香汗，"蠢笨如牛"的工人出的是臭汗。不知道倘要做长留世上的文字，要充长留世上的文学家，是描写香汗好呢，还是描写臭汗好？这问题倘不先行解决，则在将来文学史上的位置，委实是"岌岌乎殆哉"。[①]

鲁迅借用梁实秋的分类反戈一击，颇为有力。在有等差的人际秩序中，又如何谈"永久不变"的人性？当然，梁实秋的普遍人性，并非指的是普遍如此的人性，而指一种常态的、受理性节制的人性。所以在严格的意义上，它并非事实人性，而是规范人性。然而鲁迅所指出的关键在于，人性如何能够跨越这些等级差异而实现"永久不变"？或者说，"永久不变"的人性将如何处理社会差异性的问题呢？它将落实在哪里？相应地，在鲁迅看来，文学因为人性的差异，也将被划分为不同的种类。那些描写被压迫的底层大众人性的文学被他视作未来的希望：

听说，例如英国，那小说，先前是大抵写给太太小姐们看的，其中自然是香汗多；到十九世纪后半，受了俄国文学的影响，就很有些臭汗气了。那一种的命长，现在似乎还在不可知之数。[②]

鲁迅此时的看法，与他后来直接用阶级性来谈论文学其实已没有太大差别。而梁实秋，在《新月》创刊之后，以之为阵地，也展开了对普罗文学的集中批判。创造社成员和鲁迅等左翼文学家，则针锋相对地予以反击。鲁迅虽然那时也还在被革命文学派

---

① 鲁迅：《文学和出汗》，《语丝》第 4 卷第 5 期，1928 年 1 月 14 日，《鲁迅全集》第 3 卷，第 581—582 页。

② 鲁迅：《文学和出汗》，《语丝》第 4 卷第 5 期，1928 年 1 月 14 日，《鲁迅全集》第 3 卷，第 582 页。

"围剿"，但双方开始有了共同的敌人，而且其"危险性"还超过了对方。这为他们日后的结合客观上创造了条件。

梁实秋在《新月》创刊号上发表了一篇《文学的纪律》。所谓"文学的纪律"，其实也就是"人性的纪律"。梁实秋在文章中重复了此前已多次声明的理念，比如文学的力量在于以理性驾驭情感，主张以理性节制想象以及想象的质地要纯正。梁实秋特别举演说为例来说明理性节制的必要：

> 文学……在抒泄情感之际也自有一个相当的分寸，须不悖于常态的人生，须不反乎理性的节制。这样健康的文学，才能产出伦理的效果。……现今所谓的演说，尤其是煽惑罢工的领袖的演说，一个人全部的为感情所支配，讲者叫嚣暴躁，听者为之磨拳擦掌，结果往往是一个暴动。这个分别是浅而易见的：一个是有理性统驭的，一个没有。文学也是如此。伟大的文学的力量，不藏在情感里面，而是藏在制裁情感的理性里面。[①]

梁实秋也明白，工人领袖的演说多半成功了，但他又认为没有"伦理的效果"，可见梁实秋并不认为暴动是符合"伦理"的。在他看来，暴动必然是非理性的产物，它从属于激情。而在革命文学家看来，暴动是最符合"伦理"的行动；不过其激发手段，确乎也往往直接诉诸情绪。所以梁实秋与革命文学家分歧的关键，既体现在政治观念上，也体现于对理性与情感之关系的认识上。

在这篇文章中，梁实秋再次强调了他人性论的文学观："文学的目的是……表示出普遍固定之人性。"[②]"文学发于人性，基于人性，亦止于人性。……在理性指导下的人生是健康的常态的普遍的；在这种状态下所表现出的人性亦是最标准的；在这标准之

---

① 梁实秋：《文学的纪律》，《新月》第 1 卷第 1 号，1928 年 3 月 10 日，第 20—21 页。

② 梁实秋：《文学的纪律》，《新月》第 1 卷第 1 号，1928 年 3 月 10 日，第 17 页。

下所创作出来的文学才是有永久价值的文学。"① 不过，白璧德论人性，张扬其常态和普遍永久性的一面，以反对自然主义人性观的变态、特异与转瞬即逝，但并未见白璧德如梁实秋般反复强调普遍人性的"固定"性。"普遍固定"意味着永远不变，即便有常态而普遍的人性，恐怕也难以做到这一点。而梁实秋认为人性之所以能够普遍永久且固定，在于它处在了理性的规约之下，可见理性在梁实秋那里才是真正固定和永远不变的东西，人性的固定性不过由此派生。

在第 4 号《新月》上，梁实秋又发表了一篇《文学与革命》，开始系统性地批判革命文学。其理论主旨有二：一是他反复张扬的文学基于普遍永久固定的人性的理论，二则是他也曾张扬过的天才理论。基于第一种观点，梁实秋认为，虽然在革命时期文学难免"革命的色彩"，但文学只能按照人性的标准来分类，以革命来分类文学不合理："所以 '革命的文学' 这个名词，纵然不必说是革命者的巧立名目，至少在文学的了解上是徒滋纷扰。"② 梁实秋甚至认为，只要"写得深刻，写得是人性，便是文学"③。虽然梁实秋对革命文学的"教条"极其反对，但他的理论其实也处在未加反思的教条之中。当文学只剩下了人性的时候，其实已经空无所有。因为什么不是人性呢？什么样的人性缺少普遍和永久性呢？理性节制人性的限度又在哪里呢？人性中那些不能被理性规约的内容又该如何理解呢？

基于第二种观点，梁实秋认为："一切的文明，都是极少数的天才的创造。科学，艺术，文学，宗教，哲学，文字，以及政治思想，社会制度，都是少数的聪明才智过人的人所产生出来的。"④ 不管在哪个领域，梁实秋认为"常态的自然的"情形应该是少数的优秀的天才居于统治的地位，他们依据自己的"卓越的才智为

---

① 梁实秋：《文学的纪律》，《新月》第 1 卷第 1 号，1928 年 3 月 10 日，第 23 页。

② 梁实秋：《文学与革命》，《新月》第 1 卷第 4 号，1928 年 6 月 10 日，第 5 页。

③ 梁实秋：《文学与革命》，《新月》第 1 卷第 4 号，1928 年 6 月 10 日，第 7 页。

④ 梁实秋：《文学与革命》，《新月》第 1 卷第 4 号，1928 年 6 月 10 日，第 1 页。

团体谋最大之幸福",他们是"一般民众所不能少的引导者","民众对于艺术的天才是赞美,对于科学的天才是钦佩,对于政治的天才是拥护"。[①]不过梁实秋也认可了革命有其合理性,那就是在政治和社会组织领域,"平庸甚至恶劣的份子"取代天才占据了领袖的地位,于是便发生了革命,革命所应该做的是恢复常态。但即便是革命,也被分成了天才和群众两个不同的方面:"革命的爆发,在群众方面是纯粹的感情的";"革命的组织,应该是有纪律的,应该是尊重天才的"。[②]对于群众,革命是顺从本能的活动;而对于天才,是他们赋予了革命以"纪律"和理性,促成了革命的正当化:

> 革命似乎是民众的运动了,其实也是由于一二天才的启示与指导。有效的革命运动比平时更为须要领袖。所以在革命的过程当中,虽然不可避免的有许多暴动,以及民众的直接行动,然而真正革命的趋势,革命的理论,完全要视领袖者为转移。领袖者的言行,最足以代表民众的意识。[③]

梁实秋所持有的对革命和大众的认识,主要来自卡莱尔的英雄理论,难免也受到当时流行的勒庞等大众心理学家的影响,只不过他又用天才——革命领袖——扭转了乌合之众的群体本能。在这里,梁实秋的理论和后期创造社的理论走到了一起:群众是盲目的,而革命领袖掌握着先进的思想武器。不过梁实秋的理论却不具备创造社赋予大众的自主性远景,在他对现实等级秩序自然合理化的过程中所包含着的对大众自主性的剥夺,成了普遍而永久的历史秩序的要素。而且,梁实秋在其天才论背后,忽略了伦理判断的必要。虽然梁实秋也用了"甚至恶劣"来判断不良的领导者,显示出伦理的未完全缺位;但从他反复宣扬的"天才"和"聪明才智"者统治庸众的理论中,几乎丝毫看不出德性的位

---

① 梁实秋:《文学与革命》,《新月》第 1 卷第 4 号,1928 年 6 月 10 日,第 1—2 页。

② 梁实秋:《文学与革命》,《新月》第 1 卷第 4 号,1928 年 6 月 10 日,第 2—3 页。

③ 梁实秋:《文学与革命》,《新月》第 1 卷第 4 号,1928 年 6 月 10 日,第 5 页。

置。而德性，不应该是人文主义者的基本追求吗？梁实秋划分天才基本依据自然天赋的标准，更和人文主义背道而驰：

> 天才也是基于人性的。天才之所以成为天才不过是因为他的天赋特别的厚些，眼光特别的远些，理智特别的强些，感觉特别的敏些……①

如果是天赋决定了人间的等级秩序，那么还要人文主义做什么呢？不能不说，梁实秋几乎倒向了彻底的自然主义。在谈到文学鉴赏力的问题时，梁实秋也还是基本上把文学鉴赏力看作难以预测的天分的产物，也正因此，它丧失了社会条件和阶级的性质，而具有了某种公平性：

> 鉴赏文学，不是像饮食男女等等根本的本能那样，不是人人都有的一种能力。真真能鉴赏文学，也是一种很稀有的幸福，这幸福不是某一阶级所得垄断，贫贱阶级与富贵阶级里都有少数的有文学品味的人，也都有一大半不能鉴赏文学的人。所以就文学作品与读者的关系上言，我们看不见阶级的界限。②

文学作品的产生在梁实秋看来也是那样，它虽然依靠天才，但成为天才的可能性对各个阶级平等开放：

> 文学愈来愈成为天才的产物。天才的降生，不是经济势力或社会地位所能左右的，无产者的阶级与有产者的阶级一样的会生出天才，也一样的会不常生出天才！所以从文学作品之产生言，我们也看不见阶级的界限。文学是没有阶级性的。③

　　梁实秋不应该忽视的是，贫贱阶级虽然占据了人口的多数，但能够鉴赏和创作文学的人远远少于富贵阶级，其中一定不是只

---

① 梁实秋：《文学与革命》，《新月》第1卷第4号，1928年6月10日，第1页。
② 梁实秋：《文学与革命》，《新月》第1卷第4号，1928年6月10日，第9页。
③ 梁实秋：《文学与革命》，《新月》第1卷第4号，1928年6月10日，第9页。

有天分的因素在起作用。他所设想的平等，因而是脆弱且虚幻的。在梁实秋"看不见阶级的界限"和"阶级性"的地方，左翼文学家们看到了阶级之间彻底的断裂和鸿沟。

依据梁实秋的天才理论，他的"人文主义"剥夺了"庸众"为"人"的资格，因为他们只配拥护和服从天才，借用革命文学家的理论，他们只配做留声机器。天才论与留声机器论，无疑都是反人道主义的，所以梁实秋和革命文学家也有共同的攻击目标。在梁实秋看来，人道主义是"浅薄"的：

> 近来的伤感的革命主义者，以及浅薄的人道主义者，对于大多数的民众有无限制的同情。①

而革命文学家早在半年前就给人道主义冠上了"浅薄"的评语：

> 《英兰的一生》确实有一些意义，不过这种意义究竟是浅薄的，充其量，作者所要表现的，不过是浅薄的人道主义的思想。②

鲁迅对此倒也看得比较明白：

> 旧的和新的，往往有极其相同之点——如：个人主义者和社会主义者往往都反对资产阶级，保守者和改革者往往都主张为人生的艺术，都讳言黑暗，棒喝主义者和共产主义者都厌恶人道主义等……③

---

①　梁实秋：《文学与革命》，《新月》第1卷第4号，1928年6月10日，第6页。

②　钱杏邨：《〈英兰的一生〉》，《太阳月刊》第1期，1928年1月1日，第2页。斥人道主义为"浅薄"，由来已久。比如创造社的郑伯奇在尚不认同提倡阶级文学的1923年，就发出了"新文学运动的第一期""结果只生出了几篇浅薄的人道主义的作品"的批评。郑伯奇：《国民文学论·中》，《创造周报》第34号，1923年12月30日，第5页。

③　鲁迅：《我的态度气量和年纪》，《语丝》第4卷第19期，1928年5月7日，《鲁迅全集》第4卷，第112页。

但这"非人道主义",是也如大炮一样,大家都会用的,今年上半年"革命文学"的创造社和"遵命文学"的新月社,都向"浅薄的人道主义"进攻,即明明白白证明着这事的真实。再想一想,是颇有趣味的。[①]

基于天才论,梁实秋特别表达了文学的个人主义性质:"'大多数的文学'这个名词,本身就是一个名词的矛盾,——大多数就没有文学,文学就不是大多数的。"[②]"无论是文学,或是革命,其中心均是个人主义的,均是崇拜英雄的,均是尊重天才的,与所谓的'大多数'不发生若何关系。"[③]梁实秋认为文学都是天才的个人创造,其实并不妨碍"大多数文学"可以成立。他自己也承认:"描写在帝国主义者'铁蹄'下之一个整个的被压迫的弱小民族,这样的作品是伟大了,因为这是全民族的精神的反映。"[④]成为全民族精神反映的作品,是不是称其为"大多数文学",不过是个命名问题。梁实秋之所以拒斥"大多数的文学"的命名,主要是因为在他看来,"大多数的文学"已被广泛赋予了特定含义,梁氏亦曾明言其为"无产阶级的文学"[⑤]。

梁实秋甚至认为,"在革命期中,实际的运动家也许要把文学当作工具用……我们没有理由与愿望去表示反对",更进一步,"我们还要承认,真的革命家的炽烧的热情渗入于文学里面,往往无意的形成极能感人的作品"。他所真正反对的其实是排他的革命文学,"以文学的性质而限于'革命的'",认为这"是不啻以文学

---

① 《〈农夫〉译者附记》,《大众文艺》第 1 卷第 3 期,1928 年 11 月,《鲁迅全集》第 10 卷,第 509 页。鲁迅曾起码三次引用"浅薄的人道主义",2005 年版《鲁迅全集》在其中两处均未注出确切出处。一处注为郑伯奇,显误。此语出自钱杏邨,鲁迅认为出诸创造社,系误记。参见《鲁迅全集》第 4 卷,第 103 页;第 7 卷,第 180 页。

② 梁实秋:《文学与革命》,《新月》第 1 卷第 4 号,1928 年 6 月 10 日,第 6 页。

③ 梁实秋:《文学与革命》,《新月》第 1 卷第 4 号,1928 年 6 月 10 日,第 8 页。

④ 梁实秋:《文学与革命》,《新月》第 1 卷第 4 号,1928 年 6 月 10 日,第 7 页。

⑤ 梁实秋:《文学与革命》,《新月》第 1 卷第 4 号,1928 年 6 月 10 日,第 8 页。

的固定的永久的价值缩减至暂时的变态的程度"。^①梁实秋所秉持的是文艺个性论与自由论。他认为,虽然革命时期的文学容易染上革命色彩,但"并不能说,在革命的时期当中,一切的作家必须创作'革命的文学'",因为作家会依据其个性而采取不同的艺术表现方式:"情感丰烈的文学家,就会直率的对于时下的虚伪加以攻击;当[耽]于想像的文学家,就许回想从前的黄金时代而加以咏叹;乐观而又耽于幻像的文学家,就要创作他的理想中的乐园"。^②基于此,普罗文学后来便被梁实秋直率地宣称为苏俄文艺政策指使下的产物。

不过由于革命文学家正陷于"内战"以及和鲁迅的论争,所以他们对新月派的批判姗姗来迟,直到 1928 年 5 月 14 日彭康才完成了一篇对《〈新月〉的态度》的批判,更迟至 7 月 10 日才发表,此时距《新月》创刊已经整整四个月了。在这篇文章中,彭康首先比较了鲁迅与新月派的不同,暗指新月派的反动程度要高于鲁迅,鲁迅"以为只是'照旧讲趣味'就可了事",而新月派"却叹这个时代是'不幸'的时代,大发起牢骚来"。可见鲁迅只是不愿推动历史进步,新月派却在"用尽巧妙且辛辣的手段""阻止历史的进展"。不能不说,新月派的出现使创造社开始有意识地抬高鲁迅的政治进步性^③,这也为以后的结合准备了条件。针对《〈新月〉的态度》所标举的"健康"与"尊严"二义,彭康在文章题目中就发出质问:"什么是'健康'与'尊严'"? 之所以有此质问,是因为在彭康看来,对"健康"与"尊严"的认识随着"客观环境"和"实践的基础"的变化已经发生了变化,"一切的价值标准当然也是两样","新的主体对于一切事物和现象的评价,当然要有它

---

① 梁实秋:《文学与革命》,《新月》第 1 卷第 4 号,1928 年 6 月 10 日,第 10 页。

② 梁实秋:《文学与革命》,《新月》第 1 卷第 4 号,1928 年 6 月 10 日,第 3 页。

③ 尽管郭沫若在一个月后的《创造月刊》上又发表了《文艺战上的封建余孽》痛斥鲁迅,但这不妨碍另一趋势在慢慢展开。

自身的标准，所以从前'一切的价值标准，是颠倒了的'"。① 于是"新兴势力与代表它的思想和文艺，在支配阶级及它的工具们看来，简直是'折辱尊严'，'妨害健康'"。可见，"健康"与"尊严"已被阶级分裂且在阶级间对立化了。无产阶级的"健康"和"尊严"与资产阶级的不仅不同，还截然相反：

> "折辱"了他们的"尊严"，即是新兴的革命阶级获得了尊严，"妨害"了他们的"健康"，即是新兴的革命阶级增进了健康。②

不过在回应新月派的批判时，彭康以阶级意识理论与梁实秋在一定程度上合流到了一起。他说道：

> "我们不能依傍训世"……可是从社会的客观的根据而构成的思想，要用来注入于革命的民众，他们也要受制于从阶级的利益上发生的"标准"，"纪律"，"规范"。他们要受教导。③

彭康以其言论证明了梁实秋的"天才"领导革命论，甚至把梁实秋色彩浓厚的词语"标准""纪律"和"规范"都直接借用了过来。这不能不说有些反讽的意味。

对于梁实秋的《文学与革命》，在其发表后 10 日，冯乃超就写出了一篇长文《冷静的头脑——评驳梁实秋的〈文学与革命〉》予以批判。"冷静的头脑"出自梁实秋文章的末句："文学也罢，革命也罢，我们现在需要一个冷静的头脑。"④ "冷静"正

---

① 彭康：《什么是"健康"与"尊严"？——〈《新月》的态度〉底批评》，《创造月刊》第 1 卷第 12 期，1928 年 7 月 10 日，第 1—2 页。

② 彭康：《什么是"健康"与"尊严"？——〈《新月》的态度〉底批评》，《创造月刊》第 1 卷第 12 期，1928 年 7 月 10 日，第 4 页。

③ 彭康：《什么是"健康"与"尊严"？——〈《新月》的态度〉底批评》，《创造月刊》第 1 卷第 12 期，1928 年 7 月 10 日，第 6 页。

④ 梁实秋：《文学与革命》，《新月》第 1 卷第 4 号，1928 年 6 月 10 日，第 11 页。

是梁实秋喜欢使用的词语，契合他对理智节制情感的设计。"头脑"则是梁实秋对理性的隐喻，需要被"头脑"节制的是"心"（情感）。①冯乃超的题目意在讽刺梁实秋不过假装"冷静"，实则是"头脑的混乱"②。比如他首先就不能把握革命的本质。冯乃超认为，梁实秋所言革命是以"真领袖"取代"假领袖"，不过是表象，他举中国王朝之间的"革命"为例，说明它的反复在于"没有生产力和生产关系的矛盾，故没有要求社会制度的变革的特质"。因为梁实秋不懂得唯物史观，只能错误地"把革命的原因归根于'人性'"③。

冯乃超较系统和有力地批判了梁实秋的天才论和人性论。在他看来，文明并非天才的产物，而是"集团的人类之产物"。冯乃超对文化的定义显然是马克思主义的："文化是，以集团的劳动为媒介的，自然之改造。再进一步说，人类使自己的物质的生产发达着，在这行为的当中，又使自己的思惟及思惟的产物发达变化。思惟及思惟的产物——精神，它不是超越时间及空间的存在，而是在所与的各阶段的历史之产物。所以，文化是一定社会的'物质的产物'。"④此一定义认为人与自然之间的劳动交往生成了文化，应该说比梁实秋的定义更显充实，但又断定文化只是"物质的产物"，则与文化是天才的产物一样，走向了另一极端。

为了批判梁实秋的天才论和人性论，冯乃超特别强调了个人的社会性：

> 社会的外面，没有社会，离开社会，不能想像个人，社会

---

① 梁实秋：《现代中国文学之浪漫的趋势（续）》，《晨报副刊》，1926 年 3 月 27 日，第 62 页。

② 冯乃超，《冷静的头脑——评驳梁实秋的〈文学与革命〉》，《创造月刊》第 2 卷第 1 期，1928 年 8 月 10 日，第 8 页。

③ 冯乃超：《冷静的头脑——评驳梁实秋的〈文学与革命〉》，《创造月刊》第 2 卷第 1 期，1928 年 8 月 10 日，第 4—5 页。

④ 冯乃超：《冷静的头脑——评驳梁实秋的〈文学与革命〉》，《创造月刊》第 2 卷第 1 期，1928 年 8 月 10 日，第 6 页。

> 是个人的集团，然而，这里的个人并不是孤立的个人。超时代
> 或超社会（阶级）的个人的幻影只配在空想家的脑中徘徊。我
> 们说个人的时候，他是社会人的个人，历史上的个人，个人受
> 着环境的决定，同时，又受着历史的制约。①

即便天才也脱离不了社会性，如此也就回击了梁实秋的天才无阶
级性言论。同时，"文学是人性的产物"也因为忽略了上述问题，
于是既"非常的妥当"，但同样"非常的空漠"，"不外是同义语的
叠用（Tautologie）"。②人性是抽象的，而阶级性是具体的。冯乃
超因而主张依照具体的阶级性来认识文学："我们要研究历史上的
文学的意义，不能不从社会环境，社会心理，世界观及人生观上
出发。"③而这说明了，人性的感觉——"艺术的感觉"——和生理
的感觉并不是一个"绝对的范畴"，而是随着生活感觉而发生变
化的："离开生活感觉没有决定艺术的标准的绝对的尺度。特定的
生活感觉决定艺术感觉的标准。"正因为感觉来自生活，而在冯乃
超看来："没有生活'生活一般'的生活的人，当没有保持'感觉
一般'的感觉的人。"因为生活的不同，"超越的普遍的生活感觉，
除了抽象的观念里面，当然没有它的存在"，梁实秋所谓的"全人
类的公同的人性"因而不可能被文学描述："没有生活全人类的生
活的人绝对不会写全人类的人性。为什么呢？因为梁教授的犯了
在抽象的过程中空想'人性'的过失。人间依然生活着阶级的社
会生活的时候，他的生活感觉，美意识，又是人性的倾向，都受
阶级的制约。"④

---

① 冯乃超：《冷静的头脑——评驳梁实秋的〈文学与革命〉》，《创造月刊》第 2 卷
第 1 期，1928 年 8 月 10 日，第 6 页。

② 冯乃超：《冷静的头脑——评驳梁实秋的〈文学与革命〉》，《创造月刊》第 2 卷
第 1 期，1928 年 8 月 10 日，第 8 页。

③ 冯乃超：《冷静的头脑——评驳梁实秋的〈文学与革命〉》，《创造月刊》第 2 卷
第 1 期，1928 年 8 月 10 日，第 9 页。

④ 冯乃超：《冷静的头脑——评驳梁实秋的〈文学与革命〉》，《创造月刊》第 2 卷
第 1 期，1928 年 8 月 10 日，第 10—11 页。

冯乃超的论述，一方面充分考虑了人的美学感受所受生存与阶级境遇的制约；另一方面，他又认为人的感受性不能越出于他的生活世界所赋予的内容。比如"吟风弄月"，"这是有闲阶级的文学"，"无闲阶级"的人性便不能从中获得感受。因为"阶级的差别决定阶级的生活感觉"，"生活感觉的不同，又是艺术感觉的差别的标准。艺术是有阶级性的！"[①]他的这一思路，鲁迅后来批判梁实秋时，亦曾加以使用。

但冯乃超也强调了无产阶级文学朝向"人性"发展的远景，这在彼时左翼文学家中并不多见。他否定无产阶级的阶级斗争是为了"食欲的满足"，而指出，"它的实行是替全人类一切的文化的传统及替「要」人保证'人性'的全展开与确立的可能性"。[②]

5. 鲁迅与梁实秋的"共同人性"和"阶级性"之争

1928 年中期的鲁迅，在受到革命文学派激烈批评的同时，也在更为深入地思考无产阶级文学诸问题，其中一个核心便是文学的人性与阶级性的关系。鲁迅在表达他对无产阶级文学问题的思考时，集中采取了通信体的形式。这一文体选择有其独特的意义，它集中呈现了鲁迅在决定拥抱无产阶级文学时的一系列心理活动乃至曲折。信件大体来自一些对革命文学持有和鲁迅相似的否定或怀疑态度的青年。这些青年都是鲁迅的崇拜者，他们应该也全都受到了"革命文学"论争的影响。来信要么是为了表达对鲁迅的声援，要么是期望鲁迅解答他们"观战"时的困惑。

最早是一位名叫冬芬（董秋芳）的青年，他来信大力张扬了文艺的独立价值，指责革命文学家拿文艺做幌子投机革命，并强调了文艺具有等级性，不可能做到完全的平等和大众化。鲁迅将这封信及其回信发表在了《语丝》上。来信自然有反击革命文学

---

① 冯乃超：《冷静的头脑——评驳梁实秋的〈文学与革命〉》，《创造月刊》第 2 卷第 1 期，1928 年 8 月 10 日，第 11—12 页。

② 冯乃超：《冷静的头脑——评驳梁实秋的〈文学与革命〉》，《创造月刊》第 2 卷第 1 期，1928 年 8 月 10 日，第 19 页。

派的作用，但鲁迅在回信中，把冬芬较"右"的言论往"左"做了扭转，并表达了对把文学当作宣传的认可。[①]一周后发布的Y的来信则比较特殊，并未谈到革命文学问题。Y自称受了鲁迅的"启蒙"而投身革命，最后却不仅被军阀抛弃，更被底层抛弃，深陷于绝望的他，既半真半假地希望鲁迅不要再做驱使青年丧命的启蒙事业了，又以无疑问的反讽语气劝鲁迅"多做些'拥护'和'打倒'的文章"来获取"富贵"。最后，他急切地盼望鲁迅"指示"给他人生的路径。借回信，鲁迅对革命文学家做了密集的讽刺，把他们评价为随时可以逃进租界而毫无顾忌地驱使他人"牺牲"的"革命巨子"、宣传革命如"人寿保险公司一般"讲究投入产出等。[②]均发表于8月20日的两封信则更为重要。其中一位叫徐匀的青年来信向鲁迅介绍了发生在成都地区的类似上海的革命文学论争，并认为成都的革命文学家的行为出于"投机"，谈论语气也颇轻蔑。这些内容无疑为鲁迅欣赏，并促使他引申谈论了上海的"投机"情形。[③]恺良（李恺良）的来信则表达了对唯物史观的疑问，向鲁迅讨教对人性和阶级性关系的看法。[④]鲁迅借机表达了他的意见，并第一次明确表达了阶级性的普遍性，否定了他长期奉若权威的托洛茨基。在鲁迅转向无产阶级革命文学的路途中，这封信因而具有了特殊的意义。

鲁迅集中选择通信体来探讨革命文学问题，而来信大都表达的是对自己的支持，难免有自壮声势的意图。因为在此前的论争中，鲁迅虽有不少声援者，但声势相形逊色。但在另一方面，鲁

---

① 鲁迅：《文艺与革命（并冬芬来信）》，《语丝》第4卷第16期，1928年4月16日，《鲁迅全集》第4卷，第78—85页。

② 鲁迅：《通信（并Y来信）》，《语丝》第4卷第17期，1928年4月23日，《鲁迅全集》第4卷，第96—100页。

③ 鲁迅：《文坛的掌故（并徐匀来信）》（原题《通信·其一》），《语丝》第4卷第34期，1928年8月20日，《鲁迅全集》第4卷，第121—125页。

④ 鲁迅：《文学的阶级性（并恺良来信）》（原题《通信·其二》），《语丝》第4卷第34期，1928年8月20日，《鲁迅全集》第4卷，第126—129页。

迅借助通信体，有时候呈现不止一种声音，也使文本具有了一定的多声部特点，透露出他意图借助对话来激发思路，既容纳和安置既往思想，又开拓新的思考基点，从而摆脱对很多问题的不确定认识。鲁迅对李恺良的回信，最能够看出这一点。

在来信中，李恺良表达了他对《语丝》上发表的由韩侍桁翻译的林癸未夫的《文学上之个人性与阶级性》一文的不解。韩侍桁曾和鲁迅一起大力声讨革命文学派（但鲁迅不像他那样彰显文学的独立价值），这篇文章的翻译也是他批判革命文学派的一部分。韩侍桁认为它"明白而中听"，值得一读。[①] 林氏把个人性界定为超越阶级的共同人性，而把阶级性界定为特殊人性和差异性，阶级性附属于个人性而存在。林氏自述，他不认为经济生活可以支配一切领域，即不承认唯物史观。在他看来，"离开经济生活的各种生活——例如，性格，思想，道德，感情，艺术等等之各种生活"，它们"存在于资本主义支配之外"，所以超越于阶级差别之外。[②] 对于一个无产者，首先"必要承认他是个人"，承认"他也有超阶级的人性"，在此基础上才能谈得上阶级情感的特殊性。

林氏很熟悉马克思主义者的反驳路数，他特意强调他所言的"个人生活"并非抽象的"孤独生活"，而是"超过阶级之差别的一种社会生活"。一个人固然有着阶级身份，但"在他的阶级成份的特殊生活之外，而仍有一种社会成份的共同生活存在着"。[③] 他还强调，虽然人类的"思想组织、道德组织、感情组织等"会受到经济组织的影响，因受影响而被"特殊化了的思想，道德，感情等"，"说这便是阶级性，也一点不错"；但同时，仍然存在"没有阶级性的，全社会的，普遍的，思想，道德，感情之组织"，它

---

① 侍桁：《文学上之个人性与阶级性·译者前记》，《语丝》第 4 卷第 29 期，1928 年 7 月 16 日，第 1 页。

② 〔日〕林癸未夫：《文学上之个人性与阶级性》，侍桁译，《语丝》第 4 卷第 29 期，1928 年 7 月 16 日，第 5 页。

③ 〔日〕林癸未夫：《文学上之个人性与阶级性》，侍桁译，《语丝》第 4 卷第 29 期，1928 年 7 月 16 日，第 4 页。

们可以"在经济组织之上加以直接或间接的影响，而把那种阶级的东西吸入于普遍的东西之内"。[①]

在林氏看来，唯物史观认为"支配一切社会组织的唯一底本质，是经济组织"，这导致 "阶级差别，不单是经济生活上的差别而已，而是人类全生活上的根本的差别了"。他说："以这种理由若推论下去，有产者的个人性与无产者的个人性，'全个'是不相同的了。就是说不承认有产者与无产者之间有共同的人性。再换一句话说，有产者与无产者只是有阶级性，而全然缺少个人性的。"[②]

李恺良认为，林氏这篇文章本是"一篇绝好的文章，但可惜篇末涉及唯物史观的问题，理论未免是勉强一点，也许是著者的误解唯物史观"。在援引了林氏从唯物史观所推导出的没有"共同的人性"的结论之后，他愤然说道：

> 这是什么话！唯物史观的理论，岂是这样简单的。它的理论并不否认个人性，因此，也不否认思想，道德，感情，艺术。但以性格，思想，道德，感情，艺术，都是受支配于经济的。[③]

李恺良并且举例说，现在有产者和无产者都承认妻子的人格，不过，"这个观念""虽然是共同的，却并非天赋的，仍然逃不了经济的支配。有产者和无产者物质生活上受经济的影响而有差等，个人性同样地受经济的影响而却是共同的。并不是有产者和无产

---

①　[日]林癸未夫：《文学上之个人性与阶级性》，侍桁译，《语丝》第4卷第29期，1928年7月16日，第6页。

②　[日]林癸未夫：《文学上之个人性与阶级性》，侍桁译，《语丝》第4卷第29期，1928年7月16日，第7页。

③　鲁迅：《文学的阶级性（并恺良来信）》，《语丝》第4卷第34期，1928年8月20日，《鲁迅全集》第4卷，第126页。

者人性的共同而就是不受经济制度的影响了"。①

可见，李恺良和林癸未夫一样承认有"共同的人性"，只不过他认为"共同的人性"也仍然受到"经济制度"的"支配"和"影响"。李恺良既认同唯物史观，又并不认为普遍的经济决定会造成意识领域的全面分裂，那么，为什么物质生活"受经济的影响而有差等"，"个人性同样受经济的影响却是共同的"呢？他认为，即便有"影响"，也不一定导致不同，但这样的话，岂不恰好说明"个人性"超越了经济的影响？这显然是一种不"彻底"的唯物史观。依革命文学派的理解，对立阶级的经济条件是悬殊的，而一切意识都受经济条件"支配"，如此也就很难安置"共同性"。李恺良之所以在后面把"支配"换成"影响"，大概也是自觉把唯物史观弱化了。出于对共同人性和唯物史观并不矛盾的认识，李恺良劝林氏"何以不拿'人是同样的是圆顶方趾，要吃饭，要睡觉，是有产者和无产者所共同的'而来驳唯物史观，爽快得多了"。

这封来信当然是要向鲁迅讨教看法。李恺良在信中虽态度明确，却未必充分自信，而仍想获得权威的确证。鲁迅则表现得谦逊："我对于唯物史观是门外汉，不能说什么。"他单就李恺良所援引的文字说："就林氏的那一段文字而论，他将话两次一换，便成为'只有'和'全然缺少'，却似乎决定得太快一点了。"②林氏所声言的逻辑，不过是当时唯物史观的通识，鲁迅对这种认识显然不能完全赞同。他认为有些唯物史观的"提要"著作，作者"意在使阶级意识明了锐利起来，就竭力增强阶级性说，而别一面就也容易招人误解"。鲁迅又特别强调存在三个不同的概念——"个性，共同的人性(即林氏之所谓个人性)，个人主义即利己主义"，并指出在中国有人把它们"混为一谈，来加以自以为唯物史观底申斥"，其不良后果则是："倘再有人据此来论唯物史观，那真是

① 鲁迅：《文学的阶级性（并恺良来信）》，《语丝》第4卷第34期，1928年8月20日，《鲁迅全集》第4卷，第126—127页。

② 鲁迅：《文学的阶级性（并恺良来信）》，《语丝》第4卷第34期，1928年8月20日，《鲁迅全集》第4卷，第127页。

糟糕透顶了。"而鲁迅所意指的对象,郭沫若大概会是其中之一。

在《留声机器的回音——文艺青年应取的态度的考察》一文中,郭沫若在呼吁青年做"辩证法的唯物论"的留声机器时,便一方面号召青年摈弃个人主义、走向集体,另一方面号召青年牺牲个性和自由。他并且援引了自己1925年的"忏悔"文字来显示以身作则:"在大多数的人未得发展其个性,未得生活于自由之时,少数先觉者无宁牺牲自己的个性,牺牲自己的自由,以为大众人请命,以争同大众人的个性与自由!"① 而在孔另境对革命文学家的要求中,对个人主义和个性的批判也以未加区分的形式同时出现:

> 过去那许多个人主义的作品所表现的,只是自私的所谓真情流露,其实它却是资产阶级的麻醉品。所谓自我表现,就是他自己小资产阶级的阶级性表现。但是革命文学作品是怎样的呢?作品内所写的是无产阶级的集体生活,作家自己是没有阶级意识,他以无产阶级的意识为意识。他只问时代的需要,除了群众的意识以外不晓得还有什么个性自我。②

另外,批判"共同的人性"也是"唯物史观"的应有之义。在鲁迅回应李恺良的时候,虽然直白的"共同的人性"批判还不多见,相关批判只在强调人类的思想和意识都被阶级分裂所隔断,但这和批判共同人性实质也没什么区别。

唯物史观提倡者确实在对个性、共同的人性和个人主义(鲁迅界定为利己主义)同时进行着批判,但鲁迅说是"混为一谈",则并不太准确。因为"个性"本就是"个人主义"的核心内涵,而利己主义与个人主义之间并无必然关系(正如个人主义的对立

---

① 麦克昂:《留声机器的回音——文艺青年应取的态度的考察》,《文化批判》第3号,1928年3月15日,第11页。

② 另境:《时代作家的修养》,《文化批判》第5号,1928年5—6月间,第155页。

面一般会被界定为集体主义而非利他主义[①]），即便在鲁迅所处的时代，知识界也并不总是会把个人主义与利己主义等同[②]，所以如郭沫若那样将个性与个人主义放到一起批判属于自然而然。鲁迅视个人主义为利己主义，揭示出他受到时代风潮影响，既意欲克服"个人主义"，但又试图保存"个性"。不过不妨指称鲁迅所言的个人主义为个人利己主义，而它与个性确乎处在不同层面，与"共同的人性"则相距更远。可以确定，鲁迅认为唯物史观在评论这三个对象时应予分疏。不过该如何分疏、怎样批判，鲁迅并未直言。依据他的理解，个性很难是该被全面否定之物，而个人主义在唯物史观面前则已寿命无多；"共同的人性"与以上二者也有显著不同。鲁迅未清晰表达他的见解，和他自述对唯物史观尚缺乏掌握自然有关，但他还是透露了一个重要见解。李恺良自认为唯物史观不可能缺乏常识到不承认有"共同人性"，所以面对林氏的批判，他带有戏谑意味地劝林氏不妨拿人都要"吃饭睡觉"这些生理特性来做例证。而鲁迅则意味深长地指出：

> 来信的"吃饭睡觉"的比喻，虽然不过是讲笑话，但脱罗兹基曾以对于"死之恐怖"为古今人所共同，来说明文学中有不带阶级性的分子，那方法其实是差不多的。在我自己，是以为若据性格感情等，都受"支配于经济"（也可以说根据于经济组织或依存于经济组织）之说，则这些就一定都带着阶级性。但是"都带"，而非"只有"。所以不相信有一切超乎阶级，文章如日月的永久的大文豪，也不相信住洋房，喝咖啡，却道"唯我把握住了无产阶级意识，所以我是真的无产者"的

---

①　鲁迅也多次把个人主义和"集团主义"对举，参见其《叶永蓁作〈小小十年〉小引》，《春潮月刊》第1卷第8期，1929年8月15日，《鲁迅全集》第4卷，第150—152页；《非革命的急进革命论者》，《萌芽月刊》第1卷第3期，1930年3月1日，《鲁迅全集》第4卷，第231—234页。

②　参见金观涛、刘青峰：《观念史研究——中国现代重要政治术语的形成》，第533—534页。

革命文学者。①

　　鲁迅在这里对他长期尊崇的托洛茨基做出了决定性的反动，在他看来，托洛茨基所使用的论证非阶级性因素存在的方式也是"讲笑话"式的②；而鲁迅虽然使用了虚拟语气（"若据"），但后面续以确定性的"所以"如何如何，可知他对唯物史观（经济决定论）是信服的。鲁迅的观点因而是：文学中没有"不带阶级性的分子"，每个分子"都带"着阶级性，尽管并非"只有"阶级性。也就是说，差异性的存在是无所不在的，即便有共同性的存在，差异性也在其上打有烙印；没有纯粹的共同性，而只有阶级性制约下的共同性。所以阶级性是笼罩一切的特性，虽然它并非一切。这近似鲁迅理解中的"宣传"，它也笼罩一切，但并非一切。

　　鲁迅这种认识的生成，和他对梁实秋的批判直接相关。比如他此前批判梁实秋时所讲的香汗臭汗论，便可谓其上述论说的生动诠解。而梁实秋在沉默了足足一年多之后，又在《新月》发出了一篇用人性来彻底否定文学阶级性的文章——《文学是有阶级性的吗?》。载有该文的《新月》同时还发表了梁实秋另一篇批评鲁迅译文不通的《论鲁迅先生的"硬译"》。这两篇文章促使鲁迅写下了他的名文《"硬译"与"文学的阶级性"》，并使二人长期的互相批判达至高潮。

　　梁实秋的新文章乍看似无多少新内容，但还是有着重要的变化。较之一年多前，他的论说有了更强的针对性和更具体的分析。这主要体现在他的人性论说重心发生了较大变化，由主要集中于原则方面的人性叙述——理性节制情感，转换成了具体的人性内容表达——人性的共同性，并因此对人道主义的攻击也基本

---

　　① 鲁迅：《文学的阶级性（并恺良来信）》，《语丝》第4卷第34期，1928年8月20日，《鲁迅全集》第4卷，第128页。

　　② 托洛茨基关于"死之恐怖"为人所共有的论述，出自鲁迅所译的托洛茨基在俄共（布）中央召开的关于文艺政策讨论会上的发言。参见［日］藏原惟人、外村史郎辑：《文艺政策》，鲁迅译，第97—98页。2005年版《鲁迅全集》关于"死之恐怖"出处的注释沿袭了1981年版的错误。

消匿了。梁实秋看到了无产阶级文学理论中因对阶级性的过度强调而导致的人性割裂，于是重点在这个方面展开了批判。此前，梁实秋很少强调共同人性，而集中于谈论人性的永久普遍和固定性，强调其应被普遍理性制约，极偶尔才会附带提及："但是你若深刻的描写失恋的苦痛，春花秋月的感慨，这样的作品也是伟大了，因为这是全人类的公同的人性的反映。"① 而这次，梁实秋把表达重点放到了共同人性上。在他看来，无产阶级文学理论的"错误在把阶级的束缚加在文学上面"，从而忽略了人性的超阶级的共同性：

> 文学的国土是最宽泛的，在根本上和在理论上没有国界，更没有阶级的界限。一个资本家和一个劳动者，他们的不同的地方是有的，遗传不同，教育不同，经济的环境不同，因之生活状态也不同，但是他们还有同的地方。他们的人性并没有两样，他们都感到生老病死的无常，他们都有爱的要求，他们都有怜悯与恐怖的情绪，他们都有伦常的观念，他们都企求身心的愉快。文学就是表现这最基本的人性的艺术。无产阶级的生活的苦痛固然值得描写，但是这苦痛如其真是深刻的必定不是属于一阶级的。人生现象有许多方面都是超于阶级的。例如，恋爱（我说的是恋爱的本身，不是恋爱的方式）的表现，可有阶级的分别吗？例如，歌咏山水花草的美丽，可有阶级的分别吗？没有的。如其文学只是生活现象的外表的描写，那么，我们可以承认文学是有阶级性的，我们也可以了解无产文学是有它的理论根据；但是文学不是这样肤浅的东西，文学是从人心中最深处发出来的声音。②

梁实秋的论述逻辑更加细密了，他特别注意到了把超阶级的性质归为"最基本"的范畴，归为"人心中最深处"的东西，在

---

① 梁实秋：《文学与革命》，《新月》第 1 卷第 4 号，1928 年 6 月 10 日，第 7 页。

② 梁实秋：《文学是有阶级性的吗?》，《新月》第 2 卷第 6—7 号合刊，1929 年 9 月 10 日（愆期至 1930 年 1 月），第 5 页。

这些地方排除掉了阶级性的存在。他试图从现象中归纳一种内在的情感本性（人性），并认为它超越了阶级性。这中间存在一个抽象的过程，但这样得到的"人性"，并不会让人感觉不切实际。就像创造社的"阶级意识"，也是一个抽象概念，但并非就没有现实基础一样。所以左翼与梁实秋论辩的关键，其实也不在于是否抽象，根柢或还在于政治观的歧异。①

在人类社会诸领域，梁实秋仍然秉持其精英理论，甚至锋芒更加锐利。也和此前一样，他把一种无反思的人类等差秩序视作文明的阶梯，把主要基于自然天赋的"聪明才力"视作上升的条件。在他看来，"资产"是文明的基石，资本主义的秩序虽不能做到平等，但不平等本是常态，而且聪明才力仍起着调节秩序的作用：

> 经济是要决定生活的最要紧的原素之一，但是人类的生活并不是到处都受经济的支配，资本家不一定就是幸福的，无产者也常常自有他的乐趣。……没有聪明才力的人虽然能侥幸得到资产，但是他的资产终于是要消散的，真有聪明才力的人虽然暂时忍受贫苦，但是不会长久埋没的，终久必定可以赢得相当资产。所以我们充分的承认资产制度的弊病，但是要拥护文明，便要拥护资产。②

如果梁实秋使用的是"财产"，而非意义含混的"资产"，也许能更有针对性，也不至于引起不必要的误解。而考察"聪明才力"一词，和此前他所用的"天赋"似乎也并无本质差别，认为人类社会的等级秩序是建立在"聪明才力"的差别上，恐怕适足成为对人类社会压迫秩序的粉饰。梁实秋虽然也肯定后天劳动的必要，但其"聪明才力"还是洋溢着浓郁的"天赋"气息，以它

---

① 温儒敏即指出，此一论争"本质上是政治观点之争"。温儒敏：《中国现代文学批评史》，北京：北京大学出版社，1993年，第74页。

② 梁实秋：《文学是有阶级性的吗？》，《新月》第2卷第6—7号合刊，1929年9月10日（愆期至1930年1月），第1—2页。

来作为人类社会等级秩序的分类标准，同时便忽略了人类的伦理要求：纯任自然何以构成社会？同时它也是对不平等背后所隐含的不公正的社会、政治、经济等结构的无视。依据这种认识，难免不满于全盘打破既定秩序的企图，而希望每个人依其"聪明才力"，循正轨而发扬之，获得安身立命之资：

> 无产者本来并没有阶级的自觉。是几个过于富同情心而又态度褊激的领袖把这个阶级观念传授了给他们。阶级的观念是要促起无产者的联和，是要激发无产者的斗争的欲念。一个无产者假如他是有出息的，只消辛辛苦苦诚诚实实的工作一生，多少必定可以得到相当的资产。这才是正当的生活斗争的手段。但是无产者联合起来之后，他们是一个阶级了，他们要有组织了，他们是一个集团了，于是他们便不循常轨的一跃而夺取政权财权，一跃而为统治阶级。他们是要报复！他们唯一的报复的工具就是靠了人多势众！"多数""群众""集团"这就是无产阶级的暴动的武器。[①]

梁实秋的言论几乎彻底剥夺了无产阶级质疑现行秩序，并试图改革它的权利。这种论述的背后，蕴含着他的"革命"反思。他之前认为，大众在革命过程中处于非理性的激情状态；现在，他的反思延伸到了革命之后。梁实秋也承认无产阶级革命的现实合理性，但他认为，革命也无法实现平等。因为革命之后，"优胜劣败的定律又要证明了，还是聪明才力过人的人占优越的位置，无产者仍是无产者"[②]。梁实秋的思考其实已经尖锐触及"革命第二天"的问题，而这一问题，恰恰是当时的左翼几乎没有涉及的。

在文学品鉴问题上，梁实秋再次重复了他的"天赋"论：

---

① 梁实秋：《文学是有阶级性的吗？》，《新月》第 2 卷第 6—7 号合刊，1929 年 9 月 10 日（愆期至 1930 年 1 月），第 2 页。

② 梁实秋：《文学是有阶级性的吗？》，《新月》第 2 卷第 6—7 号合刊，1929 年 9 月 10 日（愆期至 1930 年 1 月），第 2 页。

> 好的作品永远是少数人的专利品，大多数永远是蠢的永远
> 是与文学无缘的。不过鉴赏力之有无却不与阶级相干，贵族资
> 本家尽有不知文学为何物者，无产的人也尽有能鉴赏文学者。
> 创造文学固是天才，鉴赏文学也是天生的一种福气。①

梁实秋试图以自然随机性所生成的形式平等，反击阶级理论的差
异性言说，但却忽略了自然随机性背后的社会不平等问题。他同
时认为，为了大多数的艺术必然是媚俗的，而真正的艺术家应该
坚守自我：

> 一般劳工劳农需要娱乐，也许需要少量的艺术的娱乐，例
> 如什么通俗的戏剧，电影，侦探小说，之类。为大多数人读的
> 文学必是逢迎群众的，必是俯就的，必是浅薄的；所以我们不
> 该责令文学家来做这种的投机买卖。文学家要在理性范围之内
> 自由的创造，要忠于他自己的理想与观察，他所企求的是真，
> 是美，是善。②

梁实秋对作家走向媚俗的警戒、对作家坚守个性的张扬等，正如
其关于"革命第二天"的言说一样，本来对左翼文坛是有益的提
醒，只可惜在激烈的论辩语境中，也大都烟消云散了。

对于梁实秋的论述，鲁迅在《"硬译"与"文学的阶级性"》
一文中表示了极大愤慨。鲁迅此文，发表于1930年3月1日出
版的《萌芽月刊》上，"左联"则在3月2日成立。此前，鲁迅
已经决定和革命文学派结盟，由鲁迅主编的《萌芽月刊》自该期
起也成了"左联"机关刊物。鲁迅这篇文章，仍有对革命文学派
的批评和嘲讽，但比起对梁实秋的态度，已然堪称温婉。值得注
意的是，鲁迅的论述以一种鲜明的二元对立结构展开，这既显示

---

①　梁实秋：《文学是有阶级性的吗?》，《新月》第2卷第6—7号合刊，1929年9月
10日（愆期至1930年1月），第6页。

②　梁实秋：《文学是有阶级性的吗?》，《新月》第2卷第6—7号合刊，1929年9月
10日（愆期至1930年1月），第6页。

出阶级理论的潜在影响，同时也是为了回应梁实秋对其译文的责难——在鲁迅看来，看不懂的是"你们"，"我的'硬译'""在'他们'之间生存"①。另一方面，"新月"标称无"组织"，鲁迅明白这是对共产主义有"组织"团体的反讽，于是揭发他们批判无产阶级革命时的"'多数'和'集团'气味"，同时揭发他们"以硬自居了，而实则其软如棉"的"组织"特性。②于是梁实秋的文章所用的"我们"一词便成为有"组织"的证据。相应地，鲁迅自认为属于"他们"这个与其敌对的群体。这显然也是鲁迅已决定投身"集团"怀抱的心理投射。

针对梁实秋希望工人勤勉工作以获得资产的言论，鲁迅指出，这是"中国有钱的老太爷高兴时候，教导穷工人的古训"，即便在今日这种"想爬上一级去的'无产者'也还多"，不过这由于"还没有人'把这个阶级观念传授了给他们'"，"一经传授，他们可就不肯一个一个的来爬了"。尚未被传授给"阶级观念"的无产者，他们不能算是无产者，而只是"尚未发财的有产者"。③在这里，鲁迅和他曾经批判过的创造社，在理论逻辑上已无太大区别。

对于梁实秋把文学的鉴赏力归于天赋进而试图消解阶级性的言论，鲁迅指出了在"天赋"的背后所潜伏着的经济、教育要素：

> 梁先生说，"好的作品永远是少数人的专利品，大多数永远是蠢的，永远是和文学无缘"，但鉴赏力之有无却和阶级无干，因为"鉴赏文学也是天生的一种福气"，就是，虽在无产阶级里，也会有这"天生的一种福气"的人。由我推论起来，则只要有这一种"福气"的人，虽穷得不能受教育，至于一字不识，也可以赏鉴《新月》月刊，来作"人性"和文艺"本

---

①　鲁迅：《"硬译"与"文学的阶级性"》，《萌芽月刊》第 1 卷第 3 期，1930 年 3 月 1 日，《鲁迅全集》第 4 卷，第 201 页。

②　鲁迅：《"硬译"与"文学的阶级性"》，《萌芽月刊》第 1 卷第 3 期，1930 年 3 月 1 日，《鲁迅全集》第 4 卷，第 200—201 页。

③　鲁迅：《"硬译"与"文学的阶级性"》，《萌芽月刊》第 1 卷第 3 期，1930 年 3 月 1 日，《鲁迅全集》第 4 卷，第 207 页。

身"原无阶级性的证据。但梁先生也知道天生这一种福气的无产者一定不多,所以另定一种东西(文艺?)来给他们看,"例如什么通俗的戏剧,电影,侦探小说之类",因为"一般劳工劳农需要娱乐,也许需要少量的艺术的娱乐"的缘故。这样看来,好像文学确因阶级而不同了,但这是因鉴赏力之高低而定的,这种力量的修养和经济无关,乃是上帝之所赐——"福气"。①

鲁迅揭示了在"天赋"差异背后的经济地位不平等问题,这和他此前质问梁实秋,其"自然"是真"自然",还是"因积渐的人为而似自然",一脉相承。他并且批判了梁实秋关于无产阶级文学作者放弃了独立意识的认识,指出所谓文学的阶级性指的是阶级社会中的文学家不能逃脱"本阶级的阶级意识"的支配:

> 文学有阶级性,在阶级社会中,文学家虽自以为"自由",自以为超了阶级,而无意识底地,也终受本阶级的阶级意识所支配,那些创作,并非别阶级的文化罢了。例如梁先生的这篇文章,原意是在取消文学上的阶级性,张扬真理的。但以资产为文明的祖宗,指穷人为劣败的渣滓,只要一瞥,就知道是资产家的斗争的"武器",——不,"文章"了。无产文学理论家以主张"全人类""超阶级"的文学理论为帮助有产阶级的东西,这里就给了一个极分明的例证。②

梁实秋在《文学是有阶级性的吗?》一文起首便引用了卢梭的一句话"资产是文明的基础",并举卢梭既攻击"资产制度"又攻击"文明"为例,暗讽不敢攻击"文明"的马克思主义文人逻辑不统一。在这里,鲁迅把梁氏所谓的"资产"理解为了"资本",

① 鲁迅:《"硬译"与"文学的阶级性"》,《萌芽月刊》第1卷第3期,1930年3月1日,《鲁迅全集》第4卷,第209页。

② 鲁迅:《"硬译"与"文学的阶级性"》,《萌芽月刊》第1卷第3期,1930年3月1日,《鲁迅全集》第4卷,第210页。

为与梁文相统一，下面还使用了一个很少被人使用的"资产家"一词作为梁实秋的逻辑延伸，以说明梁实秋是资本家的辩护人。那么，梁实秋的"资产"是否即是"资本"呢？从梁实秋为"资产"辩护能否推导出他为"资产家"辩护呢？卢梭的话出自其在1755年为《法兰西百科全书》撰写的条目《论政治经济学》：

> 财产权的确是所有公民权中最神圣的权利，它在某些方面，甚至比自由还更重要。这既由于它对于维持生活有更大的影响，又因为财产比之生命更加容易遭到侵犯、更加难以保护；法律应该更多地注意最容易被剥夺的东西。最后，也许因为财产是文明社会真正的基础，公民事业真正的保证，原因是，如果财产权对于个人行动不负有责任，那末，要逃避责任、玩忽法律，真是再方便不过的事情了。[①]

启蒙思想家对私有财产权多有过捍卫，卢梭也不例外，但他却较为特异，因为他对"自然状态"更加神往，并认为正是私有财产的出现使得自然状态解体，罪恶滋生，"文明"出现，所以在他那里，私有财产和文明又都是罪恶的根源。但"文明"的契约社会才是卢梭进行设计的对象，虽然人性的理想状态是自然状态，但对于政治社会，他并不认为应该回归到自然状态中去；相反，人类应该在依据自由意志所订立的契约之下，在理性所建构的法律之下，落实国家的统治。[②]因此，卢梭并不像梁实秋所理解的那样对私有财产持纯粹批判的态度。他和洛克等启蒙思想家一样认为，私有财产权是人类社会建立的基础和个人自由的保障。但同时，卢梭主张对私有财产施加合理的限制，避免其过分膨胀到危害自由。[③]值得一提的是，卢梭对私有财产的抨击，也曾遭到

①　[法]卢梭：《论政治经济学》，王运成译，北京：商务印书馆，1962年，第25页。

②　参见[英]欧内斯特·巴克：《社会契约论·导论》，[英]迈克尔·莱斯诺夫等：《社会契约论》，刘训练、李丽红、张红梅译，南京：江苏人民出版社，2005年，第236页。

③　参见[比]雷蒙·特鲁松：《卢梭传》，李平沤、何三雅译，北京：商务印书馆，1998年，第264页。

白璧德的批判。^①

在引述的卢梭那句话时，梁实秋把"财产"（property）译为"资产"，那么"资产"是否就是"资本"（capital）的意思呢？笔者查阅了十余种当时出版的辞书，除一种外，均未收入"资产"一词^②，大概是以为其含义较常识化，而基本都收入了"资本"一词，解释与今日也无异；也有辞书把"资产阶级"同时称作"资本家阶级"^③。没有任何证据表明，资产在彼时语境中，与资本同义；尽管由于"资产阶级""有产阶级"称呼的普遍化，在实际使用中，二者难免出现混淆。仅见的例外是民国颇具影响的《王云五大辞典》。它同时收录了"资产"和"资本"。其对资本的解释一如寻常，把资产则解释为"金钱与产业"，把"产业"又解释为"财物，财产"。^④若据此，则"资产"与"财产"一词，含义基本相同；如果把它等于"资本"，反而偏差较大。梁实秋即是在"财产"的含义上来使用"资产"一词的，因为其声言穷人努力劳动也终可获得"相当的资产"，不可能是说穷人努力劳动都可变成资本家，因为这偏离常识太远。当时的马克思主义者不仅攻击资本，同时攻击私有财产制度，梁实秋对此也有认识。他反感这一攻击，和白璧德的影响难免相关；而在晚年，他曾列举八本影响自己的书，第五本是他 1925 年在潘光旦推荐下阅读的美国学者斯陶达的《对文明的反叛》（Lothrop Stoddard, *The Revolt against Civilization*,

---

① 参见［美］欧文·白璧德：《民主与领袖》，张源、张沛译，北京：北京大学出版社，2011 年，第 53—73 页。

② 笔者查询的辞书择要列举如下：吴念慈、柯柏年、王慎名编：《新术语辞典》，上海：南强书局，1929 年；高希圣、郭真、高乔平、龚彬编：《社会科学大词典》，上海：世界书局，1929 年；陈绶苏编：《社会问题辞典》，上海：民智书局，1929 年；舒新城主编：《中华百科辞典》，上海：中华书局，1930 年；邢墨卿编：《新名词辞典》，上海：新生命书局，1934 年；顾志坚编：《新知识辞典》，上海：北新书局，1934 年；施伏量（施存统）编：《社会科学小辞典》，上海：新生命书局，1935 年。

③ 如陈绶苏编：《社会问题辞典》，第 759—760 页；施伏量编：《社会科学小辞典》，第 140 页。

④ 王云五编：《王云五大辞典》，上海：商务印书馆，1930 年，第 627、12 页。

1923），梁实秋自述这本书的大意：“私有财产为人类文明的基础。”此书主旨即在批评马克思和恩格斯对私有财产的攻击，认为这是“反叛文明，是对整个人类文明的打击”。[①] 可见，梁实秋在 1930年阐释卢梭的论述时，对马克思主义的相关主张及面对的批判已有所了解。而且梁氏所读系英文，资本、私有财产的概念绝不致混淆。综合上述证据可知，梁实秋并不是在“资本”的含义上使用“资产”一词，而是在“私有财产”（private property）的意义上使用。而鲁迅，则把梁实秋所说的“资产”理解成了“资本”，于是生发出他是“资产家”的辩护者的结论。[②]

那么，梁实秋是否如鲁迅所言的那样“指穷人为劣败的渣滓”呢？ 2005 年版《鲁迅全集》对鲁迅这篇文章加注极密，多次长篇引用梁氏原文，而在这里却无注释，这提示出，梁实秋可能并未说过这样的话。在不久后发表的《“丧家的”“资本家的乏走狗”》中，鲁迅继续指斥梁实秋称无产阶级为“劣败者”，并给“劣败者”加上引号。[③] 但“劣败者”也并非梁氏原文。鲁迅的指责其实基于梁实秋的如下论述：“这种革命的现象不能是永久的，经过自然进化之后，优胜劣败的定律又要证明了，还是聪明才力过人的人占优越的位置，无产者仍是无产者。”据此论，“无产者”确系“劣败”而成。但在梁氏的逻辑体系内，其所云“无产者仍是无产者”，其实并不意指无产者（个体）将永远是无产者且必然是“劣败”的，而是指“无产者”阶层及有产 / 无产等级秩序的必然存在。梁实秋虽然确信人类各个领域存在等级秩序的必然性，相信任何一个常态的领域都将是才智出众的天才领导庸众，庸众起码在可以预期的未来都不会消失，而且这种等差构成了人类进步的动力；但梁实秋的等级秩序并非主 / 奴压迫结构，在根本上也并

---

① 梁实秋：《影响我的几本书》，《梁实秋文学回忆录》，第 23 页。

② 2005 年版《鲁迅全集》的注释称梁实秋是在“歪曲引用”卢梭的话，并不妥当。参见《鲁迅全集》第 4 卷，第 221 页。

③ 鲁迅：《“丧家的”“资本家的乏走狗”》，《萌芽月刊》第 1 卷第 5 期，1930 年5 月 1 日，《鲁迅全集》第 4 卷，第 252 页。

非一种经济和权力秩序，而是一种智力和精神秩序，决定等级分界的是"聪明才力"与"天赋"等因素。梁实秋在做这种论述的时候，依据的是人文主义对精神内在修养的重视，但又有重要的向自然主义的倾斜，而对后天及社会性因素缺少强调。所以，梁实秋笔下的"劣败者"，严格来讲并不指向无产者和"穷人"，依其逻辑应该主要指向智商和天赋较低下者（梁实秋或许更乐意认为是努力不够或德性较差的人）。梁实秋曾以不满的语气说过："聪明绝顶的人，我们叫他做人；蠢笨如牛的人，也叫做人。"又说过："大多数永远是蠢的永远是与文学无缘的。不过鉴赏力之有无却不与阶级相干……鉴赏文学也是天生的一种福气。"均足以证明这一点。当然，梁实秋一直在回避"聪明才力"与社会结构之间的关系问题——比如天才／庸众的等级秩序为何在现实中表现为有产／无产的经济和政治秩序？为前者辩护的结果为何滑向了为后者辩护？庸众为何"劣败"成了无产者，难道不能"劣败"成有产者？在梁实秋的论述中，僵化的等级秩序结构伴随着对现实的合理化，构成了其理论体系的致命缺陷。倘若"有出息"的无产者只应辛苦诚实工作以获得"相当的资产"，他们反思秩序的权利又在何处呢？

在鲁迅与梁实秋的论辩中，共同人性的问题尤为重要。因为阶级文学若作为一种排他性文学而存在，对它的挑战，归根结底是对排他的阶级性的挑战；而最足以消解排他的阶级性的，莫过于共同人性。鲁迅对梁实秋的共同人性论说做了如下批驳：

> 文学不借人，也无以表示"性"，一用人，而且还在阶级社会里，即断不能免掉所属的阶级性，无需加以"束缚"，实乃出于必然。自然，"喜怒哀乐，人之情也"，然而穷人决无开交易所折本的懊恼，煤油大王那会知道北京检煤渣老婆子身受的酸辛，饥区的灾民，大约总不去种兰花，像阔人的老太爷一样，贾府上的焦大，也不爱林妹妹的。……倘以表现最普通的人性的文学为至高，则表现最普遍的动物性——营养，呼吸，运动，生殖——的文学，或者除去"运动"，表现生物

性的文学，必当更在其上。倘说，因为我们是人，所以以表现人性为限，那么，无产者就因为是无产阶级，所以要做无产文学。[1]

文本的复杂往往来自语词的含混与多义，鲁迅所说的"阶级性"也需慎重对待，但好在他曾对阶级性表达过意见。比如从他针对林癸未夫的言说即可知，鲁迅对阶级性的使用和林氏并不十分相同。林氏并不认同阶级理论，他对阶级性的界定来自一些持论较"极端"的马克思主义者，他们把阶级性界定为一种绝对的排他性，认为人身上只有阶级性。而鲁迅虽认为阶级性是无所不在的（"都带"），但认为并非"只有"阶级性，可见他的阶级性界定中并不含有绝对排他的性质，而近似一种差异性。至于除了阶级性之外还有什么，鲁迅并未明示。

没有人会否认人类存在着共同的生理人性，但这种共识并无太大意义，因为大概没有人会承认人类应满足于动物的层次。同时，生理本能也不可能完全赤裸地表现，它总难免表现为有差别的形式，如鲁迅所问：是香汗，还是臭汗？所以，争论的关键在于是否存在跨阶级的非生理本能的共通人类情感。依据被阶级斗争理论改造过的唯物史观，无产阶级和资产阶级处在对立的社会条件之下，因而他们的阶级性被不同的社会条件决定，道德、感情、意识状态都彼此对立。"此人之肉，彼人之毒"，共同人性因而无法存在。而鲁迅显然并不赞同完全否认人之共同性的言论，并把它视作宣传家的故意走极端。鲁迅对阶级性的意见是"都带"，而非"只有"；梁实秋则通过抽象归纳，认为透过感情的外在表达形式仍存在没有阶级性的人类共同情感，这种情感构成了基本人性，而"文学就是表现这最基本的人性的艺术"，并因此可以跨越各种鸿沟，实现永久和普遍性。

应该说，梁实秋和鲁迅的理论并非处在两个极端，相反，两

---

[1]　鲁迅：《"硬译"与"文学的阶级性"》，《萌芽月刊》第 1 卷第 3 期，1930 年 3 月 1 日，《鲁迅全集》第 4 卷，第 208 页。

人有着交集。鲁迅虽未正面肯定过共同人性的存在,但却婉转否定过彻底否定派,而且他此后的文章也并未完全避用未加阶级性限定的"人性"一词。① 或许可以这样引申,在鲁迅看来,即便那些可以被称作"共同人性"的人性,仍然脱不了阶级性的制约。至于梁实秋,对人性因阶级性所导致的差异也有足够认识,他与鲁迅的不同在于,他认为在根本处存在着超越了阶级性的共同人性。鲁迅未尝没看到梁实秋的归纳逻辑,但在他看来,依照这种归纳方式,剥离掉了阶级性的共同人性将随着抽象程度的增强而逐渐成为"最普遍的动物性"和"生物性"。是不是对跨阶级感情的抽象终将沦为"动物性",依据人兽同源的现代知识,自然有其根据,比如不妨把爱情的本性归入"生殖"的冲动——这样的话,依梁实秋的逻辑,情色文学就成了更伟大的文学。鲁迅对梁实秋的批评正是着眼于此。冯乃超在批判梁实秋时采取了相同的策略,认为"恋爱本身"其实是"共通于禽兽的","恋爱的本身"就是"性欲",因而无意义可言,而只应关注"种种变化的恋爱的形式"。② 冯乃超的逻辑或许来自俄国文艺理论家弗里契。其同期所翻译的弗里契《艺术家托尔斯泰》一文,批评托尔斯泰在写作中卸下"社会阶级的重担",而服从于"全人类的"动机,"从其下面出现激动的要素——包含性和死的生物学的基础"。③ 可见,"全人类的"的超阶级属性,在弗里契那里,也被理解为一种生物学要素。这一观点与鲁迅、冯乃超的看法,几无二致。

但这里有一个重要的区分需要辨明,鲁迅应该也意识到了这一区分。他虽然没有将之直白表达出来,但在文字中已凸显了这一点。那就是基于生理机能的共同人性,和基于理性与情感能力

---

① 比如《〈不走正路的安得伦〉小引》(1933)、《〈草鞋脚〉》(1934)、《"题未定"草(五)》(1935)。

② 冯乃超:《文艺理论讲座(第二回)》,《拓荒者》第1卷第2期,1930年2月10日,第675—676页。

③ [俄]傅利采:《艺术家托尔斯泰》,冯乃超译,《文艺讲座》第1册,1930年4月10日,第262页。"傅利采"今译"弗里契"。

的共同人性之间，存在重要区分。"营养""呼吸"和"生殖"，这些或许可以被视为"动物性"，在这个层面谈共同人性，鲁迅会把它视作"笑话"，梁实秋大概也不会同意。梁实秋强调的共同人性，更主要的是指基于跨阶级的情感能力的人性，所以更应该被称作"共通"人性。这种人性，并不容易被还原到"动物性"上去，所以鲁迅需要对它进行特别的解构。

对这类共通的人性，鲁迅使用了举例的解构方式——"穷人决无开交易所折本的懊恼，煤油大王那会知道北京检煤渣老婆子身受的酸辛，饥区的灾民，大约总不去种兰花，像阔人的老太爷一样，贾府上的焦大，也不爱林妹妹的"。在这些例证里，鲁迅取消了"穷人"体验富商经商失败而"懊恼"的可能，取消了"煤油大王"感受"检煤渣老婆子身受的酸辛"的可能，也取消了焦大爱上林妹妹的可能。

依据马克思主义，甚至可以说，这种共通的人性能力，是人类最基础的感觉能力。这自然也是一种需要在实践中培养的能力。马克思在其《1844 年经济学哲学手稿》中，在谈到人的本质力量必须通过对象化才能得到实现时，特别强调了发展人的感觉能力的重要性，并把它视作实现人的本质力量的必经之途。在马克思看来，感觉能力的意义在于在对象化过程中确证自我："人不仅通过思维，而且以**全部**感觉在对象世界中肯定自己。"[①] 他甚至认为："五官感觉的**形成**是迄今为止全部世界历史的产物。"但他也强调，"囿于粗陋的实际需要的**感觉**，也只具有**有限**的意义"，比如"对于一个挨饿的人来说并不存在人的食物形式，而只有作为食物的抽象存在；食物同样也可能具有最粗糙的形式，而且不能说，这种进食活动与**动物的**进食活动有什么不同。忧心忡忡的、贫穷的人对最美丽的景色都没有什么**感觉**；经营矿物的商人只看到矿物的商业价值，而看不到矿物的美和特性；他没有矿物学的感觉"。这种情况的出现是由于"感觉"能力的形成受制于特定的社会条件和对象（比如私有制便异化了人的本质力量，使人

---

① ［德］马克思：《1844 年经济学哲学手稿》，第 87 页。

成为自己对象物的奴隶），但是人的感觉能力并不完全是外在条件的奴隶，随着"人的本质客观地展开的丰富性"，亦即随着人在实践中不断地改造世界、拓展自己，人的感觉能力也将随之进化，并成为确证人之为人的"本质力量的感觉"：

> 社会的人的**感觉不同于**非社会的人的感觉。只是由于人的本质客观地展开的丰富性，主体的、**人的**感性的丰富性，如有音乐感的耳朵、能感受形式美的眼睛，总之，那些能成为人的享受的感觉，即确证自己是**人的**本质力量的**感觉**，才一部分发展起来，一部分产生出来。因为，不仅五官感觉，而且连所谓精神感觉、实践感觉（意志、爱等等），一句话，**人的**感觉、感觉的人性，都是由于**它的**对象的存在，由于**人化的**自然界，才产生出来的。①

因此在马克思看来，下面的要求对于使人成其为人便具有格外重要的意义：

> 一方面为了使人的**感觉**成为**人的**，另一方面为了创造同人的本质和自然界的本质的全部丰富性相适应的**人的感觉**，无论从理论方面还是从实践方面来说，人的本质的对象化都是必要的。②

可见，马克思和鲁迅一样都认识到了人的感觉能力因为社会条件的限制而将出现不完善的情况，但马克思并未像鲁迅一样把人类的感觉能力的缺陷视作一种普遍甚至自然的现象。他特别强调要"创造同人的本质和自然界的本质的全部丰富性相适应的人的感觉"，以克服异化的状态。人的感觉能力的丰富性被视作人的基本特征之一。马克思甚至认为，当时的条件已经为实现人的感觉的"全部丰富性"提供了条件："通过**私有财产**及其富有和贫困——或物质的和精神的富有和贫困——的运动，正在生成的社

---

① ［德］马克思：《1844 年经济学哲学手稿》，第 87 页。

② ［德］马克思：《1844 年经济学哲学手稿》，第 88 页。

会发现这种**形成**所需的全部材料"；与之相关的是，"**已经生成的社会**，创造着具有人的本质的这种全部丰富性的人，创造着**具有丰富的、全面而深刻的感觉**的人作为这个社会的恒久的现实"。①而鲁迅并未把他所描述的现象视作一种人性的缺陷和不完满，相反，他把它们视作必然且普遍的现象，视作无产阶级之所以为无产阶级的特性。在客观上，这不仅是对"有产阶级""感觉"能力的贬低，也是对"无产阶级"的贬低。

　　鲁迅这种意识的生成当然也并非纯然来自阶级斗争理论的作用。一方面，长期以来，他由人际交往的挫折所加剧的对世间人情冷漠的认识，对"正人君子"集团的反感等，都使其深信人类社会中存在着互不能沟通的群体②，这难免构成他接受阶级理论的心理基础，催生出理性和情感沟通在两个阶级之间将必然被阻断的认识。另一方面，这种认识的生成和有岛武郎的影响可能也有着较深的关系。在鲁迅受到革命文学派批判时，他动笔翻译了有岛武郎的一些作品，并从中寻找到批判革命文学派的若干支撑。在《宣言一篇》中，有岛氏在有产阶级和无产阶级之间树立了一道近乎完全不可逾越的屏障，两个阶级的人因为生活世界的悬殊，完全不存在什么"接触点"，他们的情感和心灵世界，自然不可能存在沟通的渠道：

　　　　河上氏（河上肇——引者）如此，我也一样，而更不能和第四阶级有什么接触点。如果我自以为对于第四阶级的人们，能够给与一些暗示，这是我的谬见；如果第四阶级的人们，觉得从我的话，受了一些影响，这是第四阶级的人们的误算。全由第四阶级者以外的生活和思想所长养的我们，要而言之，是

---

① ［德］马克思：《1844 年经济学哲学手稿》，第 88 页。

② 比如他在 1926 年和 1927 年间曾多次感叹人性的不能相通："呜呼，人和人的魂灵，是不相通的。"鲁迅：《无花的蔷薇之二》，《语丝》第 72 期，1926 年 3 月 29 日，《鲁迅全集》第 3 卷，第 278 页。又说："人类的悲欢并不相通，我只觉得他们吵闹。"鲁迅：《小杂感》，《语丝》第 4 卷第 1 期，1927 年 12 月 17 日，《鲁迅全集》第 3 卷，第 555 页。

只能对于第四阶级以外的人们有关系的。①

　　虽然鲁迅对批评了有岛氏观点的片上伸也表示了赞许（但更多集中在片上伸的态度方面——"坚实而热烈"②），而且曾说，"从这一阶级走到那一阶级去，自然是能有的事"③，但鲁迅对革命文学派的批判所集中体现的，仍然是他对只有无产阶级才更加能够理解自己的充分强调。从这一点可以生发出对革命文学派所提倡的"无产阶级文学"的否定，也足以生发出对阶级之间情感绝对分裂的认识。当然，鲁迅也并未完全在屏障面前却步，对他来说，最终的问题仍在于如何打破它，如其所云，"人类最好是彼此不隔膜，相关心"④；并须保持真诚："最好是意识如何，便一一直说，使大众看去，为仇为友，了了分明。"⑤

小　结

　　对人性的考察，其实就是对人类的情感、道德以至文化等精神要素的考察。在无产阶级文学问题上关于人性与阶级性问题的争执，其实并不纯然是新事物，它从属于思想史上亘古绵延的那些道德与文化的相对性与普遍性之争的谱系。比如在西方思想史上，公元前 5 至公元前 4 世纪，智者学派便和苏格拉底、柏拉图针对人类的文化和道德是建基于规范（nomos）还是自然（physis）有激烈的争论。前者秉持相对主义的立场；而后者持普遍主义的立场，探求文化和道德的客观基础。如果说鲁迅的立场接近前者

---

　　① ［日］有岛武郎：《宣言一篇》，《壁下译丛》，第 167 页。

　　② 鲁迅：《壁下译丛·小引》，《鲁迅全集》第 10 卷，第 307 页。

　　③ 鲁迅：《现今的新文学的概观》，《未名》第 2 卷第 8 期，1929 年 5 月 25 日，《鲁迅全集》第 4 卷，第 139 页。

　　④ 鲁迅：《〈呐喊〉捷克译本序言》(1936)，《鲁迅全集》第 6 卷，第 544 页。

　　⑤ 鲁迅：《现今的新文学的概观》，《未名》第 2 卷第 8 期，1929 年 5 月 25 日，《鲁迅全集》第 4 卷，第 139 页。

的话,梁实秋则也十分近似于后者。

"革命文学"论争中左翼主流的阶级性论说,当然基于"唯物史观",但这种"唯物史观"是被阶级斗争理论改造过的唯物史观,因为它把物质条件做了截然的分割。而如果依照一种较宽泛的唯物史观,无产阶级和资产阶级的物质条件,可能相同之处并不比相异处少多少:他们都生活在工业大生产的环境之下,虽然在生活条件上难免迥异,但就社会的精神遗产和文化产品的享有而言,也难免有大量重合。所以,他们的道德和精神世界不能避免地将有很大交叠。恩格斯便曾表示:"对同样的或差不多同样的经济发展阶段来说,道德论必然是或多或少地互相一致的。"①法国学者雷蒙·阿隆则认为,无产阶级和资产阶级分享着相同的"赞赏劳动、富足和进步"的人生哲学,是"具有同一属性的两类人",而有着共同的对立面——拥有"英雄主义和吃喝玩乐"道德观的传统贵族。②

阶级革命理论致力于解构共同人性,目的在于杜绝妥协的可能。因为彼时的阶级革命,并非简单的阶级间冲突或博弈,而意味着一个阶级倾覆另一个阶级的暴力行动,中间不存在妥协的空间。所以从本质上看,以阶级性解构共同人性,与其说是思想或认识的结论,不如说是现实政治的要求。正如后期创造社成员在面对读者的咨询时,格外表现出对阶层流动可能性的担忧,并坚决堵塞了这一可能一样,对共同人性的批判,所要阻止的是人性的流动。

由此种阶级性生成的革命文学,显然已经与大革命时期的革命文学大相径庭,甚至截然对立。创造社的郑伯奇,在大革命爆发前夕的1923年底,虽然已经认可了阶级文学的正当性,但认为"阶级文学在今日的中国还太早",当前应该提倡的是"国民文学",因为对国家和民族的感情是"不管他是属于那一阶级"都有

---

① [德]恩格斯:《反杜林论》,《马克思恩格斯选集》第3卷,第434页。

② [法]雷蒙·阿隆:《阶级斗争:工业社会新讲》,周以光译,南京:译林出版社,2003年,第117—118页。

的"同一的感情",由"国民的自觉"才能进而为"阶级的自觉","并且可以促进异阶级间的共感和同情"。[①]茅盾则在1927年11月特别批判了《真美善》杂志的"国性"提倡,认为"国""是人造的,是不自然的阻隔人与人真心相接的障碍物",而"文艺没有国界","文艺该是发扬'人'性,'国'是不够的"。茅盾虽然同时认为应该"赤裸裸地暴露""民族的灵魂",但仍是希望以之激发"普天下人来共感共鸣"。[②]这两种也来自左翼的文学观,虽然大不相同,但显然都预设了共通的人性领域。而郭沫若则在1928年5月以其特有的敏锐提出了另一种新颖的观点。他说道:

> ——文艺的变易性和永远性:
>
> 这是一个很值得讨论的问题。
>
> 文艺随着时代变化,甚至于在时代前头跑,他的变易性的确是很大的。
>
> 但他也好像有一种不变的甚么东西存在。
>
> 譬如古代的作品到现代也还有有一谈的价值的。
>
> 不错,这是一个事实。
>
> 不革命和反革命派里面,我们不能说没有美人。
>
> 但这美人于你有甚么益处呢?不惟没有益处,而且反转有害。
>
> 文艺的创作有时是出于无意识的冲动而且有满足人爱美的本能的一方面,这是它对于社会的经济基础呈出不变易性——所谓永远性——的原因。
>
> 但纯粹代表这一方面的作品就是不革命乃至反革命的作品。
>
> 不革命的作品还勉强可以宽恕。

---

① 郑伯奇:《国民文学论·上》,《创造周报》第33号,1923年12月23日,第7—8页。

② 方璧:《看了〈真美善〉创刊号以后》,《文学周报》第5卷第14期,1927年11月6日,第421页。

反革命的作品是断乎不能宽恕的。[①]

郭沫若结合了马克思主义和他特有的浪漫理论，试图把文学的"永远性"和阶级性结合在一起，甚至提出文艺相对于经济基础存在"不变易性"。他所采取的策略是，把共通的美与善恶判断分开，把"反革命"的"美"视作"红颜祸水"。郭沫若显然尚未完全修正他过去的审美判断，而仅仅在上面叠加了革命的善恶标准。这种基于共同人性的非"唯物史观"认知，注定只能成为一种过渡。

---

① 麦克昂：《桌子的跳舞》，《创造月刊》第1卷第11期，1928年5月1日，第8—9页。

第五章　无产阶级文学与"现实"关系的
建构及引发的论争

　　无产阶级文学无疑是最直接与深入地触碰现实的文学种类。大体上来说，它毫不避讳自己的宣传与武器属性，期待通过创作揭示现实真实性的作品，以实现唤起革命、改造现实的目的。但文学与宣传到底是何关系，"现实"与"真实"又意味着什么，即便在左翼内部，也颇多分歧，并因此引发了诸多争论。在革命文学派那里，创作过程中对"真实"的"现实"的选择，常常有着创作纪律和理论的约束与指导，以期实现最大的传播效果。"现实"于是被区分为积极（进步）与消极（反动）两种类型，在现实的客观性上面放置了观察者的阶级立场，何者才为真正的"现实"变成棘手的问题。

一、革命文学派对文学宣传效能的强调与曲折

1. 冯乃超对艺术性的刻意反动及被同人批判

　　革命文学派大力张扬文学的宣传效能，他们也为宣传而努力创作。不过，对于文学该如何进行宣传，乃至能否进行宣传，他们的相关认知尚未见得十分统一与自洽。

　　李初梨曾依据辛克莱的说法，给文学下了"一切的文学，都是宣传"的定义。① 在他看来，无产阶级文学也是"以无产阶级

---

　　①　李初梨：《怎样地建设革命文学》，《文化批判》第 2 号，1928 年 2 月 15 日，第 5 页。

的阶级意识，产生出来的一种的斗争的文学"①。斗争，是革命文学的当然属性；无产阶级文学，自然还要做无产阶级的阶级斗争武器。李初梨应该是受了波格丹诺夫与布哈林的组织理论的影响，特别强调文学"为意德沃罗基的一种，所以文学的社会任务，在它的组织能力"。在李初梨的界定中，文学于是含有三元素：第一，生活意志；第二，社会根据——阶级背景；第三，组织机能——阶级的武器。②

　　这样的文艺观，对艺术性自然难以措意，甚至"艺术性"也很难不沦为一个资产阶级的虚伪概念。后期创造社新进成员确实极少谈及文艺有无独特的性质，即便提及，也往往附着在总体论述之后一笔带过。③这当然与他们的真实志趣不在文学上有直接关系。倒是此前提倡自我表现的成仿吾，较清楚地提出了需要注意文艺的特质："除了这种文艺＝意识形态的批判之外，我们也要顾到文艺的特殊性——表现手段与表现样式等；这些当然也是社会的关系，所以也是物质的生产力所决定的，不过在一定的范围内它们是有自己的发展的法则的。"④

　　和前期创造社有较深渊源的冯乃超，曾经也是一名热衷自我表现的文艺家，但其转向也颇彻底，在《文化批判》创刊号即撰文揭橥艺术必须和反抗结合在一起的道理。冯乃超判断的依据在于大革命之后进入了社会"转换期"，出现了"大众的政治运动的炽热化"。⑤但是，当时的社会又被反动势力支配，缺少觉悟的青年感到"失望，无聊，悲观，厌世"，因而大力呼唤一套能够带来

①　李初梨：《怎样地建设革命文学》，《文化批判》第2号，1928年2月15日，第14页。

②　李初梨：《怎样地建设革命文学》，《文化批判》第2号，1928年2月15日，第9页。

③　比如李初梨在谈到文艺批评所应依据的标准时，仅在最后以一两句话简短提及还应注意艺术表现的技巧。参见李初梨：《普罗列搭利亚文艺批评底标准》，《我们月刊》第2期，1928年6月20日，第1—5页。

④　成仿吾：《全部的批判之必要——如何才能转换方向的考察》，《创造月刊》第1卷第10期，1928年3月1日，第6页。

⑤　冯乃超：《艺术与社会生活》，《文化批判》第1号，1928年1月15日，第8—9页。

希望和觉悟、促成行动的价值观念和思想体系。

在艺术理论上,冯乃超分析了为艺术而艺术和为人生而艺术两种主张的社会根据,指明它们都不是艺术发展的正途。冯乃超援引普列汉诺夫的分析,指出为艺术而艺术的观念发生于个人和社会之间"绝望地不调和的上面",故而沉溺于象牙塔,而个人必须克服"怠慢与懦弱","根本的铲除社会的矛盾"才可能获得幸福。[①]对于为人生的艺术,冯乃超援引列宁的理论,指出托尔斯泰的艺术观具有内在矛盾:一方面有最觉悟的现实主义,"剥去一切的假面";一方面又是"卑污"的"宗教的说教人",鼓吹放弃"暴力反抗罪恶"。[②]冯乃超又指出,托尔斯泰之外的艺术家也大同小异,要么是"资产者社会的阿谀人",要么"就是 Don Quixote 一类的人道主义者"。[③]冯乃超理论的核心,在于呼吁直接行动,从而区别于人道主义。艺术因而只能作为鼓动工具而存在——"艺术是人类意识的发达,社会构成的变革的手段"。为了呼应理论批判,冯乃超又指出:艺术的宣传功能必须奠基在艺术家掌握了"严正的革命理论和科学的人生观作基础"的前提之下。[④]

冯乃超的理论实实在在地规约了他的创作,这从他创作于1927年底的话剧《同在黑暗的路上走》中可以清楚地看出来。[⑤]该剧前面大半部分篇幅,通过小偷的大段独白,细致地刻画出小偷的生存窘境和心理状态,语言和思想都不乏出彩之处,但是后半部分逐渐转向粗率的社会控诉,使文本所包蕴的真实性和丰富

---

① 冯乃超:《艺术与社会生活》,《文化批判》第1号,1928年1月15日,第9—10页。值得一提的是,胡秋原正是用普列汉诺夫的这一理论说明两种艺术观都有合理性,参见冰禅(胡秋原):《革命文学问题——对于革命文学的一点商榷》,《北新》第2卷第12号,1928年5月1日,第96页。

② 冯乃超:《艺术与社会生活》,《文化批判》第1号,1928年1月15日,第11页。

③ 冯乃超:《艺术与社会生活》,《文化批判》第1号,1928年1月15日,第11页。

④ 冯乃超:《艺术与社会生活》,《文化批判》第1号,1928年1月15日,第12页。

⑤ 原刊作者"附识"署为1926年12月15日,因其中有"期限以前"的字样,推断应是误署,正确日期当为1927年12月15日。

性大减，甚至让人感到滑稽。其曾被鲁迅嘲讽的结尾如下：

> 青年：不要客气，你是小偷，她操皮肉生涯，我要卖血汗
> 的劳动，同是受虐待的阶级，同是被榨取的阶级，我们都是兄
> 弟姊妹，大家要团结起来的。晓得么？那么，不要客气了。
> 野雏：对的，这位先生的话，说尽现在社会的真理，
> 〈我〉们同在黑暗的路上走，大家要互相帮助的。
> 小偷：多谢，多谢。我才明白我们有很多的兄弟，有很多
> 的同志。
> 青年：对了，现在我们的社会是黑暗的，但是我们的明天
> 快要到了。
> 野雏：我再不怕黑暗了。
> 小偷：我们反抗去！[①]

而有趣的是，冯乃超自己也意识到了这是一篇"拙劣的东西"，而且"厚颜地印出来"。但对这出话剧，冯乃超有着另一种意义上的自矜。在他看来，这部话剧虽然拙劣，但更合乎"戏剧的本质"："戏剧的本质应该在人物的动作上面去求，洗练的会话，深刻的事实，那些工作留给昨日的文学家去努力吧。"据此也可以理解，为何冯乃超在文末"附识"中一边为自己话剧的艺术性汗颜，一边又在设想着如何把它搬上舞台："若是要上演的时候，在广东可以改作广东话，在上海又不妨改用本地的话，能够翻成活生生的国语，是再好没有的。"[②]

明显可见，冯乃超对自己这出戏的"缺陷"有清醒认识，再结合戏剧前半部分所表现出的水准，可以断定，若他有心"纠补"，完全可以使其是另一种样子。但是冯乃超还是选择了"动作"性优先的原则。这说明新的戏剧理念实实在在规约了他的创作。全于是不是呼喊着"大家要团结起来""我们反抗去"就真的更能

---

① 冯乃超：《同在黑暗的路上走》，《文化批判》第1号，1928年1月15日，第96—97页。

② 冯乃超：《同在黑暗的路上走》，《文化批判》第1号，1928年1月15日，第97页。

发挥鼓动宣传的效能，在一般情况下，大概也不能完全否认。

不过到了《文化批判》第4号，编者（当为朱镜我）即在《编辑杂记》中对《同在黑暗的路上走》做了批评："乃超的作品里面的人物总脱不了观念的地方，（第一期的一幕剧最甚），这一点他当会努力克服的。"① 可见，冯乃超的新艺术观念并未能被其他编者完全认可，剧中人物观念化的问题连其战友也视为一种缺点。但对于如何克服这一问题，后期创造社成员并未有进一步的论述。

2. 太阳社对革命与文学悖反关系的认识

太阳社虽然曾被创造社批判为文学观念缺少实践性，但就强调文学的宣传和战斗效能而言，实际上并不逊色。比如，蒋光慈对革命作家的要求是：

> 革命的作家不但一方面要暴露旧势力的罪恶，攻击旧社会的破产，而并且要促进新势力的发展，视这种发展为自己的文学的生命。②

对于革命文学，又有如下要求：

> 革命文学的第一个条件，是具有反抗一切旧势力的精神！
> 革命文学是反个人主义的文学！
> 革命文学是要认识现代的生活，而指示出一条改造社会的新路径！③

太阳社对后期创造社提出的文学武器说，也无非议，并多次向他们申辩自己的理论与之无异。比如钱杏邨如此问李初梨：

> 光慈究竟忽略了文学的实践的意义没有呢？其实，我们是和你一样的承认All arts is Propaganda（Mammonart, P. 9），而

---

① 《编辑杂记》，《文化批判》第4号，1928年4月15日，第162页。

② 蒋光慈：《关于革命文学》，《太阳月刊》第2期，1928年2月1日，第9页。

③ 蒋光慈：《关于革命文学》，《太阳月刊》第2期，1928年2月1日，第13页。

承认文学有阶级的背景的哟！①

虽然二社文学主张有巨大分歧，但如果仅集中于宣传功能的层面，又是相似的，并且日渐相似。比如到了1929年，在钱杏邨对茅盾的批判中，他的理论几乎成了后期创造社的翻版，为标语口号文学和宣传文学（以及留声机器）做了极力辩护。②

尽管如此，也仍然可以发现，太阳社对文学的革命宣传作用，似乎并不那么自信。在革命文学与革命实践之间，在文学的艺术性与功利性之间，他们或许并不具有自我统一的意识。蒋光慈创作于1927年底的小说《菊芬》和《太阳月刊》的《停刊宣言》，均可揭示这一点。

《菊芬》的男主角江霞——也是故事的讲述者——是一名类似蒋光慈的、卓有成就和声名的革命文学作家，但是，他对自己所从事的革命文学事业突然产生了浓厚的怀疑情绪：

> 我是一个革命文学家？喂！在此需要拿枪的时代，我这个人有什么用处呢？我真能对于革命有点贡献吗？姑且不讲我的作品是好是坏，就使我的作品真的是好，这又有什么用处呢？而况且我觉得我的东西并不好，我并没有伟大的文学天才，因为现在所发生的一些惊神动魄的事情，我觉着我没有力量把它完全表现出来……③

这种情绪的发生，江霞自述是由于"H镇近来革命的空气日渐消沉下去，而反动的空气却一天紧张似一天"，"政治的空气将我烦闷住了"。④ 然而，事实并非如此简单。这要从故事的女主

---

① 钱杏邨：《关于〈现代中国文学〉》，《太阳月刊》第3期，1928年3月1日，第4页。

② 参见钱杏邨：《幻灭动摇的时代摧动论》，《海风周报》第14—15号合刊，1929年4月21日，第14—21页。

③ 蒋光慈：《菊芬（续）》，《创造月刊》第1卷第10期，1928年3月1日，第96—97页。

④ 蒋光慈：《菊芬（续）》，《创造月刊》第1卷第10期，1928年3月1日，第92—93页。

角菊芬谈起。菊芬是一名实际的革命工作者，因革命活动而逃难至 H 镇。江霞通过她的姐姐与她相识，迅即被她的美丽和气质折服，陷入了对她的深深爱慕。然而在试图追求菊芬的过程中，江霞发现，菊芬有着一名因同样的革命活动而逃难至 H 镇的恋人——薛映冰。当见到了薛的时候，江霞便感觉到了自己与菊芬之间不可能，同时陷入了自我怀疑：

> 我这时又重新想道："这真是天生成的一对！这真是一对可爱的鸳鸯！但是我呢，我……"我简直陷入失望的海里，不知什么地方是涯际了！但是我只是对于自己失望，而并没有丝毫嫉妒薛映冰的心情。我知道我不应当嫉妒他，我没有嫉妒他的权利。[1]

这种对自我的失望，显然来自江霞的革命文学家身份。尽管菊芬的启蒙读物，便是薛映冰送给她的江霞诗集；但是江霞在面对一个真正的革命者"情敌"时，还是陷入了极度的自卑。于是他开始考虑自己是不是应该放弃文学创作，而走上实际的革命道路——

> 这个问题真是把我苦住了。我因之咒骂我自己是一个无用的人，是一个只会幻想而不会实行的人……我与菊芬两姊妹来往得很相熟了，虽然他们很恭敬我，很愿意与我亲近，但我有时却惭愧起来：菊芬这样天使般的女子，这样勇敢而纯洁的女子，我实在不配爱她。我是一个无用的人，我应当羞见她，我在她的面前应当抱愧，深深地抱愧。[2]

江霞并未做过愧对菊芬的事，本无"抱愧"的理由，因而这不过是被情敌激发出来的自卑心理所致。而这种自卑的背后，是江霞对革命文学事业和实际的革命事业之间作用和地位的价值等级判断。有意味的是，江霞打算去菊芬那里寻找自我——求取自己是不是应该放弃文学创作而去从事实际革命工作的答案：

---

① 蒋光慈：《菊芬》，《创造月刊》第 1 卷第 9 期，1928 年 2 月 1 日，第 91 页。

② 蒋光慈：《菊芬（续）》，《创造月刊》第 1 卷第 10 期，1928 年 3 月 1 日，第 93 页。

> 我现在想将笔抛掉，跑到军队里去。我不愿做什么政治的
> 工作，我看一些什么标语，什么宣传大纲，都是狗屁！没有用
> 处！自然，我并不反对宣传，并不反对做政治工作，不过我们
> 若没有枪拿在手里，这些不过是空口说白话而已，菊芬，你说
> 有用处吗？①

菊芬告诉江霞，文学有鼓动革命情绪等作用（蒋光慈革命文
学理论的翻版），甚至还要求江霞将来创作一部关于她的小说。从
此开始，菊芬成了江霞自我确证的"道具"——每当他对革命文
学活动的价值发生怀疑的时候，便去从菊芬那里获得仍应坚持自
我的答案。江霞的心理损伤和心理补偿以菊芬为支点暂时获得了
平衡。但这种脆弱的平衡很快便又被打破了，江霞只能通过自我
贬斥来获得新的平衡：

> 我又想起来我向菊芬所提出来的一个问题："继续做文学
> 工作呢，还是将笔抛下去拿起枪来？"在这一次我是坚定地决
> 定了："现在是拿枪的时代了！什么文学，什么革命文学，这
> 都是狗屁！我能这样地静听着这种万恶的枪声吗？我能硬看着
> 他们被枪毙吗？喂！我是一个浑蛋！我是一个最可耻的惧懦
> 者！我应当拿起枪来……"②

通过如此贬斥自己灵魂深处的那个"惧懦者"，江霞无疑可以
获得内心的满足。而江霞此时恰好又获得一个接触菊芬的机会，
他于是又一次地向菊芬索取存在的意义，而菊芬也再次提出创作
一部关于她的小说的要求。菊芬最后留给了江霞一封诀别信，在
其中她自述终于获得了一把手枪，马上就要去进行革命暗杀了。
信中她还追念了因为从事革命活动而生死未明的恋人，希望如果
他还活着的话能为她复仇。江霞在读完信后，"血液沸腾起来了"：

> 我只感觉得菊芬的伟大，菊芬是人类的光荣。我立在她的

---

① 蒋光慈：《菊芬（续）》，《创造月刊》第1卷第10期，1928年3月1日，第96页。

② 蒋光慈：《菊芬（续）》，《创造月刊》第1卷第10期，1928年3月1日，第100页。

> 面前是这样地卑惧，这样地渺小，这样地羞辱……我应当效法
> 菊芬，崇拜菊芬！①

读至此，或许读者都要以为江霞是要"投笔从戎"了。其实不然。
他接着便写道：

> 我应当永远地歌咏她是人类史上无上的光荣，光荣，光
> 荣……倘若人类历史是污辱的，那吗菊芬可以说是最光荣的现
> 象了。②

这当然也源于菊芬对他从事革命文学工作的多次肯定，而且在诀
别信中，菊芬也再次提出以她的行为创作一部小说的要求（这部
小说便因此而成）。而江霞，此后似乎也复归了内心的平衡，并未
表明自己已投身于革命的浪潮之中。

　　这部小说通过展现江霞曲折的心理经历，揭示出革命文学作
家悖论式的生存境况：既向往革命，又为自己的革命文学活动而
自卑，但又缺少冲破束缚的勇气。江霞无疑有蒋光慈自我的投
影③，小说多处对江霞创作成就的描写也折射出蒋光慈的自恋。江
霞的犹豫与自责，当能映射蒋光慈心理状态的一部分；而菊芬的
劝解，其实是蒋光慈内心的另一种声音，和江霞的声音宛若不和
谐的复调，交织缠绕。这种状态的出现，源于革命文学作家因为
对革命文学有着更切身的感触，而能够暂时跳出本应坚持的信条
的约束，感受到自身的合法性危机。对革命文学的作用，他们并
不确定，甚至充满怀疑；面对实际革命行动，他们更有着深重的
心理自卑。但他们既缺少足够的跳出的勇气，也未获得足够的跳
出的理由。在自我认识中，他们只是革命队伍的边缘人，身份尴
尬，地位卑微。革命文学，是否像他们所宣传的那样光鲜且具有
伟力，大成疑问。

---

① 蒋光慈：《菊芬（续）》，《创造月刊》第1卷第10期，1928年3月1日，第106页。
② 蒋光慈：《菊芬（续）》，《创造月刊》第1卷第10期，1928年3月1日，第106页。
③ 江与蒋音谐，霞与赤义通，且蒋光慈号侠生、侠僧。

如果说《菊芬》对革命文学作家心理意识的揭露尚较显豁的话，《太阳月刊》的《停刊宣言》则隐晦得多。在宣言中，编者起首即宣称，因为"环境所威逼"，不得不"自动的切断了它自己的生命"。[1]接着编者对《太阳月刊》的历史作用给了极高评价：

> 自《太阳》开始发行以后，整个的中国文坛，除去顽梗不化的一部分外，都很急遽的转换了方向。……假使没有因袭的成见历史的偶像的崇拜的人们，他们回顾过去的《太阳》和整个的一九二八的文坛，他们是不会否认这种事实的。因为《太阳》的发行，引起了许多的作家转换了方向；因为《太阳》的发行，许多的读者发现了新生的道路；因为《太阳》的发行，使从来浑沌的文坛思想有了很明显的分野，曚昧的意识完全被摧毁了，每种刊物的阶级意识都是旗帜显明。这一切的现象，我们固然是承认它有着巨大的历史的背景，但也都是《太阳》发行后才有的事实。[2]

应该说，对《太阳月刊》历史作用的这种评价是过甚其词的。转换方向、全面批判、阶级意识都是后期创造社首先系统提倡的，太阳社甚至一开始还成为被后期创造社批判的对象。虽然《太阳月刊》也提倡无产阶级革命文学的创作，被批判后也发表了几篇对文坛展开全面批判的文章，但就力度和影响力而言，都还距后期创造社甚远。

对于无产阶级文学的创作，《停刊宣言》承认当前"还没有成熟的无产阶级文学"，并把原因归于作家中还"没有真正出身无产阶级的"，因而对无产阶级的意识和生活都不能有充分了解，所以无产阶级文学只能仅止于一种"倾向"式的革命文学，并难免"幼稚"。[3]然而，在太阳社同人看来，这种状况出现了转变的契机——

---

① 《停刊宣言》，《太阳月刊》第 7 期，1928 年 7 月 1 日，第 1 页。

② 《停刊宣言》，《太阳月刊》第 7 期，1928 年 7 月 1 日，第 2—3 页。

③ 《停刊宣言》，《太阳月刊》第 7 期，1928 年 7 月 1 日，第 3—4 页。

现实压迫的加重，将促使无产阶级文学摆脱"幼稚"阶段，走上"康庄大道"：

> 压迫的下面有康庄大道。压迫实足以推进无产阶级文学的进展。……现在并没有言论的自由。四周是这样的昏暗，这样的惨白，只有驴叫马嘶是自由。然而，这是我们的幸运，整个的中国文坛的幸运。无产阶级文学作家的取材，将因此而避免笨拙的一条路。这将促进他们更进一步的去精心结构的创作。在这样的环境之下，无产阶级文学是更容易成功的。这一回的压迫，是促进目前的倾向的无产阶级文学的技巧进步，成功不会再远的。《太阳》并没有摇动它的葬钟，这时代给予了我们一个突越的进步的时机。所有的被压迫的文学社团和作家，他们也都将因此而进展。[①]

　　细究这段话，太阳社想表达的意思是：压迫深重导致革命被压抑，文学因此不能直接附着于革命，反倒将因之实现"技巧进步"；而当革命张扬的时候，文学直接附着于革命，文学反倒是"笨拙"的。可见，追求文学技巧提高是压迫的产物，是直接服务于革命被压抑后退而求其次的工作。革命文学和革命因而有着悖反的关系：革命压抑越深重，革命文学越不直接，则越完善；革命文学越直接，则越不完善。这显示出太阳社同人有着对文学本性异质于革命的认识，这与宣传论的革命文学观颇不协调。若由此引申的话，革命形势越好，革命文学便越残缺，当革命达到高潮的时候，革命文学也将失去文学属性，成为纯粹的宣传和战斗文字。而这也说明了文学对于改变现状并无多大作用，能改变现状的并不是文学。上述认知，或许才最接近太阳社对革命与文学关系的真实想法。

---

① 《停刊宣言》，《太阳月刊》第 7 期，1928 年 7 月 1 日，第 5—6 页。

二、"革命文学"论争各方
对辛克莱文艺宣传论的接受与讨论

1. 后期创造社对辛克莱文艺宣传论的接受

辛克莱（Upton Sinclair，1878—1968），系美国著名写实派小说家、社会主义活动家和理论家，一生著述颇丰。其许多著作涉及揭露社会阴暗面和资本的罪恶，引发轰动效应；另有不少著作专门为资本主义条件下的人生提供自处之道，因而也是当时青年的一名重要人生导师。除了写作，辛克莱还从事社会主义政治活动。在中国 20 世纪二三十年代之交，他被视作革命文学家的完美典型、社会正义和人类良心的代表，地位与高尔基、巴比塞颉颃。此后一直到抗战后期，其著作被大量译介到国内。一项关于北平图书馆 1934 年读者阅读情况的调查显示，当年美国文学类被借阅最多的三部作品，作者全都是辛克莱。①

后期创造社也大力推举辛克莱为革命文学的理论代表。李初梨在给"文学的本来面目"下定义时，便照搬了辛克莱对艺术的界定，仅把其中的"艺术"二字换成"文学"，于是变成："一切的文学，都是宣传。普遍地，而且不可逃避地是宣传；有时无意识地，然而常时故意地是宣传。"②《文化批判》还发表过冯乃超翻译的辛克莱《拜金艺术》（Mammonart）一书第二章《艺术家是何人的所有》。在译者前言中他说，辛克莱此书是"和我们站着同一的立脚地来阐明艺术与社会阶级的关系"，故而"不能不先为此书介绍"。③

不仅创造社成员，其他左翼作家对辛克莱也多推崇备至。比

---

① ［美］尼姆·威尔士：《现代中国文学运动（〈活的中国〉附录一）》，文洁若译，《新文学史料》1978 年第 1 期，第 241—242 页。

② 李初梨：《怎样地建设革命文学》，《文化批判》第 2 号，1928 年 2 月 15 日，第 5 页。

③ 冯乃超：《拜金艺术·前言》，《文化批判》第 2 号，1928 年 2 月 15 日，第 84 页。

如钱杏邨就多次对辛克莱的理论表达赞许。①甚至正与革命文学派激烈论战的鲁迅，对辛克莱的理论也不无称许。辛克莱的文学宣传论对当时的中国文坛产生了广泛影响，1930年代出版的一部辞典，便把"宣传文学"的发明权归之于辛克莱。②

后期创造社把文艺理解成武器，固然在很大程度上源自他们的理论与实践统一论，同时有更直接的来源，即辛克莱的理论。在《拜金艺术》一书中，辛克莱不仅声言一切艺术都是宣传，更把艺术看作阶级"袭击的武器"。这一观点被包括后期创造社成员在内的很多左翼文人奉若权威。那么辛克莱观点的要旨到底如何呢？他自己的说明简单而明快：

> 这本书从阶级争斗的观点提出艺术的解释。本书对于艺术作品的研究，把它看作宣传及压迫的工具，（社会的支配阶级所用的；）或看作袭击的武器，（渐次得势的新兴阶级所用的。）研究受批评的权威所称许及赞扬的艺术家，究明他们到何种程度替支配阶级的威权作佣人，替支配阶级的安全作工具。也要考察不甘受其主人颐使的反逆的艺术家，究明他们对于反逆受了如何的刑罚。③

可以看出，辛克莱对艺术和艺术家的定义完全在对立的二元结构中展开，虽然艺术处于对立的结构之中，但是不论它处于哪一极，都有着共通的性质，即：

> 一切的艺术是宣传。普遍地，不可避免地它是宣传；有时

---

① 参见钱杏邨：《艺术与经济》，《太阳月刊》第6期，1928年6月1日，第1—20页；《幻灭动摇的时代推动论》，《海风周报》第14—15号合刊，1929年4月21日，第14—21页。

② 邢墨卿编：《新名词辞典》，第82页。另一部辞典在解释"宣传文学"时，也主要以辛克莱的言论为据，参见顾凤城等编：《新文艺辞典》，上海：光华书局，1931年，第192页。

③ ［美］辛克莱：《拜金艺术（艺术之经济学的研究）》，冯乃超译，《文化批判》第2号，1928年2月15日，第85—86页。

是无意识的，大底是故意的宣传。[①]

欲探明辛克莱的艺术宣传论，须先了解其"道德"概念，因为在他看来，道德是艺术与行动之间的中介。辛克莱指出："所有的艺术都是讨论道德问题的，因为除此以外再没别的问题。"他特意指出，他所说的"道德这两个字不同于普通的意义，比如不许盗窃，不许淫人妻一套的规则"，而是"行为的科学（science of conduct）；因为一切的人生既是行为，所以一切的艺术——不论是意识地或是无意识地——在讨论如何使人生幸福，及如何发展人类精神的能力"。道德既被泛化成了关于一切行为的科学，艺术又如何能不是处理道德问题的呢？辛克莱指出，既有"宣教师"作家，"意识地"处理道德问题；也有一些唯美主义艺术家，"无意识地"处理道德问题——"有些艺术家以为艺术的目的在求美，他们制作美的艺术作品以证明这个主义的真确；当这样的艺术品完成的时候，它们是对这一事实的漂亮证明：艺术的目的是要具体化艺术家对真理和意欲的行为的理念"。[②] 根据艺术和道德的关系可以对艺术定义如下：

> 艺术是人生的表现，经过艺术家的个人性的修改，用以修改他人的个人性，促他们变换他们的感情，信仰和行为。[③]

可见艺术的本性是道德，促成态度改变、实现宣传的目标，是艺术的任务。艺术宣传性的普遍性，立基于其道德性的普遍性。对于艺术宣传效果的发挥，辛克莱格外强调了下述方面：

---

① ［美］辛克莱：《拜金艺术（艺术之经济学的研究）》，冯乃超译，《文化批判》第2号，1928年2月15日，第87页。

② ［美］辛克莱：《拜金艺术（艺术之经济学的研究）》，冯乃超译，《文化批判》第2号，1928年2月15日，第88页。上述译文据原文略有修正。参见 Upton Sinclair, *Mammonart: An Essay in Economic Interpretation*, Pasadena, CA : Published by the author, 1925, p.10. 以下译文亦有微调处。

③ ［美］辛克莱：《拜金艺术（艺术之经济学的研究）》，冯乃超译，《文化批判》第2号，1928年2月15日，第88页。

富有生气而重要的宣传，用适宜的技巧，由所选的艺术发挥出来的时候，就是产出了伟大的艺术。①

辛克莱为何会高度瞩目"宣传"（propaganda）呢？宣传话语之所以在近代勃兴，主要由于第一次世界大战中交战各国的宣传战，对战争胜败起到了巨大作用。大致情形是，英国十分成功地利用了宣传战的心理打击能力，而德国则在宣传战中表现被动，大受损失。在战争初期，交战双方都对宣传战的合法性持有顾虑。"这是因为，1907 年在海牙签订的陆战条约的附件陆战规则第二十二条上规定：'交战者选择害敌手段的时候，不得享有无限的权利'，所以，散发煽动性传单就成为卑鄙怯懦的害敌手段，按骑士精神来衡量，是不能允许的。"②但是借助现代传播技术，激烈的宣传战还是不可避免地成了现实。不过，宣传战大出风头的代价是，"宣传"的名声被毁坏了。"最初，'宣传'是一个非常中性的词，意思是'散布或宣传一个思想'，来自拉丁词'to sow'。但随着时间的变化，特别是自第一次世界大战以后，普通的用法往往赋予它以一种非常否定性的涵义，至少在英国是这样。宣传信息被认为是不诚实的、操纵性的和洗脑子的。"③这自然是由于宣传在一战中展示出了它巨大的对心理的蛊惑、控制和破坏的威力。

辛克莱大呼"一切的艺术是宣传"正处于这一时代背景之下。这体现了他对宣传功效的觊觎，但首先，他必须剥离开宣传所内含的过分负面的意义，才能把它和艺术嫁接到一起。辛克莱认为，他所在的协约国的"好战的热情，当然不是宣传，它是真理及正义"，宣传的名声被破坏是由于"所谓'德国的宣传'这个敌

---

① ［美］辛克莱：《拜金艺术（艺术之经济学的研究）》，冯乃超译，《文化批判》第 2 号，1928 年 2 月 15 日，第 88 页。

② ［日］池田德真：《宣传战史》，朴世俣译，北京：新华出版社，1984 年，第 54 页。

③ ［美］罗杰斯：《传播学史：一种传记式的方法》，殷晓蓉译，上海：上海译文出版社，2012 年，第 214 页。

对的恶东西闯了进来，因此这个文字便蒙了不白的污名"，而辛克莱要把宣传"应用于某种可敬的教训"。可见辛克莱把宣传被污名化的责任推给了德国，试图通过批判"德国的宣传"还原出一个可以使用的"宣传"来。这样得到的"宣传"，辛克莱为保证其权威性，定义取自词典："为一种主张或行为的方向获取支持，有系统地指导的努力。"① 很明显，这个定义没有任何价值色彩，但是揭示了宣传的目的性和系统性。只不过，辛克莱很快就忘掉了定义中对宣传的规定，以致他后面对宣传的使用完全泛化，和他界定的道德变成了类似之物：如同道德是关于一切行为的表达，宣传变成了关于一切主张的表达。宣传、道德、文艺，完全混糅在了一起。

当然，辛克莱把一切艺术都归入宣传的范畴，这也使得他必须对宣传做出泛化定义。他讲，对有些东西的"鼓吹"（advocacy），"我们不觉得它是宣传"，比如对人类自然情感和冲动的描述；然而在涉及需要人特别集中注意和努力意志的时候，艺术便像宣传了。辛克莱显然对后一种艺术更感兴趣，但他并未对这两类艺术的成就高低做判断。他直接反对的只是，不能否定后一种艺术的成就。辛克莱指出，在艺术中所做的等级区分和歧视，正如同在阶级社会中对阶层所做的区分和歧视一样。这种歧视性的观点让人愤恨："这又说明如何正统派的批评家一方面要称耶稣及托尔斯泰为宣传人，他方面莎士比亚及哥德才算是纯粹而洁白的创造的艺术家；这些'艺术'与'宣传'的区别纯粹是阶级的区别及阶级的武器。"② 可见辛克莱的批判重心落在了批评家在艺术与宣传之间所做的对立理解上，他认为这是一种欺骗，是对艺术纯粹性的幻觉，而真正的艺术家不回避宣传。这一批判在某种意义上也是对马克思和恩格斯工作的继续："马克思和恩格斯还

① ［美］辛克莱：《拜金艺术（艺术之经济学的研究）》，冯乃超译，《文化批判》第2号，1928年2月15日，第89页。

② ［美］辛克莱：《拜金艺术（艺术之经济学的研究）》，冯乃超译，《文化批判》第2号，1928年2月15日，第91页。

在青年时期就反对三四十年代那种把歌德和席勒对立起来的传统作法。"①

　　但是，辛克莱反对此一区分，却同时制造了另一区分。比如他鲜明地宣称：文艺是支配阶级的"压迫的工具"，新兴阶级"袭击的武器"。既然并非所有艺术都是攻击性的，那么又如何能够得出如此肯定的判断呢？没有斗争立场的艺术即便可算作"宣传"，又是哪一个阶级的工具和武器呢？

　　于此可见，后期创造社对辛克莱理论的接受有很强的选择性。这一选择性，既基于自身的需要，也源于辛克莱理论的矛盾与含混。如果只从辛克莱的论证来看，他只是提倡具备出色的行为与态度改变能力的艺术；但从他提出的论点来看，艺术又只是斗争的工具。后期创造社当然直接拿来了论点，而并未措意其论证。也因此，辛克莱之所谓艺术需要"富有生气"和自由使用艺术技巧等，也基本上未被他们提及。

　　通过对道德与宣传做出高度泛化的界定，辛克莱的艺术观只是在表面上显得激进，不过是意欲呼唤一种积极介入世界的艺术观念。辛克莱的文章，最有创见之处大概在于批判人们对艺术宣传功能的狭隘认识。但问题的关键是，一旦一个概念被泛化到无所不包的境地，这一概念其实也就一无所包，丧失了起码的界定能力。如果一切关于行为的认识都是道德，一切言语的表达都是宣传，那么道德和宣传还有什么存在的意义呢？从后期创造社对辛克莱的接受即可看出，辛克莱对宣传的泛化界定完全不见了踪影，通行的宣传理解复位，文学终于顺利变成一种武器。可惜辛克莱并不具备神通的变换词语通用含义的能力，经他泛化定义的词语，在传播过程中势必还将以它们的通行面目发挥效能。在辛克莱对宣传的不恰当使用之下，在他自相矛盾的文艺界定中，"正读"固然是应有之义，误读也已不可避免。

---

　　① ［苏］乔·米·弗里德连杰尔：《马克思恩格斯和文学问题》，郭值京等译，上海：上海译文出版社，1984年，第415页。

2. 鲁迅对辛克莱文艺宣传论的接受

鲁迅对辛克莱的观点也十分赞同，并曾和郁达夫一起，借助辛克莱的理论反击梁实秋对卢梭的批判。[①]不过他并未直白地张扬文艺是阶级斗争的武器，而对辛克莱理论中不那么激进的部分——一切文艺都是宣传——表示了认同。列宁在1915年曾经称辛克莱是"一个好动感情而缺乏理论修养的社会主义者"[②]。尽管如此，鲁迅还是表示：

> 美国的辛克来儿说：一切文艺是宣传。我们的革命的文学者曾经当作宝贝，用大字印出过；而严肃的批评家又说他是"浅薄的社会主义者"。但我——也浅薄——相信辛克来儿的话。一切文艺，是宣传，只要你一给人看。即使个人主义的作品，一写出，就有宣传的可能，除非你不作文，不开口。
>
> 那么，用于革命，作为工具的一种，自然也可以的。[③]

鲁迅不惜做出对革命导师略带挑衅意味的姿态（"我——也浅薄"），来宣称对辛克莱的认同，可略见他传达文艺宣传性质欲求的强烈。虽然他并未直接宣称文艺就是阶级斗争的工具，但赞同以文艺作为革命斗争的工具，与之并无实质区别。鲁迅的依据在于：

> 人被压迫了，为什么不斗争？正人君子者流深怕这一着，于是大骂"偏激"之可恶，以为人人应该相爱，现在被一班坏东西教坏了。……我是不相信文艺的旋乾转坤的力量的，

---

① 参见鲁迅：《卢梭和胃口》，《语丝》第4卷第4期，1928年1月7日，《鲁迅全集》第3卷，第576—580页。相关研究参见葛中俊：《厄普敦·辛克莱对中国左翼义学的影响》，《中国比较文学》1994年第1期，第196—209页。

② ［俄］列宁：《英国的和平主义和英国的不爱理论》，《列宁全集》第26卷，北京：人民出版社，1988年，第282页。

③ 鲁迅：《文艺与革命（并冬芬来信）》，《语丝》第4卷第16期，1928年4月16日，《鲁迅全集》第4卷，第84页。

但倘有人要在别方面应用他，我以为也可以。譬如"宣传"
就是。①

　　既然要斗争，便得考虑武器的效力。在鲁迅看来，文艺能否
完成"宣传"的角色规划，在于它能否坚持自身：

　　　　但我以为当先求内容的充实和技巧的上达，不必忙于挂招
　　牌。……一说"技巧"，革命文学家是又要讨厌的。但我以为
　　一切文艺固是宣传，而一切宣传却并非全是文艺，这正如一切
　　花皆有色（我将白也算作色），而凡颜色未必都是花一样。革
　　命之所以于口号，标语，布告，电报，教科书……之外，要用
　　文艺者，就因为它是文艺。②

　　鲁迅因此生成了他的文艺宣传理念：一切文艺都是宣传，但
它的"文艺"特性决定了"宣传"能否取得成功；而文艺的特性
体现在"内容的充实和技巧的上达"上面。在这里，鲁迅的观点
与辛克莱大体相同。所谓"内容的充实"正相当于辛克莱之所谓"富
有生气而重要的宣传"，而"技巧的上达"也正相当于辛克莱的"适
宜的技巧"。所以辛克莱所言的境界也必然是鲁迅所欣赏的："自
由操纵各种艺术的技巧，而适切的，生气活跃地呈现以上的宣传
于他的同类，——这样，只有这样他才能创造真实的，永久的艺
术作品。"③而后期创造社几乎把这方面的要求完全忽略了。当然，
鲁迅也接受了辛克莱对宣传所做的泛化理解，宣称一切文艺都是
宣传。虽然他又声明"一切宣传却并非全是文艺"，但不过是强调
了文艺作为宣传话语的特殊性，并无改于一切文艺都是宣传的大

---

　　① 鲁迅：《文艺与革命（并冬芬来信）》，《语丝》第4卷第16期，1928年4月16日，
《鲁迅全集》第4卷，第84页。

　　② 鲁迅：《文艺与革命（并冬芬来信）》，《语丝》第4卷第16期，1928年4月16日，
《鲁迅全集》第4卷，第84—85页。

　　③ ［美］辛克莱：《拜金艺术（艺术之经济学的研究）》，冯乃超译，《文化批判》第2号，
1928年2月15日，第89页。

前提。若承认辛克莱及鲁迅的界定，难免要接受一种含义泛化至无所不包的"宣传"，宣传即与话语同义。所有话语都难免有目的性，但是否都能被称作宣传？其实当时不少人都对宣传话语与其他话语的类型差异有过明白的表述。茅盾在《从牯岭到东京》中提到，当时的革命文艺作品，"有革命热情而忽略于文艺的本质，或把文艺也视为宣传工具——狭义的"①。《读书杂志》的发刊语则说"我们不是宣传主张的刊物，而是介绍主张的刊物"②，便对"宣传"与"介绍"做了区分。甘人的言论更揭示出时人对"宣传"的理解往往是十分狭义的："宣传这样东西，老实人是做不来的。那里面的主要手段，常要借用夸大，蒙蔽，捏造等等。"③

如茅盾所言，宣传无疑存在广狭二义，鲁迅和辛克莱的主张只可能成立于广义的宣传界定之下。那么，鲁迅是否对这种区分有意识呢？他在公开接受辛克莱的观点之前，曾有一次如此谈到了宣传：

> 我一向有一种偏见，凡书面上画着这样的兵士和手捏铁锄的农工的刊物，是不大去涉略的，因为我总疑心它是宣传品。发抒自己的意见，结果弄成带些宣传气味了的伊孛生等辈的作品，我看了倒并不发烦。但对于先有了"宣传"两个大字的题目，然后发出议论来的文艺作品，却总有些格格不入，那不能直吞下去的模样，就和雒诵教训文学的时候相同。④

那么，若据一切文艺都是宣传的观点，则一切文艺作品也就都是

① 茅盾：《从牯岭到东京》，《小说月报》第 19 卷第 10 号，1928 年 10 月 10 日，第 1144 页。

② 编者（王礼锡）：《读书杂志发刊的一个告白》，《读书杂志》第 1 卷第 1 期，1931 年 4 月 1 日，第 5 页。

③ 甘人：《拉杂一篇答李初梨君》，《北新》第 2 卷第 13 号，1928 年 5 月 16 日，第 29 页。

④ 《怎么写——夜记之一》，《莽原》第 18—19 期合刊，1927 年 10 月 10 日，《鲁迅全集》第 4 卷，第 20 页。

宣传品,则何来"疑心"的必要?鲁迅在当时,显然还并不认为所有作品都是"宣传品",他对宣传的狭义是有意识的。只不过后来在接受了一切文艺都是宣传的理念后,为"宣传"计,便对宣传的界定又取了广义的用法。比如在几年后他如此强调:

> 书籍的插画,原意是在装饰书籍,增加读者的兴趣的,但那力量,能补助文字之所不及,所以也是一种宣传画。[1]

这种宣传画想必也并非一定要"疑心"的宣传品。鲁迅当然能意识到两种"宣传"的存在:一种是把所有的符号表达都隶属于其中的宣传,一种是旨在传播某一特定理念的宣传。其实可以发现,当鲁迅等左翼文学家在论证一切文艺都是宣传的时候,他们使用的概念是"广义宣传";而当他们在把文艺当作宣传使用的时候,操作的又是"狭义宣传"。

3. 由各方讨论反思文艺与宣传之关系

并非所有左翼文人都对辛克莱"一切的艺术都是宣传"的提法感到满意,也有少数人——如当时尚无派系归属的文学青年胡秋原——对这一提法明确表示了反对。

在《革命文学问题》一文中,胡秋原首先表达了对革命文学兴起的欣喜,随即援引布哈林提倡艺术自由竞争的论断,对革命文学派抹杀其他文学形式的存在,表达了非议。胡秋原指出他也赞同"一般革命文学批评家所崇拜的 Upton Sinclair"说过的"文学是人生的表现",但同时指出,"人生的方面,是异样的繁多而复杂",故而抹杀其他文学的存在没有合理性。[2] 这似乎显示出胡秋原尚未掌握唯物史观,其实不然,他接着便依据唯物史观,批判了辛克莱的文艺宣传论。在此之前,胡秋原在宣传和一般的理

---

① 鲁迅:《"连环图画"辩护》,《文学月报》第4期,1932年11月15日,《鲁迅全集》第4卷,第458页。

② 冰禅(胡秋原):《革命文学问题——对于革命文学的一点商榷》,《北新》第2卷第12号,1928年5月1日,第95页。

念表达之间做了分别，并注意到了革命文学家和一般民众理解中的宣传概念都是狭义的，既然如此，便没有理由改用广义的宣传概念去证成"一切的文艺都是宣传"的命题：

> 诚然，每个伟大的文学家，表现了他自己，忠实的描写了人生的真实，他的理想，幻想，也就透过了他的作品而诏示我们以"未来"了。莫泊桑也说他的每篇小说背后，都有Something存在。但是这说作家在他的作品中表现他的理想的这事实，恐怕是与我们文学批评家之所谓"宣传"是大异其趣。因为所谓"宣传"是要宣传某种"主义"，以及"打倒""拥护"……之类，那么，艺术与文学不见得都为了某阶级"宣传"某种主张了。①

正因为有了对宣传的这种界定，再根据普列汉诺夫的认识："一种政治上的主张放在文艺里面，不独是必然而且在某几个时期却是必要的。"胡秋原指出，只能说"'艺术有时是宣传'；而且不可因此而破坏了艺术在美学上的价值"。②胡秋原依据普列汉诺夫对为人生派艺术和为艺术派艺术的分析，得出了艺术的美学价值并不因派别而有高下之分，因而有其独立性的观点。最后又从藤森成吉宣称的艺术与经济之间的关系更加间接的观点出发，并依据托洛茨基的理论，反驳了把文艺看作"阶级的武器"的观点。在他看来，辛克莱的认识属于"误用唯物史观来说明文艺的结果"。③

另一位创造社的文学家沈起予则在《创造月刊》上略微表达了对辛克莱理论的不满。他先赞扬了辛克莱对各种关于艺术的谬

---

① 冰禅：《革命文学问题——对于革命文学的一点商榷》，《北新》第2卷第12号，1928年5月1日，第95页。

② 冰禅：《革命文学问题——对于革命文学的一点商榷》，《北新》第2卷第12号，1928年5月1日，第95—96页。

③ 冰禅：《革命文学问题——对于革命文学的一点商榷》，《北新》第2卷第12号，1928年5月1日，第99页。

论的批驳，但对于辛克莱"一切的艺术都是宣传"的观点则表示："这个定义，仍然不是正确的辩证法的唯物论者底解释方法。"不过沈氏并未做解释，他说原因是"这是属于本题以外底话，在此地当然不能详细地讨论"。[①] 但据沈氏全文，他的不满只是辛克莱没有严格按照"辩证法的唯物论"来推论，艺术武器论也是他文章提倡的重点。不过这种不满，或已提示出辛克莱将被正日渐深入了解马克思主义的左翼阵营冷落的命运。1930 年，翻译过《拜金艺术》的冯乃超便明确指出，《拜金艺术》"不是正确的马克思主义的艺术理论"[②]。

借助创造社与鲁迅等对辛克莱文学宣传论的推广，许多本来否定文艺宣传作用的人也改变了观点。比如甘人，本来对于使命先行的文学观十分不满，提出："文艺须完全是真情的流露，一有使命，便是假的。"[③] 但他作为一名热忱的鲁迅倾慕者，后来受到鲁迅影响，既完全认可了辛克莱的理念，又依据鲁迅的归纳错误地认为李初梨是拿辛克莱"文学是宣传"的"鸡毛当令箭"，"弄成了'宣传即文学'"。对李初梨所说的文学是宣传和"阶级的武器"，甘人认为"是极是极"，尽管他还是照样批评了李初梨的宣传文学"不是真情的流露"。[④]

但也有在"革命文学"论争中站在鲁迅一边的青年，一直坚

① 沈起予：《演剧运动之意义》，《创造月刊》第 2 卷第 1 期，1928 年 8 月 10 日，第 22 页。

② 乃超：《马克思主义艺术理论的文献》，《文艺讲座》第 1 册，1930 年 4 月 10 日，第 312 页。1930 年代中国左翼文化界对辛克莱加入民主党参选加州州长，亦有不少非议。参见王建开：《五四以来我国英美文学作品译介史》，上海：上海外语教育出版社，2003 年，第 217 页。

③ 甘人：《中国新文艺的将来与其自己的认识》，《北新》第 2 卷第 1 号，1927 年 11 月 1 日，第 65 页。

④ 甘人：《拉杂一篇答李初梨君》，《北新》第 2 卷第 13 号，1928 年 5 月 16 日，第 28—29 页。

定反对文艺的宣传属性。比如明确否认属于任何派别①，但又常常被视作"语丝派"代表的韩侍桁。他虽未直接表达对辛克莱的意见，但就其理论来看，和辛克莱的观念实难融合。韩侍桁也承认无产阶级文学的出现符合历史发展的必然规律，"伟大底时代是来到目前了"；但是，对于文艺的"个人主义"性质他有着"顽固"的坚持：

> 艺术家的本身不应该受一切的束缚，只有他对于艺术的良心是支配着他的一切的！什么主义，什么标语。对于他都是狗屁不值！你们最近大嚷特嚷什么"非个人主义文学"，这个名词我从来还没有听见说过，这是不是你们造的？有什么定义么？②

有目的才称得上"宣传"，而韩侍桁大力强调艺术创作的无目的性③，难免与"一切的艺术都是宣传"的理念对立。

右翼文人梁实秋，秉持其理性主义文学观，主张以理性节制情感，而宣传文学难免诉诸情感，故他对于辛克莱的理念必然反对，更何况辛克莱还曾猛烈抨击他所尊崇的老师白璧德，且被郁达夫与鲁迅引作奥援。梁实秋曾如此批判宣传和武器论的文学观：

> 无产文学理论家时常告诉我们，文艺是他们的斗争的"武器"。……就是说把文艺当做宣传品，当做一种阶级斗争的工具。我们不反对任何人利用文学来达到另外的目的，这与文学本身无害的，但是我们不能承认宣传式的文字便是文学。……

---

① 参见侍桁：《评〈从文学革命到革命文学〉（下）》，《语丝》第4卷第20期，1928年5月14日，第6页。

② 侍桁：《评〈从文学革命到革命文学〉（下）》，《语丝》第4卷第20期，1928年5月14日，第6页。

③ 另参侍桁：《个人主义的文学及其他》，《语丝》第4卷第22期，1928年5月28日，第1—6页。

> 以文学的形式来做宣传的工具当然是再妙没有，但是，我们能承认这是文学吗？即使宣传文字果有文学意味，我们能说宣传作用是文学的主要任务吗？①

在梁实秋看来，文学可以用作宣传，但做了宣传便不再是文学，即便宣传文字可能有"文学意味"，"宣传作用"仍然与文学的本质无关。梁实秋大体上否定了宣传性文字成为文学作品的可能。这一观点在左翼文学界也自然引起了反弹，最有力的批判或许是由鲁迅做出：

> 梁先生最痛恨的是无产文学理论家以文艺为斗争的武器，就是当作宣传品。他"不反对任何人利用文学来达到另外的目的"，但"不能承认宣传式的文字便是文学"。我以为这是自扰之谈。据我所看过的那些理论，都不过说凡文艺必有所宣传，并没有谁主张只要宣传式的文字便是文学。②

结合语境可知，梁实秋所反对的观点是宣传式的文字能成为文学，鲁迅却曲解了梁实秋，认为梁实秋所反对的是"只要宣传式的文字便是文学"——而根本不可能有人会这样以为，所以鲁迅以为是"自扰"。不过他仍然有见地地指出：

> 诚然，前年以来，中国确曾有许多诗歌小说，填进口号和标语去，自以为就是无产文学。但那是因为内容和形式，都没有无产气，不用口号和标语，便无从表示其"新兴"的缘故，实际上也并非无产文学。今年，有名的"无产文学底批评家"钱杏邨先生在《拓荒者》上还在引卢那卡尔斯基的话，以为他推重大众能解的文学，足见用口号标语之未可厚非，来给那些"革命文学"辩护。但我觉得那也和梁实秋先生一样，是

---

① 梁实秋：《文学是有阶级性的吗？》，《新月》第2卷第6—7号合刊，1929年9月10日（愆期至1930年1月），第7页。

② 鲁迅：《"硬译"与"文学的阶级性"》，《萌芽月刊》第1卷第3期，1930年3月1日，《鲁迅全集》第4卷，第210页。

有意的或无意的曲解。卢那卡尔斯基所谓大众能解的东西，当是指托尔斯泰做了分给农民的小本子那样的文体，工农一看便会了然的语法，歌调，诙谐。只要看台明·培特尼（Demian Bednii）曾因诗歌得到赤旗章，而他的诗中并不用标语和口号，便可明白了。①

亦可见鲁迅认为，宣传既有标语口号式的，也有更加贴近大众理解能力的非标语口号式的，作为宣传的文学和前者并不相容，而应该追求后一种形式的宣传。这背后既有对文学与浅露直白的宣传具有不兼容性的认识，也有对宣传的主要对象——工农大众——的接受能力范围并不限于标语口号，并应超越于标语口号的认识。相较梁实秋认为文学和任何形式的宣传在本质上都不相容而言，鲁迅的文学观显得更加开放，更有"实践"性——不过，这只在"无产阶级文学"的范围内才能成立。如果引入"资产阶级文学"，则文学还须打倒非无产阶级的异类：

> 梁先生……临末让步说，"假如无产阶级革命家一定要把他的宣传文学唤做无产文学，那总算是一种新兴文学，总算是文学国土里的新收获，用不着高呼打倒资产的文学来争夺文学的领域，因为文学的领域太大了，新的东西总有它的位置的。"但这好像"中日亲善，同存共荣"之说，从羽毛未丰的无产者看来，是一种欺骗。②

鲁迅认为，文学之所以能有宣传的功能，在于其文学的属性本身。当然，文学的属性是否会遮蔽宣传的效果，鲁迅未曾论述。宣传借助文学修辞，取得理想传播效果的情形，自然绝不罕见；但一个成熟的接受者如果意识到文学中的宣传意图，效果难

---

① 鲁迅：《"硬译"与"文学的阶级性"》，《萌芽月刊》第 1 卷第 3 期，1930 年 3 月 1 日，《鲁迅全集》第 4 卷，第 210—211 页。

② 鲁迅：《"硬译"与"文学的阶级性"》，《萌芽月刊》第 1 卷第 3 期，1930 年 3 月 1 日，《鲁迅全集》第 4 卷，第 212 页。

免适得其反。辛克莱也意识到了这一点，他在《拜金艺术》中借一名虚拟人物之口提供了如下策略："各种宣传的目的在使这宣传的贯澈；主要之点，须在使读者不知道这是宣传而被感动，所以在宣传之上施一层新的装隐法 Camouflage 是必要的。"① 而鲁迅曾翻译了日本学者岩崎·昶的论文《现代电影与有产阶级》，并把它罕见地放进了自己的文集中，可见他的重视。在这篇文章中，岩崎氏发出了一段足以作为对大众之警语的话："单纯的看客，是没有觉到陷于被那巧妙地布置了的宣传所煽动，所欺骗，然而对于那欺骗，还要付钱的二重欺骗的。"②

那么，创造社理解的宣传有无独特之处呢？擅长理论批判的创造社成员，对宣传确实也做了特别的定义辨析，在《文化批判》的《新辞源》栏目分别解释了"煽动"（demagogy）、"鼓动"（agitation）与"宣传"（propaganda）三个概念，并区分了它们的不同。定义认为，煽动是布尔乔亚政治家为了私利对民众所做的蛊惑行为，而鼓动与宣传则是正面的行为。"'把一个思想或少许的思想注入于大众'的时候则叫着'鼓动'。故利用最痛切的事实或大众最明白的事实等去鼓动大众，使他们激愤而参加直接的行动。譬如对于失业的大众，痛诉他们的失业及饥饿等，而使他们兴奋而参加斗争等的时候，还［这］便是'鼓动'。所以'鼓动'的手段多靠演说或报纸等。"而宣传则与此不同："'把许多的思想注入于一个人或某特定人的'的时候，则称为'宣传'。"可见，宣传涉及"许多的思想"，具有系统性和理论性，涉及一定程度的理解力的运用："譬如关于失业的问题，则说明'恐慌'的本质，在现代资本主义社会里恐慌是有必然性的；而且证明：如欲除掉这种恐慌以及失业，只有社会主义社会才是其唯一的出路。即叙敍［述］许多非有相当的程度的人，则不能立刻了解的思想的时候，就是'宣

---

① ［美］辛克莱：《拜金艺术》，郁达夫译，《北新》第 2 卷第 16 号，1928 年 7 月 1 日，第 54 页。

② ［日］岩崎·昶：《现代电影与有产阶级》，鲁迅译，《萌芽月刊》第 1 卷第 3 期，1930 年 3 月 1 日，《鲁迅全集》第 4 卷，第 403 页。

传'。所以宣传多靠著作或杂志等等。"① 其实依此标准,《文化批判》上发表的论文固然可算宣传,发表的文学作品,许多只能称作鼓动。所以当李初梨称一切文学都是宣传的时候,指的也当是较广义的宣传,否则只能说他忽略了文学还有从宣传"堕落"为鼓动的情形。但考虑到李初梨曾经设想了无产阶级文学的四种形式——讽刺的、暴露的、鼓动的、教导的②,则可见他的宣传定义应该是包含了鼓动的,而且鼓动文学也应是宣传文学的重要类型之一。不难看出,即便像后期创造社成员那样对理论思考更感兴趣的人,在使用和界定"宣传"概念的时候,也难以做到前后一贯。

　一般来说,宣传是个现代概念。只有在各种意识形态与理念并起且互相争夺群众的时代,并须借助现代传播条件,宣传才可能突出地成为一个问题。而知识分子在作为立法者的同时,也就难免兼为"宣传员"。受一战时"宣传"所起作用的影响,时人对宣传的理解一般都较负面,而且倾向于认为宣传的目的在于实现某一即刻的、具体的政治任务。共产主义革命对宣传的作用一向重视,但把文学当作宣传纵队中一位有力的"战士",似乎出现得较晚。列宁虽然也重视宣传工作,而且要求"写作事业应当成为……由整个工人阶级的整个觉悟的先锋队所开动的一部巨大的社会民主主义机器的'齿轮和螺丝钉'"③,由此当然容易推导出文学也是宣传工具的结论,但列宁在具体设计党的宣传事业时,并未十分直白地把文学视作其中重要的一种工具,相反倒对文学的自律性颇为重视。艺术的宣传和武器论说最初当兴起于十月革命后苏俄所产生的各种激进文学流派。比如依据岗位派瓦尔金的报告的《第一次全苏无产阶级作家会议决议》的第一句就宣称:"文

　① 同人:《新辞源》,《文化批判》第 4 号,1928 年 4 月 15 日,第 154—155 页。

　② 李初梨:《怎样地建设革命文学》,《文化批判》第 2 号,1928 年 2 月 15 日,第 19 页。

　③ 〔俄〕列宁:《党的组织和党的出版物》,《列宁全集》第 12 卷,北京:人民出版社,1987 年,第 93 页。

学是阶级斗争的强大武器。"① 辛克莱的文学宣传论，后来自然也产生了巨大影响。

从另一个角度来看，宣传亦有道德性，有必须服从的伦理准则，应真实而不虚假。用常常以虚构为特征的文学来做宣传，是否能符合此一伦理准则大有疑问。虚构性艺术固然有"真实性"可言，但其"真实"能否等同于现实"真实"？鲁迅在《怎么写》一文中，曾经针对国人难以接受艺术的虚构性理念，并时常混淆艺术表现中的"真实"与现实真实的界限提出批评。② 这一提醒值得注意。而他在另一篇文章中，更直白地张扬了对宣传的真实性伦理要求：

> 而且宣传这两个字，在中国实在是被糟蹋得太不成样子了……所谓宣传，只是一个为了自利，而漫天说谎的雅号。
>
> 自然，在目前的中国，这一类的东西是常有的，靠了钦定或官许的力量，到处推销无阻，可是读的人们却不多，因为宣传的事，是必须在现在或到后来有事实来证明的，这才可以叫作宣传。而中国现行的所谓宣传，则不但后来只有证明这"宣传"确凿就是说谎的事实而已，还有一种坏结果，是令人对于凡有记述文字逐渐起了疑心，临末弄得索性不看。③

鲁迅提出了宣传的异化问题，并认为宣传之所以被污名化正在于官方力量的作假。而宣传的准则在于："是必须在现在或到来有事实来证明的。"不过如果要等待"后来"来证明，则宣传也无异于预测，对"宣传"的当下判断只能被悬置。但仍然可以确定，鲁迅所认为的正当的宣传，是必须以"事实"为依据的。那么，

---

① 《第一次全苏无产阶级作家会议决议（根据瓦尔金同志的报告）》，张秋华译，张秋华、彭克巽、雷光编选：《"拉普"资料汇编》（上），第170页。

② 参见鲁迅：《怎么写——夜记之一》，《莽原》第18—19期合刊，1927年10月10日，《鲁迅全集》第4卷，第23页。

③ 鲁迅：《林克多〈苏联闻见录〉序》，《文学月报》第1卷第1期，1932年6月10日，《鲁迅全集》第4卷，第435页。

艺术能承担起这个任务吗？艺术毕竟是个人化的产物，如何能够保证其与现实真实性的一致性？而这种一致性的追求是否只是幻想？故而，艺术固然可以起到宣传的作用，也难以避免宣传的效果，但用艺术来做需以真实性为判断准绳的宣传，纯就"动机"而言，是否具有道德性，还成疑问。

三、哪一种"现实"？
——茅盾与革命文学派的现实观之争

1. 茅盾庐山行迹考

茅盾（沈雁冰），1921年即已入党，并深度参与了中共早期的政治活动。比如他曾长期担任中共中央的对外联络员，在上海时曾任国民运动委员会委员长、中共上海地方兼区执行委员会秘书兼会计，国共合作之后，曾任上海特别市党部宣传部长，到广州又担任了中央宣传部的秘书，到武汉又主编当时中共最重要的宣传媒体汉口《民国日报》。[①]茅盾虽然可谓中共早期一位重要领导成员，然而在汪精卫1927年7月中旬在武汉决定"分共"之后，他逐渐疏远了与政党的关系，选择了自动"脱党"。

还在革命文学的风潮初始涌现之际，娴熟于国外文艺理论动态的茅盾即已用较长篇幅，系统论述了何为"无产阶级艺术"，并对其与"农民艺术""革命的艺术""社会主义文学"的差异做过清楚的说明。[②]茅盾这篇文章的内容虽然大体来自波格丹诺夫的文章[③]，但他对文章的观点及立场显然是认同的。就论述的系统性和深入性而言，这篇文章在其后许久都堪称独步。那么，在大革

---

①　参见茅盾：《我走过的道路》（上），第266、269、326、331、358页。

②　沈雁冰：《论无产阶级艺术（二）》，《文学周报》第173期，1925年5月17日，第10—12页。

③　参见［日］白水纪子：《关于〈论无产阶级艺术〉》，顾忠国译，《湖州师专学报》1989年第3期，第44—52页。

命失败之后，当沈雁冰变成了茅盾之时，他对无产阶级文学和革命文学的理解有没有发生新的变化？他又为何会与革命文学派爆发激烈的冲突？冲突的要点和根源又在哪里？在进入这些问题之前，需要对一些关键的历史细节有所辨明。

欲了解茅盾在大革命失败之后的思想状态，须对他蛰居庐山（泛指包括九江和牯岭在内的庐山地区）时期的处境有所了解。学界相关认识，大体还是依据茅盾 1980 年所撰写的回忆文章《一九二七年大革命》。茅盾的叙述虽然堪称细密，但若和其他材料对勘，将发现在很多地方都有疑点。在其回忆中，茅盾暗置了一个重要的自辩主题，即他是由于一系列客观原因才没能赶上参加南昌起义。茅盾特别强调了他从武汉来到九江，不过是个中转，南昌才是他的最终目的。未买到去南昌的火车票后，茅盾还到处打听去南昌的方式，决定从牯岭翻山而去，并因此才上山。在发现山路不通后，他也未忘记打探去南昌的方式，可惜马上患了严重的腹泻，"躺在那里动不得了"，两天后虽有所缓解，但仍只能卧床，"三五天内尚不能行动"。[①]茅盾自述他卧床不能行动的日子大体在 7 月 27 日至 8 月 1 日，恰成为他不能前去参加南昌起义的强有力理由。大概正因为有此写作动机，导致其对材料的运用，有时偏离了真实的原则。[②]

比如，就在茅盾宣称自己在牯岭卧床不能行动的日子里，朱其华在作于 1927 年冬的回忆录中，却发现茅盾和宋云彬住在九江的宾馆，正准备上庐山游玩，晚上朱还住进了茅、宋刚住过的房间。另外，茅盾的回忆也和他在当时及 1930 年代所写的文章有

---

① 茅盾：《我走过的道路》（上），第 378 页。

② 注意到了茅盾的回忆在此一方面存在不真实因素的有沈卫威、赵璕、余连祥等学者。参见沈卫威：《艰辛的人生：茅盾传》，台北：业强出版社，1991 年；赵璕：《"小资产阶级文学"的政治——作为"中国社会性质论战"序幕的《从牯岭到东京》》，《中国现代文学研究丛刊》2006 年第 2 期，第 1—27 页；余连祥：《逃墨馆主——茅盾传》，杭州：浙江人民出版社，2006 年。

所冲突，和其同伴宋云彬的回忆也不尽一致。下面将参酌各种资料，试图呈现茅盾从 7 月下旬到 8 月中旬，最接近事实的活动历程。为清晰起见，尽可能采取逐日编排的形式，并在有冲突且基本可证伪之事实前标*，在依据种种材料而推断之事实及相关分析前标**。为避烦琐，来自"茅盾回忆录"（《一九二七年大革命》，《新文学史料》1980 年第 9 期，收入《我走过的道路》）与"朱其华回忆录"（《一九二七年底回忆》，上海：新新出版社，1933 年）的内容不具注。

7 月 23 日

晚　茅盾与宋云彬、"另一个姓宋的"（宋敬卿）从武汉乘日本轮船"襄阳丸"去九江。

比茅盾一行稍晚，朱其华、恽代英、廖乾吾、黄琪翔等从武汉乘坐一艘军用船去九江。

7 月 24 日

早　茅盾与宋云彬、宋敬卿至九江。茅盾身负中共任务，持两千元支票去找接头人，见到董必武、谭平山。二人告诉茅盾其目的地在南昌，可试买火车票前往；但火车已不通，票未购得。[①]支票董必武未留下，嘱其交给党组织。

下午　朱其华、恽代英一行亦至九江，宿庐山脚下烟水亭。

*茅盾回忆录云：走出火车站后，遇到许多熟人，告之可从牯岭翻山而至南昌，并云昨日（23 日）恽代英已经翻山而去。遂决定去牯岭。二宋以为茅盾是要去游玩，定要跟从。（此日事可与"7 月 30 日"对观。）

**宋云彬在武汉时是茅盾主编的汉口《民国日报》的工作人员，宋敬卿在武汉事迹不详，但与茅盾、宋云彬均系中共党员，

---

① 茅盾购票情形是否如其所述，尚乏佐证。当时火车交通确实时常中断，不过仍有不少人从九江乘火车去了南昌。

亦同遭南京国民政府通缉。① 若茅盾曾向二人隐瞒去南昌的意图，则可见他清楚中共所要求的南昌之行的重要性。

7月25日

茅盾与宋云彬、宋敬卿上山，投宿牯岭庐山大旅社。

晚 茅盾在牯岭作《云少爷与草帽》，对云少爷（宋云彬）的事迹及九江和牯岭的情形有所描述，并透露了自己的幻灭感。② 当晚，茅盾因庐山的大风使其忆起上海夏季的风暴，以及旅馆臭虫太多（有无其他原因不得而知）而失眠。③

* 茅盾回忆录云：在牯岭大街见到夏曦，夏告诉茅盾：昨天还可以翻山，恽代英就是翻山走的，但今日已不通，郭沫若今天上午就下山回九江了。夏曦并告诉茅盾住址，让其次日再去找他，"看还有没有别的办法"。（此日事可与"8月3日"对观。）

7月26日

下午 茅盾同二宋一起游览庐山，晚上作《牯岭的臭虫——致武汉的朋友们（二）》④，打算次日"专诚"去黄龙瀑洗澡，且隐然流露出长居牯岭的想法。⑤

* 茅盾回忆录云：下午再次去见夏曦，夏曦告之以"这地方

---

① 参见《国民政府通缉共产党首要令》，秦孝仪编：《中华民国重要史料初编——对日抗战时期·绪编（二）》，台北：中国国民党中央委员会党史委员会，1981年，第47—48页。其中的"宋云彤"当为宋云彬。在茅盾和宋云彬的回忆中，均不称宋敬卿全名，而只说"姓宋的"，未详何故。

② 载《中央日报·中央副刊》（汉口）第125号，1927年7月29日，第3—4版，署名"玄珠"。

③ 玄珠：《牯岭的臭虫——致武汉的朋友们（二）》，《中央日报·中央副刊》（汉口）第128号，1927年8月1日，第6—7版。

④ 载《中央日报·中央副刊》（汉口）第128号，1927年8月1日，第6—7版。

⑤ 在《牯岭的臭虫》中，茅盾说道："我相信游泳不是一件难事，如果我在此一个月，天天去学习，总能学会了罢？"玄珠：《牯岭的臭虫——致武汉的朋友们（二）》，《中央日报·中央副刊》（汉口）第128号，1927年8月1日，第7版。

不宜长住，你还是回去吧，我也马上要走"。晚上回到旅馆，二宋游览庐山尚未归来。这时突然腹泻，"来势凶猛，一夜间泻了七、八次"。(此日事可与"8月4日"对观。)

　　下午　朱其华从九江回武汉。

7月27日

*茅盾回忆录云：此日开始，卧床不能行动。

7月29日

约于此日，宋敬卿下山离开九江。

　　* 茅盾回忆录云：7月29日，宋云彬见其"三五天内尚不能行动"，故先回了上海。

　　** 约在7月29日早上（27日或28日的可能性较小①），茅盾与宋云彬、宋敬卿一起再次回到九江。茅盾试图去南昌或上海，宋云彬则欲回上海，但二人因故未能成行；宋敬卿则离开了九江。茅盾与宋云彬晚上留宿大东旅馆。

7月30日

　　早　朱其华从武汉返回九江，发现恽代英"昨日"刚离开九江前往南昌，即赴大东旅馆探访熟人。

　　** 早上朱其华在大东旅馆发现茅盾和宋云彬正准备上庐山游玩，于是在二人房间聊天。朱打算次日也上庐山游玩。朱告诉茅盾，恽代英"昨日"已前往南昌，由于尚不清楚恽代英离开九江的方式（恽与张国焘一起等了两天的火车后于7月29日乘火车离开②），所以推测是从牯岭翻山而去。茅盾深信之。

---

　　① 依据有三：第一，茅盾在1933年曾说宋云彬和宋敬卿上山后不满四天就都走了，茅盾：《几句旧话》，鲁迅等：《创作的经验》，上海：天马书店，1933年，第55页；第二，《牯岭的臭虫》中对27日游览内容的规划；第三，茅盾在1980年回忆的宋云彬离开日期。

　　② 参见张国焘：《我的回忆》（下），北京：东方出版社，2004年，第6—7页。

** 茅盾和宋云彬又回到牯岭，继续投宿庐山大旅社。宋云彬可能主要是由于茅盾力邀其上山作伴而未归（可以确定的是茅盾在 8 月初曾力邀宋云彬留在庐山），游玩或许也尚未尽兴；又或者由于交通问题暂时也无法回上海（若茅盾曾邀宋云彬留下，则说明他已无意去南昌）。

晚 朱其华被廖乾吾、高语罕叫醒，告知彼等四人（包括已经离去的恽代英）已遭通缉，三人于是一同赶往火车站近旁的大东旅馆投宿，打算次日一早乘火车离开。

据朱其华回忆录，他和廖乾吾晚上入住的正是茅盾和宋云彬白天退掉的房间，且郭沫若此晚仍然宿在烟水亭。

7 月 31 日

上午 朱其华在火车上感叹："雁冰和云彬，此刻想还在山上睡觉吧。"

8 月 1 日

郭沫若等人上牯岭（也可能在 7 月 31 日）。

下午 张发奎通知李一氓，让他去叫郭沫若下山。①

* 茅盾回忆录云："又躺了三四天"（若以宋云彬离开后为起点计算即躺到 8 月 1 日或 2 日，否则提前一天），"能起床稍微走动了"。"一天"（日期未确定），在大街上见到范志超，范告之以南昌起义事，以及国民党要人要来庐山开会，嘱其少走动（汪精卫率众 7 月 29 日开始在庐山开会）。

** 茅盾回忆录中与范志超在牯岭交往一事可信，但可能稍晚。

8 月 3 日

郭沫若与李一氓一早下庐山，去见张发奎，商讨政治部的交割事宜；之后二人与欧阳继修（阳翰笙）、梅电龙（梅龚彬）一起

---

① 李一氓：《李一氓回忆录》，第 84 页。

持张发奎手令离开九江，前往南昌。①

　　** 茅盾在牯岭大街遇到夏曦，夏曦言郭沫若"今天""上午"已然"匆匆下山回九江了"，山路已不通。② 同时告之以南昌起义事，并给茅盾留下了自己的住址，让茅盾次日再去找他。

8月4日

　　** 茅盾再去见夏曦，"看还没有别的办法"（去南昌），夏曦告之以"这地方不宜长住，你还是回去罢，我也马上要走"。夏曦是直接即劝告茅盾"回去"（上海），还是在发现茅盾无意去南昌后才如此劝告，不得而知。另，恽代英翻山之事，多半来自朱其华，夏曦当未讲过。夏曦此时，正准备从水路赶往南昌；而茅盾对夏曦赶往南昌的方式似也了解③，但最终未随其同行。

8月初

　　茅盾受到神经衰弱和失眠症的困扰。④ 山上人殆走尽，茅盾拉住宋云彬作陪，"看看云雾，下下棋"⑤。此段时期，国民党要人开始云集牯岭，宋云彬发现这一状况后向茅盾商议："我们回上海去罢，此地不可以久留。"但"雁冰对于那个小房间发生了兴趣，不想立刻走，我就决定一个人回上海"。过了些日子，宋云彬离

---

　　①　主要据李一氓：《李一氓回忆录》；阳翰笙：《风雨五十年》；郭沫若：《涂家埠》，《小说》（香港）第1卷第1期，1948年7月1日，第63—73页。

　　②　茅盾接受叶子铭采访时有相同回忆："他（夏曦——引者）还说，郭沫若刚下山回九江了，还带了一批人。"参见叶子铭：《梦回星移：茅盾晚年生活见闻》，南京：南京大学出版社，1991年，第216页。

　　③　茅盾接受叶子铭采访时，在谈到和夏曦的交往时补充了一句："他后来用别的方法到南昌了。"参见叶子铭：《梦回星移：茅盾晚年生活见闻》，第216页。

　　④　茅盾在《几句旧话》中说他在牯岭，"虽然是养病，幸而我的病不过是神经衰弱和失眠"。鲁迅等：《创作的经验》，第55页。不过在《几句旧话》中，茅盾说宋云彬和宋敬卿上山后不满四天就都走了，与宋云彬的回忆、《牯岭之秋》不符。对于茅盾是否曾在庐山患病，宋云彬的回忆未予提及。

　　⑤　茅盾：《牯岭之秋（续）》，《文学》第1卷第6号，1933年12月1日，第923页。

去。据宋的回忆，他在牯岭待了"约莫二十天"之后才离去。①

** 若以宋云彬在牯岭待了二十天来推算，他当在 8 月 13 日左右离去；这和茅盾所叙述的宋云彬在 8 月前就已离去相去甚远。而且宋云彬说是由于茅盾不舍得离开他的小房间才没有同回上海，茅盾则云是由于宋云彬见他生病，"三五天尚不能行动"，所以先回，差异也较大。在 8 月前离去的应当是宋敬卿，而非宋云彬（宋云彬称，在他意欲离去之时，"另一但［位］姓宗［宋］的早已下山，到别处去了"②）。宋云彬说他待了"约莫二十天"可能稍有夸张，但想来作者的记忆也不至出现那么大的偏差，所以茅盾在《牯岭的秋》中透露的"云少爷"被"老明"（原型即茅盾）拖住作陪，归期延迟了许多时日，当为事实。③而茅盾因为陷入了"矛盾"和抉择的痛苦，受到神经衰弱和失眠症困扰（茅盾此后至

---

① 云彬：《沈雁冰（茅盾）》，《人物杂志》第 1 年第 8 期，1946 年 9 月 1 日，第 18 页。

② 云彬：《沈雁冰（茅盾）》，《人物杂志》第 1 年第 8 期，1946 年 9 月 1 日，第 18 页。《牯岭之秋》所叙与此相合。

③ 《牯岭之秋》是茅盾发表于 1933 年的一部具有高度写实性的小说，写作时间不详，可能是他早期的试笔之作。小说主人公之一云少爷，原型即茅盾在牯岭的重要侣伴宋云彬。据宋云彬讲："我们从汉口到庐山以及在牯岭小住的那一段生活，雁冰后来写成一个短「个」篇，题为《牯岭之秋》，那里面的'云少爷'就是我，虽然不免写得夸张一点，大体还近乎事实。"云彬：《沈雁冰》，《人物杂志》第 1 年第 8 期，1946 年 9 月 1 日，第 18 页。茅盾在 1933 年写过一篇随笔《几句旧话》，其中的许多事实也与《牯岭之秋》相合。有研究者曾对《牯岭之秋》的高度写实性做过细致考察，参见［美］陈幼石：《茅盾〈蚀〉三部曲的历史分析》，北京：社会科学文献出版社，1993 年，第 52—73 页；曹金林：《简评茅盾的〈牯岭之秋〉》，《江苏教育学院学报（社会科学版）》1992 年第 4 期，第 27—38 页。在《牯岭之秋》中，云少爷质问老明："喂，喂，老明，我就不懂你为什么不走？不走也就罢了，我又不懂你为什么不回家？我更不懂你为什么拉住了我？回家或是住在这里山上，我倒也无可无不可，只是一天到晚守在这空荡荡的旅馆里，看看云雾，下下棋，——下棋你又故意捣乱，没有一盘下完的；可不是，我真猜不透，你是什么意思？"在另一处，老明问云少爷："你算算看，我们来这里几天了？"云少爷答道："哈，谁还去记它几天呢！总之，好像很久了。单是这香烟纸壳做的棋子已经换过三付了！"茅盾：《牯岭之秋（续）》，《文学》第 1 卷第 6 号，1933 年 12 月 1 日，第 923、922 页。

1930 年代一直颇受神经衰弱与失眠症困扰①）。

8 月 9 日前，茅盾完成《柴玛萨斯评传》及译作《他们的儿子》（西班牙柴玛萨斯原著），柴玛萨斯的经历可能对茅盾的人生选择有所启示。②

8 月 9 日

茅盾作新诗《我们在月光底下缓步》。③

8 月 12 日

茅盾作新诗《留别》，对一个多半是虚拟人物的"云妹"留别，表达了自己打算离去的想法以及"深深"的"幻灭"感。④

** 据茅盾当时在文章中提起宋云彬时，总颇有些亲昵地称其为"云少爷"，可知此诗主旨虽然可能和宋云彬关系不大，但其创作很可能受到了宋云彬离开的激发。多半是茅盾在云少爷离开后颇感孤寂，在追怀刚刚逝去的生活时创作了这首诗，并生出了离开的愿望。若据此，宋云彬很可能在 8 月 12 日或稍前几日离开，这个时间也符合宋云彬的回忆。

8 月 17 日

约于此日，茅盾与范志超一起乘船离开九江，次日下午船抵

---

① 参见茅盾：《我走过的道路》（上），第 444 页；《茅盾小传》（1936 年，生前未发表），《茅盾全集》第 21 卷，北京：人民文学出版社，1991 年，第 76 页；《梦想的个人生活》，《东方杂志》第 30 卷第 1 号，1933 年 1 月 1 日，第 74 页；《在公园里》，《申报月刊》第 2 卷第 4 号，1933 年 4 月 15 日，第 133 页。

② 评传和译作合计约 3.5 万字，载《小说月报》第 18 卷第 8、10 号，1928 年 8 月 10 日、10 月 10 日，署名"沈余"。余连祥曾论述道："柴玛萨斯曾为报社总编辑，也曾信仰社会主义，但没有成为职业革命家，潜心创作，成了'西班牙的莫泊桑'，是西班牙文坛的'不倒翁'。茅盾也许从青年柴玛萨斯的人生道路中受到启示：不做职业革命家，还可以努力做一位中国的'莫泊桑'。"余连祥：《逃墨馆主——茅盾传》，第 111 页。

③ 载《文学周报》第 5 卷第 18 期，1927 年 12 月 4 日，第 563—564 页，署名"玄珠"。

④ 载《中央日报·中央副刊》（汉口）第 146 号，1927 年 8 月 19 日，第 7 版，署名"玄珠"。

镇江，茅盾下船改乘火车，当晚抵无锡后又下车，改乘次日晚上的火车于 8 月 19 日抵达上海。①

由上可见，在茅盾的回忆所涉及的外部环境方面，笔者的推断所做的重要改动是把他见夏曦的时间推迟到了 8 月 1 日以后。改动的依据是夏曦所说的诸多内容，基本不可能发生在 8 月之前。这一改动最需要进一步得到史料证明，以尽可能闭合证据链。夏曦在南昌起义前后的活动细节不易探明，但其应未参加南昌起义。他虽然在南昌起义的宣言性文件《中央委员宣言》上列名于 22 位签名的"中央委员"之中②，但在起义后产生的"革命委员会"中，没有任何职位，依其中共湖南省委书记的党内地位，当可证明之。据南昌起义的参与者陈涛回忆，在 8 月 5 日，他奉命出南昌城坐小船沿江（当为赣江）北上，船行了四五个小时，至天黑时分靠岸时，从下游划来两只轻舟，其中一人下船和他们攀谈，打听南昌的情况，"看样子和口气是自家人"。这个人即自称夏曦，正急于"追赶部队"。③ 依此来看，夏曦应当是从九江乘船而来，多半 8 月 5 日一早即已出发。倘如此，茅盾和夏曦在 8 月 3 日和 4 日的两次见面，必然包含对奔赴南昌方式的商讨；而茅盾，最终放弃了同赴南昌的计划。茅盾回忆夏曦对其言"我也马上要走"，也可作为二人见面发生于 8 月 3 日和 4 日的佐证。在 7 月，茅盾虽也有可能见过夏曦④，并有所交流，但交流的很难是茅盾转述的内容。

---

① 对此段历程的考证，参见余连祥：《逃墨馆主——茅盾传》，第 117 页。

② 《中央委员宣言》，《民国日报》（南昌），1927 年 8 月 1 日，南昌八一纪念馆编：《南昌起义》，第 15—19 页。

③ 陈涛：《参加南昌起义的回忆（1981 年 10 月 30 日）》，南昌八一纪念馆编：《南昌起义》，第 369 页。

④ 张国焘提到曾在 1927 年 7 月 27 日召集夏曦等人在九江开会。参见《张国焘致中央临时政治局并扩大会议的信（1927 年 11 月 8 日）》，《中央通讯》第 13 期，1927 年，南昌八一纪念馆编：《南昌起义》，第 71 页。

茅盾在九江和牯岭时期的大致活动情形已如上述。虽然由于史料缺乏，对茅盾的回忆固然可以证伪，但也很难十分精确地还原当时的情形；不过可以发现，茅盾的叙述有其特点。那就是，其所陈述的细节在大体上都有现实的依据，但在排列组合上，却未能严格按照事件发展的先后顺序。这一叙述方式，其实给还原现场带来了便利，因为只需考察其所言细节的现实依据，并将它们放置于本来该在的位置，庶几便离真相不远了。这也是茅盾之叙事在某种意义上的"真实"性之体现吧。从上述一系列细节不难推断，虽然茅盾当时前往南昌确有困难，但他也并无坚强的奔赴南昌的意志，比如7月底刚到九江时便流露出幻灭的感觉及长居庐山的意愿。在7月底和8月初，茅盾也并不缺乏前往南昌的机会，但他还是选择了停止跟随其他共产主义友人前行的步伐。

2. 大革命失败前后茅盾的现实认知与心理转变

现在要追问的是，茅盾为什么放弃了去南昌？在《牯岭之秋》中，云少爷也曾追问老明为什么一定要滞留牯岭，老明在与云少爷斗嘴了片刻之后，想道："吵嘴总比发空议论乱讲什么'革命形势'来得不肉麻些。"然后，面对可能酗酒"报仇"（不能再与自己交流）的云少爷，老明决定正式地回答他：

> "哈哈，着急了，那么，我们说正经话。一点理由也没有，就不过太疲倦了，我想躲在这里享几天清福。"
> 云少爷把头慢慢地摇了两下。
> "你不相信么？那也没有办法。可是我说正经话，太疲倦了，懒得动；不要说是在这样幽静的山上，就是换一个荒野里的茅棚，我也蹲下了不想动了。我好像一件消失了动力的东西，停在那里就是那里了。疲倦！你总懂得罢！我不是铁铸的，我会疲倦。我不是英雄，疲倦了就是疲倦，用不到什么解释。"①

茅盾是否也是太疲倦了才懒得行动呢？这大概难以否认，但

---

① 茅盾：《牯岭之秋（续）》，《文学》第1卷第6号，1933年12月1日，第924页。

"疲倦"仍只是表象，谈不上真正的"理由"，为什么疲倦才是关键。茅盾文中表达了对"肉麻"的"发空议论乱讲什么'革命形势'"的反感，这一点他晚年回忆时再次强调，同时对"疲倦"的原因做了详细说明：

> 一九二七年大革命的失败，使我痛心，也使我悲观，它迫使我停下来思索：革命究竟往何处去？共产主义的理论我深信不移，苏联的榜样也无可非议，但是中国革命的道路该怎样走？在以前我自以为已经清楚了，然而，在一九二七年的夏季，我发现自己并没有弄清楚！在大革命中我看到了敌人的种种表演——从伪装极左面貌到对革命人民的血腥屠杀；也看到了自己阵营内的形形色色——右的从动摇、妥协到逃跑，左的从幼稚、狂热到盲动。在革命的核心我看到和听到的是无止休的争论，以及国际代表的权威，——我既钦佩他们对马列主义理论的熟悉，一开口就滔滔不绝，也怀疑他们对中国这样复杂的社会真能了如指掌。我震惊于声势浩大的两湖农民运动竟如此轻易地被白色恐怖所摧毁，也为南昌暴动的迅速失败而失望。在经历了如此激荡的生活之后，我需要停下来独自思考一番。①

在茅盾晚年看来，大革命的失败不仅由于"右"的错误，同样由于"左"的错误；另外存在一种"极左面貌"，但它是敌人的"伪装"。同时，他还表达了对两湖农民运动和南昌起义的认可。这样的教训总结和正统叙述并无不同，但它和茅盾刚退出政治舞台之后的认知却不完全相同。而且因为茅盾表达了对南昌起义的认可，所以他便把对南昌起义失败的反思也当作了自己暂停革命步伐的一个原因；但实际情形是，在南昌起义之前，他已经停了下来。

无疑，大革命时期中共的革命政策和活动没能给予茅盾继续革命的动力，于是在大革命失败之后共产主义革命力量已经开始

---

① 茅盾：《我走过的道路》（上），第382—383页。

新的集结之时，即便肩负着党的任务和召唤，他仍选择了滞留庐山，并在山上"深深地领受了幻灭的悲哀"①。茅盾何以"幻灭"，何以"矛盾"，解答这一问题需要对茅盾在革命工作过程中的所见、所感和所思有较全面的了解，可惜在茅盾的记述中，较难看到在事实方面触动了他的因素。虽然茅盾不久后就与革命文学家展开了激烈论战，为自己当时的状态辩护，但他对自己"幻灭"意识的反省，在1929年写作的《读〈倪焕之〉》中已现端倪，在1936年他更如此评价了自己的《蚀》三部曲："从'三部曲'看来，那时茅盾对于当前的革命形势显然失去了正确的理解；他感到悲观，他消极了。同时他的病也一天一天重起来，他常常连连几夜不能睡眠。"②

但也正如茅盾所叙述的，在大革命的武汉时期，中共的政策与活动在"左""右"两端不断摇摆；共产国际的代表鲍罗廷和罗易之间都有尖锐分歧，中共的莫衷一是自然难免。③当时的中共，已经在两湖地区的农村开展了土地革命，并经常有激进的打击"土豪劣绅"的举动，在激起国民党军队叛变以及武汉政权不满之后，又难免采取措施压制过激行为。在大革命失败后，中共则开始强调土地革命的意义，中共领导层此前对土地革命的压制被视作右倾机会主义的投降举动。茅盾身处当时的环境之下，又掌管着舆论宣传的工具，难免有更强烈的无所适从感④，革命原则的神圣性也难免被消解，这当然足以导致幻灭的情绪。只不过，在左与右之间，茅盾的情感是否有所偏倚？是否如茅盾晚年所叙述的，他当时即站在正确的"左"的一边，认同两湖农民运动和南昌起义？

尽管茅盾从未对他之所以"幻灭"的现实原因做过足够坦率

---

① 玄珠：《留别》，《中央日报·中央副刊》（汉口）第146号，1927年8月19日，第7版。

② 茅盾：《茅盾小传》，《茅盾全集》第21卷，第76页。

③ 参见杨奎松：《"中间地带"的革命——国际大背景下看中共成功之道》，第144—157页；姚金果等：《共产国际、联共（布）与中国大革命》，第366—385页。

④ 参见茅盾：《我走过的道路》（上），第364—368页。

的说明，但他对革命政策的疑问，还是在脱党后不久就通过小说和文学批评的形式表达了出来。

在从庐山回到上海之后，茅盾即闭门创作了《蚀》三部曲（《幻灭》《动摇》《追求》）。小说成为茅盾纾解自己内心矛盾的有力工具，通过小说创作，他对自己在大革命时期观察到的种种现实给予了系统的反思，从而确立了大革命之后自我选择的合理性。

《幻灭》和《动摇》发表之后[①]，很快引起了文坛的关注。钱杏邨先后撰写了两篇题为《〈幻灭〉》和《〈动摇〉》的书评，用了较长篇幅分析茅盾的写作技艺以及小说中体现的意识形态内容。在评论中，钱杏邨把茅盾的创作视作"革命文艺创作坛"上"很重要"的作品，"能在里面捉到革命的实际"[②]，可见把茅盾看作自家人。对于两部作品，在总体上钱杏邨都给予了相对较高的评价。比如对于《幻灭》，他说道：

> 全书把整个的小资产阶级的病态心理写得淋漓尽致，而且叙述得很细致；结构很得力于俄罗斯的文学，已有了相当的成绩；描写只是后半部失败了；若果作者能把后半部的材料充实起来，把全部稍稍改动一回，那是一部很健全的能以代表时代的创作！[③]

然而，茅盾并未对钱杏邨的表扬领情。这首先便因为钱杏邨的表扬多半以严重的否定为前提。在钱杏邨看来，茅盾的创作放到革命文坛上自然已不错，但如果和真正一流的作品比较，或者依照严格的艺术标准，则完全算不得成功。比如尽管《动摇》里面有"很生动"的"革命人物"和时代的"很鲜明的轮廓"，但"若

---

① 《幻灭》连载于1927年9—10月的《小说月报》第18卷第9—10号；《动摇》连载于1928年1—3月的《小说月报》第19卷第1—3号；《追求》连载于1928年6—9月的《小说月报》第19卷第6—9号。

② 钱杏邨：《〈动摇〉》，《太阳月刊》第7期，1928年7月1日，第1、18页。

③ 钱杏邨：《〈幻灭〉》，《太阳月刊》第3期，1928年3月1日，第9页。"以"疑为"够"之误，或后漏一"之"字。

严格的说，这不是一部成功的创作"。又比如，对于《动摇》中的方罗兰，如果"用高斯华绥和萧伯纳笔下的改良主义人物和他相较，作者表现的技巧是失败的"。在引述了《动摇》的一段后，又说："这一节是如何的紧张生动？和显克微支的《你往何处去》第三卷相较，自然相差得太远。"① 另一方面，钱杏邨酷爱对创作细节发表议论，纠正作家的"失误"，评论中常有"四章末节，当胡国光被请草宣言时，此地似应有一段微微羡嫉心理的描写"② 之类难免让作家感觉居高临下的指导意见。这些评价和指导，对文艺理论视野远较他人开阔、对创作能力也难免有较高自许的茅盾来说，自然很难接受。

而茅盾对钱杏邨评论的更大不满，当源于那无所不在的意识形态批判。钱杏邨并未在评论中对茅盾本人的价值立场予以评判（仅指责茅盾未能把"政治的实际"和"谁是谁非""象征"清楚），很注意地未把茅盾作品中表现的小资产阶级"劣根性"和作者做任何联系；但是他对茅盾作品所描写的小资产阶级"劣根性"的密集攻击，和茅盾的创作意图可谓截然相反。③

茅盾在1928年7月初抵达日本后，很快便撰写了长文《从牯岭到东京》，系统表达了对革命文学与革命现实的理解，并暗中回应了钱杏邨的批评。茅盾的论述，表面上是革命文学和无产阶级文学创作的问题，背后则植根于他对革命形势的理解，以及对当下革命政策的不满。具体来说，茅盾质疑了当时的暴动策略，以及对小资产阶级革命潜能的否定。

在茅盾晚年的回忆中，他对"左"倾幼稚和右倾投降都做了否定，并格外指出存在着伪装的"极左"。在《从牯岭到东京》一文中，茅盾有着就外在形态来看与之大体一致的描述：

> 《动摇》的时代正表现着中国革命史上最严重的一期，革

---

① 钱杏邨：《〈动摇〉》，《太阳月刊》第7期，1928年7月1日，第5、16页。

② 钱杏邨：《〈动摇〉》，《太阳月刊》第7期，1928年7月1日，第16页。

③ 相关论述参见本书第六章第三节。

命观念革命政策之动摇，——由左倾以至发生左稚病，由救济左稚病以至右倾思想的渐抬头，终于为大反动。这动摇，也不是主观的，而有客观的背景……人物自然是虚构，事实也不尽是真实；可是其中有几段重要的事实是根据了当时我所得的不能披露的新闻访稿的。像胡国光那样的投机分子，当时很多；他们比什么人都要左些，许多惹人议论的左倾幼稚病就是他们干的。[1]

《动摇》所描写的时代正是武汉政权时期，也正是在此期间，茅盾丧失了继续革命的动力。所谓"不能披露的新闻访稿"，据茅盾晚年讲，主要是当时的一些"过左行动"，但在《蚀》三部曲中，对这些"过左行动"，其实并无太多表现，而只描写了一场没有多少暴力色彩的"多者分其妻"运动。相反，小说中渲染的残酷暴力行为，主要来自土豪劣绅的反动报复。即便如此，茅盾仍要谨慎表明，那些"过左行动"，也很多是投机分子而并非真正的革命家干的。[2]这些投机分子的代表便是胡国光。胡国光集合着"土豪劣绅"和投机的革命激进分子两重身份，他的身份转变在小说中略显生硬，但茅盾的意图是明显的，即宣示极"左"与极右难免为一丘之貉。那么，茅盾所欣赏的是中间道路的革命路线吗？在《动摇》中，这一路线的代表是方罗兰。然而，方罗兰的性格是典型的"小资产阶级"式的，不管在恋爱问题还是在革命问题上，他都不能拿出一种坚决有效的解决方案，因此只能在"矛盾"中徘徊。在《幻灭》中，方罗兰式的革命态度体现在静女士的身上。在革命之都武汉，静女士满怀热忱投入革命工作之中，但她很快

---

① 茅盾：《从牯岭到东京》，《小说月报》第19卷第10号，1928年10月10日，第1141—1142页。

② 叶子铭曾向茅盾请教触发了他创作《动摇》的"不能披露的新闻访稿"到底是什么，茅盾通过其子回答说："1927年沈老编《汉口民国日报》时，曾看到一些当时不能披露的来稿，主要是报导武汉附近某些县发生的一些过左行动，而这些'左'的东西有的又是右派在背后煽动的，如所谓'妇女解放'（分配尼姑、婢妾等）。"叶子铭：《梦回星移：茅盾晚年生活见闻》，第150页。

就发现自己不能适应单调无聊的宣传工作、随意侵占他人财物的"共产"观念以及疯狂追求肉体刺激享乐的恋爱风潮，于是不断产生幻灭的感觉。[①] 这种心理和行为上的"动摇"，很容易让人联想到茅盾本人。茅盾大概也担心别人把静女士或方罗兰的思想归之于他，从而施以攻击，所以在《从牯岭到东京》中强调："我诚实的自白：《幻灭》和《动摇》中间并没有我自己的思想，那是客观的描写。"然而，在《从牯岭到东京》的篇首，茅盾又表明他更接近于包含人世关怀的托尔斯泰的现实主义，而疏远了左拉的自然主义。这难免与他纯客观描写的说法有所冲突。茅盾在《蚀》三部曲中有着客观化的自觉（包括他声称包含自己最近"思想和情绪"的《追求》），也比较成功地克制了主观情绪的流露，但并未能如他所言的那样彻底。抛开一些描写上的细节不说[②]，即如《幻灭》和《动摇》中对小资产阶级革命者在革命潮流中无力和幻灭感的反复描述，很难让人相信其中没有渗透茅盾自己的思想情绪；而且茅盾也并不讳言他描写的小资产阶级人物是"可爱"的，在退出革命活动之后，更曾屡屡表白自己的幻灭感。《动摇》中方罗兰的妻子陆梅丽是小资产阶级队伍中较有决断力的一位女子（从她勇于提出和方罗兰离婚便可见一斑），她也是一位有着新思想的青年，但在嫁给方罗兰后，她成了专职的家庭主妇。在别人为之感到可惜的时候，她提出了这样的理由：

　　"近来连家务也招呼不上，"方太太怅然了，"这世界变得太快，说来惭愧，我是很觉得赶不上去。"[③]

　　而当方罗兰在受到革命女性孙舞阳的诱惑，对妻子日感不满的情形下，陆梅丽再次表白了自己不能跟得上时代发展的心理：

---

　　① 参见茅盾：《蚀·幻灭》，上海：开明书店，1930 年，第89—93 页。

　　② 比如《动摇》在描写农军梭镖队出场时，总要伴随着描写街头野狗对梭镖队的狂吠喧嚣，明显意在以之象征反动势力，作者情绪表露无遗，谈不上"客观描写"。参见茅盾：《蚀·动摇》，第72、120、190、214、215 页。

　　③ 茅盾：《蚀·动摇》，第41 页。

　　我果然变了么？罗兰，你说的很对。我是变了，没有从前那么活泼，总是兴致勃勃地了。恐怕年龄也有关系，但家务忙了，也是一个原因。不——我细想来，又都不是。二十七岁不能说是老罢；家务呢，实在很简单。可是我不同了；消沉，阑珊，处处，时时，都无从着劲儿似的。我好像没有从前那样的勇敢，自信了。我现在不敢动。我决不定主意。我不知道应该怎样做，才算是对的。罗兰，你不要笑。实在这世界变得太快，太复杂，太矛盾，我真真的迷失在那里头了。①

　　方罗兰则劝解她"在这复杂矛盾中间找出一条路"，主张她"非得先把定了心，认明了方向，然后不消沉"，"世间变得太快，它不耐烦等你，你还没找出，还没认明，它又上前去了一大段了"。但方罗兰并未能挽救陆梅丽的消沉，陆梅丽有着自己的坚持：

　　　"何尝不是呢！罗兰，大概我是赶不上了。可是——并未绝望。"
　　　……
　　　"并未绝望，"方太太重复说一句，"因为跟着世界跑的，或者反不如旁观者看得明白；他也许可以少走冤枉路。"②

　　这也让人不可避免地联想到茅盾。茅盾让陆梅丽重复了他在大革命之后的人生选择，并且让陆梅丽表达出了应该也是属于他自己的想法。而方罗兰，此时还并未认可妻子的消极选择；但他在不久后就转变了，完全认同了妻子的想法。转变的原因在于身处日趋激进的工农革命旋涡的方罗兰，越来越无所适从了。茅盾并未直接刻画方罗兰的心理转变，而是径直把方罗兰及其同事们的心理活动和陆梅丽的感知对接到了一起：

　　　也不仅方罗兰，许多他的同事，例如陈中，周时达，彭

---

　　① 茅盾：《蚀·动摇》，第52页。
　　② 茅盾：《蚀·动摇》，第52—53页。

刚，都在同样的心情：苦闷彷徨。正合着方太太说过的一
句话：

　　——我不知道应该怎样做，才算是对的。这世界变得太
快，太复杂，太古怪，太矛盾，我真真的迷失在那里头了！①

茅盾让故事的叙述者直接跳出来发言，稍显突兀，但倒可见他凸
显陆梅丽的敏感和先见之明的主动性，同时这也难免是对他自己
人生选择的一次意义肯定。

　　但茅盾确实未能完全认同他小说中的任何一个人物。他对陆
梅丽所取的做一个清醒的旁观者的做法虽然会充满同情，但他仍
不免希望如方罗兰一样跟随时代活动。他会认同方罗兰对极端革
命行动的抵制，也会同情方罗兰在革命与爱情活动中的犹疑，但
他又不能赞许方罗兰以完全中庸的姿态来处理革命问题。当过激
的革命活动终于导致了反动势力的残酷反扑时，方罗兰的内心响
起了一个"低微的然而坚强的声音"：

　　——正月来的账，要打总的算一算呢！你们剥夺了别人的
生存，掀动了人间的仇恨，现在正是自食其报呀！你们逼得
人家走投无路，不得不下死劲来反抗你们，你忘记了困兽犹
斗么？你们把土豪劣绅四个字造成了无数新的敌人；你们赶
走了旧式的土豪，却代以新式的插革命旗的地痞；你们要自
由，结果仍得了专制。所谓更严厉的镇压，即使成功，亦不过
你自己造成了你所不能驾驭的另一方面的专制。告诉你罢，要
宽大，要中和！惟有宽大中和，才能消弭那可怕的仇杀。现在
枪毙了五六个人，中什么用呢？这反是引到更利害的仇杀的
桥梁呢！②

　　不能完全确定方罗兰对革命的反思在多大程度上可以为茅盾
所认同，但方罗兰所谓"宽大中和"的条律，必定不是茅盾所能

---

① 茅盾：《蚀·动摇》，第91页。
② 茅盾：《蚀·动摇》，第218—219页。

欣赏的。在形式层面，茅盾对这一条律的呈现，出之以一种标语口号式的绝对语气，难掩反讽意味；在革命的原则方面，这也正是茅盾所言的"由救济左稚病以至右倾思想的渐抬头"的一种表现。

方罗兰式的"中和"路线在茅盾后续创作的小说《追求》中大体被王仲昭继承。《追求》的主人公已经是从"革命场"上退下来的青年，但在新的环境中，他们同样面临着改造社会、实现自我的"追求"。王仲昭也未放弃"追求"，但是，他决定采取一种"半步"改革路线："既然还不能一步一步的走，不如先走半步，半步总比不走好些。"然而"半步"改革也告失败，仲昭又将之"降为半步之半步"。[①] 在不断地妥协之后，他终于获得了微小的改革成就。[②] 然而改革的步伐又马上被打断，仲昭在极度灰心沮丧之后，依靠从爱情中汲取的力量，在妥协中继续其微小的改革，并从中获得了内心的满足。在小说的最后，目睹了同伴们一个个都追求失败之后，他对自己的实际主义进路不禁感到得意，并俨然以成功者自居了："现在是人类的智力战胜运命战胜自然的时代，成功者有他们的不可动摇的理由在，失败者也有他们的不可补救的缺点在；他们失望者每每是太空想，太把头昂得高了一些，只看见天涯的彩霞，却没留神到脚边就有个陷坑在着！"[③]

茅盾没能允许这样的乐观主义存在，他在小说收尾处以一场车祸结束了仲昭的爱情期盼，以此断绝了他的力量之源，揭示出王仲昭看似坚韧的"追求"的脆弱性。不过自然突发事件和"追求—幻灭"的逻辑必然性叙事缺少有机联系，这便对茅盾否定"半步主义"的力度有所削弱。或许这也是茅盾自己思想中"矛盾"的一种表现，他也并不能确定"追求"的路径该如何设计，而只能在种种的追求路径中徘徊、比较、试探。最终，他难免像陆梅丽一样停下来"旁观"，像静女士一样爬上庐山度过一段世外桃源般

---

① 茅盾：《蚀·追求》，第44、52页。

② 王仲昭所主持的报纸改革计划及其失败，可能含有茅盾的报纸编辑经验。参见余连祥：《逃墨馆主——茅盾传》，第97—98页。

③ 茅盾：《蚀·追求》，第246页。

的"蜜月"生活。然而，庐山终究要下来，甚至当有可能继续这种生活时（静女士的男友强惟力连长已经决定放弃组织要求的战争生活①），继续革命的冲动还是压倒了旁观的欲望（静女士克服自我，要求强惟力重上战场②）。茅盾的内心在最初是被决意离开战场的强惟力支配，但他内心深处静女士的要求并未消失，并且逐渐重新支配了他。可以说，茅盾用了稍长的时间，完成了《幻灭》结尾静女士发生的心理转变。显然，在创作《幻灭》时（1927年8月下旬至9月中旬），茅盾已经在内心完成了自我的"救赎"。

茅盾未能在他的小说中重点描写一个理想的正面人物，自然多半由于他确实未见到这样的人物，不愿在小说中背离真诚；但同时，如果有这样的人物，茅盾也便失去了内心的平衡，无法为自己的行为进行有力的辩护。不过茅盾并不打算隐瞒自己的"懦怯"。在《从牯岭到东京》中，他较为坦率地表露了自己的心理：

> 《幻灭》是在一九二七年九月中旬至十月底写的③，《动摇》是十一月初至十二月初写的，《追求》在一九二八年的四月至六月间。所以从《幻灭》至《追求》这一段时间正是中国多事之秋，作者当然有许多新感触，没有法子不流露出来。我也知道，如果我嘴上说得勇敢些，像一个慷慨激昂之士，大概我的赞美者还要多些罢；但是我素来不善于痛哭流涕剑拔弩张的那一套志士气概，并且想到自己只能躲在房里做文章，已经是可鄙的懦怯，何必再不自惭的偏要嘴硬呢？我就觉得躲在房里写在纸面的勇敢话是可笑的。想以此欺世盗名，博人家说一声"毕竟还是革命的"，我并不反对别人去这么做，但我自己却是一百二十分的不愿意。所以我只能说老实话；我有点幻

---

① 据考证，强惟力被要求去参加的战斗正是茅盾也曾被要求参加的南昌起义。参见［美］陈幼石：《茅盾〈蚀〉三部曲的历史分析》，第98—102页。

② 参见茅盾：《蚀·幻灭》，第126—134页。

③ 据发表日期及《我走过的道路》，《幻灭》应是写作于1927年8月下旬到9月中旬。

灭，我悲观，我消沉，我都很老实的表现在三篇小说里。①

茅盾以承认自己"懦怯"的方式为自己小说中未能表现出前进的道路辩护，但明显可见，茅盾不仅意在自我表达，更意图讽刺那些伪装"慷慨激昂之士"的"欺世盗名"。这些人便是革命文学派，以创造社成员和钱杏邨为代表。所谓"毕竟还是革命的"，正相当于对钱杏邨如下批评的回应："孙舞阳不是革命的"，"这部小说（《动摇》——引者）里没有健全的革命党人"。②和鲁迅一样，茅盾也试图以自己的"真诚"反衬革命文学派的"虚伪"。

《从牯岭到东京》的重要内容便是作者透露了在创作《蚀》三部曲时（1927 年 8 月至次年 6 月）对革命现实的理解。这一时期处于大革命失败至中共六大召开之间，革命路线被盲动主义支配，暴动频仍，失败亦紧随之，知识分子被普遍从革命队伍中排除，革命力量在进入革命高潮的想象中损失惨重。茅盾自述这种革命形势直接影响了《蚀》三部曲的创作，比如《追求》中"极端悲观的基调"便是其表现：

> 我承认这极端悲观的基调是我自己的，虽然书中青年的不满于现状，苦闷，求出路，是客观的真实。说这是我的思想落伍了罢，我就不懂为什么像苍蝇那样向窗玻片盲撞便算是不落伍？说我只是消极，不给人家一条出路么，我也承认的；我就不能自信做了留声机器吆喝着："这是出路，往这边来！"是有什么价值并且良心上自安的。我不能使我的小说中人有一条出路，就因为我既不愿意昧着良心说自己以为不然的话，而又不是大天才能够发见一条自信得过的出路来指引给大家。人家说这是我的思想动摇。我也不愿意声辩。我想来我倒并没动摇过，我实在是自始就不赞成一年来许多人所呼号呐喊的"出

---

① 茅盾：《从牯岭到东京》，《小说月报》第 19 卷第 10 号，1928 年 10 月 10 日，第 1140 页。

② 钱杏邨：《〈动摇〉》，《太阳月刊》第 7 期，1928 年 7 月 1 日，第 7—8 页。

路"。这出路之差不多成为"绝路",现在不是已经证明得很明白?[①]

茅盾对"盲动"政策给予了坦率的批评,并把作品中人物的没有出路归结为"良心上自安"的要求。[②]在当时的茅盾看来,南昌起义也难免属于这"一年来"已经被证明为"绝路"的盲目尝试之一。虽然茅盾在写作《从牯岭到东京》的时候,中共已经放弃了全面暴动的路线,革命的高潮理论被"波谷"(两次高潮之间)的提法取代,但苏维埃革命的暴动政策并未取消,对小资产阶级革命性的否定也一如既往[③],中共也并未号召对瞿秋白路线进行公开反省。茅盾此时公开批评盲动主义,并为小资产阶级的革命性辩护,当然会引起政党的不满,并招致革命文学派的批判。

3. 对茅盾的初步批判与藏原惟人新写实主义的引入

时隔 55 年后,亲历了南昌起义的李一氓仍要对茅盾在《从牯岭到东京》中的说法加以讥刺:

> 在脱党的人数中,第一位的当是那些消极分子,自谋职业,隐姓埋名,对党亦没有什么危害。虽然如此,其中也有少数人自觉"高明",认为革命失败都是你们这些人搞"左"了,甚至说

---

① 茅盾:《从牯岭到东京》,《小说月报》第 19 卷第 10 号,1928 年 10 月 10 日,第 1140 页。

② 至 1936 年后,茅盾解释之所以未能在《动摇》中表现革命的出路,原因即变成了自我检讨:"对于当前的革命形势显然失去了正确的理解","原因仍在于作者当时对形势的分析和认识有偏差的,不全面的"。参见茅盾:《茅盾小传》,《茅盾全集》第 21 卷,第 76 页;《〈动摇〉法文版序》,《茅盾全集》第 1 卷,北京:人民文学出版社,1984 年,第 430 页。

③ 参见杨奎松:《"中间地带"的革命——国际大背景下看中共成功之道》,第 190—196 页。不过,中共在莫斯科召开六大的时候,亦即在 1928 年 5 月到 8 月间,在上海的中共留守中央曾尝试利用小资产阶级的革命要求,发展统一战线,结果在 8 月即遭到共产国际和瞿秋白的批判,被视作"机会主义重新抬头"和"新的右倾"。参见上书,第 196—198 页。未详茅盾是否曾受到这种统一战线政策的影响。

出"为什么像苍蝇那样向窗玻璃片上盲撞便算不落伍？""这出路差不多已成为'绝路'，现在不是已证明得明白？"①

其实在茅盾发表《从牯岭到东京》之前，李一氓就已经表达了不满。1928 年 4 月，他在《流沙》上发表了题为《茅（矛）盾》的短评，对茅盾做了如下嘲讽：

> 鲁迅二字，代表一个方向，太阳二字，又代表另一个方向。方璧先生捧腿鲁迅于《小说月报》之后，复欢迎太阳于《文学周报》。
>
> 这真是不可"幻灭"的"茅（矛）盾"而且有点"动摇"呀！②

"捧腿鲁迅"指茅盾在 1927 年 11 月的《小说月报》上发表《鲁迅论》，对鲁迅的艺术成就做了高度评价；"欢迎太阳"则指茅盾在 1928 年 1 月的《文学周报》上发表《欢迎〈太阳〉》，赞许对革命文学的提倡。但这时李一氓的批评重心，与其说指向茅盾的思想主张，不如说意在劝诫茅盾保持正确的立场，与错误的鲁迅"方向"划清界限。在《从牯岭到东京》发表之前，革命文学派对他的文论与小说并未表现出过多兴趣。

当《从牯岭到东京》发表之后，钱杏邨作于 10 月 18 日的《追求》书评，虽然认为小说里"只有灰色的暗影"，"不是革命的创作"，"虽然作品上抹着极浓厚的时代色彩，虽然尽了'表现'的能事，可是，这种作品我们是不需要的，是不革命的，无论他的自信为何如"③，但对它的艺术"表现"成绩仍给了很高评价："在表现的

---

① 李一氓：《李一氓回忆录》，第 92 页。李一氓此段文字作于 1983—1986 年间。

② 氓：《茅（矛）盾》，《流沙》第 2 期，1928 年 4 月 1 日，第 21 页。郭沫若则在 1928 年 2 月 11 日的日记中写道："留出版部，看了一篇《鲁迅论》（见《小说月报》），说不出所以然地只是乱捧。"参见郭沫若：《离沪之前（续）》，《现代》第 4 卷第 3 期，1934 年 1 月 1 日，第 462 页。

③ 钱杏邨：《〈追求〉——一封信》，《泰东月刊》第 2 卷第 4 期，1928 年 12 月 1 日，第 106、111 页。

一方面，较之《动摇》却有很大的进展，心理分析［析］的工夫是比《动摇》下得更深。他很精细的如医生诊断脉案解剖尸体般的解析青年的心理。尤其是两性的恋爱心理，作者表现的极其深刻。"①钱杏邨也许是因为感到对《追求》革命性质的否定有些过度，在文末特意声明他最近"批评的态度"已经走向"严整"和"不能太宽容"，"无论对于敌人，抑是自己阵营里的同道者"，所以"态度较之批评《幻灭》与《动摇》时变了一点"，隐然仍把茅盾视作"同道者"。而且对茅盾加以同情的理解："事实上也有《追求》本身的原因，那就是无论作者从军时的意义如何，我们从客观方面看来，《幻灭》与《动摇》里面多少还藏着一点生机。"②在文章结尾，作者更友好地表达了自己的期盼：

> 我不知作者创作中的人物有没有绝处逢生的时候，有没有苏醒的希望。然而，我们是期待着，诚恳的期待着。……③

基本上可以说，钱杏邨对《追求》的书评与他对《幻灭》和《动摇》的书评并无太大区别，对茅盾比较友好的态度也是一以贯之。但值得注意的变化在于，钱杏邨开始有意识地借用藏原惟人的理论来评价茅盾的创作。

藏原惟人是日本著名的无产阶级文艺理论家，崛起于福本主义被清算之后。他本人也积极参与了批判福本主义，并提出了无产阶级写实主义的创作方法。1928 年 5 月，藏原在日本"纳普"（全日本无产者艺术联盟）机关刊物《战旗》上发表了《到无产阶级现实主义之路》一文，较为系统地阐述了无产阶级现实主义的内

---

① 钱杏邨：《〈追求〉—— 一封信》，《泰东月刊》第 2 卷第 4 期，1928 年 12 月 1 日，第 106 页。

② 钱杏邨：《〈追求〉—— 一封信》，《泰东月刊》第 2 卷第 4 期，1928 年 12 月 1 日，第 112 页。"从军"应系笔误，当作"下笔"，参见其收入文集的修改稿。钱杏邨：《现代中国文学作家》（第二卷），上海：泰东图书局，1930 年，第 156 页。

③ 钱杏邨：《〈追求〉—— 一封信》，《泰东月刊》第 2 卷第 4 期，1928 年 12 月 1 日，第 112 页。省略号为原文所有。

容。在 7 月 1 日出版的《太阳月刊》上，这篇文章即被太阳社的林伯修翻译了过来，为避政治忌讳，改题《到新写实主义之路》。新写实主义遂成为藏原无产阶级现实主义在中国的通行名称（茅盾在《从牯岭到东京》中正因为未详这一关系，误认"新写实主义"为苏俄流行过的新写实主义）。此后，太阳社成为在中国推介新写实主义的重要力量。钱杏邨在自己的论文中反复援引藏原的理论，对推广新写实主义贡献最大。太阳社主持的"拓荒丛书"中还收入了藏原惟人的《新写实主义论文集》。[1] 1929 年下半年蒋光慈在日休养期间，和藏原也有多次直接的交往。[2]

　　太阳社之转向新写实主义，和他们在与后期创造社论战时处于不利地位有直接关系。面对创造社富有体系性和阶级意识色彩的理论攻击，太阳社因为缺乏阶级理论的支撑而左支右绌，寻求到一种有力的理论工具成为他们自我维持的必要条件。更关键的地方在于，藏原的理论强调客观描写的重要性，而这正是创造社对太阳社的批判重点，太阳社从中恰可以获得自我确证。藏原对客观描写的强调，其实也正包含着清除福本主义"流弊"的意图。[3] 但同时，藏原的理论也包含着对阶级意识以及唯物辩证法的强调，这些阶级理论的要素在创造社的宣传之下已经深入人心，太阳社虽然被批判为理论中缺少这些内容，但把握到它们也是赶上时代发展潮流的必要选择。藏原的理论作为一种系统性的文艺理论，也是缺乏独立的文艺理论的创造社十分需要的，故而也受到创造社的欢迎。正是以藏原惟人的理论为中介，太阳社和创造社的理论分歧逐渐消弭，并达成了基本一致。

　　藏原惟人的新写实主义并不复杂，但内含尖锐的矛盾，它由

---

　　[1]　由之本翻译，上海现代书局 1930 年出版。据该书版权页，之本即吴之本，生平不详。对太阳社和新写实主义关系的较详细考察，参见艾晓明：《中国左翼文学思潮探源》第三章《太阳社与日本"新写实主义"》。

　　[2]　蒋光慈：《异邦与故国》，上海：现代书局，1930 年，第 110—116、131—132 页。

　　[3]　参见 [日] 藏原惟人：《再论新写实主义》，之本译，《拓荒者》第 1 卷第 1 期，1930 年 1 月 10 日，第 323—324 页。

两条必然走向对立的主线构成。首先，它强调严格的写实主义手法，号召抛弃一切主观的因素。在《到新写实主义之路》中，他说道：

> 普罗列搭利亚作家对于现实的态度，应该是澈头澈尾地客观的现实的。他不可不离去一切的主观的构成来观察现实，描写现实。在这种意味，他应该是个写实主义者，也唯有站在渐渐抬头的阶级的立场，他始得成为现在的写实主义的唯一的继承者。[1]

但在抛弃"主观的构成"的同时，藏原又强调必须站在无产阶级的立场上，这便引出藏原理论的第二要点，即强调以无产阶级的立场和"前卫"眼光（采用"唯物辩证法"）对"现实"做选择，舍弃偶然和表面，撷取必然和本质，从而与此前的写实主义划清界限。如他所言：

> 普罗列塔利亚写实主义和像这样表面底的琐屑底的写实主义根本底地不同着。它是拿着观察现实的方法。所谓这方法是唯物辩证法。唯物辩证法是把这社会向怎样的方向前进，认识在这社会上甚么是本质的，甚么是偶然的这事教导我们。普罗列塔利亚写实主义依据这方法，看出从这复杂无穷的社会现象中本质的东西，而从它必然地进行着的那方向的观点来描写着它。换句话说，普罗列塔利亚写实主义是握着在进行中的这社会，把它必然地向普罗列塔利亚脱的胜利方面前进的这事用艺术的地，就是形象的话描写出来以外没有别的。在这意味上假使把过去的写实主义说是静的写实主义，那末我们可以称这是动的或力学的写实主义。[2]

---

① ［日］藏原惟人：《到新写实主义之路》，林伯修译，《太阳月刊》第7期，1928年7月1日，第12—13页。

② ［日］藏原惟人：《再论新写实主义》，之本译，《拓荒者》第1卷第1期，1930年1月10日，第324—325页。

藏原的理论明显是折中主义的产物，这种折中主义最鲜明地体现在了他对苏俄各派文艺理论的态度上。在苏俄产生了激烈争论的岗位派的组织生活论和沃隆斯基的认识生活论，同时被藏原收入麾下。由此，藏原一方面强调文艺的宣传和煽动作用，一方面强调文学描写现实、发现真实的作用。[①]所谓新写实主义，正来自对这两种理论的调和。

同时，藏原理论还强调了无产阶级文学创作中描写题材的广阔性[②]，以及下意识心理描写的重要[③]。前一方面多被中国的革命文学作家提及，后一方面则大受冷遇，甚至遭到批判[④]。

钱杏邨早在对《动摇》的书评中，就提出茅盾"采用的完全是旧写实主义的方法"，而这种方法"于我们是不适宜的了。表现这个时代，新写实主义的方法，我们觉得是有采用的必要"。[⑤]也正是在刊发该文的同期《太阳月刊》上发表了《到新写实主义之路》。但其时钱杏邨尚未对新写实主义的原则有所阐述。在四个多月后创作的《追求》书评中，钱杏邨开始有意识地采用新写实主义的原则评判茅盾的创作。比如他谈道："这部创作的立场是错误

---

① 参见〔日〕藏原惟人：《作为生活组织的艺术和无产阶级》，《新写实主义论文集》，之本译，上海：现代书局，1930年，第1—16页。

② 比如他曾说："普罗列搭利亚作家，决不单以战斗的普罗列搭利亚特为他的题材。他描写劳动者，同时也描写农民，小市民，兵士，资本家——凡与普罗列搭利亚的解放有什么关系的一切东西。"〔日〕藏原惟人：《到新写实主义之路》，林伯修译，《太阳月刊》第7期，1928年7月1日，第16页。

③ 〔日〕藏原惟人：《再论新写实主义》，之本译，《拓荒者》第1卷第1期，1930年1月10日，第328—329页。

④ 对于藏原理论中的"新心理主义"内容，曼曼便在由太阳社创办、后成为"左联"机关刊物的《拓荒者》上撰文进行了批判。参见曼曼：《关于新写实主义》，《拓荒者》第1卷第4—5期，1930年5月10日，第1647—1652页。曼曼不详为何人。但藏原理论的此一方面，受到中国新感觉派的重视，并对他们产生了较深影响。参见高世蒙：《中国"现代派"与左翼的互动与疏离（1927—1937）》，复旦大学博士学位论文，2022年，第217—233页。

⑤ 钱杏邨：《〈动摇〉》，《太阳月刊》第7期，1928年7月1日，第18页。

的。文学不仅是要表现生活，也还有创造生活的意义存在，表现
生活以外，也得有 Propaganda 的作用。"这种"反映"和"组织"
的二元论述，正来自藏原。钱杏邨进而对茅盾要求道："在以前，
我们希望作者抛去写实主义的技巧，从这一部去看，我们是要更
进一步的希望他根本抛弃'写实主义的立场'了！"①钱杏邨还表示，
不只有茅盾描述的幻灭的现实，同时有勇敢向上的现实。②

　　钱杏邨的《追求》书评作于《从牯岭到东京》发表后第八天，
一直密切关注文坛的他理应看到了茅盾的文章，但书评里未见有
任何针对《从牯岭到东京》的内容，对茅盾的态度也仍然较友好。
对茅盾的第一篇严厉的长篇批判文章，来自创造社的傅克兴，写
作于《从牯岭到东京》发表一个月后的 11 月 13 日。不过刊发了
该文的《创造月刊》在文章后面附加了一个编辑委员会说明，在
认为茅盾的文章"显然与普罗列搭利亚文学尖锐地对立着"之外，
也声称茅盾的文章"同时提出了许多现实的具体的问题，这些问
题，我们不应该抹杀它，而应该正当地去解决它"。正因此，"编
辑委员会认为克兴的文章，还有充分讨论的必要"。③对茅盾似乎
也尚无全面批判的计划。不过到了 1928 年底和 1929 年初，李初
梨、钱杏邨、潘梓年等便纷纷撰写长篇论文，对茅盾及其《从牯
岭到东京》等创作施以更侧重于政治层面的严厉批判了。对茅盾
的批判显示出较强的组织性，几位批判主将也都是党员。或许傅
克兴的批判还只是自发行为，但其后的行为几乎一定受到了政治
组织的要求及推动：茅盾作品中浓厚的政治意味使得政治组织不
得不有所行动，而党员文学家也逐渐意识到了茅盾作品中"反动"

---

　　①　钱杏邨：《〈追求〉——一封信》（作于 10 月 18 日），《泰东月刊》第 2 卷第 4 期，
1928 年 12 月 1 日，第 106 页。在钱杏邨收入文集的修改稿中，本来指"写实主义"的创
作立场，被修改为"不是无产阶级"的政治立场，可见出批判态度的政治转向与严厉化。
参见钱杏邨：《现代中国文学作家》（第二卷），第 145 页。

　　②　钱杏邨：《〈追求〉——一封信》，《泰东月刊》第 2 卷第 4 期，1928 年 12 月 1 日，
第 107—108 页。

　　③　《创造月刊》第 2 卷第 5 期，1928 年 12 月 10 日，第 14 页。

的政治含义。

4."历史必然性"之下"现实"观的分歧与趋同

在革命文学派对茅盾的批判中，包含两项核心内容。其一是对"现实"描写的要求，背后涉及的是对革命"现实"的认识；其二是对小资产阶级在文学中作用的认识，背后则是对小资产阶级在革命中地位的认识。可见，争论表面是文学的，其实高度政治化。这并非由于革命文学派善于把问题政治化，而是因为茅盾文章的意旨本身即高度政治化。《从牯岭到东京》固然是一篇阐释革命文学理论的文章，依其内核则更应该被视作茅盾的政治立场宣言书。革命文学派对茅盾的第一项批判，在政治层面，植根于对革命现实的不同认识，而之所以能跃升为一个文学问题，则主要源于藏原惟人新写实主义的引入，这种新写实主义成为革命文学派对抗茅盾的"旧写实主义"的利器。如果没有新写实主义对现实描写的一系列规定，难以想象革命文学派能够对茅盾做出更有条理和理直气壮的批判。

革命文学派对茅盾的批判有其必然性。不仅诉诸革命大义是如此，还由于《从牯岭到东京》中显豁地影射革命文学派为"欺世盗名"的"懦怯"的"慷慨激昂之士"，更批判郭沫若提出留声机器论是"昧着良心"的行为（虽然未点郭氏之名）。

走在批判前列的是傅克兴（又名傅书迈、傅仲涛），他在大革命失败之后由日本归国加入创造社。1928 年 7 月，他曾在创造社的党小组活动，可见入党时间甚至早于后期创造社新进主力成员。[①] 在"革命文学"论争时期，他是一名活跃而激进的批评家。大概在 1930 年，傅克兴来到北京，此后一直在辅仁大学、燕京大学和北京大学教授日语和日本文学，和周作人颇有过从；曾帮助过北方"左联"的发展，但不愿挂名，间有著译问世，也没有了左翼色彩。沦陷时期傅克兴亦未离京，且皈依了天主教，担任过

---

① 参见《上海文化工作者支部第一次报告》，《江苏革命历史文件汇集（上海市委文件）》(1927 年 3 月—1934 年 11 月)，第 13 页。

天主教会创办的竞存中学校长。[1]1949 年之后据说在南京大学中文系任教。[2]

傅克兴对茅盾的回击,即由茅盾在道德层面对革命文学派的攻击入手。他反讽道:

> 不过我有点疑问,勇敢的茅先生的文章会登到《小说月报》,会风行全国,懦怯的革命文学家底文章到处受压,连一本极灰色的《创造月刊》在内地几乎是杀头底祸根;懦怯的革命文学者会在千重的压迫底下挣扎,勇敢的茅先生会"从牯岭到东京";懦怯的革命文学家会在压迫底下欺世盗名,勇敢的茅先生会在"从牯岭到东京"的路上,忽而说"不是大天才能够发见一条自信得过的出路来指引给大家",忽而"希望能够反省的文学上的同道者能够一同努力这个目标。" [3]

在傅克兴看来,茅盾之所以有那样的认识,在于它站在了小资产阶级的立场上,"因为阶级底立场不得不有相反对的观察";而站在相反的无产阶级立场,则可以认识到"社会潮流必然地是趋向工农的解放"。[4]

强调阶级立场和社会发展趋势,是革命文学派批判茅盾的立足点。傅克兴认为,茅盾的创作遵守的也是资产阶级的文艺法则,"从无产阶级底立场上看来,这完全是资产阶级拥护他们阶级利益底把戏,要规定某作品底价值,必须要看它的内容,是否对于社会潮流能起作用,起什么作用"。正因为有这种对立场与认识

---

① 参见北京市地方志编纂委员会编:《北京志(民族·宗教卷)·宗教志》,北京:北京出版社,2007 年,第 403 页。

② 参见成仿吾:《与苏联研究生彼德罗大关于创造社等问题的谈话》,《新文学史料》1985 年第 2 期,第 139—141 页。

③ 克兴:《小资产阶级文艺理论之谬误——评茅盾君底〈从牯岭到东京〉》,《创造月刊》第 2 卷第 5 期,1928 年 12 月 10 日,第 3 页。

④ 克兴:《小资产阶级文艺理论之谬误——评茅盾君底〈从牯岭到东京〉》,《创造月刊》第 2 卷第 5 期,1928 年 12 月 10 日,第 4 页。

必须符合社会发展趋势的要求，茅盾所声言的对现实的客观描写便失去了合法性："也许他所描写的是客观的现实，但是单描写客观的现实是空虚的艺术至上论，是资产阶级的麻醉剂。所以他所描写的虽然是小资产阶级，他的意识仍然是资产阶级的，对于无产阶级是根本反对的。"出于这种认识，傅克兴认为革命文艺必须兼具正反两项要素，一方面要"使小资产阶级底知识分子站在无产阶级领导之下"，另一方面则要"描写暴露小资产阶级底生活"，"暴露资产阶级"。即是说，革命文艺一方面要突显革命的领导力量以显示历史的发展趋势，另一方面则要有明显的战斗性。这种对革命文艺的规定，为革命文学派普遍持有。于是，纯然的现实描写便成为反动的资产阶级文艺主张，而"反映工农的意识"的"新写实主义也许是客观环境所要求"。①

在对革命形势的理解上，傅克兴完全不认同茅盾的革命走向了绝路的说法，而认为"中国的革命还在发展到一个新的高潮，决没有走到绝路去"。傅克兴所持正是彼时政党的革命波谷理论。他甚至认为，如果茅盾所指的是"向非资本制的出路"已经为"绝路"，则"虽明目张胆反革命的土劣也不敢有这种公开的主张"。②

李初梨作于 1928 年 12 月的文章则明确指出，茅盾的《从牯岭到东京》意在提出"小资产阶级革命文学"的主张，并已经有意识地站在了无产阶级文学阵营的对立面。③李初梨的批判着眼于小资产阶级作为一个阶级已然丧失革命性的政治判断，由此，茅盾的政治意图便不难发现了："这篇文章，不仅是一个文学的主

---

① 克兴：《小资产阶级文艺理论之谬误——评茅盾君底〈从牯岭到东京〉》，《创造月刊》第 2 卷第 5 期，1928 年 12 月 10 日，第 4—5、10 页。

② 克兴：《小资产阶级文艺理论之谬误——评茅盾君底〈从牯岭到东京〉》，《创造月刊》第 2 卷第 5 期，1928 年 12 月 10 日，第 11 页。

③ 李初梨：《对于所谓"小资产阶级革命文学"底抬头，普罗列搭利亚文学应该怎样防卫自己？——文学运动底新阶段》，《创造月刊》第 2 卷第 6 期，1929 年 1 月 10 日，第 3 页。

张，而同时是一个政见的发表。"①

对于文学描写现实的方法问题，李初梨同样以藏原惟人的新写实主义为批评茅盾的条律。他以大段文字复述了藏原《到新写实主义之路》一文的内容，呼唤克服资产阶级和小资产阶级的写实主义，指出这些方法不能"客观地于其历史的发展去观察社会"，而"能够成为真正的写实主义的，只有是能于其全体性，于其发展中去观察现实的普罗列搭利亚作家"。普罗作家一方面要以无产阶级的前卫眼光观察世界，一方面"用严正的写实主义的态度去描写"。这种写实主义所采取的"客观的态度"，"决不是对于现实——生活的无差别的冷淡的态度。也不是超越阶级的态度"。李初梨还引用了岗位派列列维奇的话说明这一番道理："以在那时代为历史地进步的阶级的眼光来观察世界底艺术家，才能最大限地接近于客观的真实。……历史地渐次灭亡的阶级底诗人，是不适宜于提示相应于客观现实底情景。"②不难发现，对现实真实的发现和阐释权，已经被收归入持有特定政治立场的人群。现实也被一分为二：有代表了正确的阶级立场和历史发展方向的现实，也有代表了没落阶级立场的即将被历史淘汰的现实；而只有前一种现实，才是真实且有意义的现实，是并非反动的作家应该致力于把握的现实。现实，本来在马克思主义理论体系中是意识形态的发源地，是并不以人的意志为转移的客观存在，现在成了意识形态最富有争议性的一部分。这甚至动摇了"存在决定意识"的经典论述。

而茅盾，其实也以"现实"作为自我证明的手段。在《从牯岭到东京》中，他说道："我是用了'追忆'的气分去写《幻灭》

---

① 李初梨：《对于所谓"小资产阶级革命义学"底抬头，普罗列搭利亚文学应该怎样防卫自己？——文学运动底新阶段》，《创造月刊》第 2 卷第 6 期，1929 年 1 月 10 日，第 5 页。进一步论述参见本书第六章第三节。

② 李初梨：《对于所谓"小资产阶级革命文学"底抬头，普罗列搭利亚文学应该怎样防卫自己？——文学运动底新阶段》，《创造月刊》第 2 卷第 6 期，1929 年 1 月 10 日，第 26、22—23 页。

和《动摇》；我只注意一点：不把个人的主观混进去，并且要使《幻灭》和《动摇》中的人物对于革命的感应是合于当时的客观情形。"①虽然其创作未必如此，但不难发现，"合于现实"是茅盾自我证明的重要手段。即便茅盾承认包含了自己情绪的《追求》，他也要强调"书中青年的不满于现状，苦闷，求出路，是客观的真实"。总归而言，"《幻灭》等三篇只是时代的描写，是自己想能够如何忠实便如何忠实的时代描写"。正是因为有了"现实"的依托，茅盾才获得了批判盲动主义、指出盲动的"出路"已被证明为"绝路"的底气。②但他大概没想到的是，他的"现实"，正是革命文学派致力于解构的"现实"。

潘梓年也看出了《从牯岭到东京》中的政治意味。他首先把这篇文章看作对无产阶级文学运动"意图中伤的言论"，是"反对派强有力的文字"，"简直是在诱惑青年，居心叵测"。然后引述茅盾关于革命"出路"的文字，指出"这显然含着政治上的意味，不管他的说话是在文学上讲还是直指政治本身讲"。③潘梓年对现实也持二元论的观点，认为符合历史必然性的现实才是值得把握有意义的现实。他劝诫茅盾："我们出路之是否为绝路，只能到历史的进程中去找根据，不能到成功或失败的现实中去找证明；只有机会主义者会有那样的眼光和意念。"因此，作家应该"对这历史所指示的抱着坚定的信心"，"能立在这历史所指示的立场上去观察事实，构成文艺，用以指引大众的迷惘苦闷……我们绝对不需要起兴于云小姐，推波于'会见了几个旧友，知道了一些痛心的事'，只看孤独的'不能披露的新闻访稿'而不见整个的历史的

---

① 茅盾：《从牯岭到东京》，《小说月报》第 19 卷第 10 号，1928 年 10 月 10 日，第1139 页。

② 茅盾：《从牯岭到东京》，《小说月报》第 19 卷第 10 号，1928 年 10 月 10 日，第1140 页。

③ 潘梓年：《到了东京的茅盾》，《认识》第 1 卷第 1 号，1929 年 1 月 15 日，第48—49 页。

人，来'黏住了题目做文章'"。① 由个人经验触及的现实，成了无关紧要，甚至需要被否定的低级现实，而由历史必然性所生成的现实（哪怕尚未成为"现实"）取代了前者，成为规约与指引个体行为的合法性来源。

把这种现实观发扬光大的是钱杏邨，他甚至专门作了一篇题名《茅盾与现实》的文章。② 钱杏邨也注意到了"现实"原则在茅盾理论体系中的重要性，他的批评重点便是解构茅盾所声言的现实真实性。他指出："茅盾先生所说的'客观的真实'，不是我们所说的客观的真实。"原因在于阶级立场决定了何为"真实"：

> 茅盾先生所说的"客观的真实"是有他自己的立场的。他的立场，是依据他的理论，是属于不长进的——革命的小资产阶级的，是幻灭动摇的——革命的小资产阶级的。因此，他所说的"客观的真实"，只是站在他自己的阶级的立场上所看到的真实！③

而自 1928 年 7 月赴日休养后，因着处身环境的变化，茅盾的情感与认知也发生了显著改变，革命欲求日趋复燃。如其彼时所作小说《虹》，便对革命表达出乐观积极的看法，与《蚀》的基调大相径庭。④ 再加上茅盾也并不愿与政党决裂，因此，革命文学派对他的批判产生了"积极"的作用，茅盾很快就认同了他们观点中最核心的部分，从而在很大程度上舍弃了自己的现实观。他对

---

① 潘梓年：《到了东京的茅盾》，《认识》第 1 卷第 1 号，1929 年 1 月 15 日，第 50—51 页。

② 钱杏邨：《茅盾与现实——读了他的〈野蔷薇〉以后》，《新流月报》第 4 期，1929 年 12 月 15 日，第 681—694 页。

③ 钱杏邨：《从东京回到武汉——读了茅盾的〈从牯岭到东京〉以后》，《文艺批评集》，上海：神州国光社，1930 年，第 141 页。

④ 茅盾彼时的状态，可参见秦德君、刘淮：《火凤凰：秦德君和她的一个世纪》，北京：中央编译出版社，1999 年，第 66—73 页。

文学的现实真实性问题所持的观点，与革命文学派渐趋一致。① 在1929 年 5 月发表的《读〈倪焕之〉》中，茅盾对文学提出的要求，正和不久前革命文学派对他的要求大体相同——尽管他宣称："我是素来不护短，也是素来不轻易改变主张的。"不过，茅盾仍然对革命文学派给予了严厉批判，这集中体现在他对创造社转向行为真诚性的否定上。创造社是茅盾提倡为人生的自然主义文艺理论时期的论争宿敌，茅盾在《读〈倪焕之〉》中重拾了对创造社的批判。在他看来，"伟大的'五四'"之所以"不能产生表现时代的文学作品"，原因便在于："当时的文坛议论庞杂，散乱了作家的注意。更切实地说，实在是因为当时的文坛上发生了一派忽视文艺的时代性，反对文艺的社会化，而高唱'为艺术而艺术'的主张，这样的入了歧途！"茅盾更提醒道："但想来大家也不曾忘记今日之革命的文学批评家在五六年前却就是出死力反对过文学的时代性和社会化的'要人'。这就是当时的创造社诸君。……去年成仿吾所痛骂的一切，差不多全是当初他自己的过犯，是一种很有意味的新式的忏悔。"②

　　茅盾重提往事，不管是否如其所言只在揭示历史发展的"必然律"，在客观上还是揭了正高呼文艺为政治服务的创造社的"旧疮疤"。虽然他同时声明，创造社的转向"未必像有些人的不客气的猜度所说的竟是投机，是出风头"③，但同时毫不留情地指出创造社仍然保留着"旧渣滓的气味"：

　　　　不用说，创造社的改变态度的宣言，并没忏悔以往的表

---

　　① 茅盾与革命文学派的观点趋同，不能简单理解为茅盾思想的根本转变，实际上他对历史进步性的追求由来已久。安敏成便注意到，在茅盾 1920 年代初期的文学批评中，即"自信地提出摆脱主观羁绊、将自我与历史进程相结合的方案"。参见［美］安敏成：《现实主义的限制：革命时代的中国小说》，姜涛译，南京：江苏人民出版社，2011年，第 111 页。

　　② 茅盾：《读〈倪焕之〉》，《文学周报》第 8 卷第 20 期，1929 年 5 月 12 日，第614、596—597 页。

　　③ 茅盾：《读〈倪焕之〉》，《文学周报》第 8 卷第 20 期，1929 年 5 月 12 日，第 598 页。

示，而是一种"先驱"的，"灼见"的态度；这使得不健忘的人们颇觉忍俊不禁。但是我们也可以了解于从个人主义英雄主义唯心主义转变到集团主义唯物主义，原来不是一翻身之易，所以觉得他们宣言中留着一些旧渣滓的气味，也是不足深责的。[①]

茅盾对革命文学派的反击在情绪上是强烈的。他回击他们"仅仅根据了一点耳食的社会科学常识或是辩证法"，"翻弄卖膏药式的江湖口诀"，并再次劝告文艺家不能"仅仅准备好一个被动的传声的喇叭"，要"先准备好一个有组织力，判断力，能够观察分析的头脑"，"稍稍按捺下骂人的情热"。[②]尽管如此，并未妨碍茅盾接受了革命文学派对他的要求，即以历史发展的必然性来约束文学中的现实呈现；茅盾并且主动使用这条文学纪律检查了五四以来文坛的创作——包括他自己的《蚀》三部曲。

当采用这样的标准来看五四文学时，茅盾认为："新文学的提倡差不多成为'五四'的主要口号，然而反映这个伟大时代的文学作品并没有出来。"那么，在一年半前被茅盾高度评价的鲁迅的作品呢？茅盾绳之以相同的条律："当时最有惊人色彩的鲁迅的小说——后来收进《呐喊》里的，在攻击传统思想这一点上，不能不说是表现了'五四'的精神，然而并没有反映出'五四'当时及以后的刻刻在转变着的人心。"[③]对作品应该表现时代前进趋势的要求，在他那篇高度评价鲁迅的《鲁迅论》中寻找不到丝毫的踪迹。在《鲁迅论》中，茅盾曾如此评论《一件小事》：

> 《一件小事》里的意义是极明显的，这里，没有颂扬劳工神圣的老调子，也没有呼喊无产阶级最革命的口号，但是我们

---

①　茅盾：《读〈倪焕之〉》，《文学周报》第 8 卷第 20 期，1929 年 5 月 12 日，第 599—600 页。

②　茅盾：《读〈倪焕之〉》，《文学周报》第 8 卷第 20 期，1929 年 5 月 12 日，第 607、614 页。

③　茅盾：《读〈倪焕之〉》，《文学周报》第 8 卷第 20 期，1929 年 5 月 12 日，第 592 页。

却看见鸠首囚形的愚笨卑劣的代表的人形下面，却有一颗质朴的心，热而且跳的心。①

为了协调文学的新纪律与他此前的鲁迅评价之间的紧张关系，茅盾使用了历史性的标准：

> 现在我还是坚持我从前的意见，我还是以为《呐喊》所表现者，确是现代中国的人生，不过只是躲在暗陬里的难得变动的中国乡村的人生；我还是以为《呐喊》的主要调子是攻击传统思想，不过用的手段是反面的嘲讽。如果我们能够冷静地考量一下，便会承认中国乡村的变色——所谓地下泉的活动，像有些批评家所确信的，只是最近两三年以来的事，而在《呐喊》的乡村描写发表的当时，中国的乡村恰正是鲁迅所写的那个样子。再如果我们是冷静地正视现实的，我们也应该承认即在现今，中国境内也还存在着不少《呐喊》中的乡村和那些老中国的儿女们。②

所谓"地下泉的活动"，显然指的是大革命失败前后的土地革命及一系列暴动。可以看到，本来认为暴动已为"绝路"的茅盾，在这里扭转了立场与认知。正因为有了对文学必须表现时代进步精神的要求，茅盾不得不强调鲁迅的历史局限性。比如他认为，"《呐喊》是很遗憾地没曾反映出弹奏着'五四'的基调的都市人生"；《彷徨》中虽有两篇描写都市生活的作品，可惜"也只能表现了'五四'时代青年生活的一角；因而也不能不使人犹感到不满足"。③而这其实暗含着对鲁迅等作家的要求：在当下的新时期，必须改换面貌，表现那些体现了时代精神的新事物。所谓新时代，也就是超越了五四的五卅时代，或者说，由个人主义和自

---

① 方璧：《鲁迅论》，《小说月报》第18卷第11号，1927年11月10日，第39页。

② 茅盾：《读〈倪焕之〉》，《文学周报》第8卷第20期，1929年5月12日，第593页。

③ 茅盾：《读〈倪焕之〉》，《文学周报》第8卷第20期，1929年5月12日，第593—594页。

由主义奔向了集团主义的时代。

茅盾在《倪焕之》中看到了这样的时代精神转变：

> 把一篇小说的时代安放在近十年的历史过程中的，不能不说这是第一部；而有意地要表示一个人——一个富有革命性的小资产阶级知识分子，怎样地受十年来时代的壮潮所激荡，怎样地从乡村到都市，从埋头教育到群众运动，从自由主义到集团主义，这《倪焕之》也不能不说是第一部。在这两点上，《倪焕之》是值得赞美的。①

在茅盾看来，《倪焕之》之所以和五四文学不同，在于抛弃了五四文学对"灵感"的过分依赖，而走向了"锐利的观察，冷静的分析，缜密的构思"，因而是"有意地要表现一种时代现象，社会生活"。然而《倪焕之》也并非完全理想的创作，除了技术方面的问题外，重要的问题是没能更好地表现新的时代：

> "五卅"运动在本书中有一段正面的明显的描写。第二十二章的前半段写得颇有气色。倪焕之在此时是一个活动的角色了。但是接下的一章——二十三章，却用了倪焕之个人的感念来烘托出当时的情形，而不用正面的直接描写，在艺术上也不能讳言地是一个缺点。这使得文气松懈，很不合宜于当时那种紧张的场面。并且二十二章后半段的回叙，倒接在火刺刺地的正面描写下，也很能够妨碍了前半的气势。在此时的倪焕之，大概已经参加了什么政治的集团了罢。可是二十二章以后写倪焕之的行动都不曾很显明地反映出集团的背景，因而不免流于空浮的个人的活动，这也使得这篇小说的基调受了不小的损害。②

茅盾对《倪焕之》的要求是：正面描写五卅这个时代，"反映出集团的背景"。所谓"集团"，并非指一般群众，其实是"政治

---

① 茅盾：《读〈倪焕之〉》，《文学周报》第8卷第20期，1929年5月12日，第602页。

② 茅盾：《读〈倪焕之〉》，《文学周报》第8卷第20期，1929年5月12日，第603页。

的集团"——政党——的隐讳表达。茅盾对《倪焕之》的要求，
也正是革命文学派对他的要求。在此时，革命文学派用以规约茅
盾的新写实主义信条被他深深信服了：

> 　　一篇小说之有无时代性，并不能仅仅以是否描写到时代空
> 气为满足，连时代空气都表现不出的作品，即使写得很美丽，
> 只不过成为资产阶级文艺的玩意儿。所谓时代性，我以为，在
> 表现了时代空气而外，还应该有两个要义：一是时代给与人们
> 以怎样的影响，二是人们的集团的活力又怎样地将时代推进了
> 新方向，换言之，即是怎样地催促历史进入了必然的新时代，
> 再换一句说，即是怎样地由于人们的集团的活动而及早实现了
> 历史的必然。在这样的意义下，方是现代的新写实派文学所要
> 表现的时代性！①

以这样的眼光看《倪焕之》，茅盾自然不能十分满意。虽然倪
焕之"受了时代潮流的激荡而始从教育到群众运动，从自由主义
到集团主义"，但他"究竟是脆弱的小资产阶级智识分子"，他"对
于历史的轮子以及如何推动这历史的轮子使它更快，两者都没有
明了的观念"，"他即使有迷惘中的将来的希望，也只是看见了妻
和子，并没看见群众"，因而只能感到"幻灭"。这样的作品显然
不能承担得起茅盾的要求，茅盾对它的评价也采取了一种相对性
的标准："但在目前这样的时代，在落后的东方，我们便盼望有怎
样了不得的伟大作品，岂不是等于'见卵而求时夜'？"②

以这样的眼光看自己的作品，茅盾便在核心处认同了革命文
学派对自己作品的批评，并为自己未能表现时代前进做了一番全
新辩解。茅盾引述了钱杏邨对《追求》的批评，指出钱杏邨是主
张"文学须有创造生活的意义的"，所以茅盾完全能理解钱杏邨"不
满意于《追求》之每个人物都陷于失望"。对于钱杏邨的评价："在

---

① 茅盾：《读〈倪焕之〉》，《文学周报》第8卷第20期，1929年5月12日，第605页。

② 茅盾：《读〈倪焕之〉》，《文学周报》第8卷第20期，1929年5月12日，第
606—607页。

全书里是到处表现了病态……一切都是不健全。作者在客观方面所表现的思想，也仍旧的不外乎悲哀与动摇。所以，这部小说的立场是错误的。"茅盾认为："钱杏村的观察是不错的；《追求》是暴露一九二八年春初的智识分子的病态和迷惘。但是钱杏村说'这部小说的立场是错误的'这个结论，我却不能赞成。"① 细察钱氏原文，会发现他所说的"立场"其实并非政治立场，而是创作立场，他指责茅盾使用了旧写实主义的立场。但"立场"终归难免被读者理解为政治立场，茅盾此处不得不辩。那么，茅盾是如何解释笼罩着《追求》的"病态"的呢？如其所言，这是"暴露"——于是，茅盾得以和"病态和迷惘"拉开距离，并使它成为被批判的对象：

> 我要描写在幻灭动摇以后的一般智识分子是怎样还想追求，然而因为他们的阶级的背景，他们都不曾在正当的道路上追求，所以他们的努力是全部失望。根据了这样的决定，我把书中人物全数支配为徒有情热而不很明了革命意义的小资产阶级智识分子，他们没有正确的认识，所以他们所追求者，都是歧途。像这样的人物不该给他们一个全部失望么？②

其实茅盾很难自圆其说，所谓"因为他们的阶级的背景"，所以都没有进入正确的道路追求，正是对知识分子进入革命道路之可能性的宿命论式否定，从中恰恰生成与进步的时代精神相抵触的现实图景。茅盾固然可以声明自己意在暴露，然而如果已经只存在暴露的可能，则时代精神便荡然无寄存之所，"暴露"同时宣告了革命的出路变成"绝路"（起码对小资产阶级如此）。茅盾显然可以意识到这一点，他给自己做了一个更加无力的辩护：

> 如果在他们中间插进一位认识正路的人，在病态中泄露一线生机，那或者钱杏村要满意些罢。我应该尚能见到这一点，

---

① 茅盾：《读〈倪焕之〉》，《文学周报》第 8 卷第 20 期，1929 年 5 月 12 日，第 612 页。

② 茅盾：《读〈倪焕之〉》，《文学周报》第 8 卷第 20 期，1929 年 5 月 12 日，第 612 页。

可是我并不做；因为我相信《追求》中人物如果是真正的革命者，不会在一九二八年春初还要追求什么，他们该是早已决定了道路了。这就说明了《追求》何以全是黑暗的理由。①

依照茅盾的逻辑，1928 年春初已经不存在新的革命者产生的可能，在那个时期，"追求"已经变得没有必要，因为"追求"本身即意味着没有走上正路。不过还是可以看出，茅盾仍然试图依据现实真实性来证明自己的创作。不过当他发现自己的创作未能表现出时代的进步精神时，便不免修正现实了。其实，没有"真正的革命者"不过是从武汉激流勇退的茅盾的精神世界的真实外化，而且由他安抚内心矛盾情绪的需求所决定，它并不需要从现实的全面性或历史发展的必然性上来寻找自我证明的依据，否则只能导致自我否定，当不能否定彻底时便自我矛盾。

茅盾对自己创作中缺乏历史必然性展示的辩护，其实在不久后写作的《写在〈野蔷薇〉的前面》中更加有力。在这篇文章中，茅盾从北欧的运命女神三姊妹（分别代表过去、现在和未来）中获得启示，认为更重要的是把握现在。他意味深长地指出：

> 知道信赖着将来的人，是有福的，是应该被赞美的。但是，慎勿以"历史的必然"当作自身幸福的预约券，且又将这预约券无限止地发卖。没有真正的认识而徒借预约券作为吗啡针的"社会的活力"是沙上的楼阁，结果也许只得了必然的失败。把未来的光明粉饰在现实的黑暗上，这样的办法，人们称之为勇敢；然而掩藏了现实的黑暗，只想以将来的光明为掀动的手段，又算是什么呀！真的勇者是敢于凝视现实的，是从现实的丑恶中体认出将来的必然，是并没把它当作预约券而后始信赖。真的有效的工作是要使人们透视过现实的丑恶而自己去

---

① 茅盾：《读〈倪焕之〉》，《文学周报》第 8 卷第 20 期，1929 年 5 月 12 日，第 612—613 页。

认识人类伟大的将来，从而发生信赖。①

茅盾在这里不再视"历史的必然"为先验超越之物，而主张以直面现实的态度去客观分析现实，"从现实的丑恶中体认出将来的必然"。所以问题的关键在于，在茅盾那里，只有通过个人的体认和思考而实现的"历史的必然"才是真正有意义的，而通过欺与瞒所呈现出来的历史必然性并不道德。但茅盾却没有说明，万一"从现实的丑恶中"不能"体认出将来的必然"该怎么办呢？因为对一般人来讲，"现实的丑恶"、革命的挫败，往往是认知"历史的必然"的障碍，而对现实的乐观描写才容易激发对历史必然性的认同。有勇气直面黑暗现实，虽有万千险阻仍能坚持不懈，已属极其难得；而同时还能保持对历史进步必然性的信心，则更是难上加难。革命文学派指责茅盾纯然描写"病态"破坏了对历史进步必然性的信心，不能不说也有其切实的依据。

茅盾在《读〈倪焕之〉》中的转变也为革命文学派部分注意到了。比如钱杏邨便指出，这篇文章比起茅盾在大革命失败后不久创作的《鲁迅论》和《王鲁彦论》，"确实是进步了不少"②；当注意到这篇文章不再专讲适合于小资产阶级的文学，而开始讲提升小资产阶级的文学时，又特意"指出"："茅盾在《读〈倪焕之〉》一文里已稍稍修正他的错误了……他把《从牯岭到东京》一文里对小资产阶级的热心减了不少。"③但因为茅盾同时辅之以对革命文学派的猛烈攻击，且坚称自己一以贯之，这便在很大程度上遮蔽了自己的"转向"。或许也因为革命文学派感觉到茅盾的"现实"观危害太大，必须进一步批判，所以即便茅盾已在《读〈倪焕之〉》中宣称转向了"新写实主义"（茅盾所言为"现代的新写

---

① 茅盾·《写在〈野蔷薇〉的前面》，《野蔷薇》，上海：大江书铺，1929年，《茅盾全集》第9卷，北京：人民文学出版社，1985年，第522—523页。

② 钱杏邨：《从东京回到武汉——读了茅盾的〈从牯岭到东京〉以后》，《文艺批评集》，第181页。

③ 钱杏邨：《从东京回到武汉——读了茅盾的〈从牯岭到东京〉以后》，《文艺批评集》，第184页。

实派文学"），仍然认为"茅盾是自始至终的站在旧写实主义的理论家的立场上在说话"，继续对其"旧现实主义"进行批判。① 继续批判的主力是钱杏邨，但也并未激发出新的问题，仍然不过是在反复责问"现实"到底是哪个阶级的"现实"，"现实"所反映的到底又是哪个阶级的"真实"。比如钱杏邨认为茅盾在《读〈倪焕之〉》中想说的仍是"只有他自己所见到的才是真实，别人所见的都不是真实"。② 在茅盾发表了《写在〈野蔷薇〉的前面》之后，钱杏邨又撰写了题为《茅盾与现实》的文章，打算继续批判茅盾的"现实"观。钱杏邨特别强调了"现实"观在茅盾思想体系中的重要性：

> 在一年来茅盾陆续发表的《从牯岭到东京》，《读〈倪焕之〉》，《写在〈野蔷薇〉的前面》三篇文里，我们看到他有一种一贯的意见，那就是所谓"现实"的问题。他否认许多描写英勇的革命的战斗的创作的事件不是事实，他把这些比作纸上的勇敢；他只承认他自己所写的幻灭，动摇的事件是现实，是很忠实的描写。③

其实茅盾一直也未把自己描写的现实当作唯一的现实，他的创作在当时并无把握社会全体及发展趋势的意图。正因为他攻击革命文学派不敢正视另一部分现实，所以才被如此评价。钱杏邨又指出，"这种意见，在关于《野蔷薇》一文里已稍有转变，他已经承认在'这混浊的社会里也有些大勇者，真正的革命者'"，但又以为茅盾认为"因为'幻灭动摇的没落人物'是'更多'，所以他承认这是主要的'现实'，真正能代表这个时代的作家应该抓住

---

① 钱杏邨：《从东京回到武汉——读了茅盾的〈从牯岭到东京〉以后》，《文艺批评集》，第 182 页。

② 钱杏邨：《从东京回到武汉——读了茅盾的〈从牯岭到东京〉以后》，《文艺批评集》，第 185 页。

③ 钱杏邨：《茅盾与现实——读了他的〈野蔷薇〉以后》，《新流月报》第 4 期，1929 年 12 月 15 日，第 688 页。

这种现实"。① 这便显示出钱杏邨几乎完全未能把握到茅盾变化的根本，虽然他确实在很多地方都感觉到了茅盾变化的痕迹：

> 但是，茅盾的创作仅止于暴露了黑暗，仅止于描写了没落，仅止于回顾过去（虽然他说"不要伤感于既往"），忘却将来（虽说他主张"直视前途"），抓住了现在，他笔下的人物差不多完全的毁灭了自己的前途，而且也不能完全的适应于他自订的创作的水准，从他自〈己〉作品中丝毫不能"体认出将来的必然"来……
>
> 茅盾对于这一切又将何以自解？②

实际上茅盾已然寻找到了自解之道，只不过钱杏邨受蔽于茅盾的写作枝蔓，未能察觉而已。正因此，钱杏邨在不久后创作的《中国新兴文学中的几个具体的问题》中，又大段扩充了《茅盾与现实》的内容，展开了更系统的茅盾"现实"观批判。批判文字更大量援引藏原惟人的新写实主义规定，以至于被鲁迅讽刺为："钱杏村先生近来又只在《拓荒者》上，搀着藏原惟人，一段又一段的，在和茅盾扭结。"③

在《中国新兴文学中的几个具体的问题》一文中，钱杏邨明确表白了自己的无产阶级"现实"观：

> 普罗列搭利亚作家所应描写的"现实"，毫无疑意的是普罗列搭利亚写实主义纲领下的"现实"，是一种推进社会向前的"现实"。
>
> ……
>
> 普罗列搭利亚作家所要描写的"现实"，是这样的"现

---

① 钱杏邨：《茅盾与现实——读了他的〈野蔷薇〉以后》，《新流月报》第 4 期，1929 年 12 月 15 日，第 688—689 页。

② 钱杏邨：《茅盾与现实——读了他的〈野蔷薇〉以后》，《新流月报》第 4 期，1929 年 12 月 15 日，第 692 页。

③ 鲁迅：《我们要批评家》，《萌芽月刊》第 1 卷第 4 期，1930 年 4 月 1 日，第 223 页。

实", "是握着在进行中的这社会,把它必然的向普罗列搭利亚脱的胜利方向前进的这事,用艺术的,就是形象的话描写出来。"决不是像那旧的写实主义,像茅盾所主张的,仅止是"描写"现实,"暴露"黑暗与丑恶;而是要把"现实"扬弃一下,把那动的,力学的,向前的"现实"提取出来,作为描写的题材。这样的作品,才真是代表着向上的,前进的社会的生命的普罗列搭利亚写实主义的作品,这样的被茅盾所"否定"了的"现实"才是普罗列搭利亚作家应该把握的"现实"。①

总之,无产阶级的"现实"需要"舍弃了对于普罗列搭利亚解放的无用的,偶然的东西,而采取其必要的,必然的东西"②,而与之不能符合的"现实"都是无意义的反动现实。

四、如何越过阿Q时代?
——国家主义派与革命文学派围绕阿Q问题的论争

1. "大时代"的到来与阿 Q 之死

1927 年 12 月 7 日,从革命"后方"广州来到上海刚两个月的鲁迅,在给描写大革命时期南方一个县城的阶级斗争的小说《尘影》所作序言中,表达了对中国现实的理解:"在我自己,觉得中国现在是一个进向大时代的时代。"中国为何将"进向大时代",自然是由于大革命所掀起的阶级斗争浪潮终于使得底层解放有了极大的可能。然而鲁迅也并未过于乐观,他接着便指出:"但这所谓大,并不一定指可以由此得生,而也可以由此得死。"然而所

---

① 钱杏邨:《中国新兴文学中的几个具体的问题》,《拓荒者》第 1 卷第 1 期,1930 年 1 月 10 日,第 360—361 页。

② 钱杏邨:《中国新兴文学中的几个具体的问题》,《拓荒者》第 1 卷第 1 期,1930 年 1 月 10 日,第 365—366 页。

谓"生""死"的说法，并不意味着鲁迅预言大时代将有可能是一个死寂的时代，而是指必然来临的大时代既将带来生，也将带来死。鲁迅说："许多为爱的献身者，已经由此得死。"这让人想起鲁迅同期所关注的叶赛宁和梭波里，他们"以自己的沉没，证明着革命的前行"①。有生也有死，这才是大时代即将来临的标志（苏俄显然已跨入这一时代）；没有勇气面对"死"的现实，就不能为"生"的到来做好准备。鲁迅在序言的结尾再次强调了自己的判断："我觉得中国现在是进向大时代的时代。"②

大时代是否即将到来不必论，"生"与"死"的问题确乎马上向鲁迅袭来了。作为旧时代之标志的鲁迅的创造物——阿Q——很快就被"革命"宣判了死刑，以此标示大时代的"生"。不仅阿Q，不愿意跟随革命形势转变参与到文化领域的阶级斗争中来，甚至还出语讥刺的鲁迅，也被视作旧时代的标志而被宣判了死刑。

阿Q之死的说法大概是由革命文学积极而敏锐的提倡者钱杏邨首次提出。1928年2月中旬，据说由于看到鲁迅讥刺《太阳月刊》而心生不满，钱杏邨撰写了长篇论文《死去了的阿Q时代》③，证明鲁迅及其创造的人物只能代表过去的时代，其生命已然在当下死去。钱杏邨甚至认为，鲁迅著作"内含的思想，也不足以代表十年来的中国文艺思潮！"④革命文学派通常会把鲁迅视作五四一代人物，钱杏邨则不然，他特别推重了五四运动的意义，认为此后"个人主义已经变成了可咒诅的名辞，社会的职任已被青年认为切身的责职，引起了青年的对于一切的怀疑……大

---

①　鲁迅：《在钟楼上——夜记之二》，《语丝》第4卷第1期，1927年12月17日，《鲁迅全集》第4卷，第36页。

②　鲁迅：《〈尘影〉题辞》（原题《〈尘影〉序言》），黎锦明：《尘影》，上海：开明书店，1927年，《鲁迅全集》第3卷，第571页。

③　参见杨邨人：《太阳社与蒋光慈》，《现代》第3卷第4期，1933年8月1日，第474页。

④　钱杏邨：《死去了的阿Q时代》，《太阳月刊》第3期，1928年3月1日，第2页。

家都站起来走向社会，去做社会改革的伟业"①。钱杏邨的论述并不太自洽，比如"对于一切的怀疑"恰是个人主义的表现，此一精神又怎么能通向集体主义呢？但他说五四开启了社会思潮的集团化趋势，使得"个人主义的精神"开始死亡，当然也有实据。依据这种认识，钱杏邨把五卅后的阶级革命与反帝思潮看作五四思想的延续，并认为最终造成了"革命文艺与劳动文艺交流的局面"。五四和五卅的时代精神决定了近十年的文艺思潮面貌。钱杏邨以这两个相接续的时代精神来衡量鲁迅的小说，发现其中"大多数是没有现代的意味！不仅没有时代思想下所产生的小说，抑且没有能代表时代的人物！阿Q，陈士成，四铭，高尔础这一些人物究竟是什么时代的人物呢？"②鲁迅的创作时代"决不是五四运动以后的……确确实实的只能代表清末以及庚子义和团暴动时代的思想，真能代表五四时代的创作实在不多"③，因而只能把他和李伯元、刘鹗并论。

在表现时代精神的要求之下，"出路"便成了重要问题。钱杏邨发现，鲁迅"始终没有找到一条出路，始终的在呐喊，始终的在彷徨"，而没有表现出"将来"——在《野草》里，"将来"甚至存在于"坟墓"之中。钱杏邨把鲁迅的歧路徘徊，归因于小资产阶级"恶习性"的作用；时代已经提供了出路，而鲁迅却不愿走："光明的大道是现在自己的眼前；他偏偏的不走上去，只是沿着三面夹道的墙去专显碰壁的精神，这究竟有什么意义呢？"④

对于阿Q，钱杏邨认可他确实代表了中国"病态的国民性"，但已经是"死去了的"国民性。阿Q甚至不能代表五四，而只能代表"辛亥革命初期"农村及城市里"一部分民众的思想"，因为最近十年来，中国的农村已经发生了巨大的变化：

---

① 钱杏邨：《死去了的阿Q时代》，《太阳月刊》第3期，1928年3月1日，第3页。

② 钱杏邨：《死去了的阿Q时代》，《太阳月刊》第3期，1928年3月1日，第5页。

③ 钱杏邨：《死去了的阿Q时代》，《太阳月刊》第3期，1928年3月1日，第6页。

④ 钱杏邨：《死去了的阿Q时代》，《太阳月刊》第3期，1928年3月1日，第8、16页。

十年来的中国农民是早已不像那时的农村民众的幼稚了。……阿Q是不能放在五四时代的，也不能放在五卅时代的，更不能放到现在的大革命的时代的。现在的中国农民第一是不像阿Q时代的幼稚，他们大都有了很严密的组织，而且对于政治也有了相当的认识；第二是中国农民的革命性已经充分的表现了出来，他们反抗地主，参加革命，近且表现了原始的Baudon的形式，自己实行革起命来，决没有像阿Q那样屈服于豪绅的精神；第三是中国的农民智识已不像阿Q时代农民的单弱，他们不是莫名其妙的阿Q式的蠢动，他们是有意义的，有目的的，不是泄愤的，而是一种政治的斗争了。①

钱杏邨并且认为，以讽刺为特征的"《阿Q正传》的技巧随着阿Q一同死亡了"，鲁迅这样的作家将丧失表现新时代的能力："这个狂风暴雨的时代，只有具着狂风暴雨的革命精神的作家才能表现出来，只有忠实诚恳情绪在全身燃烧，对于政治有亲切的认识自己站在革命的前线的作家才能表现出来！"②钱杏邨大力彰显中国农民的革命性和组织性，显然是对土地革命的有意识呼应。他无疑也深信革命已然进入高潮。

阿Q时代的死去当然不意味着阿Q都已死去，而意指阿Q已不具备代表时代精神的能力。如另一位应也是中共党员的作者所言："我们要探问阿Q的消息，不能执途人而问之，应当看中国的大势。"时代的大势是怎样的呢？——"自五四以后，革命意识大醒，把一切传习都打个粉碎，对一切外压都要积极反抗。五卅惨案更震撼了全国，革命情绪不但高达顶点，且亦渗透乡邑。……北伐军兴，湘粤农民竟都沿途揭竿相助。到现在，此乡彼镇，固然还多愚蒙，然反抗传习反抗外压的表现，不难到乡陬找出。难道现在中国全般社会的时代性，不用五四，五卅，海员罢工，农民帮着北伐，以及现在到处的打劣绅，杀土豪等等现象

---

① 钱杏邨：《死去了的阿Q时代》，《太阳月刊》第3期，1928年3月1日，第20—21页。
② 钱杏邨：《死去了的阿Q时代》，《太阳月刊》第3期，1928年3月1日，第22页。

做表征，还要拿此乡彼镇所有愚蒙人数来做指数吗?"[1]认为经过大革命洗礼，乡村形势已发生重大变化，农民开始具有社会意识，从而摆脱了阿Q性格，这在左翼知识阶层中相当普遍。

2. 是闰土，而非阿Q——常乃惪颠倒中国社会年龄的尝试

《死去了的阿Q时代》发表后，围绕阿Q时代是否已经死去，产生了不少讨论。国家主义派的核心人物之一常乃惪，也参与了进来。中国的国家主义思潮萌芽于晚清国力积贫积弱的环境之中，经过长期发展，在1919年7月成立的少年中国学会中凝聚为略具组织雏形的派别。国家主义派的核心人物，如曾琦、李璜、左舜生、陈启天，都活跃于该学会。后来该学会中的共产主义者与国家主义者发生尖锐冲突，国家主义派遂于1923年12月在巴黎组建了政党——中国青年党。国家主义派格外重视民族精神与国家文化问题研究，往往对晚清以来知识界严重负面化的国民性认知持批评态度，而提倡重塑国家精神与民族活力，以建设一个独立富强的现代民族国家。[2]

常乃惪（1898—1947），字燕生，山西榆次人，曾加入狂飙社，1920年代中期曾和鲁迅有交往，后失和。1925年11月，他加入中国青年党，次年7月在第一届青年党全国代表大会上，被选为中央执行委员，兼任宣传部长，后连任九届中央委员，长期主持青年党的舆论工作。1928年，他也和国家主义派同人参与了"革命文学"论争，抢夺舆论阵地。

针对钱杏邨的《死去了的阿Q时代》，常乃惪在国家主义派刊物《长夜》上发文《越过了阿Q的时代以后》，认同阿Q时代已经过去的说法，但他的判断基础几乎完全集中在时代精神大势的变迁上，而不像钱杏邨那样更看重革命现实的变化。

常乃惪在肯定鲁迅创作成绩的前提下，说明了鲁迅以及阿Q

---

[1] 朱彦：《阿Q与鲁迅》，《新宇宙》第1期，1928年10月15日，第43—45页。

[2] 参见田嵩燕：《国家主义派政治思想研究（1924—1930）》，北京：中共中央党校出版社，2008年，第1—77页。

的过时："鲁迅自身是一个足踏在新旧过度线上的老新党……他将时代的黑暗，时代的罪恶，毫不客气地用笔尖将他暴露在我们的眼前，使我们感觉到大家正在一个茫茫的长夜里面，这是他对于时代，对于中国，对于我们唯一的贡献。但是时代已经过去了，中国已不是仅仅需要那消极的，叙述的，诉出黑暗的痛苦的时代了，我们应该是要求怎样解除这些痛苦；怎样创造中华民族的新生命？怎样找寻理想的新路？这些，鲁迅和他的追随者都不能给我们，所以他们已经过去。"① 但是时代到底发生了怎样的改变，现实已变成什么样子，常乃惪并未能确切指出，只在不断暗示：时代的需要已经变了。他甚至还后退了一步，承认阿Q时代并未"死去"，只是"过去"："阿Q的时代虽已过去，阿Q时代中所留给我们的精神上的遗产是我们永远不能忘记的。这种消极的时代需要还未完全过去，中国还有做批评，破坏的工作的要求，因此鲁迅及其追随者在此后十年之中自然应该还有他相当的位置。"② 常乃惪的立论集中于两方面，一是强调鲁迅作品的消极精神已不适合新形势的需要；二则表明，鲁迅作品所表现的只是局部真实，而非中国的全部。于是他说道：

> 我们所要追问的，《阿Q正传》中的阿Q所代表的种种缺德［点］是否普遍的可以肯定于全中国的农民社会乃至全部民族身上呢？除了这些缺点以外，阿Q及其同伴是否还有可以值得注意的优点呢？关于第一问，我们在同作者的他篇小说如《故乡》中所描写的同等人物如闰土，便不曾发见这种缺点。③

常乃惪认为，阿Q式机巧不能代表普遍的国民性，因为中国的民族性格是"幼稚""素朴""不开化"和"半原人"的"蒙昧"：

---

① 燕生：《越过了阿Q的时代以后》，《长夜》第3期，1928年5月1日，第9—10页。

② 燕生：《越过了阿Q的时代以后》，《长夜》第3期，1928年5月1日，第10页。

③ 燕生：《越过了阿Q的时代以后》，《长夜》第3期，1928年5月1日，第10—11页。

> 原人的缺点是蒙昧而不是机巧，然而《阿Q正传》中所表现的精神却正是机巧。
>
> 这种机巧的性格当然不是绝对在中国民族中找不出来的，不过总不能说是普遍的代表了中国的民族性。[①]

他于是指出，阿Q式机巧只发生于特定职业与地域范围之内，比如士大夫阶层、靠近大都会的较开化的地方。他致力于说明阿Q的机巧不是普遍存在的，但他大概未能注意到所谓普遍存在的愚蒙的国民性，其实仍没逃出鲁迅描写的范围。他提到的没有阿Q式缺点的人物——闰土，其中年形象岂不正是处于更普遍状态的"半原人"？而这种普遍状态的国民性并不比阿Q更令人感到乐观。若使论证有力，常乃惪必须指出乐观的力量之所在。但在这方面，他远不如革命文学派能够自圆其说。钱杏邨可以随手举农村汹涌的革命运动为例，来说明阿Q之死；而常乃惪在否定阿Q时代时，举出的反例竟是普遍的"半原人"状态。他终于未能举出农村中的乐观实证，只举了普遍机巧的士大夫阶级中的奋斗与牺牲为例，作为希望仍存的标志；而举的例证，竟然还是鲁迅——"即在士大夫阶级中，我们一方面固然看到投机派所做的种种机巧的丑态，一方面不是还看见有许多青年或者中老年，肯为了自己的理想——即使是很愚昧的理想——去牺牲幸福，牺牲名誉，乃至牺牲性命，做傻子的事业么？即在文化久开的钱塘江畔，不是还看到有鲁迅一流的老呆子肯拼命的不怕得罪人，写出社会的丑恶，骂倒机巧的阿Q吗？因此，我们虽然应该承认在某一部分上《阿Q正传》的描写是绝对真实的，但却不能从此引出一种澈底悲观的感想，说中国民族都是如此。"[②]

我们看到，常乃惪试图通过一方面否定阿Q身上所附着的普遍国民性意义，一方面认定半原人的闰土式状态更具国民性代表意义，从而把一个人们认识中衰朽的中国社会颠倒为一个未开化

---

① 燕生：《越过了阿Q的时代以后》，《长夜》第3期，1928年5月1日，第11—12页。
② 燕生：《越过了阿Q的时代以后》，《长夜》第3期，1928年5月1日，第12页。

的半原始社会，把中国社会的年龄从老年反转为童年，进而赋予社会改造以希望，赋予中国社会以活力。常乃惪的思考路径，体现出一种循环论的有机体文化观，主要源自斯宾塞、伯伦知理、斯宾格勒等人的有机体与文化形态学说，日后被其发展为一种系统的生物史观。这一文化思考模式，也大体是国家主义派的共识。① 就在发表《越过了阿Q的时代以后》的同期刊物上，还发表了刘仲平的文章《荒原的梦》。作者对中国的"西北荒原"表达了痛心，在他看来，"西北的文化太古，太衰老了"。不过刘仲平找到了挽救悲观心态的思路，因为在他看来，"老到已复反于原人的时代了"，反而意味着机会，因为"充满了精力的原人，他有他前途无限的希望"。② 借助这一逻辑，文化的极衰老状态与极年轻状态衔接到了一起。

国家主义派另一重要人物刘大杰，也很反感革命文学派对鲁迅的攻击，并声言："我讨厌以最新的招牌，来攻击人的徒辈，我不失望鲁迅不是 Proletariat 的作家，我厌恶以 Proletariat 来装饰自己的 Bourgeois。"③ 刘大杰虽然表示，鲁迅"不是我们理想的作家"④，但他对鲁迅作品的写实风格十分推崇："我们知道他是一个写实主义者，以忠实的人生观察者的态度，去观察潜在现实诸现象之内部的人生的活动。"⑤ 他甚至大力表彰了包括《阿Q正传》在内的六篇鲁迅小说对"精神文明的中国民族的劣根性"的剖析展现。但有意思的是，刘大杰也以年龄为譬喻表达了对鲁迅的不

---

① 参见高伟军：《常燕生国家主义思想研究》，华中师范大学博士学位论文，2016年，第45—80页。

② 刘仲平：《荒原的梦》，《长夜》第3期，1928年5月1日，第19页。

③ 刘大杰：《〈呐喊〉与〈彷徨〉与〈野草〉》，《长夜》第4期，1928年5月15日，第1页。

④ 刘大杰：《〈呐喊〉与〈彷徨〉与〈野草〉》，《长夜》第4期，1928年5月15日，第6页。

⑤ 刘大杰：《〈呐喊〉与〈彷徨〉与〈野草〉》，《长夜》第4期，1928年5月15日，第3页。

满。在他看来，从《野草》开始，鲁迅"似乎是到了创作的老年了"。为帮助鲁迅转变状态、恢复活力，他对鲁迅发出呼吁："放下呆板的生活，（不要开书店，也不要作教授）提起皮包，走上国外的旅途去，好在自己的生活史上，留下几页空白的地方。不要满足过去，也不要追怀过去。未来，伟大的未来，快望着黑暗向前冲去。"[①] 在他的意识中，中国显然意味着"老年"，而国外意味着"青年"。

不过常乃惪等国家主义派同人试图颠倒或者改造"老年"状态的尝试，更像理论的推演，而缺乏可操作性。即便在理论的层面，他们也未能清楚说明为何原始的蒙昧状态就更有改造的可能性，更值得乐观，而不可能同样是一种"衰老的"、过度发育的原始与蒙昧；阿Q与闰土可能不过是一枚硬币的两面。常乃惪与刘大杰虽然对鲁迅并不满意，但也未能走出鲁迅以其著作与个性所框定的阐释范围。新的时代精神到底体现在哪里，常乃惪等人并未能够清晰展示出来。在此一层面，他们完败给了革命文学派的对手。

3. 对文学真实性与倾向性的认知歧异

常乃惪的担忧和革命文学派是一致的，即在对阿Q性格普遍性的渲染中，让人丧失前进与寻找光明的斗志，陷入悲观与绝望——

> 假如阿Q的精神充分代表了中国民族，则我们只有肯定中国民族已经衰老或者将近死亡的事实，我们没有别的方法可想，只有悲观，悲观，悲观到底。一切的活动，一切的向上，无论是民族的，或者阶级的，或者其他等等，都是假的。鲁迅虽然没有明明告我们以这种感想，但他的作品却明明只能引起

---

① 刘大杰：《〈呐喊〉与〈彷徨〉与〈野草〉》，《长夜》第4期，1928年5月15日，第8页。

这种感想，这是无庸为讳的。[①]

常乃惪隐含的想法是，渲染社会的阴暗面，会让人丧失前进的动力；而催人奋进的最好方式是表现社会的希望与光明。[②] 就此一逻辑而言，他与革命文学派完全一致。那么，是一种怎样的心理与思维结构，使得对消极面的揭示不能再被转变成前进的动力呢？鲁迅在创作时所曾设想的"引起疗救的注意"为何失效了呢？而这多半源于大革命所带来的进步想象造成的强大冲击。大革命带来了巨大的希望，但它也显然遭受了诸种挫折；它所给人的希望既不能强大到使人完全自信，而又未萎缩到让人看不到出路，因此才使得对希望的阻碍变得难以接受。鲁迅曾讽刺革命文学家："因为我描写黑暗，便吓得屁滚尿流，以为没有出路了。"[③] 其实并非革命文学家反对黑暗描写，其他作家同样可能反对。常乃惪号召离开消极性描写，进入积极乐观的文学创作，但他又并不愿意将这种号召视作纯然倾向性的表现，而仍然将依据确立在真实性的要求上——

> 我们惟一的要求便是将这部分真实的表现扩大而为普遍的真实的表现；将仅仅代表中国领土的一部分的绍兴的乡土风味的文学扩大而为表现全中国国民性的文学，将消极的怀疑的中立态度改变而成为积极的勇猛的前进态度，将冷酷的批评变成了热血的呼喊，使今后的全国国民在军阀，官僚，土匪，流氓……帝国主义之下所受的重重压迫，种种苦痛尽量的从今后

---

① 燕生：《越过了阿Q的时代以后》，《长夜》第3期，1928年5月1日，第11页。

② 常乃惪后曾批评鲁迅与周作人的思想为"虚无主义"。参见常燕生：《现实生活与理想生活——二十年来中国思想运动的总检讨与我们最后的觉悟》，《国论》第1卷第1期，1935年7月20日，第11页。但实际上，他自己也深受尼采的虚无主义影响。参见敖光旭：《1920—1930年代国家主义派之内在文化理路》，《近代史研究》2006年第2期，第90—109、159页。

③ 鲁迅：《通信（并Y来信）》，《语丝》第4卷第17期，1928年4月23日，《鲁迅全集》第4卷，第100页。

文学家的笔下宣泄出来，一方面将前路的光明告诉我们，鼓动着我们往前进。①

但常乃悳对"全中国国民性"并未讲出所以然来，甚至其表述还是自我消解的，因而其论述也基本上只是倾向性号召，谈不上有多少现实依据。

不管常乃悳等国家主义派，还是革命文学派，都承认鲁迅的描写有其真实性，也都认为鲁迅的描写已经不能代表新时代，鲁迅式消极描写必须被超越和取代，而且新的时代任务鲁迅已经难以胜任了。但在如何超越鲁迅、评判鲁迅创作的当下意义的问题上，两派存有尖锐冲突。常乃悳认为，鲁迅表现的社会还将持续很长一段时间，鲁迅"在此后十年之中自然应该还有他相当的位置"②；钱杏邨则认为："他的创作在时代的意义上实在是没有什么好处的。他不过是如天宝宫女，在追述着当年皇朝的盛世而已；站在时代的观点上，我们是不需要这种东西的。"③

常乃悳与钱杏邨都对现状持乐观的判断，认为时代精神已经转变到积极改造的精神占主导地位，且都提倡集体主义、反对个人主义④；但在这一相似的背后，是他们具体现实认知的极大差距。秉持不同的理念，确乎会看到不同的现实。常乃悳认为当时的作家都不能全面认识现实，只有鲁迅对现实的认识还更有真实性一些，革命文学派则与现实完全脱节：

---

① 燕生：《越过了阿Q的时代以后》，《长夜》第3期，1928年5月1日，第13页。

② 燕生：《越过了阿Q的时代以后》，《长夜》第3期，1928年5月1日，第10页。

③ 钱杏邨：《死去了的阿Q时代》，《太阳月刊》第3期，1928年3月1日，第6页。

④ 蒋光慈也曾批驳国家主义的文学观，认为革命文学应"以被压迫的群众做出发点"，"反个人主义"，但他似未能充分注意国家主义同样反个人主义的面向。参见蒋光慈：《关于革命文学》，《太阳月刊》第2期，1928年2月1日，第12—13页。不过常乃悳反对个人主义的进路与革命文学派很不相同，他反感做留声机器的提倡，到了1935年仍对此有批判。参见常燕生：《现实生活与理想生活——二十年来中国思想运动的总检讨与我们最后的觉悟》，《国论》第1卷第1期，1935年7月20日，第15页。

一切留声机器派更是天天在那里喊些"无产阶级"文学的口号，绝［结］果他们所创出来的什么"奥伏赫变"之类，连"有产阶级"也要头痛。不了解民众的作家，不能写出代表国民的文学。

就中还是鲁迅比较的经验多些，比较的和现实社会更接近些，因此他的作品也就更富于真实性。可惜所谓真实者，只是部分的真实，而却博得了表现普遍的中国国民性的美称。因此我们不得不将他来重新估价。①

指责创造社的理论文章不能让民众读懂，自然没有道理；但可以确定，在对真实性的掌握上，常乃惪认为鲁迅远胜于革命文学派。所以他如此评价鲁迅——

不过无论如何估价，他总是在中国今日惟一难得的真实描写者，我们应该拥护而且爱惜这个惟一的伟大的写实文学的作家，我们不能让一般浅薄无聊的小喽啰们将他打倒——虽然他们也不配打得倒他。②

而钱杏邨，不仅作文《死去了的阿Q时代》，还作文《死去了的鲁迅》，揭橥鲁迅之完全丧失了存在的意义——除非他幡然觉悟、转换方向：

现在进一步说。阿Q时代固然死亡了，其实，就是鲁迅自己也已走到了尽头，再不彻底觉悟去找一条生路，也是无可救济了。③

即便在钱杏邨那篇通常被视作革命文学派开始纠正错误、正视鲁迅价值的《鲁迅》中，他虽然特别强调了反封建仍有现实意义，但也特别举例说明了阿Q已经被许多新的革命人物形象超越；鲁迅的旧作品因为立场的错误（人道主义）已不能在当下发

---

① 燕生：《越过了阿Q的时代以后》，《长夜》第3期，1928年5月1日，第13页。

② 燕生：《越过了阿Q的时代以后》，《长夜》第3期，1928年5月1日，第13页。

③ 钱杏邨：《现代中国文学作家》（第一卷），第24页。

挥反封建的效用，故而期待鲁迅"站在无产阶级的立场上"进行"新的反封建的创作"。[1] 这似乎赋予了鲁迅从事革命工作的资格，但仍然暗置了对鲁迅的如下评判：他终究还是难以承担得起反对资本主义这一更高级的革命任务。[2]

　　这种评价上的分歧，归根结底是由社会改造路径的差异所致。土地革命无疑需要借重鲁迅所批判的农民。比如毛泽东在大革命高潮时期所创作发表的《湖南农民运动考察报告》，就特别反驳了"农民运动乃痞子运动"的污名化认识，而指出，"那些从前在乡下所谓踏烂鞋皮的，挟烂伞子的，打闲的，穿绿长褂子的，赌钱打牌四业不居的，总而言之一切从前为绅士们看不起的人，一切被绅士们打在混沟里在社会上没有立足地位完全剥夺了发言权的人，现在居然伸起头来了，不但伸起头，而且掌权了"。这些人不但不是"痞子"，反而是"革命先锋"。[3] 可见，农村阶级革命所依靠的重要力量，正是以阿Q为主要代表、拥有较多闲暇的游民。正因此，以阿Q式农民为指涉对象的国民性批判，将显得不合时宜，乃至"反动"。钱杏邨等革命文学家因此一致认定，阿Q经过了革命洗礼，已经浴火重生。不仅革命文学派，经过国民革命洗礼，知识阶级中的很大一部分都开始对农民阶层的革命潜力给予乐观想象，连以深刻多疑著称的鲁迅都在悬想"大时代"即将到来。常乃惪给了阿Q十年寿命，其实已经相当"客气"；就在鲁迅自己主编的《语丝》上，一位作者撰文《阿Q时代没有死》，显然是要反驳钱杏邨并声援鲁迅。但就在这位作者看来，阿Q的寿命大概还有五年多些。[4]

---

① 钱杏邨：《鲁迅——〈现代中国文学论〉第二章》，《拓荒者》第1卷第2期，1930年2月10日，第705页。

② 参见张广海：《鲁迅与早期"左联"关系考论》，《中国现代文学研究丛刊》2017年第1期，第44—53页。

③ 毛泽东：《湖南农民运动考察报告》，《战士》第35—36期合刊，1927年3月5日，第6页。

④ 参见青见：《阿Q时代没有死》，《语丝》第4卷第24期，1928年6月11日，第37页。

国家主义的社会改造路径则与此有着明显不同，它虽然反对过度负面的国民性认识，但还部分保持着五四式的国民性改造诉求，因而其依赖的社会力量也更多在知识阶层。[①]比如中国青年党的另一骨干左舜生，在"革命文学"论争时期，还在国家主义派的宣言性文章中大力提倡把德先生和赛先生真正请到中国来，以改变中国"极端的愚昧与贫乏"状态。[②]他们承认阿Q的消极因素在十年内还需要被继续克服，也是自然而然。

虽然不管是常乃惪的现实观，还是革命文学派的现实观，都以真实性为评价标准，而且也都以倾向性为过滤装置，但也有着显著不同。常乃惪的现实观中的倾向性要求更为隐蔽，在讲倾向性的时候，也号称以现实的真实性为基础。而革命文学派在讲真实性标准时，则会直率地宣扬倾向性，质问作者立场，提倡战斗式宣传[③]，这从革命文学派作家对客观描写的屡屡批判——比如认为是"资产阶级的麻醉剂"[④]——中可以清楚地看出来。真实性标准只能附着于立场之上而存在。

明显可见的是，国家主义派的文学"现实"观充满了抵牾之处，其论证较难自洽；而革命文学派的无产阶级文学"现实"观，配合着无产阶级的意识形态理论和革命实践，有着较为发达的自足性和体系性。故而在他们对阿Q时代共同发起的攻击中，前者显得游移不定，瞻前顾后，缺乏勇力；后者则立场坚定，勇往直前，摧枯拉朽。

---

① 参见田嵩燕：《国家主义派政治思想研究（1924—1930）》，第240—241页。

② 参见舜生：《我们的看法》，《长夜》第1期，1928年4月1日，第9—10页。

③ 参见钱杏邨：《现代中国文学作家》（第二卷），第145、155页。

④ 参见克兴：《小资产阶级文艺理论之谬误——评茅盾君底〈从牯岭到东京〉》，《创造月刊》第2卷第5期，1928年12月10日，第3页；芳孤：《革命文学与自然主义》，《泰东月刊》第1卷第10期，1928年6月1日，第11—15页。

小 结

在"革命文学"论争时期，革命文学派提倡的无产阶级文学是以明确的功利目标为指向的文学，所以在"宣传"问题上，它毫不忸怩，而敢于直白宣称"一切文学都是宣传"，甚至进一步把文学视作阶级斗争的利器。为了实现此一目标，还需要推翻不具备鲜明宣传性的文学。他们的做法是要把所有文学都纳入"宣传"，归入阶级的立场，从而使得无产阶级文学成为唯一享有存在合法性的文学。但即便在最直白地宣传文学武器论的作者那里，也可以发现他们对文学的斗争效用并不充分自信。在后期创造社那里，无产阶级文学的提倡甚至充满了权宜的性质。

自然，同时也不乏认同无产阶级文学的作者，并不赞同把文学视作纯粹的阶级斗争工具，于是提出以文学的"文学性"作为宣传的底线。但是，"文学性"到底是什么，"标语口号文学"是不是文学，"标语口号文学"是不是因为放弃了"文学性"而导致失去了宣传的效能，在他们那里，也往往欠缺深入思考。他们试图同时拥抱文学的审美自律性与现实功利性，因此也往往产生思维的盲区。比如，那些被他们批评为"标语口号文学"的作品可能并非完全不具备斗争效用，创作"标语口号文学"亦不完全由于作家缺乏艺术技能，而由于他们确实在寻求一种有效的文学形式，从而打破"文学性"这一所谓资产阶级意识形态的束缚，创立一种可以包容功利性的美学标准。比如面对茅盾的指责，钱杏邨便反复强调宣传和鼓动性质的"标语口号文学"并不缺乏力量，因而不能抹杀。① 这里潜藏着的问题大概只被梁实秋意识到了。那就是诉诸情感鼓动的宣传文学固然具有实效，但在伦理上可能并非无懈可击。对人的劝说与"宣传"更应诉诸理性的逻辑，而非

---

① 参见钱杏邨：《作品论》，上海：沪滨书店，1929 年，第 15—16 页；钱杏邨：《中国新兴文学中的几个具体的问题》，《拓荒者》第 1 卷第 1 期，1930 年 1 月 10 日，第 348—351 页。

情感和修辞的力量。①自然，在梁实秋那里，又存在着理性主宰情感的等级秩序。

正因为无产阶级文学诉诸现实的改变，而且其哲学纲领——唯物史观——又把现实视作确定性和意识形态的发源地，视作历史进步的客体，所以它对"现实"问题保持着高度的敏感。无产阶级文学理论在大多数情况下都把"现实主义"奉为正宗，并非没有缘故。但是，不仅在与论敌的争论中，"现实"丧失了确定性；即便在革命文学派的理论体系内部，一部分"现实"也被视作无意义之物而遭到排除，能够进入真正的"现实"之序列的只有那些符合了历史发展必然规律的现实。不具备历史进步意义的"现实"只能是反动的"现实"，是站在反动的阶级立场上看到的"现实"，其与幻影并无区别。

在进步主义的意识形态之下，以历史发展的必然规律来规约现实，给现实的确定性分类，并不仅仅存在于革命文学派那里。1902 年，梁启超在其名著《新史学》中，秉持进步主义的历史意识，便有着和革命文学派十分相似的努力。在认定"历史者，叙述进化之现象也"的前提下，他便得出这样的结论："则知凡百事物，有生长有发达有进步者，则属于历史之范围。反是者，则不能属于历史之范围。"历史虽然集中地体现为人类群体的进化，但是，"历史之范围，可限于人类，而人类之事实，不能尽纳诸历史"，这因为人类的大量事实并无进化的意义："夫人类亦不过一种之动物耳，其一生一死，固不免于循环，即其日用饮食，言论行事，亦不过大略相等，而无进化之可言。"那些无关人群及进化的事实，"虽奇言异行，而必不足以入历史之范围也"。②梁启超用进化的规律对人类的"事实"做等级的分类，后世之革命文学家

---

① "标语口号"诉诸绝对化的判断，排除推理和沉思的空间，其力量近乎符咒，在这背后是对接受者理性能力的无视，许多批评者对"标语口号文学"的抵制在深层意识的层面即植根于此。在另一方面，"标语口号文学"确乎对主体力量较强的知识者难以产生足够力量，甚至作用适得其反，这又是批评者认为它无效的根据。

② 中国之新民：《新史学二》，《新民丛报》第 3 号，1902 年 3 月 10 日，第 57—60 页。

用历史必然性的规律对现实进行等级分类，二者实植根于相同的历史进化论信条；只不过在革命文学家那里，历史进化论的版本更趋细密，历史进步的动力和机制也有了全新的规定。于是，一部分"现实"便只能被打入"冷宫"，丧失了参与历史进化和揭示"现实"的功能。

第六章 "小资产阶级知识分子"话语的形成及引发的论争

关于"小资产阶级"的论述是马克思主义理论话语的重要组成部分，虽然马克思本人对小资产阶级的论述并不充分，但后世的马克思主义思想家们充分弥补了这一缺憾。"小资产阶级"话语的重要性是不言而喻的，因为革命的成功不仅取决于两大对立阶级——资产阶级与无产阶级——的力量对比，同样取决于中间力量的态度与倾向。分析小资产阶级的构成与发展，不仅是深入认识资本主义社会的需要，更是据以确立革命战略，在变动的阶级构成中区分敌我、发展革命力量的必经之途。①

阶级革命理论一般认为，小资产阶级身上同时蕴含着革命的积极因素与反革命的消极因素。知识分子，一般被视作小资产阶级的重要组成部分，身上同样蕴含着这种二重性。虽然有人会被指斥为资产阶级知识分子，但基本上没人会这样定位自己；但有无数的知识分子坦承自己的小资产阶级身份，并深表忏悔之情。同时，也有一批革命的知识分子，虽然也会承认自己的小资产阶级身份，但小资产阶级话语明显已经不再适用于他对自身的评价。可以说，不同知识分子表达了对小资产阶级的不同看法，并产生了论争，共同汇入小资产阶级话语的洪流。参与"革命文学"论争的各方，大都对小资产阶级问题保持着高度的敏感；对小资

---

① 正如 1929 年底创造社所办《新思潮》杂志上的一篇文章所言："无论谁都不应否认或忽视小资产阶级在当来的革命中所能担当的任务，谁都应估量它底力量，审查它底特性，并决定正确的对于小资产阶级的政策。"狄而太：《小资产阶级论》，《新思潮》第 1 期，1929 年 11 月 15 日，第 3 页。

产阶级的认识，直接决定了他们的自我理解，因而在深层制约着他们所持有的"革命文学"观念。

一、论何谓小资产阶级及其与知识阶级之关系

虽然不管是对小资产阶级的论述，还是对其与知识阶级之间关系的论述，都不能算少，但是这两种论述都内含诸多晦暗不明的地带，值得进一步探析辨明。下面将主要从 1920—1940 年代出版的辞书出发进行考察，并参照相关时论——尤其是"革命文学"论争相关文献，冀望主要从规范的角度，探清小资产阶级的内涵，及其与中间阶级、知识阶级之间的关系，以奠定讨论的根基。选取辞书作为主要考察对象的原因在于，辞书代表着相对较普遍、权威和规范的认识，对一个时代的知识有着概括的意义，既可代表时代，又可以避免纠缠于过于烦杂琐碎的资料。

1. 辞书中的小资产阶级定义辨析

1929 年 6 月上海世界书局出版了一部篇幅颇巨的《社会科学大词典》，其中对小资产阶级有如下解释：

【小资产阶级】（Petty Bourgeor）

小资产阶级，是指中间阶级的。（参照中间阶级条）但是，到了现在，他们的经济地位，已不是中产，而变为无产了。然其生活样式，是介在无产阶级和有产阶级两者之间，其收入一部分来自自己的劳动，一部分出〈自〉投资，——即得之于他人的劳动。所谓半分劳动阶级，半分资产阶级是。在反对资产阶级的反动主义的时候，小资产阶级为获取资产阶级的德谟克拉西，是与无产阶级协力的。但一经获得了资产阶级德谟克拉西以后，为拥护资产阶级德谟克拉西，乃转与资产阶级协力，以图压服无产阶级的无产阶级德谟克拉西之要求。小资产阶级是私有财产主义和民主主义的最大拥护者。所谓小资产阶级的观念，是指民主主义与私有财产观念。资产阶级国家的

社会政策之中心，对于小资产阶级，是积极防止其无产化的，（自耕农之创设等）因为他们看到了小资产阶级是私有制度，和议会政治的最大支持力之故。①

《社会科学大词典》在阶级革命的逻辑中论述了小资产阶级的特性，却并没有明确指出小资产阶级所涵盖的阶层。它明确指出了小资产阶级即是中间阶级，不过也并没有对"中间阶级"进行专门解释（提示参看的词条并无解释）。而 5 个月后（11 月）由上海南强书局出版的《新术语辞典》则对中间阶级（"中等阶级"）做了比较详细的说明：

> 【中等阶级】（Middle Class）
>
> "中等阶级"是指介乎"资产阶级"与"无产阶级"之间的小商人，小自耕农，独立的手艺工匠等。资本主义越发展，中等阶级就越失去其独立的地位，而逐渐没落为无产阶级。
>
> 中等阶级的更下几层，如小商人，小店主，普通歇业的商人，技工，和农人逐渐堕入无产阶级，此事半由于他们底资本有限，不适合于近代工业进行的规模，故和大资本家竞争，他们的资本便消灭了；还有一半是因生产的新方法，使他们特别的技能成为无价值的东西。②

而 9 月由上海民智书局出版、陈绥荪编辑的另一部大型的《社会问题辞典》，对中间阶级（Middle classes）的词条定义则有所不同。这部词典介绍的中间阶级，仍然和小资产阶级大体同义，比如也认为它即将灭亡等。但比一般认为的小资产阶级范围又略宽，这反映在分类上，便是它采取的是收入水平的标准。另外比较有特色的是，该辞典划分了中间阶级的两个不同的范畴，一类

---

① 高希圣、郭真、高乔平、龚彬编：《社会科学大词典》，上海：世界书局，1929年，第67—68页。Bourgeor 似应为 Bourgeois 之误；第二个"半分"，原书为"半份"，统改为"半分"。

② 吴念慈、柯柏年、王慎名编：《新术语辞典》，第13—14页。

是旧中间阶级，包括"手工业者，小卖商人，自作农等，完全脱离有产阶级而独立的经济主体"；另一类是新中间阶级，指的是"官公吏，被使用人等从属的经济主体"。①虽然对新中间阶级的说明还很简略，但已经揭示出了中间阶级的最新发展趋势，而马克思和恩格斯均未曾对这种新旧中间阶级进行区分。②这种新发展，在内在逻辑上，已经可以完美地把知识分子涵盖在内，因为它不再要求占有一定的生产资料。知识分子明显不属于可以"脱离有产阶级而独立的经济主体"，因而可以归属于靠资本主义制度下的薪资（稿酬）生活的新中间阶级。《社会问题辞典》就把知识阶级归属于"中间阶级"③，虽然未作直接说明，但明显是属于"新中间阶级"。

南强书局的《新术语辞典》对"小资产阶级"的解释则较为简明：

【小资产阶级】（Peti-bourgeois）

小资产阶级是指中等阶级。他们底收入，一部分是得自自己的劳动，一部分是得自投资。他们因反对大资产阶级之压迫，故拥护民主主义，主张绝对的自由；他们因拥有小量的资本，故反对共产主义而主张私有财产制度。因此，民主主义与私有财产主义成为小资产阶级底意识形态。〔参看"中等阶级"。〕④

可以看出，它与《社会科学大词典》在相关问题上的认识也基本是一致的。一直到了1947年出版的大型工具书《新哲学社会学解释辞典》，其中对小资产阶级、小资产阶级意识形态的描述仍然与以上两部辞典大体一致，只是没有再宣称小资产阶级就是中

---

① 陈绶荪编：《社会问题辞典》，第110—111页。

② 参见〔英〕汤姆·博托莫尔主编：《马克思主义思想辞典》，"中等阶级"条，第406页。

③ 陈绶荪编：《社会问题辞典》，第360页。

④ 吴念慈、柯柏年、王慎名编：《新术语辞典》，第171页。

间阶级。① 而把小资产阶级与中间（或中等）阶级等同，其实是来自马克思的说法。在恩格斯那里，中间阶级和资产阶级都是有产阶级，并与贵族相区别。"马克思则把这个术语更多地用在'小资产阶级'这个意义上，来表明处于资产阶级和工人阶级之间的阶级或阶层。"②

身处英美社会学传统中的作家更乐于使用"middle class(es)"一词，但与上面所讲的"中间阶级"意思不同，而代表与"资产阶级"（bourgeois）相当的一个界限含糊、层级复杂的阶层总体，因而也多半会被汉译作"中产阶级"（"bourgeois"一词则更多为"马克思主义者和欧洲大陆的学者"使用）。③

不管如何界定 middle class，小资产阶级的身份种类在阶层关系相对简单的社会，还是可以获得比较清楚的界定。比如《新术语辞典》中的界定是："小商人，小自耕农，独立的手艺工匠"；而迈克尔·曼主编的《国际社会学百科全书》对小资产阶级的定义是："由小业主、个体经营的手工业者和商人组成的阶级。在一些国家中(通常不包括英美)，此术语也包括自耕农和小农场主。"④ 二者几乎完全一致。它们也和《社会问题辞典》中所说的旧中间阶级的种类"手工业者，小卖商人，自作农等"差不多一致。小资产阶级的核心铁三角组合至今都几乎是颠扑不破的：中农（或自耕农）、小手工业者和小商人。这和马克思和恩格斯的界定也一脉相承，在《共产党宣言》中有这样明确的表述："中间等级，即小工业家、小商人、手工业者、农民。"⑤

另外值得一提的是，几部辞书对小资产阶级正逐渐无产化的

---

① 参见辞书编译社编：《新哲学社会学解释辞典》，上海：光华出版社，1947 年，第 28—29 页。

② [英]汤姆·博托莫尔主编：《马克思主义思想辞典》，"中等阶级"条，第 406 页。

③ 参见 [英]迈克尔·曼主编：《国际社会学百科全书》，袁亚愚等译，成都：四川人民出版社，1989 年，"中产阶级"条、"资产阶级"条，第 413—415、50 页。

④ [英]迈克尔·曼主编：《国际社会学百科全书》，"小资产阶级"条，第 495 页。

⑤ [德]马克思、[德]恩格斯：《共产党宣言》，《马克思恩格斯选集》第 1 卷，第 282 页。

判断也与马克思的认识一致，而这一状况的出现正是资本主义衰落期阶级对立加剧的标志，其结果将是小资产阶级的消亡。[①] 针对这一判断是否符合历史发展的实际，也有两种截然相反的观点。[②] 但无疑，小资产阶级至今仍然大量存在。

2. 知识分子如何进入小资产阶级

知识分子一般来说，并不泛指所有具有一定知识的人，而只指职业知识者。这是因为，在现代社会知识与文化日益普及的情形下，不以知识活动为职业的知识拥有者，他们的阶级属性与知识的关系往往不大。虽然有辞典宣称，"知识阶级是指学者、教育家、学生以及一切受到相当知识的人"[③]；但在一般论者提及知识分子时，基本也都指以知识的生产和传播为职业的人，而并不会把"一切受到相当知识的人"纳入知识分子的行列。只有在职业知识者的意义上，知识分子的阶级归属才突出地成为一个问题。

大概正因为知识分子有时会被泛化地理解为所有知识拥有者，所以其阶级属性有时便被归入各阶级。但一般来说，知识分子还是被普遍，甚至经常全部地归类入小资产阶级。值得注意的是，在诸多辞书对小资产阶级的界定中，知识分子经常是缺席的。确实，如果从对生产资料的占有角度来考察的话，很难把知识分子归入某一特定的阶级。如《社会科学大词典》所言："但严密说来，知识阶级并不是一个阶级，因为他们在经济上是没有固定地位的。"[④]《新术语辞典》中也讲："知识阶级……严格地说起来，他们并不能构成一个阶级，故不如称之为'智识层'。"[⑤]《新知识辞典》则说："在政治上，经济上，他们并没有一个共同的立

---

① 陈绶苏编辑的《社会问题辞典》也认为中间阶级行将灭亡，参见该书第 111 页。

② 参见［英］汤姆·博托莫尔主编：《马克思主义思想辞典》，"中等阶级"条，第 407—408 页。

③ 高希圣、郭真、高乔平、龚彬编：《社会科学大词典》，第 337 页。

④ 高希圣、郭真、高乔平、龚彬编：《社会科学大词典》，第 337 页。

⑤ 吴念慈、柯柏年、王慎名编：《新术语辞典》，第 349 页。

场，因此不能称为阶级。"①

在把知识分子的主体归入小资产阶级的分类中，有一种应该提到的标准，那便是依据家庭出身。比如《新知识辞典》在界定"知识分子"时便认为"他们底出身属于各种不同的阶级"，但"以出身于小资产家庭为最多"。②但应该注意到的是，这种分类方式实际上离开了界定对象本身，而以一种世袭式的传统观念来认识现代社会不确定的身份边界。实际上，现代社会的身份属性并不决定于家庭出身，而主要取决于个人在社会生产中的地位。

在把知识分子的主体归入小资产阶级的逻辑中，另一条经常被采取的分类标准是收入水平。时人对阶级的分类常常以经济收入的水平作为标准③，比如无产阶级通常被理解成赤贫无产的阶级，而非以马克思主义所要求的以生产资料的分配和在生产过程中的地位作为区分标准④，因此收入"中不溜"的知识分子被划入小资产阶级便是题中应有之义。这种混淆基本上源于对"资产"（资本）的理解失误，多半把能产生剩余价值的资本理解成了财产⑤，把资产阶级翻译成有产阶级本身也容易导致这一问题；甚至"资产阶级"一词本身也可能导致这一问题，因为"资本"的概念确定，

---

① 顾志坚编：《新知识辞典》，第 168 页。

② 顾志坚编：《新知识辞典》，第 168 页。

③ 比如潘梓年曾说："中国虽只有大贫小贫，没有悬殊的阶级，但小贫虽没有小到够得上人家资本阶级的资格，大贫虽大到够得上人家无产阶级的资格而有余！"弱水：《谈现在中国的文学界》，《战线》第 1 卷第 1 期，1928 年 4 月 1 日，中国社会科学院文学研究所现代文学研究室编：《"革命文学"论争资料选编》（上），第 282—283 页。

④ 马克思主义修养较高的朱镜我便特别强调过阶级的分类取决于生产过程本身，他明确说道："阶级的意义不是贫富的等差，不是收入的分配，也不是其他种种的俗见凡说所想像的东西；它是根据于生产手段的分配及编入于生产过程中的人员的分配。"朱镜我：《科学的社会观（续）》，《文化批判》第 2 号，1928 年 2 月 15 日，第 53 页。

⑤ 比如舒新城主编的《中华百科辞典》在把知识分子纳入小资产阶级的时候，便明显把资本理解成了财产（上海：中华书局，1936 年增订第 4 版，"续编"第 16 页）。而王伟模编著的《社会运动辞典》在解释"小资产阶级"的时候则揭示道："（小资产阶级）通俗是指小有钱的意义。"（上海：明日书店，1930 年，第 25 页）

而"资产"仍很含混。

不过，不占有一定生产资料的新中间阶级的出现，已经铺好了知识分子进入小资产阶级的道路。而后世往往率意将知识分子纳入小资产阶级阶层，但并不能恰当地说明理由。

在1936年出版的《新时代百科全书》中，把社会阶级分成了八个，里面虽没有"小资产阶级"或者"知识阶级"，但采用了新旧中间阶级的分类法。辞书虽未直接提到"旧中间阶级"的说法，但其中的"过渡阶级（手工业者及农民）"与之可大体相当；而且划分了"新中间阶级"，指明为"技术的头脑劳动者等"，所指显然就是"不生产阶级中的知识阶级"。[①]于是便把《社会问题辞典》中的分类逻辑进一步明确化了。

施伏量（施存统）1935年编辑出版的《社会科学小辞典》，则明确把知识分子等同于新中间阶级，把中间阶级等同于小资产阶级。[②]在1937年出版的《现代知识大辞典》中，也明确地把中间阶级分成新旧两种，小资产阶级与中间阶级也基本等义，知识分子也属于不占有生产资料（"生产手段"）的新中间阶级。[③]逻辑上都比较圆融。[④]

1934年出版的《新知识辞典》也已经在运用广义的"中间阶级"思路处理知识分子的阶级性质问题，并把知识分子纳入新中间阶级：

> "中间阶级"即社会的"中间层"。大别之有两种意义可以解释：第一，自己具备生产手段的直接劳动者，主要的还是

---

① 新辞书编译社编辑：《新时代百科全书》，上海：童年书店，1936年，第19—21页。

② 施伏量编：《社会科学小辞典》，第19、77页。

③ 参见现代知识编译社编：《现代知识大辞典》，上海：现代知识出版社，1937年，第65、89页。

④ 持有类似观点的还有邢墨卿编：《新名词辞典》，第43页。另外，有些专门论述小资产阶级问题的论文，也持有和上述辞典完全相同的观点。比如狄而太：《小资产阶级论》，《新思潮》第1期，1929年11月15日，第1—16页。

封建时代的存在物，也即是近代资本主义社会中的中小商工业者；第二，所谓新中产阶级，在资本主义社会中，具备必要的技术和文化的智识，自己不是生产手段的所有者，同时，因为他们具备技能和文化的修养，又不能作为无产阶级，凡一切的薪俸生活者、自由职业者、知识份子等，都可以称为"中间阶级"。[①]

可见，知识分子被全部归属于中间阶级，而且这部辞典对中间阶级的解释包含新旧二义，虽未谈到其就是小资产阶级，且对小资产阶级单独做了诠释，但如果单从涵盖的社会阶层来讲，也很难看出中间阶级和小资产阶级有何区分。不过其间仍有关键差别，那就是中间阶级基本是个社会学意义上的概念，而小资产阶级则倾向于是一个马克思主义的意识形态学概念。辞典特别说明了小资产阶级因为和资产阶级有"密切接触"，所以常成为"资产阶级的自由主义者"；但同时也可能投身到"无产者方面去"。[②]这里其实开启了把知识分子纳入各个阶级当中去的一条路径，即依据小资产阶级的思想意识状态，从而决定他是属于资产阶级的，还是属于无产阶级的。于是，中间阶级和小资产阶级这两个本来同一的概念，由于小资产阶级常常依据思想意识来确定边界，便使得它们难免出现分裂。分裂最突出地便体现在了意识形态的占有和制造者——知识分子那里。

知识分子的归类于是便出现了一个难题。一方面，它将会被归入中间阶级，而另一方面，它难以被完全归入小资产阶级，而将被分散入其他各阶级。不过，如果知识分子一边被归入中间阶级，一边被归入各个阶级，而中间阶级又与其他阶级并列，这岂不构成了逻辑的矛盾？自然，如果能够坚持把小资产阶级与中间阶级等同使用，同时坚持知识分子分类标准的统一性，便可以很容易地处理知识分子的阶级属性问题。但很多辞典并未像《社会

---

① 顾志坚编：《新知识辞典》，第31—32页。

② 顾志坚编：《新知识辞典》，第18—19页。

科学小辞典》与《现代知识大辞典》那样逻辑一贯，而是靠在小资产阶级中再增设一个"自由职业者"的分类，试图吸纳知识分子以解决小资产阶级和知识分子之间的含混关系，但因为对知识分子的分类仍然采用自我抵触的标准——同时采用"出身"、思想代表、生产方式的分类，所以都未能解决问题。什么是"自由职业者"呢？《社会科学大词典》对"自由职业"如此解释："没有一定的雇佣关系，亦非工银，俸给生活，仅以个人的自由意，从事劳动，而以其报酬为生活的职业，名自由职业。例如著述家，律师，医生等。"[①]《新术语辞典》对"自由职业者"的解释是："指医生，律师，技术家，美术家，音乐家，教员，记者，作家等。他们虽是靠自己的劳力以谋生活，然不是纯然受佣，而常得独立。"[②]对自由职业者的理解基本都在这些范围之内。然而它能够被合乎逻辑地纳入小资产阶级的范畴而存在吗？如果用旧的小资产阶级的定义的话自然不能，因为它要求占有一定资本，自由职业者却未必都能占有一定资本；甚至一般的自耕农、小工商业者也未必都会发生雇佣关系，而多半都是小家庭生产，按理也可以算作"自由职业者"。所以如果把自由职业者与小农、手工业者、小商人并列作为小资产阶级的第四梯队的话，一定是采取了视小资产阶级与中间阶级同义的用法。因为知识分子基本上都会被认为包含在中间阶级之中，所以此时，知识阶级也就不可能再从属于其他的社会阶级。如果同时又认为存在资产阶级知识分子、无产阶级知识分子，一定是同时采用了两种或以上的分类标准。[③]

---

① 高希圣、郭真、高乔平、龚彬编：《社会科学大词典》，第 203 页。

② 吴念慈、柯柏年、王慎名编：《新术语辞典》，第 413 页。

③ 另一种解决知识分子阶级分类难题的方式是通过区分新旧社会来完成的。在资本主义社会，知识分子属于小资产阶级，而到了新社会则其阶级属性发生了变化。比如夏征农主编的《社会主义辞典》便如此说："还有旧社会知识分子和青年学生的多数，虽然不是一个阶级或阶层，也往往可以纳入小资产阶级这个范畴。"长春：吉林人民出版社，1985 年，第 34 页。李士坤主编的《马克思主义哲学辞典》也说道："在资本主义社会，知识分子虽然不是一个阶级，但也属于小资产阶级范畴。"北京：中国广播电视出版社，1990 年，第 54 页。

虽然时人很难讲出中间阶级与小资产阶级的区别，但在意识中通常并未把二者看作同义的关系，所以才经常会把分配给了中间阶级的知识分子马上砍掉一块分给其他阶级。中间阶级是个表面上没有意识形态色彩的词语，而小资产阶级暗含着一系列价值判断，并且可以完美地从属于阶级革命的理论系谱，所以二者出现语义分歧也是难免。而且中间阶级这一术语明显对阶级理论的宣扬不够便利，不能流行起来也是势所必然。人们更需要使用小资产阶级，因为它方便标示阶级进步与反动的程度；而在具体使用中，又难免突破限制，将它等同于宽泛的中间阶级。新中间阶级则更像一个纯粹按照外在形态归类的概念，把已经归属于它的知识分子再分配给其他阶级，在逻辑层面显然禁不起严格推敲。

可见，时人虽经常把知识分子归入小资产阶级，但这种认识的生成是否经过了合乎逻辑的推导则很难讲。而时人对知识分子和小资产阶级在革命过程中特性的认识也促成了这一归类。几乎所有认同阶级革命理念的人都认为，知识分子和小资产阶级有着相似的特征——他们没有固定的阶级斗争立场、左右摇摆不定、既愿意参加革命又容易背叛革命等，因而很容易把知识分子归入小资产阶级。知识分子的归类困境，或折射出阶级革命时代知识分子的身份合法性困局与无根的漂浮命运。

3. 知识分子的阶级属性辨析

不管通过什么方式对知识分子进行归类，时人多数都会认可知识分子具有依附的性质，即它并非一个独立的经济阶层。由上面的分析不难看出，处理知识分子的阶级属性问题并非易事，基于生产方式和基于家庭出身的分类难免抵触；但同时也还有一种相对圆融的方法，那就是基于思想依附或者代表进行分类。如果说基于家庭出身的分类将导致过分僵化的话，这种分类方式的弊端则是将走向过分主观和不确定，因而它也难以被实证的阶级分类方式吸纳，这大概也是它较少明确出现在辞典中的原因。

这种分类方式不再重点强调知识分子在经济和人身上依附和从属于小资产阶级或其他阶级，而强调其代表着小资产阶级或其他阶级的思想意识。它被时人较广泛地使用，而且具有较强的说服效力。它和经济依附论一样植根于马克思主义的物质决定论，知识分子对阶级的依附性和意识对存在的依附性是同构的。从朱镜我等革命文学派对阶级社会中意识对经济结构与阶级集团的依附性所做的讨论①中可以看出，意识本身对阶级即是一种依附的关系，那么知识分子的意识依附于哪个阶级，就将被判定为哪个阶级的知识分子，成为其"代表"。

把知识分子看作"代表"阶级，是时人比较常见的观点，也植根于马克思本人的论述。马克思对知识阶级——这一特殊的中间阶级——的分类也颇感困扰："马克思经常把知识分子指称为'意识形态的阶级'，这表明，他有时是在不特别参考某个集团在生产方式中的地位而使用这一表述的。"②所谓"意识形态的阶级"，也就是意识形态的代表阶级。马克思曾说，资产阶级、小资产阶级、农民阶级都有其"**意识形态**代表和发言人，即它们的学者、律师、医生等等"③。这似乎也在暗示，知识分子的意识形态身份可以在各个阶级之间游移。

具体到中国语境中来，后期创造社成员便把北京讲究"趣味"的文学圈子的成员视作资产阶级的代表，而把前期创造社成员称作小资产阶级的代表，并依此区划反动与进步。如《文化批判》第4号有两封读者来信，都持这种观点。何家槐的来信中提到"整理国故"是资产阶级"代言者的幌子"。④另一名读者吴健的来信则提到："目前的一般思想界，文艺界以及文化机关，更是闹得乌烟瘴气。他们只认识拜金主义，别无所谓思想的中心；这也难

---

① 参见朱镜我：《关于精神的生产底一考察》，《文化批判》第4号，1928年4月15日，第13—28页。

② [英] 戴维·麦克莱伦：《马克思思想导论》，郑一明、陈喜贵译，北京：中国人民大学出版社，2008年，第184页。

③ [德] 马克思：《1848年至1850年的法兰西阶级斗争》，《马克思恩格斯全集》第10卷，北京：人民出版社，1998年，第133页。

④ 何家槐：《几点意见·其一》，《文化批判》第4号，1928年4月15日，第146页。

怪，他们原是布尔乔亚汜的傀儡和工具，支配阶级的代言人。"[1] 知识分子都是作为其他阶级的代言者或说代表的身份而存在的。用朱镜我的话来说，存在两类知识分子："布尔乔亚的代辩者，或自任为学者的小布尔乔亚的理论家。"[2]

另一位左翼作家黄药眠也把文艺家当作资产阶级（第三阶级）和小资产阶级的代言人："文艺家仍是第三阶级和小有产者的代言者。他们站在这阶级的地位来批评人生，他把他的小有产者的眼中所见的人生拿来表现，他仍是直接间接地鼓励人们为他们的雇客而牺牲〈，〉这也就是所谓生之战士!"[3] 但依据黄药眠认为文艺家拥有的是"小有产者"的眼光，可知他实际在知识分子的"代言者"身份和物质身份之间有所区划。而这其实揭示出了知识阶级独特的双重性——物质身份和思想意识身份时常并不统一的合体。对于知识阶级属性的这种双重性，傅克兴有过直白的表达，在批驳鲁迅和甘人的文艺观时，他说道："现在鲁迅及甘人一流人物偏偏要说文学是超阶级的东西，殊不知他自己已经奉陪资产阶级底末座了——也许他是小资产阶级，不过他的立场却在资产阶级上面。"[4] 茅盾对此也有过明确的表达："'五四'的中心壁垒'新青年派'是小资产阶级的智识分子……小资产阶级智识分子常常做了正在和封建势力斗争的新兴资产阶级的代言人。"[5] 由此也可见茅盾对"新青年派"的分类和后期创造社不符，因为后期创造社主要将该派视作资产阶级。但后期创造社的分类完全依据思想意识的标准，标准虽统一，但回避了知识阶级的物质身份问题，因而缺少现实确定性；与其说是在做阶级分类，不如说是

---

[1] 吴健：《几点意见·其二》，《文化批判》第 4 号，1928 年 4 月 15 日，第 148 页。

[2] 朱镜我：《德模克拉西论》，《文化批判》第 5 号，1928 年 5—6 月间，第 18 页。

[3] 药眠：《文艺家应该为谁而战？》，《流沙》第 5 期，1928 年 5 月 15 日，第 21 页。

[4] 克兴：《评驳甘人的〈拉杂一篇〉——革命文学底根本问题底考察》，《创造月刊》第 2 卷第 2 期，1928 年 9 月 10 日，第 119 页。

[5] 丙申（茅盾）：《"五四"运动的检讨——马克思主义文艺理论研究会报告》，《前哨·文学导报》第 1 卷第 2 期，1931 年 8 月 5 日，第 9 页。

在做价值与立场的评判。

创造社的理论最鲜明地体现出：作为某一阶级"代表"的知识分子，其物质属性变得不再那么重要，思想意识成了判断其阶级身份的首要标准。后期创造社的阶级意识理论可谓对此一认知的系统表达。创造社的沈起予，虽然不像该社核心成员一样对"黄包车夫"的意识污染有强调，但他也以自信的姿态表达了他们足以成为无产阶级"代表"的情感：

> 我们如果有极好底作品，在大众间获得反响，增加了社会变革底推进力时，我们不特在黄埔滩上去问车夫，就无论到何处去问革命的劳动者，他也会承认这种作家是他们底"代表"，像鲁迅那样的趣味作家是他们底敌人。①

应该强调的是，除非规定知识分子必须从事工农商业的生产活动、放弃职业身份而把知识活动当作业余的事业，知识分子永远不可能属于与物质生产资料有直接从属关系的阶级，作为资产阶级的知识分子与作为无产阶级的知识分子都不能成立，而只能作为"代表"阶级而存在。在这个意义上，可以说知识分子有着双重身份，一方面它属于一个特殊的"新中间阶层"（及在此意义上的小资产阶级），另一方面又可以作为"代表"意义上的其他各阶级的一份子。但由于小资产阶级一般被认为并不拥有自己阶级的"意识形态"，所以在"代表"的意义上又很难讲有小资产阶级的知识分子。即便知识分子可以"代表"小资产阶级，那么这一"代表"和对资产阶级的"代表"也具有不同含义。如果说后者主要指向思想系统和意识形态，前者则主要指向一种"意识"状态，一种通常被称作小资产阶级劣根性的犹疑不定的意识状态，并和基于物质身份的分类可以完美统一。所以一个知识分子，可以在物质身份和意识上做一个小资产阶级，而同时成为资产阶级的思想代表。如朱镜我在批判对"民主"的提倡时指出的：这"就是

---

① 沈起予：《艺术运动底根本概念》，《创造月刊》第2卷第3期，1928年10月10日，第5页。

布尔乔亚的代辩者的惯技，Petit Bourgeois 的劣根性"①。知识分子阶级身份的复杂性质，大概就在于这些方面。

二、小资产阶级"原罪"意识的诞生、规训与救赎

1. 小资产阶级"劣根性"话语的生成

后期创造社认为，在文学革命的发展过程中，存在着资产阶级知识分子和小资产阶级知识分子的对立。其实不仅后期创造社，左翼作家多习惯于把知识分子划归为资产阶级和小资产阶级两种类型。只是对小资产阶级知识分子的界定一般来自物质身份和思想意识的混合作用，对资产阶级知识分子的界定则主要依据思想代表的状况。

首先，把知识分子划归为资产阶级和小资产阶级，本身就是把马克思主义的阶级分类观念运用到知识分子身上的必然结果。比如苏俄的文化干部列列维奇在莫斯科无产阶级作家代表大会上所做的报告提纲中，便把在当时文坛上活动的派别，定义为反动的"资产阶级文学"一派和"小资产阶级作家""同路人"一派。②这一分类，显然有利于界定知识分子的革命或反动程度；在中国语境中，它也是大革命时期政党所做阶级区划的延续。不过，由于知识分子身份属性的不确定性，有时候对某些人是该归入资产阶级，还是该归入小资产阶级，并不那么容易确定。比如成仿吾在评论语丝派时说："他们是代表着有闲的资产阶级，或者睡在鼓里面的小资产阶级。"③到底属于哪个阶级，并不让人十分明了。成仿吾认为，"浪漫主义与感伤主义都是小资产阶级特有的根性，

---

① 朱镜我：《德模克拉西论》，《文化批判》第 5 号，1928 年 5—6 月间，第 25 页。

② 《第一次莫斯科无产阶级作家代表会议文件（选译）》，雷光译，《"拉普"资料汇编》（上），第 6—7 页。

③ 成仿吾：《从文学革命到革命文学》，《创造月刊》第 1 卷第 9 期，1928 年 2 月 1 日，第 5 页。

但是在对于资产阶级（bourgeois）的意义上，这种根性仍不失为革命的"①。但就在稍前，社团另一重要人物冯乃超对资产阶级与小资产阶级的关系做了相反的理解。他说，因为中国没有发达的资产阶级，只有小资产阶级，所以文学不能发达，"不会诞生伟大的艺术家"。资产阶级则无疑又是比小资产阶级更为先进的阶级（不管它是否在衰落期），小资产阶级则是发育不成熟的产物，以至于"他们历史的任务，不外一个忧愁的小丑（Pierotte）"。②他也并未将文学革命时期的作家视作资产阶级的代表，而统一视作小资产阶级。冯氏此文发表较早，此一现象的出现应与社团内部尚未做好理论沟通有关；但显然，根源则在于知识分子阶级属性本身的含混。

郭沫若对资产阶级和小资产阶级之间的区分也并未在意，几乎是完全未加区分地混用二者。比如在同一篇文章中，他一边说"文艺青年们的意识都是资产阶级的意识"，一边又说"我们同样的从小有产者意识的茧壳中蜕化了出来"。③但这也不难理解，一般来说，除非在强调小资产阶级进步性的场合，小资产阶级的"意识"和资产阶级的"意识"并不会有什么差别。小资产阶级，宽泛来讲，也难免是资产阶级；而且小资产阶级也没有专属于自己的"意识形态"，论系统性的思想或意识难免附属于其他阶级。但如果谈到的是物质身份，则一般并不会把知识分子和资产阶级联系在一起；而且如果纯就犹疑不定的"意识"（"根性"）而言，则可确定为小资产阶级。对小资产阶级来讲，"思想"与"意识"也经常是分裂的。

正因为以思想来划界充满不确定性，而且称一个知识分子为资产阶级在政治上更通常是严厉的判断，所以通行的做法还是依

---

① 成仿吾：《从文学革命到革命文学》，《创造月刊》第 1 卷第 9 期，1928 年 2 月 1日，第 4 页。

② 冯乃超：《艺术与社会生活》，《文化批判》第 1 号，1928 年 1 月 15 日，第 6—7 页。

③ 麦克昂：《留声机器的回音——文艺青年应取的态度的考察》，《文化批判》第 3号，1928 年 3 月 15 日，第 2、4 页。

据物质出身和特定意识状态（"根性"）把知识分子统一视作"小资产阶级"（"小有产阶级"），如冯乃超上述文字所显示的那样。又比如《泰东月刊》的范香谷如此呼吁："革命的文学家呵！小资产阶级出身的文学家呵！"[1] 显然把所有革命文学家都归入小资产阶级的行列。孔另境也说："现在从事文学的都是小有产者，这也不能否认的。"[2]

当视知识分子为资产阶级的时候，明显是从思想代表性上来立论；而视知识分子为小资产阶级则主要着眼于知识分子的物质身份以及意识状态，并且为认可知识分子的阶级主体性留下了空间。这两种分类方法至少包含了三个区分标准：思想、物质身份、"意识"（"根性"）。因为它们在逻辑上并不那么统一，所以被时人混淆也是稀松平常。但不管依据何种标准，小资产阶级文人还是被公认为知识阶级的主体。那么，小资产阶级文人具有什么样的特性呢？

郭沫若虽然对资产阶级意识和小资产阶级意识的区分未加措意，但大体上还是认为知识阶级被小资产阶级的意识统治，以至于他认为，他们的"小资产阶级的根性太浓重了，所以一般的文学家大多数是反革命派"[3]。可见，小资产阶级的"根性"在政治上意味着反革命。虽然小资产阶级也有革命性，但显非"根性"。也就是说，小资产阶级具有"原罪"，"根性"即"劣根性"。认同阶级革命理论的作家，大都持有类似认识。

成仿吾虽曾论断，小资产阶级相当于资产阶级，"根性""仍不失为革命的"，但这种论述更多从属于提高前期创造社地位的意图，不能太当真；同篇文章最后，他呼吁文艺作者"克服自己的

---

① 香谷：《革命的文学家！到民间去！》，《泰东月刊》第1卷第5期，1928年1月1日，第9页。

② 另境：《时代作家的修养》，《文化批判》第5号，1928年5—6月间，第153页。

③ 麦克昂：《桌子的跳舞》，《创造月刊》第1卷第11期，1928年5月1日，第7页。

小资产阶级的根性"、获取辩证法的唯物论,更能代表真实想法。①
小资产阶级的根性是什么呢?除"浪漫主义与感伤主义"外,成
仿吾还曾结合知识分子的特性具体加以论述。要言之,即踌躇不
决、无行动力、无责任感:"《波浪》描写革命时期的一部分智识
阶级的踌躇不决与对于目前一切的不满。这是不觉悟的小有产者
最困险的通病。他们对于外界一切的现象不满,但是又没有决心
自己去干。不去革命吗,又觉得不可;去革命吗,又觉得目前的
一切都不如意。于是对于什么都取"不管"主义,对于什么都是
Laissez-faire(放任主义——引者),责任到了身上时,就只有一走
了事。……智识阶级多少含有这种成分,不把这种成分克服,智
识阶级是不能遂行他的历史的任务的。"②他还把小资产阶级的特
性与革命"民众"做了对比:"民众信仰革命的成功,就如他们信
仰阳春的必到。他们不像小资产阶级那样多疑,那样不定。"③创
造社的傅克兴则特别强调了小资产阶级没有本阶级的意识形态,
而只有特定"根性":"就小资产阶级底全体上讲,他们是没有独
立性的。因为他们的阶级没有独立的存在,所以反映他们的存在
底意识,也没有独立的意识形态。不过由他们浮动不定的生活所
规定的小资产阶级底根性,可说得是浮动的,踌躇的,怀疑的。"④

　　太阳社的钱杏邨则在其《死去了的阿Q时代》中,对鲁迅的
小资产阶级"恶习性"做了批判,并指出了它的巨大危害。在引
用了一段《野草》中的文字后,他说道:"在这一节叙述里,鲁迅
把自己的小资产阶级的恶习性完全暴露了出来,小资产阶级的任
性,小资产阶级的不愿认错,小资产阶级的疑忌,我们是在在的

---

　　① 　成仿吾:《从文学革命到革命文学》,《创造月刊》第 1 卷第 9 期,1928 年 2 月 1
日,第 4、7 页。

　　② 　厚生:《编辑后记》,《创造月刊》第 1 卷第 11 期,1928 年 5 月 1 日,第 123 页。

　　③ 　厚生:《维持我们对于时代的信仰!》,《文化批判》第 3 号,1928 年 3 月 15 日(无
页码)。

　　④ 　克兴:《意识形态的变革与唯物辩证法》,《思想月刊》第 2 期,1928 年 9 月 15 日,
第 9 页。

可以看得出来。"并认为："这是鲁迅没有出路的心理原因，是小资产阶级的脾气害了他！其实，具有这样习性，而葬送了他们的一生的，我们随时随地都可以遇到。"①

若说到小资产阶级的"恶习性"，姚方仁（姚蓬子）的概括或许最为全面："虚荣，彷徨，畏怯，偷巧，浅薄，贪闲一时，无责任心，意志薄弱，纵欲……"②

《文化批判》的读者也乐意于批判小资产阶级知识分子的劣根性。何家槐向《文化批判》倾诉道："我们的青年，在这次革命告一段落之后，从前的一股勇气，似乎已经烟销云散了。……他们不明白这种结果的必然性，满口只有呼号和诅咒。于是，一些'痛哭流涕'的诉苦鸣冤的文字，又在各处看到了。其实，他们这种无为的行动只是'与虎谋皮''向死求生'，再说切实一点，简直是摇尾乞怜！他们小资产者的劣根性，又自然而然地发作了。他们总还徘徊着歧途，犹豫不敢前进……"③《文化批判》的另一位读者孔另境则有更加明确的描述：

> 现在从事文学的都是小有产者，这也不能否认的……
>
> 小资产阶级的阶级性是怎样的呢？总说一句是懦弱而犹豫。因为它的经济地位是站在资产阶级与无产阶级之间，它没有独立的经济基础，它的意志往往以它的利害为前提，如果资产阶级给它一点利益，它就会帮助资产阶级，站到资产阶级那一边去，如果无产阶级给它一种刺激，它就会同情于无产阶级。不过唯物史观所昭示我们的，小资产阶级总是资产阶级的附庸。④

孔另境这段话再清晰不过地揭示了知识分子的骑墙处境，以及在

---

① 钱杏邨：《死去了的阿Q时代》，《太阳月刊》第3期，1928年3月1日，第11页。

② 姚方仁：《文艺与时代》，《文学周报》第7卷第14期，1928年10月14日，第454页。省略号为原文所有。

③ 何家槐：《几点意见·其一》，《文化批判》第4号，1928年4月15日，第145页。

④ 另境：《时代作家的修养》，《文化批判》第5号，1928年5—6月间，第153页。

道义上的趋炎附势性。即便他们投身革命，也是出于现实"利害"的考虑，难改其"资产阶级的附庸"的本性。所以他也特别强调了克服作家的"小有产阶级的意识"的必要，并设计出了一揽子改造规划。[①]

对于改造知识分子的小资产阶级劣根性，革命文学家大都十分重视，甚至献计献策。冯乃超在他的一出戏剧中，借一名学生之口表达了改造知识青年小资产阶级劣根性的必要："我们的阵营中有这样个人主义的争执，老实是我们小资产阶级根性的发露。"[②] 朱镜我则重点申论了无产阶级独裁之后扫除小资产阶级劣根性任务的艰巨性："比打倒大的集中了的布尔乔亚氾千倍万倍还困难的数百万数千万的小所有者底劣根性，在过渡期内是不能一举地扫净的，但不能一时地去扫净，而且这小商品生产者以小布尔乔亚的空气包围普罗列搭利亚，使它腐化，使它颓废起来的，所以，普罗列搭利亚特有牢守严格的阶级的规律而向小布尔乔亚已作顽强的欺蒙的斗争之必要。"[③] 虽然讲的是无产阶级独裁之后的事情，但无疑，在独裁之前，这种斗争也绝不可少。

革命文学派对小资产阶级劣根性的攻击，是他们理论批判话语的重要内容，而且也取得了理想的传播效果。后来，反对普罗文学的梁实秋便把普罗文学作家所取得的最大战果归诸这一方面。在引用了"左联"的"理论纲领"之后，梁实秋说道：

> 据这"理论纲领"所昭示，所要反对的对象有三：一是封建阶级，二是资产阶级，三是小资产阶级。其实，前两个对象，普罗文学家并没有能触动一根毫毛，因为一个是有势一个是有钱，拿笔做武器的人是奈何他们不得的。只有对于小资产阶级，既无钱，又无势，普罗文学家乃耀武扬威的不择手段的

---

① 另境：《时代作家的修养》，《文化批判》第 5 号，1928 年 5—6 月间，第 147—148 页。

② 冯乃超：《"支那"人自杀了（续完）》，《文化批判》第 5 号，1928 年 5—6 月间，第 118 页。

③ 朱镜我：《德模克拉西论》，《文化批判》第 5 号，1928 年 5—6 月间，第 29 页。

攻击了一阵。凡是不受普罗文学家的诱惑胁迫的文人，一古脑儿的被普罗文学家谥以小资产阶级的名义，从而掊击嘲笑辱骂诬蔑。①

显然，在梁实秋简单化的价值判断背后，是他完全没有意识到，普罗文学家的小资产阶级批判之所以能煊赫一时，在于众多小资产阶级本身就心怀忏悔。

2. 对小资产阶级身份的忏悔及对规训方式的探求

小资产阶级身上既具有如此严重的劣根性，而知识分子又从属于它，这对于真诚信仰这一革命理论的知识分子来说，除非能够给自己的思想意识寻找到一个更高的安置点，很难不对自己的阶级身份充满忏悔之情。冯雪峰写于 1927 年的一首题名《小资产阶级》的诗，便是对这种忏悔之情的坦率表白：

> 小资产阶级这名词，
> 近来是屡次的挂在我们的嘴了。
> 我们无疑都是小资产阶级。
>
> 但是，这名词又带着怎样可耻的毒刺呵……
> 有一回，是喝了一杯白干之后，
> 不知为什么，我说J是小资产阶级了；
> J是即刻满脸涨红着，
> 拍着桌子道："你侮辱了我了；"
> 而且虽经了百般的解释，
> J还说，要不是我是他的最好的朋友，
> 他定是和我打架了——
> 这名词是带着怎样可耻的毒刺呀。

---

① 灵雨（梁实秋）：《普罗文学那里去了?》，《自由评论》第 7 期，1936 年 1 月 3 日，第 13 页。

> 我们无疑都是小资产阶级。
> 就这样，这可咨[恣]骂的，使人赧颜的名词，
> 是屡次挂在我们的嘴上了。①

小资产阶级身份的耻辱性，于诗中尽显。不过从起首的"近来"来看，对小资产阶级身份的忏悔，也是较新鲜的事物，其普及开来，还要归功于大革命对革命理念与纪律的深入传播。而中共当时采取的认为小资产阶级作为一个阶级已经背叛革命，从而大力贬低其革命潜能的政策，对知识阶级忏悔自己的阶级身份，应该也起到了重要的推波助澜作用。

在冯氏名文《革命与智识阶级》中，他对那些既向往革命，又徘徊而痛苦的革命同路人（自然是小资产阶级）的深切同情，和他的自我认识是分不开的；而被冯雪峰视作这一类型知识分子代表的，便是鲁迅。他对知识阶级——即便是"革命的智识阶级"——只能成为革命的追随者的认识，更是和革命文学派所宣扬的知识阶级引领革命的观点完全相反。因而在他看来，创造社的行为只能是"狭小的团体主义"。②

那么，鲁迅又是如何体认自己的阶级身份的呢？在1927年10月所做讲演《关于知识阶级》中，鲁迅以一种充满张力的叙述，把知识分子的缺点和所应具有的精神做了呈现。他首先借俄国的情形说明知识阶级应"能替平民抱不平，把平民的苦痛告诉大众"，在这里，评价知识阶级的标准在于他是否站在平民的立场上。然而因此也将暴露知识阶级的第一个缺点：一旦他们在民众拥戴下社会地位上升，就难免脱离平民，"变成一种特别的阶级"，于是"不但不同情于平民，或许还要压迫平民，以致变成了平民的敌人"。③知识阶级的第二个缺点是，它的思想将影响集体行动

---

① S.F.：《小资产阶级》，《无轨列车》第3期，1928年10月10日，第105—107页。

② 参见室：《革命与智识阶级》，《无轨列车》第2期，1928年9月25日，第50页。

③ 鲁迅：《关于知识阶级——十月二十五日在上海劳动大学讲》，《劳大周刊》第5期，1927年11月，《鲁迅全集》第8卷，第224页。

的力量:"兵之所以勇敢,就在没有思想,要是有了思想,就会没有勇气了。"或者说:"各个人思想发达了,各人的思想不一,民族的思想就不能统一,于是命令不行,团体的力量减小,而渐趋灭亡。"知识分子的第三个缺点与之也相似,即犹疑不定,缺少行动力:"知识阶级对于别人的行动,往往以为这样也不好,那样也不好。……问他怎么才好呢?他们也没办法。……这实在是他们本身的缺点。"①

可注意的是,鲁迅在这里回避了价值判断,而只呈现着一种"事实"。思想自由和集体力量之间的关联不是这里能够论述的,但抛开此一问题,亦可见在鲁迅的论述中隐藏着许多他自己未进一步提出的问题,而这些问题将直接影响到他对知识阶级的价值期待能否自洽。比如,因为平民的利益取决于集团的存亡,知识阶级是否应该为了平民的利益而出让自己的独立性?集团为了自我生存而压制知识阶级的表达又是否正当?鲁迅未对这些给出答案,而是接着详细论说了"真的知识阶级"的特性:

> 真的知识阶级是不顾利害的,如想到种种利害,就是假的,冒充的知识阶级;只是假知识阶级的寿命倒比较长一点。……不过他们对于社会永不会满意的,所感受的永远是痛苦,所看到的永远是缺点,他们预备着将来的牺牲,社会也因为有了他们而热闹,不过他的本身——心身方面总是苦痛的;因为这也是旧式社会传下来的遗物。②

既然如此,判断知识阶级的标准便内在分裂了:是永远站在平民一边呢,还是永远"不顾利害"、坚持自我的独立性呢?鲁迅或许忘记了他早年对"个人"和"众数"关系的辨识,或者竟可说,追求个人自由的早期鲁迅和追求平民立场的晚期鲁迅发生

---

① 鲁迅:《关于知识阶级——十月二十五日在上海劳动大学讲》,《劳大周刊》第5期,1927年11月,《鲁迅全集》第8卷,第225页。

② 鲁迅:《关于知识阶级——十月二十五日在上海劳动大学讲》,《劳大周刊》第5期,1927年11月,《鲁迅全集》第8卷,第226—227页。

了分裂。鲁迅并没能真正解决这种分裂，他以自己的方式回避了它。他采取的方式是寄望于一个新社会能够弭平这一分裂。新旧社会的差别同时也是集体主义与个人主义的差别。旧社会的知识阶级不顾一切"利害"，"心身方面总是苦痛的"，这种个人主义的执拗性，正是"旧式社会传下来的遗物"。而在新的社会，环境的改变使得知识分子可能和社会／集体取得一种和谐的状态，个人主义渐渐嬗变至集体主义——他没有什么可以反抗的了，从而取消了自己"痛苦"阶级的命运："如在劳动大学一方读书，一方做工，这是新的境遇；或许可以造成新的局面。"[①]

　　坚守这种新旧之别，便需要让知识阶级变成行将灭亡的旧的"痛苦"阶级；通过让知识阶级感觉到痛苦，通过让他们处于新旧交替的中间状态，个人主义找到了过渡到集体主义的路径，二者于是获得一种新旧混杂的存在形态。这种存在形态，以坚守个人意识的真诚性为原则，它集中体现在已经跨入了"大时代"的苏俄的叶遂宁、梭波里等人身上。虽然个人主义和集体主义在当下的关系，仍然未能解决；但它同时获得了解决——方法便是死亡，这批作为历史中间物的知识分子必然的死亡。[②]冯雪峰在《革命与智识阶级》中虽未提及死亡，但其对革命中知识分子所处境况的描述其实与之亦近似："革命毫无情面地，将不止夺去了保障你底肉体的物质的资料，它是并要粉碎你底精神的生活的一切凭依。"[③]但冯氏相信知识分子能够在某种程度上从旧阶级中超拔出来，鲁迅则显然无此自信。

　　叶遂宁和梭波里的命运是鲁迅在倾心于苏俄之后萦绕于心的

---

　　① 鲁迅：《关于知识阶级——十月二十五日在上海劳动大学讲》，《劳大周刊》第5期，1927年11月，《鲁迅全集》第8卷，第227页。

　　② 这其实也植根于鲁迅的进化论之中。如其曾言："但进化的途中总须新陈代谢。所以新的应该欢天喜地的向前走去，这便是壮，旧的也应该欢天喜地的向前走去，这便是死；各各如此走去，便是进化的路。"鲁迅：《随感录·四十九》，《新青年》第6卷第2号，1919年2月15日，《鲁迅全集》第1卷，第355页。

　　③ 画室：《革命与智识阶级》，《无轨列车》第2期，1928年9月25日，第43页。

一个问题，这无疑牵涉到鲁迅的自我理解。鲁迅一方面肯定了他们坚持自我的真诚性，同时则指出，正是这种真诚性（而非政治权力所可能导致的异化）使得他们在新时代的面前无所寄身，只能选择自我毁灭：

> 我因此知道凡有革命以前的幻想或理想的革命诗人，很可有碰死在自己所讴歌希望的现实上的运命；而现实的革命倘不粉碎了这类诗人的幻想或理想，则这革命也还是布告上的空谈。但叶遂宁和梭波里是未可厚非的，他们先后给自己唱了挽歌，他们有真实。他们以自己的沉没，证明着革命的前行。他们到底并不是旁观者。①

> 苏俄革命以前，有两个文学家，叶遂宁和梭波里，他们都讴歌过革命，直到后来，他们还是碰死在自己所讴歌希望的现实碑上，那时，苏维埃是成立了！②

在鲁迅看来，虽然从个人主义向集体主义的过渡，是旧知识分子向新知识分子转变的必经之途，但在这个过程应该有内在一致的真诚性作为"桥梁"。如他在为《小小十年》所作序言中所言：

> 一个革命者，将——而且实在也已经（！）——为大众的幸福斗争，然而独独宽恕首先压迫自己的亲人，将枪口移向四面是敌，但又四不见敌的旧社会；一个革命者，将为人我争解放，然而当失去爱人的时候，却希望她自己负责，并且为了革命之故，不愿自己有一个情敌，——志愿愈大，希望愈高，可以致力之处就愈少，可以自解之处也愈多。——终于，则甚至闪出了惟本身目前的刹那间为惟一的现实一流的阴影。在这里，是屹然站着一个个人主义者，遥望着集团主义的大纛，但

---

① 鲁迅：《在钟楼上——夜记之二》，《语丝》第 4 卷第 1 期，1927 年 12 月 17 日，《鲁迅全集》第 4 卷，第 36 页。

② 鲁迅：《文艺与政治的歧途——十二月二十一日在上海暨南大学讲》，《新闻报·学海》第 182、183 期，1928 年 1 月 29、30 日，《鲁迅全集》第 7 卷，第 121 页。

在"重上征途"之前，我没有发现其间的桥梁。①

在批驳梁实秋认为文艺的属性和作者的阶级身份无关的言论时，鲁迅又指出："托尔斯泰正因为出身贵族，旧性荡涤不尽，所以只同情于贫民而不主张阶级斗争。"②其实所谓"旧性荡涤不尽"，正是新旧交替期知识阶级的共通属性，也正由此决定了他们的现实与历史命运。面对"荡涤不尽"的"旧性"，需要的是救治——虽然痊愈为新人的可能并不存在，但对自己必将没落运命的挽救意味着对自己以及历史的负责。

鲁迅找到了救治自己的方式，那就是自我解剖、"自啮其身"，使用唯物史观的"天火"烹煮自己：

> 从前年以来，对于我个人的攻击是多极了……但我看了几篇，竟逐渐觉得废话太多了。解剖刀既不中膝理，子弹所击之处，也不是致命伤。例如我所属的阶级罢，就至今还未判定……我于是想，可供参考的这样的理论，是太少了，所以大家有些胡涂。对于敌人，解剖，咬嚼，现在是在所不免的，不过有一本解剖学，有一本烹饪法，依法办理，则构造味道，总还可以较为清楚，有味。人往往以神话中的Prometheus比革命者，以为窃火给人，虽遭天帝之虐待不悔，其博大坚忍正相同。但我从别国里窃得火来，本意却在煮自己的肉的，以为倘能味道较好，庶几在咬嚼者那一面也得到较多的好处，我也不枉费了身躯：出发点全是个人主义，并且还夹杂着小市民性的奢华，以及慢慢地摸出解剖刀来，反而刺进解剖者的心脏里去的"报复"。③

---

① 鲁迅：《叶永蓁作〈小小十年〉小引》，《春潮月刊》第1卷第8期，1929年8月15日，《鲁迅全集》第4卷，第150页。

② 鲁迅：《"硬译"与"文学的阶级性"》，《萌芽月刊》第1卷第3期，1930年3月1日，《鲁迅全集》第4卷，第209页。

③ 鲁迅：《"硬译"与"文学的阶级性"》，《萌芽月刊》第1卷第3期，1930年3月1日，《鲁迅全集》第4卷，第213—214页。

面对论敌的批判,鲁迅不能感到满意;他选择了自我"解剖"、自我"烹饪",借用从别国窃来的火,以便更透彻地自我理解。"咬嚼者"虽也可借此有所裨益,但这种裨益来自个人主义的"报复"。而对"个人主义"出发点的强调,既是对自己"旧性"不能除尽的声明,更是在真诚性意义上的一种自矜表达。需要对自己做这么一番深入骨髓的救治,其前提是对自己的沉疴与"罪"性的认识,唯物史观的治疗和救赎已是迫不及待。鲁迅所以坚持以严格的"硬译"态度来翻译无产阶级文论,并和他此前相对畅达的"直译"显示出明显的差异①,在深层心理的层面或即由于他开始意识到自己所翻译的已不是一般的内容,而是"经"。②

可以说,冯雪峰和鲁迅分享着一种在革命面前谦卑的知识分子观,而在这背后,是对自己以及整个知识阶级"罪"性的认识。这种罪性,在冯雪峰那里集中表现为小资产阶级劣根性,在鲁迅那里,则集中表现为一种更有深度的"中间阶级"历史罪性。而所谓中间阶级,其实也正是小资产阶级的别称。

另一位对小资产阶级的劣根性怀有深切认同感的人是郁达夫。在大革命后期,郁达夫对革命前途屡次表达担忧,原因正是他认为革命的小资产阶级领导者的劣根性必然发作。他因此得出结论:"真正彻底的革命,若不由无产阶级者——就是劳动者和农民——来作中心人物,是不会成功的。"③在郁达夫看来,知识分子的小资产阶级根性,同样表现在不具有体验工农感情的能力上:

> 我们现代的从事于文艺的人,一大半还是从小资产阶级出身的,所以要主观的把一切农民的痛苦,和农民的感情,直吐

---

① 鲁迅由"直译"到"硬译"的转变,参见王宏志:《能够"容忍多少的不顺"——论鲁迅的"硬译"理论》,《鲁迅研究月刊》1998年第9期,第39—64页。

② 鲁迅自己也将其"硬译"活动与"唐译佛经,元译上谕"做了类比。参见鲁迅:《"硬译"与"文学的阶级性"》,《萌芽月刊》第1卷第3期,1930年3月1日,《鲁迅全集》第4卷,第204页。

③ 日归:《无产阶级专政和无产阶级的文学》,《洪水》第3卷第26期,1927年2月1日,第46—47页。

出来，是不可能的事情……①

正因此，郁达夫对自己创作的局限性有着明确的意识："曾受过小资产阶级的大学教育的我辈，是决不能作未来的无产阶级的文学的。"②但郁达夫并未体现出强烈的克服自己小资产阶级根性的欲求，这或许由于他对小资产阶级根性的意识过于宿命；而一般左翼作家更倾向于寻求克服的路径。作家许杰在1930年对自己文艺生活的回顾，几乎完全是对难以克服的小资产阶级意识的忏悔。他说道："我的旧的文艺生活，——即是以旧的意识为出发点的文艺生活，是已经死了，而新的生活，——自然是说把捉得住新的意识的东西，却还没有生出。"之所以生不出，是因为劣根性的难以清除，"小资产阶级的劣根性十足的作家，便深的感到小资产阶级的智识份子的徬徨的悲哀"。于是克服劣根性，成为作者努力的重点："现代的无产作家，谁不是从小资产阶级的巢穴中跳出来的，所以，小资产阶级的意识，是贵乎'克服'。克服小资产阶级意识的事的心愿，便在我的心中萌生，而且时时与我的写作文艺作品的心思同时紧张。"③虽已宣称"转向"，但创作姿态仍然暧昧的张资平，也在新著卷首以诗体表白："以后我要刻苦地克复我自己！／克复我自己的小资产阶级的劣根性！／当然，是在行动上，同时是在言论上！"④

正因为小资产阶级具有如此难以克服的劣根性，所以不论小资产阶级自身，还是企图利用小资产阶级者，都难免提出种种规训的计划，以便克服其劣根性，使其朝有利于革命的方向发展，起码不成为历史进步的阻碍。就如朱自清所恳切忏悔的："我们的阶级，如我所预想的，是在向着灭亡走；但我为什么必得跟着？

---

① 郁达夫：《农民文艺的实质》，《民众旬刊》第2期，1927年9月21日，第2页。

② 达夫：《对于社会的态度》，《北新》第2卷第19号，1928年8月16日，第46页。

③ 许杰：《我的文艺生活》，《大众文艺》第2卷第5—6期合刊，1930年6月1日，第1583—1584页。

④ 张资平：《卷头臭诗》，《柘榴花》，上海：乐群书店，1928年，第3页。

为什么不革自己的命,而甘于作时代的落伍者?"①

在"革命文学"论争时期,这方面的探寻已经十分普遍,而最响亮的便是号召小资产阶级从个人主义走向集体主义,从不当留声机器到当一个留声机器的呼吁了。蒋光慈便指出,虽然有不少作家"攻击社会的不良",但他们并未能找到出路,"始终在彷徨",而真正的出路就在于由个人主义进至集体主义:

> 我们的社会生活之中心,渐由个人主义趋向到集体主义。个人主义到了资本社会的现在,算是已经发展到了极度,然而同时集体主义也就开始了萌芽。无政府式的个人主义之发展的结果,只是不平等,争夺,混乱,无秩序,残忍,兽性的行为……这种现象实在不能再维持下去了,今后的出路只有向着有组织的集体主义走去。②

左翼作家顾凤城也慷慨激昂地呼吁着抛弃了个人主义的革命文学:

> 总之,现在是一个大转变的时代了!一切旧的,都已准备走到历史的坟墓里去;新的,待我们自己来创造!
>
> 现在该是我们努力的时代了!一切个人主义,自然主义……等,已是历史上的陈列品,我们所需要的,就是非个人主义的集体的以群众的意志为意志底模型的文学。③

到了郭沫若那里,善用譬喻的他马上拈出留声机器这一鲜明形象,对集体主义的呼吁顿收点铁成金之效,生动了许多,也获得了更理想的传播效果。用郭沫若的话来说:

---

① 自清:《那里走——呈萍郢火栗四君》,《一般》第4卷第3号,1928年3月5日,第374页。

② 蒋光慈:《关于革命文学》,《太阳月刊》第2期,1928年2月1日,第10页。

③ 顾凤城:《文艺与时代》,《泰东月刊》第1卷第7期,1928年3月1日,第7页。

> 当一个留声机器——这是文艺青年们的最好的信条。①

在其后回应李初梨的质疑时，郭沫若详细解释了为何留声机器的提法是正当的，其依据正在于克服资产阶级或小资产阶级的个人主义，走向集体主义：

> 文艺青年们应该做一个留声机器——就是说，应该克服自己旧有的个人主义，而来参加集体的社会运动。②

郭沫若并以自己为例，自述"接触了悲惨社会"之后，"获得了宁牺牲自己的个性与自由为大众人请命的新观念"，于是"克服了小有产者的意识"③，甘心当了留声机器。因此可以说，当留声机器，即是克服小资产阶级意识的必要途径。

后期创造社的理论核心之一李初梨对留声机器说并不满意，他有着别样的规训小资产阶级的利器——无产阶级的阶级意识。李初梨以具有先验色彩的阶级意识概念作为武器，批判了蒋光慈表现—观照论的文学观。在蒋光慈那里意识相对于现实的滞后性，一举被反转了过来，变成了实践相对于现实的优先性。如何才能做到避免蒋光慈的错误呢？李初梨指出：

> 假若他真是"为革命而文学"的一个，他就应该干干净净地把从来他所有的一切布尔乔亚意德沃罗基完全地克服，牢牢地把握着无产阶级的世界观——战斗的唯物论，唯物的辩证法。④

---

① 麦克昂：《英雄树》，《创造月刊》第 1 卷第 8 期，1928 年 1 月 1 日，第 3 页。

② 麦克昂：《留声机器的回音——文艺青年应取的态度的考察》，《文化批判》第 3 号，1928 年 3 月 15 日，第 2 页。

③ 麦克昂：《留声机器的回音——文艺青年应取的态度的考察》，《文化批判》第 3 号，1928 年 3 月 15 日，第 11 页。

④ 李初梨：《怎样地建设革命文学》，《文化批判》第 2 号，1928 年 2 月 15 日，第 16—17 页。

然后再把理论与实践相结合,"他就有了无产阶级的阶级意识"①。李初梨虽然反对留声机器说,提出"要你发出那种声音(获得无产阶级的阶级意识)",但同时也"要你无我,(克服自己的有产者或小有产者意识)"。②在要求小资产阶级克服旧意识、接受新意识的层面,其与郭沫若并无不同。获取无产阶级阶级意识的要求经过后期创造社的大力提倡,取得了比留声机器说要广泛且深入得多的影响。

虽然克服小资产阶级劣根性的呼声响彻云霄,甚至获得知识阶级十分广泛的认同,但也并非所有有此认同的知识分子都决定洗心革面,投身无产阶级的革命阵营。比如朱自清,虽然也深切忏悔自己的小资产阶级根性,并决意有所克服;但他只能自信不在积极的意义上"反革命",而深知自己不能走向革命的道路,甚至对做革命同路人的能力都充满怀疑。他打算固守一种小资产阶级的执拗:

> 我是走着衰弱向灭亡的路;即使及身不至灭亡,我也是个落伍者。随你怎样批评,我就是这样的人。③

于是在对小资产阶级近乎完全负面的界定当中,朱自清寻找到了自我坚持的力量;这也并不奇怪,因为对小资产阶级劣根性的过分强调,必将导致一种宿命论式的自我坚持——自己确实并无革命的意志与力量,而彻底难免是一个小资产阶级:

> 我不是个突出的人,我不能超乎时代。我在Petty Bourgeoisie里活了三十年,我的情调,嗜好,思想,论理,与行为的方式,在在都是Petty Bourgeoisie的;我彻头彻尾,

---

① 李初梨:《怎样地建设革命文学》,《文化批判》第2号,1928年2月15日,第17页。

② 李初梨:《怎样地建设革命文学》,《文化批判》第2号,1928年2月15日,第18—19页。

③ 自清:《那里走——呈萍郢火栗四君》,《一般》第4卷第3号,1928年3月5日,第376页。

> 沦肌浃髓是Petty Bourgeoisie 的。离开了Petty Bourgeoisie，我
> 没有血与肉。我也知道有些年岁比我大的人，本来也在Petty
> Bourgeoisie里的，竟一变到Proletariat去了。但我想这许是天
> 才，而我不是的；这许是投机，而我也不能的。在歧路之前，
> 我只有彷徨罢了。①

朱自清自陈只能眼睁睁看着自己的阶级走向灭亡。朱自清给
自己的坚持蒙上了太强的悲观色彩，这和小资产阶级的形象被过
分负面化有直接关系。在革命的理论体系中，小资产阶级并不具
有自己的意识形态，而只能在资产阶级和无产阶级的意识形态之
间徘徊犹疑，不革命则变为反革命。即是说，小资产阶级并无主
体性可言，而只是一个依附和寄生阶级。不过，在朱自清的坚守
中，已经可以看出一种较为有意识地赋予小资产阶级主体能动性
的尝试。

茅盾也对小资产阶级给予了特别关注，表达出他对发挥小资
产阶级主体性的强调。虽然其意图也在于引导小资产阶级为革命
服务，但仍然被革命文学家大力批判。到了1933 年，已经脱离了
中共的前太阳社成员杨邨人，宣布认同"第三种人"，撰文《揭起
小资产阶级革命文学之旗》，意图高调张扬小资产阶级作为一个可
以安身立命的自主阶级的特性：

> 我们是小资产阶级的智识分子，我们无论怎么样改头换面
> 自欺欺人也不像无产阶级。我们只能做我们所能够做到的工
> 作，我们不愿意伪善骗人去作那只有空架子的事。②

于是便出现了这样一种颇富悖论性的情形，在很多场合，高
度的小资产阶级身份体认，适成为张扬主体意志的依据，尽管这

---

① 自清：《那里走——呈萍郢火栗四君》，《一般》第4卷第3号，1928 年3 月5 日，
第374—375 页。

② 杨邨人：《揭起小资产阶级革命文学之旗》，《现代》第2卷第4期，1933 年2 月1 日，
第623 页。

一张扬也不可避免且程度不同地伴随着对自我的否定。杨邨人等人对"小资产阶级革命文学"的张扬必然地遭到了"左联"作家的严厉批判。在激烈的批判声浪中,已为"左联"领导的茅盾虽也曾匿名作文讥讽[1],但大体选择了回避,并在私下对人讲:"排斥小资产阶级作家,'左联'就不能发展,批'第三种人'的调子,和过去批我的《从牯岭到东京》差不多。"[2]

3. 阶级意识理论对小资产阶级身份的救赎

"知识分子"这个名词在输入中国的时候,曾包含专指社会运动及革命的领导者的意义。比如1929年出版的《社会科学大词典》便认为知识分子有两种含义:一是指"一般的智识份子","指属于任何阶级之具有相当智识学问者";第二则是指"指导社会运动的智识分子,即指现在居于工会运动,社会主义运动之指导地位,而没有从事于肉体劳动者,如马克斯,恩格思等,皆属于此类之智识分子"。[3]若依据后一种含义,知识分子的地位尊崇,应该可以避免"劣根性"的困扰。但知识分子的这一含义并未能被广泛接受,知识分子并未能够成为一个特殊的革命领导阶级。

然而在实际上,知识分子当中确实在不断分化出革命的领导阶层。它一头联系着无产阶级或无产阶级的阶级意识,一头联系着背负"原罪"的小资产阶级,负责把后者救赎到前者那里去。这一情形在后期创造社的阶级意识灌输理论里有典型呈现。

李初梨在论述无产阶级文艺时,格外注重强调它应该是无产阶级的前锋的文艺,而前锋的意识截然不同于无产阶级自然生长的意识:

> 在现阶段我们所主张的无产文艺,严密地说来,应该是在

---

① 参见茅盾(未署名):《第三种人的去路》,《文学》第1卷第4期,1933年10月1日,第501—502页。

② 夏衍:《懒寻旧梦录》,第142页。

③ 高希圣、郭真、高乔平、龚彬编:《社会科学大词典》,第337页。邢墨卿主编的《新名词辞典》则单纯把知识分子看作社会运动的领导者,参见该书第68页。

解放过程中无产阶级的前锋的文艺。然而前锋的目的意识与一般大众底自然生长性,中间是有绝大的径庭的。[1]

在李初梨那里,革命的前锋——知识阶级——拥有比现实中的无产阶级更加先进的属性,并且完美克服了小资产阶级的根性;无产阶级因为生活与思想都局限于物质的生产过程之中,反倒身上有着种种"劣根性":他们把"一分一文",看得"要比全社会主义全政治还有价值",只能"自然生长"出工团主义的反抗意识,"还没有意识着现在的社会制度对于他们的利益底不可和解的冲突,而且他们也不能意识"。[2]而革命的知识阶级能够实现全生活的批判,革命成功的希望也在于那些资产阶级中"理论地能够了解全历史运动底布尔乔亚思想家的一部分,投到普罗列搭利亚里来了"[3]。李初梨并且认为,劳动阶级掌握了无产阶级的阶级意识就不再是纯粹的劳动者,而变成了革命的知识阶级。革命的知识阶级从小资产阶级中挣脱、蜕变了出来,作为革命的先锋队,其实已经不再具有阶级的属性。

后期创造社的彭康、王独清、傅克兴等人对这一种阶级意识灌输理论也都多有强调。这样来看,小资产阶级知识分子便被成功分割成至少两个部分;但这种切割并没做到十分清晰。这又涉及两个界限模糊的概念的区分,即普罗列搭利亚(proletarian,无产者)与普罗列搭利亚特(proletariat,无产阶级)。后期创造社曾专门对这两个概念予以界定,前者指具体的无产者,后者则指一个集合的"阶级"。[4]一般来讲,这是两个难分彼此的概念,而后者包含前者,但对于持阶级意识灌输论的后期创造社来说,则并

---

① 李初梨:《自然生长性与目的意识性》,《思想月刊》第 2 期,1928 年 9 月 15 日,第 19 页。

② 李初梨:《自然生长性与目的意识性》,《思想月刊》第 2 期,1928 年 9 月 15 日,第 10—11 页。

③ 李初梨:《自然生长性与目的意识性》,《思想月刊》第 2 期,1928 年 9 月 15 日,第 10 页。

④ 参见同人:《新辞源》,《文化批判》第 1 号,1928 年 1 月 15 日,第 101 页。

不完全如此。他们分别赋予了这一对概念以不同的含义,大体来说,无产者处于不完美的现实界,是具体的;而无产阶级则既可能被理解为处于现实界,又更经常地被理解为一个处在非现实界的集合体。因此,无产者及其意识都是不完美的,甚至无产阶级也可能不完美,但无产阶级的意识是一种理想的完美意识,即创造社反复强调的"阶级意识"。理解了这一层关系,才能更好地读懂后期创造社理论文章的若干细节。比如朱镜我曾论说道:

> 我们现在的无产者大多数还没有获得无产者应有的社会认识,这是事实,因为我们的无产者一方面为"无知"所苦,他方面还受传统思想的麻醉太深……但是,普罗列搭利亚特,尤其是他的先锋,因为他的社会关系上的特性,自有他的透彻的社会认识;这是布尔乔亚与小布尔乔亚所容易看过的。[①]

普罗列搭利亚特的先锋自然是指革命的知识分子,它不同于布尔乔亚和小布尔乔亚,因此应该也是无产阶级的一部分。虽然后期创造社新进主力成员在行文中很注意无产者和无产阶级的区分,基本没有出现过混淆,但其他成员就没有这么明确的意识了。在他们那里,普罗列搭利亚特这个更显得啰唆的名词被较少用到,而更多使用前者;即便同时用到,也很少顾及对普罗列搭利亚特的特殊规定。成仿吾曾说:"普罗列塔利亚文学的作者,不论是普罗列塔利亚或是非普罗列塔利亚,他必须高扬普罗列塔利亚的意识。"[②]王独清在刚刚批判了普罗列搭利亚意识的缺陷后便说:"普罗列搭利亚文学作者底必要条件是第一要有普罗列搭利亚底意识。"[③]若在后期创造社的理论体系内评判,他们显然都出了错。即便在后期创造社新进成员的使用中也存在一个严重的未能

[①] 钟员、恕:《普罗列搭利亚特意识的问题》,《文化批判》第3号,1928年3月15日,第135—136页。

[②] 石厚生:《革命文学的展望》,《我们月刊》第1期,1928年5月20日,第3页。

[③] 王独清:《文艺上之反对派种种(在暨南大学讲演)》,《澎湃》第1卷第1号,1928年8月5日,第4页。

自治处，那就是依照这一区分，确实应该提倡无产阶级文学，而非提倡无产者文学，但经常出现在他们笔下却是"普罗列搭利亚文学"，而不是"普罗列搭利亚特文学"。这说明创造社在提倡理想的无产阶级意识和文学的时候，也未能逃脱经验世界的缠绕。

通过无产者和无产阶级的区分，朱镜我便视知识分子为无产阶级的一部分及其先锋①，而"大多数"无产者在当时还不能属于无产阶级，因而无产阶级的主体将是革命的知识阶级。想必朱镜我也意识到了这一论述所隐含的夸张性，于是他接着又说：

> 小布尔乔亚领导革命是很危险的。不过不问是小布尔乔亚，或是普罗列搭利亚，要紧的是要获得普罗列搭利亚的社会意识。②

这似乎承认了知识阶级的小布尔乔亚身份，只不过立即又声明"社会意识"（或说阶级意识）才是最关键的衡量标准，表明获得了无产者"社会意识"的小布尔乔亚知识阶级，并不比无产者不足取。应该说，后期创造社的阶级意识理论确实提高了小资产阶级的历史作用，但它的意图并不在于赋予小资产阶级一种具有主体性的生活，而同样在于彻底摧毁小资产阶级的物质及精神世界。它重视的并非小资产阶级总体，而只在于把其中的一部分挽救出来，涤除其小资产阶级"原罪"，以使其负有引领革命的资质。

于是，一部分革命的知识阶级是无产阶级阶级意识的生成阶级，他们需要负责对不能自然开化的无产阶级进行阶级意识的灌输工作；另一部分知识阶级则身负资产阶级或小资产阶级意识的"原罪"，他们同样需要上一类知识阶级灌输给无产阶级的阶级意识，并主动加强思想的改造。后一类知识阶级和无产阶级的区别

---

① 冯乃超也多次论说知识阶级应该被叫作知识无产阶级。参见其两篇文章：《留声机器本事》，《创造月刊》第1卷第12期，1928年7月10日，第154—159页；《冷静的头脑——评驳梁实秋的〈文学与革命〉》，《创造月刊》第2卷第1期，1928年8月10日，第3—20页。

② 钟员、恕：《普罗列搭利亚特意识的问题》，《文化批判》第3号，1928年3月15日，第136页。

则难以消弭，无产阶级获得阶级意识虽然靠的是灌输，但这似乎是一个自然而然的习得或说唤醒的过程；而知识阶级获得阶级意识的过程则意味着漫长而曲折的思想改造，他们需要在无产阶级的生活和精神世界（不管是不是"现实"的，必定是理想的）中获得净化，以避免痼疾的反复发作。

三、在文学与政治之间
——茅盾与革命文学派围绕小资产阶级问题的论争

1.《蚀》三部曲中的小资产阶级书写

小资产阶级问题是茅盾在大革命失败之后所展开的革命反思的重要内容，同时也正是这一问题尖锐触动了革命文学派。革命文学家因此对茅盾展开了批判，意图辨正他对小资产阶级问题的认识，以牢牢把握住无产阶级的文化领导权，茅盾亦展开回应，从而构成"革命文学"论争的重要组成部分。

茅盾对小资产阶级在革命过程中作用的认识，在他大革命失败之后创作的《蚀》三部曲中有集中的体现。在《蚀》的舞台上活动着的几乎全是小资产阶级成员，即便是革命的领导者（如方罗兰），也被小资产阶级的软弱游移性占据。"革命"在三部曲中大受挫折，且没有显示出成功的端倪，"追求"在三部曲中更全以失败告终，"幻灭"和"动摇"的情绪笼罩着三部曲。这一局面的造成，显然和作品中人物的小资产阶级根性有直接关系。

正因此，当《幻灭》和《动摇》发表后，钱杏邨便对两部作品中所表现出的小资产阶级劣根性给予了重点批判。钱杏邨认为茅盾的《幻灭》正体现了这样的政治形势："因着政治上的几次分化，小资产阶级把自己阶级的最明显最可笑的特性通统的表现出来了，重要的要算他们游移不定的心情和对革命的幻灭两点。"[①]对于《幻灭》中的人物，他评论道：

---

① 钱杏邨：《〈幻灭〉》，《太阳月刊》第 3 期，1928 年 3 月 1 日，第 2 页。

小资产阶级的女子的性格，不仅游移，抑且懦弱，这一点在《幻灭》里表现得最健全，最有趣味。……这种懦弱的心理不是静独有的，实在是中国小资产阶级女子最普通的性格。……全书要以静的性格描写得最出色，次之就要算抱素，表现中国青年的恋爱狂，的卑鄙，的不堪的动态，处处令人喷饭……其实，就是表现静的性格，也只表现出小资产阶级女子病态的特性的轮廓来，还没有解剖到极深邃的地步。①

所以，在钱氏看来，"全书把整个的小资产阶级的病态心理写得淋漓尽致"②。对于《动摇》，钱杏邨也指出，书中人物"大体说来，只是革命的小资产阶级的一群"③，"没有健全的革命党人"④。对于方罗兰，钱杏邨直接引用茅盾在小说中对他的评语，认为他"完全'表示了软弱，无决心，苟安的劣点'"⑤，他的不断"动摇"表明他"真是一个上好的小资产阶级人物"⑥。不过此时的钱杏邨，尚认为茅盾小说中对小资产阶级劣根性的刻画意味着他的刻意暴露，很注意地未把小说中描写的小资产阶级意识与茅盾本人的思想做任何联系。他显然没能认识到自己与茅盾思想的巨大差异。茅盾的创作固然有着暴露小资产阶级根性的意图，但其更主要和根本的意旨却并不在此，而在于以同情的态度理解小资产阶级，呈现小资产阶级与革命之间的复杂关系。所以在钱杏邨看来是可鄙可笑的小资产阶级的病态习性，在茅盾看来，却是"可爱可同情"的：

并且《幻灭》，《动摇》，《追求》这三篇中的女子虽然很多，我所着力描写的，却只有二型：静女士，方太太，属于

---

① 钱杏邨：《〈幻灭〉》，《太阳月刊》第3期，1928年3月1日，第4—5页。

② 钱杏邨：《〈幻灭〉》，《太阳月刊》第3期，1928年3月1日，第9页。

③ 钱杏邨：《〈动摇〉》，《太阳月刊》第7期，1928年7月1日，第3页。

④ 钱杏邨：《〈动摇〉》，《太阳月刊》第7期，1928年7月1日，第8页。

⑤ 钱杏邨：《〈动摇〉》，《太阳月刊》第7期，1928年7月1日，第6页。

⑥ 钱杏邨：《〈动摇〉》，《太阳月刊》第7期，1928年7月1日，第9页。

同型;慧女士,孙舞阳,章秋柳,属于又一的同型。静女士和方太太自然能得一般人的同情——或许有人要骂她们不澈底,慧女士,孙舞阳,和章秋柳,也不是革命的女子,然而也不是浅薄的浪漫的女子。如果读者并不觉得她们可爱可同情,那便是作者描写的失败。[①]

钱杏邨对《幻灭》中所描写的小资产阶级习性的攻击最为密集。在《从牯岭到东京》中茅盾特别指出:"《幻灭》就是这么老实写下来的。我并不想嘲笑小资产阶级,也不想以静女士作为小资产阶级的代表;我只写一九二七夏秋之交一般人对于革命的幻灭。"为了对小资产阶级的"幻灭"进行辩护,茅盾指出这是一种真诚的情绪,甚至连工农都难免,而且幻灭并不同于动摇:"凡是真心热望着革命的人们都曾在那时候有过这样一度的幻灭;不但是小资产阶级,并且也有贫苦的工农。这是幻灭,不是动摇!幻灭以后,也许消极,也许更积极,然而动摇是没有的。"[②]茅盾其实在这里为自己政治信仰的坚定性做了曲折的表白。"动摇"因而才是趋向于"反动"的标志,它发生在《动摇》中,源于不能将"当前的骗人的事物""看个澈底"。"动摇"的代表是方罗兰,茅盾把他的行为视作"右倾思想的渐抬头"的体现,认为"他和太太同样的认不清这时代的性质"[③],这便相当于给了方罗兰以严厉的批判,从而与《动摇》本身所展示出来的态度有了很大差距。这显示出《从牯岭到东京》中茅盾的立场已经往左倾革命的方向做了较大偏移。方罗兰虽也是小资产阶级的成员,但茅盾这里似乎暗示"动摇"的情绪并不普遍地属于小资产阶级。

---

① 茅盾:《从牯岭到东京》,《小说月报》第 19 卷第 10 号,1928 年 10 月 10 日,第 1140 页。

② 茅盾:《从牯岭到东京》,《小说月报》第 19 卷第 10 号,1928 年 10 月 10 日,第 1141 页。钱杏邨后来把茅盾的这一说明视作"多少有点滑稽性"。参见钱杏邨:《从东京回到武汉——读了茅盾的〈从牯岭到东京〉以后》,《文艺批评集》,第 136 页。

③ 茅盾:《从牯岭到东京》,《小说月报》第 19 卷第 10 号,1928 年 10 月 10 日,第 1141—1142 页。

《蚀》三部曲中，较少直接针对小资产阶级习性的讨论，但不多的几次涉及，对于理解茅盾对小资产阶级的态度具有重要意义。比如《幻灭》中的静女士，其性格可谓典型的小资产阶级式的，而她对自己可能遭到的指责十分不以为然：

> 小姐！博士太太候补者！虚荣心！思想落伍！哦，还有，小资产阶级，是不是？左右不过是这几句话，我早听厌了！我诚然是小姐，是名副其实的小资产阶级！虚荣心么？哼！他们那些跑腿大家才是虚荣心十足！他们这班主义的迷信者才是思想落伍呢！①

静女士愤而把对自己的指责还给了"主义的迷信者"，结合茅盾对静女士的同情态度来看，他的看法当相去不远。被钱杏邨视作"小资产阶级女子病态的特性"代表的静女士，在茅盾的描述中很难用"病态"来形容。在革命工作中历经了种种不如意后心灰意冷的她，对自己的反思是："大概是我的心眼儿太窄，受不住丝毫的委屈。我这人，又懦怯，又高傲。诗陶姊常说我要好心太切，可不是？……大概又是我太会吹毛求疵。"②作者并未把静女士的习性贬低为小资产阶级劣根性，相反，静女士是"高傲"的，是追求工作完美的，是不愿意和死缠烂打的恋爱狂热者混在一起的洁身自好者；她对自己的反思也揭示出这一点："我本性不是懒惰人，而且在这时代，良心更督促我贡献我的一份力。……现在我虽然决心不干工会的事，还是想做一点于人有益，于己心安的事。"③在茅盾笔下，静女士这样的小资产阶级虽然难免有不良习性，然而他们在本性上却并非恶劣的，相反是求上进且富有道德感的。这便给予了这些小资产阶级以安身立命之资，赋予了他们以主体的能动性。退一步来讲，茅盾也并未赋予小资产阶级以同一的阶级根性，他同时描写了"老练精干""刚毅有决断"的慧女

---

① 茅盾：《蚀·幻灭》，第14页。

② 茅盾：《蚀·幻灭》，第100页。

③ 茅盾：《蚀·幻灭》，第101页。

士，"外圆内方，又能随和，又有定见"的王女士^①等各式人物。这些小资产阶级的性格丰富性，和那些对小资产阶级自私、懦弱、动摇等所谓劣根性的单调想象大相径庭。在《追求》的女主人公章秋柳那里，小资产阶级劣根性之类的攻击也被对自我的确信以及更深入的自我分析否定了。在目睹自杀未遂的史循在身心两方面所遭受的严重创伤之后，章秋柳感觉到人生的宝贵，从而生出对当下沉溺于感官享乐生活的不满，追求光明然而充满荆棘的新生活的意志于是也被激发了出来。然而，深知"享乐"和"追求"不可兼得的她，开始了对自己的痛苦反思：

> 她又苦苦的自责了；为什么如此脆弱，没有向善的勇气，也没有堕落的胆量？为什么如此自己矛盾？神心与魔性这样强烈地并存着！是爹娘生就的呢，抑是自己的不好？都不是的么？只是混乱社会的反映么？因为现社会是光明和黑暗这两大势力的剧烈的斗争，所以在她心灵上也反映着这神与魔的冲突么？因为自己正是所谓小资产阶级知识分子，遗传环境教育形成了她的脆弱，她既没有勇气向善也没有胆量堕落么？或者是因为未曾受过训练，所以只成为似坚实脆的生铁么？
>
> 但一转念，章女士又觉得这种苛刻的自己批评，到底是不能承认的。她有理由自信她不是一个优柔游移软弱的人；朋友们都说她的肉体是女性，而性格是男性。在许多事上，她的确也证明了自己是一个无顾忌的敢作敢为的人。她有极强烈的个性，有时且近于利己主义，个人本位主义；大概就是这，使得她自己不很愿意刻苦地为别人的幸福而牺牲，虽然明知此即光明大道，但是她又有天生的热烈的革命情绪，反抗和破坏的色素，很浓厚的充满在她的血液里，所以她又终于不甘愿寂寞无聊的了此一生。^②

和静女士一样，章秋柳也否定了对自己的小资产阶级劣根性

① 茅盾：《蚀·幻灭》，第97—98页。
② 茅盾：《蚀·追求》，第84—85页。

指责。在她"血液里"流淌着的是革命的情绪和追求，导致其不能勇毅投身革命的亦非劣根性，而是"极强烈的个性"和个人本位主义。虽然她像任何正常人一样都难免有感受到怯弱的时刻[①]，但更有充分的勇毅奉献自己以拯救濒于崩溃的史循。

在创作于《幻灭》与《动摇》之间的《王鲁彦论》中，茅盾对小资产阶级的认识亦无不同。比如他说："王鲁彦小说里最可爱的人物，在我看来，是一些乡村的小资产阶级。"他举王鲁彦的小说《黄金》为例，指出主人公"是一位照例的善良的小资产阶级"，虽然因为其"乡村小资产阶级的产业观念"等因素而发生了人生的悲剧，但最后的结果也使得"我们对于这个平平常常的老头子发生了深切的同情"。[②]

2. 认知与想象小资产阶级的不同路径

在 1928 年 7 月赴日后创作的《从牯岭到东京》中，茅盾开始把小资产阶级问题系统性地引入革命文学中来，并因此触动了革命文学派的理论基础。也正是在这篇文章发表后，他开始遭到革命文学派的激烈批判。

茅盾并不反对无产阶级"革命文艺"的提倡，他概括了无产阶级"革命文艺"的观点，包括"反对小资产阶级的闲暇态度，个人主义"、"集体主义"、"反抗的精神"、技术上"倾向于新写实主义"四项，并认为，这些"主张是无可非议的"。[③]自然，茅盾在三年前就撰写了长篇论文，说明无产阶级文艺的特殊规定性，表达对无产阶级文艺发展的期盼。[④]然而，那时的中国尚未出现系统的无产阶级文学提倡与创作，茅盾还只能泛泛而论；现在，他

---

① 参见茅盾：《蚀·追求》，第 179、193 页等处。

② 方璧：《王鲁彦论》，《小说月报》第 19 卷第 1 号，1928 年 1 月 10 日，第 169、172 页。

③ 茅盾：《从牯岭到东京》，《小说月报》第 19 卷第 10 号，1928 年 10 月 10 日，第 1143 页。

④ 沈雁冰：《论无产阶级艺术（二）》，《文学周报》第 173 期，1925 年 5 月 17 日，第 9—12 页。

发现了正在中国热烈提倡的无产阶级文学的具体问题：那就是把无产阶级文学当作了"标语口号"和"宣传工具"。茅盾援引苏俄文坛的例子说明，这样的文学虽说是为了无产阶级而创作，"然而无产阶级不领这个情，农民是更不客气的不睬他们"。①

茅盾同样注意到了革命文学家对小资产阶级劣根性的批判。在他看来，小资产阶级不愿意接受革命文学家的提倡，并非因为他们具有劣根性，而是因为革命文学自身出了问题；小资产阶级其实充满革命的潜能：

> 就过去半年的所有此方向的作品而言，虽然有一部分人欢迎，但也有更多的人摇头。为什么摇头？因为他们是小资产阶级么？如果有人一定要拿这句话来闭塞一切自己检查自己的路，那我亦不反对。但假如还觉得这么办是类乎掩耳盗铃的自欺，那么，虚心的自己批评是必要的。我敢严正的说，许多对于目下的"新作品"摇头的人们，实在是诚意地赞成革命文艺的，他们并没有你们所想像的小资产阶级的惰性或执拗，他们最初对于那些"新作品"是抱有热烈的期望的，然而他们终于摇头，就因为"新作品"终于自己暴露了不能摆脱"标语口号文学"的拘囿。②

在这里，问题也就转移到了革命文艺的接受对象上，茅盾显然把小资产阶级作为革命文学最主要的阅读者，革命文学的成败系于能否获得小资产阶级的认可。诚然，指望无产阶级能够阅读革命文艺作品在当时基本上属于奢望，然而在这一不得不如此的现实中，茅盾看出了提倡无产阶级文学的危机：

> 事实上是你对劳苦群众呼吁说"这是为你们而作"的作

---

① 茅盾：《从牯岭到东京》，《小说月报》第 19 卷第 10 号，1928 年 10 月 10 日，第 1144 页。

② 茅盾：《从牯岭到东京》，《小说月报》第 19 卷第 10 号，1928 年 10 月 10 日，第 1143 页。

品，劳苦群众并不能读，不但不能读，即使你朗诵给他们听，他们还是不了解。……所以结果你的"为劳苦群众而作"的新文学是只有"不劳苦"的小资产阶级知识分子来阅读了。你的作品的对象是甲，而接受你的作品的不得不是乙；这便是最可痛心的矛盾现象！①

无产阶级文学依照理想和应然的状态，创作者和接受者都应以无产阶级为主体，其成立意味着无产阶级自身的文化解放。不过与鲁迅、郁达夫等人更注意强调创作主体的无产阶级性质不同②，茅盾把目光集中在了无产阶级文学接受主体的阶级性质上面。在茅盾看来，解决这一悖论的途径在于，正视无产阶级文学的接受者实际上是小资产阶级的现实："但我总觉得我们也该有些作品是为了我们现在事实上的读者对象而作的。"③茅盾所言的小资产阶级自然包括知识青年等不从事物质生产的群体，但更指向略具资产的小市民、小工商业者和中小农，茅盾所期待看到的小资产阶级生活因而主要是和现代物质生产方式有直接关联的生活。在《王鲁彦论》中，茅盾特别指出王鲁彦所描写的乡村人物已经和鲁迅小说中的乡村人物不再相同。王鲁彦作品中的人物是"危疑扰乱的被物质欲支配着的人物"，反映了"似乎正是工业文

---

① 茅盾：《从牯岭到东京》，《小说月报》第 19 卷第 10 号，1928 年 10 月 10 日，第 1144 页。

② 鲁迅和郁达夫对革命文学派"无产阶级文学"提倡的反对，立基于"因为平民还没有开口"的认识，可参见本书第三章第三节相关论述。二人对小资产阶级问题同样关注，但关注的侧重与茅盾有较大差异。他们对小资产阶级的"劣根性"一面有较强体认，并对知识分子体验无产阶级情感并创作无产阶级文学持较强烈的怀疑态度。茅盾则较少强调小资产阶级知识分子的内在缺陷。正因此，鲁迅不可能提出"小资产阶级文学"及类似主张，且对后来以小资产阶级自任的"第三种人"十分反感，而茅盾则对"第三种人"的"小资产阶级革命文学"提倡表示了同情。

③ 茅盾：《从牯岭到东京》，《小说月报》第 19 卷第 10 号，1928 年 10 月 10 日，第 1144 页。

明打碎了乡村经济时应有的人们的心理状况"。① 因此,王鲁彦描写的人物可以被称作乡村小资产阶级,鲁迅所描写的只能被称作旧中国的农民。所以茅盾才会认为,新文学中十分欠缺对小资产阶级的描写,"我以为现在的'新作品'在题材方面太不顾到小资产阶级了",这主要不是指缺少对"小资产阶级青年的各种痛苦"的描写,而指向茅盾如下的质问:"曾有什么作品描写小商人,中小农,破落的书香人家……所受到的痛苦么? 没有呢,绝对没有!"②

而小资产阶级之所以值得描写,除了在文化上他们掌握着主导权之外,也由于在革命上他们也并不落后:"如果说小资产阶级都是不革命,所以对他们说话是徒劳,那便是很大的武断。中国革命是否竟可抛开小资产阶级,也还是一个费人研究的问题。我就觉得中国革命的前途还不能全然抛开小资产阶级。说这是落伍的思想,我也不愿多辩;将来的历史会有公道的证明。"③ 茅盾对小资产阶级能动性的提倡具有鲜明的政治意涵,但也不能否认,他的主张不仅源自政治认识,也源于对艺术形式之有效性的考虑。在他看来,标语口号式的创作并不能为革命宣传起到作用,小资产阶级和无产阶级都不乐意去看,因而必须弃绝;而提高文艺的效能,也不仅仅在于克服标语口号化的倾向,同时在于寻求可以深入人心的形式,以便真正把握住广大小资产阶级群众。茅盾认为,革命文艺在题材上需要以小资产阶级的生活为描写重点,革命作家则必须深入体验小资产阶级的思想情感,然后用易于为小资产阶级所接受的形式把它们表现出来,并借机把"新思想"传递出去:

---

① 方璧:《王鲁彦论》,《小说月报》第19卷第1号,1928年1月10日,第169页。

② 茅盾:《从牯岭到东京》,《小说月报》第19卷第10号,1928年10月10日,第1145页。茅盾在《王鲁彦论》中对此也有表达,参见《小说月报》第19卷第1号,第169、172页。

③ 茅盾:《从牯岭到东京》,《小说月报》第19卷第10号,1928年10月10日,第1144—1145页。

如果你能够走进他们的生活里，懂得他们的情感思想，将他们的痛苦愉乐用比较不欧化的白话写出来，那即使你的事实中包孕着绝多的新思想，也许受他们骂，然而他们会喜欢看你，不会像现在那样掉头不顾了。所以现在为"新文艺"——或是勇敢点说，"革命文艺"，的前途计，第一要务在使它从青年学生中间出来走入小资产阶级群众，在这小资产阶级群众中植立了脚跟。而要达到此点，应该先把题材转移到小商人，中小农，等等的生活。不要太多的新名词，不要欧化的句法，不要新思想的说教似的宣传，只要质朴有力的抓住了小资产阶级生活的核心的描写！[1]

可见，茅盾所设计的革命文学进路是这样的：它必须首先进入并征服小资产阶级，然后才可能服务于无产阶级。茅盾认为，指望革命文艺即刻便能为无产阶级服务是不现实的，如此便不如做它所能够做的，即争取小资产阶级。茅盾和鲁迅一样，发现了所谓无产阶级革命文学之"无产阶级"属性的虚妄，于是寻求进往无产阶级文学的阶梯。他于是把无产阶级革命文艺的阶级基础放置在了小资产阶级那里。而革命文学派是怎么认识的呢？在他们看来，关键在于掌握无产阶级的阶级意识，而革命的知识分子掌握着无产阶级的阶级意识，只有他们才能创作无产阶级文学，引领无产阶级前进。一般小资产阶级，则必须努力克服劣根性，掌握这一阶级意识。茅盾所试图建立的"革命文艺"虽无阶级意识方面的考虑，但也讲究进步的时代精神，并主张将它输入给小资产阶级，所以在这一方面不妨说二者没有根本分歧。区别在于阶级意识虽然在很多革命文学家那里表现出一种超验性，但其文学表现仍然必须借助于对无产阶级实际斗争的描写，以期名实相副，它注定不可能将题材主要集中于小资产阶级的身上。何况革命文学派对小资产阶级的情感意识持近乎纯然贬低的态度，这也决定了他们不可能把文学的题材集中于小资产阶级身上。革命文

---

① 茅盾：《从牯岭到东京》，《小说月报》第19卷第10号，1928年10月10日，第1145页。

学派对小资产阶级的批判态度，和茅盾以同情为基调的态度几乎截然对立；而茅盾张扬小资产阶级革命潜能的政治意味，更使得革命文学派不可能坐视不理。① 不过，茅盾以进步的时代精神来规约小资产阶级文学的创作，这便使得他必须刻意寻找创作中体现出的进步意识与进步的可能性，而这便形成了一条可与革命文学派潜在互通的创作纪律。在革命文学派的批判声浪中，茅盾开始调整自己的基点，对文学创作表现历史进步必然性的要求日益增强。那些未能在创作中表现出历史进步趋势的创作（包括他自己的《蚀》），遭到了这一创作条律的重新评判。茅盾试图立基于小资产阶级的革命文学主张渐渐被掏空实质内容，那些可以被归属为"小资产阶级"方面的内容在无产阶级的历史必然性面前近乎全面溃退。在半年后创作的《读〈倪焕之〉》中，茅盾已经宣布认同于革命文学派正在提倡的新写实主义。②

茅盾提倡的立基于小资产阶级的革命文学不可避免地被革命文学派认定为"小资产阶级革命文学"，并被视为无产阶级文学的有力对手。李初梨的批判中对小资产阶级革命文学的认识，虽出之以辩证法的叙述形式，但完全依据中共的革命阶段理论：

> 本来茅盾在我们文学运动的初期，他是站在我们阵营里面的，至少他还没有同我们对立。……不过以后普罗列搭利亚文学运动底急速的发展，使得它自己内部所包含的矛盾，也急速地结晶成熟，自最近茅盾的《从牯岭到东京》出现以来，他已意识地同我们对立起来了，虽然他对于我们还装着一幅友人的面孔。这是一个辩证法的发展。犹之乎在我们革命的初期，民族资产阶级及小资产阶级的智识阶级，都是站在革命的阵营里

---

① 比如有革命文人便未点名地把茅盾的言论视作小资产阶级在背叛革命后，"依旧不得不假借工农小资产阶级平分政权的虚伪欺瞒的议论而跃跃欲动"。狄而太：《小资产阶级论》，《新思潮》第1期，1929年11月15日，第2—3页。

② 《从牯岭到东京》中提到的"新写实主义"，并非革命文学派提倡的藏原惟人的新写实主义，而是苏俄的一种文艺主张。参见本书第五章第三节相关论述。

面，而革命发展到了一定阶段的时候，他们都相继脱离革命战线而与革命对立起来一样。①

正因为革命形势发生了如此变化，茅盾的小资产阶级革命文学提倡便具有了反动的意味："现在我们可以说我们的直接的斗争对象，已经移到这所谓'小资产阶级革命文学'来了。"所以李初梨认为，茅盾"这篇文章，不仅是一个文学的主张，而同时是一个政见的发表"②，是"政治上的中间党"现象在文学领域的反映。③所谓"中间党"，实即第三党，而批判第三党正是当时中共政治宣传工作的重点。④

为了批驳茅盾，李初梨认为无产阶级文学同样诉诸小资产阶级，而小资产阶级也能够接受无产阶级文学。无产阶级文学为了一切被压迫阶层而创作，而处于相对的被压迫地位的小资产阶级，自然也是无产阶级文学的诉求对象。⑤李初梨特别挑出小资

---

① 李初梨：《对于所谓"小资产阶级革命文学"底抬头，普罗列搭利亚文学应该怎样防卫自己？——文学运动底新阶段》，《创造月刊》第2卷第6期，1929年1月10日，第3页。

② 李初梨：《对于所谓"小资产阶级革命文学"底抬头，普罗列搭利亚文学应该怎样防卫自己？——文学运动底新阶段》，《创造月刊》第2卷第6期，1929年1月10日，第3、5页。

③ 李初梨：《对于所谓"小资产阶级革命文学"底抬头，普罗列搭利亚文学应该怎样防卫自己？——文学运动底新阶段》，《创造月刊》第2卷第6期，1929年1月10日，第9页。其时国民党"左派"的小资产阶级认知，参见李志毓：《国民党"左派"的"小资产阶级革命论"》，《长白学刊》2010年第6期，第110—114页。茅盾的认知，与之并无太大差别。

④ 参见《中央通告第四十六号——关于对第三党的认识和态度(1928年5月11日)》，中央档案馆编：《中共中央文件选集》第4册，北京：中共中央党校出版社，1983年；以及《政治决议案(1928年7月9日)》《中央通告第六十二号——目前党的根本策略与政治宣传鼓动(1928年8月11日)》等文，《中共中央文件选集》第4册(1989年版)。

⑤ 李初梨：《对于所谓"小资产阶级革命文学"底抬头，普罗列搭利亚文学应该怎样防卫自己？——文学运动底新阶段》，《创造月刊》第2卷第6期，1929年1月10日，第16页。

产阶级中的知识分子，认为他们具有接受无产阶级文学的可能：
"因为以知识分子底阶级的特性，对于普罗列搭利亚底非人的生
活，是可以引起他的自己批判的。"①不难发现李初梨转换了论题，
把小资产阶级能否欣赏描写无产阶级生活的文学，转换成了他们
能否理解无产阶级的生存处境。其实茅盾的着眼点在于小资产阶
级的欣赏习性。在他看来，小资产阶级更容易接受倾吐自己阶级
心声的作品，而李初梨则回避了小资产阶级的文学趣味问题。自
然，依据他对小资产阶级的认识，他难免认为小资产阶级的文学
趣味也是亟须被克服的。分歧其实在根本上表现为，对小资产阶
级是应该重点进行劣根性改造，还是就其善性因势利导。在这背
后，是对小资产阶级的两种几乎截然不同的认知与想象。

在李初梨那里，小资产阶级是完全不具备意识形态自主性的
寄生阶级。小资产阶级革命文学之所以不能成立，也植根于此。
李初梨认为，现代社会被"两个根本不同的意德沃罗基支配着：
就是布尔乔亚氾的意德沃罗基与普罗列搭利亚特的意德沃罗基"，
"所谓小布尔乔亚的意德沃罗基"表面上看处于二者之间，"是超
越以上两种倾向的，然而其实只不过是一种布尔乔亚意德沃罗基
底特殊形态"。小资产阶级也并"不能保持一个中立的地位"，而
只能附属或结盟于两大阶级之中的一个。因此，小资产阶级革命
文学"无非是末期布尔乔亚文学底一种现象"。②小资产阶级的寄
生性决定了它不可能具有革命的潜能，并因此影响及于所谓"小
资产阶级革命文学"——

> 小资产阶级根本不能独立，它只是一个社会的寄生虫，它
> 的运命，完全掌握在别人的手中，他自己不能支配他自己，他

---

① 李初梨：《对于所谓"小资产阶级革命文学"底抬头，普罗列搭利亚义学应该怎
样防卫自己？——文学运动底新阶段》，《创造月刊》第 2 卷第 6 期，1929 年 1 月 10 日，
第 19 页。

② 李初梨：《对于所谓"小资产阶级革命文学"底抬头，普罗列搭利亚文学应该怎
样防卫自己？——文学运动底新阶段》，《创造月刊》第 2 卷第 6 期，1929 年 1 月 10 日，
第 9—10 页。

只有向别人摇尾乞怜"诉苦"。的确，他如果向他的主人——资产阶级"诉苦"，有时也还可以得着一两片从资产阶级的筵席上面所投下来的骨头，他们一生只有这个希望。所以"小资产阶级革命文学"的全本领，也只有"诉苦！"①

虽云小资产阶级为寄生虫，但上述语言，却在在表明小资产阶级为狗，双重隐喻的使用无疑增强了论说的分量。李初梨也承认，限于物质条件，无产阶级尚不能成为无产阶级文学的接受对象，但无产阶级文学存在的合理性，在于它有助于无产阶级的政治解放。无产阶级必须先行完成政治的解放，才能有"享受文化的余裕"。茅盾的错误在于"把文学的 Program 来代替了政治的Program"。李初梨大概意识到这样的话便相当于把无产阶级从无产阶级文学中排除了出去，于是特别指出，在当下仍存在着一定的创作可普及于无产阶级的文艺的可能性，因而指责茅盾畏惧退避，"开倒车"。②不过，茅盾也并未堵塞普及型无产阶级文学的存在可能，他只是难以接受革命文学派的"无产阶级文学"竟然不仅是代言体的，而且无产阶级连做接受者的资格都没有。革命文学派则明白地宣示，无产阶级的"革命文艺"并非"专门供给劳苦的工农的读物"，而只是无产阶级的"意识与情绪"的产物。③

钱杏邨则批评茅盾把小资产阶级当作了"革命的重心"和革命文艺的"天然对象"，同样认为他是站在了小资产阶级的立场

---

① 李初梨：《对于所谓"小资产阶级革命文学"底抬头，普罗列搭利亚文学应该怎样防卫自己？——文学运动底新阶段》，《创造月刊》第 2 卷第 6 期，1929 年 1 月 10 日，第 13 页。

② 李初梨：《对于所谓"小资产阶级革命文学"底抬头，普罗列搭利亚文学应该怎样防卫自己？——文学运动底新阶段》，《创造月刊》第 2 卷第 6 期，1929 年 1 月 10 日，第 17—18 页。

③ 钱杏邨：《从东京回到武汉——读了茅盾的〈从牯岭到东京〉以后》，《文艺批评集》，第 164 页。

上，透露的是小资产阶级的意识。①对于小资产阶级的意识，钱杏邨与李初梨的观点亦无二致：

> 小资产阶级是没有自己的固定的阶级的意识的，小资产阶级的意识根本上就是浮动的。小资产阶级在事实上〈不〉是投降大资产阶级做俘虏，就是附庸于无产阶级，或降落为无产阶级的。②

可见，即便小资产阶级决定为无产阶级效力，亦难免为"附庸"，难改骨子里的投机性，这样的一群人显然不能担当"革命的主力军"。"革命的主要力量只有广大的工农群众，文艺的天然对象也只有广大的工农群众"，茅盾的主张因而完全错误。③钱杏邨认为，即便退一步讲，茅盾的著作也未能实现其所宣称的"激动"小资产阶级的任务④，这样的指责不久后即被茅盾承认。钱杏邨也注意到了茅盾的小资产阶级文艺提倡，似乎是以无产阶级的政治立场为前提的权宜之计；但茅盾"根本上把无产阶级抛在一边，绝口不提，只大倡其小资产阶级的文艺论"，这使钱杏邨感觉到茅盾的主张并非"专对文艺一方面而言"，因此劝茅盾丢掉伪装，"不必再掩藏了"，"老老实实的提出'反对无产阶级文艺，提倡小资产阶级文艺'的一个口号来罢！"⑤

但茅盾坚决否认自己提倡的是"小资产阶级文艺"或"小资

---

① 钱杏邨：《从东京回到武汉——读了茅盾的〈从牯岭到东京〉以后》，《文艺批评集》，第 127—128 页。

② 钱杏邨：《从东京回到武汉——读了茅盾的〈从牯岭到东京〉以后》，《文艺批评集》，第 133 页。

③ 钱杏邨：《从东京回到武汉——读了茅盾的〈从牯岭到东京〉以后》，《文艺批评集》，第 134 页。

④ 钱杏邨：《从东京回到武汉——读了茅盾的〈从牯岭到东京〉以后》，《文艺批评集》，第 135 页。

⑤ 钱杏邨：《从东京回到武汉——读了茅盾的〈从牯岭到东京〉以后》，《文艺批评集》，第 160—161 页。

产阶级革命文学",他明确表态:"我并没说过要创造小资产阶级
文艺。"其主张的意义"无非就是上文所说一个作者'应该拣自己
最熟习的事来描写'",或者说,"使此后的文艺能够在尚能跟得
上时代的小资产阶级广大群众间有一些儿作用"。[①]茅盾的说法在
其确未站在小资产阶级的政治立场上而言是足以成立的,但其文
艺主张又确实围绕着小资产阶级的生活世界,称其为"小资产阶
级革命文学"其实也并无多大不妥——此后公开主张"小资产阶
级革命文学"的杨邨人也并不否认自己拥护无产阶级的政治立场。
茅盾的否认主要由于"小资产阶级"的标签在当时意味着政治上
的反动,对无产阶级政治活动仍然心存期盼的他不可能愿意被加
以这样的称号。同时,茅盾已经发生的立场转变也揭示了他不可
能愿意接受"小资产阶级"的头衔。

3. 茅盾对"小资产阶级"的兴趣衰减与论争消弭

在五四运动十周年纪念日,茅盾写作了《读〈倪焕之〉》一文。
在五四精神的激发下,茅盾大段论述了历史进步的必然规律的巨
大作用,创造社的转向也被以一种充满反讽意味的叙述纳入其
中。历史进步的必然规律同样对文学提出了要求,茅盾据此衡量
了五四以来的文学创作,甚至对此前一直给予高度评价的鲁迅,
也直白批评了其小说未能"反映出'五四'当时及以后的刻刻在
转变着的人心",未能"反映出弹奏着'五四'的基调的都市人
生"。[②]对于《倪焕之》,茅盾也指出其中存在"不曾很显明地反映
出集团的背景,因而不免流于空浮的个人的活动"[③]之类的缺陷。
茅盾给小说写作规定了必须表现"时代性"的任务,而所谓时代
性,既指向"时代给与人们以怎样的影响",也指向"怎样地由于

---

① 茅盾:《读〈倪焕之〉》,《文学周报》第8卷第20期,1929年5月12日,第610页。

② 茅盾:《读〈倪焕之〉》,《文学周报》第8卷第20期,1929年5月12日,第
592—594页。

③ 茅盾:《读〈倪焕之〉》,《文学周报》第8卷第20期,1929年5月12日,第603页。

人们的集团的活动而及早实现了历史的必然"。① 对于《蚀》三部曲，茅盾无法否认其中并未能表现出"时代性"；钱杏邨批判《追求》中全是"病态"，茅盾亦委婉承认。而在革命文学派看来，倪焕之尚且可以宽容，茅盾作品中的人物则"在事实上是毫无假借的要给予严厉的指摘和批判的，我们一点也不能宽容"②。

经历了这些思想转变的茅盾其实已经与革命文学派之间几乎没有了实质性的差别，他也开始自觉使用表现历史的必然规律和时代的进步性等条律来规约文学的创作，存留于他们之间的争论也已经多半是意气之争。茅盾甚至后悔道："我应该追悔我那篇随笔《从牯岭到东京》写得太随便，有许多话都没说完全，以至很能引起人们的误解，或是恶意的曲解。"③ 这其实向革命文学派委婉表达了与其思想的相同。

对小资产阶级主体性的强调，在《读〈倪焕之〉》中也有延续，但已经气息微弱。比如对于倪焕之这个小资产阶级人物，茅盾指出也许有人会说他"不是个大勇的革命者"，"但是他的求善的热望，也该是值得同情的"，这和他此前的思想一脉相承，但转而又批评他"究竟是脆弱的小资产阶级智识分子"，"即使有迷惘中的将来的希望，也只是看见了妻和子，并没看见群众"。④ 在迷惘中看到"将来的希望"以及"群众"，这便是他过去并没有过的要求了。

茅盾对小资产阶级的态度变化也为钱杏邨注意到了。他指出："茅盾在《读〈倪焕之〉》一文里已稍稍修正他的错误了，他已经进一步的说，'此后的文艺能够在尚跟得上时代的小资产阶级广泛群众间有一些儿作用'了，不是'天然的对象'了，他把《从

① 茅盾：《读〈倪焕之〉》，《文学周报》第 8 卷第 20 期，1929 年 5 月 12 日，第 605 页。

② 钱杏邨：《从东京回到武汉——读了茅盾的〈从牯岭到东京〉以后》，《文艺批评集》，第 187 页。

③ 茅盾：《读〈倪焕之〉》，《文学周报》第 8 卷第 20 期，1929 年 5 月 12 日，第 608 页。

④ 茅盾：《读〈倪焕之〉》，《文学周报》第 8 卷第 20 期，1929 年 5 月 12 日，第 601—602、606 页。

牯岭到东京》一文里对小资产阶级的热心减了不少了。"①钱杏邨甚至开始解构茅盾对小资产阶级的阐释，质疑茅盾所描述的幻灭和动摇类型的人物代表小资产阶级的资格："茅盾的创作中人物的幻灭与动摇决不能说是整个的小资产阶级幻灭动摇……茅盾为什么硬要把自己当做整个小资产阶级的代表，而规定整个的小资产阶级幻灭动摇呢？"②茅盾在谈到倪焕之时，虽然认为他"不中用"，并非一个真正的革命者，但谨慎地认为他"正可以表示转换期中的革命的知识分子的'意识形态'"，这一点也被钱杏邨否定："转换期中的智识分子固然不能免有这样的消极的份子，然而积极的，不逃避的苦斗下去的也所在多是吧？茅盾为什么不能看到这一点呢？"③这一质疑在钱杏邨提出之前，已然在茅盾的内心盘旋。追求历史必然性在文学作品中表达的他，并无力回答这一问题。

　　而茅盾之所以能够比较积极主动地转向革命文学派预定的目标，除了他一直就坚信以进步为诉求的无产阶级的政治和文化理想，且谨慎地避免与实际的无产阶级政治实践处于反对地位之外，和革命文学派对他所采取的批判"策略"也有着密切的关系。革命文学派虽然批判茅盾时颇多激烈之语，比如指斥他"居心叵测"④、对普罗文学"肆口漫骂"⑤、"恶毒"、"卑劣"、"对革命是反动的"⑥等等，但并未在政治上对其给予严重定性，茅盾所得

---

① 钱杏邨：《从东京回到武汉——读了茅盾的〈从牯岭到东京〉以后》，《文艺批评集》，第184页。

② 钱杏邨：《从东京回到武汉——读了茅盾的〈从牯岭到东京〉以后》，《文艺批评集》，第184—185页。

③ 钱杏邨：《从东京回到武汉——读了茅盾的〈从牯岭到东京〉以后》，《文艺批评集》，第187—188页。

④ 潘梓年：《到了东京的茅盾》，《认识》第1卷第1号，1929年1月15日，第49页。

⑤ 李初梨：《对于所谓"小资产阶级革命文学"底抬头，普罗列搭利亚文学应该怎样防卫自己？——文学运动底新阶段》，《创造月刊》第2卷第6期，1929年1月10日，第12页。

⑥ 钱杏邨：《中国新兴文学中的几个具体的问题》，《拓荒者》第1期，1930年1月10日，第344、351、366页。

到的一直是"小资产阶级"的"徽号",资产阶级或者封建阶级的称呼从未被派定给他。这当然也并非源于革命文学派有意识的统战追求,而主要由于茅盾在其文本中所表现出来的形象恰好能在革命文学派的阶级框架中得到理解,所以他获得了确定的阶级身份,不像鲁迅那样忽而是资产阶级,忽而是小资产阶级,忽而又变为"封建余孽"。小资产阶级的身份使得茅盾在被批判的同时,也被认可了潜在的变为革命同盟者的可能。钱杏邨便这样界定了与茅盾论战的性质:

> 我们这一次的战斗是和与鲁迅一班人的战斗不同的,这一次的战斗是无产阶级文艺战线与不长进的所谓革命的小资产阶级的代言者的战斗![①]

可以说,革命文学派对茅盾的批判所采取的是"治病救人"的"策略",对茅盾的期盼一直都未完全弃绝,就如钱杏邨对他所呼吁的:

> 你幻灭动摇的没落的人们呀,若果你们再这样的没落下去时,我们就把这一句话送给你们作为墓志罢。
> 我们再不能对你们有什么希望。[②]

而茅盾,也并未让他们完全失望。[③]1930 年 4 月,回国后不久的他即应邀加入了"左联",完成了左翼作家的一次重要聚合。

---

① 钱杏邨:《从东京回到武汉——读了茅盾的〈从牯岭到东京〉以后》,《文艺批评集》,第 161 页。

② 钱杏邨:《茅盾与现实——读了他的〈野蔷薇〉以后》,《新流月报》第 4 期,1929 年 12 月 15 日,第 694 页。

③ 在促成茅盾转变的因素中,还值得一提的是其胞弟沈泽民所委婉施与的压力。参见罗美(沈泽民):《关于〈幻灭〉——茅盾收到的一封信》,《文学周报》第 8 卷第 10 期,1929 年 3 月 3 日,第 271—276 页。但沈泽民的劝说应放到 1920 年代末期整个社会思潮急速左倾的背景下来理解。

小 结

小资产阶级的属性问题，在多数时候都未在"革命文学"论争中成为激辩的中心，这主要由于认同无产阶级革命路径的时人对小资产阶级软弱、动摇根性的认识几乎并无根本分歧，但它弥散在几乎所有论争的背景当中。作为无可逃避的小资产阶级成员，论争各方都试图以自己的方式破解小资产阶级这一"符咒"对自身属性的规定。或者"抉心自食"、深切忏悔，寻求救赎之道；或者在小资产阶级中抽离出无产阶级的代表阶级——革命的知识分子——负责向其他各阶级灌输无产阶级的阶级意识，作为革命的领导阶级，督促和指导小资产阶级克服劣根性、加强思想改造；或者竟在小资产阶级的劣根性面前半"缴械投降"，自认没落的命运，但自信还有着不走向反动的意志，愿意在力所能及的范围内为无产阶级的革命事业做出贡献，所以干脆以"小资产阶级"互相号召。这些认识自我小资产阶级身份的方式，直接影响了各方对无产阶级文学的理解。一般来说，除非认识到小资产阶级身份的可超越性，对无产阶级文学之"无产阶级"属性的认定都不会纯然以一种"代表"的方式进行。那些较深切地固执着自我的小资产阶级身份的作者，对与自己同类的群体能够创作出无产阶级文学基本上持否定的态度，甚至会提出以小资产阶级为中心来创作革命文学的主张，激烈的"革命文学"论争也便由此而发生。

对于"小资产阶级"这一名词，如果仅着眼于物质身份的层面，它是一个社会学概念，意指"中间阶级"；同时，它又难免附着意识形态的属性，标示在资产阶级和无产阶级之间的政治中间力量。以知识生产和传播作为职业的知识分子，依据其物质身份，无疑属于小资产阶级；但特殊之处在于，知识分子同时还是意识形态的代表者，如果依据这一标准，知识分子又可以从属于任何阶级，成为他们的代言人。正是因为物质身份和思想代表两项标准的混用，使得知识分子的阶级属性问题变得含混且充满矛盾。但即便某些知识分子成了资产阶级的代言人，他们仍难免保留着意识状态的不确定性,即所谓的小资产阶级"根性"。阶级革命理论认为,小资产阶级徘徊在进步与反动之间,只是一个寄生阶级,只能产生意识上的劣根性,而不能产生本阶级的意识形态。只有当他们决定投身于无产阶级的革命事业,掌握无产阶级的阶级意识,才有可能克服劣根性,甚至成为无产阶级。但对于绝大多数革命知识分子来说,小资产阶级的身份始终是他们挥之不去的心理阴影,在"罪"感中挣扎成为他们普遍的生存状态。正因此,对于他们来说,克服小资产阶级劣根性的"思想改造"要求,与其说来自外部,不如说发自肺腑。

结　语

　　在"革命文学"论争中，处于论争核心的"革命文学"，显然不是抽象的革命文学或无产阶级文学，而主要指的是以创造社与太阳社为核心的革命文学派所提出的特定类型的无产阶级文学。因此，指向"革命文学"的批判，多数并不是要否定革命文学或者说无产阶级文学存在的合法性，而是针对革命文学派的提倡动机与具体主张。受时代革命风潮的影响，参与"革命文学"论争的各方，多数有着赞同无产阶级文学的底线。

　　但值得注意的是，"革命文学"论争中的分歧在初始阶段呈现出普遍化与多元化的特点。即便都大力提倡无产阶级文学，且都与政党系统有亲密关系（如创造社和太阳社），即便同属一个社团（如李初梨与郭沫若、成仿吾），他们之间往往也有尖锐分歧，并产生了激烈程度不等的纷争。这在某种程度上折射出阶级文学理论在初生阶段多元共生的面向。那些不认同革命文学派所提倡的无产阶级文学的左翼文人，与革命文学派之间的纷争就更加尖锐了。但这两种纷争还是有着显著不同。革命文学派内部的论争，主要发生于"革命文学"论争前期，且相对较少动机方面的互击，论争因为有政党的介入或社团因素的制约，消弭得也十分迅速。但后一种论争，则理论的分歧与情感的反应，复杂地缠绕在了一起，理论冲突往往以一种动机甚至生理攻击的形式呈现，以至于很难将二者清楚地剥离开来。最突出的表现，或许就是鲁迅与茅盾对革命文学派之活动为"投机"的反复批判了；革命文学派对鲁迅，也进行了不少情绪化的人身攻击（比如反复渲染鲁迅之"老"）。而革命文学派与鲁迅、茅盾的两场论争，除了鲁迅、茅盾都指责对方"投机"外，其余方面也截然不同。与鲁迅那一场，主要围绕的是无产阶级文学的远景以及无产阶级主体的养成问题；而与茅盾那一场，更多处理的是当下的革命文学发展问题。另外则是，后一场论争的情绪化内容少了很多。除该次论争主题较为明确的因素外，大概也因为茅盾虽然脱了党，但毕竟曾是资深党员，且与政党仍有千丝万缕的联系。

就革命文学派内部而言，"革命文学"论争激烈的前奏，即是创造社与太阳社持续了数月的争论。在争论平息之后，二社的理论迅速走向了统一，创造社所持有的以明确的阶级意识和阶级立场为支撑的"革命文学"观，被太阳社几乎完全吸纳。创造社对太阳社的批判集中于其"表现"和"观照"论的文学观，而钱杏邨后来在评论其他作家时说道："普罗列塔利亚文学，是普罗列塔利亚的斗争的武器，绝对不是一种观照的东西。"[①]为了和"表现"论文学观划清界限，钱杏邨甚至在把两篇旧文收入文集重版时，把多处"表现"都替换为了"描写"[②]（不过他大概忘掉了李初梨在批判他们的"表现"论文学观时，曾在括号里加了一个注："描写与表现是同意语。梨注"[③]）。钱杏邨并且对这两篇旧文表达了忏悔："这一部分自己认为是最不满意的，我没有站在新兴阶级文学的立场上去考察，差不多把精神完全注在创作与时代的关系的一点上去了。"[④]而太阳社理论中相对重视现实描写的部分后来创造社也有所吸收。当然，一方面，二社理论的统一有着中介，那就是藏原惟人既强调阶级立场，又强调客观写实的新写实主义。另一方面，统一也是在批判共同的对手时达成的。比如当茅盾在《读〈倪焕之〉》中对创造社的历史及现状大加挞伐的时候，钱杏

---

①　钱杏邨：《一九三〇年一月创作评》，《文艺批评集》，第 280 页。

②　参见赵璕：《〈从牯岭到东京〉的发表及钱杏邨态度的变化——〈〈幻灭〉（书评）〉、〈动摇〉（评论）〉和〈茅盾与现实〉对勘》，《中国现代文学研究丛刊》2005 年第 6 期，第 13—40 页。

③　李初梨：《一封公开信的回答》，《文化批判》第 3 号，1928 年 3 月 15 日，第 123 页。

④　钱杏邨：《现代中国文学作家》（第二卷），第 115 页。

郏出来指责茅盾的批判[①]；而李初梨也在批判茅盾时友好地指出太阳社是"我们阵营里面的"[②]。

又比如对于鲁迅，本来他是"革命文学"的最激烈批判者之一，但经过"革命文学"论争的刺激，鲁迅意识到自己需要补上唯物史观的一课，否则将难以和满篇理论术语的无产阶级文学理论家展开有实质意义的交锋，甚至将被反复嘲讽为"无知"。在一番努力后，鲁迅纠正了自己"只信进化论的偏颇"[③]，经过阶级理论改造的唯物史观在鲁迅的头脑中扎下根来。而梁实秋对无产阶级文学的嘲讽出现得恰逢其时，鲁迅和革命文学派一时有了共同的危险敌人，他们"携手"对梁实秋展开了批判，批判逻辑如出一辙。比如，鲁迅在最初曾欲执黄包车夫而问以否定创造社，而当梁实秋使出了近似招式时，鲁迅告诉他：阶级意识才是判断是否真正无产阶级的标准。梁实秋的出现，使得鲁迅与创造社都主动降低了对方的危险程度。鲁迅开始愿意和创造社接触合作，而创造社也开始把新月派视作更加反动的敌人——鲁迅不过是"趣味"文人，新月派却在"用尽巧妙且辛辣的手段""阻止历史的进展"。[④]他们的理论迅速趋同，矛盾开始缓和，同一性得到最大限度的增强。当然，这不妨碍双方都仍有很深的成见，并时常有所冲突，但这些冲突已经多半不属于理论逻辑的根本分歧，而更多由"人"或"人际"的因素（如对理论运用的方式、态度和动机等）导致。

而茅盾，在几轮论争之后，在理论逻辑上也迅速靠拢了革命文学派。在他那里，文学创作由抒发内心情绪的工具，变成了表现进步的时代精神和集团意识的工具；对小资产阶级主体性的强

---

① 钱杏邨：《文艺批评集》，第 181 页。

② 李初梨：《对于所谓"小资产阶级革命文学"底抬头，普罗列搭利亚文学应该怎样防卫自己？——文学运动底新阶段》，《创造月刊》第 2 卷第 6 期，1929 年 1 月 10 日，第 3 页。

③ 鲁迅：《三闲集·序言》（1932 年 4 月 24 日），《鲁迅全集》第 4 卷，第 6 页。

④ 彭康：《什么是"健康"与"尊严"？——〈《新月》的态度〉底批评》，《创造月刊》第 1 卷第 12 期，1928 年 7 月 10 日，第 2 页。

调、对政党革命路径与政策的指责都被有意识地遮掩或修正。

上述提到的人士，除了梁实秋，都属于"革命文学"论争中的"左翼"，显然他们的主张异质混成，谱系大不相同，值得细辨。而那些从根本上否定阶级文学存在合法性的"右翼"主张，比如新月派、国家主义派的主张，亦有加以重视的必要。但这些主张要么违逆时流，要么缺乏体系性，难以激动人心。他们对于"革命文学"的主张，在声势凌厉的无产阶级革命文学家以及鲁迅的批判之下，缺乏招架之力，因此也难以对广大文学青年产生足够的影响力。越来越多的文学青年倒向无产阶级文学的一方，立足于阶级意识的无产阶级文学开始活跃于文坛，成为1930年代以后中国文坛的重要力量。而在1920年代，曾经风光一时的"革命文学"对阶级意识立足点的强调十分罕见，而更注重文学的"情感"统一效能。两种"革命文学"的差异是本质上的。此一区别背后，隐伏着集体主义对个人主义的接管。①

"右翼"的声音中，最有体系性与深度的当属新月派的梁实秋的观点。梁氏挟白璧德的人文主义，兼采卡莱尔的英雄史观，对无产阶级文学的否定最为系统和用力，虽然其偏颇也十分突出，但还是留下了许多值得进一步省思的主题。梁实秋对文化之精英属性的强调、对大众的怀疑与警惕，都让人想起多年前新文化阵营与学衡派、甲寅派的论争。不同之处在于，梁实秋现在的对手，在行动上比新文化阵营有更强的组织性，在理论上也有更鲜明的体系性；而且新的时代精神与气氛，对于他的观点更加不友好了。在鲁迅看来，梁实秋大概集学衡派、甲寅派的"反动性"与自由派文人（"正人君子"）的"虚伪性"于一身。他的出现，唤醒了鲁迅的战斗热情。批判学衡派、甲寅派与"正人君子"的逻辑与方法，完全可以再次使用；而新的阶级理论的输入，更有效提升了鲁迅的战斗力。在这场论争中，鲁迅甚至在很大程度上

---

① 参见华汉（阳翰笙）在《中国新文艺运动》、钱杏邨在《中国新兴文学论》中对一般革命文学和普罗革命文学之间区分的论说，均载《文艺讲座》第1册，1930年4月10日，第113—149、151—197页。

捐弃了与革命文学派之间深刻的嫌隙，而与他们携手作战。这为后来以鲁迅为旗手的"左联"的建立，做了充分的铺垫。

无产阶级文学理论的许多核心主题，比如人性与阶级性问题、光明与黑暗面描写问题、无产阶级立场的现实主义问题、知识分子的小资产阶级意识克服与思想改造问题、无产阶级文学的创作主体问题、革命文艺的服务对象问题等等，在"革命文学"论争时期都获得了中国语境下的首次系统且深入的讨论。因此不妨说，"革命文学"论争构成了后来无产阶级文学理论发展的逻辑起点。解剖"革命文学"论争，能够对中国无产阶级文学理论的内部逻辑获得更透彻的认识。比如后来成为无产阶级文学理论经典的毛泽东的《在延安文艺座谈会上的讲话》，其中的许多主题都在"革命文学"论争中有着直接的源头。《讲话》的重要主题是文艺的阶级性问题，主张一切文艺都立足于阶级的立场，因此毛泽东点名批判了梁实秋的超阶级的文艺与人性论。不难发现，毛泽东对普遍"人性论"的否定正是鲁迅等左翼文人对梁实秋批判的延续。[1] 而在另一面，毛泽东对描写黑暗面的"暴露文学"的批判，又恰恰和革命文学派对鲁迅与茅盾作品之阴暗面的否定有一脉相承之处。[2] 至于《讲话》中对小资产阶级进行思想改造的设计，也正是革命文学派相关认识的自然发展。"革命文学"论争的意义是明显的：它团结了朋友（虽然经常借助于反作用力）、打击了敌人、争取和锻炼了群众，最终发展和普及了无产阶级文学理论。但它的意义绝不止于此。事物的起源都是重要的，因其不仅足以揭示未来，还往往包蕴未来的多重可能。"革命文学"论争亦然。若考虑到其后无产阶级文学日趋一体化的发展，对它的反顾，就更显得意义非凡。"革命文学"论争大体是野蛮生长的。陈平原对五四的三点概括，移植给"革命文学"论争，倒也显得恰切：泥沙俱下、众声喧哗、生气淋漓。[3]

①　毛泽东：《在延安文艺座谈会上的讲话》，《毛泽东选集》第3卷，第870—871页。

②　毛泽东：《在延安文艺座谈会上的讲话》，《毛泽东选集》第3卷，第871—872页。

③　陈平原：《走不出的"五四"？》，《中华读书报》2009年4月15日，第13版。

　　"革命文学"论争之所以能有此局面，当然由彼时多元化的文坛环境决定，同时也因为无产阶级文学尚未开启与政治权力高度合体的发展模式。到了论争后期，当政党开始有意识地在文艺领域落实宣传政策的时候，无产阶级文学的提倡才开始被纳入日渐严密的管理体系当中。无产阶级文学的提倡在最初很难说有确定的政治权力背景，这突出表现在最积极且成体系地提倡马克思主义与无产阶级文学的后期创造社成员，虽然积极谋求加入党组织，仍然过了很久才被接纳。成员全是党员的太阳社提倡无产阶级革命文学的行为也未受到重视，当他们受到创造社批判时曾谋求党的中宣部干预，但党组织未予理会；江苏省委的宣传部门还明显偏向了创造社。这当然也是因为创造社里面有郭沫若、潘汉年、阳翰笙、李一氓等地位重要的中共党员在（后三人还在创造社内组建了党小组），与党的权力部门有着沟通的渠道，潘汉年更和江苏省委关系密切。不过后期创造社在当时还并非一个由党所领导的群体。如阳翰笙所言，潘汉年"虽然是党员，但也领导不了后期创造社那些人，那些人当时都是留日的学者"[1]。直到1929 年 10 月中宣部文化工作委员会（"文委"）建立之后，潘汉年成为"文委"书记，朱镜我、李一氓、王学文、冯乃超、彭康等都成为"文委"委员，创造社才完全处在了党的领导之下。[2]

　　说"革命文学"论争包蕴未来的多重发展可能，自然引人遐想，但它并不指向对政党与文学关系的单维负面认知，也并非浪漫主义的"怀旧"想象。"革命文学"论争亦"泥沙俱下"，充分暴露了自己的"短板"，而这些"短板"深刻制约了其后无产阶级文学的发展。首先，左翼文人通过"革命文学"论争，逐渐达成的共识的主体，来自革命文学派尤其是后期创造社的理论。后期创造社固然在宣传推广无产阶级文学以及马克思主义的哲学社会科学理论方面有重大贡献，但对于文学理论其实兴趣微弱且缺乏专业性。他们的文学论述，将文学完全视作阶级斗争的武器，

---

[1]　阳翰笙：《风雨五十年》，第 131 页。

[2]　参见张广海：《"左联"筹建与组织系统考论》，第 97—107 页。

几乎彻底否定了文学自我表达的属性，否定了非表现时代发展必然性的文学的合法性，否定了文学向小资产阶级等社会阶层延展的必要与可能，且大力贬损小资产阶级知识分子的自我意识，用阶级性彻底否定共同人性。以上种种，都将文学驱入难以自我持续的死胡同。其中许多论述，即便依照马克思的论述来判断，也是难以成立的。鲁迅、茅盾等对这些观点中许多内容的批判，一开始坚定而有力，其后随着对阶级革命理论了解的增多以及相关境遇的变迁，虽然内在仍有对既往观点的坚持，但就大的方面而言，决定性地倒向了革命文学派的理论。

其次，"革命文学"论争在左翼内部，虽然也充斥大量情绪化的人身攻击，但实质性的交流亦不少。而在左翼之外，则论争往往只起到了将双方观点推向极端的作用。最明显的便是左翼与梁实秋之争了。左翼正是在对梁实秋的批判中，才将绝对的阶级性原则发扬光大；而梁实秋也是在与左翼的争论中，将其精英文化观与天才观表现得淋漓尽致。[①]

最后，论争的姿态，其意义往往不逊色于论争内容，因为这往往决定了论争能否达成理性的共识；而"革命文学"论争，将新文化运动以来文坛论辩风气的暴戾一面推向了新的高度。各类人身攻击层出不穷，一时蔚为壮观。所以我们看到，《文化批判》先攻击梁实秋为"狗教授"[②]，后来冯乃超指责梁实秋为"资本家的走狗"[③]，鲁迅觉得所骂不中膝理，将其修改为"'丧家的'资本家的乏走狗'"[④]。但是，当鲁迅如此攻击梁实秋时，不知是否还记得两年前李初梨对他的定位："为布鲁乔亚氾当了一条忠实

---

① 梁实秋的观点亦有针对左翼的调整，参见本书第四章第三节相关论述。

② 《编辑杂记》，《文化批判》第 2 号，1928 年 2 月 15 日，第 135—136 页。

③ 冯乃超：《文艺理论讲座（第二回）》，《拓荒者》第 1 卷第 2 期，1930 年 2 月 10 日，第 690 页。

④ 鲁迅：《"丧家的""资本家的乏走狗"》，《萌芽月刊》第 1 卷第 5 期，1930 年 5 月 1 日，《鲁迅全集》第 4 卷，第 251—254 页。

的看家狗！"①梁实秋虽然用笔相对克制，但也想起用"牛"来反击鲁迅："在吃草喘气的时候，也该自己想想，你自己已经吃了几家的草，当过了几回'乏''牛'！"②此类论辩开启了1930年代之后，文坛论争中动物（尤其是狗）纷纷上阵参战，语言日趋粗鄙化的先河。在《"革命文学"论争资料选编》（71.5万字）中，"狗"出现46次，"走狗"出现15次；而在《三十年代"文艺自由论辩"资料》（41.3万字）中，"狗"出现150次，"走狗"出现22次③，数值与密度均大幅增加。虽然"狗"字并非都是攻击性的，但就大的趋势而言，已足以说明问题。④

　　鉴于"革命文学"论争产生了极大的宣传效果，且国民政府已经于1929年6月初制定"文艺政策"，中共也开始积极酝酿制定系统的宣传政策。1929年6月25日，中共六届二中全会通过《宣传工作决议案》，决定建立健全的宣传系统，成立文化领导机关——直属于中宣部的"文委"。"文委"于1929年10月建成，此后"左联"的筹建也提上了工作日程。11月，中共中央负责人李立三要求中宣部与江苏省委宣传部，制止革命文学家继续批评鲁迅，并争取建立以鲁迅为旗手的文化界革命联合组织。李立三亲自给该组织拟名"中国左翼作家联盟"，并于12月派人向鲁迅发出邀请，同时请教关于名称的意见。鲁迅接受了邀请，并对该名称表示赞许。其后，他成为"左联"筹备小组的12名成员之一。⑤

　　而自1929年10月开始，革命文学派也开始有意识地放宽对

---

　　① 李初梨：《请看我们中国的Don Quixote的乱舞——答鲁迅〈醉眼中的朦胧〉》，《文化批判》第4号，1928年4月15日，第11页。

　　② 梁实秋：《鲁迅与牛》，《新月》第2卷第11号，1930年1月10日（愆期至5月下旬），第3页。

　　③ 吉明学、孙露茜编：《三十年代"文艺自由论辩"资料》，上海：上海文艺出版社，1990年。该书包括不少研究论文，上述统计（包括字数）去除了该部分。

　　④ 以上数据系将上述图书的图像进行OCR（光学字符识别）处理后检索而得，因为OCR不能做到完全精确，所以数值会存在一定误差。

　　⑤ 参见张广海：《左联筹建与组织系统考论》，第45—55、85—94页。

革命文学的界定，判断革命文学的唯一标准为无产阶级的阶级意识（或说意识形态），在题材方面则可以自由选择。此时他们特别强调这一点，有着回应茅盾批评的意图；同时，也难免和试图结成较广泛的"革命文学"战线的规划有关。经过这样一番强调，"无产阶级革命文学"其实和退缩了防线的茅盾的"革命文学"主张已经所差甚微。比如潘汉年讲道："与其把我们没有经验的生活来做普罗文学的题材，何如凭各自所身受与熟悉一切的事物来做题材呢？"①而茅盾在《读〈倪焕之〉》中，为了摆脱与"小资产阶级革命文学"的关系，再次强调："《从牯岭到东京》这篇随笔里，我表示了应该以小资产阶级生活为描写的对象那样的意见。这句话平常得很，无非就是上文所说一个作者'应该拣自己最熟习的事来描写'的同样的意义。"②

　　思想的趋同为联合准备了条件。茅盾1930年4月初回国，"左联"党团书记冯乃超不久就邀其加入，茅盾亦予从命，后来还担任了"左联"的行政书记。③"左联"首批成员还有郁达夫和韩侍桁，二人都激烈批判过革命文学派，应该都是由于被鲁迅推荐才获得加入资格。④"左联"的主体自然还是原创造社和太阳社成员。至此可以说，左翼内部倾向于共产主义革命路径的同人，已经统一在了无产阶级文学的旗帜下，决意放弃"内讧"，集中向资产阶级反动文人和不长进的小资产阶级文人展开进攻了。

　　1931年初，瞿秋白从政治激流中退出，开始涉足文化工作。其后他联合先后担任"左联"党团书记与"文委"书记的冯雪峰，至1932年上半年，逐渐成为"左联"的主要负责人之一。革命文

---

　　① 潘汉年：《文艺通信——普罗文学题材问题》，《现代小说》第3卷第1期，1929年10月15日，第332页。

　　② 茅盾：《读〈倪焕之〉》，《文学周报》第8卷第20期，1929年5月12日，第610页。

　　③ 参见田丰：《规训与重塑——革命文学论争对茅盾文学观念转变的深远影响》，《广州大学学报（社会科学版）》2013年第1期，第66—70页。

　　④ 参见夏衍：《懒寻旧梦录》，第100页；强英良：《韩侍桁的〈关于鲁迅先生〉及其他》，《鲁迅研究动态》1987年第8期，第18—23页。

学派因为攻击鲁迅的行为开始受到较为严厉的批判。被革命文学派痛斥的小资产阶级劣根性又部分还给了他们自己，他们的批判行为被视作未能"克服自己的浪漫谛克主义"，"中了才子加流氓的毒"，意图在于"'包办'工人阶级文艺代表的'事务'"，在论争中"表现着文人的小团体主义"。①

　　再到后来，随着鲁迅的地位在无产阶级文化与政治事业中越来越高，革命文学派对鲁迅的攻击也就变得越来越不正确、不光彩，他们普及无产阶级文学、哲学和政治理论的功劳在被提及的同时，也难免要被打一个不小的折扣。而再到后来，当无产阶级文学被"祛魅"之后，对极"左"思潮的反思成为思想界主流，革命文学派又不可避免地堕入充任文艺领域极"左"思潮肇始者的命运。不难发现，瞿秋白的政治命运虽然颇多起伏，中国的政治生态后来也多有变化，但瞿秋白对革命文学派所下的断语，"有效性"大体上延续至今。而这对革命文学派来说，是并不公平的，也因此导致了许多对他们的脸谱化认识。也许，只有真正"远离"了那场论争，才能更深入地认识它吧。

---

　　①　何凝（瞿秋白）：《〈鲁迅杂感选集〉序言》，何凝编录：《鲁迅杂感选集》，上海：青光书局，1933 年，第 19—20 页。

参考文献

民国报刊

1. 创造社

《创造月刊》　《创造周报》　《洪水》　　　《幻洲》　　《畸形》
《流沙》　　　《日出旬刊》　《思想月刊》　《文化批判》
《新思潮》　　《战线》

2. 太阳社

《海风周报》　《时代文艺》　《太阳月刊》　《拓荒者》
《新流月报》

3. 其他

《北新》　　　《长夜》　　　　　《晨报副刊》　《大众文艺》
《萌芽月刊》　《民国日报·觉悟》　《澎湃》　　　《泰东月刊》
《文学周报》（《文学旬刊》《文学》）　《文艺讲座》　《我们月刊》
《现代》　　　《现代文化》　　　《小说月报》　《新月》
《语丝》　　　《中国青年》
《中央日报·中央副刊》（汉口）

民国图书（不含辞书）

［日］北条一雄（福本和夫）：《社会进化论——社会底构成及变革过程》，施复亮译，上海：大江书铺，1930 年。

郭沫若：《创造十年》，上海：现代书局，1932 年。

蒋光慈编：《俄罗斯文学》，上海：创造社出版部，1927 年。

[德] K. Korsch（柯尔施）：《新社会之哲学的基础》，彭嘉生译，上海：南强书局，1929 年。

李何林编著：《近二十年中国文艺思潮论》，上海：生活书店，1939 年。

李何林编：《中国文艺论战》，北京：中国书店，1929 年。

鲁迅编译：《壁下译丛》，上海：北新书局，1929 年。

茅盾：《蚀》，上海：开明书店，1930 年。

钱杏邨：《麦穗集》，上海：落叶书店，1928 年。

钱杏邨：《现代中国文学作家》（第一卷），上海：泰东图书局，1928 年。

钱杏邨：《作品论》，上海：沪滨书店，1929 年。

钱杏邨：《文艺批评集》，上海：神州国光社，1930 年。

钱杏邨：《现代中国文学作家》（第二卷），上海：泰东图书局，1930 年。

[日] 藏原惟人：《新写实主义论文集》，之本译，上海：现代书局，1930 年。

[日] 藏原惟人、外村史郎辑：《文艺政策》，鲁迅译，上海：水沫书店，1930 年。

朱其华：《一九二七年底回忆》，上海：新新出版社，1933 年。

民国辞书

陈绶荪编：《社会问题辞典》，上海：民智书局，1929 年。

辞书编译社编：《新哲学社会学解释辞典》，上海：光华出版社，1947 年。

高希圣、郭真、高乔平、龚彬编：《社会科学大词典》，上海：世界书局，1929 年。

顾凤城等编：《新文艺辞典》，上海：光华书局，1931 年。

顾志坚编：《新知识辞典》，上海：北新书局，1934 年。

施伏量（施存统）编：《社会科学小辞典》，上海：新生命书局，1935 年。

舒新城主编：《中华百科辞典》，上海：中华书局，1930 年。

王伟模编著：《社会运动辞典》，上海：明日书店，1930 年。

王云五编：《王云五大辞典》，上海：商务印书馆，1930 年。

吴念慈、柯柏年、王慎名编：《新术语辞典》，上海：南强书局，1929 年。

新辞书编译社编辑：《新时代百科全书》，上海：童年书店，1936 年。

邢墨卿编：《新名词辞典》，上海：新生命书局，1934 年。

文集

《阿英全集》（并附卷），合肥：安徽教育出版社，2003—2006 年。

《成仿吾文集》，济南：山东大学出版社，1985 年。

《冯雪峰全集》，北京：人民文学出版社，2016 年。

《郭沫若全集·文学编》，北京：人民文学出版社，1982—1992 年。

《蒋光慈文集》，上海：上海文艺出版社，1982—1988 年。

《梁实秋文集》，厦门：鹭江出版社，2002—2004 年。

《列宁选集》，北京：人民出版社，1995 年。

《鲁迅全集》，北京：人民文学出版社，2005 年。

《马克思恩格斯选集》，北京：人民出版社，1995 年。

《茅盾全集》（并附集、补遗），北京：人民文学出版社，1984—2004 年。

《毛泽东选集》，北京：人民出版社，1991 年。

《彭康文集》，上海：上海交通大学出版社，2018 年。

《郁达夫全集》，杭州：浙江大学出版社，2007 年。

《郑伯奇文集》，北京：人民文学出版社，1988 年。

《朱镜我文集》，北京：海洋出版社，2007 年。

研究资料、回忆录

白嗣宏编选：《无产阶级文化派资料选编》，北京：中国社会科学出版社，1983 年。

陈子善编：《梁实秋文学回忆录》，长沙：岳麓书社，1989 年。

方铭编：《蒋光慈研究资料》，银川：宁夏人民出版社，1983 年。

吉明学、孙露茜编：《三十年代“文艺自由论辩”资料》，上海：上海文艺出版社，1990 年。

黎照编：《鲁迅梁实秋论战实录》，北京：华龄出版社，1997 年。

李维汉：《回忆与研究》（上），北京：中共党史资料出版社，1986 年。

李伟江编：《冯乃超研究资料》，西安：陕西人民出版社，1992 年。

李一氓：《李一氓回忆录》，北京：人民出版社，2001 年。

南昌八一纪念馆编：《南昌起义》，北京：中共党史资料出版社，1987 年。

秦德君、刘淮：《火凤凰：秦德君和她的一个世纪》，北京：中央编译出版社，1999 年。

饶鸿竞等编：《创造社资料》，福州：福建人民出版社，1985 年。

史若平编：《成仿吾研究资料》，长沙：湖南文艺出版社，1988 年。

孙中田、查国华编：《茅盾研究资料》，北京：中国社会科学出版社，1983 年。

夏衍：《懒寻旧梦录》，北京：生活·读书·新知三联书店，2000 年。

阳翰笙：《风雨五十年》，北京：人民文学出版社，1986 年。

张秋华、彭克巽、雷光编选：《“拉普”资料汇编》（上），北京：中国社会科学出版社，1981 年。

郑超麟：《郑超麟回忆录》，北京：东方出版社 2004 年。

中国社会科学院文学研究所现代文学研究室编：《“革命文学”论争资料选编》，北京：人民文学出版社，1981 年。

中央档案馆编：《中共中央文件选集》（第 3—5 册），北京：中共中央党校出版社，1989—1990 年。

中央档案馆、江苏省档案馆编：《江苏革命历史文件汇集（上海市委文件）》（1927 年 3 月—1934 年 11 月），1988 年。

研究专著、论文集

艾晓明：《中国左翼文学思潮探源》，长沙：湖南文艺出版社，1991 年。

［美］安敏成：《现实主义的限制：革命时代的中国小说》，姜涛译，南京：江苏人民出版社，2011 年。

曹清华：《中国左翼文学史稿（1921—1936）》，北京：中国社会科学出版社，2008 年。

［日］长堀祐造：《鲁迅与托洛茨基：〈文学与革命〉在中国》，王俊文译，台北：人间出版社，2015 年。

陈红旗：《中国左翼文学的发生：1923—1933》，广州：暨南大学出版社，2010 年。

陈建华：《"革命"的现代性——中国革命话语考论》，上海：上海古籍出版社，2000 年。

［美］陈幼石：《茅盾〈蚀〉三部曲的历史分析》，北京：社会科学文献出版社，1993 年。

程凯：《革命的张力："大革命"前后新文学知识分子的历史处境与思想探求（1924—1930）》，北京：北京大学出版社，2014 年。

［英］戴维·麦克莱伦：《马克思以后的马克思主义》，李智译，北京：中国人民大学出版社，2004 年。

［美］费约翰：《唤醒中国：国民革命中的政治、文化与阶级》，李恭忠等译，北京：生活·读书·新知三联书店，2004 年。

付祥喜：《新月派考论》，北京：中国社会科学出版社，2015 年

金观涛、刘青峰：《观念史研究——中国现代重要政治术语的形成》，北京：法律出版社，2009 年。

靳明全：《中国现代作家与日本》，济南：山东文艺出版社，1993 年。

［德］卡尔·柯尔施：《马克思主义和哲学》，王南湜、荣新海译，重

庆：重庆出版社，1989 年。

[德] 卡尔·马克思：《1844 年经济学哲学手稿》，北京：人民出版社，2000 年。

[波] 科拉柯夫斯基：《马克思主义的主流》（一），马元德译，台北：远流出版事业股份有限公司，1992 年。

寇鹏程：《中国“小资产阶级”文艺的罪与罚》，上海：上海三联书店，2012 年。

旷新年：《1928：革命文学》，济南：山东教育出版社，1998 年。

[法] 雷蒙·阿隆：《阶级斗争：工业社会新讲》，周以光译，南京：译林出版社，2003 年。

[英] 雷蒙德·威廉斯：《马克思主义与文学》，王尔勃等译，开封：河南大学出版社，2008 年。

黎活仁：《卢卡契对中国文学的影响》，台北：文史哲出版社，1996 年。

李怡：《日本体验与中国现代文学的发生》，北京：北京大学出版社，2009 年。

李跃力：《革命与文学的深层互动：中国现代文学中的“革命话语”研究》，北京：中国社会科学出版社，2013 年。

林伟民：《中国左翼文学思潮》，上海：华东师范大学出版社，2005 年。

刘柏青：《日本无产阶级文艺运动简史》，长春：时代文艺出版社，1985 年。

刘群：《饭局·书局·时局——新月社研究》，武汉：武汉出版社，2010 年。

刘震：《左翼文学运动的兴起与上海新书业（1928—1930）》，北京：人民文学出版社，2008 年。

[匈] 卢卡奇：《历史与阶级意识——关于马克思主义辩证法的研究》，杜章智等译，北京：商务印书馆，1992 年。

[斯洛伐克] 玛利安·高利克：《中国现代文学批评发生史》，陈圣生等译，北京：社会科学文献出版社，1997 年。

[美] 莫里斯·迈斯纳：《李大钊与中国马克思主义的起源》，中共北京市委党史研究室编译组译，北京：中共党史资料出版社，1989 年。

［法］莫里斯・梅洛－庞蒂：《辩证法的历险》，杨大春等译，上海：上海译文出版社，2009年。

［美］欧文・白璧德：《卢梭与浪漫主义》，孙宜学译，石家庄：河北教育出版社，2003年。

钱理群：《与鲁迅相遇：北大演讲录之二》，北京：生活・读书・新知三联书店，2003年。

汕头大学文学院新国学研究中心主编：《中国左翼文学国际学术研讨会论文集》，汕头：汕头大学出版社，2006年。

沈卫威：《艰辛的人生：茅盾传》，台北：业强出版社，1991年。

宋彬玉等：《创造社16家评传》，重庆：重庆出版社，1998年。

［英］汤姆・博托莫尔主编：《马克思主义思想辞典》，陈叔平等译，郑州：河南人民出版社，1994年。

［俄］托洛茨基：《文学与革命》，刘文飞等译，北京：外国文学出版社，1992年。

［日］丸山升：《鲁迅・革命・历史：丸山升现代中国文学论集》，王俊文译，北京：北京大学出版社，2005年。

王风、［日］白井重范编：《左翼文学的时代——日本"中国三十年代文学研究会"论文选》，北京：北京大学出版社，2011年。

王慕民：《朱镜我评传》，宁波：宁波出版社，1998年。

王奇生：《革命与反革命——社会文化视野下的民国政治》，北京：社会科学文献出版社，2010年。

王烨：《新文学与现代传媒》，上海：学林出版社，2008年。

温儒敏：《中国现代文学批评史》，北京：北京大学出版社，1993年。

［美］悉尼・胡克：《对卡尔・马克思的理解》，徐崇温译，重庆：重庆出版社，1989年。

咸立强：《寻求归宿的流浪者——创造社研究》，上海：东方出版中心，2006年。

徐贲：《在傻子和英雄之间：群众社会的两张面孔》，广州：花城出版社，2010年。

杨奎松：《"中间地带"的革命——国际大背景下看中共成功之道》，

太原：山西人民出版社，2010年。

姚金果等：《共产国际、联共（布）与中国大革命》，福州：福建人民出版社，2002年。

叶子铭：《梦回星移：茅盾晚年生活见闻》，南京：南京大学出版社，1991年。

［德］伊曼努尔·康德：《道德形而上学原理》，苗力田译，上海：上海人民出版社，2002年。

［英］以赛亚·伯林：《浪漫主义的根源》，吕梁等译，南京：译林出版社，2011年。

［英］以赛亚·伯林：《自由论》，胡传胜译，南京：译林出版社，2003年。

余连祥：《逃墨馆主——茅盾传》，杭州：浙江人民出版社，2006年。

张福贵、靳丛林：《中日近现代文学关系比较研究》，长春：吉林大学出版社，1999年。

张广海：《左联筹建与组织系统考论》，杭州：浙江大学出版社，2018年。

张宁：《无数人们与无穷远方：鲁迅与左翼》，上海：复旦大学出版社，2006年。

张翼星：《为卢卡奇申辩——卢卡奇哲学思想若干问题辨析》，昆明：云南人民出版社，2001年。

张源：《从"人文主义"到"保守主义"：学衡派与白璧德》，北京：商务印书馆，2022年。

赵新顺：《太阳社研究》，北京：中国社会科学出版社，2010年。

郑坚：《吊诡的新人——新文学中的小资产阶级形象研究》，南昌：百花洲文艺出版社，2005年。

［日］中井政喜：《革命与文学：1920年代中国文学批评新论》，许丹诚译，福州：福建教育出版社，2020年。

朱寿桐：《新人文主义的中国影迹》，北京：中国社会科学出版社，2009年。

单篇论文

敖光旭：《1920—1930 年代国家主义派之内在文化理路》，《近代史研究》2006 年第 2 期。

[日]白水纪子：《关于〈论无产阶级艺术〉》，顾忠国译，《湖州师专学报》1989 年第 3 期。

程凯：《当还是不当"留声机"？——后期创造社"意识斗争"的多重指向与革命路径之再反思》，《中国现代文学研究丛刊》2006 年第 2 期。

程凯：《革命文学叙述中被遮蔽的一页——1927 年武汉政权下的"革命文化"、"无产阶级文化"言论》，《现代中国》第 7 辑，北京：北京大学出版社，2006 年。

段从学：《关于〈我们月刊〉和我们社》，《新文学史料》2002 年第 1 期。

葛中俊：《厄普敦·辛克莱对中国左翼文学的影响》，《中国比较文学》1994 年第 1 期。

李金花：《中国无产阶级文艺运动与苏联无产阶级文化派》，《西南民族大学学报（人文社会科学版）》2020 年第 10 期。

李跃力：《论革命文学论争中的无政府主义文学》，《中国现代文学研究丛刊》2019 年第 9 期。

李志毓：《国民党"左派"的"小资产阶级革命论"》，《长白学刊》2010 年第 6 期。

罗钢：《梁实秋与新人文主义》，《文学评论》1988 年第 2 期。

罗嗣亮：《阶级意识概念的流变——从卢卡奇到后期创造社》，《学术论坛》2006 年第 5 期。

齐晓红：《蒋光慈与"同路人"问题在中国的输入》，《中国现代文学研究丛刊》2006 年第 6 期。

钱理群：《构建无产阶级文学的两种想象与实践》，《兰州大学学报（社会科学版）》2005 年第 6 期。

邱焕星：《鲁迅 1927 年的"国民革命文学"否定论》，《中国现代文学研究丛刊》2012 年第 2 期。

萨支山：《"革命文学"论争中的文学史叙事》，《中国现代文学研究丛刊》2002 年第 1 期。

孙玉石：《对"革命文学"论争性质的一点看法》，《北京师院学报》1977 年第 5—6 期合刊。

田丰：《规训与重塑——革命文学论争对茅盾文学观念转变的深远影响》，《广州大学学报（社会科学版）》2013 年第 1 期。

王野：《"革命文学"论争与福本和夫》，《中国现代文学研究丛刊》1983 年第 1 期。

王志松：《"藏原理论"与中国左翼文坛》，《中国现代文学研究丛刊》2007 年第 3 期。

王志松：《福本和夫的"唯物辩证法"与中国的"革命文学"——〈文化批判〉杂志及其周边》，《东亚人文》第 1 辑，北京：生活·读书·新知三联书店，2008 年。

［日］尾崎文昭：《郑振铎倡导"血和泪的文学"和费觉天的"革命的文学"论——五四退潮后的文学状况之二》，程麻译，《中国现代文学研究丛刊》1991 年第 1 期。

卫公：《鲁迅与创造社关于"革命文学"论争始末》，《鲁迅研究月刊》2000 年第 2 期。

［日］小谷一郎：《"四·一二"政变前后后期创造社同人动向——从与留日学生运动的关系谈起》，秋实译，刘柏青等主编，《日本学者中国文学研究译丛》第 2 辑，长春：吉林教育出版社，1987 年。

严家炎：《评一九二八年无产阶级文学的倡导和论争——关于鲁迅和创造社、太阳社论争的几个问题》，《文学评论》1978 年第 2 期。

［日］斋藤敏康：《福本主义对李初梨的影响——创造社"革命文学"理论的发展》，刘平译，《中国现代文学研究丛刊》1983 年第 3 期。

张福贵：《青野季吉的"目的意识"论与李初梨的"革命文学"观》，《吉林大学社会科学学报》1992 年第 2 期。

张广海：《鲁迅阶级文学论述的转变与托洛茨基》，《现代中文学刊》2011 年第 3 期。

张广海：《鲁迅与早期"左联"关系考论》，《中国现代文学研究丛刊》

2017 年第 1 期。

　　张广海：《"左联"文艺大众化实践考论》，《中国文学批评》2020 年第 4 期。

　　张武军：《国民革命与革命文学、左翼文学的历史检视——以武汉〈中央副刊〉为考察对象》，《中国现代文学研究丛刊》2015 年第 5 期。

　　张武军：《革命文学探源：国民革命体验与郁达夫的"方向转换"》，《中国现代文学研究丛刊》2022 年第 10 期。

　　赵璕：《"革命文学"论争中的"异化"理论——"物化"概念的发现及其对论争分野的重构》，《中国现代文学研究丛刊》2005 年第 1 期。

　　赵璕：《〈从牯岭到东京〉的发表及钱杏邨态度的变化——〈《幻灭》（书评）〉、〈《动摇》（评论）〉和〈茅盾与现实〉对勘》，《中国现代文学研究丛刊》2005 年第 6 期。

　　赵璕：《"小资产阶级文学"的政治——作为"中国社会性质论战"序幕的〈从牯岭到东京〉》，《中国现代文学研究丛刊》2006 年第 2 期。

　　朱时雨：《关于创造社攻击鲁迅问题的一种流行观点质疑》，《中国现代文学研究丛刊》1987 年第 1 期。

学位论文

　　高世蒙：《中国"现代派"与左翼的互动与疏离（1927—1937）》，复旦大学博士学位论文，2022 年。

　　高伟军：《常燕生国家主义思想研究》，华中师范大学博士学位论文，2016 年。

　　赵璕：《文学与阶级意识："革命文学"论争中阶级问题的研究》，北京大学博士学位论文，2005 年。

日文文献

　　芦田肇編：『中国左翼文藝理論における翻譯・引用文獻目録（1928—

1933）』，東京：東京大学東洋文化研究所附属東洋学文献センター，
1978 年。

阿部幹雄：『中国現代文学の言語的展開と魯迅』，東京：汲古書院，
2014 年。

ゲオルグ・ルカッチ：『階級意識とは何ぞや』，水谷長三郎、米村
正一訳，東京：同人社書店，1927 年。

小島亮編：『福本和夫の思想──研究論文集成』，東京：こぶじ書
房，2005 年。

コルシユ：『マルクス主義と哲学』，塚本三吉訳，東京：希望閣，
1926 年。

是永駿：『茅盾小説論：幻想と現実』，東京：汲古書院，2012 年。

白井重範：『「作家」茅盾論──二十世紀中国小説の世界認識』，
東京：汲古書院，2013 年。

北条一雄：『方向転換』，東京：白揚社，1927 年。

北条一雄：『理論闘争』，東京：白揚社，1926 年。

山田清三郎：『プロレタリア文学史（上・下巻）』，東京：理論社，
1966 年。

后　记

　　这本书是由我 2011 年在北京大学通过答辩的博士论文修改而成的。答辩至今，已近十三载。迟迟未将其出版，乃是因为自己深知它还有很多问题，需要花费足够的时间与精力来修改，而工作以来，余裕不多。直至三年前，其他科研项目暂告一段落，行政杂务也基本卸下，才有了起码的条件。此前虽然没能对它做长时段的集中修改，但也一直念兹在兹，每逢遇到新材料、想到新问题，乃至稍有空闲，便会在 Word 文档上做一些修补和提示，但又怕思虑未周，只能用彩色特别标出，所以 Word 文档早已被涂抹得花花绿绿，煞是"好看"。有师友问我借最新的版本来看，也只能请他们去中国知网下载。顺带一提，这篇博士论文在知网的下载量颇大，目前已逾 7000 次。而我一想到这么多人还在阅读不成熟的版本，便觉得有些不安。更关键的是，目前学界与"革命文学"论争相关的研究新作迭出、胜义纷纭，越晚出版，修改的难度也将越大，直至几乎没有修改的价值。因此，我也就逐渐放弃了不切实际的幻想，而准备尽量接纳其中必然存在的不足，以我目前所可能改成的最好的样子将它呈现出来。于是，我集中精力花了一年多的时间，根据自己的新思考与学界新的研究进展，对原稿进行了全面的深度修订，优化了大量论述，调整了若干结构，删汰了许多冗余与不成熟的表述，并重写、补写了不少内容，其后又在学生们的帮助下，核校了全部引文。经过一番洗练，字数从 43 万变为 33 万（Word 字数），相信更能节约读者诸君的时间，也更对得起读者了。

　　想来人生真是难测。2007 年，我凭借一股莽撞的热情，在几乎完全缺乏现代文学专业训练的情况下，依靠运气考上了陈平原老师的博士生。可能也因为自觉幸运得有些不好意思，我特别珍惜这难得的求学机会。入学后，在陈平原老师、夏晓虹老师以及北京大学中文系现代文学教研室其他诸位老师的耳提面命、春风化雨之下，也在诸多优秀的同门、同学的熏陶、帮助与激励之下，经过一番痛苦的训练，跟跄着走入了现代文学治学的轨道。在确定博士论文选题的时候，因为关注 20 世纪中国的革命问题，我便计划往前追溯，研究"革命文学"论争。这其实是一个看起来很陈旧的课题，陈老师自己的兴趣也不在此，但应该是基于对我的了解与信任，他还是很爽快地认可了这个题目，只是提醒我：要区分学术与政治的界限，不要在研究时大谈政治，你做的是文学研究。我后来在写作过程中谨记陈老师的这一提醒。我要特别感谢陈平原老师对我的信任与包容，感谢陈老师后来持续给我的指导、关心与帮助。陈老师的指导其实很多是无形的、间接的，而渗透于他与我们的每次聊天和他的论著之中。陈老师论著中细腻体贴人情物理的观察力，晓畅明白的议论，丰富的资料占有，既不借论文发政论，而又有"压在纸背的心情"的特质，都是我写作博士论文时努力追摹的对象。

　　论文的写作过程虽然艰辛，但因为充满发现的喜悦，所以也是充实而快乐的。当我一头扎入"革命文学"论争的故纸堆中时，便发现几乎没有被学界论述过的一个重要事件：创造社和太阳社在 1928 年初有过一场"激战"，并由此正式拉开"革命文学"论争的序幕。学界为何忽视这场论争呢？其原因大体也可以解释为何整个"革命文学"论争都不甚受学界重视。即学界认同茅盾的观点，认为这场论争不过是为了争夺"革命文学"的首倡权。茅盾的批评固然有其内在的埋路，但在本质上是一种高度动机化的判断。随着"革命文学"论争继续发展，鲁迅与茅盾也便将这种动机化的批评模式发扬光大了。而革命文学派的活动，如果大体上只是一种争名夺利、行险侥幸——甚至在鲁迅看来，他们连"险"都不愿意冒，而只想投机获利，那么这种低级的"左"倾幼稚病，还有多少理论探讨的价值呢？学界的认识往往被鲁迅与茅盾的看法笼罩，也便导致难以对"革命文学"论争进行更深入的研究。回到创造社与太阳社之争上来，好在我在北京师范大学读研时，跟随硕导曹卫东老师读过几年西方马克思主义的论著，也在赵勇等老师的课堂上对"西马"有所了解。在初步梳理相关史料后，我便感觉后期创造社的理论高度近似于"西马"，于是调查既往研究，发现黎活仁、赵璕等学者都已经论述过李初梨与卢卡奇之间的联系，但证明他们之间关系的最直接史料，也只是李初梨使用过"事物化"概念，所以并不容易继续深入来谈。我在秉持创造社与"西马"一定有着更深入关系的信念之下，借用"西马"与列宁主义之争的逻辑，解读了创造社与太阳社之争，撰写了博士论文第一章的初稿。当准备提交该稿用于开题答辩的前夕，我内心忐忑不安，总觉得论述缺乏直接证据，难以完全说服诸位老师。于是，我在各种工具书与数据库中加大查找力度，日夜奋战，终于借助《民国时期总书目》，发现彭康翻译过"西马"开创者之一柯尔施的代表作《马克思主义和哲学》，而他的这部译著长期以来都被视作考茨基的作品。当时我的喜悦真是难以形容，逢人就要像祥林嫂一样讲上一通。于是开题也就顺利地通过了。因为打开了后期创造社这——体化程度很高的社团的哲学缺口，并将在社团中负责哲学批判的彭康纳入了考察视野，其后我的研究，便有点顺流而下的感觉，论争中的许多核心问题，得以迎刃而解。比如李初梨与郭沫若的留声机器之争，看似烦琐，但若引入彭康的理论来观察，内部逻辑便十分清晰。因此，我要对我的硕导曹卫东老师和北师大文艺学研究中心的诸位老师，表示诚挚的感谢。

我还要特别感谢夏晓虹老师长期以来给我的无微不至的指导与关照，感谢王风老师在我博士论文写作过程中经常给予的思维启发与资料帮助。还记得王老师从日本回国后不久，就拿出他与白井重范先生刚刚编成的日本"中国三十年代文学研究会"论文集书稿（2011年由北京大学出版社出版，题名《左翼文学的时代——日本"中国三十年代文学研究会"论文选》），交给我学习，让我受益匪浅。在论文开题和预答辩过程中，温儒敏、商金林、高远东、吴晓东、孔庆东、姜涛等诸位老师，都提供了许多宝贵意见，为后续写作与修改指明了路径。在论文答辩过程中，钱理群、王中忱、孙郁、杨联芬、欧阳哲生、高远东等诸位老师，也给了我许多切实而中肯的意见，为进一步修改完善提供了坚实保障。答辩评委老师们的肯定和鼓励，也给了我巨大的前行动力。

感谢我读博时相处四年的室友刘伟，本书的许多思路都是在与他愉快的交流讨论中产生的。感谢团结友爱的北大中文系 2007 级博士班。感谢充满欢乐、持续数年的驴肉火锅团。感谢同门之间的友爱互助，彼此激励。美好的博士生时光，永远令人留恋。

进入浙江大学工作以后，吴秀明老师对我进一步修改完善本书书稿，也提供了许多极有价值的建议。2015 年至 2016 年间，我偕夫人在日本早稻田大学访学，承蒙合作导师千野拓政先生悉心关照并指导，我获得了一个优越的工作环境，研究视界也得以拓宽，有效助成了本书的修改。早稻田大学的小川利康先生与庆应义塾大学的长堀祐造先生，也对我深化相关认识给予了许多启发。旅日期间，"中国三十年代文学研究会"同人也给了我们夫妇以特别的关照。与研究会的佐治俊彦、小谷一郎、小岛久代、下出宣子、白井重范、大久保洋子、李选等师长、友人的交流讨论，有效激发了我的思路。佐治俊彦先生作为蔼然可亲的长者，以其自身的魅力和所讲述的故事，让我对日本的中国左翼文学研究有了最感性的认识。小谷一郎先生则热心帮我联络日本学者，并在我们归国前夕邀我与夫人参观他的书房，精心挑选了许多珍贵资料送我，我在他书架上看中的书，他也几乎都直接送给了我，最后打包了一大箱子帮我寄走，并叮嘱我好好学习日文。看到他遍布几面墙壁、密密麻麻的工作卡册，我真的被震撼到了。小谷先生赠我的资料，一直在我的案头与书架的显要位置摆放，没想到，还没等我的日文再上一个台阶、再做出一些成绩，先生竟溘然离世。本书中许多与日本相关的问题，我这些年其实与学生们合作另写了一本书试图加以更深入的讨论，书稿雏形已成，但一手资料严重不足，论述很不完备，本想有机会再去请教小谷先生，集中花上一两年时间完成，目前痛感完成的难度又增加了很多。

　　浙江大学的吴秀明、胡可先、黄华新、楼含松、缪哲、冯国栋、李铭霞等老师，都对我的研究工作给予了巨大支持。母校南京大学的丁帆、潘志强、张宗友等老师，北京师范大学的刘勇老师，复旦大学的郜元宝老师，中国人民大学的程光炜老师，华东师范大学的许纪霖老师，杭州师范大学的张直心、洪治纲老师等诸多老师，还有许多同辈的友人，也都关注我的学术成长，给予过我不同形式的帮助，在此一并致以诚挚的谢意。

　　本书若干章节曾在《中国现代文学研究丛刊》《文艺理论研究》《浙江大学学报（人文社会科学版）》《鲁迅研究月刊》《汉语言文学研究》《中国现代文学论丛》《社会科学论坛》《南京师范大学文学院学报》《海南师范大学学报（社会科学版）》《汕头大学学报（人文社会科学版）》等刊物发表，部分曾被"人大复印报刊资料"转载，谨对这些刊物及编辑老师表示感谢。

　　感谢我的研究生高世蒙、施冰媛、章含圆、杨婷婷、孙华楠、许志益、李辰昊、沈一朵，花费大量时间帮我通读书稿并核校全书引文。

　　感谢陈平原老师将本书纳入"文学史研究丛书"，这对我既是有意义的纪念，也是莫大的鼓励。感谢"浙江大学文科精品力作出版资助计划"对本书出版的资助。感谢责任编辑高迪老师以专业而严谨的工作促成本书以更完善的形态面世。

　　最后感谢我的家人们。科研工作的时间投入往往是一个无底洞。我深知自己的很多时间，都是从家人那里"剥削"来的。对他们，所有感谢的语言都显得苍白。我只能心怀感恩。

2024 年 4 月 28 日

学术史丛书

中国禅思想史   葛兆光 著
    ——从 6 世纪到 9 世纪

士大夫政治演生史稿   阎步克 著

中国文学研究现代化进程   王 瑶主编

中国现代学术之建立   陈平原 著
    ——以章太炎、胡适之为中心

陈寅恪先生史学述略稿   王永兴 著

明清之际士大夫研究   赵 园 著

儒学南传史   何成轩 著

西潮激荡下的晚清地理学   郭双林 著

中国文学研究现代化进程二编   陈平原主编

文学史的权力   戴 燕 著

《齐物论》及其影响   陈少明 著

文学史书写形态与文化政治   陈国球 著

晚清女性与近代中国   夏晓虹 著

北京:都市想象与文化记忆   陈平原 王德威 编

中国民间文学研究的现代轨辙   陈泳超 著

触摸历史与进入五四   陈平原 著

制度·言论·心态   赵 园 著
    ——《明清之际士大夫研究》续编

近代中国的百科辞书   陈平原 米列娜 主编

清末民初的晚明想象   秦艳春 著

德语文学研究与现代中国   叶 隽 著

作为学科的文学史   陈平原 著

儒学转型与文化新命   彭春凌 著
    ——以康有为、章太炎为中心(1898—1927)

政教存续与文教转型   陆 胤 著
    ——近代学术史上的张之洞学人圈

世运推移与文章兴替 　　　　　　　　　 王　风　著
　　——中国近代文学论集

文化制度和汉语史 　　　　　　　 ［日］平田昌司　著

现代中国述学文体 　　　　　　　　　 陈平原　著

晚清女性与近代中国 　　　　　　　　　 夏晓虹　著

晚清女子国民常识的建构 　　　　　　　　　 夏晓虹　著

胡适之《说儒》内外 　　　　　　　　　 尤小立　著
　　——学术史和思想史的研究

文学史研究丛书

中国现代主义诗潮史论 　　　　　　　　　 孙玉石　著

小说史：理论与实践 　　　　　　　　　 陈平原　著

上海摩登 　　　　　　 ［美］李欧梵　著　毛　尖　译
　　——一种新都市文化在中国 1930—1945

北京：城与人 　　　　　　　　　 赵　园　著

中国小说叙事模式的转变 　　　　　　　　　 陈平原　著

晚清至五四：中国文学现代性的发生 　　　 杨联芬　著

词与文类研究 　　　　　 ［美］孙康宜　著　李奭学　译

二十世纪中国文学三人谈・漫说文化

　　　　　　　　 钱理群　黄子平　陈平原　著

唐代乐舞新论 　　　　　　　　　 沈　冬　著

文学复古与文学革命 　　　 ［日］木山英雄　著　赵京华　译

鲁迅・革命・历史 　　　　 ［日］丸山昇　著　王俊文　译
　　——丸山昇现代中国文学论集

鲁迅、创造社与日本文学

　　　［日］伊藤虎丸　著　孙　猛　徐　江　李冬木　译

被压抑的现代性 　　　　 ［美］王德威　著　宋伟杰　译
　　——晚清小说新论

汉魏六朝文学新论 　　　　　　　　　 梅家玲　著
　　——拟代与赠答篇

重建美国文学史   单德兴 著

明代复古派唐诗论研究   陈国球 著

新文学现实主义的流变   温儒敏 著

丰富的痛苦   钱理群 著

    ——堂吉诃德与哈姆雷特的东移

大小舞台之间   钱理群 著

    ——曹禺戏剧新论

地之子   赵 园 著

《野草》研究   孙玉石 著

中国祭祀戏剧研究   [日]田仲一成 著 布 和 译

韩南中国小说论集   [美]韩 南 著

才女彻夜未眠   胡晓真 著

    ——近代中国女性叙事文学的兴起

中国现代小说的起点   陈平原 著

    ——清末民初小说研究

朱有燉的杂剧   [美]伊维德 著 张惠英 译

后殖民理论   赵稀方 著

耻辱与恢复   [日]丸尾常喜 著 张中良 孙丽华 编译

    ——《呐喊》与《野草》

鲁迅与中国现代文学批评   陈方竞 著

鲁迅:中国"温和"的尼采   张钊贻 著

左翼文学的时代   王 风 [日]白井重范 编

    ——日本"中国三十年代文学研究会"论文选

中国戏剧史   [日]田仲一成 著 布 和 译

上海抗战时期的话剧   邵迎建 著

屈原及其诗歌研究   常 森 著

鲁迅:无意识的存在主义   [日]山田敬三 著 秦 刚 译

情与忠:陈子龙、柳如是诗词因缘   [美]孙康宜 著 李奭学 译

知识与抒情   张 健 著

    ——宋代诗学研究

唐代传奇小说论   [日]小南一郎 著 童 岭 译

临水的纳蕤思：中国现代派诗歌的艺术母题　　　　　　　　　　吴晓东　著

美人与书　　　　　　　　　　　　[美]魏爱莲　著　马勤勤　译
　　　　——19世纪中国的女性与小说

近代书局与白话小说　　　　　　　　　　　　　　　　　潘建国　著
　　　　——以上海(1843—1911)为考察中心

屈原及楚辞学论考　　　　　　　　　　　　　　　　　　常　森　著

史事与传奇　　　　　　　　　　　　　　　　　　　　黄湘金　著
　　　　——清末民初小说内外的女学生

跨越闺门：明清女性作家论　　　　[加拿大]方秀洁　[美]魏爱莲　编

物质技术视阈中的文学景观　　　　　　　　　　　　　潘建国　著
　　　　——近代出版与小说研究

王瑶与现代中国学术　　　　　　　　　　　　　　　　陈平原　编

古代小说研究十大问题　　　　　刘勇强　潘建国　李鹏飞　著

文学史的书写与教学　　　　　　　　　　　　　　　　陈平原　编

书写"中国气派"：当代文学与民族形式建构　　　　　　贺桂梅　著

西海遗珠：欧美明清诗文论集　　　　　　　叶　晔　颜子楠　编

垒建新文学价值的河床(1923—1937)　　　　　　　　姚玳玫　著

"革命文学"论争与阶级文学理论的兴起　　　　　　　张广海　著